AMANTE IMORTAL

J.R. WARD

AMANTE IMORTAL

São Paulo
2022

Lover unveiled

Copyright © 2021 by Love Conquers All, Inc.

© 2022 by Universo dos Livros
Todos os direitos reservados e protegidos pela Lei 9.610 de 19/02/1998.

Nenhuma parte deste livro, sem autorização prévia por escrito da editora, poderá ser reproduzida ou transmitida, sejam quais forem os meios empregados: eletrônicos, mecânicos, fotográficos, gravação ou quaisquer outros.

Diretor editorial
Luis Matos

Gerente editorial
Marcia Batista

Assistentes editoriais
Letícia Nakamura
Raquel F. Abranches

Tradução
Cristina Calderini Tognelli

Preparação
Nilce Xavier

Revisão
Bia Bernardi
Aline Graça

Arte
Renato Klisman

Diagramação
Vanúcia Santos

Dados Internacionais de Catalogação na Publicação (CIP)
Angélica Ilacqua CRB-8/7057

a Ward, J. R.
    Amante imortal / J. R. Ward ; tradução de Cristina
Calderini Tognelli. -- São Paulo : Universo dos Livros,
2022.
    512 p. (Irmandade da Adaga Negra ; v. 19)

    ISBN 978-65-5609-257-7
    Título original: Lover unveiled

    1. Vampiros 2. Ficção norte-americana 3. Literatura
erótica I. Título II. Tognelli, Cristina Calderini III.
Série

-3261   CDD 813.6

Universo dos Livros Editora Ltda.
Avenida Ordem e Progresso, 157 - 8º andar - Conj. 803
CEP 01141-030 - Barra Funda - São Paulo/SP
Telefone/Fax: (11) 3392-3336
www.universodoslivros.com.br
e-mail: editor@universodoslivros.com.br

Dedicado a:
Vocês dois.
Viajantes, finalmente no lugar a que pertencem.
Bem-vindos ao lar.

GLOSSÁRIO DE TERMOS E NOMES PRÓPRIOS

Ahstrux nohtrum: Guarda particular com licença para matar, nomeado(a) pelo Rei.

Ahvenge: Cometer um ato de retribuição mortal, geralmente realizado por um macho amado.

As Escolhidas: Vampiras criadas para servir à Virgem Escriba. No passado, eram mais voltadas para as questões espirituais do que para as temporais, mas isso mudou com a ascensão do último Primale, que as libertou do Santuário. Com a renúncia da Virgem Escriba, elas estão completamente autônomas, aprendendo a viver na Terra. Continuam a atender às necessidades de sangue dos membros não vinculados da Irmandade, bem como a dos Irmãos que não podem se alimentar de suas *shellans* ou de guerreiros feridos.

Chrih: Símbolo de morte honrosa no Antigo Idioma.

Cio: Período fértil das vampiras. Em geral, dura dois dias e é acompanhado por intenso desejo sexual. Ocorre pela primeira vez aproximadamente cinco anos após a transição da fêmea e, a partir daí, uma vez a cada dez anos. Todos os machos respondem em certa medida se estiverem por perto de uma fêmea no cio. Pode ser uma época perigosa, com conflitos e lutas entre os machos, especialmente se a fêmea não tiver companheiro.

Conthendha: Conflito entre dois machos que competem pelo direito de ser o companheiro de uma fêmea.

Dhunhd: Inferno.

Doggen: Membro da classe servil no mundo dos vampiros. Os *doggens* seguem as antigas e conservadoras tradições de servir seus a superiores, obedecendo a códigos formais de comportamento e vestimenta. São capazes de sair durante o dia.

Ehnclausuramento: Status conferido pelo Rei a uma fêmea da aristocracia em resposta a uma petição de seus familiares. Subjuga uma fêmea à autoridade de um responsável único, o *tuhtor*, geralmente o macho mais velho da casa. Seu tuhtor, então, tem o direito legal de determinar todos os aspectos de sua vida, restringindo, segundo sua vontade, toda e qualquer interação dela com o mundo.

Ehros: Uma Escolhida treinada em artes sexuais.

Escravo de sangue: Vampiro macho ou fêmea que foi subjugado para satisfazer a necessidade de sangue de outros vampiros. A prática de manter escravos de sangue recentemente foi proscrita.

Exhile dhoble: O gêmeo mau ou maldito, o segundo a nascer.

Fade: Reino atemporal onde os mortos reúnem-se com seus entes queridos e ali passam toda a eternidade.

Ghia: Equivalente a padrinho ou madrinha de um indivíduo.

Glymera: A nata da aristocracia, equivalente à Corte no período de Regência na Inglaterra.

Hellren: Vampiro macho que tem uma companheira. Os machos podem ter mais de uma fêmea.

Hyslop: Termo que se refere a um lapso de julgamento, tipicamente resultando no comprometimento das operações mecânicas ou da posse legal de um veículo ou transporte motorizado de qualquer tipo. Por exemplo, deixar as chaves no contato de um carro estacionado do lado de fora da casa da família durante a noite – resultando no roubo do carro.

Inthocada: Uma virgem.

Irmandade da Adaga Negra: Guerreiros vampiros altamente treinados para proteger sua espécie contra todo e qualquer mal. Resultado de cruzamentos seletivos dentro da raça, os membros da Irmandade possuem imensa força física e mental, assim como a capacidade de se recuperar rapidamente de ferimentos. Não é constituída majoritariamente por irmãos de sangue e os guerreiros são iniciados na Irmandade por indicação de seus membros. Agressivos, autossuficientes e reservados por natureza, os Irmãos são tema de lendas e reverenciados no mundo dos vampiros. Só podem ser mortos por ferimentos muito graves, como tiros ou uma punhalada no coração.

Leelan: Termo carinhoso que pode ser traduzido aproximadamente como "muito amada".

Lheage: Um termo respeitoso utilizado por uma submissa sexual para referir-se a seu dominante.

Lhenihan: Fera mítica reconhecida por suas proezas sexuais. Atualmente, refere-se a um macho de tamanho sobrenatural e alto vigor sexual.

Lewlhen: Presente.

Libhertador: Salvador.

Lídher: Pessoa com poder e influência.

Lys: Instrumento de tortura usado para remover os olhos.

Mahmen: Mãe. Usado como um termo identificador e de afeto.

Mhis: O disfarce de um determinado ambiente físico; a criação de um campo de ilusão.

Nalla/nallum: Termo carinhoso que significa "amada"/"amado".

Ômega: Figura mística e maligna que almejava a extinção dos vampiros devido a um ressentimento contra a Virgem Escriba. Existe em um reino atemporal e possui grandes poderes, dentre os quais, no entanto, não se encontra o poder da criação. Erradicado.

Perdição: Refere-se a uma fraqueza crítica em um indivíduo. Pode ser interna, como um vício, ou externa, como uma paixão.

Primeira Família: O Rei e a Rainha dos vampiros e sua descendência.

Princeps: O nível mais elevado da aristocracia dos vampiros, só suplantado pelos membros da Primeira Família ou pelas Escolhidas da Virgem Escriba. O título é hereditário e não pode ser outorgado.

Redutor: Membro da Sociedade Redutora, é um humano sem alma empenhado na exterminação dos vampiros. Os redutores só morrem se forem apunhalados no peito; do contrário, vivem eternamente, sem envelhecer. Não comem nem bebem e são impotentes. Com o tempo, seus cabelos, pele e íris perdem toda a pigmentação. Cheiram a talco de bebê. Depois de iniciados na Sociedade por Ômega, conservam uma urna de cerâmica, na qual seu coração foi depositado após ter sido removido.

Ríhgido: Termo que se refere à potência do órgão sexual masculino. A tradução literal seria algo aproximado a "digno de penetrar uma fêmea".

Rytho: Forma ritual de lavar a honra, oferecida pelo ofensor ao ofendido. Se aceito, o ofendido escolhe uma arma e ataca o ofensor, que se apresenta desprotegido perante ele.

Shellan: Vampira que tem um companheiro. Em geral, as fêmeas não têm mais de um macho devido à natureza fortemente territorial deles.

Sociedade Redutora: Ordem de assassinos constituída por Ômega com o propósito de erradicar a espécie dos vampiros. Inimigo anterior.

Symphato: Espécie dentro da raça vampírica, caracterizada por capacidade e desejo de manipular emoções nos outros (com o propósito de trocar energia), entre outras peculiaridades. Historicamente, foram discriminados e, em certas épocas, caçados pelos vampiros. Estão quase extintos.

Transição: Momento crítico na vida dos vampiros, quando ele ou ela transforma-se em adulto. A partir daí, precisam beber sangue do sexo oposto para sobreviver e não suportam a luz do dia. Geralmente, ocorre por volta dos 25 anos. Alguns vampiros não sobrevivem à transição, sobretudo os machos. Antes da mudança, os vampiros são fisicamente frágeis, inaptos ou indiferentes ao sexo, e incapazes de se desmaterializar.

Talhman: O lado maligno de um indivíduo. Uma mancha obscura na alma que requer expressão se não for adequadamente expurgada.

Trahyner: Termo usado entre machos em sinal de respeito e afeição. Pode ser traduzido como "querido amigo".

Tuhtor: Guardião de um indivíduo. Há vários graus de *tuhtors*, sendo o mais poderoso aquele responsável por uma fêmea *ehnclausurada*.

Tumba: Cripta sagrada da Irmandade da Adaga Negra. Usada como local de cerimônias e como depósito das urnas dos redutores. Entre as cerimônias ali realizadas estão iniciações, funerais e ações disciplinadoras contra os Irmãos. O acesso a ela é vedado, exceto aos membros da Irmandade, à Virgem Escriba e aos candidatos à iniciação.

Vampiro: Membro de uma espécie à parte do *Homo sapiens*. Os vampiros precisam beber sangue do sexo oposto para sobreviver. O sangue humano os mantém vivos, mas sua força não dura muito tempo. Após sua transição, que geralmente ocorre aos 25 anos, são incapazes de sair à luz do dia e devem alimentar-se na veia regularmente. Os vampiros não podem "converter" os humanos por meio de uma mordida ou transferência de sangue, embora, ainda que raramente, sejam capazes de procriar com a outra espécie. Podem se desmaterializar por meio da vontade, mas precisam estar calmos e concentrados para consegui-lo, e não podem levar nada pesado consigo. São capazes de apagar as lembranças das pessoas, desde que recentes. Alguns vampiros são capazes de ler a mente. Sua expectativa de vida ultrapassa os mil anos, sendo que, em certos casos, vai bem além disso.

Viajantes: Indivíduos que morreram e voltaram vivos do Fade. Inspiram grande respeito e são reverenciados por suas façanhas.

Virgem Escriba: Força mística que anteriormente foi conselheira do Rei, bem como guardiã dos registros vampíricos e distribuidora de privilégios. Existia em um reino atemporal e possuía grandes poderes, mas recentemente renunciou ao seu posto em favor de outro. Capaz de um único ato de criação, que usou para trazer os vampiros à existência.

Capítulo 1

Esquina da Rua Trade com a 30ª Avenida
Centro de Caldwell, Nova York

Quarenta e oito minutos antes de ser morto, Ralphie DeMellio vivia muito bem a sua vida.

– Você consegue – seu amigo dizia ao esfregar seus ombros nus. – Essa tá no papo, porra. Você é um monstro, um puta *monstrão,* caralho!

Ralphie e a sua equipe estavam no sexto andar de um edifício-garagem repleto de manchas de óleo e lixo em vez de Oldsmobiles e Lincolns. O prédio abandonado parecia uma cômoda de concreto cheia de gavetas vazias e, naquela parte de Caldwell, qualquer estrutura abandonada não durava muito. Bem-vindos ao CSL. O Combates Sem Luvas era o único circuito de lutas clandestino legítimo ao sul do estado de Nova York, e a contenda daquela noite era o motivo de Ralphie, seus camaradas e mais quinhentos aspirantes à fama no Instagram estarem ali.

Mais uma *selfie* e aquilo viraria a fila para tirar fotos da habilitação no Departamento de Trânsito.

O CSL era um tremendo de um negócio, e Ralphie, como atual campeão, estava ganhando uma grana alta – contanto que nenhum daqueles cretinos empunhando as câmeras dos celulares marcasse a localização. E, francamente, qual seria a probabilidade de isso acontecer?

– Cadê a coca?

Estendeu a mão e, quando um frasquinho marrom foi batido em sua palma tal qual um instrumento cirúrgico, ele partiu para a diversão. Enquanto inalava dois quilos do pó bem para o fundo das narinas, seus olhos dispararam como faroletes pela multidão. Na outra ponta daquele mesmo andar, a galera estava agitada, todos se drogando e fazendo suas apostas junto aos agenciadores do organizador. Nada além de três rounds de investidas sem luvas entre eles e a vitória que almejavam conquistar.

Ralphie era uma aposta certa.

Ainda não perdera nenhuma luta, embora fosse magrelo e fumasse muita erva. Mas essa era a questão. Os leões de chácara barrigudos e com bíceps enormes só impressionavam parados. Era só fazê-los se mexer que não tinham equilíbrio nem velocidade e pareciam ter visão dupla na hora de dar golpes. Contanto que continuasse a rodeá-los como uma mosca ao redor de um monte de merda, ninguém conseguiria acertá-lo enquanto seu gancho de direita terminaria o trabalho.

– Você tá de boa, Ralphie! De boaça!

– É, isso aí, Ralphie, você é o cara!

A sua equipe eram cinco caras do bairro. Cresceram todos juntos e eram aparentados, todos de famílias de imigrantes que aportaram na Ilha Ellis há algumas gerações e caíram fora de Hell's Kitchen assim que tiveram condições. A Little Italy em Caldie era um pouco diferente da de Manhattan e, como seu pai sempre dizia, não confie em alguém que não conheça e não conheça alguém se não puder ir à casa dele.

E havia mais uma pessoa na equipe de Ralphie.

– Onde ela está? – Ralphie olhou ao redor. – Onde...

Chelle estava lá atrás, perto do G Wagon, fazendo uma pose de garota da Pirelli, com os cotovelos sobre o capô e um salto enfiado na calota do pneu. A cabeça jogada para trás, as pontas roxas dos cabelos lambiam a pintura metálica e os lábios rosados estavam entreabertos enquanto ela fitava o nada. A noite estava geladinha porque abril era um mês terrível naquele código postal, mas ela estava pouco se fodendo. Na parte de cima usava somente um bustiê e a metade de baixo não estava muito mais coberta do que isso.

Caraaaalho. As tatuagens no alto das coxas estavam aparecendo. E aquelas sobre os seios. E as que cobriam o braço esquerdo.

Ela sempre se recusara a tatuar as iniciais dele.

Ela era assim.

E, como se tivesse sentido o seu olhar, Chelle lentamente virou a cabeça. E lambeu os lábios com a ponta da língua.

A mão de Ralphie foi direto para a frente dos jeans. Chelle não era o tipo de mulher que um cara leva em casa para apresentar à mãe, e, a princípio, esse foi o motivo de ter trepado com ela. Mas ela era inteligente e tinha o próprio salão. Não fuçava no seu celular. Não estava nem aí se ele saía com os amigos. Tinha a própria grana e nunca lhe pedia nada, nada mesmo, e olha que tinha opções, várias opções.

Os homens a desejavam.

Mas ela estava com ele. E, apesar da aparência, Chelle não dava mole pra ninguém de sua equipe. Não era mulher de ficar passando de mão em mão e, se alguém desse em cima dela? Com um tapa ela arrancava os dentes do maldito.

Então, era isso, depois de um ano Ralphie estava caidinho.

A ponto de não se importar com o que ninguém pensasse, incluindo sua tradicional mãe italiana. Para ele, Chelle era pra casar e isso era tudo o que importava.

– ... vai ganhar, Ralphie...

Para acabar com toda aquela bajulação, Ralphie apoiou a palma no peito do amigo e o afastou.

– Me dá um minuto.

A equipe sabia o que ele queria, e todos se viraram, ficando de frente para a multidão, ombros encostando em ombros.

E Chelle sabia muito bem o que ele queria.

O G Wagon estava estacionado de ré, com alguns metros de espaço entre o para-choque traseiro e a parede de concreto suja da garagem. Chelle deu a volta e assumiu sua posição, inclinando-se na porta de trás do Benz e se arqueando. De saltos, era quase tão alta quanto Ralphie, e os seios brigavam com a renda do bustiê quando ela o fitou nos olhos.

O coração de Ralphie estava acelerado, mas o sorriso foi lento ao apoiar as mãos na cintura fina.

– Você quer?

– Pode crer.

Ralphie abaixou o zíper e se acariciou enquanto a beijava no pescoço. Porque ela não ia querer borrar o batom. Isso viria mais tarde, depois que ele acabasse com quem quer que o enfrentasse naquela noite. E, assim como não enfiaria seu jipe na lama, não desarrumaria sua fêmea em público.

Chelle puxou a calcinha de lado e, quando apoiou um salto agulha no concreto, Ralphie a penetrou enquanto ela o agarrava pelos ombros.

O sexo foi quente pra caralho. Porque, ele descobriu, se respeitasse a fêmea, tudo ficava mais sensual.

Quando a levantou para que ela o envolvesse com as pernas, fechou os olhos. A adrenalina pré-luta, a coca, Chelle, o G Wagon novinho que comprou com a grana das lutas, tudo isso foi potência nas veias. Ele era um monstro. Ele era...

Começou a gozar e teria gritado, mas não queria que as pessoas vissem sua garota naquelas condições. Em vez disso, cerrou os dentes e aguentou firme, enfiando a cabeça no pescoço perfumado de Chelle e contendo imprecações nas mandíbulas cerradas.

Mas precisou dizer:

– Eu te amo. *Te amo* pra caralho – grunhiu.

Estava tão ligado na daquela garota, tão mergulhado no orgasmo, na sensação dela gozando com ele... que não notou quem os observava das sombras a seis metros dali.

Se tivesse, teria pegado seu verdadeiro amor e sua equipe, e deixado marcas de borracha no asfalto enquanto saía em disparada da garagem.

No entanto, boa parte do destino se desenrola na base do que se pode chamar de "saiba apenas o necessário".

E, às vezes, é melhor não saber o inevitável marcado pra acontecer com o seu nome.

Seria aterrorizante demais.

CAPÍTULO 2

Avenida Crandall, 2464
A dezoito quilômetros do centro

MAE, FILHA DE SANGUE DE STURT, irmã de sangue de Rhoger, vestiu o casaco e não encontrou a bolsa. O pequeno rancho não dispunha de muitos esconderijos, e ela a encontrou – com as chaves, bônus! – em cima da máquina de lavar roupas ao lado da porta que dava para a garagem. Verdade. Trouxera as compras para dentro na noite passada e se perdera em meio a tantas sacolas. A bolsa vomitara as tripas no piso de ladrilho, e ela só teve forças para devolver o conteúdo ao seu interior. Levar a imitação de Michael Kors para a cozinha teria sido demais.

Só conseguiu chegar à tampa da lavadora.

Pegou o acessório e verificou que a alça quebrada ainda aguentava firme com o alfinete de segurança que espetara ali. Ótimo. Pronta para sair. Devia dar uma passada na T.J. Maxx mais próxima para comprar uma nova, mas não tinha tempo para isso. Além do mais, "para que gastar se ainda dá pra usar" sempre fora o mantra da sua família.

Na época em que os pais eram vivos.

– Celular. Preciso do meu...

Encontrou o iPhone 6 no bolso dos jeans. E, para a última conferência, o spray de pimenta que sempre levava consigo.

Parando junto à porta, aguçou os ouvidos no silêncio.

– Não vou demorar – disse. Silêncio. – Volto logo.

Mais silêncio.

Com uma sensação de derrota, abaixou a cabeça e saiu sorrateira para a garagem. Quando a porta de aço bateu atrás dela, Mae trancou a fechadura de cobre com a chave e apertou o botão do controle de abertura. A luz se acendeu e a noite fria e úmida foi se revelando centímetro a centímetro enquanto os painéis do portão rolante subiam.

O Honda Civic tinha oito anos e era da cor de uma nuvem cinzenta. Ao entrar no carro, captou um leve cheiro de óleo automotivo. Se fosse humana, e não vampira, provavelmente nem teria percebido, mas não havia como desprezar o cheiro. Nem seu significado.

Maravilha. Mais boas notícias.

Engatando a marcha e pressionando o pedal do acelerador, saiu devagar pela entrada de carros. O pai sempre lhe aconselhara a entrar de ré, assim estaria pronta se precisasse sair apressada. Na eventualidade de um incêndio, por exemplo. Ou de um ataque de *redutores*.

Ah, a ironia disso.

Olhando pelo retrovisor, esperou até que o portão da garagem se fechasse antes de virar à direita na rua pacata e acelerar. Todos os humanos estavam acomodados em suas casas, prontos para se deitar, abrigando-se nas horas escuras, recarregando as energias antes do trabalho e das aulas que recomeçariam com o retorno do sol. Provavelmente era um tanto quanto estranho o fato de que vivia tão próxima da outra espécie, mas essa era a única realidade que conhecia.

Assim como a beleza, o estranho é relativo.

A Northway era uma rodovia de seis pistas de acesso e saída de Caldwell, e Mae esperou até estar a 100 km/h para pegar o celular e dar seu telefonema. Colocou no alto-falante e deixou o aparelho no colo. O carro velho não tinha *bluetooth*, e não se arriscaria a ser parada por estar segurando o celular...

– Alô? Mae? – disse a voz frágil. – Está a caminho?

– Sim.

– Eu queria tanto que você não precisasse fazer isso.

– Vai ficar tudo bem. Eu não estou preocupada.

A mentira doeu, e como. Mas o que mais poderia dizer?

Ficaram mudas, mas não desligaram, e Mae fantasiou a fêmea anciã sentada ao seu lado no carro, de roupão bordado e chinelos rosa tal qual Lucille Ball no apartamento que partilhava com Ricky.[1] Mas Tallah mal conseguia se movimentar, mesmo de bengala. Não havia a menor chance de ela ter energia para o que estava por vir.

Inferno! Mae não sabia se daria conta daquilo.

– Sabe o que fazer? – perguntou Tallah. – E vai me ligar assim que voltar para o carro?

Meu Deus, a voz dela estava tão fraca.

– Sim, eu prometo.

– Eu te amo, Mae. Você consegue.

Não, não consigo.

– Eu também te amo.

Quando desligou, Mae esfregou os olhos que ardiam e logo voltou a prestar atenção às saídas. Rua Quatro? Market? Estava com receio de perder a saída de que precisava e acabou deixando a rodovia cedo demais. Fez um monte de contornos ineficientes devido a uma sucessão de ruas de sentido único, mas enfim encontrou a rua Trade e ficou nela.

Conforme a numeração das ruas aumentava, o valor das propriedades comerciais despencava, os velhos edifícios de escritórios tinham as janelas lacradas e quaisquer restaurantes e lojas que existiram por ali tinham sido abandonados. Os únicos carros nas redondezas ou estavam de passagem ou tinham sido depenados e largados ao léu, e não havia nem sinal de pedestres. As calçadas craqueladas e cheias de detritos estavam desertas e não só porque o mês de abril continuava inóspito ao norte do estado de Nova York.

Já perdia as esperanças no plano quando chegou ao primeiro de diversos estacionamentos lotados.

E, Jesus, era por causa do que havia dentro deles.

---

1   Referência à *sitcom* norte-americana *I Love Lucy*, dos anos 1950. (N.T.)

Os veículos – que não se pareciam nadinha com sedãs e *hatchbacks* normais – eram pretos ou então neon brilhante e pareciam ter saído de um anime, cheios de ângulos aerodinâmicos e para-choques modificados.

Estava no lugar certo...

Ou melhor, não pertencia àquele lugar, mas estava onde precisava estar.

Estacionou no terceiro lote seguindo a mesma lógica usada na rodovia: se seguisse muito adiante, acabaria passando do lugar. E assim que entrou no quarteirão delimitado por tela de galinheiro enferrujada, teve que dar toda a volta até o final para encontrar uma vaga. À medida que avançava, humanos tão extravagantes quanto os carros de corrida, versões de Jake Paul e Tana Mongeau,[2] olhavam para Mae como se ela fosse uma bibliotecária perdida numa *rave*.

Isso a entristeceu, mas não porque se preocupasse com as opiniões de um bando de humanos a seu respeito.

Se sabia alguma coisa sobre *influencers* humanos era cortesia de Rhoger. E o lembrete de como tudo costumava ser entre eles era uma porta que teria de fechar. Cair naquele buraco negro não a ajudaria em nada agora.

Quando saiu do Civic, teve de trancá-lo com a chave porque o controle não funcionava. Aproximando a bolsa do corpo, abaixou a cabeça e seguiu em frente sem olhar para as pessoas por quem passava. No entanto, sentia que era observada, e a ironia era que não a encaravam porque era uma vampira. Sem dúvida, os jeans e o moletom da universidade de Nova York eram uma ofensa a todo aquele Gucci.

Não sabia exatamente aonde devia ir, mas a multidão se afunilava numa aglomeração maior de humanos que se dirigia a um edifício-garagem. Mae se juntou ao rio de vinte e poucos anos e roupas sensuais, tentando enxergar o que havia à frente. A entrada para a estrutura de concreto de múltiplos andares estava cercada, mas uma fila se formara

---

2 Jake Paul é um ator norte-americano, pugilista amador e *influencer* digital. Tana Mongeau é uma *influencer*, que ganhou fama com seus vídeos de teor humorístico. (N.T.)

do lado de fora da porta numa das laterais.

Quando Mae entrou na fila e ficou na dela, ainda havia bem uns doze metros de distância e o progresso era feito lentamente. Dois homens do tamanho de carretas grunhiam aos escolhidos que tinham a entrada liberada – e impediam a passagem dos outros. Não ficou muito claro qual era o padrão decisório, mas, sem dúvida, ela ficaria na lista dos rejeitados...

– Tá perdida aqui?

A pergunta teve de ser repetida antes que Mae percebesse que era dirigida para si e, ao se virar, as duas garotas – ou melhor, mulheres – que fizeram a indagação pareciam tão impressionadas quanto os seguranças ficariam quando fossem lhe negar a entrada.

– Não, não estou perdida.

A da direita, que tinha uma tatuagem abaixo do olho na qual se lia em letra cursiva "Dady's Girl", inclinou-se em sua direção.

– Ah, é? Pois eu acho que você tá perdida pra caralho.

As pupilas dela estavam tão dilatadas que as íris eram invisíveis, e as sobrancelhas eram tão finas que – não, espere, elas também tinham sido tatuadas. Cílios postiços com as pontas cor-de-rosa combinavam com o figurino preto e rosa que estava mais para uma fantasia do que para roupa, e havia piercings em lugares que faziam Mae desejar que a mulher nunca ficasse com o nariz escorrendo nem tivesse intoxicação alimentar.

E, já que estava analisando tudo, ficou se perguntando se a ausência de um "d" em *daddy* teria sido intencional ou fruto de uma obra de arte cobrada por letra da carteira de alguém que não tinha o suficiente.

– Não, não estou.

A mulher deu um passo à frente, empinando os seios tal qual Barbarella, embora provavelmente não tivesse a mínima ideia de quem era Jane Fonda, muito menos do papel da atriz nos anos 1960.

– Acho melhor você dar no pé agora.

Mae olhou para baixo. Viu as ervas daninhas secas que tinham aberto caminho em meio às rachaduras da calçada e morreram graças ao inverno.

– Acho melhor não.

Ao lado da agressora, a outra mulher acendeu um cigarro, parecendo entediada. Como se todo esse dramalhão provocado pela amiga fosse rotineiro e já tivesse perdido o apelo...

– Cai fora, porra!

Dady's Girl empurrou os ombros de Mae com tanta força que ela caiu de bunda no chão duro; pelo menos, a alça remendada da bolsa aguentou firme e nada foi derrubado. Ainda atordoada e descrente, Mae olhou para cima.

Dady's Girl pairava acima de seu alvo com as mãos nos quadris, em pose de super-heroína, com os saltos cravados no chão e o manto invisível de sua alegria sádica por ter bancado a valentona esvoaçando atrás dos ombros.

O restante da fila espiou, mas ninguém se dispôs a vir ao resgate, e ninguém parecia tão impressionado com Dady's Girl quanto ela própria estava.

Mae apoiou uma palma no concreto e se colocou de pé – mas sua altura, comparada à da carrancuda purpurinada, não queria dizer muito.

– Cai fora – sibilou a mulher. – Aqui não é o seu lugar.

E desferiu outro empurrão, acertando o mesmo lugar, como um tiro bem praticado, uma habilidade perecível que precisava ser mantida em forma. Mas agora Mae estava esperta. Ao cambalear para trás, seu corpo se mostrou mais bem preparado para o solavanco, e então ela foi invadida por torpor profundo. Não sentiu mais nada, nem o desequilíbrio, nem o vento em seus cabelos, tampouco a inspiração fria do ar nos pulmões.

Foi uma surpresa que tenha conseguido se controlar.

Dady's Girl não lhe deu muito tempo para se recompor. A mulher avançou como se fosse um zagueiro de futebol americano...

O braço de Mae se ergueu por vontade própria, duro como um pedaço de pau, acertando em cheio a garganta da fêmea humana. No instante em que o contato foi feito, os dedos de Mae se fecharam com força.

Era hora da revanche.

Mae arrastou Dady's Girl para fora da calçada. Ela se debatia para acompanhar, os saltos finos se prendendo nos buracos da calçada; Mae decidiu ajudar: suspendeu-a pelo pescoço para que as pernas bem formadas ficassem penduradas. Enquanto isso, a mulher tentava soltar a pegada em sua traqueia sem surtir nenhum resultado, as pontas das unhas longuíssimas e cor-de-rosa decoradas com *strass* se quebraram e uma delas atingiu Mae no queixo antes de cair.

Não que ela se importasse. Nem sequer percebera.

O edifício-garagem fora construído com concreto muito bem depositado, portanto as paredes ofereciam excelentes pontos de parada. Quando Mae jogou a mulher contra a laje, o resultado foi a explosão de ar saindo dos pulmões e os cílios coloridos se arregalando.

Mas isso não foi o bastante.

Mae pousou a mão livre no esterno e aplicou pressão crescente na frente da caixa torácica... que se transferiu para os pulmões... e finalmente para o coração acelerado dentro daquela caixa de cálcio e barras de colágeno.

Os olhos da humana saltaram das órbitas. A jugular foi de acelerada para pulsante. Sua coloração passou de rosada para um vermelho vivo.

Numa voz baixa, Mae disse:

— Você não vai me dizer onde é o meu lugar. Estamos entendidas?

Dady's Girl assentiu como se sua vida dependesse disso. E dependia mesmo.

Nesse meio-tempo, pela visão periférica, Mae viu que a fila mudara de padrão, passando de uma linha reta para um U ao redor delas, e havia murmúrios, baixos, porém excitados...

— Minha nossa, vocês não podem fazer essa merda aqui!

Membros da multidão foram empurrados de lado como bichos de pelúcia quando um dos leões de chácara se aproximou. E quando Mae desviou os olhos de Dady's Girl para encará-lo de cima a baixo, o homem parou de imediato e piscou. Como se não tivesse certeza de estar enxergando bem.

Como se uma plantinha caseira tivesse se transformado em maconha bem na sua frente.

Ou numa planta carnívora devoradora de homens.

– Moça... – disse ele num tom incerto –, o que diabos está acontecendo aqui?

Mae decidiu seguir o exemplo do cara com os espectadores. Com uma girada de punho, despejou Dady's Girl no chão como se ela fosse um saco vazio, então ajeitou a camisa e aprumou a jaqueta.

Encarando o segurança, pigarreou.

– Estou aqui para falar com o Reverendo.

O segurança piscou, desconcertado. Depois falou baixo:

– Como sabe esse nome?

Mae puxou a bolsa para a frente do corpo, protegendo-a com ambos os braços – embora a probabilidade de ser assaltada ali tivesse caído exponencialmente. Em seguida, chegou tão perto do homem que conseguiu sentir o cheiro do suor dele, dos resquícios da colônia e do produto que usara para garantir que os cabelos não sairiam do lugar.

Estreitando os olhos, foi a vez de ela baixar a voz:

– Isso não é da sua conta e chega de papo. Você vai me levar até ele agora.

Ele hesitou. E em seguida:

– Sinto muito. Não posso fazer isso.

– Resposta errada – Mae disse entredentes. – Resposta muito, muito errada.

Capítulo 3

Edifício Commodore, Vida Luxuosa em sua Expressão Máxima®
Centro de Caldwell

Balthazar, filho de Hanst, calçava sapatos tão macios quanto a pele de um cordeirinho. As roupas agarradas à pele eram pretas. A cabeça e boa parte do rosto estavam escondidas por um gorro colado ao crânio. As mãos estavam enluvadas.

Não que vampiros precisassem se preocupar em deixar impressões digitais.

Mostrava-se à altura de todos os mitos arrepiantes e misteriosos sobre sua espécie – ou pelo menos daqueles criados pelos humanos –, era uma sombra entre as sombras, esgueirando-se por entre os cômodos do maior apartamento do Commodore, catalogando todos os artefatos expostos à meia-luz.

O maldito tríplex parecia um museu saído de um episódio de *American Horror Story*, e, ao adentrar um cômodo menor, cujos objetos também estavam dispostos de acordo com um tema, parou de repente.

– Mas o que...

Como nos demais espaços por que passou como um fantasma, aquele ali estava repleto de prateleiras de vidro. Era nelas que havia uma surpresa – e, levando-se em consideração que acabara de passar por um ambiente cheio de instrumentos cirúrgicos da época vitoriana, isso queria dizer alguma coisa.

Ah, também passara por um salão de esqueletos de morcegos.

– O cara comprou uma batelada de rochas – murmurou. – Fala sério! Não tinha nada melhor para fazer com o dinheiro?

Em meio à escuridão, Balz deslizou ao longo do elegante piso de madeira para se aproximar de algo semelhante a um pão de centeio integral assado demais. Aquilo tinha formato de ovo com gema meio cozida, a carapaça exterior era cheia de buracos e o conjunto inteiro estava exposto numa plataforma de acrílico. Numa plaquinha dourada fora escrito: *Fragmento Willamette, 1902.*

Cada uma das rochas era acompanhada pelo nome de um local: *Lübeck, 1916. Kitkiöjärvi, 1906. Poughkeepsie, 1968.*

Nada daquilo fazia sentido...

Dover, 1833.

Balz franziu o cenho. Em seguida, antes que realizasse qualquer cálculo em relação à data e ao local, o passado o confrontou: no mesmo instante, foi arrancado do apartamento luxuoso e bizarro e teletransportado pela memória de volta ao Antigo País... Onde ele e o Bando de Bastardos viviam nas florestas largados à própria sorte, à procura de comida, armas e *redutores* para matar. Ah, os anos difíceis e cheios de aventuras. Era uma época muito diferente da que passavam agora, alinhados à Irmandade da Adaga Negra e à Primeira Família, acomodados na grande mansão cinza no topo de uma montanha, seguros e protegidos.

Sentia um pouco de saudade das boas e velhas noites. No entanto, não mudaria nada em relação ao presente.

Mas, enfim, em março de 1833, no Antigo País, os bastardos acabavam de despertar em uma caverna rasa onde se refugiaram para evitar a luz do dia, quando, de repente, um clarão rasgou o céu noturno, brilhante e ardente como uma estrela, deixando um rastro de joias cintilantes.

Eles correram de volta para a caverna e se agacharam, protegendo a cabeça e o rosto com os braços.

Balz pensou que era o fim do mundo, que a Virgem Escriba tivesse chutado o balde em relação à espécie – ou, talvez, que Ômega descobrira uma nova arma contra os vampiros.

A explosão acontecera perto dali, e o som do impacto foi ensurdecedor. A terra tremeu, algumas partículas de pedras caíram em seus ombros e a integridade estrutural da caverna foi desafiada. Depois disso... muitos minutos de espera. Finalmente, saíram e farejaram o ar.

Ferro. Ferro queimado.

Seguiram o odor metálico em meio às árvores... até encontrarem uma cratera chamuscada e esfumaçada com uma pequena rocha no centro. Como se alguma ave mística e estranha tivesse botado um ovo.

Balz voltou ao presente e olhou ao redor.

Eram meteoritos. Todos aqueles fragmentos de sabe-lá-Deus-o-quê viajaram pelo espaço até aterrissarem fazendo fanfarra aqui na Terra. Só para serem juntados por um colecionador com muito dinheiro e um discutível diagnóstico de TOC.

– Faça o que bem quiser – murmurou ao seguir em frente.

Levara algumas semanas para escolher este alvo – tal pesquisa e observação, etapas preliminares ao orgasmo advindo do furto. O marido era administrador de um fundo de investimentos. A esposa era ex-modelo – o que significava que ainda era linda e gostosa, só não era mais fotografada profissionalmente agora que carregava um anel no dedo. Como era de se esperar, havia uma diferença de dezenove anos entre os dois e, lembrando a expectativa de vida dos humanos, isso podia não ter muita importância agora que ele estava perto dos sessenta e ela dos quarenta. E daqui dez anos? Vinte?

Difícil imaginar que a esposa de bela estrutura óssea e traseiro superior acharia que dentaduras e andadores são acessórios excitantes.

Mas, sabe como é, quando se é administrador de um fundo que tem investimentos, você precisa de uma esposa gostosa. E também de investimentos imobiliários. Ou seis propriedades, como era o caso. Aqui em Caldwell, o cara tinha os três últimos andares do Commodore, e a planta do tríplex seguia uma lógica. O primeiro andar era um espaço público para entretenimento – tipo aquelas ocasiões em que você quer emitir cheques para pagar canapés em eventos para apoiar a filantropia. O segundo era essa toca de coelho de salas pequenas com sua curadoria de coleções de rochas espaciais, instrumentos saídos de pesadelos do século XIX – e, sim, aquelas três dúzias de esqueletos de morcego que pareciam modelos de barco com asas.

Na verdade, Balz quase respeitava o gosto do cara.

Quanto ao terceiro andar? Era o que ele buscava e, quando chegou à escada, subiu os degraus de mármore sorrateiramente. Retratos a óleo de Banksy marcavam a parede curva e, acima, pendia um lustre de prismas de cristal reluzindo com sossego, tal qual uma debutante barulhenta que recebera a ordem de se comportar durante o baile. Ao chegar à cobertura, viu a tapeçaria que se estendia de parede a parede e sentiu a diferença na fragrância da atmosfera, um buquê floral tingia o ar com lavanda, madressilva e a cadência da liberdade que acompanhava extratos bancários polpudos.

Balz seguiu pela passadeira, tão espessa que tinha a impressão de estar caminhando sobre uma fatia de pão de forma, ladeado pelas janelas em arco que permitiam a entrada do brilho dos arranha-céus e das rodovias abaixo. A vista do rastro contínuo de luzes brancas e vermelhas dos faróis e das lanternas, aliada ao brilho dos arcos graciosos das pontes gêmeas, foi tão cativante que ele precisou parar um instante para apreciar o cenário urbano.

Mas logo seguiu em frente.

Nenhuma surpresa com o sistema de segurança: equipamentos integrados de alta tecnologia que se mostraram um desafio interessante de desarmar.

Veja bem, Vishous não era o único com habilidades de TI.

Permitiu-se um momento de orgulho por não precisar se consultar com o Irmão integrante da sociedade Mensa[3] para desarmar os detectores de movimento, contatos de porta e sensores a *laser*. E fazer o serviço sozinho era parte do conjunto de regras estabelecidas por si próprio. Aqueles humanos com seus objetos de valor portáteis eram patinhos

---

3 A sociedade Mensa International é a maior e mais antiga instituição de alto QI do mundo. Os integrantes são apenas indivíduos cujo quociente de inteligência ficam entre os 2% do topo de qualquer teste de inteligência existente. (N.T.)

indefesos na lagoa para um ladrão como ele: para todos os efeitos, em qualquer casa, condomínio, apartamento, iate, *bunker*, e por aí vai, ele poderia se desmaterializar para o interior da propriedade, colocar os habitantes para dormir com um comando mental e roubar o que quisesse, quando bem quisesse.

Mas isso seria o mesmo que jogar Monopoly com um soco inglês. Se você pode apenas nocautear seu oponente, apanhar todas as casas e hotéis, todo o dinheiro de papel, e todas as propriedades? Parabéns para você. Agora só é preciso jogar os dados e mover seu peãozinho ao redor do tabuleiro pelas 75 mil rodadas seguintes, jogando sozinho.

O desafio estava justamente nas dificuldades. E, no seu caso, aplicava a si mesmo todas as limitações dos humanos: não se permitia fazer nada que os ratos sem cauda não conseguiam. Essa era a única regra, mas tinha muitas, muitas implicações.

Ok, confessaria. Trapaceava de vez em quando.

Só um pouco.

Mas era um ladrão, não um padre, pelo amor de Deus.

Passou reto pela fila de quartos de hóspedes vazios. Na verdade, o apartamento todo, inclusive o quarto do pânico para o qual se encaminhava, estava deserto. Pretendia invadir quando o feliz casal estivesse batendo cartão de ponto na propriedade – porque os proprietários tendiam a ser mais desafiadores quando estavam, entende, dentro da propriedade. Mas ele estava de folga na Irmandade e o Patrão e a Patroa da casa viajavam bastante. Estava cansado de esperar que as estrelas se alinhassem.

A instituição de caridade dos animais para a qual doaria o dinheiro precisava se reconstruir depois de um incêndio. Felizmente, nenhum dos cães e gatos morreu, mas a ala médica fora atingida...

E daí? Ele tinha um fraco por coisinhas peludas de quatro patas. Além do mais, não precisava do dinheiro e ter um objetivo para o fruto do roubo era o que tornava tudo aquilo muito mais do que apenas um hobby.

A suíte principal era um apartamento dentro do apartamento, uma concentração de artigos superluxuosos e ultraparticulares que incluía uma cozinha privativa, terraço próprio e um closet interligado com banheiro do tamanho da casa da maioria das pessoas. E eles seguiram o exemplo de Jodie Foster em *Quarto do Pânico* à perfeição. Tudo ali se trancava no caso de uma invasão por alguém cujo patrimônio fosse inferior a 40 milhões de dólares ou, no caso de uma fêmea, tivesse uma proporção menor que 0,75 entre cintura e quadril.

Padrões, entende.

Ao atravessar a Zona do Patrão, parou e aguçou os ouvidos no silêncio. Puxa, como aquilo era entediante. Preferiria mil vezes esperar até que o Patrão e a Patroa estivessem na casa.

Chegando a uma entrada em arco, relanceou para a cozinha. Era estéril como uma sala de operações e igualmente convidativa, tudo era de aço inoxidável e muito profissional. Mas, pensando bem, não aconteciam muito jantares em família ali. A Patroa original e os filhos do Patrão, gerados antes de ele juntar seu primeiro bilhão, foram alijados como se tivessem sido um investimento ruim. Não havia mais uso para coisas aconchegantes.

Lustrosa e bela, fria e de última geração.

Assim como a esposa nova, assim como a vida nova.

Balz seguiu em frente. A sala de vestir tinha duas entradas, uma dava para o quarto e a outra para um corredor estreito usado pela criadagem. Pareceu-lhe mais educado escolher essa passagem visto que cometeria um furto, e ficou surpreso ao encontrar a porta trancada. Pegando seu equipamento de arrombar fechaduras, invadiu em menos de um minuto e, ao entrar na coleção à altura da Neiman Marcus[4] em termos de gravatas, ternos, vestidos e acessórios, inspirou fundo. Ah. Então era aquela a fragrância que permeava o último andar e, sim, se dinheiro tivesse um cheiro, seria esse. Um floral inebriante, forte o bastante para ser notado, ainda assim nada excessivo, mas com o peso de uma sofisticada colônia masculina.

---

4   Rede norte-americana de lojas de departamentos de luxo nos Estados Unidos. (N.T.)

Uau, era surpreendente que o Patrão e a Patroa ainda tivessem algum dinheiro no banco, considerando todos aqueles modelitos.

Por trás de painéis de vidro, assim como nas redomas do andar de baixo, araras para cabides estavam dispostas em vários níveis, como se as centenas e centenas de milhares de dólares em roupas fossem perecíveis quando em contato direto com o ar. Também havia um corredor central de dez metros contendo cômodas no centro, tanto as dele como as dela.

Hora da festa.

Assobiando pelos dentes da frente, sapateou ao avançar em direção ao compartimento em que estavam guardados os smokings do Patrão. Abrindo o vidro, deu uma de Moisés no Mar Vermelho com os blazers de seda. A parede que surgiu era lisa – a não ser pelo quadrado delineado que, caso você não tivesse a visão de um vampiro ou a informação sobre a localização do cofre, passaria despercebido.

Pegando uma CPU do tamanho de um *venti latte*, digitou uma série de comandos no teclado do que parecia um Black Berry. Em seguida, aproximou o aparelho da parede. Houve alguns sons de giros, um claque e um sibilo... depois dos quais o painel se retraiu para revelar a porta de um cofre de um metro por um, com um disco analógico das antigas – o que se mostrara uma bela surpresa quando ele invadira o sistema de alarme para verificar a quantidade e a localização dos seus contatos.

Respeitava a escolha analógica. Porque, veja, era impossível invadir o cofre pela internet, e quando girou o disco de leve, reconheceu que teria bastante dificuldade para entrar mesmo com um maçarico e algumas horas à disposição.

Sim, estava na hora de flexibilizar suas regras.

Ao mexer mentalmente na tranca que não era de cobre, a capitulação do mecanismo interno foi tão fácil quanto estar sentado numa poltrona reclinável comendo Doritos por duas noites seguidas: sentia-se inchado pela facilidade e entediado pela ausência de um desafio.

Mas disse a si mesmo que se testaria em outras noites.

Quando a porta do cofre se abriu, uma luzinha interna se acendeu e iluminou o tipo de mercadorias que ele esperava encontrar. O interior também tinha – adivinha – prateleiras transparentes e tudo nelas estava separado por – surpresa! – categoria: dinheiro em notas presas por elásticos, que por algum motivo o fizeram se lembrar de beliches. Uma caixa repleta de relógios, com os ponteiros balançando como se dançassem ao som de uma música inaudível. E também um punhado de caixas de joias.

Que eram o que ele queria.

Pegou a caixa de cima. O estojo, maior do que sua maldita palma, era revestido de couro vermelho com bordas gravadas em ouro. Soltou a trava e levantou a tampa.

Sorriu tanto que os caninos apareceram.

Mas a alegria não durou muito enquanto contava as caixas que restavam no interior. Havia outras seis, e, por algum motivo, essa meia dúzia de outras oportunidades o exauriu. Em outra época de sua vida, teria inspecionado cada uma delas e escolhido a joia mais cara. Agora, na real, não estava nem aí. Além do mais, a caixa que segurava era Cartier, e o peso dos diamantes estava entre quarenta e cinquenta quilates com excepcionais corte, clareza e cor. Do que mais precisava?

Não, não pegaria todas as caixas. Sua regra era um item, apenas um, em qualquer invasão realizada. Poderia ser um objeto ou um contêiner cheio de coisas, ou um conjunto de peças unitárias, mas em que uma estivesse inegavelmente ligada à outra.

Na época do Antigo País, por exemplo, roubara uma carruagem com quatro cavalos cinza perfeitos por conta dessa brecha.

Portanto, ficaria com o Cartier, deixando o resto para trás.

Levantando-se, ordenou em pensamento que o cofre se fechasse e trancasse outra vez. E bem quando começava a se perguntar se precisaria de seus equipamentos de 007 para fechar o painel, a divisória da parede voltou ao seu lugar e se fechou automaticamente.

Por um instante, só o que conseguiu fazer foi encarar o quadro branco no meio dos paletós afastados. Fechando os olhos, sentiu um vazio que...

– O que está fazendo?

Ao som da voz feminina, Balz se virou. Parada na entrada que dava para o quarto, a Patroa do tríplex estava bem embaixo de uma das luzes embutidas no teto – o que significava que a camisola diáfana estava completamente translúcida.

Ora, ora, Senhor Administrador de Fundo de Investimentos, ele pensou, *com certeza você se deu bem no altar.*

– O que *você* está fazendo aqui? – Balz devolveu a pergunta com um sorriso preguiçoso. – Era para vocês dois estarem em Paris.

Capítulo 4

Quando Ralphie subiu as calças e Chelle se arrumou debaixo da saia, ele estava ligadão, mas sem nenhum zunido, pois o orgasmo aplacou o auge do barato da cocaína. Travou os molares, curvou os braços e contraiu todos os músculos da parte de cima do corpo, encurvando a coluna para frente, repuxando os lábios e estralando os ossos.

Ao som dos estalos, sua equipe se virou para trás.

– Ele está pronto! Ele é o monstro!

Nesse instante, como se os "oficiantes" estivessem esperando que ele rompesse a casca, a buzina soou na extremidade oposta da garagem.

Sua equipe começou a entoar um cântico e Chelle se achegou para perto dele. Ele a beijou na testa e disse eu te amo bem baixinho, só para ela ouvir. Em seguida, pôs-se a andar, e seus garotos formaram uma lança de corpos ao seu redor, com Chelle na retaguarda. Quando chegaram à multidão, todo mundo saiu do caminho, as saudações frenéticas num volume que chamaria a atenção de qualquer um – isso se existisse vivalma naquela parte decadente da cidade.

Por dentro, Ralphie sorria. Por fora, sua expressão era de "vá se foder".

O Reverendo organizara aquela luta há três dias, com um cara de fora da cidade, do qual ninguém nunca ouviu falar e que não tinha nenhum recorde. Portanto, aquilo seria mamão com açúcar.

– Monstro! Monstro!

A equipe entoava seu nome e a multidão seguiu o coro. E apesar de saber que ela estava assistindo, olhou para trás para ver se Chelle estava prestando atenção. Estava. O queixo estava abaixado, mas os olhos continuavam pregados nele e ela tinha um sorriso discreto no rosto que o fez se sentir mais alto do que era de fato. Mais largo. Mais forte.

Ela era a origem de sua força.

Porque desejava vê-la com aquela felicidade estampada no rosto sempre.

Ralphie se recompôs e se concentrou nos corpos que lhe abriam caminho. Ao se aproximar da área designada para a luta, entrou num campo de iluminação tênue lançados pelos faróis baixos dos poucos carros permitidos a passar pela barricada formada no térreo. A multidão foi a um delírio ainda maior quando conseguiu enxergá-lo, e ele fingiu estar no WWE, prestes a fraturar um crânio no ringue.

Embora só houvesse um círculo vermelho pintado com tinta spray no chão de concreto manchado.

Havia, na verdade, dois círculos, o interno com cerca de cinco metros de diâmetro e o externo fornecendo uma faixa de separação onde a multidão não podia ficar – mas que sempre invadia ao término dos combates. No início, porém, todos seguiam as regras, por isso ele deixou a equipe para trás e seguiu sozinho para a área de combate.

Na sola das botas, as manchas secas de sangue da luta da semana anterior tinham cor de lama, e ele estalou as juntas dos dedos ao andar ao redor do círculo, com o coração acelerando ao se lembrar de ter fraturado o nariz e quebrado alguns dentes do oponente. Enquanto se incentivava psicologicamente, aquele povo todo – até mesmo seus garotos e Chelle – desapareceu para ele. Tudo disse adeus. Estava concentrado em si mesmo. Dentro de si mesmo. Fora de si. Dentro de si...

Começando a repetir o mantra, como um trem ganhando velocidade nos trilhos, o embalo criando uma descarga própria, Ralphie colocou o peso do corpo nos joelhos, movimentando-se de um pé a outro. Punhos erguidos, bíceps contraídos, olhos mal piscando, concentrado no outro lado do círculo, no agrupamento de corpos que ainda tinha que se afastar para revelar seu oponente.

Saltitando.

Respirando.

Saltitando.

Respirando...

Depois de um minuto e meio daquilo, Ralphie já estava impaciente. Mas que porra. Cadê o filho da puta? Forasteiro filho da mãe, covarde do caralho...

De repente, as pessoas começaram a vibrar como se estivessem pouco à vontade, olhando para a frente e para trás como se alguma coisa estivesse acontecendo. Não demorou e começaram a se afastar bem rápido, alguns tropeçando na confusão.

Cacete, era melhor ninguém ter sacado uma arma...

Um corredor de dez metros se formou pelos corpos agitados, a ala mal formada partindo do círculo de combate até a área mais ao ar livre. Na ponta? Um lutador estava sozinho, de costas para tudo, de costas para todos, a silhueta dos ombros largos contra o brilho de aço frio da cidade.

Ralphie parou de saltitar. O coração pareceu parar por um instante.

Mas, nessa hora, uma mulher, vestida como alguém de classe média, tropeçou dentro da zona de segurança, com os olhos arregalados, como se não tivesse a mínima ideia de como tinha ido parar ali.

Ignorando-a, Ralphie deu um chute no próprio traseiro. Mas que porra. Quem era o covarde ali? O cara não era diferente de nenhum outro idiota fortão. Por que o maldito não virava logo de frente? Provavelmente era tão gordo quanto seu tio Vinnie.

Ele que se foda...

O clarão surgiu sabe-se lá de onde, um facho tão brilhante que deixou o interior da garagem iluminado como se estivesse ao sol do meio-dia. E quando as pessoas do público, e sua equipe, ergueram os braços acima da cabeça e se agacharam, Ralphie não fez nada disso.

Só ficou ali, parado, de pé.

E avaliou a tatuagem que cobria as imensas costas musculosas do lutador. Era uma caveira enorme, preta e branca, a parte superior dos ossos estava na nuca e a mandíbula de dentes afiados na altura da cintura. E mesmo com os globos oculares desaparecidos, apodrecidos pela morte, o mal irradiava das órbitas pretas como piche.

Lentamente, o lutador se virou.

Ralphie corou e não conseguiu respirar. Quando o oponente sorriu como se fosse um assassino em série encarando a próxima vítima, seus dentes pareceram alongados demais. Em especial os caninos.

Vou morrer hoje, pensou Ralphie com absoluta convicção que nada tinha a ver com a paranoia induzida pela cocaína.

Era mais como se a mão ossuda da Dona Morte tivesse pousado em seu ombro... e fechado a pegada ao seu redor. Para sempre.

O que estava prestes a enfrentá-lo era um monstro *de verdade*.

Mae passou pelos seguranças do térreo. Claro que passou. E conseguiu isso sem recorrer a um repeteco da tática de Dady's Girl – embora pudesse partir para a ação física caso fosse obrigada, e, como vampira, teria derrubado qualquer um daqueles leões de chácara. No entanto, era mais eficiente só virar umas chavinhas nos cérebros humanos e entrar como se aquele fosse o seu lugar, uma pimenta em meio a cristais Swarovski.

E agora estava ali em cima, enfiada no meio da multidão de humanos vestidos para um espetáculo, esbarrando nela, o cheiro deles invadindo seu nariz como dedos atrevidos, a cantoria animada ecoando como uma fumaça tangível e tóxica no ar, congestionando seus pulmões. Atacada pela descarga infeliz de percepções sensoriais, seu cérebro tentou se manter alerta, mas sua consciência parecia um globo de neve, todo revirado pela agitação que obscurecia a peça central.

Onde estava o Reverendo?

Forçando-se a se acalmar, tentou lançar mão dos instintos. Não fazia a mínima ideia de qual era a aparência do macho, qual era seu verdadeiro nome. Mas vampiros conseguem localizar vampiros, e não iria embora até encontrá-lo...

A multidão de repente mudou de posição, movendo-se como gado no chão de concreto do edifício-garagem. E enquanto Mae tentava se afastar do que causara aquela comoção, de repente se viu em meio a um espaço aberto ao seu redor. Estava sem ninguém por perto.

Será que havia uma bomba numa sacola que deixou passar despercebida? Olhou para baixo e viu duas linhas vermelhas pintadas com tinta spray. E, quando ergueu o olhar, descobriu que estava no começo de uma longa divisória entre os humanos...

Mae perdeu o fôlego.

O tempo desacelerou. As pessoas desapareceram. Nem sequer tinha certeza de onde estava.

O vampiro que estava na extremidade do estacionamento, de frente para a noite, era extraordinário... e aterrorizante...

Antes de conseguir formular qualquer outro pensamento, porém, uma luz ofuscante surgiu de algum lugar.

O céu noturno foi inundado por uma iluminação tão clara, tão vasta, que foi como se a Virgem Escriba tivesse voltado sua ira sobre toda a Terra. Em seguida, veio a explosão. Qualquer impacto que tenha ocorrido foi tão devastador que uma descarga de luz ainda mais intensa permeou a garagem, a luz branca irradiando por todas as direções enquanto um trovão distante reverberava por toda a cidade.

No entanto, a despeito de tudo isso, ela só tinha olhos para o macho.

A tatuagem da morte ao longo das costas era apavorante, e ela teve a sensação de que ele...

O lutador se virou e ela arquejou. Os ombros largos formados por músculos fortes e as coxas eram mais sólidas que o concreto no qual ele se erguia. O peito nu era igualmente tatuado, o cenário cinza e preto ao longo dos peitorais e abdômen representava uma mão ossuda se projetando do tronco. Como se ele fosse um conduíte através do qual o *dhunhd* clamava o que lhe era devido.

– Recue!

Novamente, Mae não percebeu que se dirigiam a ela. Mas alguém a agarrou e, por uma fração de segundo, seu cérebro entendeu que era a garra do lutador indo atrás dela. Com um berro, sobressaltou-se, e antes que conseguisse se dar conta, foi puxada para trás.

– Você tá na merda da zona de segurança – um homem a advertiu.

– Confie em mim, você não vai querer ficar no caminho *daquilo*.

Não havia dúvidas quanto ao que o homem se referia, e Mae se encolheu, embora não fosse o alvo de ninguém. E quer o oponente do vampiro estivesse pronto ou não, quer o público pudesse lidar com o que estava para acontecer ou não, o macho começou a avançar com passos ameaçadores, como se estivesse dominando Caldwell inteira. Com o queixo abaixado e o olhar maligno fixo adiante, as sobrancelhas pesadas e a expressão brutal, era impossível distinguir a cor dos seus olhos, mas, bem em seu íntimo, ela sabia que eram negros. Obscuros como a alma depravada que habitava aquele corpo poderoso e magnífico.

Uma sensação doentia de medo atravessou Mae, e ela tentou se afastar ainda mais, porém a turba atrás de si estava muito compactada para permitir sua passagem. Nesse momento, perguntou-se quem era o louco que iria enfrentá-lo?

Virou a cabeça na outra direção.

– Meu Deus...

O humano prestes a ser devorado como uma bela refeição era vários centímetros mais baixo e muitos quilos mais magro, e ficou evidente, pela expressão indisfarçável de medo no rosto magro, que ele sabia que estava encrencado. Ele também era tatuado, mas as figuras eram um misto de diferentes temas, símbolos, e eram coloridas, uma coleção aleatória tão descoordenada quanto os itens que caíram de sua bolsa na noite anterior. E ela supôs, a julgar pelos olhos arregalados e dilatados, que os pensamentos dele estivessem tão desorganizados quanto suas tatuagens.

Mae quis lhe dizer: CORRA. Mas ele já sabia que fugir seria o melhor a fazer. Estava olhando para trás como se avaliasse uma rota de fuga, no entanto, por algum motivo, afundou-se no que parecia uma posição de combate e ergueu os punhos magros na altura da face. E quando a cabeça e os ombros se projetaram para frente, o resto do corpo se arqueou para trás a partir do quadril – como se os órgãos vitais não quisessem fazer parte daquilo.

E o vampiro continuou avançando.

O macho só parou quando entrou no círculo interno meio torto pintado no concreto e, ao contrário do humano, não assumiu postura de combate. Encarou o humano com os braços largados ao lado do corpo e a coluna reta como um carvalho. Não cerrou os punhos. Não fez menção de atacar ou iniciar a luta.

Mas, avaliando bem, ele era um predador tão letal que não necessitava de defesa nem de ataque. Ele era uma lei da física, inegável e inevitável.

Quando a multidão se calou e os dois lutadores se tornaram um retrato iminente de um combate, Mae se viu encarando o peito nu do macho. Havia algo de fascinante no modo como a tatuagem da mão ossuda se movia quando ele respirava calma e controladamente. Enquanto isso, do outro lado do círculo, o humano dava pulinhos e saltitava, aguardando o ataque. Quando nada aconteceu, ele olhou ao redor. O público se impacientava, e o homem pareceu incentivado pela impaciência deles. Aproximou-se com cautela, mas o macho não reagiu. E quando o humano desferiu o primeiro soco, o ângulo ascendente procurando o maxilar largo...

O macho interceptou o punho ossudo com uma palma muito mais larga e virou o braço como se fosse uma corda. Quando o humano berrou e caiu de joelhos, a multidão arquejou e se calou uma vez mais.

– Pare – Mae sussurrou. – Pare com isso...

A expressão do vampiro permaneceu inalterada. Assim como sua respiração. O que fazia sentido. Ele era um assassino que não estava se esforçando.

Sem nenhuma preocupação no mundo, forçou o humano a cair de costas e pairou acima dele, com as pernas afastadas. O humano ficou momentaneamente incapacitado pelo terror. Mas logo isso mudou. Algum mecanismo se acionou em seu cérebro e ele começou a chutar, a perna curta o bastante para conseguir dobrá-la e empurrar com o pé a virilha do seu adversário. O vampiro recuou, ficando fora de alcance, e então atacou com o punho mirando o rosto, o que foi evitado com um rolamento. O concreto rachou sob a força do impacto do soco, e o humano voltou a ficar de pé. Seu equilíbrio não era dos melhores, e seu oponente muito mais forte se aproveitou disso. Agarrando-o pelo outro braço, girou-o e o puxou contra seu peito imenso.

Não o morda!, Mae pensou. *Ficou louco? Com todos estes humanos...*

Só que foi o humano quem afundou os dentes, travando os caninos achatados na pele do antebraço. Mas foi tudo muito rápido. Logo o vampiro se soltou, embora uma parte da pele tenha sido arrancada com a mordida, e desferiu um segundo soco.

O impacto na lateral do crânio derrubou o humano, o corpo magro despencou no concreto, tal qual uma poça agrupada apenas pelo saco desengonçado de pele tatuada.

O sorriso do vampiro retornou.

Lento. Mau. Letal.

Com apenas um vislumbre de canino.

Quando o humano começou a mover pernas e braços como se não tivesse certeza de que ainda estavam ligados a si, o macho o observou e esperou até que recobrasse totalmente a consciência. Afinal, não basta matar. É preciso matar quando a vítima está consciente de que estão lhe tirando a vida...

E então, tudo o que Mae conseguiu enxergar foi o irmão. Rhoger era quem estava caído aos pés da ameaça. Rhoger era o mais fraco dos dois, prestes a ser golpeado. Rhoger estava prestes a morrer...

– Não! – gritou. – Não o machuque!

Por conta do silêncio chocado do público, seu grito reverberou por todo o piso da garagem, e algo nele – o volume? O tom? – chamou a atenção do vampiro. Em seguida, o rosto aterrorizante a encarou, e aqueles olhos horríveis não estavam nada felizes.

O coração de Mae parou.

– Por favor – implorou. – Não o mate...

Do nada, o humano atacou com um soco que, uma vez mais, não encontrou o alvo na mandíbula proeminente.

Só que o sangue surgiu.

Um fio. Um jorro.

Um gêiser.

Da garganta do vampiro.

Confusa, Mae olhou para a mão que desferira o golpe débil – e algo prateado reluziu no punho do humano. Uma faca.

Quando a mancha vermelha se espalhou pelo pescoço e o tronco do macho, quinhentos pares de sapatos e saltos altos saíram correndo, disparando para as escadas. Nesse ínterim, o humano estava estarrecido com seu sucesso. Quanto ao vampiro? Sua expressão ainda permanecia inalterada, mas não por não ter ciência do ferimento mortal. Ele tocou a segunda boca que se abrira na lateral do pescoço e ergueu os dedos molhados para seu campo de visão.

No máximo, parecia aborrecido ao cambalear para o lado. Caiu de joelhos. Apoiou uma mão no concreto para evitar o total colapso. Nesse meio-tempo, evidentemente incerto quanto a estar decerto fora de perigo ou não, o humano foi cambaleando até conseguir sair correndo para escapar das garras da morte.

Mae olhou para o vampiro. Então para a escada lotada de corpos desesperados tentando escapar do prédio, do bairro, do estado.

– Merda! – murmurou quando os gorgolejos saindo do macho se tornaram audíveis.

Não se envolva, disse para si mesma. *Sua primeira e única preocupação é o Rhoger.*

Só queria ajudar. Droga, agora sentia-se responsável porque distraíra o vampiro – e esse foi o único motivo pelo qual o humano sobrevivera, o único motivo pelo qual o macho não sobreviveria.

Mas o irmão precisava dela mais do que esse desconhecido violento.

O macho soltou um grunhido.

– Não posso ajudá-lo – disse sinceramente condoída.

O macho se esforçava para falar e, quando tossiu sangue, Mae olhou ao redor... e foi se ajoelhar ao lado dele. Não havia um equivalente ao 190 para os vampiros e, mesmo que houvesse, o macho perdia sangue rápido demais para qualquer tipo de ambulância – ou até mesmo para um curandeiro que se desmaterializasse até ele. Além disso, para quem poderia ligar?

Talvez o número da Casa de Audiências do Rei?

Não. Havia regras contra a confraternização com humanos, regras que, ela tinha certeza, proibiam lutas secretas num mar de *Homo sapiens* e tentativa de matar membros dessa espécie na frente de centenas de ratos sem cauda. Se ligasse para o pessoal do Rei, tanto ela quanto esse vampiro estariam em sérios apuros.

E Rhoger vinha em primeiro lugar.

– Posso ligar para alguém...

– Vá – o macho disse com a respiração entrecortada. – Precisa me deixar. Salve-se!

A voz dele era grave e bem rouca, e quando Mae não respondeu, os olhos dele se conectaram aos dela com tanta intensidade que invadiram seu crânio.

– Pelo amor de Deus, fêmea, cuide de si mesma.

Era a última coisa que esperava ouvir dele, e quando o vampiro repetiu as palavras dificultosas, Mae se levantou e cambaleou para trás. Ao se afastar, o olhar duro do macho a acompanhou, mesmo que ela não tivesse certeza de que ele a enxergava.

– Vá – ele ordenou a despeito do sangue que jorrava pela lateral do pescoço. – Vá!

– Eu sinto muito...

– E eu com isso?

Tremendo dos pés à cabeça, Mae fechou os olhos na tentativa de se concentrar.

Quando, por fim, conseguiu se desmaterializar, os sons gorgolejantes do vampiro moribundo a assombraram. Contudo, tinha seus próprios problemas, e o macho tinha razão. Tinha de cuidar de si mesma. O irmão dependia dela.

Além do mais, quem vive para lutar, morre lutando.

Era um fato da vida, e não havia nada que alguém como ela pudesse fazer para mudar.

CAPÍTULO 5

— Como sabe que era para estarmos em Paris?

Quando a Patroa do tríplex fez a pergunta bastante razoável, Balz se viu totalmente distraído pela silhueta dela debaixo do facho de luz embutido no teto. Aqueles seios... os bicos duros porque estava um pouco frio... e a seda quase transparente era melhor do que se ela estivesse nua por completo.

Pois assim dava a um macho um trabalho a fazer. Bem devagar. Com a língua.

Enquanto Balz imaginava os dois se pegando, a Patroa falou com ele de novo, a boca se movia, a expressão era de expectativa, não de medo. Cortesia das imagens no banco de sua memória, porém, só o que ele ouvia era a fala de Teri Hatcher naquele episódio de *Seinfeld*: *Eles são de verdade, e são espetaculares.*

— ...você?

— O quê? — ele murmurou. — Desculpe, estava distraído.

— Você vai levar isso? — A Patroa apontou para a caixa de joia da Cartier. — Que está na sua mão?

— Sim — respondeu, confirmando com a cabeça. — Vou.

— Ah... — Ela tinha um olhar distante. — Meu marido comprou esse colar para mim há um ano. Presente de aniversário de casamento.

— Quer que eu leve alguma outra coisa no lugar, então?

Depois de um instante, ela meneou a cabeça.

— Não. Pode ser esse mesmo.

Balz sorriu um pouco mais.

– Você acha que está sonhando, não acha?

A Patroa retribuiu o sorriso.

– De outro modo, eu estaria aterrorizada.

– Não vou machucá-la.

– Mas você é um ladrão, não é?

– Ladrões furtam objetos. – Ele deu um tapinha na caixa. – Não machucamos pessoas.

– Ah, que bom. – Os olhos dela se desviaram para a sua boca. E desceram pelo peito. Abdômen. Pairaram nos quadris... como se estivesse tentando imaginar o que havia por trás do zíper e como ele fazia bom uso daquilo. – Muito, muito bom mesmo.

– Me fala uma coisa, o seu marido está aqui? – Balz murmurou enquanto sentia algo se mexer em lugares que, era uma pena, vinham sendo subutilizados recentemente.

– Não. Ele está em Idaho.

– Idaho? – Balz piscou. – É por isso que não foram para a França?

– Idaho é mais importante. Apesar de hoje ser nosso aniversário de casamento.

– Não consigo entender como.

– Ele tem uma empresa com sede lá. Uma indústria. Precisam de muito espaço, e a terra por lá tem um valor razoável. Ele tem um avião particular e há uma pista de pouso para o veículo. – De repente, ela desviou o olhar. – Mas trabalho não é o verdadeiro motivo de ele ter ido para lá.

– Por que ele foi?

– Ele tem... uma amiga. Em Idaho.

– Que tipo de amiga? – Quando ela não se aprofundou, Balz murmurou: – Que otário.

Os belos olhos escuros voltaram para os dele e as mãos, graciosas e preocupadas, subiram para o corpete da camisola.

– Você acha?

– Acho o quê? Que é ele que está perdendo ao não estar aqui com você? Mas é claro, porra... – Balz ergueu a mão livre. – Desculpe o palavreado.

Quando a Patroa corou de leve e desviou o olhar novamente, foi muito triste que aquela bela mulher precisasse das garantias de um ladrão. Porém, pensando bem, quem melhor para apurar o valor de algo?

– Então ele está em Idaho... – Nunca antes Balz gostou tanto de um estado. – Que maravilha, ainda mais nesta época do ano.

A Patroa ergueu os olhos.

– Ah, não, o clima lá é horrível no início da primavera.

– Discordo. Acho que o tempo está perfeito para ele. – Que o maldito tenha o pau congelado. – Assim como as coisas estão melhores para você aqui em Caldwell. Muito, muito melhores.

Depois de um instante, ela concordou vagarosamente.

– É muito agradável aqui. Nesta época do ano.

Engraçado, pensou ele, como dois estranhos conseguem fazer e responder perguntas usando palavras que não tinham porra nenhuma a ver com o que de fato queriam dizer.

– E acho que você está errada – disse Balz ao abrir a tampa da caixa do colar. – Se o seu marido lhe comprou isto para o aniversário de casamento, você de fato tem que ficar com ele.

Os olhos dela dispararam para a caixa. Num tom duro, murmurou:

– Ele tem seguro. Receberá o dinheiro de volta. Ele sempre recupera seu dinheiro.

– Ainda assim, deve ter um valor sentimental atrelado. – Retirou o colar de diamantes do ninho de veludo com o dedo mínimo e jogou o estojo por cima do ombro. – Algo que a faça sorrir quando o usar.

– Acha mesmo?

– Tenho certeza. E posso provar.

– Pode?

– Ah, se posso. – Balz foi até junto dela. – Agora mesmo.

O cheiro da excitação da fêmea o excitou também. Mas até parece que sua ereção precisava de mais estímulo além daquele corpo...

Abriu o fecho do colar, deixando os diamantes de frente, e estendeu o braço. O ar entre eles estava eletrizado.

– O que está fazendo? – sussurrou ela.

– Estou colocando o colar que o seu marido te deu ao redor do seu pescoço. – Baixou os lábios até o ouvido dela enquanto prendia o fecho. – Para que possa usá-lo enquanto eu trepo com você.

O arquejo dela foi mais erótico que o inferno.

– Por que... por que... faria isso?

Balz recuou. A pulsação da mulher estava acelerada na jugular, ela respirava rápido, e o peito ofegante fazia a seda da camisola se mover para cima e para baixo, roçando os mamilos. Ai, caralho, de repente ele estava faminto. Morrendo de fome.

– É preciso mais do que diamantes para fazer uma mulher se sentir bela. – Deslizou a ponta de um dedo pela pele até a base do pescoço, seguindo o contorno do colar. – É algo de que esse seu marido deveria se lembrar. E, já que ele não se importa, eu vou te dar todo tipo de lembranças para acompanhar essas pedras frias.

– Mas achei que fosse roubá-lo. – Ela ergueu a mão e o tocou enquanto Balz a tocava. – Pensei que estivesse...

– Vamos nos concentrar só em você agora.

Inclinando-se para baixo, beijou o declive sensual entre as clavículas. Então desceu em linha reta, até aninhar-se entre os seios. Quando a fêmea suspirou, Balz sentiu que ela mergulhava os dedos em seus cabelos, e foi então que alcançou o ponto em que queria estar desde o instante em que a vira.

Estendeu a língua e lambeu um dos mamilos, umedecendo a seda. Recuou, tirando um instante para admirar seu trabalho: a fina barreira desaparecera, a camisola se colou na pele deliciosa. Quando assoprou o seio, ela estremeceu e seu cheiro invadiu suas narinas.

– Ah... meu Deus... Faça isso de novo.

– Será um prazer, Patroa.

Dito isso, ele a pegou nos braços... e a carregou até a cama do babaca do marido.

Sete andares abaixo, a detetive de homicídios Erika Saunders saiu do elevador e olhou para os dois lados. Sabia aonde estava indo, mas esse era um velho hábito seu. Sempre se deve olhar para os dois lados antes de atravessar a rua. Ou entrar num corredor.

Ou seguir pela nave da igreja.

Deveria ter prestado mais atenção nesse último.

O Commodore era a vida luxuosa em sua expressão máxima – ou, pelo menos, esse era o *slogan* da sua marca registrada. E pelo que vira, da mesa da recepção até a vista das pontes sobre o Hudson, e ouvira sobre os apartamentos, tudo tinha sido recém-redecorado segundo os melhores padrões dos apartamentos do Upper East Side de Manhattan. O prédio agora contava com uma academia própria e uma piscina, e a corporação de hotéis que o comprara um ano atrás prometia o acréscimo de um restaurante gourmet, um spa e um estúdio de ioga.

Planos, planos, planos.

Ah, mas no meio do caminho tinha uma pedra, ela pensou ao seguir adiante. Pelo menos para atrair novos proprietários.

Peraí, era assim mesmo? Talvez fosse "tinha uma pedra no meio do caminho"? Não, não tinha certeza.

Que merda, precisava dormir.

Passou por umas seis portas até se aproximar de um oficial uniformizado da Polícia Municipal de Caldwell – a PMC, de prontidão, e que lhe abriu a porta de imediato.

– Está no quarto, detetive – ele disse tal qual um guia de museu.

– Obrigada, Pellie – agradeceu ao calçar o protetor descartável sobre os tênis pretos.

Ao adentrar o apartamento, sua primeira impressão foi "Geração Z que ficou rica com posts na internet". Havia porta-retratos digitais em toda parte, e as imagens mostravam o mesmo casal na mesma pose amorosa de rostos coladinhos, superfelizes diante de diferentes panos de fundo todos dignos do Instagram: tropicais, montanhosos, desérticos, fluviais. O conjunto de sofá e poltronas era de fibra natural, o tapete de nós evidentemente fora tecido à mão, e falando em "gratiluz", um par de tapetinhos de ioga cor de lavanda jazia lado a lado numa área aberta junto à cozinha, que não tinha nada de especial, a não ser pela parafernália das drogas sobre a bancada de granito ao lado de um liquidificador do tamanho de uma banheira e de um cesto cheio de frutas, sem dúvida, orgânicas.

Ao que tudo indicava, o casal já não era tão leal à imagem de "meu corpo é meu templo" que se via nas mídias sociais.

Ecstasy definitivamente não é vendido no Whole Foods.

Seguindo as vozes baixas que vinham de um corredor estreito, começou a sentir o cheiro de podridão, e o perfume da morte de fato desabrochou quando ela chegou à porta aberta da suíte.

Três ou quatro dias, pensou ao vestir as luvas de nitrilo. *Talvez cerca de uma semana.*

Sobre a cama queen-size, o homem e a mulher das fotografias estavam nus, de barriga para cima, cabeças apoiadas nos travesseiros e os rostos acinzentados voltados um para o outro. Ambos perderam muito sangue devido a ferimentos centralizados no peito, e os lençóis, embaixo dos corpos, tinham absorvido toda a umidade.

Estavam de mãos dadas, e os dedos frouxos, sem reação, mantinham-se no lugar presos pelo que parecia ser fio dental ao redor dos punhos.

O detetive Andy Steuben, que fazia anotações junto à cabeceira, olhou para ela.

— Me dói o coração dizer o quanto isso é triste.

Erika revirou os olhos.

— Podemos passar sem esse tipo de comentário. Obrigada.

Foi até os corpos e deu uma boa espiada nas mutilações. Tanto o homem quanto a mulher tiveram os corações removidos, e não de maneira limpa e cirúrgica. Os ferimentos cavernosos tinham as bordas dilaceradas e fragmentos de ossos salpicavam os abdômens e a coberta. Parecia que quem quer que tivesse executado as remoções tinha enfiado a mão no peito para arrancar o músculo cardíaco.

Só que isso era impossível.

— A equipe forense está a caminho — Andy avisou.

Erika já sabia disso, mas, assim como Steuben tinha reputação de ser o espertinho, ela era a megera atual da divisão, e não sentiu a necessidade de aumentar os boatos ao rebater o cara quando não era preciso.

Esquadrinhou o quarto e observou que a cômoda estava com todas as portas fechadas. Havia um laptop e uma câmera sobre uma mesa. Carteira e bolsa junto a eles. Na mesinha de cabeceira à esquerda, uma bandejinha de prata com um punhado de joias e um relógio pesado.

Erika esfregou a cabeça dolorida.

– Preciso dar um telefonema.

– Vai chamar os federais? – perguntou Andy.

Erika foi até a cabeceira de madeira. Acima dela, em letra cursiva, uma palavra de quatro letras fora rabiscada na parede.

AMOR.

– Este é o terceiro casal de vítimas – disse secamente. – Acho que temos um assassino em série.

Capítulo 6

No instante em que teve a garganta cortada, Sahvage teve um, e apenas um, pensamento passando pela mente: talvez, enfim, estivesse prestes a descer desse maldito trem.

Foi o que pensou ao cair de joelhos e sentir o sangue quente bombeando e sujando seus dedos, escorrendo livremente para encharcar as calças e se empoçar no concreto. Quando a plateia da luta saiu correndo, seu cérebro começou a desacelerar – com isso teve alguma esperança, algum otimismo de que, enfim, depois de todos aqueles anos...

Quem diria que aquele humano seria capaz disso?

E, falando no idiota, o magrelo de faca na mão saiu cambaleando com dificuldade e disparou para longe como se sua vida dependesse disso. Sahvage o deixou ir. O bastardo lépido merecia a tentativa de liberdade depois do golpe furtivo com a lâmina escondida. Ainda que, se aquela fêmea não tivesse sido tamanha distração...

Antes de perder a consciência, o cérebro de Sahvage ordenou à cabeça que olhasse para onde ela estava. No entanto, tudo se escoava com rapidez: energia, consciência, cognição. Portanto, não conseguiu ir muito longe com o comando. Em vez disso, o mundo começou a rodopiar, tudo girando ao seu redor.

A sensação de afunilamento cessou com um impacto ruidoso, quando algo frio e duro bateu em seu rosto – e ele ficou se perguntando quem o teria acertado na mandíbula com um bastão de beisebol.

Só que não, aquilo não foi um ataque. Foi o baque com o piso de concreto que recebia todo o peso de seu corpo.

Não, espere. Nada daquilo fazia sentido.

E não era maravilhoso?, pensou quando a visão começou a escurecer, embora as pálpebras continuassem abertas.

Talvez desta vez, pensou com exausta antecipação. *Talvez... desta... vez.*

Ficou momentaneamente surpreso quando sua visão voltou, atraída por uma luz ofuscante, brilhante. A princípio, pensou que era o Fade, mas não. Sua origem se desviou. Em seguida, outra. E mais uma...

Os carros que iluminavam a arena de luta estavam em fuga.

E alguém pairava sobre ele.

Aquela fêmea... a que gritara para ele. E mesmo enquanto sangrava, reparou nela.

O que era muito melhor do que rever *flashes* de sua vida.

Ela era alta e se vestia com simplicidade, os jeans e o blusão pesado totalmente deslocados naquele lugar de roupas reveladoras e exuberantes que os humanos vestiam. Os cabelos estavam puxados para trás, por isso não conseguia ver bem qual era a cor deles, as maçãs do rosto eram altas, a mandíbula bem desenhada, as bochechas fundas sugeriam que ela passava fome boa parte do tempo.

Que diabos fazia num lugar como aquele?

Quando outro carro saiu em disparada, os faróis azul-claros a iluminaram, evidenciando os olhos arregalados e assustados.

– Vá – disse para ela. – Deixe-me.

Quando a fêmea não se moveu e não deu atenção às suas palavras, ele ficou se perguntando se falara apenas dentro de sua cabeça...

Sahvage começou a tossir, mas foi uma tosse fraca porque não havia muito ar em seus pulmões. E, maldição, a boca tinha gosto de cobre.

A fêmea olhou ao redor, e foi então que ele viu o rabo de cavalo. Escuro, mas com mechas loiras. Em seguida, ela se abaixou ao seu nível e a boca se moveu.

Que diabos estava dizendo? Ela precisava tomar conta dele...

Dela. Ela precisava cuidar de si mesma.

Bem quando se preparava para se levantar e empurrá-la para a lateral da maldita garagem, ela se colocou de pé e deu uma última olhada para ele. Parecia sofrer. Sahvage quis lhe dizer para não se dar ao trabalho.

Mesmo se tivessem sido íntimos, ele não valia a pena. E eles eram desconhecidos.

No fim, ela desapareceu em pleno ar, e o espaço em que estivera ficou vazio; o último dos carros que iluminava a luta, um SUV preto grande, saiu cantando pneus ao passar bem onde ela estivera de pé.

O veículo quase o atropelou. Sahvage desejou que tivesse terminado o serviço.

Quando a última luz desapareceu, e os sons dos humanos se esvaíram no silêncio, e a temperatura da noite foi ficando cada vez mais fria, Sahvage sorriu na poça do próprio sangue.

Finalmente, uma fêmea que fazia o que ele lhe dizia para fazer quando mais importava. Ao contrário de...

Antigo País
1833

— Não podes me salvar.

Quando sua protegida, Rahvyn, disse tais palavras, Sahvage ficou muito mal-humorado com a fêmea sentada diante de si na campina verdejante. De fato, tivesse sua prima de primeiro grau estapeando-o no rosto, não o teria ofendido tanto.

— O que dizes? — grunhiu do fundo do peito. — Sou seu tuhtor. *É uma honra e um dever para mim garantir que...*

— Pare. — Ela pousou a mão pálida sobre a manga áspera de couro da blusa dele. — Eu te imploro. Não há mais tempo.

Determinado a não desferir a língua para ela, desviou o olhar de onde estavam sentados, um diante do outro. No meio da campina pacata, despertando para o calor da primavera, debaixo do esplendor de uma noite límpida e estrelada com uma lua parcial, não parecia certo discutirem. Nunca parecia certo discutir com Rahvyn. Todavia, assim era a natureza dele.

E ela estava viva por causa disso.

— Sahvage, deves me deixar ir. Não te servirá de nada cair antes...

— Sim, me servirá! Não tens juízo, fêmea...

— Deixa que me peguem — sussurrou ela. — Tu deves sobreviver daqui em diante. Eu te prometo.

Sahvage ficou em silêncio, incapaz de retribuir o olhar dela. Fitou o horizonte, sem ver nada, o sangue fervente, o desejo de lutar sem ter um alvo, pois jamais a machucaria. Não de fato. Nem com palavras. Tampouco em pensamentos.

Imprecou.

— Jurei a meu tio, o teu pai, que te protegeria. Tu já insultaste minhas adagas negras, agora seguirás a insultar minha honra?

Olhou raivoso para a fila de árvores e para o chalé distante no qual os dois viviam desde que o lado da família dela fora dizimado por redutores. *O pai e a* mahmen *dele já estavam mortos. Sem Rahvyn, ele não teria mais ninguém de sua linhagem.*

Quando ela nada disse, Sahvage a admirou uma vez mais. Os cabelos, negros como as penas de um corvo, encaracolavam-se para fora do capuz que lhe cobria a cabeça, e o rosto pálido brilhava ao luar. Os olhos, negros e misteriosos, recusavam-se a encarar os seus enquanto ela revirava as mãos no colo, e a concentração sobrenatural nos movimentos nervosos o deixou rígido de tensão.

— O que previste? — exigiu saber.

Em resposta, só houve o silêncio que reforçou sua determinação ao mesmo tempo que partia seu coração.

— Rahvyn, tens de me dizer.

O olhar dela por fim sustentou o dele. Lágrimas, luminosas e trágicas, tremulavam nos cílios inferiores.

— Será mais fácil para nós dois se tu fores embora. Agora.

— Por quê?

– *O tempo de meu renascimento está próximo. A provação pela qual devo passar está preparada para mim pelo destino. Para encontrar meu verdadeiro poder, não há outro modo.*

Ele esticou a mão e enxugou uma lágrima caída.

– *Que loucuras dizes.*

– *A carne deve sofrer a fim de que a barreira final desapareça.*

Um frio trespassou Sahvage.

– *Não.*

Ao longe, ecoou um tumulto de cascos sobre a terra compactada da estrada que dava a volta nos campos abertos. Tochas, erguidas ao alto e muito agitadas pelos galopes poderosos dos cavalos, davam a volta num ritmo rápido de guerra.

Era a guarda que usava as cores de Zxysis, o Ancião.

– *Não!* – *Sahvage levantou-se de um pulo, empunhando as adagas pronto para o ataque.* – *Salva-te! Eu os deterei!*

A contagem dos machos a cavalo chegava a uma dúzia. Talvez mais. E atrás deles? Uma jaula de aço puxada a cavalo.

– *Rahvyn* – *ladrou.* – *Tens de ir!*

Quando ela nada disse, ele relanceou por sobre o ombro...

E perdeu a trilha dos pensamentos. Um brilho irradiava ao redor da prima, e quando seus olhos se acostumaram, ele ficou confuso, pois viu que estrelas fugiram de suas posições lá no céu para orbitarem a prima como um novo sol. Como isso era possível...

Não, não eram estrelas. Eram vagalumes. Só que... era a estação errada para eles, não?

Sentada em meio a eles, envolta em seu manto negro de capuz, o rosto pálido erguido para o luar, Rahvyn era uma virtude viva, a pureza confinada em um invólucro mortal.

– *Não...* – *Sahvage pediu, desesperado.* – *Não deixes que te levem.*

– *É a única maneira.*

– *Não precisas de poder.*

– *Daqui por diante, serei responsável por mim mesma, Sahvage, não serei mais um peso para ti, não impedirei que sirvas ao teu dever perante a raça.*

Sahvage estendeu a mão e segurou-lhe o braço, ajudando-a se levantar.

— Vai! Agora!

Ela o encarou profundamente, e então se negou.

— É assim que deve ser...

— Não! — Olhou na direção dos cavaleiros que abandonaram a estrada e atravessavam o campo, seguindo a luz que se formara ao redor dela. — Não há mais tempo. Desmaterializa-te!

Rahvyn balançou a cabeça devagar e, quando Sahvage fechou os olhos, seu peito ardeu.

— Eles a dilacerarão! — disse emocionado.

— Eu sei. É assim que deve ser, primo. Agora vá, e permita que eu siga o meu destino.

— Rahvyn, filha de sangue de Rylan — um grito ecoou. — Estás sujeita à autoridade de Zxysis, o Ancião, nesta propriedade!

Quando espadas foram desembainhadas e erguidas no alto, Sahvage colocou-se à frente da prima e preparou-se para a luta. Em seus anos de combate, matara sozinho muito mais do que aquela quantidade e, pela prima, veria o sangue deles correr como um rio pela campina.

— Por que tens de ser tão teimosa?! — ladrou para sua protegida.

Antes que conseguisse olhar de novo para ela, a primeira das flechas passou silvando pelo seu ouvido. A segunda passou em meio às suas pernas. A terceira? Atingiu-o no ombro.

E elas não tinham sido disparadas por aqueles que empunhavam as espadas.

Vieram do leste. Por trás... Da fileira robusta de árvores que lhe ofereceria proteção: os arqueiros tinham permanecido escondidos, esperando que a assistência chegasse nos cascos ruidosos e com as tochas tremulantes...

A flecha que o matou foi a quarta lançada em sua direção, a ponta de aço e a haste afiada penetraram seu coração, as camadas de couro designadas a protegê-lo no caso de uma adaga ou soco não oferecerem resistência alguma contra a letalidade do projétil disparado. E mesmo depois do golpe mortal, confrades do seu conquistador continuaram a atacá-lo no tronco, nos músculos das pernas, nas costas.

Tinha de haver mais de um arqueiro, visto que as flechas eram recarregadas rápido demais para ser apenas um.

— Vai! — exclamou ao cair de joelhos. — Precisas cuidar de ti mesma!

Quando Sahvage caiu de lado, sua visão o abandonou ainda que a consciência o tivesse acompanhado por alguns instantes mais. Na realidade, sempre rezara à Virgem Escriba para que fosse levado em batalha, um manto de honra e bravura sendo a vestimenta fúnebre que cobriria seu corpo à medida que ele ficasse cinza e frio.

Não queria partir assim. Fracassando em seu dever perante sua protegida, sabendo que não dispariam flechas para ela, visto que deveria ser levada viva até Zxysis e entregue a ele.

Para sofrer. Para ser degradada. E os abismos de fogo dos quais ela acreditava que ressurgiria, tal qual uma fênix erguendo-se do sofrimento para um lugar de grande poder.

— Não o machuquem! — Rahvyn exclamou, protegendo-o com o próprio corpo. — Não podem matá-lo!

Quando a voz dela foi registrada por seus ouvidos, o mais puro terror quase o reanimou. Mas o coração já estava danificado demais, e o ressurgimento de força e consciência não durou o suficiente.

Maldição, ela ainda estava ao seu lado...

E esse foi o último pensamento mortal que lhe veio antes de se encontrar em um cenário amplo e branco, a porta do Fade apressando-se em sua direção, como se um encontro marcado entre eles estivesse muito, muito atrasado.

Ah! Seu coração estava partido. E não apenas no sentido mortal. Mas, pelo que viria a ser feito com sua amada prima... era dilacerado enquanto morria.

CAPÍTULO 7

— Não havia raios.

Enquanto Nate, filho adotivo de Murhder, Irmão da Adaga Negra, continuava a martelar a tábua diante de si, seu amigo se inclinou mais para frente e disse mais alto, para garantir que seria ouvido:

— Não havia raios. — Arcshuli, filho de Archuliae, o Jovem, enfiou o celular na cara de Nate. — Está vendo?

Depois de mais uma martelada, Nate abaixou a arma de construção e tirou os pregos da boca.

— Tá bom. O clarão não foi um raio. E daí?

— O que foi *aquilo* então? — Shuli perguntou, surpreso. — Não está curioso?

De camiseta e bermudas cargo cáqui, Shuli se parecia com qualquer outro membro da equipe de construção — contanto que se ignorasse sua estrutura óssea, o relógio Hublot no punho e os boatos de que o pai era o cabeça da resistência da *glymera*.

— Qual é, não quer mesmo saber? — insistiu ele.

— Não, o que eu quero é acabar logo com esta esquadria. Depois quero que me ajude com o gesso. E depois disso, nós podemos...

— Mas você viu aquilo. Iluminou o céu todo. E meu irmão disse que não foi um raio.

— Agora ele é meteorologista? Pensei que fosse candidato a doutorado num programa de engenharia química humano.

Shuli guardou o iPhone no bolso de trás.

– Exato. Ele é o inteligente e eu sou o bonito. E, pra sua informação, ele é mais esperto do que nós dois juntos.

Espere... espere... Só mais um pouco...

– E, é claro, eu sou o mais bonito de nós três.

Bingo!

– Você não tá falando coisa com coisa.

– Dá só uma olhada nesse rostinho aqui! – Shuli emoldurou o rosto com as mãos. – Sério. Sou gostoso pra...

– Você é ridículo, isso sim.

Um pio ritmado fez Shuli pegar o celular de novo.

– Ah, caramba, está na hora do intervalo. – Mostrou a tela de novo, como se o disparo do alarme estivesse sujeito à má interpretação a menos que houvesse confirmação visual. – Deixa esse martelo e esses pregos de lado e... ah, sei lá. Vamos dar umas voltas no bosque naquela direção?

– Intervalo – ecoou a voz do empreiteiro de dentro da casa que estavam reformando. – Trinta minutos!

Nate olhou pela porta da garagem aberta na direção em que Shuli apontava. Os dois tinham sido colocados para trabalhar ali por serem os novatos e, se os buracos deixados pela remoção das janelas não fossem consertados à perfeição, quem é que, de fato, se importaria com isso?

Bem, Nate se importaria. Shuli? Nem tanto.

– Vem. – Shuli tirou as ferramentas das mãos de Nate e as colocou sobre a mesa da serra. – Vamos dar uma volta.

Nate deu de ombros e brincou de seguir o líder, enquanto os dois rumavam para a entrada de carros e atravessavam o gramado. Quando chegaram à cerca, passaram uma perna por cima das duas grades inferiores e então passaram por baixo da grade superior. Depois disso, o campo era aberto, embora, como ainda era finzinho de abril, não havia muito mato crescido. Havia barro, porém, e os bicos de aço das botas se enterravam na terra úmida.

Franzindo o cenho, Nate olhou para o amigo.

– Por que está de bermuda?

– Tenho sangue quente, meu amigo.

– Você é virgem.

– Você também é. E não confunda minha ausência de experiência com escassez de entusiasmo.

– Belas palavras – Nate comentou, rindo.

– Meu pai é psiquiatra, seu idiota.

– E o que isso tem a ver com você mesmo?

– Eu sei tudo sobre confusão. – Shuli se achegou e cochichou. – E também sobre outras coisas terminadas em "ão". E que começam com M. E têm "asturb" no meio...

– Que cheiro é esse?

Shuli se pôs à frente e começou a andar de costas.

– E aí? Você já... conseguiu?

Para impedir um espirro, Nate esfregou o nariz como se estivesse lustrando a ponta.

– Você tá sentindo esse cheiro?

– Pare de fugir do assunto. Faz três meses que passou pela transição e agora é um macho completamente funcional. O que significa que...

Nate olhou por cima dos ombros do macho.

– Parece cheiro de ferro... queimado.

Shuli parou bem no meio do caminho.

– Você já gozou ou não?

– Não é da sua conta. – Nate deu a volta ao redor do obstáculo vivo, respirante, incrivelmente classudo e sempre cheio de tesão. – Também tem fumaça.

– Não entendo qual é o problema. Eu te contaria.

– E já me contou. – Nate lançou um olhar sério. – Várias vezes. Já está com pelos na palma e perdendo a visão?

– Isso só acontece com humanos, e eu estou tentando te inspirar através do exemplo.

– Não estou interessado nesse tipo de liderança. – Nate colocou a mão do pescoço do amigo e o redirecionou. – Já chega. Vamos nos concentrar na sua brilhante ideia. Agora, que tal darmos uma espiada em toda essa fumaça?

Para ajudar o colega hiperativo a se concentrar, virou Shuli de frente para a coluna de fumaça que se erguia além da fileira de árvores até o céu noturno.

– Que porra é essa? – Shuli parou de novo.

– Com certeza não tem nada a ver com sua beleza e gostosura.

– Evidente que não, cara, senão estaria bem acima de nós.

A boa notícia era que, graças àquilo a que se encaminhavam, o cara deixou de lado a questão da "autocarícia". A notícia ruim era que o que quer que estivesse fumegando na floresta, com cheiro semelhante a um cadeirão em chamas, era, bem... uma notícia ruim.

– Será que é melhor chamar alguém? – questionou Nate.

– Tipo quem?

– Meu pai?

Ainda era um pouco estranho usar a palavra iniciada com P, mas não porque Murhder não fosse seu pai. É que ele nunca imaginara que um dia teria um. Não se espera que a vida lhe dê uma família de verdade só porque você deseja ter uma. Só porque precisa de uma.

Nate franziu o cenho.

– Ei, tem umas pessoas ali?

– Sabe, talvez esta não seja uma ideia muito boa...

– Não, eu quero...

– Não, não, eu estava errado. Vamos voltar. O intervalo já vai acabar.

Quando Nate sentiu o braço sendo segurado com força, olhou bravo para Shuli.

– Cê tá de brincadeira, né?

O rosto do melhor amigo estava mais sério do que Nate jamais tinha visto.

– Eu estava errado.

– Não, só está sendo covarde... Ei, isso é uma arma? Mas que porra você está fazendo armado?

– Estou te protegendo.

Nate ficou todo desconcertado olhando para a arma na mão do amigo.

– Quem é você e o que fez com o Shuli?

– Não posso deixar que nada te aconteça.

Subitamente apavorado, Nate disse:

– O que o meu pai te falou?

– Não tem nada a ver com o seu pai.

Nate relanceou para a coluna de fumaça e para as pessoas que conseguia ver se movimentando lá na floresta. E resolveu: *foda-se*.

– Bem, eu não sou problema seu e vou até lá. Se não concorda comigo, então é melhor dar um tiro na minha bunda agora.

Não avançou muito antes de Shuli alcançá-lo.

– Nate, isso é perigoso...

– Guarda essa merda, tá? Cristo. Vai acabar atirando em si mesmo.

Quando chegaram ao limite formado pelas árvores, os dois discutiam pelos mais diversos motivos: armas, idiotas armados, idiotas que queriam investigar coisas perigosas, idiotas que sugeriam investigações e depois davam para trás – mas, pelo menos, a 9mm estava fora de vista.

E não estavam sozinhos.

Pelo menos uma dúzia de pessoas estava reunida a cerca de cem metros, mas, felizmente, a julgar pelos cheiros, eram todos membros da espécie. Pensando bem, não havia muitos humanos ali naquelas paragens, precisamente o motivo pelo qual aquela casa de fazenda estava sendo reformada pela equipe.

Era melhor ficar o mais longe possível daqueles ratos sem cauda.

Nate aprendera isso por experiência própria. Naquele laboratório.

Quando o fedor metálico piorou, seu nariz se revoltou, espirrando sem parar. Para ajudar, Shuli bateu em suas costas, o que só provocou mais uma rodada de tosses.

Nate tentava afastar a mão do amigo, receando que ele fizesse uma manobra de Heimlich em seguida – ou, que Deus o livrasse, respiração boca a boca –, quando chegaram a uma clareira.

Pense numa cena de crime. O solo fora violado por algo grande que viajara rápido o bastante para escavar uns bons três metros quadrados de terra. E no buraco? Fumaça. Tão densa que era impossível enxergar muita coisa.

Nate e Shuli se aproximaram, juntando-se às fêmeas e aos machos que se inclinavam para baixo na tentativa de enxergar o que quer que tivesse aterrissado.

– Parece coisa de algum livro do Stephen King – murmurou Shuli.

Piscando para tentar amenizar o ardor dos olhos, Nate olhou para o céu.

– Meteoro. E se for isso mesmo, ele já escreveu a respeito de um.

– Ou lixo espacial. – Shuli cutucou o braço de Nate com o cotovelo. – Ei, acha que se eu for lamber o meteoro, posso viralizar?

– Acho que você pode *contrair* um vírus.

– Estou falando sério.

– Eu sei, e é isso que me preocupa. – Quando o vento mudou de direção e afastou a fumaça, Nate murmurou: – E não, não vou filmar você lambendo...

Sua voz se perdeu, deixando de acompanhar as palavras que a mente logo esqueceu.

Do outro lado do buraco, à margem do povo reunido, uma figura solitária observava. Era uma fêmea. Pelo menos ele deduzia que fosse uma, a julgar pelos longos cabelos loiros e claros que escapavam debaixo do capuz que lhe cobria a cabeça.

– Oi? – Shuli o chamou. – Eu disse que um raio não cai duas vezes num mesmo lugar. Por isso estamos bem.

Nate se virou para o amigo e murmurou:

– Pensei que o seu irmão tivesse dito que não era um raio.

Quando começou a andar na direção da fêmea, Shuli o chamou:

– Aonde você vai?

– Já volto.

Capítulo 8

O cérebro de Mae estava um turbilhão de recriminações ao se desmaterializar para fora do edifício-garagem. Ao retomar sua forma nas sombras do térreo, esfregou o rosto e percebeu a torrente de humanos jorrando pela escadaria e correndo para longe das vagas a céu aberto. Enquanto carros se metiam num engarrafamento e pessoas saíam pela porta em que a fila estivera formada, disse a si mesma que devia desaparecer e voltar para casa. Ou talvez ir para a casa de Tallah. Poderia voltar para pegar o carro em meia hora quando a multidão tivesse se dissipado.

Bem, isso se o lugar não estivesse tomado por policiais humanos a essa altura. Mesmo naquela parte abandonada da cidade, esse tipo de comoção era percebido e, francamente, estava surpresa que ainda conseguissem realizar as lutas.

– Maldição... – Olhou para o sexto andar.

Mas isto não tem nada a ver com ele, disse a si mesma. *Ele não é problema meu.*

Buzinas tocavam. Alguém tropeçou e caiu bem na frente dela, levantou-se e saiu correndo de novo. Nos andares abertos do edifício-garagem, os faróis dos carros faziam as curvas, três ou quatro carros utilizados para iluminar a luta agora desciam em alta velocidade à procura da via de fuga. Quando fitou as pesadas barreiras de concreto que tinham sido colocadas para bloquear a entrada, perguntou-se se haveria outra saída...

A pergunta foi respondida quando uma caminhonete bateu de frente contra a barreira, empurrando-a com o para-choque dianteiro.

Então alguém já tem problemas com a lei, pensou quando o Ford cortou caminho pela calçada para se esquivar do trânsito.

Precisa me deixar. Salve-se!

Era um bom conselho. Era...

De repente, Mae ergueu o olhar de novo, em pânico. E se o vampiro que organizava as lutas... fosse o vampiro que *participava* delas?

E se o macho lá caído fosse o Reverendo? Explorou a multidão com seus instintos, vasculhando todos os cheiros e todas as presenças, e só havia um vampiro em meio a todos aqueles humanos.

– Merda!

Quando o coração disparou, fechou os olhos e tentou inspirar profunda e lentamente. Quando não foi a parte alguma com aquilo, moveu os pés, revirou os ombros – e se deu um belo sermão sobre a necessidade de se acalmar para SAIRDALINAQUELEEXATOINSTANTE.

O que, claro, foi *beeeem* produtivo para acalmá-la e fazê-la se desmaterializar.

Teria sido melhor apertar uma buzina de ar bem na sua cara...

Quando seu corpo se dissolveu em moléculas, voou para cima toda dispersa, retornando ao andar de laterais abertas. Retomando sua forma junto ao lutador caído, ponderou se deveria revirar os bolsos dele atrás de alguma identidade.

Sim, claro. Era evidente que ele teria um cartão na carteira em que se leria "Sou o Reverendo", justamente para aquele tipo de situação.

E, droga, salvá-lo só para atingir seus objetivos era desumano. Ou desvampírico. Tanto faz.

– Maldição – murmurou ao largar a bolsa junto à cabeça dele e se ajoelhar.

O macho imenso estava caído de costas, com um braço largado de lado e o outro por cima do amplo peitoral. A poça de sangue debaixo dele havia triplicado desde que o deixara há poucos minutos, e ela podia jurar que havia uma pulsação no fluxo que escapava pela veia aberta na lateral da garganta. Mas não por muito mais tempo. A coloração dele estava ruim e piorava; o rosto, acinzentado como o concreto em que estava deitado; a mão ossuda tatuada no tronco não se movia muito – o que significava que ele mal estava respirando.

– Desculpe – disse ao empurrar um braço por baixo da cabeça dele e erguê-lo um pouco. – Caramba... Uau, você é pesado.

Com um grunhido, puxou-o para o colo – ou tentou. Era como tentar arrastar uma casa, então tentou se enfiar debaixo dele. Ai, droga, o sangue. Estava quente, pegajoso...

O cheiro dele era muito bom.

– O cara está moribundo e é nisso que você pensa – resmungou. – Quanta classe.

Quando conseguiu deixá-lo ao menos um pouco elevado, Mae jogou o rabo de cavalo para trás do ombro e se concentrou no ferimento. Era como se alguém tivesse enfiado uma mangueira de jardim na lateral da garganta dele e, por um instante, ficou tonta ao olhar para a anatomia arruinada. Mas não ajudaria ninguém se desmaiasse.

– Desculpe, sei que isto é um pouco... – Ousado? Como se estivessem jantando e ela se esticasse sobre o prato dele para pegar o saleiro? – É só que, hum...

Cala a boca, Mae.

Engolindo em seco, inspirou fundo. E levou os lábios ao ferimento. Só havia uma maneira de salvá-lo e, ainda assim, era improvável. Mas vampiros tinham que se alimentar de veias e, quando terminavam, tinham de fechar as punções feitas.

Com uma gentileza que parecia desperdício de discrição, dada a situação e o poder do corpo dele, abaixou a boca até o corte...

O sabor dele a invadiu, eletrizante e irresistível: mal aquele vinho tinto tocou sua língua e uma sensação lhe arrebatou até o mais fundo de seu âmago, e um tremor de fome tomou conta dela...

Não, não, não, isto não é alimentação, disse a si mesma. *Total e completamente fora de questão, de jeito nenhum.*

O macho já estava todo escoado, pelo amor de Deus. E se ele fosse o Reverendo e o matasse por não conseguir se controlar? Não seria bom para ninguém.

Ainda assim, alguma sucção foi inevitável e, portanto, alguma deglutição. No entanto, num esforço surreal, não chupou a veia aberta. Em vez disso, fechou-a. Demorou um tempo, os lábios e a língua passaram por cima do ferimento e de todo o estrago feito repetidas vezes, e Mae teve a impressão de que o corte não cicatrizaria muito bem, pelo menos não por algum tempo. Mas isso lá era importante?

Caso ele fosse o Reverendo, só precisava dele vivo. Ele era necessário.

Quando achou que já bastava, porque só captava ecos do sabor dele em sua língua, levantou a cabeça – e propositadamente ignorou o modo como a língua lambeu os lábios e não só para limpá-los. Saboreou o gosto dele – e, ao fazer isso, observou-lhe de fato o rosto. Os cabelos tinham sido cortados bem rentes ao crânio, mas sabia que eram escuros, talvez negros. Os cílios eram grossos e bem bonitos, e pareceu frívolo notar isso, por isso desviou-se para a boca.

Má ideia se queria permanecer no território da neutralidade.

Porque... ela era... bem interessante.

Não teve a intenção. Foi um gesto inconsciente... mas afagou seu rosto.

– Não morra nas minhas mãos – implorou numa voz emocionada. – Preciso de você.

Por algum motivo estúpido, desejou que ele reagisse às suas palavras. Que talvez os cílios se erguessem e ele a encarasse com aqueles olhos de obsidiana.

E, nesse momento, seu príncipe/Reverendo recobraria a consciência e ficaria fascinado pelo seu rosto desprovido de maquiagem, pelo rabo de cavalo despenteado e as roupas nada sensuais, e juraria lhe dar aquilo que ela fora ali buscar.

Sim, claro, porque a vida real era sempre como um roteiro da Disney.

Mas, qual é, ela o salvara.

– Olá? – Mae chamou. – Oi...?

Não, é sério. Ela o salvara. Certo?

A cor dele ainda estava bem ruim, e a respiração não melhorara, e só porque a poça – ou melhor, lagoa – de sangue debaixo deles não aumentava, não significava que ele estava fora de perigo.

Fechar a ferida não bastaria, correto? Precisava de cuidados médicos adequados.

– Preciso que sobreviva – murmurou, puxando a manga para cima.

Perfurou o próprio punho com as presas, esperou um pouco de sangue se acumular e só depois esticou o antebraço para a boca do macho. A primeira gota que caiu nos lábios dele não fez nada a não ser lhe dar uma comparação bem ruim entre a cor pastosa da pele dele e a de uma pessoa viva. A segunda tampouco surtiu efeito. A terceira...

O arquejo que escapou dele foi tão alto, tão abrupto, tão violento que Mae se sobressaltou e quase derrubou a cabeça dele do colo. Em seguida, os olhos se abriram, mas não da maneira encantadora que fantasiara.

O olhar hostil, contudo, combinava mais com o jeitão dele.

E o macho agarrou-lhe o punho.

Enquanto seus ossos eram esmagados na pegada dele, um medo absoluto fez Mae recuar, ou pelo menos tentar. Não havia liberdade possível, não até que ele resolvesse soltá-la.

O macho ergueu-se um pouco, o tronco curvado, a musculatura se avolumou no peito contraído para erguer o peso dos ombros. E, na sequência, a cabeça se moveu na direção da veia aberta no punho dela.

E soltou um rosnado animalesco.

Agora a mão tatuada parecia querer alcançá-la. Clamá-la. Arrastá-la para o inferno em que ele mantinha a alma perdida...

– Não! – Mae ordenou. – Não pode tomar mais do que necessita. *Não* pode me machucar.

Quando as palavras lhe escaparam, firmes e fortes, Mae não sabia de onde vinha aquela convicção. Mas não discutiria com ela.

Precisava permanecer viva pelo seu irmão.

Era assim que tinha que ser.

Quando o cérebro de Sahvage voltou à ativa, sua primeira percepção foi o cheiro do sangue da fêmea. Mesmo com tanto do seu sangue ao redor deles, bem como nas mãos dela, no blusão... na boca... a fragrância dela conseguia se sobrepor a tudo. Era uma campina fresca, uma noite estrelada, logo depois de uma chuva quente de primavera.

Cativante. Estimulante. Limpa.

E precisava de mais dela em seu nariz...

Com uma carranca, concentrou-se no rosto pálido e assustado. A fêmea era linda, de uma beleza sem artifícios, as feições simétricas não maculadas por maquiagem, os olhos envoltos por cílios naturais, os cabelos presos para trás de maneira simples. E os lábios dela se moviam. Conversava com ele. Provavelmente pedindo que a soltasse. Que não a machucasse. Talvez estivesse implorando...

Caralho.

Ainda estava vivo.

Maldição.

Com uma frustração contínua e entorpecente, olhou para a mão que apertava o antebraço dela. Graças à mordida recente no punho dela, o sangue rubro e brilhante... descia até sua mão.

Aquele era o gosto em sua boca, e o sabor celestial que o revivera, que o convocara de volta, que o trouxera para ela tal qual um cão atendendo ao chamado de seu dono.

E agora? Tinha uma decisão a tomar. Matá-la e sorver tudo o que havia em suas veias. Ou soltá-la e partir de imediato. Porque e se ficasse e a deixasse viva? Transaria com ela enquanto beberia de sua veia até secá-la.

Enquanto refletia sobre os polos opostos, Sahvage deduziu que o fato de ter que pesar sua escolha entre deixar ou não uma inocente sobreviver não refletia bem em seu caráter. No entanto, depois de todo aquele tempo, já não lhe restava nenhum caráter. Não restava nada, nenhuma parte do que um dia fora. Ele era uma máquina de morte percorrendo a Terra, e a tragédia da fêmea foi ter escolhido ficar com ele em vez de fugir junto com a multidão.

– Você é o Reverendo? – ela perguntou numa voz rouca.

Ou pelo menos foi o que ele achou que ela estivesse dizendo. Estava distraído por aquele cheiro dela, por aquele sabor... e pelo fato de que estava agora completamente ereto.

– Preciso saber – disse ela. – E você precisa sobreviver. Tome o que precisa, mas não mais do que isso.

Dito isso, ela voltou a aproximar o punho da sua boca, pressionando as incisões aos seus lábios e, no mesmo instante, ele ficou tão perdido quanto esteve ao morrer, a mente flutuou num mar de sentidos comprometidos, e seu corpo já não era seu para comandar, o coração parecia falhar, os pulmões congelaram.

Não conseguia engolir rápido o bastante. Era um poço sem fundo.

Quando voltou a se reclinar no colo dela, Sahvage ficou olhando para a fêmea enquanto sugava sua veia. Ela não o fitava nos olhos, e isso não o surpreendeu. Ele não era o tipo de macho com o qual uma fêmea como ela se relacionaria por livre e espontânea vontade – e não por ela ser aristocrata. Percebia, pela bolsa e pelas roupas que usava, e que ela era apenas uma cidadã civil, mas essa não era a divisória entre eles.

Sabia muito bem quem era, e nenhuma criatura viva deveria ficar sozinha com ele. Macho ou fêmea.

E, no entanto, ali estava ela, ajudando-o. Por motivos que desafiavam explicações.

Eu não a matarei, jurou-lhe.

Era o mínimo de cortesia que lhe devia, não?

E, com isso, Sahvage se afastou da veia, do punho e... com um grunhido, do colo dela.

Num movimento descoordenado, virou-se de barriga para baixo e depois começou a se arrastar para longe dela, as palmas e os braços pesados executando a tarefa, as pernas se arrastando pelo concreto, as botas pesadas como um par de trens de carga. Quando conseguiu sair da poça de sangue gigante que deixara para trás, quando havia uns bons dois metros entre ele e a fêmea, permitiu-se despencar uma vez mais.

O piso frio da garagem era agradável ao encontro da face quente, e ele pensou que a ereção estava ficando seriamente confinada num ângulo ruim dentro das calças de combate. Mas até parece que se preocuparia com sua manopla idiota agora? Enquanto arquejava e tentava voltar a si, a mão foi para a lateral do pescoço.

O ferimento estava fechado. Ele deve ter...

– Eu, hum... – A fêmea pigarreou. – Tentei ajudar na cicatrização.

Sahvage olhou para ela.

– Não deveria ter se dado ao trabalho.

– Bem, eu me dei.

Os olhos dela pareciam não se fixar em nada, mas, também, quais eram as opções? As próprias roupas manchadas de sangue? A poça que ele deixara? A garagem vazia da qual ambos precisavam sair?

– Como está se sentindo? – ela lhe perguntou.

– Bem. Uma maravilha.

– Você quer, hum, procurar um médico?

Sahvage deu uma gargalhada sem humor.

– Claro. Que ideia brilhante.

Com isso, ela o encarou:

– Você é o Reverendo?

– Quem?

– Não minta para mim. Não somos mais desconhecidos.

Nas ruas abaixo, o som das sirenes berrava ao longe, e Sahvage se perguntou quantos tiras estavam a caminho. Humanos eram assim, sempre aparecendo onde não eram chamados.

A fêmea relanceou para a direção do barulho, franzindo o cenho como se tentasse contar o número de quarteirões que a polícia cobria por segundo.

– Estão se aproximando.

– Pode crer.

– Preciso da sua ajuda. – Voltou a encará-lo. – Não tenho muito tempo.

– Tem certeza de que quer o tipo de coisa que posso fazer? – Ele a encarou de volta.

– Se eu tivesse outra opção, acredite, eu a escolheria.

Com um gemido, ele se sentou e tentou limpar a sujeira dos peitorais. Mas o sangue seco parecia cola.

– Nisso eu acredito. Do que precisa?

– Você é o Reverendo?

Abaixando o queixo, olhou torto para ela.

– Pareço uma figura religiosa para você?

– Sem gracinhas.

– Não estou de gracinha, gatinha.

– E eu não tô de brincadeira – ela retalhou. – Preciso saber se você é o Reverendo.

Quando a fêmea se levantou de um salto, Sahvage mediu-a de alto a baixo – e pensou que ela ficaria muito bem nua. Aquelas roupas folgadas não ajudavam a enfatizar seus atributos, mas ela tinha muitos – e gostava do fato de ela não se colocar à mostra.

– E eu preciso de um analgésico – resmungou ao levar a palma ensanguentada à cabeça.

Que diabos um macho como ele tinha que fazer para morrer? Espere... Não queria saber a resposta. Algumas coisas eram melhores deixadas no âmbito das hipóteses. E, que bom, pelo menos não estava mais pensando em sexo.

– Você é o Reverendo??? – ela repetiu, a voz ecoando pelo andar vazio da garagem e se sobrepondo às sirenes.

Que se dirigiam ao derramamento de sangue envolvendo uma dupla de vampiros, uma que caçava algum tipo de protestante com caninos afiados, e o outro que tomara a decisão de nunca, jamais, voltar a se envolver nos dramas de outras pessoas.

Por que mesmo se dera ao trabalho de passar por Caldwell?

Ah, é, verdade. Estava entediado.

Capítulo 9

— Você é o Reverendo?

Poderiam imaginar que Mae estava gritando para ser ouvida acima do barulho das viaturas se aproximando, mas não, ela só estava irritada. E, nesse meio-tempo, o macho imenso para quem ela dera a veia — porque é claro que *isso* estava na sua lista de tarefas a fazer naquela sua expediçãozinha ao centro da cidade — a encarava com aquela expressão de tédio, com um rastro gêmeo de sangue do ponto em que quase morrera até onde se arrastara para longe dela.

A disposição daquilo tudo fazia parecer que ele era um foguete indo para o espaço, a grande poça sendo a explosão do lançamento e os dois rios formados pelas botas, as esteiras de fumaça da sua luta.

Embora aquilo não fizesse o menor sentido.

E que droga, passaria muito bem sem aquela tatuagem do peito dele apontando para ela.

— Meu maldito crânio está latejando — ele gemeu.

Então não se meta em lutas com humanos sem honra, ela o repreendeu mentalmente. *O que achou que iria acontecer...*

— Tanto faz — o macho estrepitou ao encará-la. — Foi *você* quem me distraiu.

Ai, caramba, falara em voz alta. Mas "tanto faz" se aplicava bem ali.

— Nunca ouviu falar da regra de não confraternização? — ela disse, rangendo os dentes. — Pra início de conversa, você nem deveria estar aqui.

— Diz a fêmea que também estava no meio da multidão.

Mae apoiou as mãos nos quadris e se inclinou na direção dele.

– Tenho permissão para ir aonde eu bem quiser, não estamos mais na Idade Média dos vampiros.

– Ah, quer dizer que você tem essa liberdade, mas eu não porque sou macho. Que conveniente...

– Não era eu que estava brigando com eles!

– Ah, então você só veio apostar? Então tudo bem, você está *totalmente* acima disso tudo.

Mae cerrou os dentes, e considerou com força a possibilidade de se aproximar e chutá-lo na perna. Ou talvez na bunda. De todo modo, adoraria lhe dar algo mais com que se preocupar em vez da cabeça dolorida.

– Eu *não* vim aqui para apostar...

– Foi pelo sexo, então? Porque teria mais sucesso se mostrasse um pouco mais de pele. Você mais parece a mãe de alguém.

Mae revirou os olhos.

– Claro, porque vou aceitar conselhos de moda de um comissário da morte de 140 quilos. Já ouviu falar em propaganda enganosa? Porque da última vez que verifiquei, era você que estava sendo fatiado por um humano...

O macho ergueu as mãos para o alto.

– Porque *alguém* que conhecemos muito bem gritava para eu não matar o filho da puta!

– Você não deveria estar matando ninguém!

– Ora, ora, que casalzinho mais feliz.

Ao som da áspera voz masculina, ambos olharam para as sombras onde uma figura alta pairava na escuridão.

Sem perder um segundo, ela e o lutador disseram ao mesmo tempo:

– Não somos um casal.

– Não somos um casal.

A risada que emanou em resposta foi um alto e irônico "claro que não" aos ouvidos de Mae, mas, de repente, sentiu-se mais preocupada com sua vida e segurança do que com sua conexão com o Esqueleto ali.

E, P.S., sobrevivência deveria ter sido sua prioridade número um.

Enquanto enfiava a mão na bolsa à procura do spray de pimenta, o dono daquela voz veio para a área mais iluminada.

– Vou pedir que mantenham as armas onde elas estão, obrigado. E isso te inclui, Shawn.

Shawn?

Mae olhou para o lutador. E depois voltou a se concentrar naquele cara que se juntara a eles.

Ok, aquele macho... não se assemelhava a nada que esperasse encontrar naquela parte decrépita da cidade. Ele era alto, era grande, e parecia ter saído de uma fila de reconhecimento de suspeitos que assassinaram seus inimigos de maneiras hediondas. Bem, essa parte até que se encaixava – bem como o moicano rente. Mas ele vestia um casaco de pele que se arrastava pelo chão, e a bengala dourada que o ajudava a manter o equilíbrio lhe dava a aparência de alguém a caminho da ópera...

Nesse instante, "Shawn" se levantou e colocou aquela montanha de corpo diante de Mae. Como se quisesse protegê-la.

– Relaxa, grandão. Não vou machucá-la – disse com secura o outro macho.

– Pode crer nisso – Shawn replicou. – Porque não vou te dar a porra de uma chance.

Mae se inclinou para o lado e olhou ao redor dos músculos fortes daqueles braços à sua frente.

– Você é o Reverendo?

A expressão do macho no casaco de pele não se alterou. Todavia, sentiu uma mudança, embora não soubesse exatamente explicar qual.

– Para que quer o Reverendo, fêmea? – disse a voz arrastada. – Você não faz o tipo dele.

– Ela também não faz o seu, cretino – Shawn rosnou. – Então, que tal se você se mandar daqui e...

– Ela não está falando com você, meu chapa...

Muuuito bem, Mae já estava farta daquela comparação de quem tinha o pau maior.

Saiu de trás da cobertura oferecida pelo macho e encarou o recém-chegado.

– Tallah me enviou. Para encontrar o Reverendo. E algo me diz que estou olhando para ele.

Os dois machos se calaram, como se estivessem surpresos por Mae não estar disposta a dar uma de papel de parede enquanto eles se enfrentavam.

– Apenas seja sincero comigo – disse, exaurida. – Eu já estava exausta antes de você sequer entrar rodopiando como se fosse o filho bastardo de Liberace e Hannibal Lecter.

Quando o macho de casaco de pele a fulminou com o olhar, Shawn deu uma gargalhada.

– Ah, qual é, Reverendo – disse ele –, você tem que admitir que essa foi boa.

Mae estava ocupada demais medindo o olhar do outro macho para prestar atenção ao elogio de Shawn. Tinha a sensação de que os olhos dele eram de um roxo escuro – algo que nunca vira antes. E, por Deus, aquela sensação estranha a atravessava de novo. Não era atração – não, não, parecia estar guardando isso para assassinos com mais tinta no corpo do que uma fábrica da Bic e com sabor celestial. Não, o que sentia era algo diferente – e o que quer que fosse, ela só queria fugir daquela inquietação crescente.

– Vou lhe perguntar de novo, fêmea. – A fala arrastada do macho não se alterou. – O que quer com o Reverendo...

– Ah, chega de bobagens – ela o interrompeu. – E não quero você. Quero o Livro. Tallah disse que você saberia onde encontrá-lo.

Enquanto pneus freavam lá embaixo e as portas das viaturas eram abertas e fechadas, o macho parou de falar. E assim ficou.

– Então você sabe o que é – Mae disse esperançosa. – Sabe o que estou procurando...

– Claro, sei o que é um livro. São duas capas duras com algumas folhas presas no meio. Palavras escritas nas páginas em linhas equidistantes, a menos que haja ilustrações. E, às vezes, existem palavrões no meio delas, como: de que *porra* você está falando.

O grunhido que escapou de Shawn fez Mae pensar que talvez o nome fosse apelido de algo como Shawn-pado. Ela se virou e o encarou com firmeza.

— *Não* preciso da sua ajuda. — Quando o olhar duro dele se fixou no outro babaca ali no estacionamento, ela deu um tapa no peito dele. — Ei, Shawn. Pode ir embora agora...

E foi nessa hora que um punhado de tiras humanos entrou pelas escadas, com armas em punho e lanternas ofuscantes apontadas para eles.

Quando Shawn soltou outro palavrão e o vampiro do casaco de pele ergueu as mãos, Mae protegeu os olhos com os braços e ficou bem claro que — talvez pela primeira e única vez em suas vidas — ela e aqueles machos estavam em total acordo.

Um palavrão de fato se aplicava muito bem ali.

Quando Rehvenge foi atingido na retina pelo facho de LED, não concordava nem um pouco com a fêmea cheia de ideias sobre algo que deveria evitar como a peste negra. Também estava incomodado pra caralho com Shawn e aquela sua postura de He-Man — embora isso se devesse principalmente pela luta que fora cancelada e agora Rehv tinha de lidar com várias dores de cabeça para acertar as contas com os apostadores. Mas a polícia? Bem, os rapazes e as moças de azul o irritavam.

Já tinha problemas suficientes sem a interferência deles.

Dito isso, congelou o trio com distintivos no local em que estavam. Como *symphato*, ler seus estados emocionais era algo tão irresistível quanto imediato. A mulher da esquerda estava extremamente ansiosa, uma recruta ainda se acostumando ao trabalho; o homem do meio estava absolutamente tranquilo, um veterano que já vira um pouco de tudo na vida; e o cara mais distante escondia algo dos outros ao seu redor.

— Fiquem tranquilos — Rehv comandou.

Numa dança coordenada, os policiais abaixaram as lanternas, desligaram as câmeras acopladas ao uniforme e reportaram no intercomunicador do ombro que não havia nada de estranho no sexto andar, nada errado, nada fora de ordem. O que quer que tivesse acontecido, já acabara. O chamado estava incorreto ou era outro caso de alarme falso para distrair os recursos.

Provavelmente um bando de moleques aprontando alguma.

Garotos estúpidos.

Um a um, viraram-se e, conversando casualmente, voltaram para a escada em fila indiana: a mulher comera um sanduíche reuben no jantar que não lhe caíra bem, o cara do meio estava preocupado com a hipoteca da casa, e o homem na traseira tinha esperanças de que aprovassem suas horas extras.

Ah! Ele estava poupando para comprar um anel de noivado para a namorada. Era isso o que escondia – que bom que não era nada ilegal como propina nem nada do tipo.

Fofo pra caralho.

Quando a porta de ferro pela qual entraram se fechou com um baque atrás deles, Rehv olhou para o par de vampiros. Que evidentemente tinham acabado de alimentar um ao outro. Sentia o cheiro pairando no ar.

– Têm certeza de que não estão juntos? – disse para a fêmea para distraí-la. – Ele não é seu?

– Não! – Ela remexeu na bolsa. No colarinho do moletom. Na manga esquerda. – Ele não... Caramba, acabamos de nos conhecer... Quero dizer, já nos conhecemos. Mas nem sequer sei o nome dele. Ou não sabia até você chegar... Qual foi mesmo a pergunta...?

Enquanto a fêmea tagarelava, Rehv aproveitou para verificar a grade emocional dela – e o que viu foi ruim. Bem ruim.

– Não sei a respeito de livro nenhum – disse, interrompendo-a. – Lamento.

A fêmea inspirou fundo.

– Tallah me contou que você conhece o Livro e que saberia onde encontrá-lo. Ela tinha certeza disso... ela...

– Está errada. – Rehv franziu o cenho. – E, a propósito, como ela está? Faz anos que não a vejo. Ela era uma boa amiga de minha *mahmen*.

— Mas ela disse...

— Não aguento mais negar fatos para você. — Rehv sorriu lentamente e acenou para Shawn, que ainda fumegava de agressividade, um caldeirão vampiresco de possessividade. — Mas você pode me responder uma coisa: se ele não é seu, por que o alimentou?

Isso deixou a fêmea sem reação por alguns momentos.

— Ele estava morrendo.

Rehv deu uma risada.

— Deixe-me ver se entendi. Você veio para cá à procura de uma espécie de best-seller, deu de cara com esse garotão, e quando ele começou a vazar — Rehv indicou o carpete de sangue oval no concreto —, você arriscou a sua vida para salvar a dele?

— Fiz o que qualquer um teria feito.

Não, Rehv pensou consigo. *Você tinha seus motivos para lhe dar a sua veia, e quaisquer que sejam eles, estão deixando-a desesperada.*

— Não — murmurou ele. — A maioria o teria deixado morrer. Na verdade, todos teriam feito isso. Portanto, ele agora é seu...

— Não, ele não é meu...

— Ele lhe deve a vida. Portanto, é seu...

— Mas não o quero!

Shawn — e, a propósito, quem é que escolhia um nome humano como esse? O bastardo não poderia ter pensado em algo diferente para se disfarçar? — de repente pareceu ofendido. Como se fosse um bife de primeira qualidade dispensado na geladeira do supermercado.

Claro, afinal um macho como ele era um prêmio e tanto. Ainda mais para uma boa fêmea que evidentemente não fazia ideia de onde estava se metendo ali.

— Muito bem, isso é assunto de vocês. — Rehv deu de ombros. — Dito isso, vou embora...

— Preciso de sua ajuda — ela suplicou.

Rehv estreitou os olhos de novo. Quando a fêmea uniu as palmas e se inclinou para frente como se estivesse rezando para ele, a expressão no rosto dela teria sido de partir o coração, caso ele desse a mínima.

Mas não podia se dar ao luxo. A grade emocional dela, a superestrutura que apenas os *symphatos* enxergavam, brilhava com uma luz forte e destrutiva – que chegava ao nível cinco de um alarme de incêndio.

Ainda mais em relação ao que pedia.

– Qual é o seu nome? – perguntou.

– Isso importa?

– Não, na verdade, não...

– Você é a minha única esperança – Mae suplicou.

Depois de um instante, Rehv balançou a cabeça.

– Isso é uma fala de *Guerra nas Estrelas*, fêmea. E não vai adiantar nada comigo. Até mais pra vocês dois.

Quando se desmaterializou, pensou que era melhor deixar tudo aquilo quieto.

Infelizmente, por conta do que a fêmea procurava?

Ele estava tão envolvido quanto alguém preso a uma âncora afundando.

CAPÍTULO 10

FOI BOM MESMO O REVERENDO ter ido embora. Enquanto o macho de casaco espalhafatoso estava mexendo a boca, Sahvage ficou se perguntando qual modo de matar o filho da mãe seria mais satisfatório. Havia muitos entre os quais escolher, que é o que acontece quando se passa alguns séculos vagando pela noite erradicando criaturas. A ausência de armas, contudo, limitava algumas das opções – embora matar com as próprias mãos dificilmente fosse um empecilho.

No fim, o escolhido foi agarrar o cara pela cabeça e socar a cara dele na parede de concreto mais próxima – e o resultado seria o crânio do Reverendo se rachando como um ovo, e o cérebro se derramando da prisão craniana como pombos revoando dos seus pés, espalhando-se e esparramando-se.

Ah, que alívio seria.

Infelizmente, antes que seu feliz plano pudesse ser colocado em ação, o desgraçado foi embora...

– Não – a fêmea exclamou enquanto corria para frente.

Estendia as mãos em pleno ar, apesar de seus olhos terem lhe dito que não havia ninguém ali para alcançar, ninguém para segurar. Ninguém para ajudá-la.

Parado de lado, Sahvage pensou que devia ser interessante ser necessário dessa maneira. Quisto dessa forma. Determinado a ser indispensável...

Que *diabos* estava pensando?

Já passara por isso, já fizera isso, e vejam toooooodas as alegrias que se derramaram em sua cabeça por consequência.

– Qual é a desse livro? – perguntou.

Maldição. Não. Não acabara de abrir essa porta.

A fêmea virou-se para ele. E ficou chocado com a completa derrota estampada em seu rosto – por nenhum motivo especial.

– Ele era a minha última chance.

– Para quê?

A fêmea encarou os próprios sapatos. Quando voltou a fitá-lo, apertou os lábios e balançou a cabeça.

– Tenho que ir.

Sahvage cruzou os braços diante do peito.

– Se quiser, eu o trago de volta para você.

Surpresa, ela amparou uma das orelhas com a palma, como se não tivesse ouvido direito.

– Como é que é?

– Eu o encontrarei e o trarei de volta para você.

Mae soltou uma imprecação cansada.

– Não pode fazer isso.

– Espere e verá. – Ele deu de ombros. – Não me importo de carregar caras de bocas grandes. Já fiz isso antes, posso fazer de novo.

– Ele sabe onde está – ela murmurou ao relancear para o lugar em que o outro macho estivera. – Tallah jamais mentiria para mim. Ele sabe onde o Livro está, mas, por algum motivo, está fingindo que não sabe.

Sahvage ficou imóvel.

– Que livro você está procurando?

Distraída, como se lembrasse agora do assunto depois de tudo o que lhe passava pela mente, Mae disse:

– E você tem que parar de lutar.

Sahvage fez uma careta e mostrou o ambiente ao redor deles com a mão.

– Com quem? Estamos sozinhos aqui e, pra sua informação, esta réplica barata de um ringue dificilmente seria considerada pugilística.

Por algum motivo, sentiu necessidade de provar que sabia usar termos elaborados.

Os olhos dela se voltaram para os seus.

– Você precisa parar de lutar contra tudo e contra todos.

– Não finja que me entende, fêmea – ele avisou.

– Não tenho que fingir. É um outdoor pendurado nos seus ombros para todos verem. – Balançou a cabeça. – Só pare de lutar. É um maldito desperdício de energia. E sinto muito se o distraí e você acabou se machucando. Mas agora acho que nosso placar está empatado...

– Você achou que eu fosse o Reverendo – ele disse de pronto. – Foi por isso que voltou, não foi?

– Não importa agora.

– Você está certa. – Deu um passo na direção dela. – Mas me responda uma coisa.

– Tenho que ir...

– Se soubesse que eu não era ele, ainda assim teria tentado me salvar? – Quando ela não respondeu, ele desviou o olhar. – Vamos lá, seja honesta. O que tem a perder?

– Não – ela respondeu depois de uma pausa. – Eu não teria voltado.

– Que bom. – Quando o rubor de surpresa surgiu no rosto dela, ele deu de ombros. – Isso prova que você tem meio cérebro, e algo me diz que vai precisar dele, gatinha.

A fêmea inspirou fundo.

– Se me chamar de "gatinha" mais uma vez, vou espirrar meu spray de pimenta na sua cara.

Sahvage deu uma risada.

– Parece divertido. Vou até te deixar ficar em cima de mim enquanto fizer isso. Gosto da ideia de ter você por cima.

O rubor começou no pescoço dela e subiu até colorir o rosto inteiro – e esse não foi o único calor que se espalhou. O cheiro da excitação da fêmea trafegou pela brisa até o seu nariz, e Sahvage inalou lenta e profundamente.

– É uma pena que você vai embora – ele disse num tom grave. – Preciso tomar banho e uma ajudinha para lavar as costas viria a calhar.

A fêmea estremeceu, como se estivesse saindo de um transe.

– Desnecessário dizer que não estou interessada. Pode ficar com o sabonete.

Dito isso, Mae se desmaterializou tão rápido que ele ficou assombrado com o controle mental dela. E quando a ausência dela foi notada... por uma fração de segundo ele a imitou, erguendo a mão em pleno ar.

Embora não houvesse nada à sua frente.

Abaixando os braços, um vazio atravessou seu peito e se espalhou pelos membros. A sensação de não ser nada além de um vácuo que respirava já lhe era bem conhecida. Era quem era há muito tempo.

Contudo, por algum motivo, aquela fêmea o conscientizara de sua existência estéril como se essa ausência de substância fosse novidade.

Enquanto ele próprio se desmaterializava, disse a si mesmo que isso não importava.

Além do mais, conseguia muito bem ensaboar as próprias costas.

Sempre fez isso, e sempre faria.

Lá embaixo, na escuridão do térreo, Mae retomou sua forma e ignorou propositadamente o fato de estar ofegante. Além das muitas outras sensações que seu corpo se recusava a reconhecer, mas não pensaria nisso. Aliás, elas nem existiam. Porque as ignorava.

– Caralho! – resmungou. Apesar de quase nunca falar palavrão.

Em retrospecto, essa noite estava quebrando todo tipo de recorde.

Presa em seus pensamentos, começou a andar sem se importar em ver se havia alguém por perto. Felizmente, os policiais estavam conversando do outro lado do estacionamento, e todos os demais humanos já tinham escapado de lá.

Atravessou a rua, o piscar aleatório da luz vermelha das viaturas iluminava os prédios abandonados, e não havia de fato trânsito algum nas ruas por pelo menos uns dez quarteirões. Do mesmo modo, os estacionamentos antes tomados por aqueles carros espalhafatosos agora estavam vazios, a não ser por lixo espalhado e uma ocasional lata velha abandonada – e acima, o helicóptero da polícia desligava o holofote de busca e saía da área.

Era como a última cena de um filme de horror, os sustos tinham acabado, a heroína fora salva, lições foram aprendidas. Hora dos créditos.

Bela analogia – ou metáfora, que seja.

Só que é sempre nessa hora que Jason sai do notório lago e arrasta o orientador pedagógico do acampamento até o fundo consigo.

Clamando sua última vítima, é claro.

O carro estava onde o deixara e, ao entrar, ligou o motor e deu ré, manobrando para sair. Tomando uma direção que garantia que evitaria os policiais, agarrou o volante, mas recostou as costas no banco do motorista.

Merda, não foi assim que imaginou que tudo se resolveria. E precisava ligar para Tallah.

Em vez de pegar o celular dentro da bolsa, seguiu dirigindo pelo diagrama de Venn de ruas de sentido único, encontrando uma rampa de acesso para a Northway...

Droga, estava indo para o sul em vez de ir para o norte.

– Maldição – murmurou ao olhar para trás para mudar de pista.

Não havia carros, só uns dois caminhões, e conseguiu pegar a saída seguinte, parou num farol, e voltou para a rodovia, seguindo na direção correta.

Mesmo mantendo o carro na pista, e ficando abaixo do limite de velocidade, e monitorando o número crescente de saídas, estava basicamente perdida em pensamentos, uma apresentação de slides do que acabara de acontecer, passando imagem por imagem. Quando terminou e estava pronta para um *replay*, Mae conferiu o relógio no painel.

Caramba. Só uma hora se passara.

Pareciam ter sido doze.

Ou uma semana inteira.

No entanto, apesar de tudo o que acontecera, o essencial permanecia inalterado, e a realidade esmagadora da situação dificultou sua respiração. Abriu um pouco a janela, inspirou fundo algumas vezes. Depois desligou o aquecedor.

Quando chegou à sua saída, foi como se o carro tivesse virado sozinho, e o mesmo aconteceu quando chegou ao posto Shell em que vinha parando todas as noites. Quando o Honda parou na frente da loja de conveniência, longe das bombas de combustível, sua cabeça se virou para as geladeiras.

Por um momento, tudo ficou meio borrado, o desenho dos pinguins de cachecol vermelho desaparecendo no meio do cenário ártico.

Conteve um colapso ao abrir a porta do carro e sair levando a bolsa. Conforme se dirigiu à lojinha, o moço atrás da caixa registradora ergueu os olhos do celular.

– Oi! – Coçou a barba esparsa. – O de sempre?

– Isso, obrigada.

Quando Mae tirou duas notas de vinte dólares, o humano apertou as teclas da máquina registradora para inserir a compra e a gaveta se abriu. Quando lhe devolveu 27 centavos de troco, ela colocou as moedas no pratinho de plástico ali para qualquer outra pessoa que precisasse.

– Deixei destrancado pra você – disse o atendente ao voltar a se sentar no banquinho e pegar o celular. – Você deve dar um monte de festas, hein.

– Quer que eu coloque a corrente de volta e o cadeado quando tiver terminado?

O rapaz a encarou, surpreso, como se um freguês oferecendo ajuda nunca tivesse acontecido antes.

– Ah, claro. Obrigado.

– Se cuida.

– Você também.

De volta ao lado de fora, Mae foi até o freezer. Precisou fazer três viagens até o carro e, na última, deixou os sacos escorregadios no chão, passou a corrente pelos puxadores e fechou o cadeado.

Olhando para a câmera de segurança, acenou.

Através do vidro, o moço atrás da caixa registradora ergueu a mão em resposta.

Com um grunhido de esforço, Mae pegou os últimos sacos de gelo e os colocou no porta-malas junto com os demais. Bateu a porta e voltou para trás do volante.

Chorou durante todo o trajeto até em casa.

Para a casa em que ela e o irmão cresceram.

Para a casa em que agora moravam juntos, após a morte dos pais.

A entrada de carros pareceu subir de encontro aos pneus do carro e, quando os faróis iluminaram a casa de um andar, viu que uma das moitas junto à porta tinha secado durante o inverno e havia um galho caído no gramado. Teria que cuidar disso.

Enquanto esperava que a porta da garagem subisse, deu-se conta de que todas as noites reparava na moita e no galho quando voltava com o gelo. E todas as noites tomava a mesma decisão. E na noite seguinte? Provavelmente repetiria tudo aquilo.

Porque nada mudara...

– Merda – resmungou ao passar a ré.

De volta à rua, manobrou o carro e olhou para trás, entrando com o Civic de ré. Só freou quando faltou pouco para o para-choque traseiro bater na parede. Desligou o carro e esperou que a porta voltasse a se fechar. Depois disso, precisou de alguns minutos antes de reunir forças para fazer o trabalho seguinte.

Ficou pensando no lutador.

Não, não o ajudaria a ensaboar as costas. Assim como não tinha o menor interesse em encarar aquele crânio enquanto ensaboava os ombros de músculos fortes e a cintura estreita e...

– *Não* pense mais nisso – ordenou-se ao sair do carro.

O ritual de usar a lata de lixo para deixar a porta dos fundos aberta para as idas e vindas do porta-malas até o lugar em que sua bolsa vomitara na noite anterior foi mais exaustivo do que deveria ser.

Quando enfim terminou, certificou-se de que a tranca estava abaixada e, depois, parou diante dos oito sacos de gelo. As palmas ardiam e estavam avermelhadas, e Mae as esfregou nas calças. Não conseguia respirar, mas não de cansaço.

Quando sentiu que não suportaria mais, seguiu pelo corredor estreito e passou pela cozinha. Na frente da casa, a sala estava escura e o corredor do outro lado, onde ficavam os quartos de cima e o banheiro partilhado, também estavam com as luzes apagadas.

Mae e o irmão sempre dormiam ali. Mas pelas últimas duas últimas semanas, ela se mudara para o porão.

Parada diante do banheiro em comum, fechou os olhos. Depois bateu.

– Rhoger? Rhoger, sou eu.

Quando abriu a porta, manteve os olhos fixos no piso até não conseguir mais evitar. Desviando-os para a banheira, sentiu uma dor dilacerante no meio do peito.

O corpo de Rhoger estava submerso numa poça de água gelada, os cubos que acrescentara na noite anterior praticamente derretidos. Ainda estava nas roupas que usara na noite em que voltara para casa, desmaiando no corredor da frente, as manchas de sangue tinham desbotado por causa de toda aquela água, a camisa e as mangas flutuando, os jeans, a mesma coisa. Não havia sapatos, e os pés descalços eram do mesmo mármore branco que seu rosto.

As pálpebras estavam abertas de novo.

Cobrindo a boca com a mão, Mae começou a hiperventilar, a caixa torácica arfando acelerada, os pulmões ardendo não ajudavam em nada no que se referia a atenuar aquela sensação sufocante.

– Rhoger, eu juro... – Enxugou o rosto e pigarreou. – Vou conseguir o Livro. Não sei como, mas vou consegui-lo para te salvar.

Debaixo da água, o irmão a fitava com olhos inexpressivos, sem piscar.

Estava bem familiarizada com eles. Quando dormia, o pouco que conseguia, ela os via em seus pesadelos.

Cambaleando de volta para o corredor, quis cair de joelhos e vomitar.

Em vez disso, controlou-se... e foi buscar o gelo novo.

CAPÍTULO 11

— Você foi...

Enquanto aguardava a Patroa terminar o pensamento em voz alta, Balz sorriu na luz fraca da majestosa suíte principal que ela dividia com o Patrão. Certificara-se de manter a porta do banheiro de mármore aberta para que houvesse luz suficiente para os olhos humanos dela enxergarem o que fazia com ela. E fora uma sessão de fato muito boa, o tipo de exercícios de *core* que garantia que ir para a academia do centro de treinamento seria desnecessário.

Rolando de lado, passou a ponta do dedo pelo colar de diamantes que colocara no pescoço dela.

— Isso foi divertido.

A Patroa virou a cabeça para ele, os cabelos cuidados profissionalmente espalhados pelo travesseiro, as extensões castanhas agora todas descabeladas, graças aos orgasmos e ao modo como ela se arqueara na cama tantas e tantas vezes.

— Foi muito mais do que divertido.

Ele subiu a ponta do dedo pelo pescoço dela e acariciou-lhe o lábio inferior com o polegar.

— Tenho que ir.

— Pode ficar até de manhã... — De repente, a Patroa desviou o olhar, o perfil perfeito e harmônico, muito provavelmente obtido com a ajudinha de alguém com um bisturi. — Mas não precisa dizer, sei que isso não é... você sabe.

Balz deu um beijo no ombro nu.

– Você é incrivelmente linda, e qualquer homem ficaria honrado de estar na sua cama. Acredite em mim. Nunca me esquecerei disto.

Quando os olhos dela voltaram para ele, abriu um sorriso lento.

– Obrigada. Sou esquecida com frequência.

– Nunca por mim. – Ao lhe dizer o que ela queria ouvir, pegou-lhe a mão e colocou-a sobre o peito, sobre o coração. – Bem aqui há um lugar para você. Apesar disso, não voltaremos a nos encontrar.

A Patroa assentiu.

– Sou casada.

– E não deveria se sentir mal por isso. Ainda mais quando ele estiver em Idaho. Prometa isso para mim, sim?

Quando ela concordou com tristeza, Balz a beijou na testa e se afastou do corpo, dos lençóis, da cama... da vida dela. Enquanto vestia novamente suas roupas de ladrão, ela o observava, enroscada de lado e segurando os lençóis junto aos seios.

Que, de fato, eram espetaculares. Assim como verdadeiros.

– Não vai levar isto? – perguntou ela.

Quando Balz olhou para a Patroa, ela tocava os diamantes à garganta, e balançou a cabeça.

– Não. Fique com ele. Não quero levar nada de você.

– Não tem medo que eu chame a polícia? Quero dizer, eu jamais faria isso, mas...

– Não, não estou preocupado com isso.

E porque estava na hora, porque era assim que tinha que ser, entrou na mente dela e a lançou num sono profundo e reparador. Dentro do arquivo das lembranças dela, designou tudo o que fizeram juntos a fragmentos de um sonho, o tempo que estiveram juntos uma fantasia satisfatória e maravilhosa que pareceria tão real quanto de fato foi enquanto acontecia.

Uma brasa que a aqueceria diante do inverno que era seu casamento.

Antes de partir, Balz puxou o edredom para que, quando o suor secasse na pele, ela não sentisse frio. Em seguida, saiu a passos leves do quarto e voltou para o closet. Fechando com a mente as portas duplas atrás de si, fez uma segunda viagem até a seção de roupas formais do marido, e abriu o mar de smokings uma vez mais.

Balz bufou ao reabrir o cofre, e não havia dúvidas quanto ao que levaria dessa vez. Pegou a caixa de relógios, enfiou a coleção de mostradores do tempo do Patrão debaixo do braço e voltou a trancar tudo.

Que tremendo babaca que o cara era. Tinha uma coisa boa bem ali ao seu lado, mas nááááo, precisava ir atrás de algo diferente. Em Idaho.

Que estúpido.

De volta ao corredor, Balz pensou em se desmaterializar através de uma das janelas de painel duplo. Em vez disso, desceu silenciosamente pela escada curva para passar pelas obras de Banksy de novo. *Aquilo* sim era arte.

E levaria um ou dois se pudesse. Infelizmente, peças de arte como aquelas? Não era fácil revendê-las. Havia a questão da origem, chamava muita atenção – e essa era a questão em ser ladrão. Tudo se tratava da estratégia de saída, e não apenas em termos de sair da posse de outro alguém. É preciso ser capaz de liquidar – caso contrário, não passaria de um criminoso acumulador.

Já no segundo andar, virou-se na direção da vista e inspirou lenta e calmamente.

O som foi baixo no mais absoluto silêncio do tríplex, o tipo de barulho que, mais tarde, ele se perguntaria como chegou a ouvir.

Foi uma batida. Como em uma janela. Mas não exatamente.

Intrigado, girou e olhou na direção de onde veio o som. Foi então que ouviu de novo.

Tap. Tap.

Como se algo estivesse preso e tentasse escapar.

Estranho. Em todas as suas investigações sobre o Patrão e a Patroa, não descobrira nenhum bichinho de estimação. Primeiro porque o casal era do tipo que viajava regularmente e seria incapaz de manter uma planta viva, muito menos um ser que precisasse ser alimentado, hidratado e levado para passear. Segundo? O Patrão tinha mania de limpeza. Pelos de gato? De cachorro? O maldito teria um infarto.

Bem, o que quer que fosse, não havia motivo para.

De modo involuntário, seus pés começaram a andar, o corpo o levou adiante em outra direção como uma bagagem inanimada, para uma missão, absolutamente desconectada da sua vontade: queria ir embora. Queria voltar para seu quarto na mansão da Irmandade com os relógios. Queria dar um telefonema para aquele seu contato do mercado clandestino para monetizar a linda coleção de tique-taques do Patrão.

Em vez disso, Balz passou pelos cômodos das coleções... voltando aos meteoritos, aos instrumentos cirúrgicos, aos morcegos.

Até um cômodo novo. Totalmente escuro, sem luzes nem janelas.

Quando entrou, a iluminação embutida no teto foi acionada pelo movimento e uma luz suave surgiu do alto.

Livros. Em toda parte. Mas não perfilados em prateleiras, lombada ao lado de lombada. Aqueles estavam guardados em redomas de vidro ao longo das paredes, os tomos reclinados em apoios inclinados como se estivessem num spa. No brilho da luz suave, letras douradas reluziam nas capas bem como nas laterais de algumas páginas. Quando inspirou, sentiu cheiro de poeira...

E de algo mais.

Tap. Tap. Tap...

Sua cabeça virou bem devagar para o canto oposto. Separado dos demais, num pedestal de exposição que se erguia do chão à altura da cintura e iluminado por uma fonte de luz só para si, um tomo recebera nobre distinção em relação aos demais da coleção.

Tap.

Balz se aproximou, convocado pelo som. Pela presença do livro especial. Pel...

Nos recessos de sua mente, reconheceu que estava impotente para se virar. Mas estava tão fascinado pelo que via diante de si que nem percebeu sua servidão nem teve nenhum outro pensamento em mudar seu destino. E, ao se aproximar da redoma, prendeu a respiração.

— Estou aqui — sussurrou ao deixar os relógios sobre o topo do vidro. — Você está bem?

Como se o volume fosse uma criança que tivesse sido esquecida ali. Que precisava ser resgatada. Por ele.

O artefato inestimável estava envolto num tipo de couro escuro e mosqueado que fez os pelos de sua nuca se eriçarem. Antigo. Aquele único volume era muito, muito antigo. Não havia nenhum título gravado na capa, e as páginas eram tão grossas quanto pergaminhos...

Algo fedia ali.

Tinha o cheiro da morte.

Quando uma onda de náusea surgiu em suas entranhas, Balz cobriu a boca com a palma e se curvou como se fosse vomitar...

O toque de seu celular foi um choque absoluto, e seu corpo reagiu com um salto. Mas que porra? Tinha silenciado o...

Fraco e desorientado, remexeu no aparelho.

— Alô? Alô...?

— Hora de voltar para casa, Balz. Agora!

A princípio, não reconheceu a voz. Não era alguém com quem conversava com frequência.

— Lassiter?

Por que o anjo caído estava ligando para ele...?

Seus olhos voltaram para o livro por vontade própria e ele se assustou de novo. O volume se abrira sozinho, a capa da frente virada de lado e as páginas folheavam apressadas, numa afobação que não fazia sentido...

— Agora! — ladrou Lassiter do outro lado da linha. — Traga esse traseiro de volta pra casa *neste instante*...

Balz voltou ao presente. Algo nas sílabas do anjo quebrou qualquer que tenha sido o feitiço que tomara conta de si, e com a mente subitamente afiada, entendeu que, se não se desmaterializasse naquele exato instante, jamais se libertaria.

O que quer que isso significasse.

Bem quando estava para fechar os olhos, o livro se aquietou numa página aberta, e ele percebeu que, na verdade, não havia fonte de luz alguma sobre ele; o exemplar brilhava por si só. E tinha de ler o que lhe fora aberto, exposto exclusivamente para ele...

De uma vez por todas, sua forma física se dissolveu em uma nuvem de aerossol e ele saiu daquele lugar e atravessou as muitas salas de coleções até a fileira de janelas que dava para o rio Hudson. Deslizando disperso em moléculas através de um dos painéis, viajou para o norte, percebendo o ar gelado apesar de não estar em sua forma corpórea.

Ou o frio era como se sentia por dentro?

O chamado para voltar ao centro da cidade, para retornar ao Commodore, para entrar no tríplex e ler o que lhe fora oferecido, apenas para ele, foi quase irresistível. No entanto, sabia, sem sombra de dúvida, que havia uma infecção ali, algo que o contaminaria e devoraria sua mente e seu cerne, uma doença da alma que podia muito bem ser transmissível.

De tal modo que poderia passá-la para aqueles a quem amava.

Acabara de ser salvo por muito pouco.

E as pessoas não tinham essa boa sorte duas vezes, ainda mais na mesma noite.

Que diabos acabou de acontecer?, pensou.

Momentos mais tarde, a montanha da Irmandade da Adaga Negra surgiu no horizonte, ampla e de cume alto, com seus contornos cobertos por pinheiros numa das laterais do vale. Protegida pelo *mhis*, graças ao Irmão Vishous, a propriedade era o tipo de localização que aparecia no Google Maps, mas, a menos que soubesse o que estava fazendo e aonde ia, ninguém saberia por onde andar assim que pusesse os pés por lá.

Tudo era borrado. Confuso. Desorientador.

Mais ou menos como ele se sentia agora.

Ao retomar sua forma, a náusea o abandonou e ele inspirou fundo pelo nariz para acalmar o estômago...

– Mas que... porra?

Em vez de estar na frente da enorme mansão cinza, estava na parte de trás, olhando para a fileira de janelas do segundo andar.

Não foi para ali que se enviara. Por que ele...

O pio lamentoso de uma coruja quebrou o silêncio da noite, e Balz teve uma vontade súbita de entrar de uma vez... como se houvesse alguém – ou pior, algo – perseguindo-o...

Do nada, lembranças invadiram sua mente. Entre um piscar de olhos e o seguinte, já não era mais o início da primavera, com a neve praticamente desaparecida dos jardins e da piscina coberta. De repente, era pleno inverno, tudo estava coberto de branco, o ar gélido o açoitava no rosto e remexia seus cabelos. Não estava mais parado no chão. Estava numa das laterais da casa, apoiando-se nas junções das pedras da fachada com seus sapatos de montanhismo e dedos fortes para escalar e alcançar as venezianas de proteção contra a luz do sol do segundo andar. Diversos painéis tinham sido avariados com a tempestade de neve, e ele e alguns dos outros estavam fazendo o que podiam para abaixar os painéis de aço enquanto a tempestade continuava. Sim, só que ele não era nenhum Tim Taylor do seriado *Gente pra frente* com suas malditas habilidades de consertos domésticos. A eletrocussão das engrenagens motorizadas fora um choque – literal e figurativamente falando – e ele não tinha nenhuma lembrança de ter sido lançado para o ar.

Fora morto e caíra no monte de neve. Z. e Blay fizeram manobras de reanimação para salvar sua vida, e lhe disseram que foi bem a tempo.

Graças a eles, trouxera uma mensagem do Outro Lado.

O demônio está de volta.

Tais foram as palavras que disse quando enfim recobrou a consciência, embora também não se lembrasse de tê-las dito, tampouco de ter morrido. Só ficou sabendo o que saíra de sua boca porque ouviu alguns Irmãos conversando a respeito, e só tinha uma vaga noção de ter sido um cadáver por um breve período por causa do que estava escrito no seu prontuário médico.

As pessoas não ficam do jeito que ele ficou com um simples corte provocado por papel...

O demônio está de volta.

Ao ouvir sua própria voz repetindo a frase mentalmente, o suor brotou debaixo das roupas, e ele enxugou a testa com uma mão trêmula...

— Você fez a coisa certa.

Quando a voz de Lassiter surgiu ao longe, Balz olhou para o celular na mão. Levando o aparelho ao ouvido, disse:

– Alô?

– Estou aqui.

Balz olhou para a direita. O anjo estava no canto da casa, parado diante de uma das portas francesas.

– Venha aqui – Lassiter chamou ao estender a palma.

– Para onde eu fui quando morri? – Balz fitava o chão e tentava imaginar como seu corpo ficou caído na neve. Será que estava de costas? Devia ter sido, se foi lançado para longe da casa. – Sei que não fui para o Fade. Não vi nenhuma porta. É pra gente ver uma porta, né...?

– Não se preocupe com isso. Entre...

Relanceou para a fachada da mansão, depois para o anjo.

– Como sabia que tinha que me ligar agora há pouco?

Tap.

Lassiter não estava mais olhando para ele. Concentrava-se em algo acima e à esquerda, no céu.

– Preciso que você entre. Agora.

Tap. Tap.

– E eu preciso que você me conte o que está acontecendo...

– Balthazar, confie em mim. Você tem que entrar...

Tap, tap, tap, tap, taptap...

De uma vez só, o som veio de todos os lados, e Balz instintivamente se abaixou e cobriu a cabeça ao se agachar.

Pássaros. Alçando voo apressados.

Contra o céu estrelado da noite, centenas de aves não noturnas dispararam da floresta, batendo as asas desesperadas, pardais, gralhas azuis, cardeais voando em todas as direções, os corpinhos delicados bloqueando o brilho distante das galáxias num padrão discordante e bruxuleante.

Por uma fração de segundo, Balz se lembrou dos esqueletos dos morcegos.

E então, só sentiu o mais puro terror.

Cedendo ao medo repentino, disparou a correr e, de alguma forma, sabia que não deveria tentar nenhuma das outras portas da casa. Sabia que Lassiter estava na única porta que ele poderia usar, o anjo caído era a sua única esperança, sua salvação de um destino pior do que a morte.

Embora não soubesse quem ou o que estava em seu encalço.

Os pulmões gritavam em busca de oxigênio, e as pernas moviam-se mais rápido do que jamais se moveram em toda a sua vida. E enquanto se aproximava do lugar em que o anjo se inclinava para fora da mansão, Lassiter começou a berrar que ele tinha que se apressar, vir rápido, correr ainda mais...

No segundo em que Balz ficou ao seu alcance, o anjo se esticou e o arrastou para dentro, batendo a porta e empurrando o corpo contra ela enquanto Balz tropeçava e despencava no tapete persa da biblioteca.

Taptaptaptaptap...

Quando a artilharia daquele som irradiou pelo cômodo, ao longo de toda a mansão, Balz virou de costas e foi engatinhando para trás a fim de se afastar cada vez mais do barulho. Aquilo que quisera se apossar dele batia no vidro da porta francesa, o ruído era a amplificação daquilo que o chamara naquela sala do tríplex, até o livro.

Só que mais alto. Mais exigente.

Petulante, como se estivesse ressentido pela rejeição.

– Mas que *porra* está acontecendo aqui? – Balz exigiu saber.

Mas o anjo não parecia ouvi-lo. Lassiter fechara os olhos estranhamente coloridos e agora se forçava contra a porta fechada, o corpo imenso empurrando e vibrando com a força, os cabelos negros e loiros caindo por cima do peito e dos braços flexionados.

Como se ele fosse a única barreira mantendo o que quer que aquilo fosse fora da mansão.

– Ela voltou – Balz se ouviu sussurrar, derrotado.

Capítulo 12

Quando o sol começou a se erguer em Caldwell, o demônio Devina desligou o caríssimo fogão Viking e afastou a chique frigideira All Clad para a bancada. O prato que decidira usar era quadrado e branco e os dois bifes que colocou sobre ele com um par de pinças de aço inoxidável foram preparados à perfeição: com apenas um pouco de sal e pimenta. Um fio de azeite extravirgem para untar a frigideira e ajudar a formar uma crostinha crocante.

Coisa simples, bem-preparada. Tão melhor do que uma refeição gourmet que necessitaria de uma narração de doze minutos e um dicionário de francês para ser decifrada.

Servindo-se de uma taça de vinho, levou a comida para a mesa, decidiu sentar-se de costas para a cozinha de modo a apreciar todos os bens que possuía. Seu espaço particular, seu covil, se preferir, era um grande galpão no subsolo de um dos edifícios de escritórios mais antigos do centro da cidade. Tecnicamente, era um de uma dúzia ou mais de depósitos em geral usados para – chatice à vista – coleções de arquivos e registros corporativos, um benefício para os negócios que ocupavam todos os andares superiores.

O seu galpão, no entanto, era diferente, e não só porque podia camuflá-lo e todos os seus preciosos pertences com o simples poder de seu querer. Em vez de documentos idiotas e hard drives inúteis ou qualquer outra merda existente nos outros, o seu era repleto de beleza.

Pegando a faca e o garfo – Christofle, prata de lei –, cortou a carne e levou uma garfada à boca.

Droga! Estava borrachuda. Prova de que não importava a boa aparência de algo, isso não garantia o seu real valor.

Enquanto engolia com uma careta, pegou o sauvignon Blanc e sorveu uma bela golada pela borda afiada da taça de cristal. Grande parte das pessoas teria escolhido um tinto, mas esse era encorpado demais para o gosto dela – e, credo, odiou o que estava comendo. Era como estar tomando um remédio, algo difícil de engolir, mas que possuía benefícios terapêuticos.

Ou, pelo menos, era bom mesmo que possuísse. Caso contrário, estaria desperdiçando seu tempo.

Para distrair-se do familiar mal-estar irritante que se instalava com seu monólogo interno, olhou com orgulho para todas as peças de alta-costura que colecionara ao longo de décadas. Algumas peças eram originais, dos anos 1970, 1980 e 1990. Outras adquirira mais recentemente em estabelecimentos *vintage* de qualidade. E algumas outras eram novíssimas, da 5ª Avenida, da Rodeo Drive, da Avenida Worth.

Tais eram as obras de arte que possuía: Gucci, Vuitton, Escada, Chanel, Armani, Lacroix, McQueen, McCartney. Se tivesse um estilo estético diferente, também poderia ter escolhido a rota Mainbocher e Givenchy, mas Audrey Hepburn sempre lhe dera azia.

E depois vinham os acessórios. Mas que porra, ela já usava Manolos muito antes da Carrie-insuportável-Bradshaw, e as solas de seus saltos agulhas eram vermelhas muito antes que os plebeus tivessem descoberto Louboutins.

E não só por pisar no sangue que derramara.

De volta à maravilha que era o seu guarda-roupa. Claro, parte da diversão era a exposição, e todas as saias e vestidos e blusas e calças estavam dispostos em incontáveis araras. Estavam separados por seções e divisórias organizadas por designers. Uma mesa inteira para bolsas Birkins e um par de prateleiras cheias de Chanel. Mas as disposições não eram estáticas. Com frequência mudava os itens de lugar. Às vezes por ordem cronológica, às vezes por cores. Certa vez, tentara organizá-los por valor, mas foi impossível acertar. As etiquetas dos artigos mais antigos perderam valor com a inflação, e a raridade e o fator histórico tornaram outros inestimáveis.

Continue a comer, disse a si mesma. *Você precisa continuar comendo.*

Ao engolir à força o maior dos dois bifes, seus olhos acariciaram a cacofonia ótica diante de si, as sedas delicadas e as lantejoulas, a caxemira e as peles, bolsas, sapatos e roupas íntimas, tudo oferecendo tantas cores, tantas texturas, tantas escolhas para expressão individual. Aquela coleção era uma tamanha fonte de satisfação e felicidade, cada peça como um filho adotado em um lar amoroso. Quer tivesse roubado ou pago o preço cobrado, tirado de um cadáver ou embalado como presente para si mesma, sua posse era indisputável e imutável, e a beleza de Devina era sempre ampliada mil vezes pelo que colocava sobre o corpo perfeito.

Suas roupas eram o halo que ela, devido à sua natureza, jamais possuiria metafisicamente.

Mas, caramba, ficaria linda enquanto fazia o mal.

No entanto...

Quando os talheres de prata bateram com suavidade no prato, o silêncio ficou tão óbvio, um lembrete de que o que adorava podia formar uma base para si e uma importante fonte de excitação de procuras e aquisições, mas, no fim... aquelas obras de arte do mundo da moda não podiam lhe tocar. Segurá-la. Gargalhar e chorar com ela.

Estava sozinha num cômodo abarrotado.

Afastando o prato, recostou-se com a taça de vinho, girando o líquido amarelado ao redor da taça cristalina.

Chianti e favas, hein?, pensou ao observar a cor dourada. *Que medíocre.*

Mas, em retrospecto, órgãos humanos dificilmente eram uma iguaria, não é mesmo? E o pior, aquela porcaria não estava funcionando.

Não estava comendo em nome da saúde, pelo amor de Deus.

Não da saúde física, de todo modo.

Devia existir algum jeito de capturar o amor que havia lá fora, o amor que vira entre aqueles que formavam casais, o amor que todos os outros no planeta, menos ela, conseguiam encontrar. Só porque era um demônio não significava que não tinha emoções. Que não precisava se sentir querida. Que não desejava ser vista como preciosa, inconfundível... significativa... por aquele que ela mesma consideraria precioso, inconfundível e significativo.

Era um instinto natural.

Como via nos programas do Dr. Phil.

Devina, você sabe, já faço isso há quase quarenta anos, portanto sei o que estou dizendo. Como a vida tem te tratado?

– Nada bem, Phil – respondeu em voz alta. – Só quero o que você e Robin têm.

O seu Dr. Phil imaginário se inclinou para frente, em seu terno e gravata, o grande relógio de ouro reluzindo no punho, a cabeça careca coberta de maquiagem para não brilhar sob as luzes do estúdio. *Se você olhar para seus relacionamentos anteriores, como descreveria o seu comportamento? Você era uma boa parceira?*

– Claro!

Devina, não podemos mudar aquilo que não reconhecemos.

Ela pensou em seu verdadeiro amor, Jim Heron.

– Só tentei matar a namorada dele uma vez. – Quando Phil a encarou, ela praguejou. – Tá bom, tá bom, admito. Umas duas vezes. Mas ela era chata pra caralho e não entendo por que diabos ele a escolheu em vez de me escolher.

Relacionamentos são uma via de mão dupla. E parece que ele estava numa estrada diferente da sua.

– Bem, então ele precisava ter lido melhor a porra do mapa. Para voltar ao trajeto. Seguir com o programado.

Veja bem, posso ser apenas um garoto do interior...

– Ah, nem vem com essa ladainha furada de garoto pobre do Sul. A sua renda líquida é de mais de 400 milhões de dólares. Já passou da hora de você parar de fingir que esse seu traseiro gordo é de "gente como a gente".

O imaginário Dr. Phil a encarou bem no fundo dos olhos. *Se estivesse num relacionamento agora, você contribuiria ou contaminaria?*

– Vá se foder, Phil.

Com um garfo apático, cutucou o músculo cardíaco no prato. Há quanto tempo vinha fazendo isso? Tentando encontrar o destino através do trato digestivo?

Estava ficando sem paciência. E sem antigases.

Numa onda de frustração, esquadrinhou o covil. Era difícil precisar com exatidão quando o pensamento lhe ocorreu, mas, quando se deu conta, já tinha levantado e ia até a exposição de Birkins.

As bolsas Hermès estavam à mostra numa graciosa escrivaninha que roubara de um conde francês com quem tivera um adorável relacionamento que lhe satisfizera por umas duas semanas... terminando com ele destripado e pendurado numa cerca de ferro.

Mas por que se concentrar nos detalhes desagradáveis?

Além do mais, para ela o fim fora muito bom. Seguira em frente para coisas maiores e melhores. Mais especificamente um ferreiro que havia sido pendurado como um dos garanhões cujas ferraduras ele provera.

Aquilo sim fora divertido. Mas, de novo, nada muito permanente. Muitos pelos nas costas – e não se referia aos animais de cascos que carregavam selas.

E esse era o problema dela. Na verdade, *nada* durava. Nem mesmo Jim Heron – porque ele jamais fora seu, para início de conversa.

E, puta merda, não estava ficando mais jovem.

Se bem que também não estava ficando mais velha.

Alô-ôôô, imortal, lembra?

A mais cara de todas as suas bolsas era a icônica Himalaya Niloticus Crocodile Birkin 35 com ferragens em diamante. A peça de arte cinza e branca recebera um lugar de honra sobre uma mesinha de cabeceira com tampo marchetado e duas gavetas – porque, convenhamos, precisava expô-la em algum tipo de pedestal. Parada ali diante da bolsa, ficou observando o padrão das escamas e as marcações bilaterais que significava que as partes mais escuras da pele ficavam nas laterais, formando um contraste perfeito com o centro branco cremoso.

Tão linda.

E, mesmo assim, não era seu item mais valioso – embora, no mercado de itens de segunda mão, por ser uma 35 com detalhes em diamante, valia bem uns 400 mil dólares. Ou mais, se vendida com a pulseira de diamantes do conjunto. Que ela também tinha.

Puxou a gaveta de cima da antiguidade – e foi com uma forte sensação de derrota que se inclinou à frente. Gostava de se imaginar como um cara no sentido de que nunca lia manuais de instruções, nunca pedia indicações de caminhos e detestava que lhe dissessem que direção seguir em uma bifurcação. Portanto, para Devina, fazer uso de qualquer auxílio, por mais que o Dr. Phil sempre indicasse seus convidados a peritos, era como se...

Franziu o cenho.

Inclinou-se ainda mais para frente.

Tateou dentro da gaveta. Que estava completa e absolutamente vazia.

Xingando com violência, arrancou a gaveta de cima da mesinha. Não havia nada nela. Ainda que seus olhos estivessem perfeitamente funcionais, virou a coisa e a sacudiu como uma idiota.

Como se o que esperava encontrar ali estivesse, de alguma forma, colado no fundo.

O Livro sumira.

Frenética, abriu a gaveta de baixo – caso tivesse se esquecido em qual delas o colocara. Também vazia. As gavetas da escrivaninha também não guardavam o Livro, as calcinhas e os sutiás de seda não se assemelhavam em nada com o tomo revestido de pele humana que ela procurava.

Com mãos trêmulas, começou a vasculhar as outras cômodas, prateleiras junto à cama, as gavetas da cozinha, as tranqueiras na área reservada ao banheiro. Chegou até a procurar debaixo da cama antes de se lembrar de que a maldita era apoiada numa plataforma sem nenhum espaço de armazenamento embaixo.

– Cadê a porra do meu Livro! – berrou no silêncio.

E então se lembrou...

Girando para um dos cantos, encarou a gaiola de 1,5m por 1,5m com uma vasilha de água e um colchonete. Aquela merda estava vazia porque o idiota virgem que prendera ali tinha escapado.

– Filho da puta sorrateiro – sussurrou ao andar até lá.

Era culpa sua, na verdade. Estava na cara que o subestimara – provavelmente porque não precisava realmente dele. O sequestro fora mais uma compulsão do que algo exigido pelas circunstâncias, uma lembrança do passado do qual não mais necessitava. Com a destruição de seu espelho, não tinha mais que se preocupar em proteger sua privacidade ali tanto quanto antes.

No entanto, estava se sentindo sozinha.

– Seu merdinha – disse ao encarar o lugar em que o aprisionara. – Foi você que levou o meu Livro?

Ele foi o único a estar ali desde a última vez em que vira o exemplar.

O bastardo deve tê-la visto folheando as páginas naquela manhã.

Voltou para a mesinha de cabeceira, agora sem gavetas. Havia, é claro, outra explicação, uma absolutamente impensável. Por isso a descartou de pronto.

O Livro a amava. Claro que queria ficar com ela.

Não, *ele* tinha levado seu Livro, aquele merdinha, e mesmo que não estivesse considerando usar um dos feitiços para trazer o seu verdadeiro amor, ainda precisaria trazer o maldito objeto de volta.

Era dela, afinal. E era muito possessiva.

– Filho da *puta* – murmurou.

Agora precisava encontrar seu Livro.

CAPÍTULO 13

NA NOITE SEGUINTE, Mae estava de volta à porta da garagem, com as chaves do carro em mãos e a bolsa pendurada no ombro. Não dormira nada durante o dia, e a Primeira Refeição fora uma única fatia de torrada que descera como uma folha metálica.

– Volto logo – disse a Rhoger.

Por que esperava uma resposta? Achava mesmo que ele iria se sentar na banheira cheia de cubos de gelo e lhe pedir um sanduíche do Jimmy John's?

Nos recessos da mente, um sinalzinho de alerta disparou. Quando conversa com o defunto do seu irmão e espera uma resposta, você provavelmente perdeu o juízo.

Tire esse "provavelmente".

– Direi a Tallah que você mandou um abraço – disse antes de passar pela porta e trancá-la.

Ao sair com o carro, teve de procurar os óculos de sol na bolsa. O fato de que os demais carros na rua tinham os faróis ligados e os seus vizinhos voltavam para casa do trabalho não significava muito para um vampiro no que se referia à luz fraca ainda presente no horizonte a oeste. O fato de que seus olhos ardiam e a pele pinicava em aviso debaixo das roupas era um bom lembrete do quão inegociável a questão de nada de sol era para a espécie.

Mas não conseguiria ter ficado presa dentro de casa por mais nem um instante.

Sim, desmaterializar-se teria sido uma opção. Porém, precisava de mais gelo e dirigir sempre lhe ajudou a se acalmar.

Incrível como é possível se sentir aprisionado mesmo tendo a liberdade de ir e vir ao bel-prazer.

O chalé de Tallah ficava no limite de Caldwell, uma pequena joia de pedras aninhada num vale cheio de árvores. O trajeto até lá levava de quinze a vinte minutos, dependendo do trânsito, e Mae ligou o rádio para se distrair dos assuntos nos quais não queria pensar. Não deu muito certo, porém. Sua mente ainda ficou ruminando fatos como corpos de vampiro afundarem, e não flutuarem, na água; o que desconhecia até começar a cuidar de Rhoger em seu estado atual. Também estava bem ciente de que estava ficando sem tempo. E temia que talvez o Livro que Tallah mencionara não fosse a solução para seu problema.

Talvez a única solução fosse uma Cerimônia do Fade, uma casa permanentemente vazia e a percepção esmagadora de que era a última de sua linhagem, deixada sozinha no planeta.

Dizem que lembranças partilhadas são o melhor tipo de lembrança... então lembranças que não se pode partilhar com quem faz parte delas são as piores. Pois é um tipo de solidão que te transforma num livro de referência em vez de parte de uma história, e Mae tinha a sensação de que as perdas tornavam cada pensamento numa plataforma para o luto.

Para não começar a chorar, concentrou-se em um trem de pensamentos indesejáveis, e adivinhe o que apareceu no seu vagão cognitivo?

O lutador da noite anterior.

Maravilha.

Ainda assim, enquanto seguia a estradinha de curvas para o interior, e a densidade populacional de humanos cedia lugar a campos de milho e pequenas fazendas produtoras de leite, escolheu concentrar-se nele. Era o menos pior, como seu pai costumava dizer – e não que ela tenha precisado se esforçar muito para pensar nele. Conseguia visualizar Shawn com muita clareza, desde os olhos negros como obsidiana até as tatuagens que lhe cobriam o corpo, a agressividade... o sangue esparramado no concreto.

Não entendia como alguém conseguia, depois de quase morto, voltar a cuidar da vida normalmente. Pensando bem, aquela hemorragia não deve ter sido a primeira dele. Deus, se aquilo tivesse acontecido consigo, teria berrado até desmaiar mesmo depois de ter se recuperado.

Ele, no entanto, pareceu apenas perdido no corredor errado de um supermercado.

E, caramba, se tivesse lhe pedido, ele teria ido atrás do Reverendo, trazendo-o de volta para ela.

Talvez devesse ter feito isso. Mas e depois? Se o Reverendo não sabia nada a respeito do Livro, arrastá-lo de volta para aquela garagem teria adiantado de quê? E era possível que a oferta tivesse sido apenas um exagero por parte do lutador, uma fanfarrice sendo cortesia de seu complexo de machão.

Certo?

Ao entrar numa estradinha de terra meio fechada por arbustos e mato crescido, ainda debatia os prós e os contras de uma decisão que teria tomado na noite anterior. Mas, pelo menos, já estava quase chegando à casa de Tallah e – eba – teria outros assuntos para pensar... como Livros que podiam ou não existir, e podiam ou não ajudá-la no que se referia à situação do irmão.

E, nesse meio-tempo, tinha as más condições daquele caminho com que se preocupar. Havia buracos dos quais se desviar, os faróis sacolejavam para cima e para baixo enquanto ela tentava se esquivar dos piores deles, e os arbustos que cresciam nos acostamentos eram tão grossos que os maiores chegavam a arranhar a pintura do seu Civic.

Mas logo o chalé surgiu.

Ao fazer a última curva, seu carro iluminou o destino, os faróis jogando um facho de luz quase agressivo nas paredes externas de pedras antigas. O local estava num processo lento de dilapidação, a porta da frente era de um vermelho desbotado com partes lascadas, uma veneziana estava torta, no telhado faltava uma telha aqui e outra acolá. O terreno também estava descuidado, o jardim de rosas não passava de um círculo emaranhado de espinhos e ervas daninhas, o caminho da frente também estava bagunçado pela presença de raízes e de túneis de toupeiras. Um galho do tamanho de um carro estava caído no jardim lateral, e a antiga bétula talvez não fosse ressuscitada do coma invernal pelo calor primaveril.

Colocando a marcha em ponto-morto, desligou o motor e inspirou fundo. Precisava mesmo ajudar mais ali na propriedade, mas entre seu trabalho on-line em tempo integral e os cuidados com a própria casa, o ano anterior passou voando. Antes, quando o pai ainda estava vivo, era ele quem vinha até ali para fazer a maior parte do trabalho braçal, e o irmão também ajudava. Mas era incrível a velocidade com que as coisas se deterioravam.

Três anos sem manutenção e tudo já estava praticamente irreconhecível. E foi difícil não ver um paralelo com o colapso de sua vida pessoal, pois tudo o que fora forte e verdadeiro, agora estava decrépito e perdido.

Seus pais sempre lhe pareceram tão permanentes. Rhoger também.

Juventude e falta de exposição à morte lhe deram certeza de que sua família era imortal e que os detalhes de sua vida – onde morava, com quem se relacionava, o que fazia – eram fatos escritos em pedra, tão imutáveis quanto o céu noturno, quanto a gravidade, quanto a cor dos seus olhos.

Uma tremenda falácia, contudo.

Ao sair do carro, quase não o trancou. Mas um eco do medo sentido na multidão de humanos a fez inserir a chave na tranca e virá-la.

Enquanto avançava pelo caminho pavimentado de lajotinhas, Tallah abriu a porta, e a imagem da anciã encurvada naquela entrada em forma de arco fez Mae piscar rapidamente. Tallah era sempre a mesma, vestida com um de seus roupões, desta vez um violeta--azulado, e calçava chinelos amarelos e azuis. A bengala também combinava com o conjunto, uma fita azul-clara envolvia a vara de metal do suporte, e havia um laço correspondente na ponta da trança nos cabelos brancos.

– Oi – Mae a cumprimentou ao chegar ao primeiro degrau.

– Olá, minha querida.

Abraçaram-se na soleira, e Mae tomou cuidado para não apertá-la com força, embora o que mais desejasse era trazer Tallah para perto de si e nunca mais soltá-la.

– Venha – disse Tallah. – Já preparei o chá.

– Eu fecho a porta – murmurou Mae ao entrar e fechar tudo.

A cozinha ficava nos fundos e, enquanto seguia Tallah através dos pequenos cômodos familiares, tudo tinha o cheiro de sempre. Pão fresquinho. Poltronas de couro antigo. Fogo apagado na lareira, e aromáticas folhas de chá. A mobília era grande demais para uma casa tão pequena, e tudo era de uma qualidade absurda, mesas folheadas e de mármore, madeira marchetada, cadeiras e sofás forrados por seda agora gasta pelo uso. Retratos a óleo em pesadas molduras douradas estavam pendurados nas paredes, com cenários e retratos executados por Matisse. Seurat. Monet. Manet.

Havia uma fortuna debaixo do teto daquele minúsculo chalé, e Mae sempre se preocupava com a possibilidade de ladrões invadirem ali. Mas, até então, tudo ficara bem. Tallah morava ali desde os anos 1980 e nunca se preocupara com nada. Uma pena, porém, que a fêmea se recusasse a vender um daqueles retratos para morar em condições melhores. Mantivera-se firme na resolução de manter tudo consigo, mesmo que isso significasse não ter como bancar as melhorias necessárias. A teimosia não fazia muito sentido, mas essa era a decisão dela e de ninguém mais, certo?

Nenhuma das duas se pronunciou enquanto Mae se sentava à mesa da cozinha e Tallah se ocupava na bancada com a chaleira elétrica e duas xícaras. O impulso de ajudar a fêmea com a bandeja era quase irresistível, ainda mais quando Tallah pendurou a bengala no antebraço e pareceu se esforçar para trazer a carga de creme, açúcar e as xícaras cheias. A autossuficiência, contudo, era o orgulho da anciã, e ninguém precisava lhe tirar mais autonomia antes do absolutamente necessário.

Enquanto Tallah ajeitava tudo, Mae apontou com a cabeça para a outra extremidade da mesa, onde alguns objetos estavam cobertos por uma toalhinha fina com um monograma bordado.

– O que há ali embaixo?

A fêmea costumava manter tudo muito limpo e organizado, com o mínimo de objetos sobre a bancada, mesas, prateleiras e cornijas.

– Conte-me novamente o que aconteceu ontem à noite – disse Tallah ao se abaixar para a cadeira e lhe passar o pires com a xícara.

O par de porcelana tilintava nas mãos trêmulas e o som reverberou por todo o corpo de Mae. Foi um alívio pegar o chá e por um fim à acústica e ao risco de tudo ser derramado. É claro, o relato teve partes editadas. Deixou de fora a parte em que atacara a humana na fila para entrar e, puxa, a lacuna foi bem grande no que se referia a Shawn.

– O Reverendo mentiu quanto ao Livro – Tallah asseverou ao colocar um pouco de leite no chá. – Ele pode até não saber onde está, mas sabe exatamente do que se trata.

– Bem, ele não será nossa fonte. Deixou isso bem claro.

Enquanto se calavam, Mae observou a coluna de fumaça se erguendo do Earl Grey. O modo como afinava conforme o chá esfriava.

– Tallah...

– O que foi, minha querida?

Visualizou Rhoger na água gelada.

– Não sei quanto tempo mais nós temos.

Não que o corpo estivesse se decompondo – ainda. Mas aconteceria. Porém, além disso, não tinha certeza de quantas noites mais conseguiria ir até aquele posto de gasolina, comprar aquele gelo e ir até a banheira para drenar a água e enchê-la de novo de gelo...

Ah, a quem tentava enganar? Continuaria fazendo isso até que restassem apenas fragmentos do irmão, nada além de uma sopa de fluidos corpóreos naquele banheiro – contanto que também restasse esperança. E talvez fosse isso o que estava morrendo agora.

Afastou a xícara.

– Tallah, para mim é difícil dizer isto.

– Por favor. – A fêmea se inclinou à frente e pôs a mão sobre o braço de Mae. – Você pode me contar qualquer coisa.

Mae se concentrou no desenho floral da manga do roupão, as florzinhas amarelas e brancas destacadas num mar de azul.

– Esse Livro, o que quer que ele seja... – Mae fitou os olhos cansados da anciã, e tentou afastar o tom de exigência da voz, de sua expressão. – Quero dizer, o que estou fazendo aqui? Não quero duvidar de você, mas não consigo... Estou tendo dificuldades para continuar com essa busca maluca. Você disse que o Reverendo era a nossa última esperança, e não conseguimos nada. De novo.

Bem, e também havia a questão mais importante sobre o que Tallah lhe dissera que o Livro seria capaz de fazer por ela. Portanto, precisava acreditar que ressuscitação era algo possível, mas começava a se preocupar que era assim que lendas urbanas começavam e se espalhavam: alguém em estado vulnerável que precisava acreditar na existência de uma solução metafísica para seus problemas era alimentado com um embuste.

O desespero era capaz de moldar uma verdade a partir de qualquer mentira. E mesmo que fosse de uma fonte bem-intencionada, havia crueldade na falsa promessa de ajuda.

Com um aceno, Tallah sorveu um gole da xícara. Depois se recostou, segurando o chá nas mãos crispadas pelo tempo como se elas estivessem frias.

– Pensei que perder minha posição social tinha sido o ponto mais baixo em minha vida. Mas presenciar tudo o que você teve que suportar nestes últimos anos... supera qualquer um dos meus momentos tristes. Como eu poderia não ajudá-la?

Mae nunca perguntou detalhes, mas, em algum momento, Tallah fizera parte da alta aristocracia, vinculada a um membro do Conselho. A *mahmen* de Mae, Lotty, trabalhara para ela como sua criada. Algo acontecera, porém, e quando Tallah foi morar ali no chalé, Lotty insistira em limpar a casa de graça para ela em seu tempo livre – e, em pouco tempo, a família toda se viu envolvida em cuidar da fêmea mais velha.

Uma ironia que a sua desgraça social tivesse lhe salvado a vida. Se tivesse continuado morando na casa-grande? Teria sido assassinada durante os ataques à propriedade, assim como aconteceu com os pais de Mae.

– O verdadeiro nome do Reverendo é Rehvenge – explicou Tallah. – Ele é um membro da *glymera*... ou era. Não sei bem quantos restam agora. Como já lhe disse, eu conheci muito bem a *mahmen* dele. Ela mesma já usou o Livro uma vez, e me contou de seu poder. Foi assim que tomei conhecimento dele. O Livro lhe dará aquilo de que precisa. Eu juro por tudo o que me resta de minha vida.

– Não fale assim. – Mae abaixou os olhos.

– É a verdade e nós duas sabemos disso. Morrerei em breve, mas, ao contrário de seu irmão, meu tempo de ir é como deveria ser. Vivi minha parcela de noites. A vida dele, porém, foi-lhe tirada cedo demais, e o que está errado deve ser corrigido.

Tallah se esticou para alcançar o pano do outro lado da mesa. Quando puxou a toalhinha, o que foi revelado não fez muito sentido: vinagre branco, um pratinho de prata, sal, uma faca afiada, um limão, uma vela.

Muito bem, para quem quisesse preparar um molho de salada, aquela coleção viria a calhar, mas por que dar uma de Houdini?

– Para que tudo isso? – perguntou Mae.

– Vamos trazer o Livro até você. – Tallah apontou com a cabeça para os ingredientes. – Se ele te aceitar.

Capítulo 14

Mais ao norte, no majestoso átrio da mansão da Irmandade da Adaga Negra, Rehvenge caminhou sobre o mosaico da macieira em flor. Ao chegar à grande escadaria, foi subindo a um bom passo, os mocassins Bally devorando a passadeira vermelho-sangue, o casaco de pele de visom flanando em seu rastro. Quando chegou ao piso de cima, as portas duplas do gabinete do Rei Cego estavam abertas, e, na outra ponta da sala azul-clara repleta de antiguidades, Wrath, filho de Wrath, pai de Wrath, estava sentado em seu posto principal – isto é, atrás da escrivaninha entalhada, tão grande quanto um urso-pardo apoiado nas quatro patas, a bunda plantada no trono do pai. Com todo aquele cabelo negro caindo a partir do bico de viúva, o rosto cruel escondido atrás dos óculos escuros e o corpo de guerreiro, Wrath era exatamente o retrato de quem deveria governar a raça dos vampiros.

E também havia o fato de que, mesmo sem visão, ele enxergava com muita clareza, e não suportava tolos. Nunca.

Para Rehv, Rei dos *symphatos*, os dois eram aliados poderosos. E, puta merda, precisariam mesmo ser depois desta noite.

– Vossa Excelência está adiantada – murmurou Wrath ao erguer o rosto do golden retriever deitado em seu colo.

George, seu cão guia, descansava gloriosamente de costas, os pelos brancos da barriga todos espalhados, a cabeça pensa como se estivesse num spa. Ao farejar Rehv, a cabeçorra se ergueu de leve e ele balançou o rabo. Mas, em seguida, voltou à tarefa de ser adorado.

– Esse cachorro é o verdadeiro rei daqui – disse Rehv ao entrar e ordenar em pensamento que as portas se fechassem.

Ao ouvir o barulho delas, uma das sobrancelhas do Rei Cego se ergueu por cima da armação dos óculos escuros.

– Então você veio com boas notícias – resmungou Wrath. – Que animador.

Rehv retardou o assunto ao andar pela sala, os passos levando-o num círculo ao redor de sofás de seda e uma coleção de poltronas bergère. Quando, por fim, sentou-se na poltrona oposta à escrivaninha entalhada, o retriever voltou a fitá-lo, desta vez com preocupação.

E isso provava que George tinha fortes instintos.

– Uau – disse Wrath ao passar a mão ao longo do pelo loiro do peitoral que contaria como tamanho médio num bípede. – O tio Rehv está agitado. Isto vai ser divertido.

– Eu queria ter vindo na noite passada. – Rehv ajeitou as pontas do casaco de modo a cobrir as pernas. – Mas tinha umas merdas para resolver antes.

– Mais diversão com seus cidadãos?

– Humanos desta vez. – E todos os reembolsos pela luta abortada. – Foi uma noite longa.

– Por que se mete com eles?

– Um defeito de meu caráter. Mas um dos menos letais, por isso, cedo. Viver uma vida de negação perpétua é o mesmo que estar num caixão enterrado. E, por favor, não me diga que já tenho dinheiro. Nunca é o suficiente.

Quando o Rei deu risada, Rehv relanceou para a lareira apagada e se perguntou se valeria a pena atear fogo às achas. Apesar de estar uns 20°C ali na sala, ele vivia com frio, a dopamina que consumia para controlar seu lado maligno diminuía sua temperatura interna.

Eis o motivo do casaco de pele. Que usava mesmo no verão.

Dito isso, uma pausa. Longa.

Wrath se virou no trono e ergueu o golden como se pretendesse colocá-lo no chão. George, porém, tinha outros planos, movendo-se nos braços imensos de seu mestre e passando as patas dianteiras ao redor do pescoço de Wrath para se segurar firme. Como se estivesse prestes a ser largado num buraco de lava.

Wrath riu ao se reacomodar.

– Acho que isso é um não, hein?

O Rei ajeitou o cachorro a fim de segurá-lo como se fosse um bebezão. Quando voltou a acariciá-lo, Rehv concentrou-se nas tatuagens na parte interna do antebraço que representavam a impecável linhagem puro-sangue de Wrath.

– Comece a falar, *symphato*, você está assustando meu cão.

Rehv assentiu, embora seu companheiro de brasão real não pudesse ver o gesto.

– Temos problemas, você e eu.

– E cá estava eu pensando que você tinha vindo discutir moda. Já ia redirecioná-lo ao Butch.

– Preste atenção, existe um limite do que você pode fazer nessa sua camiseta justa e calças de couro em que se meteu há uns cem anos. Eu sempre te digo isso.

– Bem, meu objetivo é chegar à capa da porra da *GQ*. Agora fale.

– Ninguém mais lê essa revista.

– Pare de mudar de assunto.

Rehv acomodou a bengala entre os joelhos e a passou de uma palma à outra.

– Uma fêmea me abordou ontem à noite.

Com uma risada, Wrath disse:

– Ehlena tem toda segurança no relacionamento de vocês. E eu o conheço bem o bastante para saber que você não faria nenhuma estupidez.

– Não foi nada disso.

– Ótimo, porque não sou nenhuma Ann Landers.[5]

---

5   Ann Landers foi uma escritora e jornalista norte-americana, que por 56 anos escreveu uma coluna de conselhos *Ask Ann Landers*. (N.T.)

— A fêmea procurava algo que nenhum de nós quer que ela encontre. — Forçou-se a se recostar na poltrona. — Já ouviu falar do Livro?

— Ouvi falar do Livro de Deus dos humanos. Está se referindo à Bíblia?

— O oposto. O livro a que me refiro é o conduíte para o lado sombrio. A capa é de pele humana e eu não faço a mínima ideia do que são feitas as folhas... e nem quero saber. Ele viajou pela História, encontrando pessoas e criando o caos.

— Então é um livro de feitiços ou alguma merda do tipo?

— *O* Livro de feitiços. Com L maiúsculo.

Wrath crispou a testa. E, dessa vez, quando foi colocar George no chão, não aceitou uma recusa como resposta. Quando o cão se deitou em derrota aos seus pés, o Rei se sentou mais adiante — e a expressão ao olhar na direção de Rehv era tão intensa que dava para esquecer que ele era cego.

— Ouvi boatos a respeito de magia ao longo dos séculos. — Wrath ergueu os ombros fortes. — Mas andei meio ocupado com Ômega e a Sociedade Redutora para me preocupar com asneiras inventadas.

— Não é nenhuma asneira.

— Então você já o viu? Ou usou?

— Nenhum dos dois. — Rehv baixou os olhos para o mata-borrão. — Mas eu tinha... uma amiga que... me contou a respeito desse Livro amaldiçoado e o que ele é capaz de fazer.

"Amiga" não era a palavra certa para a Princesa *symphato* que o chantageara e o obrigara a trepar com ela por malditas décadas. E o fato de que o sexo quase sempre o matava era apenas parte da diversão para ela; e, caralho, só ele sabia o quanto havia outras "diversões" no relacionamento com ela. Mas já acertara aquele placar, e saiu ganhando.

O bicho-papão fora atrás dela.

Ainda assim, ele devia ter se ligado que ela não o deixaria em paz tão simplesmente, e essa merda de Livro era o tipo de lembrança que fazia um macho querer se autoimpingir uma concussão.

Para ter amnésia, entende.

A sobrancelha de Wrath se ergueu de novo.

— Uma "amiga" contou para você. Isso mais parece comentário de gente na internet.

— Nem perto disso. E antes que pergunte, sim, ela o usou.

— Para fazer o quê.

— Nada de bom. Não sei dos detalhes, mas considerando-se quem ela era? Pode apostar que foi pra alguma coisa bem podre.

— Muito bem. Então uma fêmea o procurou e te perguntou do Livro. Você sabe onde ele está?

— Não. Ele deixou a minha amiga.

— Ele a deixou? Tipo, chamou um Uber e saiu de Caldwell? Ou de onde quer que estivesse?

— Algo assim. Pelo que ela me contou, o próprio Livro escolhe seu caminho no mundo. — Rehv esfregou os olhos. — Tipo, você pode usar os feitiços dele para fazer todo tipo de merda que não deveria. E o fato de que essa fêmea sabia que devia me procurar? Resumindo, é uma notícia muito ruim.

— Isso quer dizer que ela conhece a sua amiga?

— Ela chegou a mim por meio de uma antiga amiga de minha *mahmen*. Segui a fêmea para pegar a placa do carro dela, não que isso vá ajudar muito. Mesmo assim, já passei para o V. caso ela tenha registrado seu codinome humano em algum lugar do banco de dados da espécie. Quanto ao motivo para querer o Livro? Eu vi a grade emocional dela. Essa fêmea está desesperada a ponto de enlouquecer. Essa é a pior combinação: poder sombrio indescritível aliado a tamanho desespero.

Wrath ficou em silêncio.

— Sabe que não sou alarmista — prosseguiu Rehv. — Isto é *muito* perigoso. Não sei o que mais...

— Não precisa me dizer mais nada. — Wrath abaixou a cabeça e os olhos cegos brilharam por trás dos óculos. — A resposta é simples. Pegamos o Livro antes da fêmea e o destruímos. Fim da história.

Como se fosse simples assim, Rehv pensou.

Pelo menos Wrath estava do seu lado e levando essa merda a sério.

– Primeiro temos que encontrá-lo. – Rehv passou a palma sobre o moicano. – Quanto à parte dois do plano? Algo me diz que não vai rolar sem uma boa luta.

– Usaremos todos os recursos de que dispomos; você sabe que odeio perder.

Rehv imprecou baixinho.

– Sinto que esta é a parte em que tenho de citar o filme *Indiana Jones*: "Isto não se parece com nada que já tenha feito antes, Indy".

– Bem, um item a menos na sua lista – Wrath resmungou. – Bom pra você.

– Quanto à questão de encontrar o Livro, existe um limite para o que V. consegue procurar na internet, por mais inteligente que ele seja. E algo me diz que essa antiga fonte do mal não vai fixar sua localização no Google Maps.

– Deixe a parte do GPS comigo. Tenho um ás na manga quando se trata de encontrar coisas assim.

Rehv fitou a lareira apagada, mas o que viu foi a imagem da Princesa, com os três dedos colados e aqueles escorpiões nas orelhas. A mera lembrança das perversões de merda dela faziam seu estômago queimar, mas tinha de pensar nisso. Tinha que tentar se lembrar de tudo o que podia a respeito do tomo antigo.

– Fica tranquilo – murmurou Wrath. – Você já fez o bastante vindo me procurar.

– Vou consultar o meu povo. Para ver o que mais consigo descobrir.

– Isso seria bom.

Com um gemido, Rehv se pôs de pé e comentou:

– Eu estava pronto para uma folga, sabe. Com o fim da Sociedade Redutora e o desaparecimento de Ômega. Era para ser o início de um capítulo novo.

– Infelizmente, é a mesma história de horror de sempre, meu amigo. A vida exige a batalha pela sobrevivência. É assim que funciona. E quanto a esse Livro, convocarei a Irmandade e contarei o que me disse. Você deveria participar da reunião.

— Tudo bem. Me avisa quando?

— Que tal agora?

— Vou buscar o Tohr para você. Ele está na sala de bilhar.

— Perfeito.

Rehv assentiu e seguiu para as portas. Quando estava prestes a sair, parou na arcada. Wrath voltara a se concentrar no cachorro, o grande Rei Cego agora estava encaixado debaixo da escrivaninha sussurrando para o animal, como se explicasse a George que tudo ficaria bem, que ele era um bom garoto, sim, ele era isso mesmo.

— Ei, Vossa Majestade.

A cabeça de Wrath se ergueu para cima da escrivaninha.

— Oi?

— Posso perguntar uma coisa?

— Claro. Mas já aviso, se quer a minha opinião, é o que vai ter, e ela raramente é generosa. Ou assim me foi dito. Na verdade, os Irmãos até fizeram uma camiseta para mim.

Rehv ergueu as sobrancelhas.

— Sério?

— Na frente está escrito "Pergunte-me o que quiser" e nas costas "Mas que porra é essa?". Pelo que me disseram, é para eu virar de costas assim que eles terminam de falar... Não entendi que porra é essa. — Wrath olhou para o lado e franziu o cenho. — Ai, droga.

Juntando as mangas do casaco, Rehv pigarreou e puxou os punhos.

— Acha que pareço um cruzamento de Liberace com Hannibal Lecter?

Wrath sacudiu a cabeça como se não tivesse ouvido direito.

— O quê?

— Você entendeu. Como se Liberace e Hannibal Lecter tivessem tido... um filho.

— Uau! — Uma pausa. — Mas que por... Pra começo de conversa, por que está perguntando sobre sua aparência a um macho cego?

— Tem toda razão. Deixa pra lá. — Rehv se virou. — Direi aos seus garotos que se aprontem.

– Diga que deixem o champanhe ou outra bebida chique pra mais tarde. – Wrath ergueu a voz. – A menos que você esteja com sede.

– Não tem graça – Rehv murmurou ao andar até as escadas.

– Ah, qual é. Teve um pouco, sim – Wrath exclamou de dentro do gabinete. Instante de silêncio. – Tá bem. Traga um candelabro com você se estiver irritadinho. Talvez isso acenda o calor debaixo dos ossos do seu senso de humor.

Uma gargalhada retumbante escapou do gabinete e ecoou em toda a maldita mansão, enquanto Rehv resmungava ao descer as escadas. Lembrete para si mesmo: Não dê esse tipo de munição ao grande Rei Cego.

Já devia saber disso.

Capítulo 15

— Isso mesmo, posicione o punho acima do pires de prata.

Mae franziu o cenho e se inclinou sobre a mesa da cozinha de Tallah para espiar de perto. Não que isso alterasse o ensopado leitoso criado com a mistura de vinagre branco, suco de limão, cera de vela e sal.

Com uma careta, perguntou:

— Você quer que eu me corte?

— Não precisa ser fundo. Mas tem que ser na palma cruzando a linha da vida.

— Pensei que quiromancia fosse coisa de humanos.

— É algo universal. — Tallah estendeu a faca afiada e limpa. — Tem que cruzar a sua linha da vida. E quando o fizer, mentalize o Livro vindo até você. Encontrando-a. Ajudando-a do modo como você precisa.

— Não sei como é o Livro.

— Se ele te ouvir, você verá. — Tallah balançou a faca. — Pegue.

Mae quase balançou a cabeça e deu uma desculpa para se levantar e ir ao banheiro. Mas logo pensou em como vampiros afundam na água quando estão mortos. E como jamais saberia disso se não fosse por Rhoger estar...

Pegou a lâmina com cuidado da mão da fêmea anciã. Mas não se cortou. Pensou em maldições. Em tabuleiros Ouija. E em bolas de cristal.

E no quanto estava desesperada para não ficar sozinha no mundo.

— Tallah, você precisa ser franca comigo. Como tem tanta certeza sobre tudo isso? — Quando a fêmea não respondeu de imediato, Mae precisou refrear um palavrão. – Não é só por causa do que a *mahmen* do Reverendo lhe contou, é?

Tallah baixou o olhar míope para seu chá e o silêncio se estendeu.

– Eu usei o Livro uma vez. – Encarou Mae com os olhos marejados. – Mas, só para que fique claro, recebi a informação da *mahmen* de Rehvenge, e ela me contou como convocar a presença dele. É por isso que sei como chamá-lo.

Quando a fêmea indicou o pratinho de prata, Mae se sentou mais ereta na cadeira.

– Para que você o invocou? Deu certo? Você...

– Não foi para trazer alguém de volta. Não. – Tallah remexeu na fitinha azul na ponta da longa trança branca. – Na verdade, eu queria que alguém desaparecesse. Queria que a fêmea que estava tirando o meu *hellren* de mim desaparecesse.

– E o que aconteceu...? – Mae a incitou num sussurro.

Tallah meneou a cabeça. Depois repetiu o gesto.

– Você é diferente. As suas intenções não são nada parecidas com as minhas.

– O que aconteceu? – Mae repetiu mais alto.

– As consequências me colocaram aqui. – Tallah gesticulou para a cozinha simples. – E não foi uma vida ruim. Diferente, mas não ruim. No fim, descobri que o que eu mais gostava em minha antiga posição social era o *status* que ela me dava quando eu a detalhava para os outros. A vida em si não era tão edificante.

– Você matou alguém? – Mae temeu a resposta.

– Eu queria que ela desaparecesse. Só isso. – Tallah fez um gesto de pouco caso. – Mas nada disso importa agora. Como já disse, você é diferente. Seu coração é puro. Não há uma sombra maligna naquilo que busca. Você quer endireitar as coisas e ter de volta aquilo que lhe foi roubado erroneamente; e as intenções importam. Eu estava com ciúmes. Era possessiva.

– Ele era seu companheiro.

– Jamais podemos exigir o coração do outro se não nos for dado de maneira espontânea. Essa foi a lição que tive de aprender. Mesmo depois que ela se foi... meu *hellren* não me quis. Portanto, recebi o que pedi, mas não o resultado desejado. Na verdade, ele se viu tão consumido pelo sofrimento que não conseguia ser consolado, e quanto mais eu me esforçava, mais ele se ressentia de mim. Ele me mandou para longe, me baniu de sua grande linhagem e eu acabei aqui, visto que ninguém compraria nenhum dos meus pertences. Fêmeas desonradas não são uma boa proveniência para nenhum colecionador. Até obras de arte viram lixo em nossas mãos, e eu não tenho contatos no mundo humano.

Então, no fim das contas, não era que Tallah estivesse determinada a manter suas posses, Mae pensou.

– Lamento muito.

Tallah olhou ao redor como se estivesse reparando em todo o chalé.

– Tive muito tempo para refletir sobre minhas escolhas, sobre as consequências, e sobre minha situação. Faça as pazes com as suas circunstâncias ou acabará se autodestruindo de dentro para fora. – Voltando a se concentrar, estendeu a mão e apertou o braço de Mae. – É a intenção que importa. Eu só imaginei a fêmea longe dali. Não visualizei meu companheiro e eu felizes e juntos. Você consegue aquilo que pede, portanto deixe suas intenções bem claras quando pedir que o Livro venha até você.

Apesar da compulsão de saber exatamente o que acontecera com a outra fêmea, Mae manteve o questionamento para si. Além do mais, não estava ali pelo passado de Tallah. E sim pelo seu presente – e, assaltada por suas lembranças mais vívidas e sofridas, viu Rhoger desmaiando assim que passou pela porta de entrada, sem forças, com sangue nas roupas, um som de desespero explodindo de dentro dele quando caiu no chão com um baque surdo, como se já estivesse morto.

Tentou mantê-lo vivo. Fracassara. Ele morrera em seus braços, seu amado irmão... se fora.

– Não é justo – disse – o que aconteceu com Rhoger.

– Concordo. Você precisa marcar uma audiência com o Rei. Deveria contar à Irmandade da Adaga Negra o que fizeram com seu irmão. Eles podem ajudar a encontrar o agressor que o atacou, e garantir que a justiça seja feita.

– Se ao menos eu soubesse o que aconteceu. Rhoger morreu antes de conseguir me contar.

– Se o trouxer de volta, ele mesmo poderá contar.

Mae piscou. Estupidamente, nunca pensara nisso.

Concentrando-se na faca, sentiu-se dividida. Uma parte sua a incitava a agir com cautela diante daquela loucura. A outra...

– O que devo mesmo fazer? – perguntou.

– Visualize um bom resultado, que seria o seu irmão vivo e saudável ao seu lado, vocês reunidos. Imagine como precisa de ajuda para alcançar tal resultado. Preencha sua mente com essas imagens enquanto corta a palma ao longo da linha da vida. Em seguida, peça que o Livro venha até você.

– Só isso?

– Foi assim que me disseram que funcionava, e foi assim que usei o feitiço. Embora leve algum tempo depois que fizer o pedido, não é imediato... Mas funcionou comigo antes e acredito que funcionará agora.

Não faça isso, disse uma voz nos recessos da mente de Mae. *É errado. Esta é uma porta que deve permanecer fechada...*

Cerrando os olhos com força, visualizou Rhoger na água gelada, com os cubos flutuando acima do olhar vazio e assombrado. Assolada pela dor, abriu os compartimentos de seu coração e lançou suas esperanças temerosas para... bem, para o Universo, já que não tinha certeza de que acreditava na Virgem Escriba.

Tentou visualizar Rhoger vivo e ao seu lado...

Mae fechou o punho ao redor da faca e arquejou quando puxou a lâmina. Ao erguer as pálpebras, viu a nítida imagem do sangue rubro pingando da mão fechada e aterrissando no ensopado leitoso no fundo do pires de prata.

Plic. Plic. Plic.

Não sabia ao certo o que esperar. Mas enquanto os instantes se transformavam em minutos e só o que acontecia era aquele gotejar... uma decepção lancinante a atravessou. Aquilo *era* tolice, uma fantasia nascida do seu desespero e do desejo de Tallah em retribuir os serviços de sua *mahmen*. Um beco sem saída...

Tallah tirou algo do bolso maior de seu roupão, e a mão ossuda se estendeu ao longo da mesa.

Era um pedacinho triangular do que parecia ser pergaminho, com dois lados retos como se cortados e o mais comprido era denteado, como se tivesse sido rasgado.

– Isso é do Livro – Mae sussurrou.

– Guardei-o todos estes anos. Guardei-o... para o caso de eu precisar. E, agora, entrego-o ao seu pedido.

Dito isso, Tallah largou o fragmento sobre o pratinho...

O lampejo foi tão claro e tão quente que fez ambas se afastarem da mesa, a mão e o punho de Mae zumbiram com o calor súbito e ela sentiu um latejar ritmado de dor em sua palma que não tinha nada a ver com o corte.

Ao redor de todo o chalé, as luzes piscaram e diminuíram de intensidade, e uma rajada de vento chacoalhou as janelas.

Tudo ficou escuro.

A cadeira de Mae caiu para trás quando ela colocou-se de pé sobressaltada.

– Tallah, o que está acontecendo...

Ouviu um guincho do outro lado da mesa seguido pelo som horrível do corpo da fêmea anciã batendo no chão.

– Tallah! – Mae se chocou com as cadeiras ao redor da mesa, derrubando-as numa cacofonia. – Onde você está?

De uma vez só, todas as luzes voltaram a se acender. Não houve mais oscilação de eletricidade. Nenhum som do lado de fora. Tallah jazia inconsciente no piso de madeira, com os olhos revirados para trás e as partes brancas reluzindo como se estivesse possuída por...

Com uma bufada e um arquejo, a anciã voltou a si, o rosto enrugado revelava seu choque. Em seguida, ergueu a cabeça e olhou ao redor como se não tivesse ideia de onde estava.

Mae se ajoelhou e segurou uma das mãos enrugadas.

– Você está bem? Vou levá-la à clínica. Vim de carro e...

Tallah tossiu e meneou a cabeça. Depois dispensou as preocupações de Mae.

– Estou bem. Estou bem... – disse percorrendo o ambiente com o olhar. – Não sei o que aconteceu... Pode me ajudar a levantar?

Segurando o braço fino da fêmea, Mae a levou de volta à cadeira. Depois foi buscar a bolsa.

– Vou ligar para a clínica e dizer que...

– Não, não... – Tallah deteve as mãos nervosas de Mae. – Não seja boba. Você só estaria desperdiçando o tempo deles; deixe-os cuidar das pessoas que precisam de ajuda. Francamente, estou muito bem. A escuridão repentina me assustou, foi só isso.

Mae olhou para baixo, para a fêmea, procurando sinais de confusão ou... droga, não sabia o que procurar. Não era médica. Mas, à medida que o tempo passava, Tallah continuava se sustentando e parecia ter nexo no que dizia.

– Sabe, talvez eu esteja errada – a anciã disse num tom de derrota.

– Sobre o quê?

– Tudo. – Apoiou a cabeça nas mãos. – Estou cansada.

– Quer que eu te ajude a descer as escadas para ir se deitar um pouco e...

A batida à porta foi alta e persistente, e Mae se virou para ver a frente da casa.

– Isso é o...

Tallah a agarrou pelo braço.

– Não atenda.

As batidas pararam. Depois retornaram.

– Fique aqui. – Mae se afastou e enfiou a mão na bolsa. – Eu já volto...

– Não! Não abra!

Mae cruzou apressada a sala de estar e bem quando estava para chegar à porta, olhou para trás. Tallah tinha se virado para a mesa e terminava de beber o chá, a cabeça estava inclinada e ela parecia sorver da xícara para se fortalecer.

Voltando a se concentrar, Mae levantou o spray de pimenta com o corpo trêmulo e os instintos berrando em alerta.

Evidentemente, aquele feitiço de invocação não manifestara um livro com o poder de bater em portas, né?

Admoestando-se para pensar com lucidez, Mae escancarou a porta de entrada, ergueu o spray...

E deu um salto para trás, chocada.

– Que diabos você está fazendo aqui? – ladrou.

Demorou um instante para Shawn responder, como se ele também não acreditasse que estava ali. Mas então o lutador da noite anterior, aquele que ela salvara, aquele que ela se esforçava tanto para não pensar a respeito – nunca, jamais – deu de ombros.

Como se tivessem acabado de se encontrar sem querer na seção de frutas do supermercado.

– Importa-se em abaixar o spray contra ursos – ele pediu com secura.

Mae tentava entender o que estava acontecendo.

– O quê?

Ele apontou para o spray.

– A menos que esteja planejando usá-lo num macho indefeso e desarmado? Quero dizer, sou totalmente a favor do feminismo, mas isso parece um pouco agressivo, não concorda?

– Você, indefeso? Fala sério. Bem, nesse caso então sou a fada do dente.

– Você não se parece com uma fada. – Percorreu o corpo dela de cima a baixo. – A menos que esteja escondendo suas asas em algum lugar sobre o qual eu talvez não deveria perguntar a respeito?

Mae fechou os olhos e rezou para manter a compostura. E quando ficou claro que esperaria até o mês seguinte antes que algo semelhante à tranquilidade surgisse em mente, forçou os olhos a se abrirem e encarou o lutador. Ele era igual a como se lembrava. Grande, com cara de mau e com um par de íris negras que a encaravam daquele rosto rude com uma combinação de tédio e julgamento.

E, ah, ele estava vestido como algo saído de um filme do *Deadpool*, uma roupa de combate preta colada ao corpo.

– Que diabos você está fazendo aqui? – repetiu. Porque, afinal, o que mais poderia dizer?

– Eu estava no bairro, pensei em visitar. – Inclinou-se para dentro e farejou o ar. – Ei, tem café nessa sua cozinha? Não sou muito de beber chá.

– Vem, me fode... Deixa eu te ver...

Balz estava deitado na cama de seu quarto na mansão da Irmandade. Mas não estava sozinho. Puta que o pariu, não estava nem um pouco sozinho.

Uma mulher de cabelos castanhos cavalgava seu quadril e sua ereção, lenta e ritmadamente. E, como se ela lesse seus pensamentos, arqueou-se para trás e plantou as palmas na coberta bagunçada junto aos joelhos dele, afastando mais as coxas, deixando-o ver o seu pau enorme e lustroso entrando e saindo do centro quente e delicioso dela.

– Ai, caralho... Vem, me fode.

Ela era tão linda, os seios balançavam com os movimentos, os bicos apontavam para o teto quando ela se arqueou ainda mais. Abaixo daquele peso perfeito, o abdômen se contraía debaixo da pele macia e lisa, e todas aquelas madeixas castanhas cascateavam até as canelas dele.

– Isso mesmo, me fode – ele grunhiu ao apertar os joelhos dela e afastá-los ainda mais. – Mais rápido.

Como se não tivesse nada melhor a fazer do que atender a cada uma de suas fantasias, ela se moveu com mais urgência, os lábios cor de sangue se entreabriram, a pelve trabalhou, o piercing pendurado no umbigo reluzia contra a luz baixa. Ela era tão flexível, até parecia que era feita de água, o corpo fluindo sobre o dele, cobrindo-o, mesmo em lugares em que as peles não se tocavam.

Nos recessos da mente, Balz pensou na Patroa do tríplex. Foi bem esse tipo de estrepolia que fizera com a humana, tomara conta dela, controlara, dera o tipo de prazer que recalibraria todos os amantes que ela já teve e que viria a ter. Aquela transa fora muito boa. Uma maneira prazerosa de passar uma ou duas horas.

Mas isto... *Isto* mudava as regras do sexo.

Mudando de posição, a mulher levou uma das mãos para a frente. As unhas eram longas como garras e da mesma cor vermelha dos lábios, e quando as colocou entre as pernas e o sexo, elas brilharam na escuridão.

Quando ergueu o quadril, o pau dele surgiu das dobras úmidas, e ela as raspou no membro superaquecido, supersensível...

– Vou gozar – Balz ladrou. – Porra, agora...

Bem quando estava prestes a ejacular, com o prazer aguçado a ponto de sentir uma agonia antecipatória que queria manter em suas bolas para sempre, bem no instante em que o orgasmo começava... A mulher desapareceu.

Chegou até a fazer um *puf!* e subir uma coluninha de fumaça...

Balz se sentou.

Lançando as mãos adiante do peito nu e da ereção erguida, tateou o ar, procurando a pele quente, a mulher, o calor da paixão.

Nada.

Não havia nada ali.

Esfregando o rosto, olhou ao redor. Sim, aquele era o seu quarto. Ou pelo menos achava que era – não, não, estava em casa. Enxergava o contorno conhecido da mobília, e a pilha de roupas de ladrão no chão, e a porta entreaberta que se abria para a soleira de mármore do banheiro...

Do lado de fora no corredor, uma série de gongos longos disparou. Era o relógio de pêndulo da sala de estar do segundo andar anunciando as horas.

Contou as batidas: uma, duas, três, quatro, cinco, seis... sete.

Nada mais. Então eram sete da noite.

Tinha que ser noite porque fora para a cama às oito da manhã. Portanto, sim, estava no lugar certo, na hora certa. Mas e quanto à mulher? Não havia pistas de como ela entrara na mansão tão bem escondida da Irmandade, no seu quarto – só se... tivesse sido um sonho.

Caramba, como era burro.

Claro que era um maldito sonho. Uma desforra existencial subconsciente pelo que fizera com a Patroa lá naquele tríplex.

Os olhos de Balz pararam na cômoda. Ali, bem junto ao abajur com cúpula de vitral, ainda funcionando, os ponteiros balançando de um lado a outro como bebês num berço, agitados demais antes de dormir, estava a coleção de relógios do Patrão. Todos os seis. Bem onde os deixara.

Então, sim, tudo aquilo no Commodore com o cofre e a Patroa e aqueles Banksys na escada tinha acontecido...

Um arrepio subiu-lhe pela coluna.

Algo mais, porém, acontecera. Algo que o atrasara. Algo que retardara sua partida...

A imagem do corpo nu da fêmea misteriosa, da morena de olhos negros, daqueles seios incríveis, fez com que travasse os molares...

O orgasmo chegou rápido, jatos quentes escaparam de seu pau, aterrissando nas coxas, nos lençóis, no baixo ventre, melecando-o com os jorros de gozo. E enquanto o clímax o atravessava, a mulher entrou no quarto de novo, ficou parada diante dele, o sorriso era antigo, mas o corpo era jovem como se tivesse acabado de passar pela transição.

Só que ela não era vampira. E, na verdade, nem estava diante dele. No entanto, a lembrança dela era tão forte que cada detalhe estava gravado a fogo em sua mente.

Era como se fossem amantes há anos. De fato, Balz tinha a sensação de que aquela não era a primeira vez que ela o fizera gozar, e que, em vez disso, passaram o dia inteiro transando.

Só estava se lembrando desse momento em particular...

Bang, bang, bang.

– Balz! Tá vivo? Mas que porra.

Voltando à atenção, virou-se para a porta. Em seguida, cobriu apressado o colo – onde manteve as cobertas firmes contra a ereção que parecia prestes a ganhar vida própria em sua pelve.

Cacete, estava enlouquecendo.

– Oi – pigarreou. – Estou bem.

Syphon, seu primo e melhor assassino que conhecia, enfiou a cabeça dentro do quarto.

— Temos uma reunião com Wrath em cinco minutos. E por que não desceu para a Primeira Refeição? Toma, trouxe comida.

O bastardo jogou um croissant embrulhado num pano de prato e atrás da bomba de carboidratos jogou uma caneca de viagem. Balz pegou um. Pegou a outra.

— Açúcar e creme do jeito que você gosta. Agora tire esse traseiro da cama. Te vejo lá.

A porta se fechou num baque, a luz que entrara pelo corredor foi interrompida, nada além do brilho do banheiro invadia a escuridão de novo.

Tudo parecia tão exaustivo, e Balz se permitiu deitar sobre os travesseiros de novo. Fechando os olhos, inspirou fundo e inalou o cheiro da sua excitação. Embora estivesse sempre pronto para uma reunião com os Irmãos, e apesar de ter dormido o suficiente durante o dia, não queria ir a parte alguma.

Talvez só mais uns minutos de soneca.

Isso mesmo, só mais um ou dois segundos. Depois, tomaria uma chuveirada, comeria sua Primeira Refeição a caminho do gabinete. Isso. Só mais um pouquinho...

Ah, mas a quem tentava enganar?

Só o que queria era aquela mulher. Precisava dela de novo como precisava de oxigênio para sobreviver.

Mesmo que ela não passasse de um produto da sua imaginação.

CAPÍTULO 16

PARADO NA SOLEIRA DO chalé de pedras que pertencia a um catálogo de casa de bonecas, Sahvage esperou ser convidado para entrar e tomar um café. Porque, claro, era um cavalheiro. Um cara de primeira com modos de um maldito aristocrata.

Nesse ínterim, a fêmea à sua frente o fitava como se ele tivesse perdido o juízo. E talvez ela tivesse razão.

Em retrospecto, talvez tivesse enlouquecido há muito tempo, e eles tinham acabado de se conhecer.

A fêmea olhou de relance para o interior de luz fraca. Em seguida, saiu da casa e fechou a porta. Os cabelos estavam de novo presos num rabo de cavalo, com mechas loiras escapando ao redor do rosto como um halo. Nenhuma maquiagem, mas não que ela precisasse, e usava os mesmos jeans da noite anterior – ou, espere, talvez não. Tinha a impressão, a julgar pelo autocontrole irritadiço, que ela era maníaca por limpeza e um tanto compulsiva. Sem dúvida, devia ter três ou quatro pares da mesma marca e tamanho e fazia um rodízio deles enquanto os lavava.

Ah, mas hoje ela mudara um pouco, vestindo um suéter de malha mais ajustado em vez de outro blusão de moletom...

Caralho, o cheiro dela ainda era incrivelmente maravilhoso – e ele não conseguiu se impedir de fitar os lábios. E de pensar que eles estiveram em sua garganta, sugando... lambendo...

Bem, isso o fez lamentar pra cacete o fato de estar quase morto enquanto tudo aquilo acontecia. E era melhor parar de pensar no que ela andou fazendo no seu pescoço ou teria que se rearranjar – e não porque a postura estava ruim.

– Você *não* está aqui agora – ela disse num sussurro.

Sahvage a encarou, intrigado.

– Não estou? Onde estou, então? É melhor me contar porque, se não, estou perdido.

– Não foi isso o que quis dizer.

Inclinou-se para a fêmea e cochichou para combinar com o tom dela, como se estivessem partilhando segredos.

– Eu sugeriria que me beliscasse para ver se sou de verdade, mas fico preocupado que me interprete mal e entenda isso como um convite para me socar.

– Aham, você definitivamente não vai querer me dar essa liberdade. Não sou uma pessoa violenta, mas algo em você...

– Te inspira. – Ele passou a mão sobre os cabelos curtos. – Sim, eu sei, tenho esse efeito nas fêmeas...

– Você *não* me inspira...

– ... que procuram livros. Então, já encontrou a coleção de Beatrix Potter? Não, espere, está mais para Nancy Drew, né?

Mae calou-se por um segundo.

Não, na verdade, isso não era muito acurado, pois os olhos dela estavam conversando muuuuito com ele.

– Como encontrou esta casa? – exigiu saber.

– Você me alimentou na noite passada. – Sahvage relaxou para trás. – O seu sangue dentro de mim. Funciona melhor do que GPS.

E, veja só, pelo menos ele teve sucesso em não lamber os lábios ao lembrá-la daquilo em que ela também não conseguia parar de pensar. Em sua mente, porém, Sahvage só pensava no sabor de Mae – e, quem diria, aquele breve trajeto pelas veredas das lembranças transformou o frio numa noite tropical. Pelo menos para ele.

Para ela? A Antártida perdia no quesito gelo em comparação com os olhos dela quando Mae cruzou os braços diante do peito.

– Não, não encontrei o que procurava.

AMANTE IMORTAL | 133

– Pena que seja só um livro.

– Como é que é?

– Só estou dizendo... – Sahvage deu de ombros.

– *Não* estou procurando por você. Só para deixar bem claro.

– Ah, assim você me magoa. – Levou a mão ao coração e jogou a cabeça para trás. – Você é tão...

– Tão o quê?!

Enquanto Sahvage deixava a frase inacabada, virou-se e olhou para o jardim abandonado. A casinha de pedras ficava isolada em relação à estrada, e a propriedade fora largada já há algum tempo, pois os arbustos tomavam conta de tudo. Do mesmo modo, a estradinha de terra até ali estava repleta de árvores tão graciosas quanto mãos artríticas e arbustos que tinham crescido muito além do tamanho devido.

– Vá em frente – disse a fêmea. – Pode dizer. Você acha que não aguento um insulto...

– Psiu.

– Não, não venha querer me calar...

Sahvage ergueu uma mão e continuou a perscrutar o cenário de abandono, infestado de sombras.

– Pare de falar.

A fêmea bufou.

– Muito bem, percebo que isso pode ser uma surpresa para você, mas eu não tenho que dar ouvidos ao que...

– Onde está o céu?

Uma pausa.

– O quê?

Ele apontou para cima.

– Onde estão as estrelas? O céu estava limpo quando cheguei agora há pouco. Onde estão?

– Já ouviu falar em nuvens?

Nem a pau que são nuvens, pensou ele.

Nesse meio-tempo, no solo, não havia vento para mexer em nada nem luar para iluminar – no entanto, algo se movera.

Por mais que seus olhos afirmassem que não havia nada de errado, seus instintos sabiam que não era verdade.

— Entre na casa — disse ele baixinho.

— Eu vou. Assim que você for embora...

Sahvage a encarou com firmeza.

— Não estou de brincadeira. Tem algo errado aqui...

A fêmea olhou para além dele. E então agarrou-lhe o braço e apontou para os arbustos retorcidos.

— Que diabos é aquilo?

Ele se virou de costas para ela, colocando o corpo entre Mae e o que quer que houvesse ali — e precisou de menos de uma fração de segundo para vislumbrar aquilo a que ela se referia. Uma sombra se movia no chão, avançando como uma cobra sobre o curso de obstáculos de galhos caídos e ervas daninhas. Todavia, não havia uma origem para ela, nenhuma fonte de luz, nada no ar acima que pudesse gerar aquilo.

— Entre...

Sahvage não teve a chance de terminar com um *e tranque a porta*. O feixe sombrio deslizante explodiu para longe do chão, transformando-se numa figura tridimensional com extensões fazendo as vezes de braços e pernas, bem como um tronco do tamanho do de um macho.

Antes que Sahvage conseguisse sacar uma de suas armas, aquela coisa, o que quer que fosse, apressou-se para frente soltando um guincho tão agudo que lhe penetrou os ouvidos e atravessou seu corpo. Para proteger a fêmea atrás de si, abriu os braços...

A entidade lançou um de seus apêndices e açoitou o peito de Sahvage, o impacto foi como a ferroada de mil abelhas, a dor ricocheteando pela coluna e se desdobrando pelos músculos. Ele permaneceu de pé somente por força de vontade, a determinação de manter a fêmea a salvo lhe dando a força que, de outro modo, não teria — ainda mais quando o segundo golpe o atingiu bem no rosto, cegando-o.

Enquanto o cérebro se entupia de agonia e ele cambaleou, pela primeira vez desde que sua memória conseguia se lembrar, ele rezou para não morrer. Não podia deixá-la indefesa diante do que quer que fosse aquela merda. Por isso, quando sua visão incapacitada lhe disse que a entidade os atacaria novamente, Sahvage se preparou, expondo as presas e tentando demonstrar uma reação defensiva...

Bem ao lado de sua cabeça, um braço apareceu do nada – um verdadeiro, não o da sombra. Ou, pelo menos, era o que parecia ser. Seus olhos estavam borrados pra cacete – não, era mesmo um braço e pertencia à fêmea. E segurava, preso numa pegada firme, algo similar a um pequeno tubo.

A fêmea pressionou o mecanismo de descarga e deu um berro, mas não de medo, e sim de agressão. Entretanto, a nuvem de aerossol que surgiu logo desapareceu, só que... aquilo tinha olhos? Merda, foi legal da parte dela tentar aquilo...

E então ele sentiu um súbito puxão na cintura.

Debaixo de sua axila, do seu outro lado, viu o cano de sua pistola. E quando a fêmea puxou o gatilho, houve a explosão do cilindro e uma bala foi disparada na direção da entidade – mas, com apenas uma mão, ela não tinha como controlar o coice da .40.

O spray de pimenta não surtira efeito nenhum, mas aquelas balas com certeza fariam algum estrago.

Sahvage agarrou a mão dela.

– Mira! Eu a estabilizo... Mira, porra! Não consigo enxergar!

Com a palma imensa por cima da pegada dela, a fêmea assumiu o comando, apontando e apertando o gatilho, os músculos do antebraço e do bíceps dele absorveram o impacto, mantendo a arma onde ela precisava que ficasse...

A sombra foi atingida no meio do peito, o impacto explodiu as extensões inferiores do corpo, a parte superior ficou desequilibrada, e outro guincho terrível reverberou pela noite.

Antes que Sahvage conseguisse lhe dizer para atirar de novo, a fêmea continuou apertando o gatilho uma vez depois da outra. E embora ele não enxergasse nada de longe àquela altura, entendeu que ela tinha mira perfeita para aquelas balas.

A maldita coisa não identificada cambaleava e bamboleava para trás.

– Continue atirando! – Sahvage gritou acima do som dos tiros.

Preparando-se para quando o cartucho acabasse, levou a mão às costas e pegou a munição reserva.

No segundo em que a última bala saiu da câmara, ladrou:

— Recarregando agora!

Pegou a arma dela, livrou-se do cartucho vazio e enfiou um novo, reajustou o ângulo de disparo. Dessa vez, a fêmea segurou o antebraço dele com as duas mãos e moveu a arma.

— Atira! — ela disse em seu ouvido.

Sahvage seguiu as instruções, e deixou que ela controlasse seu braço como se fosse parte da arma. E as balas foram aonde tinham que ir. À medida que seu nível de dor foi diminuindo, Sahvage conseguiu enxergar um pouco melhor, e viu que a sombra estava toda esburacada...

E então explodiu.

Num frenesi de estilhaços, a entidade estourou em mil pedacinhos, como um abutre atingido por uma bala de canhão.

— Entra! — Sahvage empurrou a fêmea para a porta. — Vai pra dentro!

Só Deus sabia se aquilo iria se recompor ou não...

Ouviu um rangido quando a porta foi escancarada e então Sahvage sentiu que era puxado, mas tropeçou com a ponta da bota e caiu com tudo de cara no chão. A boa-nova? Antes que conseguisse gritar para que a fêmea fechasse a porta, ouviu um baque ressonante.

De imediato, ela se abaixou perto dele.

— Você está bem?

Enquanto Sahvage guardava a arma, os olhos ainda não estavam completamente funcionais, mas o nariz não tinha problema nenhum — e, ah, a fragrância dela...

Inspirou fundo e não conteve um sorriso.

— Agora estou.

Mae encarou o lutador. Shawn.

O rosto dele estava inchado num feixe que ia da boca até um dos olhos, a pele não fora cortada, mas estava saliente como se tivesse sido queimada. E apesar de a jaqueta de couro estar intacta, ela sentia cheiro de sangue fresco – por isso suas mãos trêmulas tiraram a camisa de dentro do cós das calças de combate.

Desviou o olhar quando a tatuagem apareceu, o dedo ossudo se esticando do pano de fundo negro a assustou. Mas logo voltou a se concentrar. Uau... Não tinha como não notar a musculatura dele – e não tinha como não aprová-la.

Só que logo deixou de lado toda a admiração: a pele parecia ter sido açoitada, os vergóes o cobriam do ombro até o abdômen. E como as roupas não tinham sido rasgadas?

– Você está machucado – sussurrou.

Involuntariamente, ela desceu a mão e o tocou...

O lutador sibilou e se afastou e, ao fazer isso, os músculos abdominais se contraíram em cordas grossas debaixo da pele, sem nenhuma gordura para obscurecer os contornos de sua anatomia.

– Está machucado mesmo! – Tallah exclamou da porta da cozinha. Mas logo a fêmea pareceu confusa. – Espere, quem é ele? Eu ouvi tiros?

– Está tudo bem agora – Mae a tranquilizou, apesar de não acreditar nem um pouco nisso.

Nada naquilo estava bem. Acabara de disparar uma arma? E que diabos era aquela sombra? E por que...

– Está machucada também? – Tallah exigiu saber. – Ele precisa de um médico?

– Não, eu estou bem. – Mae estendeu os braços e se inspecionou. – Não machuquei nada.

– E eu estou perfeitamente bem – Shawn a interrompeu.

Com um gemido, ele se pôs de pé. E então, dirigindo-se a Tallah, disse no Antigo Idioma:

– *É uma honra minha conhecer-te, fêmea de valor. Sou Sahvage, e perdoa-me por minha intromissão em teu lar.*

Quando falou, levou a mão ao esterno e se curvou. Como se estivesse vestindo um smoking e os dois estivessem num salão de baile e não na sala de estar abarrotada do chalé.

E o que aconteceu? De repente, Tallah parecia uma princesa da Disney recebendo as chaves do castelo.

– *Sahvage, a tua presença é mais que bem-vinda e apreciada nesta casa* – respondeu ela com uma breve mesura em seu roupão.

Que merda é essa, Mae pensou. *Por que eu não recebi o tratamento elegante?*

Pensando bem, o modo como Tallah falava, quer no Antigo Idioma ou não, era absolutamente aristocrático – só havia um grupo de vampiros com aquele tipo de sotaque. E, era evidente, Shawn – Sahvage – tinha experiência nisso. Ou era um deles.

Sahvage?, pensou.

Pensando bem... que outro nome seria melhor?

– Então, o que aconteceu lá fora? – Tallah perguntou ao segurar a frente do roupão.

– Nada – Mae respondeu depressa ao se levantar.

Tallah aguçou o olhar.

– Bem, isso decerto explica o tiroteio, não?

Shawn – Sahvage – olhou para a porta de entrada fechada.

– Precisamos de uma barricada. Importa-se se eu mover aquilo?

Tanto Tallah quanto Mae se viraram para o armário jacobita que ocupava uma parede lateral inteira. O móvel era feito de carvalho antigo tão grosso quanto as paredes externas do chalé. E devia pesar ainda mais que as pedras da fachada.

– Será que eu poderia ajudar? – ofereceu Mae.

– Não, pode deixar.

Ele foi até a peça de 2,4 metros de altura por 1,8 de largura de mobília entalhada – e esticou os braços de ponta a ponta. Depois se afundou nas coxas poderosas, inspirou fundo e...

Mae esperou de verdade que o armário não se movesse.

Errado. Com um rangido de protesto e muitos gemidos de madeira, o móvel se permitiu ser levantado com cuidado do chão. Em seguida,

Sahvage o inclinou um pouco, o que significou que todo o peso estava apoiado em seu peito... e andou com a peça até a porta da frente do chalé. A respiração se aprofundara, as inspirações e expirações moviam o peito, mas, fora isso? Ele estava em total controle da carga impossível que carregava.

E quando chegou ao novo lugar, acomodou-a como se fosse uma pena, os pés se reunindo às tábuas de madeira não num baque, mas num sussurro, e a antiga madeira voltou a gemer.

Sahvage se endireitou, bateu as mãos como se as palmas estivessem um pouco entorpecidas, e se virou. Depois de duas respirações, recuperara o fôlego. Como se não tivesse acabado de fazer o levantamento de um carro.

– As venezianas das janelas – disse para Mae. – Preciso de sua ajuda para abaixá-las. Temos que proteger o vidro, e quantas outras portas dão para fora?

Ela ainda estava tão atônita com o feito de sua força que não conseguiu responder de pronto. O cérebro fora a lugares que eram majestosamente inúteis... Por exemplo, o que mais ele seria capaz de fazer com aquele corpo?

E, não, não se referia a passar o aspirador ou fazer limpeza na casa.

– O que, de fato, está acontecendo aqui? – perguntou Tallah.

Mae balançou a cabeça para clarear os pensamentos.

– Nós cuidaremos de tudo. Não se preocupe. – Olhou para Sahvage. – Sim, há outra entrada nos fundos, na cozinha. E também há uma porta para tempestade no porão, mas é de aço e bem reforçada quando trancada.

Ele assentiu firme.

– Vou proteger a porta da cozinha. Pode começar com as janelas. – Virou-se para Tallah e se curvou. – *Perdoa-me pela desordem em teu lar, senhora. Mas é necessário para garantir a tua segurança.*

Tallah corou como uma debutante ao ser chamada para dançar.

– *Mas é claro. Faça o que precisares.*

– *Meus agradecimentos.*

Mae atravessou o cômodo e pegou o braço da fêmea.

– Sente-se aqui. Não quero que volte a desmaiar.

Enquanto ela acomodava Tallah em uma poltrona, Sahvage começou a fechar as janelas a caminho da cozinha, trancando os painéis rolantes nos ganchos colocados nas soleiras. O fato de que pó voou das cortinas quando as empurrou fez Mae perceber que as precauções de segurança contra o sol não vinham sendo colocadas em ação regularmente já há algum tempo.

Portanto, Tallah vinha passando os dias no porão, sozinha, sem a proteção caso tivesse que subir. Se houvesse um incêndio. Se houvesse qualquer problema.

– Fique aqui – Mae a instruiu com o coração partido.

Apressando-se para a cozinha, desceu as persianas e trancou todas elas – acima da pia, junto à mesa, até mesmo as pequenas na despensa e no banheiro lateral.

Quando saiu dele, parou de pronto.

Sahvage voltara a demonstrar sua força ao carregar, desta vez, a geladeira. E ele bem podia estar segurando uma torradeira ao longo da bancada pelo tanto de esforço que parecia estar colocando na tarefa.

– Espere! A tomada!

Bem quando o fio estava todo esticado, Mae correu para a tomada e a puxou antes que os pinos se curvassem, ou pior, quebrassem.

– Obrigado – agradeceu casualmente.

Para não encarar o tamanho das costas e dos ombros dele, ela se concentrou na marca de pó e gordura que se acumulara debaixo da geladeira.

– Meu reino por um robô aspirador – murmurou.

– E quanto ao andar de cima?

Girando, ela o viu batendo as palmas de novo e, ao medir aquele tronco, e aquelas pernas e aqueles braços, ressentiu-se de como vinha a calhar ter aquele tipo de conjunto muscular pela casa. Ainda mais quando, sabe, algo que não parecia pertencer a este mundo aparecia no gramado da frente da sua residência.

Mae reparou na mesa onde a evidência do chá ainda estava à mostra – junto com os ingredientes do feitiço de convocação e o pratinho de prata vazio.

O que tinham invocado para o chalé?, perguntou-se temerosa.

– Eu cuido da sala de descanso de Tallah neste andar – ela disse – e vou procurar uma extensão para a geladeira.

– Tudo bem se eu subir?

– Claro.

Tinha a intenção de começar a se mexer quando Sahvage foi para a escada. Em vez disso, contudo, olhou de novo para a mesa. A garrafa de vinagre, o pote de sal e o limão espremido, junto com a faca e o pratinho de prata eram provas de algo que desejava poder desfazer.

No térreo da casa, Mae fechou todas as persianas – e enquanto ouvia Sahvage se movimentar no andar de cima, o fato de que poeira descia pelas tábuas do piso superior a fizeram pensar que deveria mudar a anciã para a sua casa com Rhoger. Primeiro porque havia a preocupação óbvia de Tallah não se lembrar, ou não ter forças, para fechar as venezianas durante as horas do dia. E, segundo, a menos que se fizesse um sério investimento de manutenção no chalé, estava preocupada com sua integridade estrutural...

Tallah apareceu no arco, a bengala amparando seu peso, cabisbaixa.

– Sei o que está pensando. Tive a intenção de fechar as persianas ontem à noite. Tive mesmo. Só fiquei cansada.

– Está tudo bem. – Só que não estava. – Eu só, bem... Falaremos sobre isso mais tarde.

– Gostei dele, a propósito. – A fêmea mais velha ergueu o olhar para o teto onde mais passadas pesadas reverberavam. – Ele é muito bonito. De onde veio?

Dos portões do Dhunhd, Mae pensou. *Para me torturar.*

– Tinder – murmurou.

– Você o conheceu num círculo de fogo?[6]

– Algo assim. – Mae esfregou a cabeça dolorida e voltou a se concentrar na fêmea. – Você parece cansada.

– Sinto muito que o feitiço não tenha funcionado. – Tallah mudou a bengala para o outro lado. – E, quanto a estar cansada, depois de certa

---

6 *Tinder* em inglês significa "material facilmente inflamável". (N.T.)

idade, ficamos cansados com os fracassos da vida. Não se trata apenas de sono, minha querida.

– Você não me desapontou.

– Acreditei que o feitiço de invocação funcionaria.

– Sei que sim, e sou grata por termos tentado.

Quando Tallah apoiou a mão na soleira para se equilibrar, Mae se aproximou.

– Que tal uma soneca lá embaixo? Eu fico de olho em tudo aqui em cima.

– Pedirá ao macho que fique conosco, então? Ele é muito forte. E tão belo também.

Mae grunhiu no fundo da garganta. Que é o que acontece quando se engole palavrões.

– Somos fortes o bastante sozinhas, você e eu – disse ao segurar o braço da fêmea. – Vamos, vou levá-la para a cama. Descanse enquanto decido o que fazer.

Tallah se recusava a ceder.

– O que havia no meu jardim?

– Era só um coiote.

– Aquele barulho não parecia de coiote.

– Que tal se eu trouxer um pouco de leite quente para você? – Mae perguntou, solícita, enquanto a conduzia para a porta do porão.

– Para ser sincera, estou cansada demais para beber qualquer coisa – Tallah respondeu, derrotada. – Estou feliz que esteja aqui. Confio em você para cuidar de tudo.

Bem, pelo menos é um voto de confiança, Mae pensou.

Capítulo 17

Cerca de quinze quilômetros na direção do subúrbio, numa linda casinha que fora recentemente reformada, Nate se sentava sozinho à mesa redonda da cozinha.

Bem, não sozinho por completo. Tinha um bagel da marca Thomas (torrado de leve) com *cream cheese* espalhado por cima (não muito) e uma caneca de café Dunkin' Donuts com açúcar (mas feito na cafeteira de casa, não aquele das cápsulas). Enquanto sorvia o seu Java e devorava os carboidratos, o calcanhar do pé direito balançava debaixo da cadeira, como se estivesse em contagem regressiva antes da decolagem e tivesse perdido a paciência com a demora dos propulsores para se aquecerem.

O *tec-tec-tec* era enlouquecedor, então deu um tapa na coxa. E a empurrou para baixo a fim de manter a perna parada.

Verificando as horas no celular, olhou para as portas basculantes de vidro do outro lado da mesa. As persianas ainda estavam abaixadas porque Murhder e Sarah não se arriscavam com a luz do sol. Apesar de já ter passado da hora do pôr do sol, a casa ainda estava toda trancada – e ele ponderava quais seriam as consequências se saísse de fininho pelo portão da garagem. Sabia a senha do alarme, mas não tinha certeza se existia um sistema de alarme secundário ligado.

Espere, tudo acionava um alarme no porão, não? Por exemplo, no caso de uma porta ou janela ser aberta.

Relanceou para a porta do porão. Seus pais ainda estavam lá embaixo, tomando banho e se vestindo. Portanto, poderiam ouvir os sons.

Ou receber um alerta nos celulares. Do modo como Vishous, um dos Irmãos da Adaga Negra, instalava esses sistemas de segurança, seria estupidez acreditar que não haveria redundâncias múltiplas no que se referia ao rastreio de qualquer violação do sistema.

Consultou as horas de novo. Não havia nenhuma regra específica que o proibisse de sair de casa antes que as persianas se erguessem. Sem falar que o sol se pusera há uma hora e trinta e sete minutos.

E vinte e sete segundos. Vinte e oito. Vinte e nove...

O som das passadas pesadas subindo as escadas fez Nate guardar o celular como se estivesse sendo flagrado espiando uma foto da modelo Emily Ratajkowski. E quando a porta para o porão se abriu, ele continuou comendo seu bagel, mastigando como se não estivesse planejando fazer nada idiota.

Apenas uma noite como outra qualquer, no meio de uma sequência de outras noites normais, na qual ele fazia sua Primeira Refeição e seguia para o trabalho naquela reforma.

Nada de mais.

— Olha só pra você já acordado — comentou o pai.

"Pai" era, à primeira vista, um termo errôneo. O Irmão da Adaga Negra Murhder era o completo oposto do tipo meio barrigudo que vestia jeans, óculos de leitura e fazia piadas sem graça ao estilo "tio do pavê". Pois é. Murhder tinha uns dois metros e milhares de centímetros de altura e, vestindo as calças de couro pretas, a camiseta preta justa de lutador, os coldres das armas pendurados numa mão e os cabelos negros e ruivos cortados curtos, parecia que tinha saído de um videogame.

Do lado dos caras da pesada.

— Dormiu bem? — Murhder deixou os coldres de lado e foi para a mesa da cozinha, apoiando uma mão pesada no ombro de Nate.

— Bem. — Mastiga. Mastiga. Um gole. — Jáestouacabandoistoe voudiretoprotrabalho.

— Fico feliz que o trabalho esteja dando certo. — O pai abriu uma das portas sobre a cafeteira de cápsulas e pegou uma caneca com o desenho de um inglês esnobe e a palavra babaca debaixo da gravura. — E você está prestando um serviço à raça. Os jovens machos e fêmeas que vão morar lá precisam do abrigo.

Nate tentou se ligar na conversa.

– Mas não entendo. Eles vão ficar lá sozinhos?

Imagens de uma casa de fraternidade de humanos o fizeram questionar se toda aquela mobília nova que tinham levado para lá duraria muito.

– Não, haverá assistentes sociais no local – Murhder explicou, colocando a caneca e a cápsula na máquina. – O Lugar Seguro não permite a presença de machos passados pela transição sob seu teto; o que, considerando-se que é um recurso contra a violência doméstica sofrida por fêmeas e crianças, faz total sentido. Mas há famílias que precisam ficar juntas e garotos começando a viver por conta própria. Por isso, a Casa Luchas vai ser benéfica para a raça.

– Aham. – Mastiga. Mastiga.

A máquina chiou quando o café ficou pronto. Depois a batida metálica da colher quando o pai misturou o açúcar. E, por fim...

– Ahhhhhh.

Engraçado como isso agora era normal, aquele ritual dos dois com o café. Nate se acostumara àquilo bem rápido. Este era... seu lar. E Murhder e Sarah eram a sua família.

Às vezes se sentia tão sortudo que chorava sozinho no quarto, segurando o travesseiro contra o rosto para que ninguém o ouvisse.

Só que não era isso o que se passava na sua mente esta noite.

– Está tudo bem, filho?

Nate ergueu o olhar, prestes a disparar um "estou bem". O jeito que o pai o encarava, porém? Não acreditaria nele nem por um segundo... e de jeito nenhum diria a verdade. Estava tão ocupado negando-a a si mesmo, que não conseguia se imaginar dizendo as palavras em voz alta.

Mas tinha algo a dizer.

– Você... – pigarreou. – Você pediu ao Shuli que me protegesse?

Murhder franziu as sobrancelhas.

– Te proteger? Como um *ahstrux nohtrum*?

– Não sei o que isso quer dizer.

– É um contrato vitalício de proteção. – Murhder ergueu a palma e acenou como se estivesse apagando uma má ideia num quadro-negro. – E não quero ofender o seu amigo, ele é um jovem macho perfeitamente aceitável, mas não é material de ponta para esse tipo de coisa, se é que me entende. Eu escolheria um bom pinscher em vez dele em qualquer noite caso estivesse preocupado com a sua segurança.

– Ah. – Nate se levantou e levou o prato e a caneca para a máquina de lavar. – Tá bem.

– O que está acontecendo, filho.

Não foi uma pergunta. E Nate confiava no macho. Como não confiar? Mas...

– Nada. – Colocou o que usara junto à louça suja da máquina. – Shuli só estava agindo de um jeito estranho...

Quando Nate se endireitou e foi se virar, Murhder estava bem ali.

– Fala comigo – disse o Irmão.

– Não é nada de mais. Estávamos lá na reforma, trabalhando na garagem quando aquela luz forte aconteceu.

– O meteorito que apareceu no noticiário.

– Isso. Bem, nós fomos até a cratera e quando estávamos chegando lá, Shuli – Nate editou a parte da arma – fez esse comentário sobre ter que me proteger.

– Isso não partiu da gente.

– Acho que ele só estava sendo...

– Que tipo de arma ele carregava? – O olhar de Murhder era tão direto quanto um taco de beisebol sobre o ombro. – E não minta. Estou vendo isso no seu rosto.

– Não foi nada. – Três. Dois. Um... – Era uma pistola, mas ele...

– *Puta merda!* – Murhder estrepitou. – Mas que porra ele estava fazendo com uma pistola? Ele tem treinamento? Claro que não. Isso quer dizer que ele ia acabar atirando na sua cabeça ou se castrando...

– Não, olha só, não foi nada de mais...

– Qualquer arma nas mãos de alguém que não sabe o que está fazendo é *demais!*

– Não quero que Shuli se meta em encrenca. Olha só, vamos esquecer que...

– Não tem como esquecer isso.

– Mas não é da sua conta! – Nate ergueu a voz.

– Quando um assunto tem a ver com a sua segurança, pode apostar que *é* da minha conta!

Nesse momento, as persianas começaram a se erguer nas janelas e a porta que dava para o porão se abriu. Sarah, a *shellan* de Murhder, mãe de Nate, apareceu. Já estava com o jaleco que usava no laboratório, os cabelos castanhos presos e um par de óculos transparentes de proteção pendurados no bolso da frente.

Sua expressão de hesitação sugeria que ela considerava a ideia de vestir o equipamento de proteção ali mesmo.

– Tudo bem por aqui, meninos?

– Sim.

– Tá.

Quando Nate percebeu que ele e o pai estavam de braços cruzados diante dos peitos, abaixou as mãos e seguiu para as portas basculantes.

– Estou atrasado para o trabalho.

– Não – murmurou Murhder. – Não está. Você ainda tem meia hora.

Nate não se deu ao trabalho de responder. Só deslizou a porta e saiu para a noite. Mesmo irritado, conseguiu se desmaterializar da propriedade, e foi um alívio retomar sua forma no trabalho, na lateral da garagem.

Não entrou, apesar de tudo já estar destrancado e haver pessoas trazendo peças pesadas de mobília de um caminhão de mudança que estava estacionado bem na porta da frente. Foi para o jardim lateral e se apressou até ter certeza de que ninguém conseguia vê-lo.

Começar cedo na última parte da pintura da garagem nunca fora o objetivo de chegar ali mais cedo. Em vez disso, seguiu para a cerca, passou de novo por baixo dela e seguiu andando pelo campo. Enquanto caminhava, repassou a conversa com o pai.

E se sentiu um idiota.

Depois, se sentiu frustrado com Shuli e aquele lance da arma.

Quando alcançou a linha divisória de árvores da floresta, inspirou, em parte para se acalmar, em parte porque era um bobo à procura de algum sinal. Ao contrário da noite anterior, não havia nem sequer um traço do cheiro de metal queimado. Nem fumaça. E nenhuma pessoa. Ou vampiro. Tanto faz.

Abaixando a cabeça sob um galho, afastou outro do caminho e xingou ao dar de cara com um terceiro. Em seguida, lidou com os obstáculos a superar no chão, passando por cima, desviando. Sentia-se como Godzilla destruindo um cenário com todo o barulho que estava fazendo.

A cratera de aterrissagem do meteorito apareceu bem onde estivera na noite anterior, e estava exatamente igual. Mas o que tinha pensado? Que aquilo seria como um monte de neve que derreteria depois de horas de exposição ao sol?

Na beirada do local de impacto, olhou para o buraco de um metro de profundidade na terra. Tudo estava chamuscado por conta do calor, as agulhas dos pinheiros caídas e o gramado queimado, a terra escurecida dentro do buraco. Ali, tão de perto, ainda sentia um resquício de cheiro de queimado, ainda que tênue.

Onde fora parar o meteorito? Teria implodido com o impacto?

Erguendo os olhos, vasculhou o céu. Tantas estrelas... E pensou que talvez a Terra fosse um grande alvo num parque de diversões no qual os seres celestiais, segurando seus cachorros-quentes, miravam o imenso globo azul na esperança de conseguir um bichinho de pelúcia.

Quando essa hipótese o fez se preocupar com o evento de destruição em massa que extinguiu os dinossauros, vasculhou os troncos e os galhos da floresta. E quanto mais tentava encontrar o que não estava ali, mais conseguia visualizar a fêmea da noite anterior, os cabelos loiros, o casaco de capuz, os olhos inquietos...

O estalo de um galho atrás de si o fez se virar.

AMANTE IMORTAL | 149

Por um momento, não pensou que o que via fosse real. Apenas imaginou que o cérebro tivesse cuspido uma versão tridimensional daquilo com que passara o dia inteiro sonhando. Mas sentiu o cheiro. O cheiro *dela*.

E enquanto a interação complexa de um perfume absolutamente maravilhoso entrava em seu nariz, Nate se sentiu transportado por mais que o corpo continuasse inerte.

– É você – sussurrou maravilhado.

CAPÍTULO 18

LÁ EM CIMA, NO SEGUNDO ANDAR do pequeno chalé, Sahvage foi para o quarto de hóspede que dava para a frente da casa. Erguendo os painéis que acabara de fechar, espiou o gramado malcuidado. Com as luzes atrás de si apagadas, conseguiu enxergar a noite com nitidez através do vidro de bolhas antigo da janela.

Nada se movia. Ao redor da árvore de bordo. No caminho de entrada. Em meio aos galhos e às moitas retorcidas.

Inclinando-se para baixo, tentou ver se as estrelas...

Elas tinham voltado. Como se uma tempestade tivesse vindo e ido embora.

Pensou naquela entidade de sombra e soube, sentiu bem dentro dos ossos, o que estava acontecendo. Ainda assim, queria negar. Depois de todos esses anos, achou que essa parte de sua vida tivesse acabado. Desaparecido. Para nunca mais cruzar com o caminho do seu destino.

Sahvage esfregou o rosto. Não queria pensar no passado. Revisitar aquele tipo de merda em sua mente não era o passeio pelas alamedas das lembranças que queria fazer...

– Você está bem?

As palavras, ditas com suavidade, o sobressaltaram. Mas ele se conteve e se virou devagar para ficar de frente com a fêmea que representava má sorte para ele.

Mas, pensando bem, foi ele o idiota que apareceu na soleira dela, portanto quem era o portador de azar ali? E, por mais que ela pudesse ficar ofendida, ele precisava checar se estava machucada ou não. De novo. Mas não parecia ferida: ela não mancava e ele não sentia cheiro de sangue em parte alguma.

E ela o encarava com olhos francos e diretos.

Que eram... bem atraentes. Nunca pensara em que cor de íris preferia numa fêmea. Atributos abaixo do pescoço sempre foram seu único foco quando se sentia inclinado. Mas agora?

Gostava de olhos castanho-esverdeados. Resolutos, inteligentes... olhos castanho-esverdeados que o fitavam como se esperassem que ele justificasse o espaço que ocupava e o ar que respirava ao ser um bom rapaz. Em vez de um assassino impiedoso.

– Tá tudo bem? – repetiu a fêmea ao balançar o braço na sua frente como se estivesse tentando chamar sua atenção no meio de uma multidão.

Não se preocupe, gatinha, pensou ao voltar a abaixar a persiana. *Você poderia estar no meio de outros cem mil e eu a encontraria.*

– Tudo ótimo. – Apontou com a cabeça para o cômodo empoeirado. – Tudo bem trancado.

A fêmea hesitou à porta. Os cabelos castanhos e loiros estavam bagunçados fora do rabo de cavalo e o rosto estava corado. As mãos tremiam e, no instante em que ele notou, ela cruzou os braços e as enfiou embaixo das axilas.

E ele não se surpreendeu quando ela levantou o queixo.

– Lá embaixo também – anunciou. – Nós também estamos bem.

Em diferentes circunstâncias, Sahvage teria sorrido.

– Só por curiosidade. Qual é a sua definição para "não bem"?

– Não é da sua conta...

– Acabei de perceber uma coisa. Não sei o seu nome. Considerando-se que nas duas últimas noites seguidas vivemos experiências entre a vida e a morte, não acha que está na hora de uma apresentação formal? Ou vai me dizer que isso também não é da minha conta?

– Na mosca.

– Não imaginei que uma fêmea forte e independente como você seria tão mesquinha.

— Não sou...

— Então prove que pode ser melhor do que eu – disse arrastado. – Qual é o seu nome?

A fêmea desviou o olhar. Fitou-o novamente.

— Um tremendo dilema, não? – murmurou. – E você se dará mal de todo jeito, então...

— Mae – ela respondeu com brusquidão. – Meu nome é Mae.

Concentrando-se na boca da fêmea, ele se viu tentado a pedir que ela repetisse. Só para poder ver aqueles lábios se moverem.

— Ora, ora – disse com suavidade. – Foi tão ruim assim, Mae?

Quando a fêmea corou e pareceu pensar em alguns usos criativos da palavra "foda-se", Sahvage aproveitou para preencher o silêncio constrangedor antes dela.

— É agora que você me manda ir embora? Porque não irei.

Cara, adorava o jeito como os olhos dela faiscavam.

— Esta casa não é sua.

— Pois é, eu sei. É o motivo pelo qual bati.

— Isto não é problema seu...

— Ah, veja bem, é aí que se engana. – Apontou para a janela pela qual acabara de olhar. – Aquilo quase me matou também. Portanto, está louca se acha que não estou envolvido agora.

— Aquilo se foi. Está... morto.

— Acha mesmo que aquilo estava vivo?! Sério? – Inclinou-se para frente. – E como sabe tanto a respeito? Eu nunca vi uma porra de uma sombra como aquela antes na vida, e olha que já lutei com muita coisa, e grande parte era viva, pelo menos até eu acabar com elas. Mas nunca enfrentei nada parecido. E você, fez o quê, apertou a mão dela e se apresentou? Trocaram números de telefone? Por favor, me conte.

— Estamos bem, ok? Tallah e eu estamos bem, juntas. Sozinhas.

— Está disposta a apostar a sua vida nisso? E a dela?

A fêmea jogou o cabelo por cima do ombro, embora estivesse todo preso.

— Acha que é único que pode nos salvar? Obrigada, mas eu passo.

Sahvage apontou um dedo na direção da janela que dava para a frente.

– Você não conseguia nem segurar uma arma sem mim...

– E você não conseguia enxergar para atirar...

– Portanto formamos um par perfeito. – Quando Mae bufou, ele não conseguiu conter o sorriso. – Agora, que tal aquele café? Maravilha, obrigado. Tomo o meu puro.

– Ao contrário da sua alma, né?

Deixando de lado as cortesias, Sahvage abaixou o queixo e a encarou por baixo das sobrancelhas grossas.

– Aqui vai uma dica pra você. – Quando a fêmea levou a mão à própria garganta, ele pensou em tudo o que já fizera no passado. – Quando o seu inimigo é maligno, você não quer seu escudo se preocupando com virtude. Você e aquela fêmea anciã não sobreviverão sem alguém como eu.

Duzentos anos antes, e algum tempo após seu fim decorrente da penetração de tantas flechas, Sahvage retornou à consciência, as faculdades mentais voltando à tona de forma gradual, ainda que irrevogável: a campina desaparecera, substituída por uma névoa tão espessa que ele sentia como se flutuasse, ao mesmo tempo que percebia o peso do corpo. O cheiro de seu sangue fresco não era mais percebido, e isso também era verdade em relação aos inimigos e seus gritos de julgamento e vingança.

A única coisa que lhe importava, que o preocupava... Rahvyn... também não estava mais visível, não era ouvida, nem sentida...

Seria um sonho? Estaria vivo? Não, não podia ser verdade.

Confuso, observou a frente de seu corpo. Vestia um manto branco que não era seu e do qual não tinha nenhuma lembrança de ter vestido; no entanto, que importância tinha isso? O mais pertinente ali era que não havia flechas se projetando de seu peito e, pousando a mão sobre o coração, respirou e não sentiu nenhuma congestão, não teve dificuldades para inspirar. Tampouco havia dor.

Olhando ao redor, um tremor de consciência percorreu sua espinha ao notar o cenário alvo e diáfano que não se relacionava a nada terreno. Névoa... apenas névoa até onde a vista alcançava. De fato, não havia divisória entre céu e terra, nenhuma estrutura, nenhuma flora nem fauna, e nada além de si mesmo. Era como se aquele ambiente estranho e confuso tivesse sido criado apenas para ele.

Após um momento de introspecção, virou-se para a esquerda como se o tivessem chamado.

E quando viu o que havia na sua frente, o terror percorreu seu corpo, substituindo o sangue em suas veias.

A porta para o Fade se apresentou como lhe foi descrita por um viajante, *e lembrou-se das palavras do macho, proferidas numa voz assombrada:* no meio da neblina lhe aparecerá uma porta e, se preferires proceder para o outro lado, abre-a então. Se preferires permanecer entre os vivos, porém, não apoies a mão sobre a aldrava. Assim que o contato for feito, tua escolha não mais poderá ser retificada.

Sahvage passou os braços ao redor do corpo, caso a mão reagisse por vontade própria, sem seu consentimento ou incentivo. Rahvyn estava lá embaixo, indefesa, no meio de um mar de machos com crueldade em seus corações. Ela precisava que ele a mantivesse a salvo...

A aldrava se afundou por vontade própria, com o inconfundível som de uma trava se abrindo. O portal se afastou das dobradiças, abrindo-se com uma força inexorável e uma maneira que lembrava a partida de sua força vital lá na campina de flores delicadas, tampouco espontânea nem negável.

– Não! – exclamou para o céu leitoso. – Não seguirei! Recuso-me...

De súbito, a tontura o acometeu, o cenário indistinguível girando ao seu redor, ou talvez fosse ele quem estivesse se virando e se debatendo. Em seguida, sentiu um puxão, como se tivesse retornado ao útero, o corpo sendo sugado por uma abertura estreita que ele não conseguia enxergar, mas certamente sentia, a compressão apertando o ar de seus pulmões e contraindo suas costelas de tal maneira que o coração já não batia.

A náusea se desdobrou em seu ventre, e a cabeça entonteceu, pensamentos se recusando a se formar de modo adequado – e, no entanto, como podia saber o que lhe estava acontecendo? *Já não estava vivo, seu corpo era uma residência que fora travada pela chave da morte contra a reentrada da alma... a menos que suas preces de ser útil perante a prima tivessem sido atendidas? Quiçá...*

Uma queda livre se seguiu à soltura da compressão esmagadora, seus sentidos o informaram que ele descia por um ar que não lhe oferecia resistência suficiente para desacelerá-lo. E enquanto se esforçava para enxergar onde estava, sua visão o abandonou. Estendendo os braços, não conseguiu segurar nada. Chutando as pernas, não encontrou nada. Retorcendo-se e virando... não se deparou com nada.

E no meio de tudo aquilo, não havia medo, apenas raiva, pois essa era a sua natureza.

Dhunhd.

Tendo rejeitado o presente do Fade, tendo repelido a eternidade de amor e vida que lhe fora miraculosamente oferecida a despeito de suas ações terrenas, agora estava sendo punido pela temeridade de tentar determinar o próprio destino.

O covil de sofrimento de Ômega seria a sua infinidade...

Sem preâmbulos, um impacto atordoante se registrou em seus membros, no tronco, no crânio. Era como se tivesse aterrissado de costas na pedra mais dura, mas sem o baque que caracterizaria tal queda de tamanha altura.

Escuridão.

Completa e absoluta.

Uma estrangulação claustrofóbica tomou conta de sua traqueia, e ele começou a arquejar, a respiração, pesada e urgente, ecoava em seus ouvidos... que loucura seria aquela? Parecia estar num local fechado. Um espaço bem delimitado e apertado.

Erguendo as mãos...

Não conseguiu levá-las ao peito. Não havia espaço para dobrar os cotovelos e os nós dos dedos rasparam em algo côncavo.

Madeira. Diretamente acima dele.

Chutando os pés, deparou-se com o mesmo ali embaixo no fim de seu corpo. E, ao afastar os braços, descobriu que os limites do que o continha eram estreitos e do contorno de sua forma corpórea.

Seu intelecto consciente lhe informou de sua localização.

E, mesmo enquanto a mente rejeitava tal conclusão e sua ira se elevava a níveis insustentáveis, não havia como escapar.

Estaria num caixão?

CAPÍTULO 19

ENQUANTO FITAVA A FÊMEA sobre quem passara o dia inteiro pensando, Nate se sentiu suspenso em pleno ar embora os pés estivessem plantados no chão. Ela era exatamente como ele lembrava, os cabelos pálidos escapando por baixo do capuz que lhe cobria a cabeça, as mãos escondidas nas dobras do casaco longo e folgado. E, como antes, ela estava mais distante, alheia, parada sozinha.

– Olá – cumprimentou, levantando uma mão.

Quando a fêmea recuou um passo, ele mostrou as duas palmas.

– Não vou machucá-la. Prometo.

Ela não se afastou mais, porém olhou para trás como se quisesse se certificar de que teria uma via de escape se precisasse correr. Ou se desmaterializar.

– Sou Nate. – Apontou para o próprio peito, e depois se sentiu um idiota. Como se houvesse outra pessoa ali para se apresentar. – Você... você voltou para ver isto?

Ela relanceou para o torrão arrancado de terra.

– Incrível, não? Quem haveria de pensar... um meteoro. Bem aqui?

Nate pigarreou e quis se aproximar dela. Mas ficou onde estava, como um idiota, e, apesar de estarem afastados no máximo uns dois metros, falou mais alto. Só para garantir que ela o ouviria, sabe.

Por cima do barulho de absolutamente nada, de nenhum som emitido pela floresta.

Caramba, era *mesmo* um idiota!

– Meu amigo Shuli e eu estávamos trabalhando. – Apontou com o polegar para trás do ombro. – Lá do outro lado do campo, onde ajudamos a reformar uma casa. Enfim, vimos um clarão no céu. Você viu a luz? Foi incrível. Mas então... de onde você vem?

Maravilha! A próxima pergunta provavelmente seria se ela ia sempre ali. Depois qual curso fazia na faculdade, apesar de serem vampiros e não humanos. Se ela queria uma bebida, apesar da total ausência de barmans, bebidas e copos ao redor deles.

E ele nem gostava de bebidas alcoólicas. Que bela jogada.

– Eu moro na cidade. Com meus pais. – Acrescentou a segunda parte para parecer mais confiável. – Você mora com os seus?

Em vez de morar com um companheiro. Que seria, talvez, tão grande quanto Murhder e tão possessivo quanto um cão de guarda? Que provavelmente arrancaria cada um dos membros dele com os dentes e enterraria os pedaços no quintal.

– Minha mãe é cientista. Meu pai é... – Não, espere, não mencionaria a Irmandade da Adaga Negra. – Ele é um lutador para... – Não, não deveria mencionar o Rei. – Meu pai protege pessoas.

A fêmea virou a cabeça para o ponto de impacto de novo, e Nate teve uma visão desimpedida do seu perfil. E era... bem, era tão perfeito quanto o rosto de frente. As feições eram delicadas e simétricas, os olhos meio que profundos e a boca um risco rosado entre o nariz e o queixo. Havia uma folha marrom seca enroscada numa ponta do cabelo, um resquício do que caíra no outono, e ele se sentiu tentado a se aproximar e pescá-la da armadilha delicada. Colocá-la no bolso. Mantê-la a salvo durante todo o seu turno de trabalho.

Escondê-la ao lado da cama quando fosse para casa. Guardá-la para sempre.

Algo lhe dizia que iria querer provas de que de fato estivera diante dessa fêmea.

– Eu ia conversar com você na noite passada. – Jesus, como soava patético. – Queria ter falado "oi". Mas não achei... bem, havia muitas pessoas por perto.

Ela continuou em silêncio, mas, quando seus olhos retornaram para ele, não se desviaram – só que Nate não sabia se isso era bom ou ruim. Ela parecia cansada e circunspecta.

E foi nessa hora que ele viu a terra na barra daquela espécie de capa que ela usava. E percebeu o quanto ela estava pálida.

Nate aguçou o olhar.

– Passou o dia aqui fora?

A fêmea recuou mais um passo.

Ele balançou a cabeça.

– Não estou julgando. Eu só... aqui não é seguro. Do sol. De outras coisas. – Ele esperou e deu a ela a chance de dizer algo. – Escute, tem alguém que eu possa chamar pra você?

Quando pegou o celular, a fêmea abriu uma distância maior entre os dois, as agulhas caídas dos pinheiros estalando debaixo dos pés – que ele não enxergava e desejou muito que ela tivesse sapatos.

– Por favor – Nate pediu. – Deixe-me ajudá-la. Posso chamar ajuda. Quem eu posso chamar para você?

– *Estou perdida.*

– Pode repetir?

– *Estou perdida.*

Ele apontou para o ouvido.

– Desculpe, eu... Eu não consigo entender a língua que está falando. Você sabe... – Claro que não sabia falar inglês ou já estaria falando. – Ele repetiu mais devagar, o que era uma tremenda idiotice. – Vou ligar pra alguém que pode ajudar.

Com a mão meio trêmula, puxou o número dos seus contatos e deixou a ligação no viva-voz:

– Só um minuto. Ela é uma boa fêmea, pode ajudar...

Dois toques e, do minúsculo alto-falante, Mary, *shellan* do Irmão Rhage da Adaga Negra, disse:

– Nate! Que bom te ouvir. Vocês estão fazendo um trabalho muito bom na Casa Luchas. Vamos mudar o resto da mobília hoje à noite...

— Senhora Mary, estou com um problema. — Fixou os olhos na fêmea encapuzada e rezou – rezou! – para que ela continuasse onde estava. – Estou aqui com... com uma amiga... e ela fala uma língua que eu não consigo entender. Ela precisa de... um amigo. Pode me ajudar a ajudá-la?

Houve uma pausa mínima, prova de que a senhora Mary era a pessoa certa a chamar.

— Muito bem, Nate. Primeiro de tudo, vocês dois estão num lugar seguro? Quer que eu mande alguém até vocês?

Visualizou alguém como o Irmão Vishous aparecendo. Ou Qhuinn. Merda – *Zsadist*.

— Não, não. Estamos perfeitamente bem. Estamos na floresta perto da Casa Luchas. Onde o meteoro caiu.

— Muito bem. Posso conversar com ela?

— Um instante – respondeu, estendendo o aparelho para a fêmea. Quando ela só ficou o encarando em total confusão, Nate sentiu que tranquilizá-la era necessário. — Não se preocupe. Mary é profissional. Pode confiar nela.

Ah, sim, claro, como se isso fosse adiantar se ela não falasse inglês. *Droga*.

— Então, você ia me contar a respeito desse Livro.

Na mesa da cozinha de Tallah, Mae fechou os olhos e xingou baixinho enquanto o café que servia permanecia na caneca de cerâmica. *Não* levaria pela mesa até o macho que fizera o pedido como se estivesse numa lanchonete 24 horas.

Só de terem conseguido descer intactos já era uma espécie de milagre. E não por estarem sendo perseguidos por uma criatura bizarra.

Óleo e água. Eram óleo e água juntos.

— E aí? – Sahvage a instigou, colocando a jaqueta de couro junto às armas que tirara do tronco. Recostando-se na cadeira, observou-a com firmeza.

– Eu não ia te falar nada do Livro – respondeu ao levar a caneca até ele.

– Obrigado pelo café. – Ele sorriu quando recebeu a caneca que ela fizera para ele. – Está perfeito.

– Você nem experimentou.

– Você fez para mim. É toda a perfeição de que preciso.

Carrancuda, Mae se sentou à outra extremidade da mesa.

– Não faça isso.

– Isso o quê?

– Bancar o charmoso. – Esfregou os olhos doloridos e ficou imaginando quantos analgésicos teria na bolsa. – Não vai funcionar.

– Nunca fui charmoso.

– Bem, veja só. Colocaremos autopercepção na sua curta lista de qualidades.

– Algum dia, você vai gostar de mim. – Uma sorvida de café. Um *ahhh* de satisfação. – Viu? Eu disse que estava perfeito. Agora, me conta mais sobre o Livro. E, sim, vou parar de bancar o espertinho.

– Até parece.

– Me dê uma chance. – Sahvage ficou sério. – Quero saber o que vai fazer com ele.

Quando o lutador ficou em silêncio e pareceu disposto a esperar, Mae sentiu-se recuando nos pensamentos – mas não para o irmão, para aquela banheira cheia de cubos de gelo, para a terrível missão que assumira. Em vez disso, voltou uma vez mais para a varanda da frente do anteriormente pacato chalé, atirando com aquela arma pesada que, Sahvage tinha razão, ela não teria conseguido manter firme sozinha.

– Eu não tinha as duas mãos – murmurou. – Com duas mãos, eu teria conseguido.

– O quê? – ele perguntou. – Ah, você está pensando na minha arma. É, ela é bem grande mesmo.

Mae estreitou o olhar.

– Fique à vontade para parar com as piadinhas de duplo sentido.

– Você é que pensou besteira, não eu. – Mudou de lado e colocou a pistola na mesa entre eles. – Tô falando dessa arma aqui.

– O que vocês, machos, têm que querem tanto mostrar suas pistolas?

– Não pode me dar esse tipo de abertura e...

– O que eu disse sobre piadinhas duplo sentido...?

– Ou será que você está se referindo a estas armas? – perguntou, exibindo os dois bíceps imensos. – Ah, e nem precisa disparar o olhar letal. Como se você também não fosse se gabar deles.

Tentando não sorrir, Mae observou-o inclinar e voltar a guardar a arma no coldre – e, reparando o quanto os ombros eram musculosos debaixo daquela camiseta colada ao corpo, não conseguiu permanecer sentada. De pé, levou as duas xícaras de chá consigo, junto com o Earl Grey preparado por Tallah, até a pia. Depois voltou para pegar o pote de açúcar e o jarrinho de creme. Bem como a carcaça de limão espremido.

– Você toma chá com vinagre? – Sahvage pegou a embalagem e inspecionou o rótulo. – Paladar estranho.

– Eu fico com isso.

Quando foi pegar o vinagre da mão dele, ele não soltou.

– Fale comigo, Mae. Sei que não gosta de mim e sei que não gostou nem um pouco de eu ter vindo pra cá. Mas o cara de moicano está certo. Eu lhe devo a minha vida... E posso não valer nada, mas tenho um código de honra. Além disso, acabou de ver como posso ser útil numa luta, não?

Então soltou a embalagem. Mas não parou de encará-la.

Por isso, quando ela se virou de costas para guardar o vinagre na prateleira, sentiu os olhos dele.

– Prometo ser bonzinho – murmurou ele. Depois riu. – Está bem, prometo me comportar melhor. E de verdade desta vez.

Recostando-se na bancada, Mae considerou suas opções. Que, pelo jeito, não incluíam chutá-lo para fora da casa – e não só por não conseguir carregá-lo até a porta.

Com uma sensação de derrota, voltou para a cadeira em que estivera sentada. Apoiando as mãos no tampo da mesa, entrelaçou os dedos e inspirou fundo.

– Seja o que for – disse ele –, vou acreditar em você.

– Que coisa estranha de se dizer.

Relanceou para ele, que pairava naquele assento, o corpo imenso se derramando pela cadeira, pela mesa... pelo chalé. No entanto, ele estava parado, e calado. Pronto para ouvi-la.

— Isso tudo é tão louco. — Mae balançou a cabeça. — Muito louco.

— A vida é louca. Seria tolice acreditar que não é.

— Se fosse dar um palpite, o que diria que era aquela sombra lá fora?

— Conte-me a respeito do Livro. Tenho a sensação de que isso responderá à sua pergunta; e é isso o que você também acha, não?

— Pare de ler a minha mente.

— Não leio mentes. — Mais goles de café. — É intuição.

— Isso não é coisa de fêmeas?

— Nossa, que atitude mais sexista se apegar a papéis de gênero tradicionais.

Mae não queria rir. Por isso, cobriu a boca com a mão para abafar o som, esconder sua expressão.

— Você deveria fazer isso com mais frequência — ele disse com suavidade.

Corando, ela afastou os cabelos soltos da frente do rosto. Engraçado. Mesmo com as roupas arrumadas e os cabelos ainda presos no rabo de cavalo, sentia-se toda desgrenhada. Como se alguém a tivesse colocado num túnel de vento.

— Não tenho tido muitos motivos para rir recentemente — ouviu-se dizendo.

— Converse comigo.

Os olhos de Mae se desviaram para o pires de prata vazio, onde não restava nada do resíduo de seu sangue nem dos outros ingredientes do feitiço.

— Perdi muita gente querida nos últimos tempos. E não quero perder mais uma.

— Quem morreu? Ou está morrendo? — Quando ela não respondeu, Sahvage deu de ombros. — Deixe-me adivinhar. Orações não estão dando certo ou, pelo menos, você acha que não estão funcionando o bastante. Por isso, resolveu cuidar do assunto com as próprias mãos.

– Acredita em magia?

Quando o macho não respondeu, Mae olhou para ele, que a encarava com uma expressão distante.

– Para falar a verdade, acredito – ele respondeu com suavidade.

Então ela teve que desviar o olhar, devido a outro rubor que lhe subiu do pescoço até o rosto. Com certeza... estava interpretando... tudo errado. Um macho como ele? Sem dúvida, iria atrás de uma daquelas mulheres ou fêmeas frequentadoras dos clubes de luta, aquelas da fila de entrada no estacionamento, aquelas com quadris e peitos e roupas que revelavam todos os seus atributos.

– O que faria para manter alguém que ama vivo? – perguntou para voltar aos trilhos.

Sahvage respondeu sem nenhuma hesitação:

– Eu mataria qualquer um. Qualquer coisa.

Mae olhou para a jaqueta dele, e pensou no que havia debaixo dela.

– Acredito nisso. Mas não estou falando apenas de defender essa pessoa. E se você pudesse... trazê-la de volta à vida? E se tivesse a habilidade de mudar o destino, resolver a sina de alguém com as próprias mãos? Assumir o controle de um resultado errado?

Após uma longa pausa, ele desviou o olhar.

– Você está falando de ressurreição.

– Viu? Eu disse que era loucura.

– Não, não é loucura. – Os olhos cor de obsidiana voltaram a encará-la. – Inacreditável, talvez, mas não loucura.

– E não dá no mesmo?

– Sobre o que, exatamente, estamos falando, Mae?

Demorou um tempo até ela responder, antes que conseguisse escolher as palavras certas. E, então, mentiu:

– Tallah é tudo o que me resta. Ela está chegando ao fim da vida. Não posso permitir que morra. Eu só... você tem que entender. Eu não tenho mais ninguém neste mundo, e vou perdê-la também.

Mae levantou-se da cadeira. Visto que não havia mais nada do chá para limpar, nenhum motivo além da própria ansiedade para fazê-la se mexer, esticou-se para pegar o pratinho de prata. Pegando-o, levou-o até a pia e o lavou.

– Às vezes, é preciso abrir mão das pessoas – Sahvage disse com suavidade.

– Bem, não quero fazer isso.

– E acredita que esse Livro seja a resposta. Tallah vai viver para sempre depois que você o quê? Mexer uma varinha acima da testa dela?

– Não tem graça.

– Não é pra ter. O que há nesse Livro?

Como Mae não tinha uma resposta concreta para esta pergunta, a fragilidade do seu plano, ou solução, parecia tão instável quanto um castelo de cartas.

– Ele vai me dizer o que fazer. Para salvá-la.

– Feitiços, hum? – Tomou mais um gole do café. – Meu Deus, eu não ouvia falar dessas merdas desde o Antigo País. E quanto a esse lance de imortalidade, tome cuidado com o que deseja. Às vezes, pode acabar conseguindo.

– Exato. Não quero que ela morra e ela continuará viva.

– As pessoas não são feitas para viver para sempre.

– Não estou nem aí.

Ele deu uma gargalhada breve.

– Sabe, eu até sinto respeito por esse tipo de agressividade arrogante. Dito isso, como vai encontrar esse tal Livro?

Pegando um pano de prato do puxador do forno, Mae secou o pires de prata.

– Já fizemos o que era para ser feito.

– Que seria...? – Ele esticou um indicador. – Espere, deixe-me adivinhar. Ir até uma luta clandestina e tentar matar um cara ao distraí-lo como se fosse um sacrifício de sangue. Grande plano, e funcionou *tão* bem.

– Você ia matar aquele humano.

– Não, não ia. – Depois de um momento, fez um gesto de dúvida com a mão livre. – Tá, tá bom, talvez fosse. Mas não seria homicídio. Ele pediu por aquilo e, como eu sempre digo, as decisões estúpidas dos outros não são problema meu. Agora me diga, o que fez para conseguir o Livro? Já procurou na Amazon *Magia para Idiotas*?

— Fiz um feitiço de invocação. E sou muito inteligente, muito obrigada.

Embora não se sentisse merecedora de nenhum prêmio de QI recentemente.

O olhar dele se aguçou.

— Então o Livro está aqui.

— Ainda não.

— Quando fez o feitiço?

— Pouco antes... — pigarreou. — Pouco antes de você chegar.

Houve um momento de silêncio. Depois do qual Sahvage murmurou:

— E eu pergunto de novo: ainda tem dúvidas do que fez aquela sombra aparecer?

Na verdade, ela não tinha.

— Acho que seria bom darmos mais uma olhada nos seus ferimentos. Só para garantir que você está bem.

— Mudando de assunto?

— Imagina.

Sahvage levou a caneca aos lábios e inclinou a cabeça para trás, terminando o café. Quando apoiou a caneca vazia na mesa, sorriu para ela daquele seu jeito — um canto da boca se erguendo e, por trás daqueles olhos escuros e brilhantes, uma expressão de quem sabia de algo, mas não ia contar.

Como se tivesse todas as respostas, mas esperasse a oportunidade de bancar o sabichão toda vez que abria a boca.

— Pra sua informação, sei muito bem o que está fazendo — disse ele.

Bingo!

— E o que é? Será que eu deveria estar tomando nota ou vai ser mais uma daquelas declarações óbvias...

— Quando se ouve falar, você até percebe o quão insano é o seu comportamento, mas o seu coração não vai deixar isso de lado, então você precisa partir para digressões. Tudo bem. Podemos olhar meus ferimentos de novo. Mas não acho que devemos ignorar o que de fato está acontecendo aqui.

– Você não sabe droga nenhuma a meu respeito.

– Tem razão. Estou absolutamente perdido nisso. Portanto, fique à vontade, vamos ver como estou porque sou eu quem precisa de ajuda.

Com esse alegre pronunciamento, Sahvage pegou as pontas da camisa e não desviou o olhar enquanto levantava devagar a maldita peça... revelando aquela tatuagem e toda a musculatura debaixo da tinta. Quando lançou o que o cobria de lado, voltou a se recostar na cadeira como se estivesse nu em pelo. Como se tivesse absoluta confiança em seu corpo. Como se tivesse ciência de que a fêmea não poderia deixar de notar o que ele lhe mostrava.

E reagir a isso.

Pelo amor de Deus, com o peito nu agora ele parecia ainda mais largo, e Mae engoliu em seco pela garganta apertada. Mas não porque tivesse medo.

Não, medo não era o problema. Longe disso.

– Venha cuidar dos meus ferimentos – disse ele num murmúrio baixo. – E, a propósito, pode me tocar onde quiser. Com um objetivo clínico, é lógico. Longe de mim negar quaisquer avaliações em relação à minha saúde e bem-estar geral.

Mae piscou. Depois se recuperou.

– Você é um idiota.

– É, sei disso. – Inclinou-se para frente e estreitou o olhar. – Mas você me quer mesmo assim.

Capítulo 20

Bem no coração do centro da cidade, a detetive Erika Saunders encostou sua viatura à paisana na lateral de um beco entre dois prédios de apartamento. Ao estacionar o carro, os faróis lançaram uma luz forte sobre um grande SUV preto que estava bem perto de um latão de lixo. Mais à esquerda, dois policiais uniformizados estavam à espera, e uma viatura bloqueava a entrada da rua Trade. Nenhuma equipe de jornalistas.

Ainda.

Saindo do carro, vestiu as luvas descartáveis e pegou a lanterna. Os policiais se calaram quando ela se aproximou, e Erika os cumprimentou com um aceno de cabeça antes de se dirigir à porta do motorista do SUV.

– Quando foi o chamado? – perguntou ao apontar o facho de luz para dentro do veículo, ou tentar fazer isso. As janelas tinham películas pretas.

Inclinando-se ao redor do capô, sem tocar na lateral da lataria, apontou a lanterna pelo para-brisa dianteiro.

Puta merda!

Nem ouviu a resposta para sua pergunta. Estava interessada demais no homem e na mulher sentados lado a lado nos bancos dianteiros. O casal poderia ser descrito como "jovens no auge da vida", embora a parte da "vida" dessa descrição já não se aplicasse mais. Os corpos tinham ferimentos imensos no meio dos peitos, as roupas estavam manchadas de sangue e os colos eram tigelas para aquela sopa de plasma coagulado.

Erika se aproximou do vidro, a fim de ver o interior do veículo um pouco melhor. Entre os bancos, sobre o console de couro, eles estavam de mãos dadas, os dedos mortos entrelaçados. Nos apoios de cabeça, mais acima, os rostos estavam virados um para o outro, os olhos cegos concentrando-se no espaço entre os rostos acinzentados, pálidos.

Erika varreu o interior com a luz da lanterna. O rapaz estava sem camisa e uma coleção de tatuagens aleatórias cobria-lhe o tronco e os braços, como se alguém tivesse despejado um livro de ilustrações em sua pele. Era musculoso, mas magro, um cara definido com cerca de 1,80 metro de altura, que a fez se lembrar do ator Pete Davidson. Ao lado dele, uma mulher voluptuosa de bustiê, com cabelos de fato muito bonitos. Brincos de aro de bambu. Piercing no nariz. Tatuagens, mas não tão densas quantos as do cara e muito mais delicadas.

Pareciam feitos um para o outro, sexy, baladeiros. Provavelmente experimentavam drogas, mas não com frequência a julgar pelo bom estado de saúde.

— Meu assassino com certeza tem um tipo — disse Erika ao abrir a porta do carro. — Quem avisou?

— Um cara que estava correndo — informou um dos oficiais atrás dela.

O cheiro liberado era denso, cheirando a perfume, colônia masculina, sangue e matéria fecal.

Erika inspecionou o buraco no esterno do cara. Depois tocou o pescoço frio com as pontas dos dedos enluvados. Nenhuma pulsação. O que não era surpresa.

— E quando o chamado foi feito mesmo?

— Uns vinte e cinco minutos atrás. Talvez meia hora.

— Eles estão aqui há mais tempo.

— Carro caro. Estou surpreso que não tenha sido depenado.

Recuando, Erika inspecionou o veículo.

— Mercedes. Rodas escuras. Vidros escuros. Eu também não teria me aproximado, temendo que o dono fosse traficante... Hum, o que temos aqui?

Uma carteira Louis Vuitton caíra do bolso do cara e estava presa entre a base do banco do motorista e a parte interior da lataria.

Erika a pegou e manuseou com cuidado. Abrindo a aba da frente, tirou a habilitação.

– Ralph Anthony DeMellio. – O endereço era numa parte italiana de Caldwell. – Vinte e dois anos. Tão novo...

Visualizou o casal do Commodore. E os outros dois que foram assassinados de maneira semelhante. Todas as vítimas tinham mais ou menos a mesma idade, na casa dos vinte. E todos faziam parte do cenário abastado e descolado. Todos estavam apaixonados.

– Ele está encontrando as vítimas em boates – murmurou ao devolver a habilitação para a carteira. – Talvez o motivo seja sexo. Ou talvez seja onde eles cruzam seus caminhos e são escolhidos como alvo. Então ele os segue até em casa ou um lugar mais tranquilo...

Examinou o beco. Naquela parte do centro da cidade, tudo era bem mantido e a taxa de criminalidade era baixa. Portanto, deviam existir câmeras de segurança funcionando. E também havia muitas janelas de apartamento, ainda que a maioria tivesse cortinas ou persianas fechadas.

Enquanto ticava sua lista mental de fatos a serem averiguados, um Crown Vic cinza chegou à cena do crime e, enquanto os policiais uniformizados erguiam os braços para proteger os olhos da luz, os faróis foram desligados. Depois que o carro não identificado parou, um estereótipo do FBI saiu: terno cinza e gravata preta. Corte rente. Maxilar dos anos 1950.

O Agente Especial Deiondre Delorean era um homem de zero gordura corporal, ombros largos com um diploma de Howard e passado na inteligência militar que ainda se fazia muito presente logo de cara.

Ele imediatamente conferiu o interior do SUV.

– Mais um.

– Eu diria que três é um número da sorte, mas já estamos no quarto caso.

– Que você saiba.

– Bem observado. – Erika mostrou-lhe a habilitação. – Quero ser quem vai conversar com os pais. Eles passaram o dia inteiro esperando o garoto chegar em casa. Você é bem-vindo para ir comigo, mas quem vai falar sou eu.

– E cá pensava eu que sua reputação fosse exagerada. – Deiondre inspecionou a identidade e depois a fitou. – Sabe, eu tenho alguma experiência em comunicação aos familiares.

– E eu já estive do lado de quem recebe a notícia dessa conversa horrível com as autoridades. Pode dizer o mesmo?

Os olhos dele ficaram distantes.

– Lamento pela sua família.

– Já faz quatorze anos. Superei. Deduzo que tenha feito sua lição de casa.

– FBI, lembra?

De canto, os dois agentes uniformizados olhavam para os próprios sapatos, como se Mamãe e Papai estivessem brigando. Mas se Erika fosse se preocupar com o que as pessoas sentiam perto dela, seus dias seriam oito horas mais longos, e sua paciência duzentos metros mais curta.

– E como sabe que os pais estão à espera? – perguntou Deiondre.

– O endereço é num bairro de Jersey Gardens. Não é uma área de jovens que moram sozinhos. É uma área residencial de gente mais velha cujos filhos adultos moram no porão de casa. Aposto que os pais acham que Ralph passou o dia na casa da namorada e que é por isso que não tiveram notícias dele o dia inteiro. Mas a esta altura já devem estar começando a se preocupar, pois já devem ter se passado umas doze horas desde que conversaram com ele.

Deiondre se inclinou para dentro do carro.

– Mesmo *modus operandi*. Mas talvez este casal seja apenas fruto de um encontro casual e foram colocados nessa posição.

– Os outros três casais estavam num relacionamento sério, e a nossa investigação vai mostrar o mesmo aqui. O meu assassino vai atrás de casais apaixonados.

Devolvendo a carteira ao local em que a encontrara perto do piso do carro, Erika deu a volta até a parte de trás com a lanterna e depois seguiu pelo outro lado do SUV, apertando-se entre a lataria e a parede suada do alto prédio de apartamentosto. Não havia nenhum arranhão na pintura. Nenhum adesivo no para-choque, nenhum passe de estacionamento, nem mesmo propaganda da concessionária na placa temporária do carro novo.

Não havia espaço suficiente para abrir a porta do passageiro, então ela saiu do espaço apertado e deu a volta pela parte da frente.

De volta ao corpo de Ralph DeMellio, Erika esticou o braço por baixo do volante, certificando-se de não encostar em nada. O botão da ignição ficava do lado oposto da coluna de direção, e ela teve que tatear para encontrá-lo. Quando os dedos por fim encontraram o botão redondo, ela o pressionou.

Um aviso de que faltava a chave acendeu no painel.

Cuidadosamente saindo do carro, ela balançou a cabeça.

— Levaram a chave.

— O que disse? — perguntou Deiondre ao terminar uma ligação.

— Deixaram o carro destrancado e levaram a chave. — Abriu a porta de trás e iluminou o interior. — Ora, ora, veja isto.

— Encontrou uma arma?

Deiondre inclinou-se e juntou-se a ela verificando o interior imaculado: não havia nenhum lixo largado, nenhuma peça de roupa descartada nem mesmo tênis de corrida. Nenhuma bolsa de academia.

Erika inspirou fundo.

— Tem cheiro de carro novo. Ou pelo menos novo para ele. Devia ter acabado de comprá-lo, tinha muito orgulho de sua aquisição.

— Vamos juntos à casa dos pais.

Erika recuou e encarou o SUV.

— Vou pegar esse desgraçado. E vou prendê-lo com pregos a uma parede antes que ele faça isso de novo.

Nate rezou enlouquecidamente para que a senhora Mary dirigisse rápido o bastante para a Casa Luchas e depois se apressasse pelos campos até a floresta. Como ela não podia se desmaterializar, levaria uns bons vinte minutos. Ou mais. Sobretudo se obedecesse aos limites de velocidade, e ele tinha a sensação de que ela faria isso.

– Deve demorar uns vinte minutos – informou à fêmea. – Até ela chegar.

Por favor, não vá embora...

Sem sobreaviso, a fêmea se sobressaltou e tropeçou para trás, erguendo as mãos como que para se proteger. Num ímpeto defensor, Nate se virou de costas...

Em vez de entrar em pânico – ou partir para o ataque, que, na verdade, foi seu primeiro instinto –, foi acometido por uma onda de alívio. E o Irmão da Adaga Negra que se materializara na clareira não devia ser uma surpresa, mesmo que sua presença imponente o fosse.

– Rhage – disse Nate, levantando a palma para tranquilizar a fêmea. – Não se preocupe, ele está comigo. Eu estou com ele. Quero dizer...

O Irmão sorriu para ela e ergueu as mãos.

– *Não te preocupes. Sou um amigo.*

A fêmea inclinou a cabeça.

– *Como posso ter certeza? Estás armado.*

– *Não contra ti. E jamais contra ele.*

Enquanto os dois lançavam as sílabas estranhas, Nate olhava de um para outro, como se acompanhasse uma partida de tênis naquela língua que falavam. E, por mais que não entendesse o que diziam, percebeu que os sotaques eram iguais – e o mais importante, a fêmea não pretendia ir embora e parecia menos assustada.

Por isso, se dependesse dele, os dois podiam puxar duas cadeiras e bater papo a noite inteira.

Rhage passou para o inglês.

– Minha *shellan* está vindo. Estou aqui para garantir que você esteja segura, e que ele também esteja.

– Ele é seu filho... – A fêmea subitamente fechou a boca.

Nate franziu o cenho.

– Você me entendeu o tempo inteiro? – Quando ela desviou o olhar, ele olhou para Rhage, como se o Irmão pudesse explicar o motivo de ela ter omitido esse fato. – O tempo todo?

— Eu não sabia... o que fazer — sussurrou ela.

— Tudo bem. Está tudo bem. — Nate pigarreou. — Só estou feliz que... Bem, você pode confiar na senhora Mary. E no Irmão Rhage.

Os olhos dela se arregalaram para o lutador.

— Você é um membro da Irmandade da Adaga Negra?

Rhage abriu a jaqueta e mostrou o par de adagas presas, com os cabos para baixo, no peito imenso.

— Sou.

A fêmea suspirou.

— *Graças à Virgem Escriba.*

— Escuta só — disse Rhage —, se estiver tudo bem pra você, sugiro que a gente vá naquela direção. Temos uma casa lá. Temos comida e bebida para lhe oferecer, e é um lugar completamente seguro.

— Mas há muitos machos na reforma... — Nate franziu o cenho.

— Não quando eu lhes disser para irem embora. Pode acompanhá-la a pé até a Casa Luchas?

Nate piscou. E depois corou.

— Sim, sim, posso, eu... — Travou os molares. — Quero dizer, se ela concordar? Ou você. Quero dizer.

Merda.

A fêmea ficou olhando de um para o outro.

— Sim, claro que sim — ela disse. — Mas não quero lhes causar problemas...

— Problema nenhum — Nate a interrompeu.

— Nenhum mesmo. — Rhage bateu as palmas. — Vou na frente pra liberar a casa. Nate, cuide dela, sim?

O impulso de bater continência foi quase irresistível. E a sequência dessa idiotice seria oferecer o braço para a fêmea, como se ele fosse alguém especial. Como se pudesse fazer algo para defendê-la.

Quando se contentou em acenar com a cabeça para o Irmão, Rhage acenou em despedida e se desmaterializou. O que significava que... estavam sozinhos novamente.

— É por aqui — Nate disse apontando em meio às árvores que davam para a clareira e as luzes distantes da casa. Como se tivesse alguma outra opção de destino.

A fêmea assentiu e se aproximou dele, e Nate se viu tão atordoado por vê-la se mover e sentir o cheiro assim de perto que ficou paralisado como se suas botas estivessem pregadas ao chão. Nesse meio-tempo, ela passou por ele e depois parou para olhar para trás.

– Desculpe. – Ele esfregou os cabelos. – Quero dizer, aqui vou eu.

Juntos, seguiram para fora do aglomerado de árvores e entraram na campina. E foi então que ela parou de novo. Enquanto analisava a área aberta, parecia muito solitária. Muito triste.

Se tivesse um lugar para ir, alguém a quem procurar, ela não estaria ali, concluiu Nate. Qualquer pessoa procuraria um parente ou um amigo, caso tivesse...

Quando voltou a andar, enroscou o pé nas raízes mortas, e ele se esticou para segurar-lhe o braço, garantindo que ela não caísse.

– Cuidado – disse ao equilibrá-la e soltá-la de imediato.

Com mãos trêmulas, a fêmea ajeitou o capuz sobre os cabelos claros.

– Perdoe-me.

– Não há nada do que se desculpar. Todo mundo tropeça. Eu... Hum, como disse que era seu nome mesmo?

Ela, na verdade, não o dissera. Mas ele não queria parecer exigente.

E quando os sons dos pés se enterrando nos bolsões de lama foram sua única resposta, Nate receou que talvez tivesse sido.

Estavam na metade do caminho para a Casa Luchas quando a voz dela, baixa e com um sotaque carregado flanou até ele.

– Elyn. Por favor, me chame de Elyn.

– Lindo nome... – ele pigarreou. – Quero dizer, uau.

Conferiu de canto de olho se ela o estava encarando por considerá-lo estranho, mas não. Estava nitidamente perdida em pensamentos, de cabeça baixa, mesmo que não parecesse se concentrar em nada específico. E, quando ficaram em silêncio de novo, a mente de Nate disparou tentando encontrar um assunto para conversarem... Só que não encontrou nada. E o fato de não ter conseguido pensar em nada que fosse um pouco normal para dizer fez com que percebesse que era uma tremenda aberração.

Mas também não podia se gabar de ter socializado naquele laboratório, né? Ou será que podia contar os caras de jaleco branco que fizeram experimentos nele ou aquela televisão à qual permitiam que ele assistisse?

Perdido em pensamentos ruins, saiu do seu transe quando chegaram à cerca. Cogitou levantar a de cima para ela, mas Elyn passou por baixo do suporte tão rápido quanto um assobio e ficou esperando por ele do outro lado.

– É uma bela casa de fazenda, não? – murmurou. Porque tinha que dizer alguma coisa antes que acabasse explodindo. – Estou trabalhando nela... Bem, trabalhei nela. A reforma basicamente já acabou.

Enquanto a conduzia até a entrada da frente, pensou no sotaque dela. Era bem elegante, como o de seu pai. Como o de Rhage. Ela talvez não se impressionaria com o trabalho braçal que ele vinha realizando. E quando tudo o que não tinha a oferecer a fêmeas de modo geral, e a ela em especial se chocou nas margens da sua autoestima, Nate ficou tão quieto quanto ela.

Pois é, não era assim que tudo acontecia na sua imaginação. Prova de que não se deve deixar os desejos atrapalharem a realidade. Nos seus devaneios? Encontrara-a junto à cratera e a convidara para uma refeição na lanchonete aberta 24 horas em que ele e Shuli às vezes iam depois do trabalho. Entre hambúrgueres e fatias de torta de maçã, eles conversariam sobre tudo e sobre nada até bem perto da hora de se tornar perigoso ficar a céu aberto – bem perto do amanhecer, ele a levaria de volta para casa, onde ela lhe daria o seu número de telefone e lhe diria para lhe ligar durante o dia.

Seria o início de um lindo romance... que culminaria, depois de uma semana do primeiro encontro, num beijo. Suave. Parados diante da soleira da casa dela.

E por tudo isso ser uma fantasia, aquele beijo seria, apesar de ele não ter a mínima ideia do que fazer, absolutamente perfeito para ambos...

– Oi, pessoal!

Quando os cumprimentou na porta da frente da casa de fazenda, a senhora Mary acenou e pisou numa parte iluminada pela luz de fora da varanda. A boa notícia era que a fêmea de Rhage era de fato o que qualquer um haveria de querer ver se estivesse procurando um porto seguro: o rosto era franco, e o sorriso, sincero. O que a fazia parecer alguém capaz de dar bons abraços.

Sem nenhuma propaganda falsa.

De repente, as pessoas começaram a conversar. Mary. Rhage. E uma das assistentes sociais, Rhym, que também se juntara ao grupo. Elyn permaneceu basicamente calada, mas não parecia amedrontada.

Nate recuou um passo. Através da porta de entrada aberta, viu que a mobília tinha sido arrumada na sala de estar e, ao longe, na cozinha também. Tudo parecia acolhedor. Seguro.

A assistente social entrou. Rhage também. Mary disse algo e indicou o caminho para a fêmea.

Elyn assentiu e começou a andar na direção da porta.

Enquanto Nate a observou entrar, soube que não voltaria a vê-la. Depois que terminasse a pintura na garagem? Seu supervisor o designaria a um projeto diferente e qualquer possível ligação entre eles desapareceria.

Não teria chance de se despedir. Pelo menos não da maneira como gostaria.

Não de uma forma em que conseguiria o número do telefone dela. Ou ela o seu.

Com uma dor aguda no peito, pensou que era estranho lamentar a perda de alguém que nem sequer conhecia...

Elyn hesitou e depois olhou para trás, para ele.

– Não vai entrar?

– Ah, você está em boas mãos agora.

– Por favor. Estou assustada.

Encarando os incríveis olhos prateados, Nate sentiu um rubor se espalhar por todo o corpo. Depois disso, ele inspirou fundo e estufou o peito.

– Não irei embora até que me diga para ir – disse ao se juntar a ela.

Capítulo 21

— E aí? Vai examinar os meus ferimentos? Ou vai ficar só me encarando assim? Por mim, tanto faz.

Enquanto Sahvage se recostava de novo na velha cadeira, ouviu a madeira estalando debaixo de si, as pernas finas se acomodando sob o peso dele sem confiança. E se acabasse no chão? Tudo bem também. A fêmea lhe estenderia a mão – porque era da sua natureza ajudar.

E talvez ele a puxasse para cima de seu corpo.

— Não estou te encarando de jeito nenhum – ela redarguiu. – Estou preocupada com a sua saúde.

— E estou feliz que esteja. O que quero dizer é: não hesite em me examinar com suas mãos onde bem entender.

— Ah, pelo amor de Deus – Mae resmungou ao se curvar diante do peito dele.

Sahvage se concentrou no rosto dela, nas sobrancelhas franzidas de preocupação e nos olhos inteligentes. Pensou que se sentasse só um pouco mais para frente – não muito –, poderia beijá-la.

Descobrir o sabor da sua boca parecia um uso muito bom do seu tempo.

— Sabe... Isto aqui não me parece muito bem.

Ou pelo menos foi o que ele acreditou ter ouvido. Sua atenção estava em outro lugar – e quando imagens dela em seu pescoço lhe voltaram à mente, seu quadril se remexeu dentro das calças de combate e a urgência entre as coxas engrossou ainda mais. Especialmente quando imaginou os cabelos soltos dela derramando-se em seu peito nu...

As pontas dos dedos dela tracejaram a pele inchada que descia desde a clavícula até o abdômen.

Quando ele sibilou, Mae pareceu preocupada.

– Desculpe, não quis te machucar.

Ah, mas não foi dor que provocou esse som, Sahvage pensou.

Embora começasse a sofrer de tanto desejá-la. É o que acontece quando você nota uma fêmea, depois tira a camisa diante dela... e ela toca na sua pele. Em qualquer lugar.

Recuando, ela o fitou.

– Por que, em nome de tudo o que há neste mundo, você foi colocar essa tatuagem no peito inteiro? – Antes que ele pudesse responder, ela mostrou a palma. – Desculpe, não é da minha conta...

– Quero que meus inimigos saibam o que irá atrás deles quando me veem.

Enquanto se preparava para mais um sermão santarrão sobre não matar, Sahvage teve de se conter e não sorrir para ela. Nesse meio-tempo, Mae estava tão concentrada em seu peito que ele ficou se perguntando se um dia ela se desviaria dele.

Tudo bem se isso não acontecesse – e foi um desapontamento quando do ela voltou ao presente.

– Então isso tudo aí é propaganda? – disse com secura. – Você não poderia simplesmente pendurar um broche na camisa dizendo "Oi, meu nome é Duro na Queda"?

– Nunca uso camisa quando luto. E eu diria que broches e crachás são a antítese da malvadeza.

– Se quer a minha opinião, eu diria que uma abordagem furtiva é melhor.

– O que preferir.

– Não prefiro nada.

– Nem a minha tatuagem? Mesmo? Então por que fica olhando para ela?

– Não estou olhando para a tatuagem...

Quando ela foi se afastar, Sahvage a pegou pela mão.

– Então para o que estava olhando?

Quando seus olhos se encontraram, houve um momento ardente de inação, e ele se surpreendeu quando nenhum dos dois entrou em combustão instantânea. Mas a fêmea não queria aceitar aquilo, e ele deixou que ela puxasse a mão e se afastasse.

– Ah, já sei, os meus ferimentos, certo? – disse sedutor. – Só estava checando os meus dodóis. E não gostou que fui ferido.

– Dodóis?! – Ela cruzou os braços diante do peito. – Quantos anos você tem? Cinco? E precisa de um médico.

– Quero uma enfermeira.

A fêmea levou as mãos aos quadris.

– Pare com isso.

– Ok.

Praguejando baixinho, Mae virou ao redor como se procurasse algo, qualquer coisa para fazer – e acabou se esticando para pegar a faca afiada que havia restado do estranho conjunto de molho para salada e xícaras de chá.

No ritmo que ela ia, acabaria terminando de limpar a mesa na semana seguinte. O que não deixava de ser adorável.

– Você não costuma ser tão cordial – resmungou. – Está passando mal?

– Quando você olha para o meu corpo, sim, fico meio tonto. Mas se quiser mesmo discutir para onde o sangue vai...

– Ai!

A faca caiu da mão dela, estatelando-se ruidosamente no chão quando ela fechou o punho e o aproximou do peito.

Sahvage levantou-se de imediato.

– Deixe-me ver.

– Não foi nada...

Dessa vez, ele não a deixou se soltar. E Mae não se opôs quando ele abriu o punho cerrado.

Cortara o dedo – e sangue fresco se empoçava no corte.

Lambendo os lábios – por que como não fazer isso? –, Sahvage olhou bem nos olhos dela. A fêmea não encarava o corte. Nada disso.

A atenção dela estava toda em sua boca.

AMANTE IMORTAL | 181

— Deixe-me cuidar disso — ele sussurrou. — Retribuir o favor. Sabe, como você fez comigo ontem à noite. Nada mais do que isso.

Ela pareceu ponderar entre o sim e o não, dividida entre o que queria e o que sabia ser melhor para si. Enquanto isso, o sangue formava um rio lento que descia pelo indicador, circundando-o.

Sahvage cerrou os molares.

— Vou esperar até que diga sim. Tomo vidas contra a vontade dos outros, mas nunca fêmeas.

O tempo se estendeu, alongando-se como uma corda que cederia, tornando-se cada vez mais comprida. E na quietude elétrica entre os dois, Sahvage ficou bem ciente da respiração dela. Estava ficando mais profunda. E a pulsação na base da garganta? Mais rápida.

— Não vou machucá-la — jurou.

— Sim, você vai.

Mae puxou a mão da dele e se afastou. Na pia, deixou a água correr e posicionou o dedo debaixo do jato com um arquejo. Nesse meio-tempo, Sahvage permaneceu onde estava, com o cenho franzido.

Quando ela fechou a torneira e arrancou uma folha de papel-toalha do rolo, ele disse:

— Que diabos de macho você acha que eu sou?

Virando para ele, ela enrolou o corte.

— Você é um assassino. Certo? E parece querer provar isso não só para mim, mas para todos com quem se depara. Assassinos ferem pessoas.

— Acha que corre perigo perto de mim. Mesmo?

— Se a vida me ensinou alguma coisa foi que eu não recebo nenhum tratamento especial. Portanto, sim, acho que você é perigoso para mim.

Ele apontou para a frente da casa.

— Acabei de salvar a sua vida lá fora, porra.

— Bem, então estamos quites, não? Pode ir embora com a consciência tranquila.

Sahvage procurou a camisa que despira. Apanhando-a, vestiu-a e se empertigou. Quando se assomou na cozinha junto à fêmea, ela o enfrentou com o olhar, sem ceder um centímetro sequer.

— Você vai morrer – ele disse com franqueza. – Talvez comigo por perto, mas definitivamente sem mim. O que há lá fora? Você não sabe para onde aquilo foi, e é estupidez presumir que o perigo já passou. Mas não posso te obrigar a se salvar ou à fêmea lá de baixo.

— Obrigada.

— Como é?

— Pela previsão. Já terminou ou quer tentar a sorte nos números da loteria? Talvez o ganhador do Super Bowl do ano que vem?

— Divirta-se ao escolher um par de caixões que combinem. Deus bem sabe que você sempre toma boas decisões, não é?

Dito isso, pegou a jaqueta e as armas, e foi até a porta da frente. Afastou a peça pesada de mobília para o lado e saiu.

Uma pena que não houvesse alguém forte o bastante no chalé para voltar a posicionar a barricada. Mas, como aquela fêmea tão educadamente observara... aquilo não era problema seu.

Mae observou Sahvage desaparecer pela porta da frente. Ele não a bateu. Não precisava.

Quando teve certeza de que ele se fora, correu pela sala e trancou a porta. Depois apoiou as costas no móvel para tentar empurrá-lo de volta para a frente da porta. Quando só o que conseguiu foi deslizar os sapatos e respirar fundo, fechou a boca para não deixar escapar as imprecações que estavam na garganta...

Um rangido das tábuas no andar de cima fez com que ela voltasse sua atenção para o teto.

Com o coração latejando nos ouvidos, engoliu em seco e ficou imaginando onde deixara o spray de pimenta. Mas logo se lembrou de que o esvaziara tentando afastar... aquilo.

Encarando o teto, não ouviu mais nada. Sem dúvida, o velho chalé apenas reagia à queda de temperatura noturna...

Sobressaltou-se e olhou para a esquerda. Havia algo se movendo entre as pernas da mesinha de apoio?

Esfregando os olhos, pensou em Rhoger e no gelo que derretia.

E em Tallah, no andar de baixo, quase desmaiada de cansaço.

– Estamos bem. Está tudo bem.

Incapaz de continuar parada, foi para a cozinha – e ficou sem saber o que fazer. Mas não por muito tempo. Tomada por uma urgência absolutamente não relacionada com a o fato de que expulsara sua melhor possibilidade de lutar contra o que poderia aparecer no chalé, apanhou um balde debaixo da pia e encheu-o com água e sabão. Só havia uma esponja na casa, e ela teria que se sacrificar pela equipe.

Ajoelhando-se, esfregou o quadrado encardido onde a geladeira estivera. E esfregou. E esfregou.

O braço ficou entorpecido, a junta do ombro ardendo e as palmas e os dedos esfolados.

Mas, caramba, quando ela terminou? O chão brilhava!

Claro que o quadrado limpo e brilhante só fez o restante do linóleo parecer da época das Guerras Púnicas. E estava sem forças. E sem esponja também.

Inspecionando os cantos puídos e o meio quase preto, decidiu que a esponja parecia com seu estado emocional: usada, cansada, esfacelada.

Conferiu o relógio na parede, fez uns cálculos. Depois avaliou a geladeira que bloqueava a porta de trás e as venezianas abaixadas...

– Droga. A extensão.

Precisou procurar um pouco até encontrar uma versão antiga de uma extensão, e rezou para que, quando a ligasse, aquilo não ateasse fogo ao chalé.

Ok, tudo certo na cozinha. Maravilha.

Olhava ao redor das bancadas e do fogão, e a geladeira fora de lugar, e a mesa e cadeiras... imaginando tudo coberto por chamas amarelas e alaranjadas... quando algo foi registrado no fundo da mente.

Franziu o cenho e foi até a pia. O pires de prata que ela e Tallah usaram para o feitiço de invocação estava limpo e seco, e ela o pegou para observar as laterais recortadas que desciam até o fundo da vasilha.

– O que foi? – perguntou a ninguém em particular.

No entanto, algo definitivamente chamava sua atenção no inconsciente, um repuxão insistente, mas não específico. E quanto mais ela tentava adivinhar o que era, mas elusiva a preocupação se tornava.

– Não tem importância – murmurou ao apoiar o pratinho de novo.

Visto todas as outras coisas que clamavam por sua atenção mental e energia, ela cancelou esse jogo inútil de gato e rato.

– Tenho que ir.

Ok, para quem exatamente dizia isso?, perguntou-se ao relancear para a porta que dava para o porão. Depois de um instante de indecisão, pegou um bloco de anotações de uma gaveta e usou o toco de um lápis para escrever um recado breve para Tallah. Deixou o bloco no meio da mesa, apanhou a bolsa e voltou para escrever o número de seu celular caso a anciã tivesse se esquecido.

Quando foi sair pela porta da frente, certificou-se de estar com a chave do carro a postos, fez uma rápida oração e...

Escancarou a porta pesada. Virou e fechou-a. Trancou tudo de novo e correu para o Honda.

Do lado do motorista, a chave se recusou a entrar na fechadura, o buraquinho de metal parecia fugir de sua mão. Quanto mais aquilo demorava, mais ela olhava freneticamente para os arredores, reparando em todas as sombras diferentes no chão, desde raízes retorcidas até os troncos das árvores e tudo parecia prestes a atacá-la...

A chave por fim entrou na fenda e Mae quase a quebrou ao meio quando abriu a porta, remexeu na maçaneta e se lançou para dentro, no banco do motorista. Batendo a porta e trancando tudo, seu coração estava acelerado enquanto prosseguia com o mesmo jogo de errar o buraco da ignição.

Antes que algum monstro aterrissasse no capô, fizesse um furo no teto solar e a puxasse pelos cabelos, conseguiu dar partida no motor e passar a marcha. Só que teve que sair de ré – porque, para variar, esquecera-se do sábio conselho do pai de sempre estar preparada para sair às pressas. Pisando no acelerador, os pneus giraram em falso na lama e ela não foi a parte alguma.

– Droga, droga, droga...

O tempo inteiro, ficou olhando pelas janelas, preparando-se para uma daquelas criaturas... aparecer para atacá-la, cruzando o facho de luz dos faróis, agarrando-a para arrastá-la até o túmulo.

Mas não havia nada ali.

Nada se movia. Nada ia atrás dela. Nada estava fora de lugar.

Tirando o peso do pedal, arfou. Tentou coagir o carro a ir para trás, acelerando só um pouco e, quando os pneus finalmente ganharam tração, resistiu ao desejo de sair cantando pneus. Centímetro a centímetro, ou o que pareceu ser assim, foi se afastando da entrada do chalé de Tallah, até conseguir manobrar, o tempo todo com as mãos agarradas ao volante enquanto os olhos iam do para-brisa ao retrovisor.

Mae odiava a ideia de deixar a anciã sozinha no chalé.

Mas não tinha escolha. Rhoger precisava de gelo.

Além disso, foi o seu sangue que derramou naquele pratinho de prata. O que quer que houvesse por aí, o que quer que tivessem convocado do *dhunhd*?

Iria atrás dela e de ninguém mais.

Tallah estaria bem... mesmo se ela não estivesse.

CAPÍTULO 22

COMO *SYMPHATO*, REHV NUNCA se incomodou em causar dramas. Por exemplo, quando uma pessoa é pega desprevenida ou, melhor ainda, um grupo inteiro delas reage com um "mas que porra" diante do que foi dito, e todo tipo de emoções rolam ao redor, as redes emocionais se acendem, pessoas se atropelam para falar.

Caos. Discordâncias. Desentendimentos. Tudo motivado por uma deliciosa ansiedade subjacente que prova que mortais com raciocínio hipodedutivo podiam se ferir num piscar de olhos.

Symphatos se alimentam desse tipo de coisa. Devoram como se fosse bolo.

No entanto, esse não era o caso ali.

Bem, sim, a presente onda de agressividade e murmúrios que tomava a Irmandade era culpa sua e da notícia trazida daquele edifício-garagem. Mas, enquanto permanecia sentado em uma das poltronas de seda do gabinete do Rei e ouvia todo aquele burburinho nervoso, não estava feliz com a angústia provocada.

Viram? Os *symphatos* não eram de todo maus.

Apenas em grande parte. E ele era meio vampiro, graças à sua *mahmen*.

Claro, a primeira reunião que tiveram sobre aquela questão do Livro e da fêmea correra bem. Na noite anterior, as pessoas ficaram na delas. Ouviram. Ficaram satisfeitas com mais informações. Agora, porém, depois que tiveram quase 24 horas para pensar sobre as ramificações de tudo aquilo, aquela "simples atualização de estado" se transformara numa dramargedon.

— ... tudo asneira — alguém dizia. — São apenas boatos. Fofoquinha de merda...

— Minha *grandmahmen* me contou sobre a magia do Antigo País! Está dizendo que ela é fofoqueira? Está insinuando que a minha *grandmahmen* é uma mentirosa de merda...

Maravilha! A única coisa pior do que ofender a *mahmen* de um Irmão era fazer isso com a geração anterior da linhagem, jogando a vovó na fogueira da desgraça.

Rehv consultou seu relógio Royal Oak de ouro rosado. Cacete, estava ali há uma hora e meia. E, pelo andar da carruagem, aquele bando de cabeças-duras passaria o resto da noite trocando *rythos*.

Pelo menos Fritz, o mordomo da mansão, ficaria feliz. Aquele *doggen* adorava limpar sangue de tapetes caros. Se o trabalho do cara administrando aquela casa cheia de assassinos um dia desse para trás, ele poderia abrir sua própria empresa de limpeza de carpetes e estofados...

Bum!

Quando o punho de Wrath se chocou com o tampo de madeira da mesa, todos se calaram, mas ninguém se sobressaltou de surpresa. Francamente, Rehv já estava à espera disso. Estava disposto a apostar que todos os demais também estavam.

— Já basta com esse monte de asneira — Wrath ladrou enquanto afagava o queixo de George para acalmar os nervos do golden. — Já chega de discutir se magia existe ou não. Se querem gozar com o assunto, fodendo os parentes uns dos outros, façam isso em seu tempo livre.

Ah, sim. Nada como um líder com as habilidades interpessoais de uma serra elétrica.

Aqueles óculos escuros se voltaram para V., que fumava um dos seus cigarros enrolados à mão perto da lareira.

— Ainda não localizou a fêmea.

— Não. Quero dizer, localizei o registro do carro e o endereço ligado à placa do veículo, mas isso é só o que ela apresenta no mundo humano.

Verifiquei a casa em questão, mas não há nenhum vampiro perto dali. Não encontrei mais nada sobre ela, mas se ela e sua linhagem não se prontificaram a entrar no banco de dados, vai ser o mesmo que procurar uma agulha num palheiro. Mas, tudo bem, vou mais fundo, certo?

— Isso aí — alguém murmurou em resposta.

— Quando eu a vi — disse Rehv — ela parecia... normal. Muito básica para o que fora procurar comigo. Difícil imaginar o que alguém como ela haveria de querer com o Livro. Repintar a casa? Encontrar uma fita perdida da Blockbuster de antes de a internet existir?

— Ninguém vai atrás de algo assim a menos que esteja louco — opinou Butch.

Rehv concordou.

— Eu li a grade emocional dela. Essa fêmea está desesperada pra caralho. Mas os pais morreram, tipo uns três anos atrás, e não acho que esteja vinculada, a julgar como interagia com um dos lutadores. Pressenti um irmão... de quem ela tinha saudades? Do que precisa tanto assim que está disposta a arriscar a sorte com magia maléfica?

— Na maioria das vezes — V. bateu a cinza do cigarro —, se consigo ver onde uma pessoa esteve, consigo deduzir para onde irá.

— As informações não parecem bater.

— Você ficaria surpreso com o quanto o interior das pessoas não combina com a aparência delas.

— Isso significa que secretamente você gosta dormir de conchinha, V.? — alguém no fundo opinou.

Quando V. mostrou o dedo médio para Rhage, a conversa voltou a se espalhar, ainda que num volume muito mais razoável — o que não duraria muito tempo.

Quando os Irmãos recomeçaram a falar alto, uma voz se intrometeu.

— Esta é uma situação muito perigosa *mesmo*. Não importa quem seja a fêmea ou o motivo para ela querer usar o Livro.

Todos olharam para as portas do estúdio. Outra parte interessada entrara na conversa, mas, com todo aquele falatório da sala, ninguém notara sua chegada.

Lassiter, o anjo caído, estava apoiado nas portas fechadas, com os braços cruzados diante de uma camiseta na qual se lia "LEITE DE MO-LEQUE" na altura do peitoral. Com as leggings com estampa de zebra, os cabelos negros e loiros cascateando e todas aquelas correntes e piercings, ele se parecia com David Lee Roth passando por uma fase de Mr. T.

– As forças que podem ser libertadas graças àquelas páginas? – Lassiter deu de ombros. – Não se parecem com nada neste planeta. Uma verdadeira porcaria de dedo de Deus. E o problema vai ser que, assim que se liberta essa energia, é como um tigre saído da jaula. Que ficou sem comer por um mês. Não há como racionar com isso, não há como deter.

– Por que isso não apareceu antes? – Tohr exigiu saber. – Quero dizer, temos histórias e boatos do Antigo País. Mas nada substancial.

– Equilíbrio. – Lassiter remexeu em alguns dos braceletes, virando-os ao redor do punho grosso, os elos de metal batendo suavemente uns nos outros. – É preciso haver equilíbrio no mundo, e Ômega era bastante pesado no lado ruim da balança. Agora, porém, ele se foi e o destino tem horror ao vazio. A presença sombria tinha que ser substituída por algo, e foi.

– Sabe – Rhage murmurou –, preciso desabafar. Eu estava muito a fim de umas férias. Não eternas, mas, sei lá, uns vinte e cinco, talvez cinquenta anos de curtição estariam de bom tamanho. Bem agora que acabei de começar a minha enciclopédia de sabores de sorvete.

– Vai fazer uma enciclopédia virtual? – alguém perguntou. – Quanto tempo pode levar? Até mesmo a Baskin-Robbins só tem trinta e um sabores.

Rhage lançou um olhar duro para a plateia.

– A Baskin-Robbins tem mais de trezentas citações em seu perfil de sabores, seu provinciano. E vou falar de sorvetes de todas as marcas. Vou chamar de Wiki-licks.

V. deu um peteleco no cigarro, jogando-o na lareira.

– Melhor tomar cuidado para que o URL não seja pego por alguém com um objetivo diferente na ponta da língua...

– Foco! – Wrath ladrou. – Puta merda, vocês são como o Google sem nenhum direcionamento. E, enquanto isso, temos um problema que não fazemos a mínima ideia de como conter...

— Isso não é correto — Lassiter interveio. — Podemos trancá-lo.

Todos os olhos se voltaram para o anjo, que estava sério pra cacete — e Rehv teve o pensamento de que, por mais irritante que Lassiter pudesse ser numa noite normal, esse lado reverso de toda a sua costumeira brincadeira era muito pior.

E assustador, mesmo para um *symphato*: Lassiter tinha acesso a detalhes a que ninguém mais naquela sala tinha, e alguns deles faziam Ômega parecer uma criancinha de dois anos de idade tendo um ataque de birra.

— Vocês têm aquilo de que precisam debaixo deste teto — anunciou o anjo.

— Vamos fazer Rhage comer o Livro? — alguém sugeriu.

Hollywood ergueu a mão da adaga.

— Só preciso do tempero certo e dou um jeito de engolir. Juro, eu consigo.

— Voto em atearmos fogo no anjo e lançá-lo numa catapulta sobre a maldita coisa — V. propôs. — E eu me voluntario a jogar o fósforo.

— Que armas temos que não estamos vendo? — o Rei exigiu saber.

— Sigam-me. — Lassiter abriu as portas do gabinete e saiu.

A seu favor, V. foi o primeiro a entrar na onda de "siga o líder".

— Não estou dizendo que gosto dele — foi dizendo ao marchar na direção da escada. — Mas eu uso quaisquer armas que tivermos. Mesmo quando um cretino as coloca em nossas mãos.

Rehv se levantou com o restante dos lutadores e o Rei. E, conforme saíam do estúdio e desciam até o átrio, sentiu-se como uma criança saindo num passeio escolar.

Considerando que a escola fosse uma academia de artes marciais e o corpo discente fosse composto por garotos capazes de erguer dois Teslas com uma só mão.

Lassiter liderou o grupo através da sala de jantar, passou pela cozinha — onde foi quase impossível não receber uma bandeja de doces, uma caneca de viagem de café ou uma perna de cordeiro inteira nas palmas de um dos *doggens* servis e nervosos.

Naturalmente, Rhage aceitou um sanduíche de peru como se fosse uma bola de futebol americano sendo passada no fim da zona. E um litro de Coca-Cola. E um saquinho de M&Ms.

Bem quando Rehv começou a se perguntar a que diabos isso levaria, Lassiter prosseguiu pela garagem – e foi aí que chegou ao fim do cálculo.

– Caralho... – Rehv murmurou ao pisar no espaço aberto, amplo e sem aquecimento.

Esfregando o rosto, observou o equipamento de jardinagem e os contêineres de semente de grama e fertilizante – e ficou se perguntando se deveria estar ali. Aquele era um espaço particular da Irmandade.

Pois ninguém estava ali por causa dos equipamentos de manutenção e jardinagem.

Dezesseis caixões. Dispostos de quatro em quatro em colunas de dois metros de altura.

Os invólucros para os mortos eram feitos de diferentes tipos de madeira, e tinham envelhecido de maneiras desiguais – mas o conteúdo deles tinha algo em comum.

Eram os restos dos amaldiçoados.

Irmãos que não receberam Cerimônias do Fade apropriadas. Ou não puderam receber.

Wrath despejara a informação certa noite quando ele e Rehv partilharam histórias de quanto era "divertido" ser Rei.

– Estamos onde acho que estamos? – Wrath perguntou depois de um instante.

Lassiter caminhou pelas fileiras de caixões – e depois parou diante do penúltimo da prateleira de cima. Ao colocar a mão no tampo, disse:

– Sim, estamos.

Cada um dos caixões tinha inscrições descendo pelas laterais e ao longo dos tampos, e os símbolos do Idioma Antigo não eram apenas nomes e datas. Eram avisos.

Não perturbe o amaldiçoado.

– Não existem provas de que não tenha sido apenas um golpe para conseguir propriedades e recursos – murmurou Wrath. – Pode ter sido só mais um movimento da *glymera* para angariar mais poder.

– Ou essa história toda foi um ardil – disse Rehv. – Porque, ora, a aristocracia nunca mente nem interpreta mal os eventos históricos, certo?

– De que porra vocês estão falando? – V. exigiu saber.

Rehv prendeu a respiração enquanto Wrath olhava por cima do ombro como se conseguisse enxergar o Irmão:

– Um feiticeiro.

Os olhos de Vishous se estreitaram, a tatuagem na têmpora se distorcendo.

– Não sabia que tínhamos um deles aqui.

O Rei se virou na direção de Lassiter.

– Deduzo, então, que os boatos sejam verdadeiros.

O anjo falou com suavidade e deu um tapinha no caixão.

– Precisamos do que está aqui. Mesmo que não seja facilmente controlado.

– Desculpem-me – disse Tohr –, mas este Irmão morreu há muito tempo. Portanto, os defeitos de sua personalidade não são irrelevantes? Assim como qualquer coisa que ele poderia fazer para nos ajudar?

– Não é nele que estamos interessados – Lassiter argumentou. – Estamos atrás do que está aí dentro com ele.

– Não vamos abrir esse caixão aqui. – Wrath balançou a cabeça. – Não existem muitos protocolos a que presto atenção, mas se vamos expor o corpo de um irmão, isso só vai acontecer num lugar. Mesmo que ele tenha sido amaldiçoado em sua morte.

– Concordo – disse Lassiter inclinando a cabeça.

Enquanto os Irmãos assentiam com as cabeças e permaneciam em silêncio, Rehv olhou para os rostos determinados, para os corpos fortes... para a vontade resoluta deles – e sentiu uma honra profunda, como forasteiro, em testemunhar a tradição viva da Irmandade da Adaga Negra.

Todos esses machos, o Rei incluído, eram parte de uma história venerável do serviço à raça. E ainda que os detalhes e a natureza desse passado fossem, por definição, intocáveis e imutáveis, de vez em quando aquilo que acontecera antes alcançava, através dos filamentos dos minutos e das horas... o presente.

Algo que fora morto há algumas centenas de anos seria convocado a servir agora. E isso merecia um momento de silêncio, de respeito.

E havia mais um motivo pelo qual o silêncio retumbava no espaço confinado da garagem: os caixões eram um lembrete para aqueles ali agora de que em algum momento do futuro eles estariam entre os que se foram antes.

Ser mortal significava ter que morrer.

Quando um frio que não tinha nada a ver com dopamina atravessou o corpo coberto por pele de marta, Rehv pensou em sua amada Ehlena – e teve que baixar o olhar para o piso de concreto. Distraído, notou que seus mocassins Bally, de couro preto trançado, eram o complemento perfeito para as elegantes calças pretas e o paletó trespassado debaixo do casaco.

Normalmente, ficaria feliz em admirar seu vestuário.

Agora... só conseguia pensar em como seria se vestir sozinho naquele closet que partilhava com Ehlena. Ela teve que ir mais cedo para a clínica e, na pressa, se esquecera de lhe dar um beijo de despedida...

Uma necessidade repentina e urgente no meio do peito de Rehv o puxou para trás, para longe do grupo. Para longe dos caixões. Para longe do problema que trouxera para a porta de entrada da Irmandade. Literalmente.

Voltando para dentro da casa, passou tanto pelo vestíbulo quanto pela cozinha, seguindo para o átrio frontal. Ao chegar à grande escadaria, deu a volta e abriu a porta escondida.

O sistema subterrâneo que unia o Buraco, a mansão e o centro de treinamento era um túnel de concreto reto abaixo da terra, e ele cobriu a distância tão rápido quanto possível devido ao torpor em suas pernas e pés, consequência do uso de dopamina. Bendita fosse sua bengala.

Emergiu no armário de suprimentos do escritório, depois empurrou a porta de vidro e avançou pelo centro de treinamento propriamente dito.

Seguindo seu sangue nas veias de sua fêmea, foi para a parte da clínica e parou diante da porta fechada de uma sala de exames.

Batendo com suavidade, embora desejasse destroçar a porta com as próprias mãos.

– É o meu *hellren*? – disse a voz abafada de Ehlena.

Rehv empurrou a porta para entrar. Sua amada fêmea estava diante de uma mesa, digitando no computador. De uniforme hospitalar, uma redinha cobrindo os cabelos e botinhas cirúrgicas descartáveis sobre os Crocs, ela tinha a expressão de concentração com a qual ele estava muito familiarizado.

Por um momento, só conseguiu fitá-la. E pensar na primeira vez em que a vira, na antiga clínica de Havers. Ela entrara numa sala de exames para avaliar o seu sistema, e ele... ficara obcecado desde o início.

Ehlena se virou e sorriu.

– Que surpresa maravilhosa!

Sem palavras, Rehvenge se aproximou e a tomou nos braços, puxando-a da cadeira rolante. Fechando os olhos, abraçou-a.

– Você está bem? – ela perguntou ao afagá-lo nas costas por cima do casaco. – Rehv, o que foi?

– Eu só precisava te ver.

– Aconteceu alguma coisa?

Como responder àquilo, perguntou-se, sem alarmá-la? E não estava pensando no Livro, em magia nas mãos erradas ou no que poderia haver em qualquer um daqueles caixões. Não, não, ele ponderava se o amor de fato sobrevive ou não nas mãos frias da morte. Pergunte a qualquer romântico e ele dirá que é verdade – se você acredita no Fade, *é* verdade. Você recebe o "para sempre" com a sua alma gêmea. Mas e para quem é cético?

– Não, nada aconteceu. Só queria ver a fêmea que eu amo.

– Pode conversar comigo – murmurou ela. – Sabe disso, não sabe? Você pode me contar o que está acontecendo.

– Como já disse, não é nada.

Bem, nada a não ser o fato de que céticos, de modo geral, não gostam de ver caixões. Eram um lembrete de que a vida tem um fim, e ele não suportava a ideia de perder sua *shellan*.

Literalmente não sabia o que fazer sem...

Rehv se afastou quando a imagem daquela fêmea no edifício-garagem – e a grade emocional dela – apareceu na sua mente.

– Ah, meu Deus – deixou escapar. – Ela quer trazer alguém de volta dos mortos.

Ehlena balançou a cabeça.

– Desculpe, o que você...

– Uma civil normal, boazinha, indo atrás do mal? O único motivo pelo qual faria isso é se algum ente amado está morto e ela não consegue viver com essa dor. O irmão dela. Tem algo a ver com o irmão... Ele é a única pessoa que resta da família dela. Aposto que tem alguma coisa a ver com ele.

Capítulo 23

Sahvage se rematerializou na lateral da garagem em que Mae acabara de estacionar o carro. Quando os painéis começaram a descer, ele esquadrinhou os arredores. Olhou para a frente da casa térrea. Verificou o que conseguia enxergar na parte dos fundos. Não queria que ela saísse do maldito veículo até que tudo estivesse seguro...

E ela não saiu. Esperou até que o portão estivesse fechado.

– Boa garota – disse baixinho. Embora ela não teria aprovado ser chamada de "garota".

Permanecendo nas sombras, pegou a embalagem que roubara do chalé enquanto ela levava Tallah para a cama: sal não iodado Morton. Embora também aceitasse se tivesse iodo. Não fazia diferença.

Com mão firme, puxou a tampa e se sentiu duas vezes sortudo: o contêiner estava quase cheio e a casa dos anos 1970 não era grande. Ainda assim, tomou cuidado para racionar o produto. Preferiria selar toda a volta da casa, mas não podia correr o risco de ficar sem antes de terminar sua tarefa.

Depois de cobrir o térreo, desmaterializou-se até o telhado. Não havia chaminé, mas havia dois dutos de ventilação, provavelmente para os banheiros, e ele despejou sal nas telhas ao redor deles só por garantia.

Depois acomodou o traseiro na viga central da casa e esticou as pernas para frente no suave declive. Ficou imaginando o que a fêmea estaria fazendo ali abaixo de si, talvez pegando algo para comer, verificando a correspondência. Ela voltaria ao chalé para passar o dia, porém. Não iria querer que a fêmea mais velha ficasse sozinha.

Xingando a si mesmo, xingando Mae, vasculhou o jardim e o bairro não só com os olhos, mas com cada instinto e sentido que possuía.

Não sabia muito bem se acreditava no sal. No entanto, era algo que Rahvyn jurava funcionar, e não conseguiria recomendação melhor que aquela no meio desse pesadelo.

Meu Deus, como queria que a prima estivesse ali. Ela saberia o que fazer. Inferno, talvez convencesse Mae a não fazer aquela loucura...

O primeiro detalhe que notou foi o desaparecimento das estrelas. Mas não por causa de nuvens. Foi como se uma mortalha negra tivesse sido puxada ao longo do céu por cima da casa.

– Caralho.

Levantando-se, sacou ambas as armas e analisou o bairro, que era bem suburbano, tanto em proximidade das propriedades quanto em quantidade de humanos: as casas dos dois lados, assim como do outro lado da rua, eram habitadas por humanos, homens e mulheres relaxando em suas camas, assistindo à televisão, fazendo lanchinhos noturnos. A última coisa de que precisava era um monte de dedos ocupados discando o número de emergência enquanto ele tentava salvar a vida da fêmea.

– *Caralho!*

Com um objetivo certo, desceu pela inclinação do telhado até a calha e saltou para o chão, aterrissando com um baque. Virando-se para a porta da frente, ia bater – só que se deteve.

A garagem. Não selara o portão da garagem.

Enfiando as armas nos coldres, pegou a embalagem de sal de novo e correu para a fenda minúscula entre os painéis retráteis e o piso de concreto da garagem. O sal precisava estar no chão antes que o que quer que tivesse aparecido no chalé desse as caras de novo...

– Você não acha mesmo que isso vai funcionar, acha?

A voz era feminina, e parecia vir de todas as direções. Por mais chocante que fosse, porém, Sahvage se recusava a ser distraído. Continuou despejando e a leveza do contêiner começou a assustá-lo à medida que ele se aproximava da outra extremidade da entrada larga. Mais rápido. Mais rápido. *Rápidorápidorápido...*

Faltou pouco para jogar o maldito contêiner na esquina formada pelo canto da casa e o concreto – seguindo a teoria de que o sal ainda estaria no lugar, embora estivesse dentro de um cilindro de papelão.

Só quando ergueu o olhar foi que viu a perna.

Uma perna muito bem delineada... calçando um sapato preto lustroso de salto agulha com sola vermelha.

Os olhos acompanharam o tornozelo gracioso até a panturrilha delicada... e foram subindo até um joelho com certeza feminino. Depois, havia as coxas, as coxas incrivelmente lisas que estavam à mostra debaixo de uma minissaia que dava novo significado a "justa" e "curta". E, caraca! A parte de cima da mulher fazia jus à inferior. Um bustiê preto que sustentava os seios, todo aquele cabelo castanho e o rosto...

– Olá – a mulher disse com sensualidade ao se recostar na casa, bem perto do contêiner de sal. – Que bom encontrá-lo aqui.

Os olhos dela eram negros como azeviche e reluziam como se tivessem uma luz interior, os lábios eram vermelho-sangue... Ela era a mulher mais linda que ele já vira.

E a malignidade que exalava fez Sahvage querer sacar as armas outra vez. Por isso, foi o que fez.

– Ora, ora – disse ela –, isso é de fato desnecessário. Ainda nem fomos apresentados. Se vai atirar em mim, não deveríamos ao menos nos cumprimentar com um aperto de mãos?

Com uma inclinação graciosa, ela pegou a embalagem de sal. Deparando-se com os olhos dele, passou uma unha vermelho-sangue ao redor do bico metálico.

– Só pra você saber, estou me segurando agora para não fazer piadinhas sobre sal. – O dedo continuou a brincar com a abertura. – Vou repetir, acha *mesmo* que isso pode me impedir de entrar em qualquer lugar?

Sob o facho de luz da iluminação externa, aquela mulher era uma criatura muito errada tentando se passar por perfeitamente normal: a sombra debaixo do corpo se movia mesmo quando ela não se mexia, e também havia a aura. Um tremeluzir sombrio manchava o ar ao redor dela.

Porque ela irradiava o mal.

A mulher jogou a embalagem de sal por cima do ombro, e o contêiner quicou para longe como se estivesse fugindo dela.

– Você vai precisar de muito mais do que tempero de batatas fritas para me manter do lado de fora. Mas chega de falar sobre entradas e saídas, me dá sua opinião: esta saia deixa minha bunda grande?

Dando uma voltinha, ela empinou a bunda e o fitou por cima do ombro – enquanto descia a mão langorosamente da cintura para a curva perfeitamente proporcional do quadril.

– Hein? – insistiu num ronrono. – O que acha da minha bunda?

Sahvage bloqueou os pensamentos ao visualizar um armário, um armário com prateleiras nas paredes do teto ao chão. Dentro desse armário, as prateleiras estavam vazias, a luz do teto revelando que não havia de fato nada ali. Quando teve certeza de que veria os detalhes com clareza, desde a gramatura da madeira daquelas prateleiras verticais até o fio fino que se pendurava do teto até a lâmpada, fechou a porta do armário. E trancou.

Enquanto a mulher afagava os atributos posteriores, fixou aquela imagem na parte dianteira de sua mente: uma porta grossa, uma porta forte, uma porta reforçada e trancada que protegia um armário que continha nada dentro.

A mulher deu uma risada.

– Veja só você, com seus truquezinhos baratos.

Não diga nada, disse para si mesmo. *Não ofereça nada em voz alta.*

– Tão protetor da fêmea debaixo deste teto, não? – A mulher ("mulher") olhou para a casa. – Você deve gostar muito dela. Ou está só se certificando de que ela viverá tempo suficiente para poder trepar com ela?

Sahvage encarou adiante e mal piscou.

– Estou certa, não estou? – A mulher sorriu ao se virar de frente para ele. – Ainda não transou com ela. Mas quer, não quer? Você a quer nua debaixo do seu corpo, e vai marcá-la como sendo sua... Como se isso significasse alguma coisa hoje em dia... Não ouviu dizer que a monogamia está fora de moda?

A voz dela era baixa e sedutora, combinando com o corpo, os lábios, os cabelos. Por fora, ela era um pacote completo de sedução, mas assim que arranca a fita? Rasga o papel da embalagem?

– Ou talvez haja mais entre vocês dois. – Estendeu a mão elegante e apontou com o indicador, cuja ponta era pintada de vermelho-sangue, bem para o meio do peito dele. – Ela tem isso? O que bate aí dentro... ela já conquistou o seu coração? – Uma pausa. – Já... Uau! Preciso de algumas dicas. Ela não é lá grande coisa na aparência, mas com certeza pega fogo.

Não vou dar nada, Sahvage pensou. *Não vou dar nada. Nãodounada, nãodounada, nãodounadanadanada...*

Os olhos dela brilharam ameaçadoramente.

– Sabe, você me dá vontade de entrar em você. Acho que seria divertido. Para mim, pelo menos. Para você, por um tempo. Mas, ei, às vezes na vida só conseguimos instantes de diversão, não é mesmo? Então, o que me diz, lutador? Que tal se a gente trepar e eu te mostro o que é diversão?

Do nada, um pensamento lhe passou pela cabeça, como um aviãozinho de papel aterrissando em seu campo de visão.

Essa mulher, que não era uma mulher, mas sim algo a mais... era a sua passagem daquele planeta.

Depois de todos esses anos, sua morte, que tantas vezes desejara e tantas vezes lhe fora negada, finalmente cruzara a soleira de sua casa interior e se sentara numa cadeira.

À espera do momento certo.

A mulher sorriu, os lábios rubros se repuxando numa expressão de satisfação maligna.

– Você vai ser meu.

A cascata de gelo ricocheteando no peito de Rhoger e caindo nas laterais da banheira era um barulho que Mae ouviria em seus pesadelos para sempre. E os sons tilintando, tão suaves, tão gentis, lembravam-na do quanto andava descontrolada. Embora ainda conseguisse se vestir adequadamente e fizesse as refeições e dirigisse o carro sem causar acidentes, ela era um caos ambulante, sua subestrutura parecia intacta enquanto a mente funcionava a dez mil volts de confusão.

– Vai ficar tudo bem – disse ao irmão enquanto amassava o plástico do saco vazio.

Pegou o seguinte, rasgou o plástico e só então percebeu que se esquecera de batê-lo no chão antes. Era um bloco de gelo congelado.

– Droga.

Apanhou uma toalha, envolveu o saco e bateu-o no tapetinho do banheiro algumas vezes, com certo receio das lascas se quebrando.

Mas elas se soltaram.

Quando terminou de preencher a banheira, sentou-se nos calcanhares e apoiou as mãos na beirada escorregadia da banheira. Encarando o rosto do irmão entre os pedaços de gelo, não conseguiu reconhecer suas feições. Mas não tinha certeza se teria conseguido de todo modo.

Fazia um bom tempo desde que o fitara nos olhos, e não porque ele morrera.

– Eu sinto muito – disse emocionada. – Eu não quis... Na noite em que você foi embora, eu não quis gritar contigo. Não queria mesmo.

Não houve nenhuma resposta. Ao contrário de como sempre tinha sido. Antes de Rhoger sair de casa naquela noite e não voltar, eles andavam brigando incessantemente.

E por motivos insignificantes – era o que parecia agora.

Deus, como desejou ter sido mais paciente. Ou talvez não ter se aprofundado tanto nas críticas. Talvez se não tivesse sido tão dura com Rhoger, ele teria ficado em casa naquela noite.

Talvez...

Pensou no feitiço de invocação. E em tudo o que Tallah lhe dissera que o Livro faria por ela.

Sim, queria trazer Rhoger de volta. Mas a verdade era que queria retificar o *seu* erro. Foi ela que iniciou a espiral descendente que culminou na trágica morte dele: depois de uma discussão especialmente brutal, ele saiu batendo a porta... e cruzou o caminho de seu assassino em algum momento.

Com uma imprecação, lembrou-se daqueles terríveis dias de espera, sentada na cadeira dura da cozinha, rezando por um telefonema dele. E também das noites, tentando trabalhar em sua escrivaninha, preparada para que a porta se abrisse quando ele voltasse para casa.

Isso até acabou acontecendo... quase duas semanas depois de ele ter desaparecido. Sentira o cheiro de sangue fresco primeiro, e depois ouviu os pés cambaleantes. Correndo para fora do quarto, chegou ao corredor bem na hora em que ele desmaiou já do lado de dentro de casa, junto à porta, os braços e as pernas desconjuntados do tronco foram a visão mais aterrorizante que ela já tivera até então.

– Rhoger – sussurrou.

Se ele não tivesse voltado para casa para morrer? Jamais o teria encontrado. Teria passado o resto da vida atenta à porta, presa em casa porque era onde ele saberia encontrá-la, perguntando-se e imaginando e se torturando com as milhares de possibilidades negativas.

– Vou consertar isso – disse a ele. – Eu prometo.

Levantando-se, gemeu ao sentir cada músculo do corpo doendo – não, não era verdade. Eram apenas os braços que doíam e, por um instante, não conseguiu entender o motivo.

Depois se lembrou de estar na soleira da parte de fora do chalé. Com Sahvage. Atirando em uma sombra.

– Volto amanhã à noite – disse a Rhoger. – Preciso ter certeza de que Tallah está bem. É... é uma longa história.

O fato de ficar esperando uma resposta a deixou perturbada. Então, foi para o quarto e rapidamente arrumou uma troca de roupas. A verdade era que não via a hora de sair da casa – o que a fez se sentir culpada. Mas, pelo amor de Deus, não era como se Rhoger tivesse consciência de que ela o estava deixando sozinho. Além do mais, era melhor não estar perto do corpo. E se mais uma daquelas sombras aparecesse?

Se não o mantivesse intacto, não sabia o que diabos ressuscitaria. Caramba, que vida era essa que estava levando?!

Já na garagem, inspirou fundo...

O cheiro de carne podre despertou sua paranoia: será que havia uma legião de mortos-vivos vindo atrás dela? Puxa vida, por que é que dispensou uma arma ambulante como Sahvage? Estava completamente indefesa...

Virou a cabeça. Para a lata de lixo com rodinhas no canto.

– É quinta-feira – murmurou. – É dia de levar o lixo para fora.

Nada de apocalipse dos zumbis.

Indo para o Civic, deixou a sacola de lona no banco junto com a bolsa. Em seguida, apertou o botão do portão e marchou com o latão de lixo. Enquanto os painéis se enrolavam em cima, inclinou o peso da lixeira e começou a puxar...

Bem na frente da garagem, havia dois pares de pernas.

Perto o suficiente para os dedos quase se tocarem. Ou no caso, para os coturnos e os saltos agulha quase se encostarem.

Reconheceu o primeiro. Aquelas eram a calças cargo e as botas de Sahvage. Mas e os femininos?

Enquanto a porta continuava sua ascensão, Mae prestou muito mais atenção ao que se revelava do sexo feminino: muita perna, saia minúscula, proporção perfeita entre quadril, cintura e... uau, aquele era um busto e tanto. Muito cabelo castanho.

E um perfil que implorava por um *close*.

Ok, então quer dizer que estava errada. Sahvage não combinava com aqueles tipos da rave no edifício-garagem. Era *daquilo* que ele precisava. A fêmea era um espécime tão deslumbrante quanto ele, o extremamente feminino equilibrando o extremamente masculino.

E o fato de que Mae sentiu ciúmes imediato era loucura.

E que porra o lindo casal feliz fazia na sua passagem de carros?

Bem quando estava para tocar no assunto de invasão de propriedade segundo as leis do estado de Nova York, Sahvage olhou em sua direção.

Ele não disse nenhuma palavra. Mas seus olhos comunicavam um aviso alto e claro.

Em seguida, foi a mulher que olhou em sua direção.

– Olá – disse a morena numa voz que era um misto de Sophia Loren com Judge Judy.[7] – É tááááo bom te conhecer.

Enquanto ela falava, Sahvage não se mexeu. Não estava sequer claro se ele respirava ou não. Mas aqueles seus olhos. Tão intensos que ele nem piscava.

Nesse meio-tempo, o olhar reluzente da mulher percorreu o corpo de Mae.

– Sabe, tenho certeza de que você é boazinha e bem legal, e que a sua mãe te ama. Mas estou de fato muito surpresa por ele estar arriscando a vida para salvar alguém como você. – Mostrou as palmas num gesto conciliatório. – Não quero ofender, mas, como dizem, a honestidade é a melhor política, certo? E você não é bem o que eu esperava.

Sahvage baixou o olhar. Mas não porque tivesse percebido a voz da razão. Ele se concentrava em algo.

Enviava uma mensagem.

Mae deixou a mulher continuar falando enquanto tentava descobrir o que ele queria indicar – espere, aquilo era um contêiner de sal na lateral do jardim?

A mulher caminhou até quase o limite do piso de concreto da garagem.

– De todo modo, já chega de conversa. Estou pensando em comprar uma casa neste bairro. – Ela demonstrou o corpo incrível, ressaltando as próprias curvas. – Pode me agradecer por aumentar o valor de sua propriedade mais tarde. Agora que tal me convidar para um tour nessa sua casinha tão bonitinha? Estou *morrendo* de vontade de ver o que fez com a cozinha. Aposto que os eletrodomésticos são amarelos, não são? Com suportes de macramê para as plantas e talvez uma mantinha cor de abacate. Quero dizer, você me parece alguém que chegou ao auge nos anos 1970, início dos 1980. Desde que consideremos professorinha do fundamental um estilo ou uma era.

---

7 *Judge Judy* é um reality show estadunidense baseado em arbitragem, presidido pela juíza Judith Sheindlin. (N.T.)

O sorriso dela era um estudo na arte na da condescendência.

E enquanto Mae olhava para o rosto de Sahvage, a mulher ergueu as mãos para o alto.

– Ah, será que dá pra parar de se preocupar com ele? Sim, ok, eu vou transar com ele, mas, eu te garanto, não significará nada para mim, portanto não ameaçará o relacionamento de vocês... bem, até ele se matar. No entanto, isso não será culpa minha. Além disso, vai por mim, ele não é uma boa aposta para um relacionamento de longo prazo. Jamais deveria confiar naquilo que não consegue controlar. Algo me diz, porém, que você já sabe disso, não sabe?

Mae se concentrou de verdade na mulher.

E numa voz lenta e clara disse:

– Você não é bem-vinda aqui. Eu não te acolho em minha casa. Nem agora, nem nunca.

O olhar negro da mulher a encarou.

– Acho que está equivocada.

Sahvage deu três passos adiante e atravessou o beiral da garagem. De frente para a fêmea, permaneceu em silêncio e ficou imóvel de novo.

– Ah, seus desgraçados – disse ela num tom baixo. – Vocês não são tão espertos assim, nenhum de vocês. E truquezinhos baratos não irão me manter afastada. Eu estou em todos os lugares.

Retrocedendo, Sahvage esticou a mão e apertou o botão do portão da garagem.

Enquanto os painéis começavam a descer, a mulher grunhiu bem no fundo da garganta, como um predador.

– Vocês me verão em breve – ela ameaçou. – Isso é uma promessa.

CAPÍTULO 24

BATIDAS.

Muitas batidas à porta do quarto de Balz.

Ergueu as pálpebras pesadas, sem conseguir entender por que *diabos* alguém o acordava no meio do dia. Estava dormindo, porra!

— *O que foi?* – rosnou.

Ante seu convite educado, a porta se abriu, e um feixe de luz vindo do corredor o atingiu bem nas íris como pontas enferrujadas de uma lança afiada. Com um sibilo, deu uma de Drácula, erguendo o antebraço diante do rosto e recuando.

— Como é que você ainda está na cama?

Syphon, de novo. É claro. O filho da puta era como um rádio-relógio que funcionava à base de vitaminas sem glúten, *shakes* de leite de amêndoa e mingau orgânico.

Isto é, a menos que tivesse uma embalagem de Doritos pra jogar em cima do cara.

Ou qualquer uma daquelas merdas com corante vermelho ou algo geneticamente modificado na lista de ingredientes.

— Sim, porra, ainda estou na minha cama – replicou. – É quase uma da tarde. A pergunta é por que você não está na...

— É meia-noite. – Quando Balz não respondeu, o bastardo insistiu. – Tipo, doze horas da madrugada. Doze batidas do relógio de pêndulo ali no...

— Sei contar.

– Sabe?

Balz lançou a mão para a mesinha de cabeceira. Pegando seu Galaxy S21, verificou as horas, pronto para esfregar na cara do primo exatamente que horas eram...

00h07.

Sentando-se, afastou os cabelos do rosto, apesar de tê-los cortado há pouco e não haver nada lhe cobrindo os olhos. E bem ali, ao lado de onde estava o telefone, a caneca de viagem e o croissant ainda embrulhado.

Caraca. Dormira como se tivesse levado uma pancada na cabeça.

E nenhum sonho com aquela fêmea.

As luzes do teto se acenderam quando Syphon apertou o interruptor, em seguida o lutador disse as palavras que todo Irmão ou bastardo temia como o segundo advento de Ômega.

– Chamei a doutora Jane.

– O quê? – Balz tentou não gritar. – Por quê? Estou ótimo...

– Você foi eletrocutado.

Balz franziu o cenho porque não devia ter ouvido direito. Quando o primo só o encarou, na expectativa, como se o bastardo tivesse provado por A mais B que porcos sabiam voar, ficou evidente que teriam de colocar os pingos nos is.

Onde estão um quadro-negro e canetas quando mais se precisa deles?

– Em dezembro. – Balz apontou para si mesmo. – E, caso não tenha notado, eu não brilho no escuro.

– E só por isso você acha que está bem.

– Acho que isso me desqualifica como luz noturna. E depois de ter sido paciente da doutora Jane há quatro meses...

– Alguém disse meu nome? – A boa doutora, e *shellan* de V., enfiou a cabeça pela lateral do batente. – Como estamos?

Balz gemeu e voltou a se deitar nos travesseiros.

– Alguém poderia me explicar por que os médicos usam esse "nós" quando estão falando com pessoas que acreditam estar doentes? Quem é esse "nós"?

A fêmea loira passou por Syphon e deu um tapinha no ombro do bastardo – que era o sinal universal para "estamos bem, obrigada".

– Concordo – murmurou Balz. – Pode ir, primo.

– Vocês dois são *tão* engraçados. – Syphon marchou para dentro e se estacionou numa cadeira junto à cômoda. – De verdade. Uma graça.

Evidentemente tendo perdido a batalha, Balz se concentrou na médica e recorreu a seu arquivo mental de boas desculpas, sem se preocupar muito com o que encontraria. E enquanto a doutora o fitava com paciência, foi difícil ficar frustrado com ela. Com aqueles cabelos loiros curtos e olhos verdes francos, ela parecia o tipo de pessoa que poderia tratar tudo, de uma unha encravada até uma aorta perfurada, com competência, compaixão e tranquilidade.

E precisava mesmo levar toda essa habilidade para algum outro lugar, para alguém que de fato necessitasse dela.

– Pelo que entendi, você anda bem cansado – ela disse ao se sentar na beirada da cama.

– Desta visita? Sim, e nem sequer começamos, não é mesmo? – queixou-se. – Desculpe. Não tive a intenção de ofender.

– Não me ofendi. – Inclinou-se para ele. – Você não acreditaria no que pacientes já me disseram no decorrer de todos esses anos.

– Só não conte ao seu *hellren*. Gosto dos meus braços e das minhas pernas exatamente onde estão.

– Seu segredo está a salvo comigo. – Ela lhe sorriu. – Agora me conte o que está acontecendo.

– Nada. – Balz encarou Syphon. – Juro... Não, espere. Estou sofrendo de "primite". Consegue remover esse treco maligno e barulhento que está grudado em mim? Nos últimos tempos isso tem me irritado bastante...

– Ele perdeu uma reunião com a Irmandade – disse Syphon para a médica. – Ele nunca faz isso.

– Acabei dormindo!

Syphon revirou os olhos.

– Até a meia-noite? Na verdade, você perdeu duas reuniões, não é mesmo?

– Ok, ok. – A doutora Jane fez um gesto para apaziguá-los. – Que tal se eu fizer um exame rápido? Se os sinais vitais estiverem bons e não houver nem febre nem nada de mais, consideraremos isto um caso encerrado.

– Maravilha! – Balz encarou o primo, bravo enquanto tirava a camiseta. – E, escute, doutora, depois que tiver se certificado do meu bem-estar geral, eu vou pro chão pagar trezentas flexões pra esse babaca, só pra ele ter certeza de que estou bem.

– E eu conto só pra você não ter que fazer isso – Syphon concordou.

A doutora Jane pegou o estetoscópio da temida bolsa preta.

– Isto não deve demorar...

– A menos que encontre algo – Syphon a interrompeu.

Balz embolou a camiseta e jogou na cara do bastardo.

– Muito ajuda quem não atrapalha.

– Sabia que ele foi eletrocutado? – Syphon falou bem sério. – Tipo, ele esteve morto.

– Ela tratou de mim! E isso foi *há meses*...

– Rapazes. Por favor.

Enquanto Syphon jogava a camiseta de volta, e Balz tentava fingir que não estava emburrado, a doutora Jane ajustou o estetoscópio nos ouvidos e começou a mexer no disco.

– Inspire fundo para mim – orientou. – Bom. Mais uma vez?

Ela foi movendo o instrumento em seu peitoral. Depois o colocou no centro.

– Agora respire normalmente.

Depois de um instante, a médica se endireitou.

– Parece bem; só vou auscultar nas costas também.

Balz se inclinou para frente de modo que ela pudesse fazer o que precisava e resistiu à necessidade premente de mostrar a língua para Syphon. Porque isso seria imaturo demais.

Por isso, só mostrou os dois dedos médios...

A doutora Jane examinou as costas dele e tirou o aparelho dos ouvidos.

– Quando isto aconteceu?

Quando Syphon de imediato se sentou mais à frente, como se estivesse pronto a atender caso fosse chamado, Balz olhou para trás.

– Como o que aconteceu?

– Esses arranhões. Estão em todas as suas costas, como se alguém te agarrasse enquanto... ah, hum.

Quando a doutora corou, uma sensação de mau agouro fez Balz jogar as cobertas de lado e correr para o banheiro. Não havia motivo para acender mais luzes. A que estava acesa no quarto iluminava o bastante...

Mas. Que. Porra.

Quando virou a coluna para o espelho acima das pias, viu as marcas compridas que rasgavam sua pele dos dois lados dos ombros, na caixa torácica... e acima da bunda.

Bem, pelo menos sabia o motivo de a doutora Jane, a médica imperturbável, ter dito aquele "ah". Só havia uma explicação para marcas como aquelas num macho – e não estavam nada relacionadas a um problema de ordem médica.

Muito pelo contrário.

Quando voltou para o quarto, a doutora Jane estava fechando a maleta preta e se levantava.

– Acho que estamos bem, não?

Balz cruzou os braços diante do peito e olhou de propósito para Syphon.

– Como disse antes, estou bem. Só estava cansado.

– Mas me chame se precisar, está bem? – A doutora Jane abriu a porta que dava para o corredor. – Promete?

– Sim, prometo. – Balz lhe sorriu. – E obrigado. Lamento que o Senhor Botão do Pânico aqui tenha se precipitado.

– Sem problemas. – A médica acenou para os dois. – Estou sempre por aqui e prefiro que me chamem à toa a não me chamarem.

Quando a porta se fechou, Balz atravessou o quarto até o primo.

– Agora entende por que eu precisava descansar?

Syphon ergueu as duas mãos como se alguém tivesse uma pistola carregada entre suas omoplatas.

– Evidentemente, eu errei. Desculpe.
– Está perdoado.
– Entãããão... vai me contar quem é a fêmea? E você pode dividir? Não, nunca partilharia a sua morena. Com ninguém. Jamais.
– Ela não é uma de nós. – Fez um gesto de pouco caso. – Foi só a esposa de um cara que visitei a noite passada. Ela estava muito sozinha quando não deveria estar, por isso cuidei dela.
– Uma foda de pena? Não é o seu estilo.
– Ah, mas não foi sacrifício algum, confie em mim. – Balz deu de ombros. – Ela só precisava de alguém que a fizesse se sentir bela outra vez.
– E você fez esse favor. Diversas vezes. Estou com inveja. – Syphon bateu nas coxas e se levantou. – Motivo justo para um cara precisar de umas sonecas a mais e perder algumas...
– Sobre o que foi a reunião da Irmandade? – perguntou.

Enquanto a pergunta era respondida, seus ouvidos começaram a zunir, e foi um alívio, por tanto motivos, quando o primo foi embora.

No segundo em que ficou sozinho de novo, voltou ao banheiro. Olhando-se no espelho, pensou no encontro que teve com a Patroa lá no Commodore. Tratara-a como a rainha que ela era, adorando-a com suas mãos, boca e língua. Muito do sexo não ficou registrado com nenhuma especificidade, mas de uma coisa ele tinha muita certeza.

Virando as costas para o espelho de novo, encarou os arranhões.

A Patroa não tinha unhas compridas.

Mas sonhos não deixam marcas de amor...

Deixam?

Quando o portão da garagem se fechou com estrépito, Mae se virou para Sahvage, ciente de que suas pernas tremiam e de que não conseguia respirar direito. E quando os olhos dele se voltaram para os seus, ela reagiu sem ter um pensamento consciente.

Correu e atirou os braços ao redor dele.

– Estou tão feliz que esteja aqui...

– Graças a Deus você não a convidou para entrar – disse ele rouco enquanto a abraçava apertado. – Você fez a coisa certa. Ela não pode chegar até você agora que coloquei sal nas entradas.

O fato de que ele também tremia foi uma surpresa, mas logo a palma larga amparou o dorso de sua cabeça e Mae só conseguiu pensar no calor e na proteção que ele lhe oferecia.

Apertando bem os olhos, ela sussurrou:

– O que era aquilo?

– Não sei.

Mae se afastou.

– Ela era... ela não era vampira. E não creio que seja humana, certo?

– Ela não é deste mundo. É só o que sei.

Ok, seria loucura sentir alívio porque aquela... criatura... não era uma namorada dele?

Enquanto Mae se debatia com algumas emoções muito estúpidas, dada a situação, Sahvage travou o maxilar.

– E antes que parta pra cima de mim por eu ter te seguido, eu simplesmente não podia te deixar desprotegida. O único motivo pelo qual vim foi para selar a casa. Só isso. Eu juro.

Mae se afastou de vez e acabou indo até o latão de lixo. Mas de jeito nenhum iria levá-lo para fora agora.

– Eu jamais deveria ter feito aquele feitiço de invocação... – Olhou para trás, na direção dele. – Foi um erro colossal. Mas eu não sabia o que mais fazer. Ainda não sei.

Sahvage meneou a cabeça.

– Liberte Tallah. É isso o que precisa fazer. Ame-a enquanto a tem... e então deixe-a viajar até o Fade quando chegar a hora dela.

– Não posso fazer isso. – Levou as mãos à cabeça. – Você não entende. Eu ficarei... Jamais me perdoarei.

– A morte não é algo que você possa controlar a menos que seja uma assassina. Confie em mim. E a perda... Mae, a perda é algo que acontece com todos nós. Não pode fugir disso, não pode se esquivar... E não pode detê-la.

Mae abaixou as palmas.

– Você não entende.

– Entendo. Juro que sim, eu entendo.

Os olhos dele estavam sérios. E, mais do que isso, estavam carregados de dor.

– Quem foi que você perdeu? – sussurrou ela.

Quando Sahvage não respondeu de imediato, Mae deduziu que ele não lhe contaria. Mas, então, sua voz, rouca e grave, atravessou o espaço entre os dois.

– A mim mesmo. E, diga o que quiser sobre lamentar a perda de outras pessoas, nada se compara à dor de perder a si mesmo.

Meu Deus, como ela entendia isso. Também vinha sofrendo pela perda de si própria... da antiga Mae, que voltava para casa ao alvorecer, que se preocupava com amenidades como o que comeria na Primeira Refeição e se receberia ou não uma promoção no trabalho, a Mae que de fato dormia durante o dia.

– Eu lamento muito. O que aconteceu?

– Não tem importância. Só o que importa neste instante é que você deixe de lado essa história do Livro. Já não tem nada de bom acontecendo por conta disso.

Virando-se para a porta no fim do corredor, pensou em Rhoger. Naquela banheira. Cheia de gelo.

– Não. Eu preciso do Livro. – A voz dela se perdeu no silêncio. – O Livro é a resposta.

E mesmo enquanto dizia tais palavras, perdia sua convicção. De fato, a única coisa que a mantinha no caminho em que se encontrava há duas semanas... era não ter nenhuma outra solução.

A não ser por aquela que não conseguia digerir.

– Encontrarei o Livro, e tudo ficará bem. Farei com que fique bem.

Quando Sahvage não comentou, ela relanceou por sobre o ombro. Ele parecia exausto, definitivamente dominado pela fatiga.

Mae se apressou para junto dele.

– E quanto àquela mulher... ou o que quer que seja, ela tinha uma sombra ao seu redor, como... um halo de escuridão. Igual ao que formava aquela entidade. Portanto, se podemos atirar naquilo, podemos atirar nela.

Ah, Deus, o que estava dizendo?

Sahvage parecia precisar de um momento para se recompor. Depois esfregou os cabelos curtos no alto da cabeça.

– Você tem uma arma que saiba usar?

– Não, mas posso conseguir uma. – Mae começou a falar cada vez mais rápido. – E preciso ir até a casa de Tallah agora mesmo e colocar sal nas soleiras e...

– Já selei o chalé também. Antes de ir embora. Ela está a salvo.

– Graças a Deus. – Mae sentiu-se tonta de alívio. – Mas como sabia o que fazer? Com o sal?

– Eu não tinha certeza de que funcionaria. Mas, no Antigo País, minha prima costumava fazer isso em nossa casa, para manter o mal afastado. Achava que ela era doida, mas não sei... depois que aquela sombra apareceu? Me pareceu uma tremenda de uma boa ideia. – Olhou para o portão da garagem. – Não faço a mínima ideia. A minha cabeça está toda embaralhada...

– Obrigada por ter voltado.

Sahvage olhou no fundo de seus olhos – e a surpresa no rosto dele sugeria que palavras de gratidão eram a última coisa que ele esperava que saíssem da boca de Mae.

– Sou muito grata. – Pensou em Rhoger. – Não sei o que teria acontecido se você não tivesse vindo me ajudar.

– Está tudo bem. Não foi nada...

– Ajude-me a encontrar o Livro.

Sahvage abriu a boca. Fechou.

– Por favor – ela insistiu. – Sei que não tem sido fácil conviver comigo e peço desculpas por isso. Vou me esforçar para ser melhor, juro. Mas a realidade é que... preciso mesmo da sua ajuda. Você tem razão. Eu estava errada.

Quando o macho desviou o olhar e ficou em silêncio, ela balançou a cabeça.

– Você foi ao chalé hoje à noite para me ajudar, e agora não quer mais? Depois de também ter me seguido até aqui?

Ele cruzou os braços diante do peito.

– Você me acusou de ser um perigo para você, lembra? E acha que estou com muita pressa de bancar o bom samaritano só porque você teve uma revelação do tipo "oh, aceitei Jesus".

– Se serve de consolo – ela rebateu com secura –, *não* acho que você seja Jesus.

– E pode ser que eu também não seja capaz de lidar com isso. Não sou uma solução mágica para nada disso. – Apontou com a cabeça para o portão. – Estamos enfrentando coisas que nunca vi antes.

– Mas sabia a respeito do sal. E também sabe mais do que diz, não é mesmo? – Inspirou fundo. – Porque é membro da Irmandade da Adaga Negra, não é?

O rosto de Sahvage congelou numa máscara imutável.

– Não. Não sou.

– Eu vi a cicatriz em forma de estrela no seu peito. Depois que tirou a camiseta. Não liguei os pontos na hora, mas é isso o que a marca representa, não é? – Não se surpreendeu quando ele não comentou. – Meu irmão costumava estudar a Irmandade. Ele me contou da cicatriz que cada Irmão tem. Pensei que fosse parte dos seus ferimentos, mas não. O seu nome também combina...

– Não sou membro da Irmandade.

– Não entendo por que não pode admitir.

– Simples. Porque não é verdade. – Ele deu de ombros. – Não estou mentindo para você e, caso eu fosse, não acha que eu teria chamado reforços depois do ataque da sombra?

Mae contraiu os lábios. Então disse:

– Você está ou não comigo?

Sahvage ficou em silêncio por um bom tempo e, apesar de ter os olhos fixos nos dela, Mae teve a sensação de que ele não a enxergava.

Bem quando começou a murchar, quando teve a sensação de já ter cometido erros demais com ele, Sahvage disse com secura:

– Estou dentro.

– Graças a...

– Com uma condição.

Mae aguçou o olhar e imaginou até onde ele pretendia ir.

– E qual seria?

Capítulo 25

— Tem certeza de que não quer pegar nada de onde está ficando?

Quando Rhage fez a oferta para a fêmea de manto encapuzado, Nate já estava se voluntariando a fazer a viagem, onde quer que ela o levasse. Do outro lado do estado? Claro. Do outro lado do país? Por que não? O único problema? Tinha a sensação de que Elyn não tinha nada para buscar. E nem um lugar seguro de onde as pegar.

— Não, obrigada — ela agradeceu com suavidade naquele seu lindo sotaque.

Sentada num sofá tão novo que as almofadas ainda estavam protegidas por plástico — Elyn estava tão contida quanto as almofadas ainda embaladas. Com as costas bem eretas, os tornozelos cruzados e as mãos entrelaçadas sobre o colo, ela era o retrato de uma fêmea tão respeitável quanto qualquer outra da *glymera*, sua postura transformando aquele manto rústico num vestido de gala.

E, ah, os cabelos não eram loiros. Sob a luz de fato eram brancos como a neve, sem nenhuma pigmentação, e as pontas dos fios compridos se cacheavam naturalmente quando escapavam do confinamento do capuz.

— Será um prazer tê-la conosco no Lugar Seguro hoje. — A senhora Mary dirigiu um olhar à assistente social e depois se voltou para Elyn. — E, depois, acredito que a Casa Luchas atenderá às suas necessidades. Precisaremos apenas de mais 24 horas para terminar de arrumar tudo por aqui e estaremos prontos para você.

— Obrigada — agradeceu Elyn. — Vocês têm sido muito generosos com uma estranha.

— Você não é estranha — corrigiu a senhora Mary meneando a cabeça. — Cuidamos de pessoas da raça que precisam de ajuda.

— Não sei como lhes pagarei de volta.

— Não tem que se preocupar com isso.

Bem, tão certo quanto a luz do dia, Nate se prontificaria a entregar seu salário se fosse preciso. E concluiu que o lado bom de estar à margem dessa conversa era que tinha uma desculpa para fitar Elyn sem parecer um pervertido. O lado não tão bom? Analisara-lhe as feições na última meia hora, e sabia que ela não estava concordando com aqueles planos de estadia tanto quanto a senhora Mary imaginava.

Poderiam convencê-la a passar uma noite no Lugar Seguro. Mas aqui? Ela não estava à vontade com isso, mesmo tendo lhe sido assegurado que haveria assistentes sociais e outros funcionários sempre por perto: ele sabia disso pelo modo como não sustentava o olhar da senhora Mary toda vez que a Casa Luchas era mencionada. Naquele instante — e tragicamente — Elyn estava exausta, faminta e com frio. Mas fugiria ao cair da noite seguinte, e nenhum deles voltaria a vê-la de novo.

— Então, vamos indo? — a senhora Mary disse ao se levantar. — Eu te levo até o Lugar Seguro e, ei, é noite de *cookies*.

Rhage sorriu para Elyn.

— É sempre noite de *cookies* no Lugar Seguro. Só pra você saber.

O Irmão seguiu a companheira e a assistente social até a porta — e conforme os três saíram e ficaram reunidos conversando baixinho do lado de fora da entrada, Nate teve a impressão de que fizeram isso de propósito, para dar a ele e a Elyn a chance de se despedirem.

— Você ficará bem com eles — disse ao fitá-la. — Eu prometo.

Ao perceber Elyn retorcendo as mãos no colo, quis segurá-las. Abraçá-la.

— Sinto muito por ter mentido para você. — Os olhos prateados se ergueram para ele. — Sobre saber falar inglês. Mas não sei em quem confiar.

— Está perdoada. Tudo esquecido.

A cabeça dela se virou para a porta da frente.

– Acho que é melhor eu ir agora.

Puxa vida, poderia ficar ouvindo àquele sotaque por horas.

– Talvez a gente se veja de novo...

– Sim, por favor – disse ela, antes de acrescentar depressa: – Mas não quero ser um incômodo.

– Jamais! – Ele pigarreou. – Quero dizer, não se preocupe com isso. Não mesmo. Deixa eu te dar o meu número de celular.

Faltou pouco para Nate pular do sofá e ir até a cozinha. E quando o jovem começou a abrir as gavetas freneticamente, Rhage voltou e pegou uma caneta do bolso da jaqueta de couro que deixara na sala.

– Toma – murmurou o Irmão com olhar de quem entendia. – E use isto para anotar, não é o ideal, mas vai servir.

Nate pegou a embalagem de pirulito que ele lhe oferecia como se fosse uma folha de ouro e com rapidez anotou o número. De volta ao sofá, sacudiu o papel roxo para garantir que a tinta secara.

Elyn se levantou assim que Nate se aproximou, e o que ele queria mesmo era enfiar o seu número bem no fundo do bolso dela, só para garantir que não se perderia. Em vez disso, enquanto a fêmea pegava o papel, ele removeu a folha que ainda estava aninhada nos fios compridos de seus cabelos.

Quando ela pareceu desconcertada, ele corou.

– Desculpe, eu só... você a quer de volta?

Idiota. *Idiota...*

Só que Elyn não olhava para ele.

Em vez disso, concentrou-se no espelho que fora pendurado na parede oposta, e fitava o próprio reflexo, parecendo assombrada. Quase assustada.

Como se estivesse em transe, aproximou-se e ficou diante do espelho. Com uma mão trêmula, tocou o cabelo que se enrolava para fora do capuz.

– Você está bem? – Nate perguntou com suavidade.

Ela encontrou o olhar dele no espelho.

– Não, não acredito que esteja.

De repente, lágrimas tremularam nos cílios. Mas ela as enxugou e aprumou os ombros. Pigarreando, disse:

– Sinto muito mesmo por ter mentido para você. Não sei em quem confiar.

Nate assentiu – e teve a impressão de que ela não fazia ideia do que estava dizendo, não estava ciente de estar se repetindo.

De repente, ela se virou, dando as costas para o reflexo, e olhou para o papel. Quando franziu as sobrancelhas, ele se preocupou que a tinta da caneta tivesse borrado. Não tinha, então ele se preocupou com a possibilidade de ela não querer mais aceitar seu número.

Pelo menos, guardou o papel dentro do manto.

Quando o vento soprou mais forte lá fora, Nate quis lhe dar o casaco. Mas, é claro, não vestira nenhum, visto que saíra quase correndo de casa.

– Boa noite, Nate – Elyn disse ao se abaixar numa leve mesura.

Nate se curvou apesar de não ter noção do que estava fazendo.

– Só liga pra mim. A qualquer hora.

Hoje, pensou. *Quem sabe assim que chegar ao Lugar Seguro.*

Antes que conseguisse dizer qualquer outra coisa – embora, francamente, o que mais havia a dizer que não o fizesse parecer ainda mais idiota –, ela foi embora, e aquela vestimenta comprida e folgada rastejava atrás dela quando Elyn pisou para fora da casa. Quando a porta se fechou, ficou absorto nas manchas de lama na borda do manto, e demorou um instante para entender o motivo: sabia como era se sentir sozinho e com medo.

Talvez um sinal de que eram almas gêmeas?

– Você está bem, filho? – Rhage perguntou.

Nate levou um susto.

– Pensei que tivesse ido embora.

– Estou indo. – O Irmão foi até a poltrona onde esteve sentado. – Esqueci minha jaqueta e tive que voltar.

Houve uma pausa, e ficou evidente que o macho mais velho queria dizer algo. E não era sobre o tempo.

– Por favor, não conte ao meu pai... – murmurou Nate.

– Que você deu o seu número para uma fêmea pela primeira vez? – Quando Nate corou, Rhage assentiu. – Não esquenta. Esse assunto é seu para compartilhar, não meu. Cuide-se, filho.

Dez minutos mais tarde, Nate ainda estava parado no meio da sala de estar recém-decorada quando a porta da frente se abriu de novo e os caras de macacão com ferramentas começaram a entrar. Ao cumprimentar a equipe, tentando parecer relaxado, pensou que não havia muito mais a fazer por ali – o que era uma pena. Considerando que o local era uma extensão do Lugar Seguro, sentia que, contanto que Elyn estivesse lá e ele aqui, a conexão entre eles ainda existiria.

Sim, ao contrário daquele número de celular, que parecia tão tênue, e não por estar marcado numa embalagem de pirulito. Ela tinha que escolher fazer uso dos dígitos, e o tempo diminuía antes de ela ir embora...

– Que diabos há com você?

Sobressaltado, virou-se para Shuli – e sentiu como se não reconhecesse o amigo. O que era loucura porque o cara vestia a polo Izod, o suéter de caxemira e as bermudas cáqui de sempre. Até enfiara um par de Ray-Bans na gola V – como James Spader naquele filme antigo. *A Garota de Rosa-Shocking?* Era esse o título?

– Ei! – Shuli acenou na frente dele. – Tem alguém aí?

Distraído, os olhos de Nate acompanharam o brilho do relógio caro no punho do amigo. E porque não queria pensar em mais nada, e porque com certeza não queria conversar sobre todas as coisas sobre as quais não queria pensar, disparou:

– Por que você trabalha aqui?

– Hum... Porque faço parte da equipe? Meu pai acredita que o salário mínimo fortalece o caráter.

– Não acho que esteja dando certo.

– Ai, essa doeu! Mas você provavelmente está certo. Sei ser um cretino às vezes. E, dito isso, por que está com cara de quem levou um chute no saco?

– Não estou, não. Ah, sei lá. Vamos terminar de pintar a garagem.

Quando Nate começou a sair, Shuli riu e o seguiu.

– Então é por isso que não anda batendo uma com regularidade. Isso explica bastante.
– Que merda você está falando?
– Sem saco, sem ereção. Problema resolvido.
– Não tem nada a ver – murmurou Nate.
– Sim, é verdade, é assim que funciona...
– Por favor, e pelo amor de Deus, para de falar.
– Sobre bolas? Ou de vez?

A careta que Nate lançou por cima do ombro serviu de resposta. Quando entraram na garagem, torceu para que Shuli lhe desse dois minutos para se recalibrar. Quando o cara, abençoadamente, começou a abrir latas e organizar pincéis em silêncio, Nate tentou se controlar, e baixou o olhar para a folha que tirara dos cabelos de Elyn...

Franzindo o cenho, virou-a. E depois a virou de novo.

Quando vira a folha de bordo nos cabelos dela, no local da queda do meteoro, estava seca, marrom, passada do seu ciclo de vida.

Agora a que segurava era maleável e amarelada com pontas vermelhas, como se tivesse acabado de cair do galho outonal.

– Para o que você está olhando aí? – perguntou Shuli. – E, sem querer te desanimar, se é para sua linha do amor, estou preocupado com o seu futuro.

– Não é nada – murmurou Nate ao guardar a folha no bolso. – Pronto para pintar?

A sabedoria coletiva estava errada. Era possível, de fato, estar em dois lugares ao mesmo tempo.

Enquanto Sahvage estava diante de Mae dentro da garagem, outra parte sua estava no escuro com aquela outra mulher. Fêmea. A criatura que não podia ser nomeada.

Com a minúcia de um jornalista, repassava tudo o que a morena lhe dissera, sua aparência, como se comportara. Era como procurar minas enterradas num campo, levantando pedras para ver se encontrava todo o perigo.

– E então? – Mae perguntou concisa. – Com o que tenho de concordar?

– Desculpe, pode repetir?

– Vamos ouvir a sua condição.

Sacudindo-se internamente para voltar a se concentrar, disse:

– Se eu disser que você tem que ir embora, precisa me prometer que irá. Quando eu for derrotado, me deixe onde eu cair e salve-se.

Quando os olhos dela se arregalaram, Sahvage não pôde fazer nada para ajudá-la. Algo dentro de si uma vez mais contemplava seu futuro nevoento... e via um momento na história dos dois em que apenas um seguiria em frente.

Fitou-a nos olhos.

– Tem que me deixar quando for pra valer. Prometa.

Mae estava indignada.

– E se eu me recusar?

– Então eu a deixo agora.

– Isso não faz sentido.

– Bem, é assim que vai ser.

Ela abriu e fechou a boca algumas vezes, mas ele só esperou que a fêmea chegasse à própria conclusão. Seus termos não eram negociáveis, embora estivesse irritada com ele, e Sahvage estava feliz que tivessem renegociado o... bem, o que quer que existisse entre ambos.

– Ok. Tudo bem.

Sahvage estendeu a mão da adaga.

– Pela sua honra. Jure.

Mae hesitou por um momento. E depois avançou a palma e apertou com força a que lhe era oferecida – como se, na cabeça dela, estivesse arrancando o braço dele e enfiando um pouco de juízo naquela cabeça.

– Diga as palavras – ele exigiu.

– Eu prometo.

Sahvage assentiu uma vez, como se tivessem feito um pacto de sangue. E depois indicou o carro dela.

— Deixe-o aqui e vamos nos desmaterializar de volta ao chalé. Deixei uma persiana entreaberta na frente à esquerda no segundo andar. Podemos entrar por lá.

— Selou as janelas do segundo andar também? Com sal?

— O mal só pode entrar num lugar pelo térreo e se for convidado.

— E se a casa não estiver protegida?

— Ela pode entrar por onde bem quiser. — Esfregou a cabeça dolorida. — Descer pela chaminé como Papai Noel se assim desejar. Sei lá.

— Vou repetir, ainda bem que você fez o que fez. — Mae foi até o carro e pegou tanto a bolsa quanto a mochila com roupas. — E tem certeza de que a minha casa está segura?

— Você viu por si só. Ela não conseguiu entrar.

— Não consigo acreditar no que está acontecendo.

Sahvage foi até uma das janelas de trás. As persianas para proteção do dia estavam abaixadas, e ele soltou uma das travas, mas certificou-se de deixar tudo basicamente no lugar.

— Vou voltar contigo até o chalé, depois vou pra minha casa pegar algumas armas.

— Posso ajudar. Vou com você...

— Você precisa ficar com Tallah. Melhor que fiquem juntas e em segurança e eu não vou me demorar...

— Posso fazer uma pergunta?

Observou-a de soslaio. Mae tinha colocado a alça da bolsa no ombro e segurava a mochila com a mão esquerda. Parecia esgotada, os cabelos crisparam para fora do rabo de cavalo, os olhos estavam brilhantes demais e a face, muito pálida. Mas era evidente que não desistiria.

Droga! Sentiria saudades dela quando fosse embora.

— Depende do que quer saber — respondeu com suavidade.

— Onde você mora? Quem é... Você tem alguém em sua vida?

— Não se preocupe. Ninguém vai questionar onde estou nem o que estou fazendo pra meter o nariz onde não deve. A sua privacidade, e a de Tallah, estão protegidas.

Mae pigarreou.

– Sinto muito.

– Pelo quê?

– Por você ser sozinho.

– É por escolha, eu garanto...

– Então é por isso que me disse para deixá-lo antes mesmo de termos começado, hein? Mesmo se estiver ferido. Mesmo se estiver... morrendo.

Só o que Sahvage conseguiu fazer foi menear a cabeça.

– Não comece nenhum jogo de hipóteses.

– Como é?

– Não vou mudar minha única exigência só porque você está reafirmando-a para mim, gatinha. Vamos embora, preciso de um pouco de ar. E, sim, acabei de te chamar de gatinha de novo. Se quiser gritar comigo por causa disso, guarde seu fôlego até chegarmos ao chalé.

Mae foi até perto dele. Inclinou o queixo para cima. E...

– Agora não. – Faltou pouco para ele grunhir. – Por favor. Apenas vá e eu te encontro lá no chalé daquela anciã. É com ela que você se preocupa, certo?

– Não precisa me lembrar das minhas prioridades.

Dito isso, Mae foi embora – e, por uma fração de segundo, Sahvage olhou ao redor da garagem, e se entreteve com uma breve e insana fantasia na qual ele voltava para casa ao fim da noite, e ela voltava de onde quer que trabalhasse, e juntos se sentariam um na frente do outro à mesa de jantar, conversando sobre as horas em que estiveram afastados.

Nunca vai acontecer, pensou ao desaparecer como fantasma. *Por tantos motivos.*

Enquanto viajava todo disperso até o subúrbio, seguiu o eco do seu sangue nela até aquela fazenda do interior e retomou sua forma dentro do quarto da frente do chalé. Mae já estava seguindo para as escadas, com a bolsa presa junto ao corpo e a mochila pendurada na mão.

– Vai ver como Tallah está? – perguntou.

– O que acha? – resmungou ela.

Ou pelo menos foi o que ele deduziu ter ouvido.

Enquanto a ouvia descer pela escada velha e barulhenta, chegou a duas conclusões, nenhuma das quais lhe trazia conforto: precisariam de armas que ela também conseguisse usar. E, merda, como queria acreditar na Virgem Escriba.

Não lhe faria mal ter alguém para quem rezar.

– Já volto – disse alto.

Sem resposta. Mas não esperara por uma.

Ouvindo-a se movimentar no primeiro andar, deu-lhe a chance de gastar um pouco do seu estresse. Depois a ouviu ir para o porão quando o som das passadas foi diminuindo.

Fechando os olhos, lançou mão dos seus instintos, só para garantir que não havia sons, cheiros ou perturbações estranhas de qualquer tipo no chalé. Quando nada foi registrado, concluiu que a situação era a mais segura que poderiam ter.

Desnecessário dizer que a viagem de volta para a sua casa seria rápida pra cacete. E, merda, achava que não tinha munição suficiente.

Mas, pensando bem, poderia ter um lançador de mísseis no jardim e ainda assim se sentiria desprovido.

CAPÍTULO 26

Enquanto Lassiter avançava pela floresta na montanha da Irmandade, não foi com arrogância, como se fosse dono do lugar. Pelo contrário, escolhia com cuidado onde pisar entre as folhas e moitas rasteiras com os pés protegidos pelas botas. E limpava os ombros com frequência, convencido de que coisas ficavam caindo em cima dele. E aquele aroma doce dos pinheiros? Irritava suas narinas pra cacete.

Com todo o domínio que tinha sobre os assuntos terrenos, e dos vampiros mais especificamente, de fato odiava a natureza. Sempre havia algo se esgueirando por baixo do seu colarinho e deslizando por sua coluna. Ou cagando em sua cabeça. Ou cutucando seu olho. Ou transmitindo raiva.

Sem falar em chuva. Neve. Granizo. Que sempre davam origem aos divertidos jogos de narizes escorrendo, ulceração dos dedos dos pés e, ah, o gelo fino e escorregadio que sempre lança seu carro de frente contra um tronco de árvore.

E, depois, já que os meses de junho a agosto não perdiam a oportunidade de importunar as pessoas, havia o verão quente demais. Além das abelhas, vespas e marimbondos, você também fica com o sovaco suado. Assaduras. Chinelos.

Não suportava chinelos. Ninguém *jamais* deveria ser obrigado a ver o dedo mindinho das pessoas.

Também havia outra questão nisso tudo. Para piorar a sua intolerância ao clima e a alergia às chamadas maravilhas da natureza? Morava com Vishous. Que sempre ficava feliz da vida em chamar alguém de "maricas" se por acaso tal pessoa observasse que era uma boa ideia ficar dentro de casa toda vez que a temperatura estivesse maior ou menor do que 21°C.

Dane-se. Adoraria colocar aquele filho da mãe num mundo repleto de cartões da Hallmark, de revendedoras de produtos de catálogo e de hashtags "Salvem a Britney" só para ver como *ele* se sairia...

Quando o vento mudou de direção e metade dos cabelos que batiam no peitoral cobriu seu rosto, o anjo os afastou com um tapa e encarou com raiva para o nordeste.

– Juro por Deus que te meto uma mordaça nessa fuça.

Ciente de que acabara de ameaçar uma força da natureza, decidiu que talvez fosse um pouco mimado. Seu escritório ficava no Outro Lado, lá em cima no Santuário. Onde era sempre 21°C sem nenhuma brisa e nada de mosquitos, vespões e carrapatos. Aranhas. Víboras.

Vishouses.

Falando em mordaças... Tecnicamente, havia opções para lidar com aquele Irmão. Na hierarquia de tudo aquilo, no verdadeiro fluxograma de autoridade? Ele, Lassiter, era o babaca-mor, acima até mesmo de Wrath. E pouco importava o quanto isso incomodasse V., as coisas eram como eram: gravidade. O nascer e o pôr do sol. A supremacia do solo de guitarra de Eddie Van Halen, o senso estético de Bea Arthur, a média de rebatidas dos New York Yankees... E a sua autoridade.

Na verdade, estava pouco se lixando para beisebol. Só gostava muuuuito de zoar com a obsessão de V. pelos Red Sox.

– Mamão com açúcar – disse a si mesmo.

Enquanto considerava novas opções de zoar o torcedor alto, sombrio e altamente crítico, a caverna pela qual procurava apareceu como se o cumprimentasse. O buraco escarpado na lateral da montanha era praticamente imperceptível, nada além de uma fenda num veio de granito que ficava camuflado por árvores e arbustos. A menos que soubesse onde ficava, jamais a veria – e era esse mesmo o objetivo.

Deslizando para dentro, sentiu cheiro de terra e umidade – outra grande recomendação para acampamento – e, na escuridão, orientou-se lançando um brilho dourado nos arredores estreitos...

Logo à sua frente, tanto que se estivesse mais perto teria cortado os pés, havia um monte de cacos de cerâmica que chegavam à altura do quadril e era largo como uma pista de dança.

Os restos da coleção de jarros de *redutores* da Irmandade da Adaga Negra.

Pegou um caco irregular com verniz azul e pensou em Ômega. Na Sociedade Redutora. No fim de uma era.

Quantas viagens foram necessárias para tirar toda essa sujeira dali de dentro?, perguntou-se ao jogar o caco de volta à pilha.

Seguindo por uma curva fechada dentro da fissura, chegou aos portões de ferro cobertos por uma fina rede brilhante. As barras eram grossas como o punho de um macho, e o entremeado de aço, que impedia que vampiros se desmaterializassem ali dentro, estava soldado. A tranca era de cobre.

Com um mero gesto das mãos, afastou a venerável barreira e entrou no corredor decorado com tochas que crepitavam e faiscavam em suas arandelas. O som de vassouras raspando o chão o acompanhou adiante e, sem demora, a ruína se apresentou. Do teto ao chão, prateleiras feitas à mão estavam caindo aos pedaços, quebradas ou simplesmente faltando, as pontas lascadas pareciam que tinham sido mordidas. À medida que avançava, visualizou como o recinto tinha sido antes, as pranchas horizontais forradas por jarros de um número incalculável em diferentes formatos, tamanhos e cores. Devia ter havido... sei lá, milhares? Não, talvez mais. E dentro dos jarros? Os corações dos *redutores* que a Irmandade matara.

Os contêineres eram de diversos séculos, desde cerâmica antiga feita de maneira artesanal até itens baratos produzidos em massa e vendidos em lojas de departamento.

A coleção existira por tanto tempo, fora acrescida por tantos anos, que, do modo que as coisas geralmente eram vistas, foi considerada permanente. Ômega remediara isso. Tal e qual uma vespa de fim de verão em seus últimos espasmos, o mal entrara e ferroara uma última vez, recuperando os corações retirados durante as iniciações para reforçar seu derradeiro poder.

No entanto, fora derrotado no fim.

E agora? Um novo inimigo chegara a Caldwell.

Lassiter só podia rezar para que o que precisavam para combater o Livro ainda estivesse naquele caixão.

Menos de quarenta metros adiante, Butch e Vishous varriam, o par vestindo longos mantos negros e batendo papo.

Sem dúvida, o tira tentava acalmar seu colega de apartamento a respeito de alguma coisa.

Como aquele antigo humano conseguia conviver com um coquetel Molotov como V. era um exemplo brilhante de paciência.

— Falando no diabo — Lassiter disse a Vishous. — E como vai você, Butch?

— Você nunca bate, não? — V. se inclinou para recolher os detritos com uma pá com um adesivo do *Joe Rogan Experience* colado nela.

— Bom te ver também. — Lassiter passou por eles. — Nossa, rapazes, como vocês são habilidosos na limpeza. Se eu tivesse um carro, pediria que dessem um trato nele.

— Por que mesmo você está aqui? — V. perguntou ao tirar o lixo da cara de Rogan e despejando-o numa lata de lixo com rodinhas.

— O de sempre, o de sempre. — Lassiter deu de ombros. — Já faz quase vinte e dois minutos que não te vejo e só queria estar na sua presença. Você sabe, para me recarregar com todo o calor que você despeja no mundo.

Enquanto V. se endireitava e olhava na direção do corredor estreito, Butch deu um tapinha no ombro do amigo e disse:

— Não, você não pode bater nele com a sua vassoura. Nem pense nisso.

— Vou começar a te chamar de zelador do zoológico, V. — Lassiter piscou para ele e seguiu em frente. Depois, por cima do ombro, acrescentou: — Vejo vocês no altar, meninos.

– Eu não atravessaria a rua para mijar em cima do seu cadáver em chamas – anunciou Vishous.

Lassiter apontou para o topo da própria cabeça sem se virar.

– Imortal, lembra?

O *sanctum sanctorum* da Irmandade da Adaga Negra ficava nas profundezas da montanha, a vasta caverna antes servira como reservatório de um rio subterrâneo. E, ao fim da descida gradual, estava o foco de tudo aquilo: um tablado elevado, iluminado por velas negras em candelabros, sobre o qual jazia um altar de pedra com o crânio do primeiro Irmão devidamente à mostra. Atrás do precioso artefato? Uma vasta parede de mármore com as inscrições dos nomes de todos os membros da Irmandade, desde o primeiro... até o mais recente, John Matthew.

Haveria outros. Não que pudesse partilhar isso.

O destino era, afinal, o tipo de coisa que se sabia apenas quando necessário.

Lassiter parou diante do crânio, encarando as órbitas oculares negras como se estivesse trocando olhares com um ser vivo.

– Eu gostaria de poder tranquilizá-los – murmurou.

No fim, quando se está no comando, existem informações que os soldados não têm permissão para saber. E, de todas as surpresas que aconteceram desde que aceitara este trabalho da Virgem Escriba, a mais chocante foi a quantidade de informações que não era capaz de partilhar com as pessoas que mais seriam afetadas por elas.

Era evidente que conhecer o resultado às vezes alterava a parte "livre" do tal arbítrio.

Portanto, por mais que odiasse, tinha que ficar de bico fechado muitas vezes...

Vozes, graves e distantes, filtraram-se até ele e, antes que a Irmandade chegasse, deu uma última olhada nas estalactites, nas velas negras, nas tochas... no altar e na parede.

Afastando-se do crânio, colocou-se de lado. Momentos depois, as vozes secaram e foram substituídas pelo som das botas se aproximando e do raspar de tecidos grossos se movendo.

O primeiro dos mantos negros surgiu sozinho. E, embora o capuz da vestimenta cerimonial estivesse no lugar, escondendo grande parte das feições, era óbvio que aquele era Wrath – não por causa da bengala branca ao seu lado. Ele só era maior do que todos os outros, de maneiras que não tinham nada a ver com seu tamanho físico.

O segundo da fila era Tohr, o lugar de honra merecido pela virtude de ser o primeiro-tenente da Irmandade. E quando a presença do lutador foi registrada, Lassiter se lembrou do dia em que encontrou o macho na floresta e de ter lhe levado um lanche do McDonald's. O viúvo sofrido vinha sobrevivendo à base de sangue de cervos, pacientemente à espera da morte para poder se unir no Fade à sua *shellan* e ao filho não nascido.

Contudo, o destino reservara outros planos para ele.

Atrás de Tohr, o restante dos Irmãos chegou, os quatro no meio não vieram de mãos vazias. Ou melhor, de ombros vazios. Rhage, Vishous, Phury e Zsadist sustentavam o caixão nos ombros e carregavam a responsabilidade com honra solene.

O Irmão da Adaga Negra Sahvage estava mais uma vez em casa, por assim dizer.

A madeira do caixão tinha escurecido, chegando a ficar quase preta, os painéis eram percorridos por rachaduras formadas com o tempo e marcados por buracos de vermes. Mas os entalhes ainda eram nítidos. Símbolos no Antigo Idioma detalhavam avisos em todos os lados, e tecido em meio às missivas lúgubres estava o nome do Irmão.

No altar, Tohr se curvou diante do crânio. Depois o pegou e o entregou a Wrath, cujo diamante negro reluziu ao aceitar o símbolo sagrado de tudo o que existira antes.

O caixão foi depositado sobre a laje, ocupando toda a superfície horizontal.

Os irmãos se apertaram num círculo ao redor dele, ombro a ombro e, quando Wrath ergueu o crânio acima da cabeça, um cântico baixo começou, as vozes dos machos se misturando num só tom, em uníssono, amplificado pela acústica da caverna.

Tohr deu um passo à frente, tirando de baixo das pregas do manto negro uma cunha de prata e um velho martelo com cabo de madeira. Encontrando a junção da tampa do caixão, inseriu a parte afiada da ferramenta com uma série de golpes e depois foi repetindo o processo em toda a volta, soltando a placa de madeira que fechava a caixa da mortalidade. O ar liberado sibilou, e a sensação de que algo iminente se aproximava do grupo fez a nuca de Lassiter se eriçar em alerta.

Se fosse católico, teria feito o sinal da cruz. Felizmente, Butch O'Neal fez isso por todos eles.

Ei, nunca era demais ser precavido com assuntos divinos.

Os pregos do caixão eram compridos e retangulares, tendo sido forjados há séculos, e parecia haver uma centena deles. A cada virada da cunha, eles protestavam contra a separação daquilo que tinham sido convocados a realizar como tarefa, os gemidos, um lembrete de que não só eram ótimos em seu trabalho, mas de que o faziam há muito, muito tempo.

Voltando a guardar as ferramentas no manto, Tohr assentiu para a fila de irmãos, e Rhage e Vishous se juntaram a ele, um na cabeça, outro nos pés do caixão.

O cântico ficou mais alto enquanto os três Irmãos enfiavam os dedos entre a tampa e o corpo do caixão – e Lassiter regozijou-se por aquilo não ser um filme de John Carpenter.[8]

Os pregos se soltaram numa série de estalos e, então, o interior foi revelado.

Em sincronia, a Irmandade se inclinou como se estivessem de braços dados, e Lassiter fez o mesmo ali do lado. Quando seu coração acelerou, disse a si mesmo que lhes dera o conselho certo.

A solução para tudo aquilo estava ali dentro...

Todos ficaram imóveis, inclusive os três que seguravam a tampa.

– Mas que *porra*... – V. sussurrou.

---

8 John Carpenter é produtor, editor e compositor de cinema nos EUA, sobretudo de filmes de terror e de ficção científica. (N.T.)

Capítulo 27

Enquanto Sahvage estava no segundo andar do chalé, atento ao bicho-papão, Mae tinha descido para o porão e fitava o quarto de Tallah na escuridão. A luz das escadas que davam para o porão bastava para que ela visse a anciã deitada numa *chaise longue* junto à antiga escrivaninha. Deitara o corpo frágil sobre as almofadas de seda, com um braço acima da cabeça e o outro atravessando o peito. Os pés enfiados em pantufas estavam esticados fazendo uma ponta, como se fosse uma bailarina.

Caso ainda estivesse no auge da juventude, sua posição teria sido sensual. Em sua senilidade, a pose era tão triste quanto toda aquela mobília enfiada na casinha decrépita: evidência de que o melhor de sua vida já acontecera, e o que restava eram apenas resquícios de glória e juventude, ambos desbotados num caminho sem volta.

– Menti para ele – sussurrou. – Não consegui contar sobre...

Um rangido lá em cima, na cozinha, fez seus ombros se enrijecerem de ansiedade.

Virando-se, ajeitou a barra do blusão e seguiu para a base das escadas. Viu Sahvage parado no topo, ele não passava de uma massa pairando ali, sem rosto, embora não sem forma, já que a iluminação que emanava detrás dele contornava os músculos, detalhando sua presença.

– Já foi? – perguntou baixinho.

– Sim. Voltei agora.

Puxa, foi rápido.

– Ela está dormindo profundamente.

– Tudo está protegido aqui em cima. E eu tenho... o que precisamos.

Mae subiu com cuidado, certificando-se de se desviar das tábuas que rangiam. Quando se aproximou de onde ele estava, Sahvage recuou para lhe dar passagem.

Fechando a porta do porão atrás de si, ela olhou ao redor.

– Então... é isso.

– Não, ainda não há sinal de nenhum livro errante. Em lugar algum.

– Não era nisso que eu estava pensando.

– Era sim.

Mae cruzou os braços diante do peito.

– Eu me recuso a discutir sobre o que se passa na minha cabeça com uma terceira parte desinteressada.

Sahvage semicerrou as pálpebras.

– Ah, dificilmente eu poderia ser considerado desinteressado.

Mae se recostou na porta do porão. Houve a tentação, quase irresistível, de continuar discutindo com ele, mas, em vez disso, girou o ombro dolorido e ficou calada.

– O que vamos fazer agora? – perguntou em seguida.

– Nos sentamos e esperamos.

– Pelo quê?

– O que tem esse seu ombro?

– Hã? Ah. – Esfregou o nó de tensão no músculo com a mão oposta. – Sofri um acidente de carro há alguns anos. O cinto de segurança salvou minha vida, mas ficou preso bem aqui e, desde então, tenho essa dor.

– Sente-se. – Ele girou uma das cadeiras ao redor da mesa. – Eu cuido disso.

– Não estou atrás de ajuda.

– Não, jura? – Cruzou as mãos sobre o peito. – Que inesperado. Estou até *chocado*. *Você*, recusando ajuda?

– Você é louco... – Mae deu um breve sorriso.

– Talvez, mas entendo um pouco de ombros e machucados. – Deu um tapinha na cadeira. – Escuta, está preocupada com o quê? Que eu vá te beijar?

Mae piscou. E pensou: *Não, estou preocupada que se me beijar, vou pedir que repita. Uma vez. Duas...*

– Não. – E, para provar, aproximou-se e plantou a bunda na cadeira diante dele. – Faça o que quiser...

Bem quando estava para completar "com o ombro", sentiu a mão ampla e quente deslizar sobre o ponto sensível em questão. Preparando-se, ficou atenta para quando ele fizesse algum movimento quiroprático, partindo-a ao meio...

– Ahhhhh... – gemeu enquanto ele massageava a parte de cima do braço.

– Estou te machucando?

– Não, isso é incrível.

Sahvage era gentil, porém firme enquanto trabalhava nos tendões tensos que percorriam a lateral do pescoço... E, só por Deus, o modo como o calor das palmas dele se transferia para sua pele, músculos e ossos... E a onda de calor não ficava contida apenas nos lugares que tocava. A conexão entre ele e o seu corpo fluía em toda parte, da cabeça aos pés.

Só então se deu conta de que não estava só sentada na cadeira, estava completamente relaxada. E, em seguida, notou que sua respiração desacelerara e a dor persistente que tinha atrás do olho direito também estava sumindo – sua presença sendo percebida por conta de sua ausência.

Tanto estresse nas últimas duas semanas deixou-a cada vez mais tensa. Mas a cada pressão sutil e toque em círculos, Sahvage retirava tudo isso de si, proporcionando-lhe uma paz temporária que, Mae sabia, só duraria enquanto ele a estivesse massageando.

Mas ai dela se não aproveitasse um intervalo onde quer que o conseguisse.

– Agora vou para a frente para cuidar da clavícula – avisou ele.

Ela mal o notou se mexendo, mas, em seguida, Sahvage estava diante dela e o polegar empurrava os côncavos acima e abaixo do osso que fora fraturado e calcificara de modo errado.

No instante em que Mae fez uma careta, ele parou.

– Forte demais?

– Não, está maravilhoso – murmurou. – Por favor, continue.

Os joelhos dele estalaram quando se agachou, e ele era tão grande que, mesmo abaixado, o rosto permaneceu diante do dela. E conforme ele retomou o ritmo de pressionar e soltar, Mae começou a mover o tronco para frente e para trás, tornando-se uma onda, em oposição à viga inflexível de estresse.

Foi difícil precisar quando o relaxamento se transformou em atenção.

Quando ela começou a se concentrar na proximidade dele.

Quando seus olhos, que nem se dera conta de estarem fechados, abriram-se lentamente.

Sahvage a encarava no rosto em vez de se concentrar no ponto que massageava, e as suas feições duras eram uma máscara, que nada revelava. O olhar, contudo... Estava repleto de calor.

Tomo vidas contra a vontade dos outros, mas nunca fêmeas.

– Acho que agora está bom – disse ele ao abaixar as mãos mágicas.

Permanecendo em silêncio, ele não se ergueu em toda a sua altura. Não tentou se aproximar. Apenas ficou onde estava. Sem mostrar nada, mas contando tudo com aqueles olhos de obsidiana.

E foi então que ela percebeu.

– Não são pretos, mas azuis – sussurrou.

– O quê?

– Os seus olhos. – A voz dela ficou rouca. – Achei que eram pretos. Mas são de um azul muito escuro.

– Eu não saberia dizer.

– Como pode não saber a cor dos seus olhos?

– Porque não ligo pra isso.

As vozes de ambos estavam baixas e suaves no silêncio do chalé, mas não porque estivessem preocupados com a possibilidade de acordar Tallah. Pelo menos não era isso o que se passava na mente de Mae. Não, para ela, os dois tinham criado um espaço separado do resto do mundo, onde não havia motivos para falar mais alto do que o suficiente para cruzar a distância infinitesimal entre eles.

— Como pode não se importar?

— Não gosto de olhar para mim mesmo. — Esticou a mão e afastou uma mecha de cabelo dela para trás. — Espelhos não são meus amigos.

— Por quê?

Sahvage deu de ombros.

— Não suporto o meu reflexo.

A mão dela subiu por vontade própria até o rosto do macho. No segundo em que fez contato com a face, teve a impressão de que ele ficou sem fôlego — o que era estranho dado o corpo poderoso que tinha.

Com dedos gentis, Mae tracejou o contorno do maxilar... e parou no queixo.

— Está com um vestígio de barba.

— Estou?

— Você se barbeia sem espelho?

— Sim.

— Como?

— Faço a barba no chuveiro.

Como se alguém tivesse implantado a imagem em sua mente, Mae de imediato o visualizou debaixo de uma cascata de água, a cabeça para trás, os cabelos molhados... o corpo nu cheio de picos e vales pelos quais a água viajava. Brilhante. Reluzente.

E escorria pelo tronco até...

— Você já se cortou? — sussurrou.

— Não. Faço isso há anos.

Mae parou quando a mão amparou a lateral do rosto dele. E quando se calou de novo, ele se virou para a sua palma... e pressionou os lábios sobre sua linha da vida, no lugar em que ela se cortara com a faca a fim de poder sangrar sobre o pires de prata e invocar o Livro que ainda estava por chegar.

— Eu sinto muito — ela disse rouca.

— Pelo quê?

— Não sei.

Sahvage abaixou a mão dela e passou o polegar no corte semicicatrizado.

– Pensei que tivesse cortado o dedo e não a palma.

– Não, isso foi de antes.

– Não é muito boa com facas, hein?

– Acho que não.

Quando Sahvage abaixou a cabeça, ela fechou os olhos, e ele resvalou os lábios sobre o corte cicatrizado.

Ela ficou exatamente onde estava pelo que lhe pareceu uma eternidade.

Quando reabriu os olhos, ele a encarava – e ela só disse uma palavra:

– Sim.

Capítulo 28

Às vezes, é preciso conferir uma segunda vez.

Ou doze.

Bem no fundo da Tumba sagrada da Irmandade da Adaga Negra, Lassiter abriu caminho às cotoveladas em meio aos machos de corpos largos para chegar perto do caixão. Mas a proximidade não mudou o que enxergava.

Que era absolutamente porra nenhuma... A não ser por uma meia dúzia de sacos velhos de...

— O que é isso? — alguém perguntou.

V. desembainhou uma das suas adagas e apunhalou o saco de aniagem desbotado. Quando um pó branco foi exposto, deu mais umas apunhaladas com a lâmina.

— Eu pensaria duas vezes antes de enfiar isso no nariz — outro alguém observou.

— Farinha de aveia — Vishous anunciou ao cheirar. — Farinha de aveia velha pra caralho.

Mas que porra, pensou Lassiter.

Nenhum esqueleto cercado por teias de aranha. Nenhuma múmia. Nenhum zumbi com pele eternamente apodrecida e fedendo a carne fresca. Nem mesmo um conjunto genérico de restos mortais cobertos por uma mortalha esfarrapada e poeira sobre um punhado de ossos desconjuntados.

Não, só o que tinham ali era algo com que Fritz poderia fazer pão.

E não a arma pela qual Lassiter os trouxera até ali.

– É melhor alguém me dizer que porra está acontecendo – Wrath rosnou ao tirar o capuz do manto de cima da cabeça.

– Não está acontecendo nada. – Lassiter olhou para o Rei enquanto os demais também tiravam os capuzes. – Há alguns sacos de farinha aí dentro. A não ser por isso, o caixão está vazio.

O feliz anúncio fez o grande Rei Cego demonstrar surpresa por trás dos óculos escuros:

– Sahvage... sumiu.

– Se é que algum dia esteve aí. – Lassiter recuou e acabou olhando para o muro de nomes. – Talvez estejamos com o caixão errado.

Tohr pegou a tampa.

– O nome dele está entalhado nessa coisa aqui. Junto com todos os avisos.

– Então eles não o mataram. – Wrath deu de ombros. – Aqueles guardas, no fim das contas, não devem ter conseguido matá-lo.

– Feiticeiros não são imortais, se é isso o que está querendo dizer – Lassiter comentou distraído. – Só porque alguém pratica magia, não significa que poderá viver para sempre. Não é assim que funciona.

– E não é porque alguém diz que matou e colocou um adversário dentro de um caixão que significa que isso de fato tenha acontecido – Wrath rebateu. – A *glymera* mentindo. Imagine só. Isso *nunca* acontece.

– Ele deve ter usado a suposta morte em benefício próprio – concluiu Tohr. – Desapareceu e permaneceu sumido porque sabia que nada de bom resultaria do que aconteceu com aquele aristocrata, naquele castelo. Provavelmente, quis poupar a Irmandade desse problema...

Phury interveio:

– Para aqueles de nós que não sabem da história, alguém pode, por favor, explicar?

Enquanto Lassiter se aproximou e verificou os nomes gravados na parede de mármore, ouviu Wrath explicar o acontecido: Sahvage e sua magia no Antigo País. Líder da *glymera* local se sente ameaçado. Uma caçada que por suposto terminara com o homicídio do aristocrata e de sua guarda e com a morte do próprio Sahvage. O Irmão lacrado no caixão junto com a Dádiva de Luz.

Só que, como se viu, não tinha sido bem assim.

– E o que é a Dádiva de Luz? – perguntou Phury.

– É uma fonte de energia – explicou Lassiter ao encontrar o nome de Sahvage na lista inscrita. – Mais do que isso. É um artefato incrivelmente poderoso e, para quem quer combater o mal, vem a calhar pra cacete.

– Então você não tinha a intenção de tentar ressuscitá-lo? Pensei que trazê-lo de volta fosse o objetivo de tudo isto.

– Não... – Lassiter balançou a cabeça. – Sahvage nunca foi a questão. Pelo que se sabia, ele foi enterrado com a Dádiva de Luz, e é isso que eu quero que vocês tenham.

– Mas o que é na real? Uma espada? Outro livro...

– Rá, daqui a pouco vamos ter uma lista de *best-sellers*... – resmungou V.

Há algo errado aqui, Lassiter pensou. *Não é assim que era para ter sido.* Dando as costas para o nome de Sahvage, pigarreou.

– A Dádiva de Luz é um prisma, uma relíquia sagrada de tempos antigos, que remontam à época em que a Virgem Escriba criou a raça dos vampiros. Reflete tudo aquilo que passa por ele. Portanto, se colocá-lo diante do mal...

– O mal é o que receberá dele – V. terminou.

– Então você pode virar o mal contra ele mesmo? – perguntou Phury.

– Apenas determinados tipos de mal – Lassiter explicou, passando a mão pelos cabelos. – Não teria dado certo contra Ômega. Ele era a outra metade da Virgem Escriba, portanto ambos estavam próximos demais... Tenho que ir agora.

– Está de brincadeira? – V. olhou furioso para o outro lado do caixão. – Se estiver nos deixando aqui porque *Supergatas*[9] está passando...

– Não, não é por isso.

---

9 *Supergatas* (*Golden Girls*, no título original), seriado transmitido pela emissora NBC de 1985 a 1992. (N.T.)

– Então que porra tem de errado com você?

Balançando a cabeça, Lassiter repetiu as diferentes versões de "preciso sair daqui" que martelavam em seu crânio – e se desmaterializou ali da Tumba.

O bom era que o Outro Lado nunca estava longe para ele. Só o que tinha de fazer era perfurar o véu que separava o mundo terreno do etéreo e *puf!*, lá estava no gramado glorioso que nunca precisava ser aparado, virando o rosto para o céu leitoso que nunca trovejava, inspirando fundo o ar temperado e perfumado com aroma suave de tulipas.

No entanto, não estava em paz agora.

Enquanto caminhava até seu destino, passou pelo templo de banho, com sua linda enseada de águas cristalinas, e continuou até as vilas ladeadas por colunas onde as Escolhidas moravam quando viviam ali. Também havia o Tesouro, com seus cestos de joias e artefatos especiais, e o mais importante... o Templo das Escribas.

Parou do lado de fora do confinamento sagrado onde, durante milênios, as mais reclboa sextausas das Escolhidas passaram intermináveis horas de sua existência fitando as cubas reveladoras e registrando as vidas e os eventos se desdobrando lá embaixo, na Terra.

Abrindo uma das pesadas portas, visualizou as estações de trabalho dispostas em fileiras, as mesas ainda tinham potes de tinta e penas assim como cubas e folhas de pergaminho novas. Tudo estava como devia, as cadeiras alinhadas com perfeição, as penas dispostas com graciosidade num mesmo ângulo, nenhuma poeira, nenhuma teia de aranha, o espaço arranjado do mesmo jeito que tinha sido no momento em que fora criado para cumprir seu propósito.

Embora tivesse sido abandonado.

Ao entrar, o barulho de suas botas ecoou até o teto alto, e ele pensou que, ao assumir o controle com a aposentadoria da Virgem Escriba, todas aquelas funções que um dia foram tão vitais tinham desaparecido.

Isso sim era uma relíquia.

Com isso em mente, passou pelas estações de trabalho e seguiu até a biblioteca – e mesmo para um anjo como ele, que dificilmente se impressionava, era intimidador ver todas aquelas filas e filas de história registrada da raça vampírica.

Dentro dos incontáveis volumes, organizados em ordem cronológica, cada incidente de maior ou menor importância de cada alma abrigada em cada corpo com sangue de vampiro fora devidamente registrado. À mão. Com bico de pena.

Era todo o conhecimento sobre tudo o que existiu de todas as vidas de antes – e ele teria que passar por todas aquelas páginas para encontrar quaisquer menções à Dádiva de Luz e a Sahvage e ao maldito Livro.

Os Irmãos e demais lutadores da mansão com frequência pegavam no pé dele por não levar seu trabalho a sério.

E, pela primeira vez, preocupou-se que talvez isso fosse verdade.

Porque algo não fazia sentido ali; ele só não sabia o quê.

Devina avançou boate adentro, os saltos fazendo barulho – não que alguém conseguisse ouvir seus Louboutins cruzarem o piso engordurado. Ao redor, o rap de SoundCloud tocava, a voz distorcida e sintonizada de um cara resmungando sobre drogas e sexo pontuada por batidas altamente sintetizadas. Em sua opinião, a faixa tinha tanto em comum com música de verdade quanto um suco de uva de caixinha tinha com um bom vinho, mas estava pouco se lixando.

Aquilo era como jogar isca de peixe no mar, tirando de casas e apartamentos os mais variados tipos de humanos, criando um *buffet* para seus instintos mais básicos.

Enquanto entrevistava visualmente os casais e trisais – avaliando toda forma de tipo físico e escolha de vestimenta, mas sobretudo o contato visual entre as partes envolvidas –, percebeu que estava se sentindo um tantiiiiinho agressiva.

E, ora, esse tipo de autoconhecimento não demonstrava crescimento pessoal?

Claro que sim, pensou ao voltar a se concentrar num casal masculino de gays que se moviam em sincronia, nariz com nariz, olho no olho. Ao lado deles, havia um homem e uma mulher. Ao lado, ao redor, havia mais do mesmo, combinações de sexos e alturas e cores de cabelos se misturando.

Em busca de prazer.

O fato de que estava cercada por tantos casais casuais era o único fator que a impedia de mandar aquele lugar pelos ares, descontando nas pessoas a sua ira, explodindo-as em mil pedacinhos. Ah, seria legal pra caralho...

Ok, talvez a satisfação só duraria o tempo que levaria para que todos os pedaços de braços e pernas e troncos parassem de quicar após a aterrissagem no chão.

Mas já era alguma coisa, não?

Sim, e depois onde estaria?

De volta ao ponto em que se encontrava agora.

Parada no meio de toda aquela pegação, bem abaixo da luz que lançava fachos de *laser* sobre a massa de pessoas que se retorciam, ela se virou, e virou, e virou... até ter a impressão de que estava numa retrospectiva dos momentos especiais no fim de uma festa, quando as imagens se movem cada vez mais rápido até tudo virar um borrão de...

Algo que Trazia Significado ou Revelação aos Acontecimentos Presentes.

Claro que não era isso o que acontecia no momento. Apesar da revolução do narcisismo promovida pelo Instagram, que ela apoiava totalmente, a vida das pessoas, mesmo quando se é imortal, não abarcava produções cinematográficas de fato, com cortes, narração fora de cena e fundo musical. Não existiam roteiros nem marcações de cena indicando onde você teria que ficar, nenhuma retomada com um pouco mais de emoção.

O que era uma droga.

Queria refazer a cena. Com um pouco mais de luz. E um protagonista masculino, muito obrigado.

À medida que sua frustração crescia, Devina supervisionou o cenário de amantes e confirmou que dois fatos eram verdadeiros: primeiro, nem todos aqueles encontros casuais permaneceriam assim. Alguns deles desenvolveriam uma conexão e forjariam um relacionamento e, algum dia no futuro, dariam risadas entre si, ou talvez com amigos, sobre o dia em que encontraram o amor numa boate.

Dá pra acreditar? A gente tava tão chapado quando se conheceu, mas agora estamos escolhendo as cores do aparelho de jantar e um sofá. Temos tanta sorte, Todd.

Tem razão, Elaine, tanta sorte!

Ora, fodam-se, Todd e Elaine! E, ah, o outro fato de que tinha certeza? Não fazia parte daquilo e não porque não era humana. Enquanto aqueles idiotas encontravam seus pares, ela estava excluída do "felizes para sempre", assim como tinha sido impedida de entrar naquela casinha feia e decrépita.

Por causa de sal. Maldição!

Não que lá dentro pudesse haver algo que lhe interessasse. Pelo amor de Deus, aquele lugar sem dúvida devia ser o lar de sofás de quinze anos de idade, carpetes que não tocaria nem com uma vara comprida e papel de parede desbotado comprado na Sears na época em que Jimmy Carter fora presidente e *Taxi* passava no horário nobre.

Mas, às vezes, você só quer entrar num lugar em que tem a entrada proibida.

Só quer as coisas que não lhe são dadas.

Só quer acabar com tudo e deixar uma nuvem de cogumelo para trás, sentindo-se a dona do mundo porque foi capaz de destruí-lo.

Devina parou de girar.

Já chega com aquela bobagem. Estava na hora de escolher sua diversão pelo resto da noite – porque, se não conseguisse uma injeção de divertimento logo? Acabaria enlouquecendo de vez.

E, ah, aquele vampiro? O do sal?

Seria uma delícia comer o coração dele. Porque, quer ele soubesse ou não, quisesse admitir para si ou não, estava totalmente apaixonado por aquela fêmea e seu rabo de cavalo idiota. E o mais patético? Ela também estava apaixonada por ele. Era óbvio pelo modo como se comunicavam, sem que palavras fossem necessárias para deixar o significado claro, a maneira como os corpos se voltavam um para o outro, a conexão deles era tangível.

Tudo bem. Tanto faz. Aqueles dois pombinhos podiam ter conseguido manter um demônio fora daquela casa.

Mas não conseguiriam impedi-la de destruir o maldito castelo de areia deles.

CAPÍTULO 29

QUANDO SAHVAGE OUVIU A palavra que Mae disse, aquela chave de três letras entrou-lhe pelos ouvidos e abriu seu corpo inteiro.

Sim.

No entanto, enquanto se inclinava na direção dos lábios ela, Mae o deteve.

– Não sei... até onde isso vai.

– Eu sei. – Afagou o rosto dela. – Vai até onde você quiser que vá. Não mais que isso.

A tensão deixou o corpo dela e Mae relaxou em direção a ele.

– Eu não deveria estar fazendo isto.

– Eu lhe perguntaria o motivo, mas não preciso.

Havia motivos demais para ambos não complicarem tudo ainda mais. Mas, é claro, nenhum dos dois iria impedir o inevitável... Portanto, aquelas foram as últimas sílabas que disseram antes que as bocas se encontrassem – e que beijo foi aquele! Sahvage achou que estivesse preparado para a sensação da maciez e do calor, mas não é porque quer uma coisa que está preparado para ela.

Mae o derreteu.

E ele só quis mais. Mantendo o toque suave, moveu a mão para a lateral do pescoço e a atraiu ainda mais para si. E quando ela foi por vontade própria, ele gemeu e inclinou a cabeça. Mais fundo o beijo, agora. Ainda mais. Até sua língua penetrá-la.

Desejou que estivessem numa cama grande, com muita privacidade.

Mas precisava dela com tanta intensidade que teria feito aquilo no meio de um campo de guerra.

A cadeira em que ela estava sentada rangeu de leve e, em seguida, ele só se deu conta de estar entre os joelhos dela, amparando seu rosto, aprendendo o que ela gostava enquanto seguia devagar, de pouquinho, esquecendo de todo o resto.

Bem, não tudo. Seus instintos de ameaça permaneciam em alerta, mas, no momento, não havia nada de errado nem dentro nem fora do chalé.

E ele estava armado.

Caramba, não deveria estar fazendo aquilo. Ela era uma cidadã civil; ele era um lutador perigoso, sedento de sangue, sem lar, sem linhagem, e sem identidade. E, mesmo assim, precisava daquele beijo como se estivesse sufocando e Mae fosse seu ar.

Continuaram se beijando e, embora seu desejo começasse a esganá-lo, não a apressou – o que era uma tremenda mudança de ritmo para ele. Depois de sua transição, sempre que estava com vontade e uma fêmea ou mulher estava disposta, Sahvage tratava do assunto e seguia em frente.

Com Mae? Não tinha o menor interesse em acabar logo com aquilo – e mesmo se pudesse sair do chalé, estava mais do que contente em continuar ali com ela.

Quando a fêmea se afastou um pouco, Sahvage escondeu seu desapontamento.

Só que ela levou tudo numa direção muito compromissada.

Se é que isso era de fato uma palavra.

Com a mãozinha delicada, Mae afastou sua mãozorra da lateral do pescoço... e a colocou sobre o seio.

Sahvage era o melhor beijo que Mae já experimentara. Considerando-se que não beijara mais do que dois machos nos seus cinquenta anos de vida, isso não parecia lá grande coisa. Mas... caramba. Francamente...

Haveria algo melhor do que aquilo?

O problema? Apesar da evidente excitação, ele parecia parado num neutro delicioso.

Enquanto os lábios se encontravam e se agarravam, e a língua dele fez aquela deliciosa penetração, enquanto o seu corpo ardia de calor, assim como o dele, Mae sentia o controle que o macho exercia sobre si mesmo... e esperou que ele desse seguimento à exploração. Esperou explorar um pouco mais também. Só que ele continuou só nos beijos.

E foi assim, numa onda bem pouco característica de determinação, que ela resolveu a questão de até onde iriam, pegando a palma de Sahvage e colocando-a onde havia uma urgência que necessitasse ser afastada com carícias. Com beijos. Com sugadas.

Mae arquejou quando o calor da mão dele atravessou seu suéter, a camisa, o sutiã. Como se estivesse nua.

– Tudo bem assim? – ele perguntou ao se afastar um pouco.

Quando ela foi responder, Sahvage passou o polegar em cima do mamilo – e só isso fez seu cérebro parar de funcionar direito. À guisa de resposta, Mae arqueou para frente e retomou os lábios dele ao mesmo tempo que se pressionava ao encontro daquela palma. E ele entendeu. Aplicou um tratamento de carícias que a fez arfar dentro de sua boca, em seguida, deslizou a mão por baixo, encontrando a pele. Quando ele subiu e afagou as costelas, ela o agarrou pelos ombros.

Que eram tão grandes que ela sentiu como se estivesse agarrando o tronco de um carvalho.

– Por favor... – implorou.

– O que você quer?

– Toque em mim...

– Onde? – Ele a beijou na lateral do pescoço. – Quero ouvir você dizer.

– No... mamilo... de novo...

Foi a vez de Sahvage gemer e, num ímpeto, puxou o sutiã para cima, e as camadas de roupa se prenderam debaixo dos braços. Quando um dos polegares foi exatamente para onde ela o orientara a ir, Mae ofegou de novo, precisando saber como seria ter a boca dele ali, a cabeça de cabelos escuros entre seus seios, saboreando-a, marcando-a...

Sahvage se afastou tão depressa que as mãos dela caíram dos ombros dele, batendo no próprio colo. Confusa, baixou o olhar para a blusa toda bagunçada e os bicos eretos dos seios espiando por baixo do rolo formado pelas roupas.

Bem quando ia perguntar o que acontecera, por que esfriara, ele abaixou a blusa para o lugar certo e saltou para longe dela. Como se Mae fosse radioativa.

– O que eu fiz? – ela perguntou com a voz partida.

A porta do porão se escancarou, e o rosto enrugado de Tallah espiou pelo batente.

– Não estou interrompendo nada, estou?

Mae piscou. A anciã trocara de roupa, tirara o roupão florido azul e amarelo e colocara um longo vestido vermelho feito de um tecido lustroso que parecia seda pura, a julgar pelo passado dela. Também passara maquiagem, um rosa sutil coloria as faces, os olhos estavam enfatizados por uma sombra de bom gosto e vermelho delineava e cobria os lábios.

E, com os cabelos soltos, as ondas brancas e cinza fluíam pelos ombros como uma capa prateada.

– Não – Sahvage respondeu com suavidade. – Nem um pouco. Mae só estava me contando há quanto tempo você mora aqui e com que frequência vem lhe fazer companhia.

Mae relanceou na direção dele. De alguma maneira, no nanossegundo entre abaixar a blusa dela e Tallah avisar que estava ali, ele conseguira pegar uma xícara de chá e um pano de prato. Com mãos lentas e firmes, fingir secar o que não estava molhado.

E, veja só, fazia isso bem diante do quadril.

Com isso em mente, Mae se virou para a mesa, levando a cadeira consigo – só para ter uma desculpa para lhe dar as costas e certificar-se de que as roupas estavam onde precisavam estar.

Graças ao bom Deus. Camisa e suéter pareciam bem o bastante no rearranjo. Não uma maravilha, mas bem. E pelo menos o sutiã, que ainda estava um pouco acima do que deveria carregar, por assim dizer, não revelava sua desordem. Mas, pensando bem, não usava nada com enchimento nem metal como suporte.

– Gostaria de comer algo? – Mae perguntou ainda sem conseguir fitar Tallah nos olhos.

A verdade era que não fazia a mínima ideia de como lidar com aquela situação.

Virgens não eram conhecidas pelo jogo de cintura – e se esforçou ao máximo para não ficar pensando muito sobre a atitude casual de Sahvage.

Evidentemente, ele tinha experiência... em muitas coisas.

– Estou com fome, obrigada – disse Tallah ao se aproximar. – Mas estou com vontade de cozinhar.

– Olha só, eu preciso dar uma saída rápida. – Sahvage colocou a xícara sobre um pires e foi pegar a jaqueta que jogara sobre o braço do sofá. – Volto já. Só preciso cuidar de um negócio.

Enquanto Mae o encarava, ele balançou a cabeça como se lesse o "de novo" presente em sua mente.

– Não vai demorar muito. Prometo.

– Tudo bem.

Ele assentiu e depois se foi, desmaterializando-se na frente das duas. O que significava que estava usando a janela do segundo andar de novo.

Na ausência dele, Tallah sorriu e ajeitou os cabelos.

– Um macho como ele faz a gente se sentir jovem, não é mesmo?

Para onde ele foi?, Mae pensou.

Escondeu o rubor e a preocupação ao se levantar da mesa.

– Como posso ajudar com a comida?

– Sente-se, sente-se. – Tallah dispensou a oferta com um gesto ao ir para a frente do fogão. – Trouxe carne da geladeira de lá de baixo. Deixe-me preparar algo para você e para ele. É o mínimo que posso fazer por vocês.

– Falando nisso, importa-se se passarmos o dia aqui hoje?

Os olhos de Tallah reluziram de uma maneira que Mae não via... em anos.

– Eu adoraria a companhia de vocês. Que delícia!

CAPÍTULO 30

OK, AQUI VAI UM DILEMA MORAL.

Não, não de verdade.

Quando Sahvage reassumiu sua forma do lado de fora de um trailer com buracos de bala na lataria vagabunda de alumínio, olhou ao redor do jardim de merda: duas picapes num dos lados, peças enferrujadas largadas no chão como biópsia das latas velhas, uma grelha de churrasqueira sem tampa nem botijão de gás junto a uma mesa de piquenique. O terreno estava lotado de árvores e trepadeiras e, ao pensar no chalé, desejou poder ficar mais tempo na vida de Mae. Gostava da ideia de pegar um cortador de grama e tesouras de jardinagem, limpar o terreno, cuidar do...

Caramba! Um beijo e ela o transformara num marido de subúrbio. Em seguida? Cerveja, jogos de futebol e uma barriga de chope.

Nunca vai acontecer, pensou ao espalmar as pistolas.

Mas tinha algo que podia fazer por ela. Garantir que ficaria segura.

Havia três degraus de madeira soltos que davam para a porta que provavelmente era a única coisa firme na propriedade. Ergueu o punho para bater...

Um grito de dor veio lá de dentro, abafado. Mas ficou claro que era de uma mulher, agudo e desesperado.

Em seguida, muito, muito mais alto:

– Sua vagabunda! Onde está a porra do meu dinheiro?

– Eu te dei! Está bem ali...

O tapa foi tão audível que tiniu nos ouvidos de Sahvage. E isso bastou para ele.

Agarrando a maçaneta, arrancou a porta do batente e entrou apontando o cano da sua .40.

Num sofá xadrez gasto, uma mulher de olhos fundos usando jeans claros e camisa manchada de sangue estava presa debaixo do corpo magricela de um traficante drogado e seboso que Sahvage conhecera há duas semanas e meia. Contas amassadas estavam espalhadas em cima das almofadas ao redor deles, e um bong de um metro, sujo como um cano de escapamento, estava caído e babava sobre o carpete imundo e nojento.

Quando os dois olharam surpresos para ele, Sahvage apontou a arma para o homem.

– Solte-a.

Com uma insanidade absoluta, o cretino misógino se recuperou bem rapidinho.

– Vai se foder! Que diabos acha que vai...

– Dave – Sahvage disse num tom razoável –, solte-a ou vou atirar na sua cabeça.

– Isso não é da sua conta, porra. – Dave virou a mão da mulher até ela choramingar. – E nós não tínhamos hora marcada.

– Isso agora é um consultório de um dentista? – Sahvage aguçou o olhar. – No três. Ou você a solta, ou eu atiro na sua cabeça. Um...

Dave se virou com um olhar daqueles... enquanto usava a pegada na garganta da mulher para se equilibrar.

– Você está cometendo um tremendo de um erro aqui...

– Dois.

– Não vai atirar em mim.

Num movimento coordenado – como se já tivesse feito isso antes –, Dave mergulhou nas almofadas do sofá à procura de uma arma.

– Três – Sahvage disse ao puxar o gatilho primeiro.

O disparo ecoou alto naquele cafofo molambento e, em seguida, o QI um tanto limitado de Dave explodiu por trás do crânio, salpicando a parede atrás dele com sangue e massa cinzenta. A arma que pegou no sofá disparou quando a mão que a segurava se contraiu no gatilho automático, mas o cano estava oscilando em vez de estar firme numa posição – de modo que a bala apenas atingiu os armários ordinários acima da pia e quebrou os pratos que porventura estavam ali dentro.

A mulher gritou de novo e se afastou do corpo caído.

– Lamento por isso – Sahvage disse com seriedade.

Não teve a chance de lhe oferecer ajuda. Ela apanhou umas notas soltas, enganchou uma mochila preta no braço, desviou-se dos detritos e do lixo e saiu correndo do trailer. Uma fração de segundo depois, a picape sem escapamento voltou à vida e saiu espalhando os cascalhos soltos pelo caminho.

Sahvage suspirou e manteve a arma empunhada enquanto ia até o sofá e tirava a pistola da mão agora morta do seu traficante de armas. Depois foi até o quarto. Chutando a porta para fora das dobradiças, apontou a arma para o armário de metal de 1,80m por 2,70m do outro lado do ambiente baixo.

Dois tiros. Ambos ricochetearam no colchão manchado e sem lençol da cama.

Quando os painéis do cofre do arsenal despencaram, ele rapidamente roubou as armas que Dave roubara sabe lá Deus de quem. E eis a parte do seu dilema se era ou não roubo roubar de um ladrão.

E, veja só. Havia uma bolsa de lona bem ao lado de uma coleção de Nikes imaculados. Ideal para transporte.

Pegando a mochila e deixando os tênis, Sahvage a encheu com rifles, espingardas e uma 9mm para Mae. A munição estava no fundo do armário de armas, e ele pegou as caixas de balas.

Teria pagado Dave um dia. Tinha 2.800 dólares em dinheiro no pardieiro em que estava acampado e mais uma luta com o Reverendo cobriria o restante dos cinco mil aproximados que lhe seriam cobrados. Não fora lá com a intenção de roubar, mas sim de pegar emprestado ou antecipadamente.

Os tiros não foram premeditados.

Mas o bom e velho Dave não tinha mais que se preocupar com o balancete do seu mercado clandestino, portanto Sahvage considerava a dívida perdoada.

Ao sair do quarto, encarou Dave – e levou um minuto pensando na natureza dos cadáveres. Sem querer, lembranças que vinha tentando esquecer se apossaram dele num golpe que o levou de volta ao passado.

Dentro do espaço confinado do caixão, Sahvage procurou se acalmar e reunir suas forças. Houve a tentação de bater e socar, contudo não conseguia enxergar onde estava. Não sentia cheiro de terra, logo deduzia que não tinha sido enterrado. Fora isso? Não tinha certeza de nada.

Nenhum som lhe dava pistas. Tampouco algum cheiro específico.

Não conseguiria se acalmar a ponto de se desmaterializar. Não havia como juntar autocontrole suficiente visto que seu coração ainda estava disparado pelo que devia estar acontecendo com Rahvyn. Portanto, espalmou as mãos na parte de baixo da tampa e com uma força incrível empurrou, empurrou, empurrou...

Os pregos rangeram e reclamaram, mas cederam sob a pressão, e a tampa se ergueu um tanto, permitindo a entrada de ar, embora não de luz. Uma inspiração profunda sugeriu um local que não fazia sentido, porém, considerando que não estava enterrado a sete palmos, aceitava de bom grado os cheiros de farinha e grãos em vez do da terra. E bem quando os pregos se soltaram dos seus ancoradouros, agarrou a tampa para impedir que ela fizesse barulho...

Com um sibilo, mordeu a língua para se impedir de gritar quando a mão se cortou com as pontas dos pregos. O cheiro de sangue fresco atingiu seu nariz enquanto suas carnes sofriam, e rezou para que aquele depósito de comida estivesse desprovido de correntes de ar que poderiam carregar seu cheiro a narizes alheios.

Ao erguer o tronco, cuidou da tampa, deitando-a de lado em silêncio...

Algo caiu de seu peito. Contas? O som era de bolas de gude.

Tateando ao redor, encontrou um tecido úmido e perturbador. Seu sangue? De outra pessoa?

Não podia se preocupar com isso agora.

Do lado oposto do lugar em que estava, havia uma porta... Viu o contorno brilhante criado pela junção mais folgada, e embora a luz não chegasse muito longe, bastava para que ele enxergasse enquanto se levantava devagar.

Agora que conseguia inspirar mais profundamente, mais ritmadamente, seu olfato confirmou determinados fatos gastronômicos: de novo a farinha. Temperos de algum tipo. Mais grãos.

Um depósito de alimentos secos. E a abundância era tanta que só podia ser no castelo de Zxysis.

Um local improvável para qualquer caixão, mas aquele cavalheiro precisaria manter Sahvage escondido. Como membro da Irmandade da Adaga Negra, seus restos mortais seriam considerados sagrados pelos Irmãos, algo a ser reclamado e prontamente ahvenged. *Mas ali, guardado em meio ao estoque de uso apenas dos criados do aristocrata, de cuja benevolência todos dependiam? Os* doggens *nada diriam e não fariam perguntas. Tampouco alguém em busca de um caixão procuraria ali.*

Quando foi pisar fora do caixão, mais duas descobertas: os pés estavam descalços e trajava uma túnica frouxa. Uma rápida inspeção em seu corpo não revelou nenhum ponto de dor, as flechas tinham sido retiradas em algum momento, e quaisquer danos provocados já haviam cicatrizado. Parando por um instante, ergueu a cabeça e dispensou uma rápida oração de gratidão à Escolhida puro-sangue de quem se alimentara meras três noites antes.

Sem a força dela? Com certeza teria morrido.

Virando-se para a soleira da porta, decidiu encontrar a prima. E preocupou-se com quanto tempo estivera adormecido. Um dia inteiro? Um dia e uma noite?

Havia engradados e sacos de aniagem no caminho até a saída, e enquanto os empurrava e inclinava, tentando tanto manter o equilíbrio quanto o silêncio na escuridão do curso desconhecido de obstáculos. Quando chegou às tábuas grossas de carvalho alinhadas na vertical, pressionou um ouvido nelas e parou de respirar.

Nada que conseguisse ouvir ou farejar do outro lado.

Ao lançar a mão na soleira, à procura de uma aldrava, rezou para que houvesse uma do lado interno.

Quando encontrou uma cavilha de metal e uma haste, ergueu o ferrolho com cuidado e entreabriu o portal. Muros de pedra clara sugeriam um corredor, iluminado por tochas. Nenhum som. Nenhum cheiro. Pelo menos nada que alarmasse seus instintos.

Inclinando-se para fora, avaliou o corredor em suas duas direções. Em seguida, relanceou para a veste que o cobria. Um bolo de penas negras manchadas com alguma coisa úmida caiu aos seus pés, junto com alguns pedriscos, e ele sentiu um aroma que não sabia determinar qual era. Tocou a frente da veste, ergueu as pontas dos dedos. Estavam manchadas com algo vermelho. Seu sangue. Mas o que mais...

Quando uma lufada adstringente chegou ao seu nariz, entendeu o que tinha sido feito.

Zxysis e seus guardas marcaram seu corpo com magia, para manter morto o vampiro que não era um feiticeiro — e, na realidade, não tinha falecido. Sem dúvida o fizeram para que tivessem tempo de providenciar uma cova escondida para ele.

A noção errônea de seu status, em ambos os níveis, teria sido risível caso não mantivessem Rahvyn em suas garras.

Saindo do depósito, Sahvage retirou uma tocha de um candelabro na parede de pedra e seguiu para a direita, seguindo um rastro tênue de ar fresco. Ao caminhar silenciosamente com os pés desnudos, tentou se lembrar da disposição do castelo. Estivera presente em festivais dentro do palácio de poder de Zxysis de tempos em tempos, antes que a natureza especial de Rahvyn tivesse começado a se afirmar. Mas jamais estivera ali embaixo. Isso pouco importava, contudo. Encontraria uma arma, mesmo se tivesse que improvisá-la, e então localizaria sua querida prima.

E a obrigaria a abandonar aquela vila com ele, mesmo que tivesse que amarrá-la à sela do seu cavalo de guerra.

Depois? Quando tivesse garantido sua segurança?

Retornaria e mataria todos eles.

Enquanto seu destino se tornava não só claro mas inevitável, tinha ciência de que isso o afastaria da Irmandade da Adaga Negra. Mas não podia envolvê-los. Este era seu direito, e seu dever para com a prima. Não aceitaria ajuda e quando o Conselho rejeitasse suas ações? Procurariam seus irmãos, buscando compensação.

E assim seria. Todavia, não seria dissuadido tampouco buscaria qualquer tipo de permissão para as suas ações. Dali por diante, seria um foragido.

Talvez fosse melhor que todos acreditassem que estava morto.

Foi quando esse pensamento lhe ocorreu que... Sahvage parou de pronto. Olhando para trás, de onde tinha vindo, descobriu que avançara certa distância sem se deparar com nenhum membro da vasta moradia. Mais importante que isso, o silêncio ressonante em toda a volta foi percebido de fato por sua consciência. Praguejou. Devia ser dia e, nesse caso, o resgate de sua prima seria dificultado pela ameaça onipresente da luz solar...

Quando um portal se abriu e se fechou mais adiante no corredor, uma rajada de ar fresco devia ter sido provocada pela entrada ou saída de algum doggen, *visto que essa subespécie não era afetada pelos raios diurnos. Quando passos se aproximaram, Sahvage se escondeu atrás de uma porta e ficou aliviado quando esta se abriu e revelou outro depósito. Enfiando-se ali, esperou e, quando o criado passou, ele permaneceu parado e calado.*

Quando a passagem ficou livre, inclinou-se para fora novamente e franziu o cenho.

Aquele não era o cheiro de um doggen. *Era de um vampiro macho.*

Portanto, será que era noite?

Acelerando o passo, prosseguiu, avançando até o fim do corredor, subiu uma escada e depois outro lance. Ainda assim, o silêncio persistiu, acima, em toda a volta. Onde estavam os habitantes do castelo?

Uma escadaria larga, capaz de acomodar muitos ombros masculinos lado a lado, se apresentou, e foi então que sentiu o cheiro de algo que o fez acelerar mais o passo em vez de preocupá-lo em permanecer indetectável.

Sua prima! Ela estava perto!

No topo da escadaria, o grande salão surgiu – e Sahvage arquejou.

— Rahvyn!

Apressando-se, atravessou o piso de pedras até a lareira onde a fêmea fora acorrentada a aros de metal afixados na parede grossa, com a cabeça pendendo, as vestes manchadas de sangue e terra, e mais sangue emaranhando seus cabelos escuros.

— Rahvyn, santa Virgem Escriba, Rahvyn... — Ele foi gentil com as mãos trêmulas ao afastar as madeixas para trás. — Olhe para mim.

Quando ela ergueu o rosto, ele sentiu uma raiva que penetrou em seus ossos.

Seus dois olhos estavam roxos, o lábio estava partido e havia outro hematoma ao redor do pescoço.

O olhar dela, todavia, reluzia com uma força que Sahvage não conseguiu compreender de imediato.

— Rahvyn, vou libertar-te... — Descuidado, largou a tocha e foi para os aros presos à parede. — Eu irei...

— Não — sibilou ela. — Eles não podem me ferir...

Sahvage congelou. E redobrou os esforços.

— O que dizes? — Puxou a corrente de aço, tentando formular uma maneira de carregá-la para fora. — Só um instante...

— Eu voltei agora. Não podem me ferir.

Sahvage franziu o cenho. Algo no tom de voz dela, nas palavras...

— O quê?

— Eu parti, mas retornei. E não serei mais ferida.

— Como te feriram? — perguntou ele.

— Tu também estás liberto. Estás livre daqui por diante. Vai e não te preocupes comigo...

— O que dizes, como estou liberto?

— Eu te libertei, e agora podes ir...

— Não te deixarei...

Numa voz carregada de autoridade que ele não compreendia, Rahvyn pronunciou:

— Cuidarei de mim. E tu partirás, pois o único poder que poderá existir sobre qualquer um de nós sou eu.

Ele meneou a cabeça.

– O que dizes?

– Nos separaremos daqui por diante.

Sahvage voltou a puxar os aros de metal.

– Basta dessa conversa. Eu te retirarei daqui e cuidarei de ti...

Passadas pesadas surgiram. Muitas delas, um bom número de machos grandes e armados vindos de algum outro lugar dentro do castelo.

Sahvage puxou com tanta força a corrente que sentiu um estalo na junta do ombro, mas o aro se soltou, as correntes se chocaram. Foi para o outro lado.

– Pare – ordenou Rahvyn. – Solta as correntes. Eu não temo.

– Depois do que te fizeram...

– Fui libertada pela violência de Zxysis. Não tenho arrependimentos...

O segundo aro se soltou; em seguida, Sahvage tentou levantá-la nos braços.

Sua amada prima o empurrou.

– Não! Não irei contigo...

– Enlouqueceste?

– Se não te separardes de mim, sim, enlouquecerei, Sahvage. Temos que nos separar, e tu estás liberto agora...

E foi então que uma fila de guardas apareceu no arco de entrada. Equivaliam a um flanco inteiro, uniformizados com as cores da linhagem de Zxysis, armados com armas de fogo e espadas.

O medo marcava seus olhares.

Quando nenhum deles se moveu, um estranho presságio fez Sahvage olhar para a prima. Ela encarava os guardas com tamanha concentração que era quase palpável, como uma corda ou um par de correntes como aquelas que caíam dos punhos dela.

– Disse ao vosso senhor que me deixasse – ela anunciou aos machos. – E ele não me ouviu. Não vos darei a escolha de recuarem.

De uma vez só, as espadas e as espingardas se abaixaram e depois caíram no chão com estardalhaço. Em seguida, vieram os tremores. Aqueles corpos másculos, tão firmes e tão fortes em suas vestimentas de couro, começaram a tremer. Cada um deles. Em seguida, mãos subiram às gargantas, tocaram *as têmporas, protegeram os peitos. O pânico se alastrou ainda mais...*

Gemidos ecoaram pelo grande salão enquanto bocas se abriam à procura de ar e faces enrubesciam com o esforço, o suor escorreu pelos rostos e gotejou nas coberturas dos peitorais...

A cabeça do guarda na extrema direita explodiu primeiro, como uma abóbora chutada, fragmentos de crânios e porções brancas e moles de cérebro voaram num jorro de sangue rubro.

Quando o corpo descabeçado despencou no chão, aterrissando sobre as armas antes seguras por mãos vitais e guerreiras, os demais gritaram e se debateram, mas eram como árvores enraizadas, sem terem para onde ir. Um a um, seguiram o destino do primeiro, o caos sangrento opressivo e inexplicável, pois não havia mãos sobre eles, nenhuma arma ameaçando por trás de seus ombros ou diante dos rostos, nenhum contato feito diretamente.

No entanto, tudo aquilo era real, pois o sangue no ar manchou a veste negra de Sahvage, e o cheiro de suas carnes frescas atingia seu nariz.

Virando-se para Rahvyn, recuou um passo da fêmea que pensara conhecer assim como ao próprio reflexo.

– Quem és tu? – perguntou rouco.

Com um repelão, Sahvage voltou ao presente – e descobriu que fora até perto do sofá e encarava o jorro de sangue e cérebro na parede atrás de onde Dave estava largado numa posição eterna. Mesmo agora, depois de tantos anos, e de todos os combates corpo a corpo em que se envolvera... jamais superara o que vira naquela noite em que Rahvyn se recobrara de uma semi-inconsciência e literalmente explodira as cabeças de uma fila de guardas.

– Durma bem, babaca – murmurou Sahvage ao apoiar a bolsa cheia de armas no ombro e ir para a saída.

Do lado de fora, junto à picape que restava, sentiu-se tentado a levá--la também, mas não por muito tempo. Nunca precisara de um carro, e era bem improvável que conseguisse levar a lata velha sem que alguém o rastreasse de volta à atual cena de crime. Tanto faz. Melhor manter tudo limpo, apesar de que não ficaria em Caldwell por muito tempo.

Mas agora? Devido à sua persistente premonição com a morte, tinha a sensação de que partiria primeiro com os pés. A morte seria um alívio, e se conseguisse impedir que Mae cometesse um erro com o destino inevitável daquela fêmea? Bem, assim pelo menos teria feito algo de bom neste mundo.

Pouco antes de se desmaterializar de volta para o chalé, olhou para o céu e pensou em Rahvyn. Já fazia algum tempo desde que fizera isso pela última vez. Algumas décadas.

E não se sentiu melhor agora do que antes. Ela era seu derradeiro fracasso.

Balançando a cabeça, desapareceu. Com um pouco de sorte, nunca mais teria que pensar nela. Estaria de volta naquele vácuo negro que chegava antes do último batimento cardíaco, sem nenhuma outra preocupação, nenhum tormento, nenhum nada.

Embora tivesse aprendido do jeito mais difícil que havia magia no mundo, já não acreditava mais no Fade. A morte era um ponto-final.

Nada além de luzes apagadas.

Ainda bem.

CAPÍTULO 31

Não, não, não, não...

Conforme Erika abria caminho às cotoveladas em meio a uma floresta de frequentadores de boate parcialmente vestidos e completamente embriagados, estava irritada e no limite. À sua frente, o leão de chácara que mostrava o caminho liberava-o em parte, mas havia uns errantes perdidos atrapalhando – e ela teve que resistir à vontade de empurrá-los para longe. E também havia os *lasers*. E a música alta. Era como estar num furacão, tudo sendo jogado na sua cara, coisas demais entre ela e o lugar em que precisava estar.

Por sorte, aquele trecho não durou para sempre. Mesmo parecendo durar um ano e meio.

Na ponta oposta da boate, do lado de fora de um corredor que era a única parte adequadamente iluminada ali, dois policiais à paisana discutiam com um cara cujos cabelos estavam colados à cabeça com um produto que só podia ser esmalte em gel e vestia um par de jeans tão agarrados que pareciam ter sido costurados às pernas magricelas. Um grupo menor de frequentadores queria espiar, mas a maioria da clientela cuidava da própria vida no bar e na pista de dança.

– ... não podem me obrigar – o Sr. Lustroso dizia ao policial. – Não podem me dizer que tenho que fechar...

Erika passou pela discussão em andamento e se aproximou de um agente uniformizado do lado de fora do banheiro feminino.

– Senhora – ele disse ao abrir a porta para ela. E corou. – Desculpe, quis dizer, detetive...

Tanto faz. Tinha outras preocupações na cabeça.

Puta merda! O cheiro de sangue fresco era tão espesso que superava os vapores de cigarro eletrônico no ar, e quando ela calçou os protetores de pés descartáveis, o gosto cuprífero que surgiu no fundo de sua garganta lhe deu vontade de vomitar.

Entrando no banheiro feminino, ajeitou as luvas de nitrilo e analisou os arredores. Tudo era de aço inoxidável e azulejo, e podia apostar que o lugar era lavado com água sanitária ao fim de cada noite. Não havia nem sequer espelhos de fato, somente painéis metálicos polidos, como se o banheiro estivesse num parque público. Secadores de ar, não toalhas de papel. Nenhuma lata de lixo, o que explicava as embalagens de preservativos, bolos de papel amassado, e marcas e manchas questionáveis espalhadas pelo chão.

Os cubículos, quatro, ficavam à direita. Do outro lado, duas pias e uma bancada grande o suficiente para se fazer sexo em cima.

A poça de sangue saía da cabine em que ficava o último toalete.

Ao se aproximar da porta de aço inoxidável, observou de longe que sua mão avançava e empurrava o painel...

– Merda – sussurrou.

Outro casal heterossexual: o homem estava sentado no vaso com as calças ao redor dos joelhos, o tronco sem camisa estava largado no canto criado pela parede de azulejos. A mulher estava por cima e de frente para ele, a saia curta enrolada na cintura, a linha da calcinha que sem dúvida fora puxada para o lado mal estava visível no meio da região das nádegas. Seu corpo pendia para o lado oposto, a testa apoiada na partição que separava aquele do cubículo vizinho.

A hemorragia em ambos fora enorme, o fluxo vermelho escorria pelos dois lados da base do vaso, as poças se unindo e formando um rio em direção ao ralo no meio do piso do banheiro.

No centro do peito do homem... uma ferida denteada mostrava as costelas brancas no meio dos músculos vermelhos e da pele agora acinzentada.

A julgar pela poça de sangue debaixo do tronco da mulher? Também fizeram o mesmo com ela.

Erika balançou a cabeça e deu as costas, voltando para o corredor. Marchando até o gerente da boate e os policiais à paisana, olhou para o Sr. Lustroso.

— Desligue a música agora e ninguém tem permissão para sair.

O cara ergueu as mãos.

— Temos outros banheiros! Podemos bloquear o acesso a este e...

— Esta boate inteira agora é uma cena de crime. Você não está mais no comando.

Ele apontou por cima do ombro dela.

— Tem uma saída de incêndio ali. Se precisa remover os corpos, pode simplesmente...

— Duas pessoas foram assassinadas naquele banheiro – ela bradou. – Portanto, a boate inteira e todos dentro dela devem ser analisados. Ligue as luzes e nos deixe trabalhar.

— Peraí, vocês vão anotar o nome dos funcionários?

— Vou anotar o nome de todo mundo.

O Sr. Lustroso cruzou os braços diante do peito e balançou a cabeça.

— Dona, você vai acabar com o nosso negócio...

— Também vou precisar das imagens do circuito de segurança, interno e externo. E não me diga que não as tem.

— Não vou te dar porra nenhuma!

Erika se aproximou da cara do homem e abaixou a voz.

— Duas pessoas acabaram de morrer no seu negócio ou no do seu chefe, tanto faz. Dois seres humanos. E alguém aqui dentro fez isso. Portanto, você não manda em nada aqui. Podemos fazer isso de maneira agradável ou podemos te colocar em algemas e você vai se divertir pagando por um advogado de defesa pela acusação de obstrução de justiça.

O Sr. Lustroso murchou mais rápido do que ela antecipara.

— Ele vai me despedir. Vou acabar sendo despedido por causa disso.

— Não posso ajudá-lo com isso, mas você pode nos ajudar. Fazendo a coisa certa, agora.

Houve uma pausa, em seguida o cara olhou para trás.

– Tibby, desligue tudo.

Erika se virou e deu de frente com o peito grande de Deiondre Delorean.

– Lidou muito bem com isso, detetive – murmurou o agente especial.

– As aulas de etiqueta não foram um total desperdício.

As luzes se acenderam de uma só vez, algum disjuntor deve ter sido ligado, e quando o som foi desligado, foi como se a luz tivesse expulsado as batidas da música. Naturalmente, a reação dos clientes foi imediata, numa confusão ébria.

Confébria, Erika pensou distraída.

Cercar aquele bando chapado de testemunhas em potencial, tentando manter alguma ordem seria divertido, e, como se tivesse lido sua mente, Delorean pegou o celular e chamou mais agentes. Com a equipe de cena de crime já acionada, Erika voltou para o banheiro e encarou a porta fechada do cubículo. O sangue coagulado nos azulejos. O borrão do calcanhar do homem por ele ter movido a perna de um lado a outro, provavelmente por causa da dor, do medo.

Também olhou para tudo o que não estava ali.

Não havia pegadas no chão do lado de fora do cubículo. A caminho da saída.

Não havia pingos de sangue a não ser dentro do cubículo.

Erika empurrou a porta de metal de novo. Muito sangue debaixo dos corpos, mas, a não ser pelas marcas das mãos das próprias vítimas, nada nas paredes.

Como diabos alguém arranca dois corações de duas pessoas em público e saiu sem deixar rastro, sem ninguém perceber?

Talvez os frequentadores da boate pudessem responder parte disso, mas a detetive temia se deparar com mais becos sem saída do que pistas.

Quando o celular tocou, atendeu num reflexo, tirando-o do bolso e aproximando-o do ouvido.

– Saunders...

– Veja seu e-mail.

Ela revirou os olhos.

– Você poderia ter enfiado a cabeça aqui dentro, Delorean.

– Já estou saindo da boate, o quartel-general me chamou, mas mandei quatro agentes para ajudá-la. Dê uma olhada no seu e-mail.

A ligação foi encerrada, e ela resmungou ao abrir a conta de trabalho. Ainda falava consigo quando abriu a mensagem do agente especial. Pense em algo breve e sucinto. O e-mail tinha um arquivo anexado... um vídeo... e Delorean digitara quatro palavras sem acentos ou pontuação: "gravado ontem a noite".

Iniciando o vídeo, ela...

Luz fraca. Multidão de pessoas num círculo. Alguém no meio...

Ralph DeMellio. Sem camisa.

A câmera sacudia, como se o dono do celular estivesse sendo empurrado, mas Erika sabia o que Ralph estava fazendo: clube de luta ilegal. Sabia muito bem que elas aconteciam no centro e, nos últimos dois meses, já imaginava que seria chamada depois que alguém morresse de tanto apanhar em uma dessas lutas.

– Puta merda – sussurrou.

A câmera se moveu para o oponente de Ralph, e Erika se retraiu ao dar uma bela olhada no cara. O peito musculoso do homem era o de um atleta profissional, e a tatuagem que cobria cada centímetro de pele estava à altura de um membro de gangue, um fundo escuro com uma mão ossuda de um esqueleto apontando para frente.

– Cacete, Ralph, no que você estava pensando... – murmurou.

DeMellio evidentemente tinha o hobby de lutar, baseado na sua estrutura física e no que ela descobrira depois de ter conversado com os pais. Mas o oponente? Não precisava da ficha corrida dele para saber que era um assassino: o lutador encarava adiante com olhos frios, mortos, de um predador sem consciência.

Por uma fração de segundo, Erika sentiu um calafrio lhe percorrendo a espinha. Em seguida, recobrou a coragem profissional e observou o que aconteceu quando a luta começou, os dois se circundando, as mãos de Ralph erguidas enquanto os braços do adversário estavam pensos e relaxados.

Quando a ação enfim começou – Ralph tomando a iniciativa com punhos semelhantes aos de uma criança em comparação com o que o acertaria –, ela se colocou no lugar dele, com o coração na garganta, sabendo o que aconteceria em seguida, não só naquela luta. Aquilo fazia parte das últimas horas de vida do garoto, e a detetive não pôde deixar de lembrar como foi ficar sentada diante do pai e da mãe dele enquanto dava a terrível notícia de sua morte para aquelas duas pessoas tão simpáticas.

O pai chorou mais que a mãe.

Erika, no entanto, só desabou mais tarde, sozinha em casa...

Aconteceu tão rápido que um *replay* se fez necessário: o oponente dominou Ralph com rapidez, mas algo fez o homem erguer o olhar para a multidão, e Ralph sacou uma faca e rasgou o pescoço dele num só golpe.

A filmagem terminou de repente com uma sacudida, como se quem estivesse filmando tivesse disparado a correr junto com o resto do público. Muito concreto abaixo. Depois a confusão da escadaria lotada.

Calculou que aquilo podia ser em diversos lugares no centro da cidade. Talvez num edifício-garagem? Ou numa arena?

Erika repassou a filmagem e aumentou o volume. Da segunda vez, porém, notou que Ralph vestia os mesmos jeans em que fora morto; reconheceu os rasgos e retalhos propositais da marca. Quanto à garota encontrada ao lado dele? Não deu para distingui-la na multidão, mas não seria muito trabalhoso congelar imagens para verificar a presença dela.

Precisavam saber mais sobre a fonte daquela filmagem.

Quando chegou o momento em que o adversário desviaria o olhar e ficaria parado, Erika parou e ampliou a imagem no rosto rude e impassível. E repetiu isso quando a faca terminou o arco.

Difícil acreditar que o homem tivesse sobrevivido àquilo e, em circunstâncias normais, deduziria que o homicídio de Ralph fora causado por alguém da gangue do cara, como vingança. Mas não depois do registro de tantos outros com suas amantes, todos sem os corações nos peitos.

O que aconteceu com o adversário?, perguntou-se.

Tinha de haver um corpo associado com aquela hemorragia arterial, e ele acabaria aparecendo, mais cedo ou mais tarde.

Apenas mais uma peça no mistério.

CAPÍTULO 32

NA NOITE SEGUINTE, DEPOIS QUE o sol se pôs no horizonte, as luzes externas se acenderam pelo bairro de Nate, mas nem todos os humanos estavam em casa. Sexta à noite. Dia de pegar um cinema e jantar fora. Jogar topgolf. Clubes de comédia, teatro, competição de poesias.

Nate também estava de saída. Assim que a Primeira Refeição terminasse.

Já tinha pensado em uma desculpa para ir à Casa Luchas: iria ligar para lá e diria que estava procurando uma jaqueta que achava que tinha deixado na garagem, e iria até lá para dar uma olhada.

Enquanto repassava o pedido casual e inocente na cabeça – talvez pela centésima vez –, estava vagamente ciente de que os pais não estavam conversando. Murhder e Sarah estavam em seus lugares de costume em volta de mesa; e os ovos, o bacon, os bagels e as frutas eram o padrão para aquela refeição, mas nenhum deles dizia nada.

Não importava. Nate tinha que seguir seu roteiro à risca. Depois de falar com quem quer que atendesse na Casa Luchas, dar aquela desculpa da jaqueta, precisava estar preparado para ir até a casa de fazenda, verificar a garagem tentando encontrar o que sabia que não estava lá e mencionar Elyn por acaso. Perguntar se tinham notícias dela. Se ela tinha voltado... para algum lugar. Teria que conter a língua e manter os olhos neutros. Nada de nervosismo, nada de preocupação.

Apesar de seu verdadeiro objetivo não ser nada casual. Longe disso.

Não recebera nenhum telefonema durante o dia.

Não, não era verdade. Shuli telefonara. Duas vezes. E recebera algumas mensagens de texto, designando-o para um novo trabalho que começaria na segunda-feira. O que significava que teria a noite e o final de semana sem nada para fazer a não ser esperar, e imaginar, e se sobressaltar toda vez que Shuli ligasse para chamá-lo para sair.

Que diabos iria fazer...

– Tudo bem, fui eu quem pediu para o Shuli te vigiar.

Nate congelou no meio de uma mastigada enquanto Murhder fazia o mesmo com uma garfada de ovos mexidos a meio caminho da boca.

– O quê?

– O quê?

Quando os dois falaram ao mesmo tempo, Sarah empurrou o prato e cruzou os braços diante do jaleco que usava no laboratório. Os olhos cor de mel estavam muito tristes quando ela alisou para trás os cabelos cortados na altura dos ombros.

– Eu só... Desculpe, Nate. Você estava começando no seu primeiro trabalho. Estava saindo para esse mundo perigoso. Fiquei com medo. Fiz a coisa errada, eu sei, mas não vou me desculpar por tentar mantê-lo a salvo. Você sofreu... um trauma, entende? Mas *jamais* tive a intenção de que uma arma fosse envolvida nisso.

Nesse momento, ela irrompeu em lágrimas, pegou um guardanapo e enxugou os olhos. Com as fungadas cada vez mais altas e os ombros sacudindo, Nate olhou para Murhder em pânico, mas o Irmão já estava cuidando de tudo, empurrando a cadeira para trás para se ajoelhar diante de sua *shellan*.

– Estou bem. – Sarah afastou o companheiro. – Só odeio o fato de vocês dois não estarem conversando! Não suporto estarmos na mesma casa com toda esta tensão, e a culpa é minha. Droga, posso pegar seu guardanapo também?

Nate se recostou lentamente pensando em duas palavras que ela dissera: Mesma. Casa.

– Acha que posso me mudar para a Casa Luchas? – disse de pronto.

Os dois o encararam. E Sarah começou a chorar ainda mais.

– Eu não sabia que era tão infeliz aqui...

– O que deu em você? – Murhder se ergueu. – Não entendo...

– Você está metido com drogas?

– Está usando drogas?!

Voltando a se concentrar, Nate se sentiu em um episódio de *Who's the Boss?* enquanto os pais se atropelavam em pânico diante da possibilidade de o filho ser drogado.

Largando o guardanapo ao lado do prato, levantou-se.

– Preciso dar um telefonema...

Nesse momento, o celular de Murhder começou a tocar.

– Droga! – Ao enfiar a mão no bolso e olhar para a tela, praguejou de novo e depois apontou para Nate. – Você, sente-se aqui de novo. – Depois ladrou ao telefone: – *O quê?*

Nate relanceou para onde deixara a mochila na bancada. Talvez, em vez da desculpa da jaqueta desaparecida, pudesse ligar para a senhora Mary e perguntar se havia uma vaga na Casa Luchas para alguém da manutenção ou algo assim. Era sua única possibilidade de estar por perto com certa frequência e, quem sabe, assim cruzar com o caminho de Elyn: evidentemente não trabalharia no Lugar Seguro porque machos não eram permitidos lá e, bem, não tinha nem experiência nem diploma de terapeuta. E não poderia estar na Casa Luchas pelo mesmo motivo. Mas talvez pudesse morar lá como parte dos funcionários de manutenção?

Porque talvez estivesse errado quanto a Elyn ir embora?

Ora, a quem pretendia enganar? Ela não telefonara e isso não era um caso em que precisaria de folhas de chá para prever o futuro...

– ... ele está bem aqui. – Murhder franziu o cenho e olhou ao longo da mesa. – Aham. Ok, vou falar com ele e com a Sarah. Claro. Sim. Até.

Quando o Irmão desligou, parecia preocupado.

– Era o Rhage. Disse que Mary precisa de uma ajuda na Casa Luchas hoje à noite. Parece que há uma jovem fêmea de mudança para lá e eles precisam levar a mobília do quarto dela para dentro...

Nate deu um salto na cadeira.

– Sim! Você disse pra ele que eu iria, certo? Sim. Eu vou! – Virou de costas para pegar o celular dentro da mochila. – Vou mandar uma mensagem para ele e...

– Pode ficar sentado na porra dessa cadeira – Murhder estrepitou – e primeiro nos contar que merda está acontecendo aqui.

– Nada? – Nate abaixou a bunda de volta na cadeira e pôs as mãos para cima como se estivesse num assalto. – Eu só quero ajudar. Na Casa Luchas. Você sabe, estão fazendo algo muito especial lá, aquilo de ajudar as pessoas. Lá.

Murhder olhou para Sarah. Ela retribuiu o olhar. E ambos encararam Nate.

– Não estou consumindo drogas. – Apoiou a mochila de volta na mesa e abriu cada zíper, cada bolso, revelando um punhado de itens nada ilegais. – E vocês podem vasculhar o meu quarto. Cada gaveta, debaixo da cama, no armário... Todas as jaquetas e calças que eu tenho. Não estou nessa nem nunca vou estar.

– Então isso tudo é por causa do que aconteceu com o Shuli? – perguntou Sarah. – Eu sinto muito mesmo...

– Não, não é. Quero dizer, achei estranho o que o Shuli fez, mas não ligo, de verdade.

Houve uma longa pausa na qual os pais passaram um raio-X nele com todo tipo de "o que vamos fazer".

– Sabe que sempre pode nos procurar para conversar – disse Sarah ao fungar e enxugar debaixo dos olhos. – A qualquer hora, sobre qualquer coisa. E, repito, peço desculpas por envolver Shuli. Eu não fazia ideia de que ele levaria as coisas tão longe, e eu deveria ter falado com você primeiro sobre as minhas preocupações.

– Bem, dei um jeito na parte do "tão longe" – murmurou Murhder. – Pode confiar em mim.

– Pode mandar uma mensagem pro Rhage? – Nate perguntou apressado ao fechar todos os zíperes. – Ligar pra ele? Ah, deixa que eu ligo. Vou pra lá agora mesmo e...

– Mas que diabos há de tão importante na Casa Luchas...?

Enquanto Murhder disparava a falar de novo, Sarah ficou com uma expressão estranha. E apoiou a mão no braço do companheiro, algum tipo de entendimento drenando a ansiedade dela e substituindo-a por uma suave surpresa.

– Pode deixar que mandaremos uma mensagem para Rhage – disse ela. – E, claro, por que não vai direto para lá agora?

– Maravilha! VejovocêsnaÚltimaRefeiçãovaleutchau!

Nate disparou pela porta deslizante atrás da mesa, puxando o vidro e quase despencando para fora do terraço. Fechou os olhos para se desmaterializar ao fechar a porta novamente, desacelerando a respiração e...

Nada perto de uma desmaterialização aconteceu.

Ficou onde estava, com o coração acelerado dentro do peito.

Inspirando fundo, sacudiu os braços. Voltou a se concentrar.

Quando nem isso funcionou, deu uma nova espiada nos pais. Murhder estava com o celular na palma, mas estava concentrado em Sarah e parecia um tanto surpreso. Em seguida, quando o Irmão olhou através do vidro, Nate voltou a fechar os olhos...

Dessa vez, conseguiu desaparecer.

Viajando em moléculas dispersas, não conseguia chegar à Casa Luchas rápido o bastante e, quando retomou sua forma, atravessou o gramado até a porta da frente. Quase engasgava de excitação e de esperança e...

Bem, de todo tipo de coisa.

Só que parou para se lembrar de relaxar. Poderia ser outra fêmea, mas então por que Rhage telefonaria? O Irmão sabia o que estava acontecendo e, convenhamos, eles tinham outros auxiliares para montar mobília.

A menos que precisassem mesmo de ajuda.

– Cala a boca – ordenou ao cérebro.

Quando tocou a campainha – e teve o ímpeto de apertá-la umas cem vezes –, Nate teve aquele pensamento desanimador de novo: e se fosse outra pessoa, e se de fato só precisassem de ajuda de qualquer...

O painel se entreabriu, e meio rosto apareceu na abertura.

Quando Nate reconheceu as feições, começou a sorrir.

– Oi – disse.

Tallah não era uma boa cozinheira.

Quando Mae abriu a torneira para passar um pouco de água na montanha de potes e panelas na pia da cozinha, pensou que fora muita gentileza da anciã o fato de insistir em preparar a refeição da noite, mas... pois é. Além de ser incrivelmente ineficiente com os utensílios e tudo que possuísse um cabo, Gordon Ramsay jamais permitiria que aquele cozido fosse servido e provavelmente teria jogado alguns pratos no chão para deixar bem clara a sua opinião. Mas até parece que Tallah tinha precisado cozinhar qualquer coisa em sua vida pregressa. Sua antiga casa era repleta de *doggens*, e não só nunca houvera motivos para ela aprender a preparar alimentos, como isso teria sido considerado aquém de alguém em sua posição.

E desde então? Bem, ela aquecia comida congelada como uma profissional.

Sahvage, contudo, não pareceu se importar com o cozido e, mais tarde, quando Tallah insistiu em jogar Banco Imobiliário, ele a atendeu de bom grado – assim como Mae, que acabou cochilando no sofá na metade do jogo. A certa altura, alguém a cobriu com uma manta e, quando acordou, instantes atrás, descobriu Sahvage dormindo sentado numa poltrona diante dela. Tallah sem dúvida se retirara para o andar de baixo, e o tabuleiro do jogo assim como os potes e as panelas tinham sido deixados num estado desordeiro de pós-uso, com casinhas verdes e hotéis vermelhos pontuando as propriedades, dinheiro falso espalhado em pilhas sobre a mesinha de centro, a bota e o cachorro[10] ainda parados na Praça Park e na Avenida Pensilvânia, respectivamente.

No segundo em que Mae se levantou do sofá, o olho direito de Sahvage se entreabriu, mas não permaneceu assim. Como se ela tivesse

---

10   Em vez de pinos coloridos para marcar os jogadores, o jogo de tabuleiro Monopoly, no qual a versão brasileira mais conhecida como Banco Imobiliário é inspirada, usa peças de metal como cachorro, bota, chapéu, carro de corrida etc. em edições especiais. (N.T.)

passado em algum tipo de inspeção – talvez uma inconsciente –, ele voltou a se acomodar e pareceu voltar a dormir.

Mae não estava com fome, sabe-se lá quantas horas depois o estômago ainda queimava por conta do esplendor culinário de Tallah, mas não conseguia continuar sentada.

Além disso, toda e qualquer peça que se poderia colocar sobre o fogão foi usada para fazer aquele cozido. Se alguém quisesse ovos na Primeira Refeição, não teria em que prepará-los, e isso expunha outro clichê sobre as fêmeas de valor da *glymera*.

Não só não sabiam cozinhar como também não sabiam limpar.

Jogando um jorro de detergente na água quente, olhou de relance para trás para se certificar de não estar fazendo barulho demais. Felizmente, as botas pesadas de Sahvage continuavam na mesma posição, cruzadas na altura dos tornozelos, portanto, ele continuava onde o deixara.

Mae tentou ser o mais silenciosa possível ao usar um chumaço de papel-toalha como esponja – visto que destruíra a de Tallah ao esfregar o piso da cozinha na noite anterior. Parecia que estava desenvolvendo mania de limpeza motivada pelo nervosismo...

Ao som de um rangido, parou e encarou a geladeira que servia de barricada na frente da porta dos fundos. Quando o som não se repetiu, inspirou fundo e disse a si mesma que, embora não pudesse fazer nada a respeito do que estava do lado de fora do chalé – droga! –, poderia muito bem lavar e secar aquela confusão diante de si.

Quando o escorredor ficou cheio demais, fez uma pausa na lavagem e se esticou para pegar um pano de prato.

– Ah! – arquejou. – Você acordou.

Sahvage estava recostado na porta aberta do banheiro, com os braços cruzados e as pálpebras meio abaixadas, avaliando-a. Parecia maior do que antes, mas ela começava a não estranhar essa reação. Parecia que toda vez que o via, tinha que se reacostumar ao seu tamanho.

E isso não era a única coisa que continuava a causar novas impressões. Os olhos. Os lábios. O... quadril.

– Não tive a intenção de acordá-lo. – Começou a secar a pilha de louça. – Eu... Bem, era preciso dar um jeito nessa bagunça se algum dia alguém quiser cozinhar aqui de novo.

– Não estava dormindo. Só descansando os olhos. Tallah está acordada?

– Ela costuma acordar só perto da meia-noite. – Mae deu um leve sorriso. – Ela acredita no sono embelezador. Isso costumava enlouquecer minha *mahmen*... Enfim...

– Não, continue.

Mae secou o interior de uma panela de saltear.

– Tallah adorava a minha *mahmen*. E o sentimento era mútuo. As duas não poderiam ser mais diferentes, mas tinham uma linda amizade que atravessava as barreiras entre criados e patrões.

– Então Tallah deve sentir saudades dela.

– Sim, acho que sim.

Após um longo silêncio, Sahvage disse:

– Escute, precisamos falar sobre o elefante na sala.

Mae não tinha intenção alguma de medir o corpo dele de cima a baixo. Mas foi o que fez. E também não teve a intenção de corar. Mas corou. E então rezou para que ele não tivesse notado nenhuma dessas coisas.

Mas ele notou.

Quando Sahvage se endireitou de sua posição recostada, Mae engoliu em seco, determinada a não deixar a panela cair. Por isso a apoiou na pia.

Ao longo das horas do dia, tivera sonhos vívidos nos quais ele a abordava. Pegava-a nos braços. Abaixava os lábios para os seus...

E toda vez, pouco antes de o beijo acontecer, a imagem desaparecia. Repetidamente. Era como um *looping* sem fim, uma promessa provocante que nunca se realizava.

Uma miragem que estava sempre iminente, mas que jamais alcançava.

Agora, porém, pelo modo como ele concentrava os olhos semicerrados nela, e como o corpo se movia em sua direção, e...

Sahvage passou por ela e foi até a sala. Da poltrona em que estivera, pegou uma bolsa de lona que sempre mantinha consigo – e a julgar pelo som de metal contra metal, ela soube o que havia lá dentro.

Ainda assim foi uma surpresa quando ele a colocou sobre a mesa e abriu o zíper.

– São tantas... – sussurrou.

Armas, terminou mentalmente.

Mae observou enquanto as mãozorras dele passavam por uma confusão de canos e cabos ou sabe-se lá como eram chamadas as partes. Também havia munição, balas soltas longas e pontudas e também em caixas.

A arma que ele pegou era pequena, portátil, e só Deus sabe que nome tinha.

– Esta é uma 9mm automática com pente cheio – explicou ele. – Tem mira a *laser*. Literalmente, é só mirar e atirar. Usando as duas mãos. Só certifique-se de que não há nada importante para você atrás daquilo em que está mirando. A trava de segurança fica aqui. Destravada. Travada. Tente você.

Em circunstâncias diversas, nem sequer chegaria perto daquela coisa. Mas Sahvage não poderia estar sempre com elas e... Bem, aquela morena era um motivo. A sombra, o segundo.

As mãos de Mae estavam surpreendentemente firmes quando aceitou a arma das dele. Pensando bem, todavia, não estava tentando fazer nada com ela.

– Destravada. Travada – disse ao imitá-lo mexendo na trava.

– Um segundo. Deixe-me tirar o pente. – Depois que deslizou um pente cheio de balas, devolveu-lhe a arma. – Está vendo o botão no cabo? Aperte. Isso, assim mesmo, essa é a mira a *laser*.

Mae moveu o ponto vermelho ao redor da cozinha, parando no logo da GE da geladeira e depois na maçaneta do banheiro. Depois, escolheu uma panela no escorredor de pratos e também mirou no encosto de uma das cadeiras.

– Mantenha travada o tempo todo até estar pronta para atirar – explicou Sahvage. – Não tenho um coldre para te dar, mas ela cabe no bolso.

— Mesmo quando estiver em casa?

— Sim. Eu teria lhe dado antes, mas não queria alarmar Tallah. — Acenou com a cabeça na direção do banheiro. — Vou tomar um banho. Pegue o pente, coloque-o de volta para ver como se faz.

Mae o inseriu novamente.

— Nunca atirei em nada antes. Bem... sozinha, quero dizer.

— Tomara que não se torne um hábito.

A fêmea assentiu e pigarreou:

— Olha só, eu preciso voltar para casa... Pra pegar umas coisas do trabalho, entende?

— Posso ir com você...

— Não, não. Estou mais preocupada com Tallah do que comigo.

— Então não está avaliando bem a situação.

Ela pigarreou e tentou manter um tom despojado.

— Você não poderia ficar aqui? Minha casa está protegida, você mesmo disse. Além do mais, se Tallah acordar, não quero que pense que a abandonamos, ou pior, que algo me aconteceu.

— Você tem celular. Ela pode te ligar e...

— Ela não sabe mexer direito em telefones. Por favor, não vou me demorar.

Sahvage não concordava, mas acabou dando de ombros.

— Não posso te impedir. Mas vai levar isso com você.

Quando ele apontou para a pistola, Mae concordou.

— Sim, eu a levarei.

— Só me dá um minuto para tomar banho. E depois você vai?

— Claro. — Ergueu as mãos para tranquilizá-lo, e percebeu que tinha uma arma numa delas. Por isso abaixou os braços. — Quero dizer, leve o tempo que precisar.

— Não demoro – disse ele ao desaparecer dentro do cômodo pequeno e fechar a porta.

A sós, Mae deixou os ombros afundarem e se perguntou como chegaria ao fim da noite. Em seguida, pensou no que Sahvage estava fazendo e onde fazia isso.

Quando Tallah se mudou para o chalé, o pai de Mae reformara o banheiro do primeiro andar e instalara um chuveiro moderno – porque ela insistira na possibilidade de um dia receber hóspedes. Esses tais hóspedes nunca apareceram, portanto Mae não sabia ao certo quando foi a última vez em que aquele chuveiro fora usado.

Era meio esquisito pensar que aquele estranho seria o primeiro a usar o aparelho.

De certa forma, isso o conectava ao seu pai.

– Só vou lavar os pratos – murmurou por motivo nenhum para a porta fechada.

Que não estava fechada. Não completamente.

Mae abriu a boca para avisá-lo da fenda de quinze centímetros...

Hum. Ok... Tudo bem. Ele se livrava das roupas com bastante rapidez, levantando a camisa e tirando pela cabeça, o crânio com as presas nas costas fazendo uma aparição chocante. Sem tatuagens nos braços, era fácil esquecer toda aquela tinta que ele carregava.

Mas logo ela não pensava em nada daquilo.

Observava os músculos se movendo debaixo da pele lisa... e ficou imaginando como seria deslizar as mãos por aqueles ombros. Pela coluna. Pelo quadril...

Sahvage se virou e a encarou, a luz sobre a pia lançava sombras nos peitorais, no plano do abdômen, nos recortes dos braços.

Mae corou e tentou disfarçar a cobiça em seus olhos.

– Desculpe, eu... Eu ia te falar que a porta estava aberta...

– Não precisa se desculpar.

Quando ela voltou a olhar, ele abaixou o queixo e a encarou por baixo das sobrancelhas grossas.

– Gosto quando você olha para mim.

Entreabrindo os lábios, Mae descobriu que respirar era difícil.

– O que mais quer ver? – Sahvage perguntou numa voz grave e gutural.

CAPÍTULO 33

BALZ GOSTAVA DE SER PONTUAL.

Ainda mais quando se tratava de monetizar o trabalho de uma noite.

Ao se rematerializar nos limites da propriedade do humano, teve que ser rápido, mas estava pronto para o que aconteceria depois que pegasse sua grana. Usava roupas de combate, couro e armas nos devidos lugares – não que fosse aparecer naquela pocilga usando smoking.

Ou desprovido de metal.

Em vinte minutos, tinha que estar em campo com Syphon.

O trailer ficava escondido o bastante no terreno, de modo que ninguém procuraria aquela propriedade a menos que estivesse desovando outras propriedades. O cara que ficava ali era um tremendo babaca, mas lidava com todo tipo de mercadoria e seu dinheiro era dos bons.

Por isso, francamente, de que outras qualificações precisaria?

Subindo os degraus, bateu à porta, que estava meio pendurada no batente. Quando não houve resposta, bateu com mais força e viu a caminhonete estacionada. O cretino estava lá, e tinham marcado hora no dia anterior. Além do mais, Dave não era do tipo de marcar dois compromissos no mesmo horário. Na sua linha de trabalho, o anonimato era tudo. Você não quer que seus fornecedores se encontrem com os compradores, senão é provável que sua função de intermediário seja eliminada.

– Vamos lá, Dave – chamou ele. – Abre a porra da...

Puxou a porta decrépita a fim de apressar Dave do telefonema que devia estar dando...

O cheiro que emanou de dentro era de sangue um tantinho envelhecido.

Balz já espalmava a pistola discretamente e, com sua visão de vampiro, conseguiu enxergar no interior mal iluminado. Inspirando fundo, certificou-se de que não havia mais ninguém ali dentro.

Pelo jeito, o bom e velho Dave forçara a mão dessa vez.

Entrando, encontrou o homem caído diante do sofá velho com boa parte do cérebro estourada pela região posterior do crânio, uma obra abstrata sem moldura.

– Cacete – murmurou olhando em volta. – Eu trouxe estes relógios, meu chapa.

O quarto ficava na outra ponta, e Balz foi até a parte decorada com o colchão sem lençóis direto no chão só para dar uma espiada – ora, ora, alguém invadira o closet de armas do Dave e fizera uma limpeza.

De volta ao meio do trailer, encarou a parte redecorada com massa cinzenta e sangue. Que maravilha. Agora precisava encontrar outro intermediário.

Uma tremenda inconveniência por conta de nada.

Bem quando estava para se virar, vislumbrou algo no chão, meio escondido debaixo de toda aquela imundície do sofá. Era uma sacola de plástico e estava parcialmente aberta...

... Mostrando um bolo de notas de cem dólares com a cara de Benjamin Franklin estampadas.

Aproximando-se, apanhou a sacola no meio da poeira e do lixo do chão. Enquanto se esforçava para puxar, ouviu a voz de Flula com seu comentário sobre o jogo de "cerveja pongue": *suco de oxicoco, grudento, grudento, lambe, lambe, lambe.*[11]

A sacola se soltou e, quando a abriu, assobiou ao ver o bolo de dinheiro.

– Ora, ora, acho que isso é o suficiente, Dave. – Determinado a

---

11 Flula Borg é um ator, músico, comediante, personalidade do YouTube e DJ alemão que, em um dos seus vídeos, comenta sobre o hábito dos jovens universitários de jogar pingue-pongue em copos de cerveja. (N.T.)

ser um bom companheiro de equipe, sorriu para o rosto acinzentado cujos olhos já não enxergavam nada e com um buraco vermelho bem no meio da testa. – Deve ter uns vinte mil aqui. Acho justo.

No varejo, a coleção de relógios do Senhor Commodore devia valer uns cem mil. Mas, com sorte, dá para tirar uns vinte por cento se estiver do lado de Balz naquela negociação comercial.

– Vou deixar aqui, tá. – Piscou para o parceiro comercial imóvel e frio ao colocar a coleção de relógios sobre a mesa. – Detestaria roubar de você. *Arruinaria* a minha reputação no LinkedIn.

Teria enrolado o dinheiro na sacola plástica e apenas enfiado dentro da jaqueta, mas, sei lá, ficou com um pouco de nojo. Por isso só pegou as notas e deixou a sacola nojenta no chão igualmente sujo.

– Vê se se cuida, cara.

Bem quando Balz estava para sair do trailer, um par de faróis anunciou a chegada de um carro. A persiana estava abaixada, então ele foi até lá para afastar duas lâminas empoeiradas. Era um sedã velho com muita ferrugem atrás dos pneus. Um homem mais velho de macacão saiu, tinha a barba malfeita e cabelos grisalhos, cortados curtos; o rosto, cheio de rugas e flácido. Acendeu um cigarro e olhou para o trailer com uma expressão exausta.

O pai do Dave. Só podia ser. Tinham a mesma estrutura óssea, mas, mais do que isso, o jeito como o cara olhava para a frente? Como se já esperasse o que acabaria encontrando ali dentro.

Uma tristeza inesperada envolveu o coração de Balz.

Ladrões também deveriam ser pranteados, pensou ao se desmaterializar. *Mesmo que suas vidas não tenham valido merda alguma.*

Na Casa Luchas, Nate entrou no quarto que ficava no canto sudoeste da casa de fazenda. Havia umas caixas de papelão grandes encostadas numa das paredes, um tapete enrolado e dois colchões empilhados no meio – não era nada aconchegante nem convidativo. Mas assim que foi até a janela, teve uma bela vista da grande árvore de bordo no meio do gramado da frente.

– Se posicionar a cama contra esta parede – apontou para a parte mais comprida do quarto –, vai conseguir vê-la mesmo deitada.

Quando não teve resposta, olhou para trás. Elyn estava dentro do banheiro adjacente, inclinada na direção do espelho, fitando-se como se não reconhecesse o próprio reflexo – ou talvez não tivesse certeza de onde estava e tentasse se fortalecer encarando as próprias feições.

Nate foi até perto dela. Lá de baixo, vinham os sons de pessoas se movimentando, de vozes, de riso. E também o aroma de *cookies* sendo assados. Desejou poder trazer aquela vivacidade ali para cima, para Elyn.

Os olhos prateados se encontraram com os seus no espelho. A fêmea não disse nada, mas não precisou. Ele sabia exatamente no que ela estava pensando.

– Sabe – pigarreou –, a parte mais difícil para mim quando eu me libertei foi acreditar que continuaria do lado de fora. Que estava mesmo ali onde meus pés estavam. Era como se a qualquer instante alguém fosse me tirar de lá. Eu não confiava na realidade.

Elyn se virou para Nate, com os olhos arregalados.

– Onde você foi mantido?

– Num lugar onde eu não queria estar. – Teve que desviar os olhos. – Não importa onde. Eu só sei o quanto é difícil para você agora. Mas vai melhorar, eu prometo.

Quando conseguiu sustentar o olhar dela, desejou que Elyn se abrisse e contasse sua história, mesmo temendo os detalhes.

– Você está a salvo agora? – sussurrou ela.

– Sim. – Ele assentiu. – E você também está.

Ela se virou de novo para o espelho.

– Estou perdida. Pensei que... ficaria livre, mas estou perdida.

– Eu sei e sinto muito. Já estive no seu lugar e sei que é uma droga.

– Conte-me.

– Eu, ah... Não consigo. – Não se descontrolaria diante dela. E, de certa forma, falar sobre o laboratório o faria se sentir mais nu do que se, de fato, estivesse sem roupas. – Eu gostaria de poder, mas não consigo.

Elyn inspirou fundo. Em seguida, diminuiu a distância entre eles e pegou-lhe a mão. Quando a fêmea fechou os olhos, Nate não conseguia acreditar que ela o tocava...

A descarga de eletricidade atravessou-lhe o corpo, e, então, ele ficou imóvel e totalmente entorpecido, embora permanecesse de pé. Em seguida, surgiu o farfalhar. A princípio, pensou que fosse algo físico, mas depois percebeu que acontecia em seu cérebro. Era como se seus pensamentos estivessem misturados, tal qual um baralho de cartas.

E, então, Elyn arquejou.

No meio daquela estranha fuga dissociativa, Nate se concentrou nos olhos da fêmea quando se arregalaram e a cor fugiu do rosto dela. Lágrimas se formaram e rolaram pelas bochechas, descendo e caindo pelos lados da mandíbula. O tremor veio depois, e a boca se entreabriu com o lábio inferior começando a tremer. Com a mão livre, ela cobriu...

Elyn o soltou e deu um passo trôpego para trás, o quadril se chocando na pia.

Quando a sensação de torpor escorreu pelos pés de Nate, como se fosse um tipo de líquido tangível, sentiu uma vergonha enorme tomando conta do espaço oco dentro de si.

No fim, por mais sofrido que o laboratório tivesse sido, Elyn ficar horrorizada por ele era uma agonia ainda maior.

Pigarreando, concentrou-se nas caixas no quarto dela.

– Bem, eu vou começar com estas aqui.

Dando-lhe as costas, Nate...

Elyn saltou para a frente dele e o abraçou com tanta força que ele ficou sem ar nos pulmões.

– Ah... Nate – disse ela numa voz emocionada. – Ah, Santa Virgem Escriba. O que fizeram com você. Com sua *mahmen*. Eles machucaram vocês.

Nate ficou tão surpreso com o contato, com o cheiro dela, com... tudo dela... que o conteúdo das palavras não ficou registrado. Mas logo ele entendeu tudo.

AMANTE IMORTAL | 287

As mãos dela o acalentavam nas costas.

– Eu sinto *tanto*.

Nate queria retribuir o abraço. Por isso o fez – mas suas reações foram além do que pretendia. Abaixou a cabeça no ombro dela, abriu o cofre interno em que mantinha trancadas aquelas terríveis lembranças e... sua dor escapou.

Já fazia um tempo desde a última vez em que fizera isso, o ritmo de suas noites e seus dias e a normalidade de sua vida com Sarah e Murhder obscureceram seu passado – ainda bem. No entanto, Elyn chamara à frente aquilo que ele mantinha ignorado.

E, de alguma forma, apesar de ser uma agonia, a empatia dela o acalentou de maneiras que nenhuma sessão de terapia com a senhora Mary jamais conseguiu fazer.

Lá embaixo, no primeiro andar, as pessoas conversavam e riam e faziam *cookies*.

Ali, no banheiro de Elyn, o mundo parou enquanto duas pessoas quebradas se tornavam inteiras novamente. Através da magia de não estarem sozinhas.

CAPÍTULO 34

SAHVAGE DEIXOU A CAMISA NA bancada da pia e se concentrou em Mae. Ela estava parada do outro lado da mesa da cozinha, uma mão segurando o cabo da arma que lhe dera e a outra flutuando no ar como se estivesse procurando algo para fazer.

E, bem, ele tinha algumas sugestões para dar – e ela estava evidentemente aberta a isso: seu cheiro delicioso a denunciava. Os olhos viajavam pelo seu peito nu, denunciando-a. O modo como ela respirava... a denunciava.

– Conte-me, o que você quer ver, Mae?

Por favor, Deus, permita que Tallah durma por mais uma hora, Sahvage pensou. Duas. Oito. Porque do modo como Mae o fitava? Os dois tinham assuntos a resolver juntos que não precisavam nem de plateia nem de nenhum tipo de interrupção.

– O que você quer, Mae. – Não foi uma pergunta dessa vez. – Quer que eu feche a porta?

Ela respondeu sem tocar ou mexer em nada. O painel de madeira que os separava, aquele que oferecia apenas um vislumbre para ela, moveu-se para se abrir mais. Para que ela conseguisse vê-lo direito.

Por inteiro.

Sahvage decerto não forçara mentalmente essa mudança de posição, e não havia nenhuma corrente de ar que explicasse isso.

Portanto foi ela. Porque o que ele queria mostrar era no que ela queria colocar os olhos.

E longe dele desapontar uma fêmea de valor.

Levou as mãos à cintura e soltou a cinta de couro da fivela. Depois abriu o botão e esperou ao alcançar o zíper.

O peito de Mae arfava mais depressa, e os olhos estavam concentrados em cada gesto que ele fazia. O cheiro da excitação dela ficava mais espesso.

O que o fez querer fluir tão lentamente quanto melaço – para que aquele "quase lá", que era tanto tortura quanto prazer, durasse para sempre.

– É isso o que você quer? – ele perguntou num rosnado.

– Sim – ela sussurrou.

Ora se aquela não era a resposta certa.

Sahvage abaixou o zíper e sua ereção assumiu o comando a partir dali, libertando-se do confinamento contra o qual estivera brigando, a excitação grossa apontando para frente a partir do quadril. Quando soltou as calças, elas caíram no chão.

Mae mordeu o lábio inferior e gemeu. Mas não se aproximou.

E isso foi sexy.

– Quer que eu toque nele? – Sahvage perguntou numa voz baixa.

Quando ela assentiu, ele ergueu a mão e envolveu o membro com sua palma. Gemeu, não teve como evitar. Quis que fosse ela a envolvê-lo, e queria beijá-la enquanto ela o afagasse – e foi por isso que aquilo foi demais para ele. À medida que subia e descia a mão, enquanto era observado, a mente girou ao pensar como seria com a fêmea. Quando a mão de Mae estivesse nele. Quando ela o fizesse gozar...

Tão sexual.

E ela devia se sentir da mesma maneira porque deixou a pistola de lado e se aproximou. A cada passo que dava, ele se acariciava. Subia. Descia. Quando Mae chegou à porta, ele rezou para que ela entrasse.

Ela entrou.

Passou pela soleira. Fechou a porta.

Só que se recostou nela, abraçando-se e o encarando.

– Agora não é a hora.

A voz dela soou incrivelmente desapontada, e vai entender. Aquilo o atravessou tal qual uma espada.

Sahvage parou a mão, mas não se soltou.

– Estou com vontade de argumentar contra isso. Mas, como pode ver, tenho interesses próprios no assunto em questão.

A língua rosada de Mae, aquela deliciosa e erótica língua rosada, passeou pelo lábio inferior. Em seguida, ela mordiscou com a presa sua carne macia, mordendo como se estivesse engolindo um gemido.

– E se Tallah acordar? – ela sussurrou.

– Eu paro.

Uma pausa. E então, graças à bendita Virgem Escriba, Mae assentiu.

– Eu quero ver... como você fica.

Apoiando a mão livre na parede, Sahvage desconfiava de que precisaria daquela ajuda para manter o equilíbrio.

– Quando eu gozar?

– Sim – sussurrou ela.

– Diga o que você quer. Sabe, só pra eu ter certeza de que estou fazendo direito.

– Eu quero que você... se faça...

– O quê? – exigiu ele.

– Gozar.

Essa palavra saindo dos lábios dela fez o mundo tremer e voltar a girar. E Sahvage não deixaria essa oportunidade escapar. Mesmo querendo as mãos dela em seu corpo, e querendo lhe dar prazer, se isso era o mais longe que iriam? Tudo bem. Estava em total acordo.

Chutando as calças para se soltar de vez, moveu a mão da base à cabeça, encontrando um ritmo lento que eletrizou sua ereção mais do que o melhor sexo que já teve de verdade – e não por conta da sua técnica manual. Tudo por causa de Mae. A mera presença dela, mesmo sem qualquer contato físico entre os dois, era mais sensual do que com outras fêmeas com quem se relacionara.

Não sabia o motivo. E não pretendia perder tempo pensando nisso.

Tinha a sensação de que a resposta o assustaria até não poder mais...

Mae ergueu os dedos até a boca, esfregando o lábio inferior como se o imaginasse a beijando...

Sahvage suspirou e apertou os olhos. Estava tão no limite, mas não queria que acabasse tão cedo assim. Aquele lugar sagrado, apenas para eles dois, era como uma caixa-forte trancando o mundo do lado de fora, e cacete, era o que ele queria agora. Ansiava por esse tipo de amnésia há muito tempo.

Só que, então, teve que abrir as pálpebras de novo. E voltar ao trabalho.

Quando o calor aumentou, o pau ficou extrassensível, e ele apertou a pegada e mexeu mais rápido.

– Diga o meu nome – ordenou. – Quero ouvir.

– Sahvage...

– Você quer isto?

– Oh, meu Deus... Sim! – Ela fechou os olhos. Mas só por uma fração de segundo. – Eu quero você.

– Quanto. – Mais rápido. Mais rápido. – Diga o quanto você quer.

– Demais. Sahvage...

Quando Mae gemeu seu nome, ele soltou da parede e pegou uma toalha, mas não cobriu a cabeça da ereção. Deixou o tecido mais à frente quando a ejaculação começou para que ela pudesse ver, para que o imaginasse preenchendo-a. E, caralho, quis continuar olhando para ela, mas o prazer foi tão intenso que os olhos se fecharam por vontade própria.

Tudo bem. Aproveitaria para se imaginar em cima dela, os seios contra seu peito, as pernas bem abertas, o corpo se arqueando para receber o que ele bombeava para dentro do corpo dela...

Começou a gozar de novo. Antes mesmo de sequer ter terminado.

Caramba, a única coisa que poderia deixar aquilo mais sensual? Era se Mae estivesse gozando junto com ele.

Mae se manteve colada à porta do banheiro. O corpo de Sahvage era magnífico, tão poderoso, tão viril, os músculos do peitoral imenso e dos braços se contraindo num contraste tremendo com o seu próprio corpo, aquela tatuagem conferindo um quê de perigo, o cheiro delicioso demais para ser descrito. E a mão ampla ao redor da ereção grossa? Veria isso quando fechasse os olhos para dormir pelo resto de seus dias de sono. Talvez durante as horas de vigília da noite também.

Como queria que Tallah não acordasse. Tipo, por um ano.

Nesse meio-tempo, Sahvage só continuou ejaculando, e foi... lindo. Era meio selvagem, um tanto assustador por ele ser tão grande. Mas ele parecia entender que, ao abrir a porta – literal e figurativamente – para ela fazer isso com ele, teria de ir no ritmo da fêmea.

Não conseguia imaginar-se lhe dando prazer dessa forma. Mas estava disposta a apostar que ele lhe mostraria o que precisaria fazer para...

Por que não, pensou. *O que estava esperando?*

Mae deu um passo na direção dele e, ao fazer isso, ficou nervosa. Ainda mais quando os olhos dele se arregalaram como se o tivesse surpreendido. Mas não recuaria. Quando voltaria a ter uma chance como esta?

Ainda mais sabendo que ele só estava de passagem em sua vida.

– O que eu faço? – perguntou com suavidade.

Sahvage hesitou, como se não tivesse certeza do que ela estava perguntando.

– Qualquer coisa que quiser. – Ele se soltou e encostou as costas na parede junto ao chuveiro. – Pode me tocar onde bem quiser e do jeito que desejar.

– Mas o que... – Quando ele a fitou confuso, Mae corou. – Eu, ah... Diga o que te dá prazer.

– As suas mãos em mim. Em qualquer lugar. A sua boca. Em todos os lugares. É isso o que eu quero. – De repente, Sahvage ficou tenso. – Mae... já tocou um macho antes?

Ai, droga. Ela quis mentir. Quis dar uma de sofisticada, como aquela morena, toda confiante sexualmente. Como se fosse alguém diferente de quem era de verdade. Mas aquilo não era algo a esconder, mesmo que a fizesse se retrair de embaraço.

Além do mais, do que tinha pra se vergonhar?

Balançou a cabeça.

– Não.

Ele piscou. Duas vezes. E cobriu o sexo com a toalha.

Engolindo um palavrão, Mae recuou. Até a porta fechada se chocar com suas omoplatas num baque.

– Isso muda as coisas, hein. – Afastou os cabelos do rosto. – Desculpe.

– Você não tem do que se desculpar.

– Eu sei. – Pigarreando, ela deu de ombros e esfregou os braços para se aquecer. – Os meus pais eram ultraconservadores, então, tanto eu quanto meu irmão... Bem, não importa agora. Mas quebra o clima, né? Acho que já vou indo.

Conforme saía atrapalhada do banheiro, o coração acelerou e sentiu frio, embora desconfiasse que tal frio viesse de dentro do seu corpo e não de alguma corrente de ar.

A questão era que esperar até estar vinculada para fazer sexo foi o modo como havia sido criada e, portanto, não era algo sobre o qual passasse muito tempo pensando a respeito. Todos as vezes em que se alimentara foram supervisionadas e nos poucos cios pelos quais passou, procurara a clínica do médico da raça para ser sedada. Encontrar um macho e se assentar com ele sempre foram planos deixados para uma espécie de fantasia futura. Depois da morte dos pais nos ataques, romance era a última coisa que passava pela sua cabeça. Tinha que garantir que teriam dinheiro suficiente, e que a casa continuaria em ordem, e que nada desmoronaria, especialmente no que se referia a Rhoger.

Pois é, e vejam o resultado de tudo isso.

Mas que diabos importava agora?

O que precisava fazer era repor o gelo do irmão morto. Porque, por mais repulsiva que a tarefa noturna fosse, era uma opção melhor do que continuar ali com todo o seu status de virgem escancarado enquanto um macho mais que sensual pegava um sabonete sortudo para um *test drive* no seu notório "instrumento". E, sim, claro, era de se esperar que ela fosse toda moderna e tal, toda feminista, sem se desculpar por suas escolhas feitas em relação a sexo – que, p.s., não foram suas escolhas –, mas quando você se sente atraída por um macho e já passou da idade na qual a maioria das fêmeas já teve pelo menos uns dois amantes? É inevitável sentir que há algo de errado com você.

E, caramba, o modo como ele se cobriu? Como se estivesse se achando um pervertido ou algo assim. Poxa, convenhamos, eram dois adultos consentindo e tal.

A porta do banheiro se abriu. E Sahvage saiu, totalmente vestido.

Mae ergueu a palma.

– Por favor. Não diga nada.

– Como sabe o que eu ia dizer?

– Consigo deduzir. Você sente muito, não vai acontecer de novo, você não sabia, não tinha como adivinhar, não queria me ofender. – Ela xingou baixinho. – Você não fez nada errado.

O macho apontou com a cabeça para algo que ela segurava.

– Vai sair agora?

Só então Mae reparou que tinha pegado a jaqueta e a bolsa. Hum. Vai entender...

– Sim, vou. Mas volto logo.

– Mae.

Ela fechou os olhos ante o tom dele. Havia tanta compaixão, piedade também. E claro que isso sugou toda a sensualidade no ar entre os dois. Não que tivesse restado qualquer calor.

Mae balançou a cabeça.

– Não posso falar sobre isso agora. – Nem nunca mais, pensou. – Além disso, há coisas mais importantes com que nos preocuparmos. Te vejo daqui a pouco.

Quando a fêmea disparou para a porta da frente – porque teria que se acalmar um pouco antes de conseguir se desmaterializar – tudo ficou um borrão e ela teve dificuldades com o trinco, as mãos estavam suadas, os dedos atrapalhados. Quando, por fim, conseguiu abrir a porta, por pouco não saltou para o último degrau – e precisou de muito autocontrole para não bater a porta, não porque estivesse brava, mas porque estava completamente descoordenada.

O ar da noite estava frio contra o rosto quente, e ela respirou fundo algumas vezes. Precisava se acalmar para se desmaterializar, mas os pulmões também queimavam, e ela sentiu como se houvesse uma mão ao redor do seu pescoço. Indo em frente, mal prestava atenção na lua no céu. Era apenas uma fatia, portanto quase não tinha luar...

Um feixe de luz escapou de dentro do chalé atrás dela, e sua sombra se alongou sobre o gramado seco, formando um corpo distorcido.

No momento em que se virou, Sahvage se aproximou dela. E quando parou bem na sua frente, Mae arquejou no instante em ele pegou sua mão e a colocou entre suas pernas. O mastro contido atrás da braguilha ainda estava bem grande e bem firme...

– Você não me fez broxar – Sahvage disse numa voz gutural. – Eu só fiquei surpreso, e não soube muito bem como lidar com isso.

Ele esfregou a palma dela para cima e para baixo na ereção, e quando Mae o sentiu através das calças cargo, ele suspirou e fechou os olhos.

– Nada mudou para mim. – A voz dele estava tão rouca que ela quase não o compreendeu. – Nem um pouco. Eu ainda te quero inteira em mim.

Mae inclinou a cabeça para trás para olhar para ele e, naquele momento, ele olhou para ela. Houve um instante ardente de antecipação, em seguida, o beijo foi imediato e intenso, e ela o abraçou com força. Ele fez o mesmo. Sahvage era tão grande e era assim que Mae queria que ele fosse. Queria aquele macho imenso e voraz e pesado em cima do seu corpo, capaz de apagar todo o resto.

Até mesmo Rhoger e o Livro e aquela morena.

Quando, por fim, fizeram uma pausa para respirar, ela relanceou para trás na direção da casa. Tallah estava saindo do porão, a porta se abria.

– Eu já volto – Mae prometeu ao se afastar do corpo dele.

– Estarei esperando.

Ela precisou de um momento para se acalmar e se desmaterializar, e quando desapareceu, captou um vislumbre dele virando de costas para voltar ao chalé...

Quando Mae retomou sua forma atrás da garagem da casa dos pais, estava sorrindo. E quase não teve importância se iriam ou não voltar a se beijar. Só o fato de Sahvage aceitá-la assim como era? Isso bastava.

Pegando a chave do carro, pensou em como o beijo fora bom.

E resolveu... Bem, talvez só a aceitação não fosse *assim tão* suficiente.

Capítulo 35

Nas ruas do centro da cidade, Balz andava lado a lado com Syphon num bairro comercial classe C, cujas lojas tinham vitrines protegidas por grades rolantes com anúncios de descontos de 70%, o que sugeria que o fluxo de caixa era um problema sem fim para os estabelecimentos molambentos. Muito grafite. Um monte de lixo agrupado pelo vento, o equivalente urbano das dunas de areia no deserto. E o concreto desigual sob as solas dos coturnos era do tipo que exigia atenção constante: não importa se você tem gingado e está carregado de armas, nem se seu corpo está coberto de couro, se a biqueira de aço da bota se prende numa das rachaduras o tombo era certeiro.

– E aí, o que aconteceu? – Balz perguntou ao perscrutar da esquerda para a direita.

– Não tinha nada no caixão.

Balz ficou intrigado e encarou o primo. Syphon caminhava tranquilo como sempre, os cabelos recém-pintados com faixas verdes escuras. A julgar pela sua alimentação ortoréxica, alguém podia até pensar que ele estava virando um smoothie. Mas não, Syphon e Zypher só tinham dado uma de doidos com a cor dos cabelos durante o dia.

Zypher escolhera uns tons de roxos bem chamativos.

– Como assim, nada? – insistiu Balz.

– Nenhum corpo. Mas conseguimos uma farinha de uns duzentos anos, se você estiver a fim de brincar de roleta russa com uma gastroenterite. E a Dádiva de Luz, ou seja lá o que for aquilo, também não estava lá. Rhage me disse que eles rodearam o caixão vazio com cara de quem não estava entendendo nada. Tic-Tac?

Balz estendeu a mão, uma sacudida precedeu a queda de duas balinhas que foram direto para sua boca.

– E agora?

Distraído, olhou para trás. Desde a derrocada de Ômega, aquelas patrulhas noturnas não passavam de caminhadas, e ele sentia saudades de lutar.

– Não sei. Wrath disse que precisamos dar um jeito de encontrar o Livro...

Balz parou de pronto.

– O quê?

Syphon deu mais uns passos, parou, olhou para trás.

– O Livro. Aquele de que te falei. Aquele sobre o qual Rehvenge veio contar pra Irmandade... Por que está olhando assim para mim?

Quando uma sensação de tontura fez Balz ter a impressão de que o cimento estava ondulando debaixo dos seus pés, ele piscou rapidamente para as lojas para poder fingir que algo chamara a sua atenção. De um jeito normal, entende.

– Sobre esse Livro... – disse sem inflexão alguma.

– Eu te contei.

– Conta de novo.

Syphon encolheu os ombros largos.

– É um tipo de livro de feitiços. Uma fêmea abordou Rehv atrás dele, e ele não gostou muito da ideia.

– Só por curiosidade, como que é esse Livro?

– Não sei. Rehv não contou. Mas acho que você sabe que é ele quando o vê.

Levando uma mão trêmula aos olhos, Balz tinha uma vaga noção de que o primo continuava falando, mas não conseguia ouvir o cara. Quando tentou se recompor, ele...

Uma palma roxa.

Franzindo o cenho, piscou algumas vezes – e nada mudou a respeito do que olhava: aparentemente estava diante de um cartaz de uma palma roxa do tamanho do seu peito. Acima dela, numa letra cursiva piscante, um letreiro iluminado dizia "VIDENTE".

Syphon se meteu entre ele e a vitrine.

– Em que planeta você está, primo?

– Estou bem aqui – murmurou ao desviar-se dele e tentar abrir a porta roxa.

Quando ela abriu, não se surpreendeu, e não porque já era noite e videntes provavelmente não paravam de trabalhar às cinco, mesmo naquele bairro: era como se houvesse uma espécie de campainha tocando ao contrário, não era ele que estava procurando alguém ali dentro, mas alguém querendo que ele fosse até ali.

– O que está fazendo, primo? – Syphon exigiu saber.

A escada que foi revelada era estreita, íngreme e pintada de roxo, e Balz começou a subir com urgência, como se seu nome tivesse sido chamado no segundo andar. Como se já tivesse estado ali antes, apesar de isso não ter acontecido. Como se o objetivo de tudo... estivesse ali.

Atrás dele, Syphon tinha muito a dizer.

E Balz não ouviu nada.

Havia uma porta no alto da escada, marcada com outro símbolo laminado de uma palma roxa. E não se surpreendeu que, antes mesmo de pousar a mão na maçaneta, a porta tenha se aberto para ele.

Cacete, estava escuro ali. De fato, o interior negro como breu era tão denso, tão difuso, que parecia um rasgo no tecido do tempo e espaço.

Syphon agarrou-lhe o braço e o puxou.

– Não!

– Me solta...

– Não entre aí...

Tudo aconteceu muito rápido. Num instante, os dois estavam brincando de cabo de guerra com seu braço e, no seguinte?

As luzes falharam na escadaria e, em seguida, alguma coisa agarrou Syphon pelo peito e o puxou para trás. Mas ele não caiu. Ficou suspenso no ar entre os degraus.

Uma sombra, que, de alguma maneira, tinha força e substância, agarrava-o como a uma presa, clamando o corpo do guerreiro. E Syphon se arqueava para trás, gritando de agonia, o rosto empalidecia e os olhos estavam arregalados.

Salve-o, Balz disse a si mesmo. *Salve...*

E, mesmo assim, olhou de volta para a porta que se abriu para ele. O chamado para prosseguir, para entrar e se perder na escuridão, era como um afago tangível em sua pele, um convite como comida para um macho faminto, dinheiro para o pobre, saúde para o moribundo. Havia algo ali dentro para ele que o salvaria, que o salvaria de...

Syphon gritou de novo, e o som da agonia maldita o arrancou de seu transe. Com um arquejo, virou-se e agarrou sua .40.

Foi quando sentiu o perfume.

O cheiro era frutado e profundo, uma fragrância antiga que sentira nos idos dos anos 1980, em fêmeas da espécie muito acima dele na escala social, em mulheres de fora da espécie que moravam nas cidades e andavam nas ruas à noite de braços dados com homens vestindo smokings.

Poison, da Dior. Procurara o nome na época, de tanto que gostou da fragrância...

Mesmo antes de virar a cabeça para o vácuo, soube o que veria na escuridão.

E não errou.

Do buraco negro, a morena dos seus sonhos apareceu, e ela era linda de uma maneira mágica, irreal, contudo sólida.

– É você... – ele sussurrou.

Quando ela lhe sorriu, Syphon gritou de novo, mas foi como se a presença dela tivesse abaixado o volume de tudo o mais no planeta, incluindo o primo.

O que acontecia na escada de repente parecia um sonho, e não ela.

– Sentiu saudades? – A voz dela era celestial, o paraíso absoluto em seus ouvidos... Uma sinfonia misturada a uma marcha de banda, temperada com hip-hop e um pouco de jazz. – Eu senti sua falta. Parece que faz uma eternidade desde que ficamos juntos. Por que não entra, tenho uma cama que podemos usar...

Syphon gritou ainda mais alto.

– Não se preocupe com ele. – Ela lambeu os lábios como se estivesse antecipando o gosto do pau de Balz. – Ele não tem nada a ver com a gente.

Sua mulher voltou para a escuridão e o chamou com uma unha pintada de vermelho-sangue.

– Venha comigo, Balthazar, e eu lhe mostrarei um prazer que você nem sequer sabia existir e riquezas que até o farão parar de roubar. Chega de espaços vazios para preencher com os objetos dos outros, não haverá mais um comichão para ser coçado. Você finalmente se sentirá saciado. Enfim encontrará a paz que sempre se esquivou de você. Comigo, você poderá descansar, Balthazar.

Lágrimas brotaram nos olhos do macho.

– Como sabe tanto sobre mim? – sussurrou.

– Macho tolinho, estive dentro de você. Achou que eu estava só a passeio em meio às paredes, redecorando sua mobília enquanto estava aí? Sua alma é um lugar solitário, e eu já vi muitas assim. Mas não precisa mais se preocupar com isso. Estarei com você a cada passo do caminho. Só o que tem a fazer é entrar comigo agora.

A decisão foi tomada antes mesmo de Balz ter consciência de ter chegado a uma conclusão: seu corpo deu um passo adiante. E mais um.

Não olhou para trás, para o primo.

Estava à mercê dessa fêmea. Não conseguia negar-lhe nada.

Nada.

Quando Mae se desmaterializou, Sahvage rearranjou a ereção dentro das calças e voltou para dentro do chalé.

Fechando tudo novamente, olhou ao redor e viu que a porta do porão estava aberta. Mas Tallah não estava na cozinha, nem se movia no andar de cima.

Era claro que voltara ao porão, devia ter esquecido algo ou precisava de alguma coisa dos aposentos subterrâneos, e supôs que devia ser algo relacionado às roupas. A anciã decerto permanecera fiel às suas raízes da *glymera*. Embora já não morasse mais numa mansão, vestia-se como se estivesse em uma. Subira para jogar Banco Imobiliário como se fosse a um evento formal – e era até engraçadinho o modo como corava toda vez que olhava para ele.

Um pouco triste também.

Era óbvio o quando ela significava para Mae e vice-versa. Não se admirava que o Livro fosse um tópico de discussão. Se existiam vidas que valiam a pena ser preservadas com magia do mal, Tallah estaria nessa lista.

Reparou nos pratos que ainda restava lavar.

Mas, só por Deus, aquele cozido estava horrível.

Determinado a ser útil e não apenas decorativo, assumiu a tarefa a partir do ponto em que Mae a deixara, pegando um chumaço de papel-toalha ensopado e lavando o que restava na pia. Como Tallah conseguira usar setecentos potes e panelas era um mistério. Havia apenas dois legumes e um punhado de carne naquele sopão de cimento líquido.

Enquanto lavava e enxaguava, pensou em Mae encostada na porta do banheiro, com os olhos no seu trabalho manual como se fosse a coisa mais incrível que já tinha visto. Caralho, sentiu como se tivesse a palma cheia de ouro enquanto ela assistia, mas quando descobriu que ela era...

Claro que ainda desejava aquela fêmea. Só não queria pegar nada permanente dela, visto que só estava de passagem em sua vida.

Não seria justo.

Com tal pensamento em mente, trabalhou na bagunça da pia. Secou tudo. Guardou nos lugares do quais Tallah os retirara.

Bem quando consultou o relógio da parede, algo foi registrado e seu alarme interno disparou, apesar de não saber exatamente de que se tratava.

Embora o fato de Mae estar longe de casa há quase uma hora não ser uma boa notícia.

Espalmando a arma que trazia junto ao corpo, examinou a barricada da geladeira diante da porta dos fundos. Olhou para fora da porta da frente. Verificou a escada que dava para o porão. Mas que diabos...

Quando seus olhos passaram por cima da mesa, voltaram para rever o que chamara a atenção do seu subconsciente.

– Merda.

Enfiando a .40 na cintura, pegou a 9mm que dera a Mae. Ela a deixara para trás na pressa de sair.

– Eu já volto – avisou na direção do porão.

Desmaterializando-se, viajou até o segundo andar e saiu pela persiana que deixara entreaberta na noite anterior. Não teve problemas para encontrar a casa de Mae e, ao se reformar junto à garagem, viu que as luzes internas estavam acesas.

A persiana na parte de trás ainda estava como ele deixara, por isso conseguiu entrar para junto do carro sem problemas – e ficou confuso. O cheiro fresco de combustível queimado estava evidente, então ela fora fazer compras – e a porta para os fundos da casa era mantida aberta com um peso.

Desejou ter podido ajudá-la a levar para dentro o que quer que tivesse comprado.

Parando no corredor, viu a bolsa de Mae e as chaves do carro sobre a máquina de lavar roupa. A jaqueta também.

Havia uma trilha de umidade nos pisos que davam para a cozinha modesta e, enquanto seguia esse rastro, ouviu um barulho estranho vindo de dentro da casa. À medida que avançava, descobriu que era térrea e pequena, com mobília que não era nova, mas tudo estava limpo e ele se sentiu confortável com a ausência de futilidades.

Outra vez aquele som estranho, que o conduziu ainda mais para dentro da casa, para um corredor que, deduziu, o levaria para os quartos. A porta do banheiro estava entreaberta na metade do caminho, e Sahvage começou a sorrir ao sentir o cheiro de Mae ficar mais forte em seu nariz.

– Posso ajudar...?

Quando chegou à soleira da porta, ele...

Parou. De repente. Porque não entendia o que estava vendo.

Mae estava ajoelhada diante de uma banheira, sacos de gelo vazios a cercavam, um ainda de pé com seu conteúdo de lascas ainda aguardando para ser despejado junto com os demais. Tudo isso era estranho, mas não foi o que fez suas botas pararem nem o ar sair de seus pulmões.

Dentro da banheira havia... o que parecia ser um cadáver. A cabeça estava afundada, junto à torneira, os pés na ponta oposta, os dedos brancos e cerosos despontando debaixo do gelo.

Com uma expressão de horror, Mae se virou e abriu bem os braços, como se quisesse proteger o que vinha mantendo no gelo. Ou, quem sabe, tentando esconder.

— O que está fazendo aqui?!

— Esqueceu a arma — Sahvage respondeu, lentamente, ao mostrar a arma na lateral do corpo. — Eu trouxe para garantir que você ficaria segura... O que é isso?

Ou *quem*, seria uma pergunta mais precisa. Embora suspeitava que já sabia. Os cabelos loiros escuros eram iguais aos dela.

— Mae... — Sahvage esfregou uma mão no rosto. — Não.

— Saia! — exclamou ela numa voz trêmula. — Deixe-nos a sós...

— Você quer trazê-lo de volta usando o Livro. Ah, meu Deus... Mae... *Não*.

Capítulo 36

Havia precipícios mais medonhos do que a vida e a morte. E Balz estava diante de um.

Enquanto hesitava no limite do consentimento, quando cada parte de seu corpo queria seguir o comando da mulher dos seus sonhos, ele se deu conta de uma inevitabilidade que era como um segundo nascimento: uma escolha feita por outra pessoa que causava a sua existência num mundo. Sim, adentraria o domínio da vidente, e seguiria o chamado da morena diante de si, e viveria aquilo que sempre fora o seu destino.

— Isso mesmo — disse ela com um sorriso naqueles lábios rubros. — Venha comigo.

Do nada, porém, uma imagem o estapeou como se fosse a palma de uma adaga em seu rosto: viu o primo no Antigo País, numa cabana na floresta onde se abrigavam do sol. Syphon sorria envolto em armas e couro velho de guerra, um corte cicatrizando na têmpora, resultado da lâmina de um *redutor* que fora mais rápido e ligeiro que seu alvo.

Um camarada. Um amigo. Um protetor.

Família.

Os olhos eram tão azuis; o sorriso, tão amplo; sua benevolência inexaurível apesar de não terem comida quente na barriga e apenas terra na caverna como camas...

Pega, aceita isto...

306 | J. R. Ward

A oferta do primo, feita no Antigo Idioma, estava clara como se tivesse sido dita a Balz ali, naquele instante, e ele via o lutador inclinando-se à frente, com a mão esticada.

E, na palma, a última fatia de pão que tinha.

Não estás com fome, então?, Balz perguntara.

Não, este é teu, Primo. Aceita e alimenta-te. Encontrarei outra coisa.

Syphon dissera essas simples palavras por cima do ronco do próprio estômago, apesar da realidade de que não havia nenhuma outra comida na caverna...

Os olhos de Balz se arregalaram, embora nem tivesse percebido que estavam fechados. E o sorriso que tinha diante de si, o de sedução, o sorriso do mal sabendo que capturara mais uma alma... não se parecia em nada com o do primo.

Nem um pouco parecido com o do primo.

— Você sabe o que quer fazer — disse a mulher. — Sabe que virá comigo...

Com um grito de guerra, Balz girou de costas e se lançou do alto da escada, agarrando as pernas penduradas do primo enquanto a sombra erguia cada vez mais o macho indefeso, como se quisesse sair pela janela acima da entrada, levando Syphon embora.

— Seu maldito idiota! — berrou a morena de dentro do abismo. — Seu filho da puta!

Pouco antes de a entidade umbrosa romper o vidro e desaparecer com sua presa, Balz agarrou com força o coturno esquerdo do primo e reforçou a pegada agarrando-se ao tornozelo.

A sombra emitiu um grito profano quando o peso extra a puxou para baixo, em seguida, algo cedeu, e a entidade soltou seu fardo.

As costas de Balz amorteceram a queda, seu corpo aterrissou com estardalhaço nos degraus de madeira e começou uma descida que certamente o faria precisar de fisioterapia – e o corpo do primo foi um terrível seguidor, todo aquele peso acertando-o com ainda mais força sobre a escada dura e impiedosa. Quando seu cérebro foi tomado pela dor, houve um instante de paralisia atordoada, mas o contra-ataque veloz da sombra significava que não havia tempo para sentir dor – nem para checar se Syphon estava vivo.

Tentando frear com um pé a descida ruidosa que sacudia até seus dentes, Balz enfiou uma mão no coldre da cintura e sacou uma das duas .40. Bem quando ergueu o cano, a sombra avançou, açoitando-o com tentáculos semelhantes a cobras e atacando seu primo novamente. Quando seu antebraço foi atingido, praguejou de dor, mas apertou o gatilho.

A automática fez seu trabalho, disparando bala atrás de bala – e ainda bem que elas deram conta. A sombra emitiu mais um daqueles gritos perfuradores de tímpanos, retraindo-se como se tivesse sido queimada. Todavia, retornou.

Por isso, Balz sacou uma adaga de prata. Quando um dos tentáculos se aproximou demais, ele o atingiu – e foi recompensado por um berro agudo. Mas, nesse momento, Syphon, que perdera a consciência, começou a deslizar pelas escadas de novo, e quando Balz tentou segurá-lo, os dois acabaram rolando até o fim dos degraus.

Enquanto seu corpo sacudia como que dentro de um liquidificador, ele fez o que pôde com tiros e punhaladas, certificando-se de que nem ele nem o primo estariam no caminho da sombra...

Bum!

Aterrissaram numa pilha amontoada na base da escada, os corpos grandes abarrotando a porta fechada. Com um empurrão, Balz mudou a posição do primo de lado para poder continuar atirando, mas quando a última bala saiu da sua arma, de nada adiantou. Não conseguia alcançar a munição extra, nem sua outra .40...

A mão de Syphon apareceu na frente do seu rosto com um carregador cheio.

– Graças a Deus – murmurou Balz. – Pode me dar outra arma?

Quando recebeu um grunhido como resposta, trocou o carregador e continuou atirando – e, como num passe de mágica, outra Sig Sauer apareceu diante do seu rosto.

Largando a adaga – que, com um pouco de sorte, não os fatiaria como queijo suíço nem seria usada pela entidade –, deu uma de

Deadpool, disparando tiros com as duas automáticas, jogando a entidade para trás, buracos aparecendo no corpo translúcido – ou talvez fosse porque a estrutura que mantinha aquilo unido estivesse se desfazendo. Agora mais parecia um cardume de peixes, a parte inteira se transformando em partes coordenadas, num padrão ondulante que foi se tornando cada vez mais irregular.

Outro carregador apareceu ao lado de sua cabeça, a mão trêmula de Syphon se enfiou em meio à confusão de membros dos dois. E um terceiro. Só o que Balz podia fazer era mirar e atirar e recarregar...

– Estou sem – disse Syphon numa voz rouca.

Nesse exato momento, quando a última bala saiu da segunda arma, a sombra explodiu, os estilhaços aéreos como penas de um corvo, flutuando para o chão em correntes preguiçosas.

Nesse ínterim, no topo da escada, a morena se inclinou na virada do batente, com olhos furiosos fulminando Balz.

– Você é um completo idiota! – ela ladrou.

E, simples assim, a mulher desapareceu.

Balz afundou, a respiração passando forçada pela garganta, um tipo estranho de náusea retorceu seu estômago, um formigamento febril eriçou sua pele. Quando virou de lado e vomitou, sentiu todo tipo de dor florescer em todos os lugares.

Agora que a ameaça imediata se fora, lembrou-se das histórias das sombras em Caldwell. Merda, devia ter pegado algumas balas especiais de V. Mas não levara muito a sério aqueles relatos.

Precisava chamar ajuda antes que mais daquelas malditas sombras aparecessem.

Erguendo-se, tentou ficar de pé, mas se desequilibrou e bateu o quadril no corrimão.

– Está vivo? – Balz murmurou sem nem perceber o novo machucado.

Aos seus pés, ouviu um gemido. Então Syphon levantou o rosto todo marcado com vergões vermelhos, as feições estavam tão distorcidas que mal dava para reconhecê-lo.

– Vou pedir ajuda – Balz disse ao acionar o localizador de emergência no comunicador. – E preciso ver se a barra está limpa lá em cima.

– Tenho uma adaga. Vou ficar bem.

Balz não tinha coragem de fazer o primo entender que mal estava enxergando.

– Bom, segura as pontas.

Enquanto Balz claudicava degraus acima, a subida foi lenta. Balas estavam espalhadas na escada, caindo em queda livre quando atingiram a sombra.

No alto, afastou a porta e ligou a lanterna, apontando o facho de luz para o interior.

O lugar estava basicamente vazio: algumas mesas debaixo das janelas que davam para a rua, um punhado de velas, panelas e ramalhetes de ervas sobre os tampos. No meio do cômodo, havia uma notória bola de cristal sobre uma estação de trabalho redonda com duas cadeiras e muitas cortinas. Em todo o resto, havia futons com almofadas e uma área de estar com poltronas puídas. Faixas de tecidos coloridos salpicados com fios dourados baratos estavam presas às paredes com pregos, como se fossem arco-íris presos e capturados.

Nenhuma morena.

Ela sumira.

Balz inspirou fundo. Não sentia nada além do cheiro acre de munição queimada e um vestígio desagradável de carne fresca.

Será que a mulher esteve mesmo ali?

Disse a si mesmo que tomara a decisão certa. Fizera o que era certo. Escolhera a família em vez... do que quer que ela fosse.

E mesmo assim lamentava. Como um amante deixado para trás...

Quando um sinal disparou em seu comunicador, virou a cabeça na direção do ombro.

– Preciso de ajuda médica. Urgente. – Olhou para a escada. E desceu correndo. – Um ferido, extensão dos ferimentos... espere.

De volta ao primo, pegou a mão frouxa do lutador que estava mais perto. Syphon voltara a desmaiar, mas ainda respirava através dos lábios inchados.

Estranhamente, as roupas estavam todas intactas. O que não fazia nenhum sentido.

— A extensão dos ferimentos é grave — Balz ficou sem voz quando suas últimas forças abandonaram o corpo e ele caiu de lado. — Vocês têm a minha localização...? Bom. Cacete, venham logo.

De volta à casa dos pais, no banheiro onde tentava esconder de todo mundo o que guardava, Mae tentou bloquear a vista perfeita que Sahvage tinha da banheira... onde Rhoger estava. Mas um cadáver mergulhado em gelo não era algo que os olhos conseguiam ignorar, mesmo que apenas partes dele estivessem à mostra.

— Feche a porta — ela ladrou, porque era a única coisa em que conseguiu pensar. — Não olhe para ele assim.

Só que Sahvage não estava concentrado em Rhoger. Estava olhando para ela.

— Mae...

— Não! — Cobriu os ouvidos com as mãos. — Não estou ouvindo.

Em vez de continuar a falar ou fazer o que ela exigira com a porta, Sahvage recuou até estar apoiado na parede do corredor. E deslizou até a bunda aterrissar no chão e eles estarem no mesmo nível.

Então, não olhou nem para ela nem para Rhoger. Apoiou a cabeça nas mãos.

Quando continuou quieto, Mae se largou contra a lateral da banheira. Olhou para o irmão através do gelo.

— Você não entende — sussurrou. — É tudo culpa minha.

Sahvage emitiu um suspiro exausto.

— A menos que o tenha matado com as próprias mãos, tenho certeza de que não é.

— Nossos pais eram muito severos — ouviu-se dizer. — Das antigas. Depois que foram mortos nos ataques, Rhoger começou a mudar. Passava o dia inteiro fora, às vezes uma semana inteira. Começou a andar com uma turma diferente. Ele... simplesmente se perdeu. Enquanto isso, eu cuidava da casa, pagava as contas, tentava manter unido o que restava da nossa família. Comecei a sentir rancor.

Esticou a mão e espalhou o gelo na banheira. Quando ela ficou fria, a diferença de temperatura entre a palma e as lascas de gelo foi um lembrete duro de tudo o que a separava do irmão.

Mae refreou as lágrimas.

— Na última noite em que ele saiu... tivemos uma briga terrível. Eu me descontrolei. Mandei arranjar um emprego ou então se mudar daqui. Ele gritou comigo. A briga foi feia. — Balançou a cabeça, apesar de não saber se Sahvage estava ou não olhando para ela. — Ele não voltou. Por duas semanas... ou quase três. Não consigo me lembrar direito. Tentei encontrá-lo. Liguei sem parar para o celular dele. Fui até a casa dos amigos dele. Ninguém sabia onde Rhoger tinha ido parar. E, então, certa noite, eu estava trabalhando aqui e... ele apareceu na porta de entrada. E estava todo... Ele sangrava em tantos lugares e parecia não ter comido nada desde o dia em que tinha ido embora. Corri para socorrê-lo, mas ele morreu nos meus braços. — Esfregou os olhos ardidos. — Eu não fazia ideia do que tinha acontecido com ele e nem do que fazer. Liguei para Tallah. Não tenho mais ninguém na minha vida e não conseguia pensar direito. Depois que contei tudo e consegui me acalmar um pouco, ela ficou em silêncio no telefone... Pensei até que tivesse desligado. E daí ela me falou...

— Do Livro — Sahvage disse entredentes.

Mae olhou para ele.

— O Livro.

— Não pode fazer isso. Mae, você não tem ideia do que está começando.

— Mas tudo bem se fosse para prolongar a vida de Tallah — ela murmurou com amargura.

— Eu nunca disse isso.

Mae ergueu uma mão.

— Rhoger é tudo o que me resta.

— Foi o que você disse sobre Tallah.

— Vamos *mesmo* discutir o pouco de pessoas que restam em minha vida agora? Sério? – Mae juntou os sacos de gelo vazios ao seu redor. E não fez nada com eles. – Não posso deixar tudo de lado. Você não entende. É... É tudo culpa minha. Eu afastei meu irmão de casa e o mandei para as mãos de alguém que o torturou tanto que ele morreu por causa dos ferimentos.

Sahvage praguejou.

– Ele saiu porque saiu, Mae. Poderia ter sido qualquer outra noite...

– Não faça de conta que nos conhece.

– E você não finja que o que está fazendo é correto.

– Este aqui no gelo é o meu irmão – ela disse emocionada.

– É um macho morto – Sahvage contra-argumentou. – Pode ter sido o seu irmão quando estava vivo, mas não é mais.

Mae bufou com força.

– Como pode dizer isso?

– Porque é a verdade.

– Pare! – Fechou os olhos. – Só pare.

Quando abriu os olhos, Sahvage estava bem na frente dela, e quando Mae se retraiu, ele segurou uma de suas mãos.

– Por favor – ele pediu. – Não faça isso com ele. Se o ama, não fará isso...

– O que, trazê-lo de volta para mim? Como isso pode ser errado?!

Sahvage engoliu com força, e sua voz era quase inaudível.

– Deixe-o no Fade. Eu imploro. As consequências não valem a pena.

Os olhos azuis da meia-noite estavam cravados nela, e sua expressão era tão intensa que Mae sabia que aquilo não era apenas o caso de alguém pensando no que era melhor para ela.

– O que não está me contando? – exigiu saber.

– Só o que ouvi ser verdade...

– Besteira. O que você sabe? E não minta para mim.

Sahvage interrompeu o contato entre eles e se sentou. Quando seus olhos se desviaram para Rhoger e para o gelo, ficou imóvel.

Quando voltou a falar, sua voz e sua expressão estavam atormentadas.

– Só sei que as pessoas não foram feitas para viver eternamente...

– Não quero que ele seja imortal, droga. Só quero trazê-lo...

– E acha que é você quem estabelece os termos? Acha mesmo, com toda honestidade, que você vai fazer as regras? Está brincando com os fundamentos da mortalidade.

– Foda-se a mortalidade! Rhoger foi roubado. E vou consertar isso nem que seja a última coisa que eu faça!

CAPÍTULO 37

EM SEUS ANOS TERRENOS, Sahvage tivera somente outro momento de uma cegueira tão absoluta, uma cegueira que mudara tudo sobre quem ele era. E não foi o fato de Mae ter mentido. Foi por ele ter fracassado em prever seus motivos inconfessos. Aceitara como verdadeiro o que ela lhe dissera, e seguira para outros assuntos.

Por exemplo, a atração sexual que sentia pela fêmea.

Interessante como isso tinha o poder de trazer tudo para a estaca zero.

— Não tenho escolha — anunciou Mae.

— Está errada quanto a isso — refutou, balançando a cabeça. — A morte não é algo ruim.

— Como pode dizer isso? Rhoger mal tem setenta anos de idade. Ele foi trapaceado.

— Mas se você acredita no Fade...

— Está querendo me dizer que meu pai e minha *mahmen*, que não se davam bem quando moravam debaixo deste teto, agora estão num bom relacionamento sobre uma nuvem qualquer no céu? Ora, faça-me o favor. Eu aceitava a teoria do Fade até fazer as contas de quais seriam as pessoas que supostamente estão lá. Uma eternidade com hipotéticos entes queridos é apenas um conto de fadas para nós não perdermos a cabeça numa situação como esta em que estou agora! E, sim, sei que estou enlouquecida. Mas você não tem ideia de como é...

— Eu também perdi a única pessoa da minha família. Portanto, sei muito bem qual é a sensação.

Isso calou sua fêmea.

Não que ela fosse sua.

– O que aconteceu? – Mae perguntou num tom mais suave.

– Foi ainda no Antigo País. – Sahvage esfregou o rosto. – Ela era minha incumbência, minha prima de primeiro grau. Eu era o responsável por ela. Era sua única família, seu protetor...

Quando Sahvage não prosseguiu, Mae se sentou mais à frente.

– E você... a perdeu.

– Fracassei por completo. Ela foi tirada de mim por um aristocrata. E depois... foi brutalizada. – Sahvage encarou Mae com olhos duros. – Por isso, sim, eu sei como é. E também foi tudo culpa minha.

Os olhos de Mae cintilaram com lágrimas, e o rosto revelava compaixão.

– É por isso que não gosta de se ver no espelho.

– Não – ele negou com veemência. – É por isso que *odeio* olhar para mim.

Merda, aquilo tudo estava se tornando real demais.

– Como pode dizer que não entende os meus motivos, então? – Mae insistiu.

– Nunca lhe disse que não entendo. Eu disse que o que está tentando fazer é errado. Com o Livro. A eternidade na Terra não foi feita para os mortais, Mae, nem mesmo para os que amamos. Liberte-o. Faça uma cerimônia do Fade apropriada para seu irmão... e deixe-o ir.

Mae ficou em silêncio por um tempo.

– Eu sinto muito... Mas não acho que conseguiria viver comigo mesma depois disso. Preciso ir até o fim. Se eu encontrar o Livro, vou em frente.

– Há alguma coisa que eu possa dizer para te fazer mudar de ideia?

– Não.

Os olhos dele abandonaram os dela e se fixaram nos sacos de gelo que ela enrolara e deixara ao lado do quadril. Um dos sacos se abrira e mostrava o desenho de um pinguim com cachecol vermelho. O cretino parecia bem alegre. O que era bem inapropriado, dadas as circunstâncias.

– Lamento ter mentido para você – disse ela, distante. – Sobre Rhoger.

– Isso agora não tem muita importância.

– É difícil falar sobre isso.

Sahvage a fitou, desejando que ela fosse humana, assim poderia manipular sua mente.

– Claro que é. Porque você sabe que é errado, e se disser em voz alta ou deixar alguém ver isto, corre o risco de perceber por conta própria o quanto essa ideia é ruim.

Mae piscou. Algumas vezes. Depois se inclinou para frente, indignada.

– Você só pode estar de brincadeira. – Ela balançou a cabeça. – Você é um estranho. Eu te conheço há quarenta e oito horas. Te conheci enquanto você morria de hemorragia por conta de uma luta clandestina com um humano...

Sahvage ergueu um dedo.

– Eu não estaria sangrando se você não tivesse me distraído...

– Vê se para com isso! – Mae ergueu as mãos. – Mas que *droga*! A questão é: você não é exatamente alguém que tem um lugar na minha vida. E isto – apontou o dedo para o irmão – está acabando comigo, está bem? Está me matando. Portanto, não, eu não tinha a mínima pressa de partilhar com você.

A voz dela ficou embargada e os olhos marejaram de novo. Mas era evidente que não queria nenhum tipo de empatia, pelo menos não da parte dele: com raiva, limpou as faces com as palmas das mãos e depois as enxugou nos jeans.

– Não posso ficar aqui sentada sem fazer nada – disse com brusquidão. – Por isso, a única coisa que você e eu temos que conversar é sobre o que você vai fazer agora. Está dentro ou não. E antes que encontre algum outro jeito de me irritar com um dos seus doces comentários, sim, estamos nesse impasse. Mais uma vez.

Sahvage fechou os olhos. Depois de um instante de silêncio tenso, teve a intenção de lhe dar uma resposta. Mas, em vez disso, o presente desapareceu, e foi substituído pelo passado que ele resolvera ignorar por muito tempo...

No grande salão do castelo de Zxysis, o Ancião, Sahvage sentiu como se um véu tivesse caído dos seus olhos, sua visão agora estava clara, embora não soubesse antes que estivera obstruída, o mundo ao seu redor já não estava mais envolto pela névoa, ainda que tivesse deduzido que tudo era como ele acreditava ser.

E agora o que lhe era revelado era aterrorizante.

– Quem és tu? – sussurrou novamente ao encarar Rahvyn, sua prima, sua protegida, sua única família.

Atrás dele, os corpos decapitados do destacamento de guardas sofriam espasmos nas poças de sangue enquanto o que restava de suas vidas cedia lugar ao chamado frio e inerte da morte. Diante dele, Rahvyn continuava impassível, mesmo diante da surra que lhe fora impingida, da violação infligida em sua virtude.

Mas tinha bons motivos para não se acovardar, não tinha?

Erguendo os braços, olhou primeiro para uma, depois para a outra das algemas de aço que machucaram os punhos frágeis. Elas caíram como se tivessem recebido uma ordem, batendo ruidosamente no chão.

– Sou quem sempre fui – declarou num tom poderoso. – Apenas liberta agora.

Zxysis de alguma forma percebera esse poder que possuía, pensou Sahvage.

Ficou evidente que o aristocrata ligara as histórias do vilarejo e enxergara o rastro daquilo que eram. Nesse ínterim, Sahvage, que supostamente era o mais próximo à fêmea, não acompanhara a trajetória.

Ela não precisava de sua proteção.

Ela não precisava de ninguém.

– Seguiremos caminhos distintos, Primo. – Agora a voz dela mudou, aproximando-se daquela que ele conhecia. – Você cumpriu sua obrigação

comigo, a jura feita a meu pai, o seu tio, foi cumprida. E como sei que não me deixarás, eu te deixarei...

— Rahvyn, onde está Zxysis? O que fizeste com ele?

O sorriso que repuxou os cantos da boca da fêmea o aterrorizou.

— O que ele fez comigo. Nem mais, nem menos. Retribuí suas atenções ao entrar dentro dele. — Rahvyn claudicou até onde um manto negro havia sido largado num dos bancos. Envolvendo-se nele, fitou o primo. — Tu não me encontrarás. Nem tentes.

Num reflexo, ele protestou.

— Meu dever para contigo é sacrossanto...

— E, daqui por diante, eu te liberto desse fardo. — De repente, seus olhos se suavizaram. — Sahvage, estás livre. De tudo. Nenhuma preocupação a meu respeito para distrair-te do teu verdadeiro chamado. Serás o lutador mais poderoso que já existiu na Irmandade da Adaga Negra. A glória será tua, pois a raça jamais encontrará melhor protetor do que ti.

— Não! Defender-te é mais importante do que...

— Não mais. — Rahvyn piscou para afastar as lágrimas e ergueu o queixo. — Fica bem, Primo. Tenho muita fé em teu futuro. Convido-o a se juntar a mim neste otimismo, mesmo que eu me afaste de tua vida. Esta era é passada.

— Rahvyn! — Sahvage gritou ao correr para ela.

A prima, no entanto, se desmaterializou do grande salão, deixando nada além de seu perfume... e da carnificina que provocara.

— Não! — berrou. Mesmo sem saber o que exatamente estava negando.

Passando os dedos pelos cabelos, andou de um lado para outro. E andou. E num outro círculo estreito. Mas nada mudou. Não a respeito da partida de sua protegida, nem em relação ao que vira com os próprios olhos. Com uma imprecação, soltou a cabeça e aproximou-se dos mortos. O misto de corpos e armas largadas estava disposto em camadas desordenadas, sangue brilhava nas roupas de couro, nas peles, na pedra... nas espadas de aço e nas espingardas cinzentas e metálicas.

— Rahvyn... — sussurrou —, o que mais fizeste?

Só que não havia mais Rahvyn, havia?

Quando assimilou tal percepção, uma urgência o clamou com a ressonância de um sino, e Sahvage procurou se armar com a artilharia dos mortos antes de se apressar para a via pública que marcava o caminho para a ponte levadiça. Enquanto corria em silêncio e apressado, havia muitos obstáculos a sobrepor. Um campo de destroços marcava aquele terreno: fragmentos de roupas, alimentos em cestos e sacos, páginas de diários e de livros se acumulando no caminho até a saída.

Uma confusão de pessoas correndo, tomadas pelo pânico, passara recentemente por aquela mesma rota, seus pertences de importância secundária ante suas vidas.

Quem os assustara assim?, era a pergunta cuja resposta ele temia.

Quando a imponente entrada fortificada se apresentou diante de si, Sahvage diminuiu os passos.

E parou.

A vista da ampla abertura era uma amostra do vasto cenário formado pelo campo que cercava o castelo. Trilhas na grama amassada revelavam os caminhos que os habitantes cruzaram ao fugir, e a ponte levadiça, que sempre estava abaixada, também apresentava o mesmo rastro de detritos.

– O que quer que eles tenham presenciado... – Sahvage sussurrou ao passar pelos portões de ferro e aço – ... os fez abandonar a tudo de uma vez...

Pinga. Pinga. Pinga.

Ante o gotejar suave, Sahvage relanceou para o chão, ao lado de suas vestes. Ali, na superfície antiga de madeira gasta, uma poça reluzia ao luar.

Vermelho. Vermelho vivo.

Sahvage se virou e olhou para cima...

– Santa Virgem Escriba.

No alto da grande e formal entrada, empalado na escora de ferro que carregava as sedas de sua linhagem, estava...

Zxysis, o Ancião.

E não era preciso dizer que estava morto.

Como se o empalamento não fosse explicação suficiente.

De fato, a pele fora arrancada dos ossos e músculos: tudo o que antes envolvera sua forma corpórea tinha sumido, os intestinos se despejavam da pelve, órgãos se soltavam da caixa torácica. No entanto, o rosto fora preservado. As feições que definiam sua identidade dentro da glymera *e naquela residência permaneceram intocadas, sua expressão era de horror, os lábios escancarados sobre os dentes à mostra, os olhos cegos fitando com horror toda a sua propriedade.*

– Rahvyn...

Uma luz brilhante explodiu no céu, tão clara que logo superou o brilho da lua, tão ofuscante que ele gemeu e ergueu o braço para proteger os olhos. Cambaleando pata trás, Sahvage procurou a proteção dos muros de pedra do castelo, e quando se viu abrigado, tentou distinguir o que poderia se opor ao corpo celestial.

O que quer que estivesse viajando ao longo do céu de veludo, eclipsando o brilho das estrelas, parecia sugar toda a luz do alto. E quando chegou ao horizonte, ao norte, houve outra breve intensificação – e se extinguiu para o nada.

Em sua partida, tudo voltou a ser como era.

Só que não, não era verdade. Nada do que o cercava era como devia ser.

E Rahvyn estava errada.

Ela não o libertara com sua partida. Ela o incriminara daquelas mortes que impingira aos seus sequestradores.

Ninguém acreditaria que Sahvage não dera cabo de Zxysis e de sua guarda daquela forma: sua reputação junto à Irmandade não apenas justificava a nomenclatura que lhe fora dada ao nascimento, ela o precedia aonde quer que fosse.

Os corpos no salão. Zxysis no alto, despelado como um animal, perfurado como uma carcaça. Tudo isso apontaria para Sahvage, portanto a glymera *iria atrás dele, exigindo explicações que ele seria incapaz de dar. E a Irmandade seria colocada numa situação insustentável, pois sabiam como ele era na batalha – e sabiam o que sua protegida significava para ele.*

Também saberiam dos boatos no vilarejo ao redor do castelo, as anciãs e os jovens que falavam sobre magia nas florestas e sobre acontecimentos inexplicáveis na cidade.

Para proteger a prima, Sahvage aceitara a maldição de ser chamado de feiticeiro, por mais longe que estivesse de ser um, assim como com qualquer mortal. Além disso, a magia de Rahvyn sempre fora inofensiva... Ou, de todo modo, nada a ser temida.

Fechou os olhos e visualizou Zxysis.

Não havia mais nada de inofensivo ali.

Portanto, não, não estava livre, pouco importando no que a prima acreditava. As ações dela o condenaram à morte...

Com um giro abrupto, voltou para o lugar de onde viera.

E correu em disparada.

Ao chegar aos guardas decapitados, saltou por cima dos cadáveres e do sangue. Seguindo em frente, desceu os degraus que há pouco subira... e seguiu até alcançar os andares mais baixos do castelo.

Quando chegou ao depósito em que despertara, levou uma tocha para dentro e colocou-a num suporte junto à porta. Seguindo até seu caixão, abaixou as armas e recolocou a tampa no lugar. Foi nesse instante, graças à luz da tocha, que percebeu as marcações entalhadas na madeira. Era um caixão para um morto amaldiçoado, os símbolos anunciavam isso em todos os lados.

Sahvage olhou ao redor. De imediato, tirou a tampa uma vez mais e pegou sacos de farinha que estavam por perto, três, quatro, um pouco mais, depositando-os onde o seu corpo deveria estar. Por fim, ajustou a tampa e usou a pedra de um amolador, envolvida num saco, para martelar de volta em seus lugares o que antes havia retirado. Por fim, pegou uma bainha que tinha surrupiado. Usando a ponta afiada, entalhou seu nome na tampa e nos painéis verticais, pois não estava em meio às outras inscrições.

Voltando a apoiar a espingarda no ombro, pegou a tocha e retornou para o corredor. Verificou ambos os lados, confirmou que a calmaria retumbante persistia – ainda que não fosse durar. A superstição manteria os vampiros afastados, e também humanos, mas apenas por um tempo. A ganância dos ladrões logo superaria o senso de autopreservação, e havia muito a ser saqueado ali dentro. Mas isso também serviria ao seu propósito. Em meio a essa invasão, seu caixão seria encontrado e, de todos os itens no interior das paredes daquele castelo, este seria um que não seria tocado. Nenhuma alma haveria de querer ter posse de tal artefato. Ainda assim, boatos se espalhariam.

322 | J. R. WARD

Em algum momento, a Irmandade tomaria conhecimento de seu local de repouso, mas se aceitariam os restos mortais ou não, se descobririam sobre a sua fraude? Quem poderia saber?

Sahvage, entretanto, não estaria por perto para certificar-se do resultado do seu cadáver forjado. Em vez disso, procuraria a prima até encontrá-la, e então, quando Rahvyn estivesse pensando com lucidez, garantiria que ambos permaneceriam escondidos. E sua suposta morte garantia que isso fosse possível...

Tap.

Bem quando estava prestes a fugir, Sahvage se virou na direção do som.

Tap. Tap.

No silêncio anormal do castelo, o ruído suave se destacava muito mais do que seria possível em circunstâncias normais.

Tap. Tap. Tap. Tap...

Esqueça, *disse a si mesmo. Sua decisão de partir de imediato era clara...*

Taptaptaptap...

Quando uma antiga premonição resvalou sua nuca, ele se dirigiu para a saída. O corpo, entretanto, seguiu em outra direção.

De tal sorte que seguiu na direção do som estranho e suave.

Capítulo 38

Quando Sahvage se calou e pareceu se recolher dentro da própria mente, Mae apoiou a mão na beirada da banheira.

– Não posso te deixar partir – sussurrou para Rhoger. – E prometo que não vou deixar. Sei como remediar isto.

E estava falando sério, ainda mais no tocante à última declaração, mas o refrão estava fraco, como se tivesse repetido as mesmas sílabas tantas vezes que elas perderam seu significado, sua força. Ou talvez nunca tivessem tido força alguma, eram apenas fruto do desespero motivado pelo pânico – e, na vida real, até onde isso levava as pessoas?

– Não vai mudar de ideia – murmurou Sahvage.

– Nunca – ela o encarou.

A palavra tinha mais vigor do que a fêmea. Mas era como se, ao enfrentá-lo, estivesse enfrentando também o Fade, e esse tinha que ser o seu propósito... a despeito do fato de ainda não ter o Livro. E estava se fiando no que Tallah lhe contara.

– Tudo bem – concordou ele, por fim.

– Você vai embora?

– Não – ele meneou a cabeça. – Não vou a parte alguma.

Mae fechou os olhos e afundou de alívio.

– Eu juro que vai ficar tudo bem. Tudo vai acabar bem. Nós ficaremos bem.

Sim, e depois?, perguntou-se. Mesmo já sabendo a resposta no que se referia a eles dois.

Sahvage seguiria com a própria vida. Mae cuidaria da dela. E, como não tinham nada em comum, acabariam se distanciando. Desde o início, suas naturezas não tinham nenhum cruzamento, nenhuma intersecção, nada que os mantivesse juntos.

Levantando-se, pegou as embalagens de gelo.

– Vamos voltar para o chalé.

Engraçado como pareceu normal dizer tais palavras. Pensando bem, uma pessoa pode se acostumar com qualquer coisa – e também se desacostumar.

Quando Mae saiu do banheiro, Sahvage virou as pernas de lado e também se levantou. E quando ela fechou a porta, foi com firmeza – não que isso fizesse alguma diferença. Afinal, não podia trancar o embaraço ali dentro, podia? A sua mentira?

Não.

– Vou voltar pra minha casa – ele informou.

– Tudo bem, não precisa ficar. Quero dizer, lá no chalé, ou...

– Preciso, sim. Agora mais do que nunca. Mas preciso de roupas.

Não olhou para a fêmea ao se encaminhar para a garagem, e ela se apressou atrás dele, apanhando a bolsa e as chaves de cima da lavadora. Assim que Mae trancou a casa, Sahvage assentiu para ela e se desmaterializou pela fenda na persiana. Sozinha, a vampira contemplou o lixo que ainda tinha que ser levado para fora – e se lembrou do motivo.

Num impulso, entrou no carro e deu partida. Talvez fossem precisar de um carro. Ou talvez ela só precisasse dar umas voltas.

Enquanto dava a ré – porque estava distraída demais ao chegar do posto de gasolina e quebrou a regra do pai sobre como estacionar –, pensou em como o Livro estava demorando para aparecer... e tentou não interpretar essa demora pelo que era: um sinal de que tudo aquilo era insensatez. E de que era uma tola desesperada.

Manobrando na rua, pensou em Tallah, sozinha naquele chalé. Xingando, Mae acelerou e saiu do bairro, consumida pela obsessão com sombras e morenas e machos enormes nus em banheiros...

Incapaz de suportar o caos mental, ligou o rádio. Deixara sintonizado numa rádio de notícias e uma mulher de voz melodiosa discorria sobre fundos públicos para bibliotecas, por isso mudou para outra rádio FM.

– ... assassino em série aqui em Caldwell. A Polícia Metropolitana da cidade relatou que mais um homem e uma mulher foram mortos ontem à noite. Os corpos foram encontrados na boate Eight-Seven-Five, e os corações de ambos tinham sido arrancados...

Os olhos de Mae dispararam para o rádio, e ela aumentou o volume.

– ... assim como nos outros casos. A identidade das vítimas mais recentes continuam mantidas em sigilo, aguardando que as famílias sejam notificadas. A contagem agora é de cinco casais, incluindo o mais recente, Ralph DeMellio e Michelle Caspari. Supostamente, DeMellio estava envolvido em lutas clandestinas, e as autoridades acreditam que ele tenha sido assassinado logo após uma dessas lutas. Filmagens encontradas no Instagram sugerem que ele enfrentou um adversário com uma tatuagem bem específica cobrindo o tronco...

O pé esquerdo de Mae afundou o pedal do freio.

O barulho de uma buzina logo atrás dela abafou o resto da reportagem e, em seguida, o mundo explodiu com uma colisão traseira que jogou a cabeça de Mae contra o painel enquanto o *airbag* estourava do meio do volante e o carro derrapava para fora da pista, cantando pneus por causa dos freios acionados.

Tudo parou com um impacto furioso, quando o para-choque da frente do Civic bateu em algo que não cedeu em nada.

Quando o *airbag* murchou num sibilo, Mae caiu para frente, a consciência falhando um pouco... e retornando numa neblina. Pela luz dos faróis dianteiros, em meio a uma espécie de vapor que escapava do capô amassado, leu uma placa afixada numa parede de tijolos: Poplar Woods.

Batera na sinalização do desenvolvimento imobiliário ao lado do dela.

Remexendo no cinto de segurança, soltou a trava da porta e abriu. Pendendo frouxamente para o lado, seu corpo caiu, braços e pernas não obedecendo aos comandos que lhe eram dados, e, com toda a graciosidade de um peso morto, ela despencou no chão, com terra entrando no nariz e na boca. Deitou de costas e inspirou fundo algumas vezes.

Um rosto assustado apareceu em seu campo de visão. Era um humano com óculos sem aro, cabelos rareando e um celular grudado ao ouvido.

– Não consegui parar a tempo! – disse ele. – Você freou tão rápido que eu... Estou ligando para a polícia...

– Não, não... Não ligue... – Mae ergueu a mão, como se, de alguma forma, pudesse tirar o aparelho da mão dele. – Não, não...

– Alô? Sim, meu nome é Richard Karouk. Preciso relatar um...

Com um arquejo abrupto, Richard Karouk parou de falar, os olhos se arregalaram por trás das lentes dos óculos. Houve um gemido e a boca dele se abriu.

Sangue jorrou em sua camisa social e no belo paletó, um jorro vermelho brilhante.

Enquanto o homem despencava no chão, uma figura de bustiê e calças de couro justas foi revelada. A morena.

E ela tinha na mão uma comprida faca de aço que estava manchada de vermelho... Vermelho como em seus lábios e unhas.

– Oi, querida. – Ela sorriu. – Parece que você bateu a cabeça e deu perda total no carro. Graças a *Deus*, eu estou aqui quando você mais precisa de um amigo.

Sahvage não voltou para o pardieiro em que estava ficando. Em vez disso, retomou sua forma no alto de uma subida num parque público e, enquanto olhava para um rio largo e moroso, concluiu que as luzes das casas na margem oposta pareciam uma galáxia caída no chão. Reluzindo ao longe, intocáveis.

Há alguma coisa que eu possa dizer para te fazer mudar de ideia?
Não.

Repassou a conversa com Mae em sua cabeça umas cem vezes e, claro, a repetição não mudou a resposta – embora tivesse alguma ilusão de que talvez o discurso soasse mais agradável com o tempo, como uma agulha num LP encontrando uma ranhura diferente, melhor.

Com um palavrão, pegou o celular. E, ao dar o telefonema, soube que estava se colocando num curso tão imutável quanto o de Mae. Mas, pensando bem, as intenções dela motivavam as suas. E assim eram as coisas.

Depois de uma conversa sucinta, encerrou a ligação e guardou o aparelho.

Ainda estava plantado no mesmo lugar quando um macho se materializou à sua frente.

O Reverendo que estivera na luta, uma figura imponente em um comprido casaco de pele, o moicano cortado rente e os olhos cor de ametista não eram algo que se via todas as noites. Devido ao elegante volume daquelas peles, não era evidente se ele portava armas debaixo do casaco, mas Sahvage tinha um pressentimento de que o material convencional que se compra em lojas de bangue-bangue não seria necessário para a proteção daquele cara.

Havia algo de diferente nele.

Não era de estranhar que estivesse envolvido com o Livro.

– Que maravilha ter notícias suas – disse o Reverendo com a fala arrastada. E depois franziu o cenho: – Isto não tem nada a ver com o dinheiro da luta, tem?

– Não.

– Como está a sua fêmea?

– Ela não é minha. – Sahvage ignorou a risada. – Mas preciso encontrar o Livro que ela anda procurando.

– Ainda faltam dez meses para o Dia dos Namorados e, se quer bancar o romântico, terá um resultado tão bom quanto com chocolates, só que sem toda a confusão...

– Onde o encontro? E não me diga que não mentiu para ela. Você sabe muito mais do que está contando.

De repente, o tom brincalhão da conversa foi deixado de lado.

– Não tenho obrigação nenhuma de dar atenção ao seu drama. – O Reverendo sorriu com frieza, revelando as longas presas. – E você não quer o Livro para dar para ela, quer? Não, não, você tem outros planos.

– Claro que é para ela.

Uma sobrancelha escura se ergueu.

– Ou você está mentindo para mim ou para si mesmo.

No seu lado da conversa, Sahvage estava ocupado bloqueando todos os seus pensamentos – evidentemente sem sucesso. O que o levou a crer que, de fato, estava falando com o macho certo.

Dando de ombros, disse:

– Só estou ajudando uma amiga.

– Claro, tá na cara que você é esse tipo de macho. – O Reverendo enfiou uma mão no bolso. E ficou parado. – Não vai me dizer para manter as mãos onde possa vê-las?

– Não.

– Tão crédulo. Outra surpresa. Se continuarmos assim, vai acabar me dizendo que está se transformando num pacifista.

– Não confio nem um pouco em você. Mas não pode me ferir.

Os olhos de ametista se estreitaram.

– É aí, meu amigo, que você se engana.

– Ninguém pode me ferir – Sahvage argumentou com severidade.

– Sabe – o Reverendo voltou a tirar a mão do bolso –, já ouvi falar de narcisismo tóxico antes, mas você leva o prêmio. Aqui está o seu dinheiro.

– Fique com ele e me diga o que sabe sobre o Livro.

– Sem ofensas, isto aqui é trocado para mim. Portanto, não me fará nenhum favor.

– Fique com ele de todo modo. E me conte o que sabe.

O Reverendo guardou o dinheiro de novo. E só ficou olhando para Sahvage.

– Onde está a sua família perdida, lutador?

– O que disse?

– Tenho esse pequeno dom de saber o que as pessoas escondem. – Cutucou a lateral da cabeça. – É bem útil neste mundo, sabe. E você perdeu o seu povo, a sua família, há muito tempo, não?

– Não perdi ninguém e só quero o Livro.

Após um longo silêncio, o Reverendo passou a bengala para a outra mão.

– Por coincidência, conheço alguém com quem você vai querer conversar. Não sei onde essa merda está, mas um amigo meu sabe. Pergunte para ele. Ele é um anjo.

– Tudo bem. É só me dizer a hora e o lugar.

– Entrarei em contato.

– Seja rápido.

– Você dificilmente está em posição de fazer exigências.

Sahvage balançou a cabeça com lentidão.

– Você não sabe com quem está lidando.

O Reverendo abriu a boca como se fosse fazer um comentário sarcástico; mas conteve o impulso.

Quando um olhar calculista surgiu naqueles olhos roxos, ele sorriu de leve.

– Fascinante... – Assentiu com respeito. – Creio que esteja certo. Não sei com quem estou lidando; e nem você, lutador. Terá notícias minhas.

O Reverendo fez uma mesura. E desapareceu no meio da noite.

Deixado a sós, Sahvage voltou a fitar a água morosa. O fato de não saber o nome do rio era testemunho da quantidade de lugares em que estivera nos últimos dois séculos. Desde a época em que vagara pelos diversos estados-nações no Antigo País até vir para o Novo Mundo há cinquenta anos, viajando pelo Sul e Meio-Oeste, o globo era apenas um borrão para ele. Mas, sendo franco, nunca usara mapas. Mapas só servem para quem tem um destino. Sua única direção sempre foi evitar a luz do sol e consumir veias apenas quando absolutamente necessário.

Fora isso, vagava em busca de um alvo móvel.

Não, isso já não era mais verdade. Viera para este lado do grande lago porque enfim desistira de encontrar a prima. Bem como previra na noite em que fechara seu caixão com farinha de aveia, sua "morte" o libertara de quaisquer vínculos, e ele se escondera, seguindo pistas, histórias tênues de magia na esperança de encontrar Rahvyn.

Nem um único vestígio. Ela devia ter morrido em algum momento ao longo do caminho – e agora ali estava ele, a um oceano de distância. Porém, não mais sem um propósito.

O Reverendo estava certo. Não estava atrás do Livro por causa de Mae.

Sahvage o encontraria e destruiria o maldito exemplar antes que ela arruinasse a vida do irmão.

E a própria.

Capítulo 39

Balz mancava em círculos do lado de fora de uma das salas de operação do centro de treinamento. Havia muitas pessoas com ele: Xcor e o resto do Bando de Bastardos, a Irmandade e outros lutadores da casa. Do outro lado da porta fechada, Syphon estava sendo tratado só Deus sabia do quê.

Com isso em mente, Balz ergueu a manga da camisa de flanela que vestira depois do exame clínico. O vergão no antebraço estava um pouco melhor, a pele machucada menos inchada, menos vermelha. Havia diversas daquelas malditas manchas, boa parte no peito e nos braços. Talvez em vinte por cento do corpo.

Syphon estava mais perto dos oitenta.

Se o macho morresse, seria culpa dele.

Manny chegara lá na vidente com sua unidade cirúrgica móvel meros oito minutos depois de ter sido chamado, e Xcor e diversos Irmãos carregaram Syphon para dentro do veículo. Balz recusara atendimento médico naquele momento, e insistiu em acompanhá-los para oferecer proteção.

Não que fosse servir de muita ajuda. Suas dores eram excruciantes.

Mas, vejam só, a culpa era um analgésico melhor do que morfina.

Ao narrar o ataque, fez o possível para contar aos médicos e aos demais lutadores o que acontecera. Contudo, relatou a versão editada – embora tivesse sido extremamente claro no que se referia à sombra. E, de novo, que pena que não havia água da fonte da Virgem Escriba naquelas balas...

– Há um novo mal na cidade – Butch murmurou. – Talvez as sombras sejam dela.

Quando a compreensão o atingiu como um balde de água fria na cabeça, Balz virou-se e ficou de frente para o Irmão. Butch O'Neal vestia-se com elegância quando não estava escalado para um turno de trabalho, era um tremendo lutador quando estava, e bem destro – como ele mesmo diria – com um lançador de batatas. Também estivera cara a cara com...

– Ela? – Balz se ouviu dizer.

– Ah, você se lembra do que aconteceu com Ômega. A mulher... ou, bem, seja lá o que for.

– Ah, tá... – Balz pigarreou. Duas vezes. – Sim. Sim, claro.

Seu cérebro, sua consciência, era como um estereoscópio vitoriano, no qual duas fotografias planas de uma mesma coisa se fundiam e se transformavam numa imagem tridimensional.

Sentiu como se não conseguisse respirar.

– Só por curiosidade, como ela era?

Butch pareceu surpreso ao entreolhar-se com seu colega de quarto, V., e depois voltou-se para Balz.

– Tá querendo saber se vi a identidade dela? – Depois franziu o cenho. – Peraí, tá falando sério. Como ela era?

– Isso. – Balz deu de ombros e tentou parecer casual. – Quero dizer, se ela está por aí, à solta nas ruas de Caldwell, com algum tipo de exército de sombras, não deveríamos todos nós ter uma ideia da aparência dela?

Butch deu de ombros e depois assentiu.

– Bem pensado. Hum, bem... Basicamente, ela é a morena mais linda que você já viu na vida. Até olhar nos olhos dela. Daí... ela é puro horror e destruição e doença... – Butch fez o sinal da cruz diante do peito amplo. – Ela é tão cativante e perigosa quanto veneno num botão de rosa.

A conversa se espalhou a essa altura entre os Irmãos que a tinham visto e davam palpites. Balz, todavia, não precisava de mais detalhes descritivos – a verdade era que... sabia a resposta antes mesmo de fazer a pergunta.

Para fazer de conta que não havia nada errado, ficou por ali um pouco mais e então se afastou, certificando-se de dizer a Xcor que voltaria logo. O vestiário masculino ficava ali perto, e ele cambaleou para dentro, passou pela fileira de armários até alcançar as pias junto aos chuveiros. Deixando a água escoar numa delas, lavou o rosto e depois enxugou com algumas folhas de papel do recipiente.

Abaixando as mãos, fitou-se no espelho...

Não se preocupe, eu te perdoo, garanhão.

Quando a voz da fêmea ecoou em sua cabeça, ele se virou.

– Não sou seu, não estou à sua mercê – disse para os chuveiros.

Que tal se a gente fizer uma aposta?

A porta do vestiário se abriu, e Balz foi direto para a arma que carregara...

Butch entrou com passadas tão descontraídas quanto as que Balz tentara fingir ao sair pouco antes. O rosto, porém, não estava nem um pouco relaxado, e os olhos castanho-esverdeados eram sábios. Dava para saber que o cara tinha sido policial na sua vida como humano.

– Conta pra mim onde você a viu.

Que bom que, como ladrão, Balz era um mentiroso contumaz. A verdade, afinal, não passava de mais um cofre para invadir e do qual roubar. Só que, em vez de mãos gananciosas, bastava usar palavras.

– Não sei do que está falando...

– Não tente me enrolar. – Butch cruzou os braços diante do peito, e a jaqueta de couro de lutar até rangeu. – Não vai ajudar nenhum de nós. Quando você a viu e o que ela fez com você?

Com uma imprecação, Balz pensou naquela pausa, naquele instante em que ficou dividido entre salvar o primo e... o que quer que ela fosse.

Não deveria ter havido nenhuma hesitação. E era isso o que o aterrorizava agora.

– Hoje à noite... – Inspirou fundo. – Lá na vidente. E antes disso, durante o dia, no meu quarto. Ela veio me visitar e eu pensei que estava sonhando, mas, não sei como, ela arranhou as minhas costas.

Butch respirou fundo, como se estivesse aliviado.

– Que bom.

– Como é que é? – Balz disse confuso.

– Eu só... Olha aqui, eu sei que você já é um rapaz crescido e sabe cuidar de si mesmo. E também sei que jamais mentiria sobre algo assim.

– Claro que não.

– Eu só estava preocupado que você a tivesse visto. Fico feliz que isso não tenha acontecido.

– O quê? – Balz balançou a cabeça porque evidentemente seus ouvidos não estavam funcionando. – Acabei de contar que a vi. Que ela estava comigo...

– Cuidado nunca é demais, sabe. Tenho a impressão de que ela é uma espécie de infecção. Uma vez que entra em você, vai tomando conta de tudo até você morrer. – Butch colocou a mão sobre o ombro de Balz. – Desculpe se fui paranoico, e estou feliz mesmo que ela não tenha cruzado o seu caminho.

Balz encarou o Irmão em total confusão. Quando Butch chegou à porta, olhou para trás e sorriu.

– Mas, olha só, se a gente botar as mãos naquele Livro, vamos ter todo tipo de Demonicilina.

– Como é? – Balz perguntou.

– Dizem que o Livro pode ser usado para muitos feitiços divertidos. Inclusive livrar-se de intrusos irritantes – e não estou me referindo ao tio Norman na época do Natal.

Quando o Irmão saiu do vestiário, Balz murmurou:

– Eu não tenho nenhum tio chamado Norman.

Mas porra se não tinha um intruso. No entanto, tinha a sensação de que a morena mexia com ele de maneiras que nem sequer tinha ciência.

Essa percepção o teria deixado aterrorizado.

Se já não estivesse cagando nas calças.

De volta ao chalé, Sahvage entrou pela janela do quarto do segundo andar, e ao chegar ao topo da escada, chamou por Tallah.

Fez o mesmo no primeiro andar.

À porta que dava para o porão, inclinou-se para dentro. E desceu. O quarto da anciã estava aberto e a luz do corredor iluminava o interior. Havia muitas flores-de-seda rosa e mobília que ele vira no que os humanos chamavam de França, na época em que ainda viajava pelo Antigo País. Em uma *chaise longue*, Tallah estava profundamente adormecida. Vestira-se com formalidade uma vez mais, um vestido azul-claro desbotado, os cabelos grisalhos soltos e se enroscando nas pérolas bordadas do corpete.

Ao seu lado, uma bandeja com uma xícara de chá, uma torrada comida pela metade e um pote de geleia.

A expectativa de vida dos vampiros era bem diferente da dos humanos, e não apenas do ponto de vista da longevidade. Ao contrário da outra espécie, os vampiros tinham ótima aparência durante toda a vida, até a última década, mais ou menos. A essa altura, o processo de envelhecimento ataca o corpo e a mente e a degeneração de tudo acontece num ritmo acelerado que os leva direto ao túmulo.

Tallah não estava muito longe do seu.

– Sahvage? – murmurou a fêmea ao erguer a cabeça. – É você?

– Desculpe se a acordei. Só estava vendo se estava bem.

– Ah, que gentileza. Onde está Mae?

– A caminho daqui. – Inspirou fundo. – Você não comeu muito.

– Não estava com muita fome. Fiquei bastante saciada com o cozido na noite anterior.

– Só descanse, então. Parece cansada.

– Estou mesmo.

Quando o macho se virou para sair, Tallah disse:

– Ela tem sorte em ter você.

Com um murmúrio evasivo, ele subiu as escadas e foi se sentar numa das cadeiras da cozinha. Verificando o celular, franziu o cenho ao ver a hora e enviou uma mensagem para Mae. Aguardou a resposta.

Que deveria chegar a qualquer segundo. Tinha bastante certeza. Devia estar vindo de carro.

Checou o relógio na parede. Sim, devia ser isso. Mae estava dirigindo de volta e demoraria – conferiu o relógio na tela uma vez mais – provavelmente mais uns dez minutos. Quinze no máximo.

Enquanto o silêncio do chalé o invadia, Sahvage sentiu o passado voltar pela última vez. O que era bom. Estava perdendo a paciência com as suas lembranças... Mas, em retrospecto, isso também fora verdade no instante em que elas foram criadas.

Tap. Tap. Tap...

O som melancólico o conduziu até a escadaria larga que dava no andar mais alto do castelo. Enquanto seguia adiante, como um cão farejando algo, estava ciente de que o volume não mudava. Embora soubesse por instinto que se aproximava do seu destino, o som não ficou mais alto. Era como se o estivesse ecoando em todas as paredes de pedra, no chão, no teto.

Ou talvez não.

Poderia estar dentro dele.

Sua jornada terminou diante de uma porta robusta, com tábuas pesadas reforçadas por barras de ferro. E, do outro lado, flâmulas de seda com bordados dourados estavam orgulhosamente penduradas em hastes.

Pensou em Zxysis, empalado pelo reto...

Tap. Tap. Tap... tap.

Como se seu objetivo tivesse sido alcançado, o som evaporou. E a porta se abriu com um rangido, embora Sahvage não tivesse desejado isso em pensamento, tampouco tivesse colocado a mão sobre a trava.

O quarto do senhor do castelo foi revelado, uma rajada de ar fresco soprando como se estivesse ansiosa para escapar do confinamento luxuoso. De novo, nada estava bem.

Na luz tremeluzente das chamas de velas agitadas, a cena de violência fez Sahvage fechar os olhos.

A camisola simples de Rahvyn, uma que ela usara tantas vezes antes, estava toda esfarrapada e manchada de sangue, partes aqui... ali... na cama. E debaixo do dossel marcado pelas sedas da linhagem, o cheiro de sangue e de sexo era mais forte, mesmo com a janela aberta.

Ali ela fora tomada violentamente.

– Santa Virgem Escriba.

Mas não era só isso. Ali... no canto... havia um punhado de couro, pálido, não acabado.

Era a pele de Zxysis.

Sahvage passou a mão da adaga pelo rosto. Embora jamais tivesse sido um macho espiritualista, preso a orações ou à promessa consoladora do Fade, não teve como deixar de pronunciar o nome da mahmen *da raça várias vezes...*

Tap. Tap. Tap.

Girando, franziu o cenho em confusão. O som vinha de uma mesa de cavaletes junto à lareira e, quando se aproximou, viu que um livro jazia aberto ao lado de uma vela preta, um prato de barro, uma adaga e algumas ervas. Ao inspirar fundo, sentiu um cheiro conhecido.

Suas vestes.

Erguendo o tecido que o cobria, fungou. Sim, isso é o que fora esfregado nele – e misturado àquele buquê... o sangue de Rahvyn.

Olhou para o tomo antigo. Linhas de tinta cobriam o pergaminho, a cor marrom enferrujada sugeria que era sangue no bico de pena que arranhara as páginas. As letras e os símbolos, contudo... eram diferentes de tudo o que já vira antes. No entanto, conseguia adivinhar o conteúdo.

Um feitiço, pois com certeza esses ingredientes eram inexplicáveis em qualquer outro propósito.

Lembrou-se dos avisos entalhados do lado de fora do seu caixão. Não era difícil concluir que algum tipo de feitiço de contenção tinha sido feito nele, ainda que, obviamente, Zxysis não tivesse sido bem-sucedido na tentativa.

Virando a capa para fechá-lo, Sahvage fez uma careta. Não gostou da sensação de manusear nenhuma parte daquele livro. E quanto ao que o envolvia? O couro feio estava cheio de fendas e fissuras, como se tivesse envelhecido durante séculos. Também havia o cheiro, um misto de leite azedo com carne podre.

Abaixou a mão e esfregou a palma no quadril. Mesmo depois de uma esfregação vigorosa, sentiu como se algo tivesse impregnado os dedos, a palma...

A capa voltou a se abrir por vontade própria, as páginas folheando apressadas, como se mãos fantasmagóricas estivessem passando por elas. Sahvage recuou, mas parou quando o livro chegou a um ponto de descanso diferente daquele em que estivera exposto antes.

Tap. Tap. Tap.

Aguçando o olhar, reconheceu os símbolos da língua que aprendera quando jovem. De fato, agora conseguia ler o que estava escrito no pergaminho, e teve a sensação de que era uma mensagem para si. Ou talvez um chamado... ou uma ordem.

Sahvage cobriu os olhos.

— Não.

Não sabia o que estava dizendo, nem para quem. Mas a negação tinha que valer, que ser forte. Não sabia por quê, mas tinha a convicção de que se deitasse os olhos naquelas páginas, se absorvesse os símbolos e os traduzisse em palavras, embarcaria num caminho do qual nunca mais se desviaria.

Com esforço, virou-se. As venezianas da janela estavam, assim como a ponte levadiça, abertas e oferecendo uma saída imediata.

Tap. Tap. Taptaptaptaptaptap...

Quando o som de convocação recomeçou, e se tornou tão alto que mais parecia o de botas pesadas num assoalho de madeira, Sahvage fechou os olhos e inspirou profundamente o ar fresco da noite. Teve que bloquear os aromas que despertavam sua violência, o sangue e o sexo de uma inocente tomado à força, o que o impossibilitava de se acalmar.

Portanto, precisava deixar isso de lado.

Concentrou-se em se desmaterializar, ficou como os demais habitantes do castelo ficaram antes, compelido pelo senso de preservação a fugir, escapar, desaparecer...

Sahvage voltou ao presente num sobressalto de consciência que sacudiu o corpo e o fez inspirar fundo. Por um momento, os detalhes agora já conhecidos da cozinha de Tallah pareciam completamente estranhos. Mas acabou vendo os potes e as panelas que lavara secando no escorredor, a geladeira barrando a porta e a sacola com armas e munição sobre a mesa diante de si.

– Merda – sussurrou.

Esfregando a cabeça, ainda conseguia visualizar aquela mesa de cavaletes no quarto ensanguentado, e o que fora feito com o Livro o fez se lembrar do que Mae e Tallah dispuseram ali, os ingredientes de um molho de salada que não seriam usados em folhas de alface...

Olhou ao redor com urgência.

– Mae?

A mão se adiantou e agarrou o celular. Ao verificar as mensagens... nada da parte dela. Nenhum telefonema tampouco. E já tinham se passado uma hora e vinte minutos desde que saíra da casa dela.

Onde diabos ela estava?

CAPÍTULO 40

Mae recobrou a consciência aos poucos, e os indicadores de que seu cérebro voltava à ativa foram, sobretudo, informações físicas que começou a processar: a cabeça doía, estava deitada sobre algo com sulcos finos, um braço estava dormente por completo.

E o que era aquele cheiro?

Concentrou-se na fragrância por nenhum motivo em especial, e quando a conexão mental foi feita, a imagem que as lembranças lhe tossiram não faziam muito sentido.

Shopping Galleria. Na época de Natal.

O balcão de perfumes na Macy's. Uma vendedora agressiva com perfumes nas duas mãos pronta para atirar. Mae sendo atingida no rosto, os olhos ardendo e o nariz coçando como se houvesse um único pelo de gato enfiado em cada narina.

Abriu os olhos.

Bem diante de si... havia um padrão de fios metálicos. Não, aquilo não poderia ser...?

Precisou respirar fundo algumas vezes até conseguir focar a visão como devia, e descobriu que o que pensou ter visto estava correto – e também errado. Os sulcos finos pressionando-a eram um entremeado de fios pretos recobertos.

Estava numa gaiola. Numa gaiola de cachorro.

– Você me faz lembrar de alguém...

Ao ouvir a voz conhecida, Mae moveu os olhos, mas não a cabeça. Através do gradeado, observou o outro lado do espaço aberto...

Espere... aquilo era uma loja de departamentos? Havia araras e araras de roupas... um mostruário de bolsas e sapatos de grife... uma mesa de maquiagem. Mas também havia uma cozinha exposta ao longo de uma parede e um banheiro sem paredes nem porta. Uma cama king-size.

– Estou aqui, sua burra.

Mae se virou na direção do som no meio do que quer que aquilo fosse. Sentada num sofá de couro branco, com as pernas cruzadas como uma madame, a morena trocara de roupa e fizera um penteado nos cabelos. Agora vestia um terninho de saia branca, com a cintura fina marcada e uma fenda que chegava ao meio da coxa. Os sapatos de salto agulha eram pretos e brancos, e havia pérolas, muitas pérolas.

Mas não era só isso.

Usava um espetacular chapéu branco, um daqueles de aba bem larga, que dava toda a volta no belo rosto e pescoço gracioso, mais baixo em alguns pontos, em outros, mais alto.

– Gostou? – murmurou a morena quando os dedos de pontas vermelhas pairaram no rendado preto da borda.

Mae se empurrou para cima e bateu a cabeça no topo da gaiola.

– Ah, lamento. É para cachorros. – A morena sorriu. – Cachorros de grande porte não são tão grandes quanto fêmeas crescidas, não é mesmo?

Mudando a posição dos pés, Mae se sentou o mais ereta que pôde, com a cabeça num ângulo estranho. Observando melhor o espaço em que estavam, viu que era um cômodo de uns 370 metros quadrados, de teto baixo, sustentado por vigas normais. Nenhuma janela. Uma única porta.

Então era por ali que precisava sair.

– Alexis Carrington Colby. – A morena passou a mão pelas pernas lisas. – Este conjunto era dela. Da segunda temporada, primeiro episódio. E não é uma cópia, é mesmo o terno que ela usou. Comprei do cara responsável pelo figurino. Ou melhor, dei pra ele em troca. Ele era pequeno, a propósito, e tamanho é importante, sim. Mas este terninho... com o chapéu? Valeu muito a pena. Além disso, eu sou tão mais gostosa do que as merdas que ele costumava pegar, que ele até aguentou um minuto e meio.

Mae piscou.

– Ok, tudo bem. Foram dois minutos no máximo... – A morena pareceu confusa. – Espere aí, você não assistiu? Como alguém pode não ter assistido à *Dinastia*? Se bem que, considerando as suas escolhas de vestuário...

A gaiola de cachorro tinha um trinco na frente e outro no lado mais curto. Ambos estavam trancados com um cadeado. O metal era aço. Não era exatamente uma malha filha e, caso estivesse calma, teria conseguido sair da gaiola em segurança. Mas estava com dor e morrendo de medo.

A morena parecia ressentida pela falta de bajulação.

– Você entende que eu me vesti bem assim para você, né? Poderia, pelo menos, se mostrar um pouco agradecida. – Quando Mae não respondeu, houve um elegante dar de ombros. – Tudo bem, você ficou desacordada por um tempo. Como está a cabeça? Hein?

A gaiola era desmontável e os painéis das laterais se ligavam uns aos outros por pequenos ganchos, formando ângulos retos nos cantos que mantinham a estrutura firme para segurar o topo.

– Você não é de falar muito. – A morena mostrou a mão. – Está vendo este diamante? Vinte e cinco quilates. Gostou?

Mae sabia que sua única esperança era chutar as laterais e curvar os ganchos de metal até que a integridade física dos painéis cedesse.

– É vidro. – A morena virou a mão para si e moveu a pedra imensa de um lado a outro. – Sabe, alguns diriam que o formato de pera não é um clássico, não como os redondos ou os cortes esmeralda são. Dizem que são como os cortes navette... ou aquela coisa horrorosa do corte princesa. Mas, sabe, este é o anel que Joan Collins usou. Eu o consegui num leilão há uns três anos. Eu teria pagado mais...

Mae mudou de posição e plantou as botas na lateral mais estreita da gaiola. Encaixando-se na lateral oposta, começou a colocar toda a sua força no...

– O que está fazendo? – A morena arqueou uma sobrancelha bem delineada. – Francamente, acha que isso vai dar certo?

Esforçando-se, Mae sentiu as grades de metal machucando os ombros, a nuca e a cabeça. Os ferimentos do acidente de carro – o ombro dolorido pelo apertão do cinto de segurança, o rosto por ter aterrissado no chão, as têmporas por só Deus sabe o motivo – começaram a zunir mais alto e a latejar. Ainda mais depois que começou a chutar.

A morena gargalhou e se levantou.

– Gostando do exercício? E um, e dois, e um, e dois... Conta pra mim, está sentindo arder?

Bate, bate, bate, sacode, sacode, sacode...

Mae grunhiu. O suor brotou no rosto. A visão ficou turva enquanto o corpo protestava dos esforços a que ela o submetia.

– Depois disso – sorriu a morena – podemos trabalhar no *core*? O *core* é muuuito importante.

A gaiola estava começando a ceder, o topo afundava enquanto Mae chutava, voltando para o lugar quando ela retraía os joelhos.

– Eu juro... você me lembra alguém. – A morena se aproximou de toda aquela confusão. – Mas não tem importância...

Com um último chute forte, Mae derrubou a parte oposta, a grade pesada quicando no chão. Metade do topo caiu em cima de sua cabeça, e ela a jogou longe, debatendo-se para escapar.

Assim que se viu livre, cambaleou até ficar de pé.

Seu equilíbrio estava uma droga, o corpo, totalmente descoordenado, e Mae estava ciente de que a morena gargalhou quando ela caiu no chão duro e se levantou de novo. E caiu uma vez mais.

Despencou estatelada, arquejando, com a cabeça girando, com dor quase no corpo inteiro.

– E onde pensa que vai agora?

O par de saltos pretos e brancos apareceu bem diante do rosto de Mae – motivo pelo qual ela entendeu que aterrissara de lado com o ouvido e a bochecha encostando num mármore frio.

– Sabe – murmurou a morena –, você arruinou uma ótima gaiola.

Vou ter que fazer você pagar, de um jeito ou de outro. E vou escolher algo que não seja dinheiro, é claro...

— Não vai me machucar.

— Como disse?

Mae ergueu a cabeça. Ergueu o tronco. Tentou levantar o corpo inteiro, mas se contentou em ficar sentada, apoiada na parede onde a gaiola estivera.

Inspirando fundo, disse:

— Você. Não. Vai. Me. Machucar.

Os lábios vermelhos brilhantes afinaram e a voz saiu maldosa:

— Continue pensando assim, então. Veremos quanto tempo dura essa bravata.

Subitamente, uma força invisível fez Mae levitar do chão e a prendeu contra a parede. Uma pressão esmagadora oprimia seu corpo inteiro, um manto pesado como um carro, e ela se esforçou para respirar, tentou lutar contra o aperto, mas não havia nada contra o que lutar.

A morena andou e fez uma pose, o quadril virado de lado, a mão oposta apoiada na cintura. No entanto, o rosto estava marcado por linhas repulsivas e duras.

— Vou fazer o que bem entender com você. — Os olhos desceram pelo corpo de Mae, e logo uma expressão de surpresa se evidenciou em seu rosto. — Ora, ora, ora... Parece que aquele seu belo macho ainda não te penetrou. Uma virgem? Sério? Que troféu você é. — E ela voltou a sorrir. — Bem aquilo que todo cara quer, mãos incertas e caretas de dor. Tão sexy...

— Você não pode me ferir — Mae grunhiu — porque precisa do Livro.

A morena se calou e fechou a boca. Depois se girou sobre um salto e foi até o mostruário de bolsas de mão quadradas de duas alças com cadeados. Havia fácil, fácil, bem uma dúzia delas, um arco-íris de cores e também de diferentes texturas.

— Sabe — comentou a morena —, eu usei muitos machos virgens no decorrer dos anos. Tsc, tsc, não é o que você está pensando. Eles eram necessários para um propósito particular e não sexual, o que, infeliz-mente, já não é mais aplicável...

– Você precisa de mim viva. – Mae tossiu. – Porque eu invoquei o Livro. Precisa de mim para conseguir o Livro.

A morena olhou por cima do ombro, estreitando os olhos.

– Eu não seria tão arrogante, querida. Tenho outras fontes para isso.

– Então me mate. Aqui e agora...

Mae gritou quando a pressão se tornou insuportável, os ossos da face pareciam prestes a se achatar, as costelas apertando o coração e os pulmões, a pelve quase fraturando. E bem quando começava a desmaiar, no momento que sentiu que ia definhar, conseguiu inspirar um pouco de ar pela garganta.

Quando a visão começou a clarear um pouco, a morena estava bem diante dela de novo. Não estava mais brava, mas pensativa.

– Conte-me o que você fez – disse ela.

– Hein? – Mae chiava.

– Olhe só para você. Não é feia, mas também não merece que alguém cruze a rua atrás de você. Não tem estilo, nem personalidade, nada para recomendá-la, e nenhuma experiência na cama. E, no entanto, aquele macho... Ele está babando por você. E eu não entendo.

Quando a morena se calou, Mae instilou um pouco de força na voz.

– É para isso que você quer o Livro. Não é?

– Não.

– Está mentindo.

O olhar furioso da morena prometia sofrimento. Um sofrimento infinito.

– E você pode ir à merda.

De uma vez só, a dor e a sufocação retornaram, e Mae entendeu que havia forçado a mão.

Esse foi seu último pensamento consciente.

CAPÍTULO 41

DO QUINTAL DE UMA PROPRIEDADE cujo terreno tinha muita tranqueira, Erika abaixou a cabeça ao entrar no trailer dilapidado. No interior, a bagunça tomava conta de tudo, caixas de pizza, maços de cigarro amassados e garrafas de bebida vazias abarrotavam a cozinha embutida, o chão e a mobília desgastada. Não se surpreendeu com a coleção de bongs, seringas, pacotinhos plásticos e tijolos de drogas embalados em sacolas de supermercado.

O corpo estava caído diante de um sofá tão manchado que nem dava para saber qual era a cor original. A vítima era um homem, em torno dos vinte anos, e estava largado nas almofadas do encosto, com o rosto congelado num olhar fixo adiante, uma única bala disparada praticamente no meio da testa, ao estilo execução.

Quando examinou o meio do peito, em vez de seguir para a mancha vermelha na parede logo atrás do crânio, Erika ouviu a conversa que teve com o sargento do fim da tarde:

Você precisa de uma noite de folga, Saunders. Está trabalhando direto há tempo demais...

Estamos com falta de pessoal desde que Pam saiu em licença-maternidade e Sharanya se mudou. O que mais podemos fazer...

... e é assim que os erros acontecem.

Não cometi nenhum. E não vou...

Isto não é um pedido, Erika. Não consigo lembrar quando foi a sua última folga, nem você.

– Foi o pai que ligou – um dos policiais, o mais jovem, relatou. Porque o mais velho estava ao telefone. – Pobre homem. Ninguém quer ver o filho assim.

Erika se inclinou para frente e inspecionou a ferida a bala na testa. Sem resíduo de pólvora, portanto não fora à queima-roupa. O atirador estava um pouco distante.

– Tiro profissional – murmurou.

O policial prosseguiu:

– O nome da vítima é David Eckler e ele tem ficha corrida. Grande parte por roubo, mas tem algumas acusações relacionadas a drogas, duas delas foram retiradas devido a detalhes técnicos. O detetive De La Cruz levou o pai para a delegacia para colher o depoimento.

Tirando do bolso uma lanterna em forma de caneta, a detetive olhou para a confusão no chão.

– Aqui tem uma cápsula.

Inclinou-se para colocar um marcador ao lado e, antes de se endireitar, ficou no nível de uma mesinha torta na qual uma das pernas fora substituída por uma embalagem de leite. No meio de toda aquela bagunça, uma caixa de couro de uns trinta centímetros de largura. Diferentemente de todo o resto no trailer, a coisa era refinada, sem poeira, nem arranhões.

– Ora, ora, veja o que temos aqui... – murmurou ao espiar pelo tampo de vidro.

A fila de relógios dentro da caixa era de marcas imponentes que até a classe média reconheceria: Rolex, Piaget. Ok, tudo bem, nunca ouvira falar de um Hublot.

– Como é que se pronuncia isso? – perguntou-se. – Ublót?

– Hein?

E foi aí que Erika viu. Uma piscadinha no canto mais distante ao lado do sofá: uma lente que refletiu a luz da sua lanterna.

– Temos segurança – anunciou.

– Tipo um cachorro acorrentado no quintal? Não vi nenhum...

– Não, uma câmera de segurança.

Inclinou-se e, com cuidado, inspecionou a unidade de gravação. Depois seguiu os fios até a parte de trás do sofá – esquivando-se da vítima – até um armário. Lá dentro, um *laptop* novinho e ligado a um *no-break*. O equipamento estava funcionando.

– Obrigada, menino Jesus – murmurou.

– Não era para você estar de folga?

Erika se endireitou e olhou de verdade para o policial pela primeira vez.

– Dick?

– Rick. – O moço apontou para seu nome no uniforme. – Donaldson. Ainda estou na patrulha, mas espero ser transferido para a divisão de homicídios em pouco tempo.

– Sou a detetive...

– Ah, eu sei quem você é. E pensei que estaria de folga hoje...

– Como sabe da minha escala?

O cara olhou ao redor como se esperasse que outra pessoa respondesse por ele. Para seu azar, o policial mais experiente ainda estava ao telefone.

– Hum... Todos conhecem a sua escala, detetive.

Quando a luz de faróis varreu a frente do trailer, feixes de iluminação cruzaram o interior.

– Bem, está com sorte. – Erika desligou a lanterna. – Te vejo pela manhã. Vou para casa dormir um pouco.

Enquanto Dick-Rick-alguma-coisa Donaldson parecia aliviado, como se alguém tivesse lhe poupado uma ida ao shopping numa Black Friday, Erika passou pela porta quebrada. Precisou de todo seu autocontrole para sair daquele trailer, mas a verdade era que o pessoal forense precisaria de quatro a seis horas para verificar tudo e processar a cena do crime, e agora deviam ser o quê? Consultou o relógio. Três da manhã. Perfeito. Estaria na cama em 45 minutos, com os dentes escovados, os pés em meias limpas e a cabeça enrolada numa manta para abafar o barulho que os madrugadores que moravam no apartamento de cima fariam.

Vivendo a vida louca, pensou ao seguir para sua viatura sem identificações e acenar para os investigadores da cena do crime.

Estaria de volta no mais tardar às oito da manhã. E, então, o sargento não teria, em absoluto, nada a dizer sobre seus turnos de trabalho. Perfeito.

Além disso, contanto que houvesse um coração dentro do peito da vítima? Não teria problemas em entregar o caso para outro detetive.

Quando Syphon enfim descansava tranquilamente, e o pessoal de roupa hospitalar azul com aqueles colares grossos de ausculta ficaram satisfeitos com a melhora dele, Balz foi o primeiro a sair do centro de treinamento. E, uma vez mais, bancou o descontraído – ou pelo menos tentou.

Por dentro, ele berrava.

Na extremidade do túnel subterrâneo, saiu debaixo da grande escadaria da mansão e depois se desmaterializou para a sala de estar do segundo andar. E quando foi para seu quarto, moveu-se sem fazer barulho, como o ladrão que era, e rezou para não encontrar ninguém. Em sua suíte, precisou de um minuto para trocar de roupa, ficando só de preto, e não muito mais do que isso para prender um coldre duplo ao redor da cintura.

Voltando sorrateiramente para o corredor, olhou para a direita e para a esquerda. Vozes borbulhavam na sala de estar do segundo andar, por isso foi por trás, seguindo pela escada de serviço até o andar de baixo. Em seguida, passou pela garagem e pela porta de trás até chegar aos jardins ainda maltratados pelo inverno da parte de trás da mansão.

Fechando os olhos, desmaterializou-se sem esforço, o que o surpreendeu por conta da confusão que havia em seus miolos e, enquanto viajava disperso para longe da montanha, seguiu para o centro da cidade.

Retomou sua forma no telhado do Commodore.

Deixando de lado as regras cavalheirescas de abordagem e infiltração, abriu mentalmente a porta de aço junto ao sistema de ventilação do ar-condicionado porque as travas não tinham peças de cobre, e teria desaparecido como fantasma pelos degraus de concreto, mas não tinha certeza de que não haveria nenhum entulho nem porta corta-fogo pelo caminho.

Três andares mais abaixo, sem fazer som algum, entrou num corredor acarpetado. Passando pelas portas de cinco ou seis apartamentos, chegou aos elevadores bem quando um par de portas se abria.

As duas mulheres ali dentro estavam juntas, suas roupas elegantes e os belos cortes de cabelo sugeriam que ambas tinham dinheiro de sobra e bom gosto para saber o que fazer com aquilo tudo. Só por garantia, congelou-as, apagou-lhe as memórias... e as enviou de volta à recepção no térreo.

Tap...

Balz parou e olhou por cima do ombro. Mas sabia que não havia ninguém atrás de si.

Não, deveria tomar cuidado era com o lugar para onde ia.

A entrada do tríplex cedeu com a sua aproximação e, ao entrar, desarmou o sistema de segurança com um aparelho programado com a senha que pegara do banco de dados do alarme.

Tap. Tap.

Uma inspiração profunda revelou que não havia cheiros. Pelo jeito, o casal feliz mais uma vez não estava em casa.

Não teria importância se estivessem.

Nada importava.

Bem... uma coisa sim.

Tap. Tap. Tap...

Com o peito apertado de emoção, seguiu pelas salas de exposição, revisitando os morcegos, os instrumentos cirúrgicos da era vitoriana — bem como um cômodo repleto de animais empalhados que não vira na primeira visita.

Tap. Tap. Tap. Tap...

De repente, a sala com prateleiras e livros se apresentou diante dele, com se tivesse vindo até Balz e não o contrário.

Fitando os coturnos, parou pouco antes de entrar e, por um breve instante, seu coração bateu aterrorizado com a chance de estar errado.

AMANTE IMORTAL | 351

Depois o coração pareceu parar por alguns instantes, aterrorizado com a possibilidade de estar certo.

Por fim, olhou ao longo do piso de madeira.

– Merda – sussurrou. Porque não havia dúvidas.

Aquele era o Livro.

E o chamara. *O Livro o estava chamando.*

Tap.

Quando o *tap* final chegou aos seus ouvidos, foi suave como um suspiro. E, apesar de não querer, Balz seguiu em frente – mas não com reverência. Tampouco com toda aquela servitude que demonstrara na vidente. Havia resignação em seus passos, uma sensação de inevitabilidade.

Tudo o conduzira até ali.

Quando parou diante da redoma, o volume antigo vibrou em seu pedestal, como um cachorrinho balançando o rabo de alegria. E, então, como se sua alegria não pudesse mais ser contida, deu um salto e se abriu. Páginas viraram apressadas, rápidas demais para acompanhar – todavia, quando pararam, foi com um movimento decisivo, como se as passagens especialmente expostas tivessem impedido o movimento e assumido o controle.

Balz se inclinou para baixo.

A princípio, não conseguia decifrar as linhas escritas. Mas depois que esfregou os olhos e abaixou as mãos, tudo estava em inglês. Inglês coloquial, do dia a dia, o tipo de linguagem que se encontra em panfletos numa liquidação. Com gírias atuais.

A julgar pela idade do pergaminho, pelos rasgos de manuseio na capa, Balz não conseguia entender como "conteúdo impróprio" apareceria no alto de cada página do livro. Mas não discutiria com aquilo. Não discutiria com nada.

Estendendo a mão, ergueu a redoma de acrílico do mostruário e, embora antecipasse alguma resistência, não houve nenhuma. O cubo protetor saiu como se levitasse, e quando o colocou de lado, pareceu-lhe leve como uma pluma.

– *Caralho* – murmurou ao se retrair.

O cheiro era horrível. Como de um redutor, mas sem as notas adocicadas.

Mas logo não se preocupou com problemas olfativos.

– Não – disse ao começar a ler as palavras. – Não é isso o que eu quero. Preciso de outra coisa.

O Livro se remexeu, como se discordasse dele.

– Não estou procurando por... – Balançou a cabeça. – Não estou procurando amor. Você está doido. Estou, na verdade, tentando me livrar de uma... mulher.

Não conseguiria dizer a palavra que começava com D.

– Não se mexa! Estou armado!

Ao som da ressoante voz masculina, Balz revirou os olhos e se virou, colocando o corpo entre o Livro e o proprietário do tríplex – que estava parado no arco de entrada da sala das prateleiras, com uma pistola de cano curto nas palmas unidas.

Como se fosse Roger Moore num dos filmes do 007.

Caralho, Balz esteve tão distraído que não percebera o cheiro...

– Vou chamar a polícia!

O Patrão tinha a cara cheia de Botox, por isso as sobrancelhas não se mexiam, apesar de ele estar arfando devido ao choque, e também estava muito corado. E, ah, aquele pijama xadrez? Não era exatamente o visual de alguém que queria ser levado a sério como protetor do seu lar feliz.

Revirando os olhos, Balz congelou o humano bem onde ele estava, e depois ficou se perguntando se a Patroa também estaria em casa. Não que isso fosse relevante.

– Puta que o pariu, guarde essa arma – murmurou Balz.

Ante o comando, o Patrão abaixou a pistola e depois piscou como se estivesse à espera de mais sugestões quanto ao que fazer em seguida.

Relanceando para o Livro, Balz franziu o cenho.

– Deixa eu perguntar uma coisa. Onde encontrou esse livro?

– É uma aquisição nova. – O Patrão olhou ao redor do corpo de Balz e, no instante em que seus olhos pousaram sobre o Livro, cintilaram de amor. – Eu simplesmente sabia que precisava tê-lo. Foi como se... ele estivesse destinado para mim.

Quando a mão da adaga se esgueirou atrás da própria pistola, Balz se ordenou a relaxar. Estava mesmo disposto a atirar naquele filho da mãe por conta de um livro...

Do Livro, corrigiu-se.

O Patrão prosseguiu:

– Há um revendedor de livros raros aqui na cidade. Ele sabe que eu compro o incomum, ainda mais se tiver, digamos, um "quê" especial. – O homem sorriu ao estilo de um menino travesso, sem que as sobrancelhas se movessem um milímetro. Depois abaixou o tom de voz e inclinou-se para frente. – O meu revendedor me disse que a capa é de pele humana.

Tantas coisas naquele filho da puta faziam Balz querer lhe dar um chute nas bolas. Por uma questão de princípios.

– Mas de onde diabos ele veio? – exigiu saber do cara.

– É muito antigo.

– Jura?

– E está escrito em húngaro.

Balz relanceou para trás onde se lia "conteúdo impróprio". E todas as palavras em inglês abaixo desse cabeçalho.

– Não está, não.

O Patrão estufou o peito.

– Está me dizendo que eu não conheço a língua em que fui alfabetizado?

Apontando para o Livro, Balz disse:

– Não, estou dizendo que isso é inglês.

– Você está errado. – Se não fosse pelo Botox, haveria um tremendo arco sobre os globos oculares. – Mas visto que é meu livro, não vou discutir isso com um estranho.

– Para que você quer usá-lo?

– Usá-lo...? – O olhar foi direto para canto superior direito. Que é o que mentirosos fazem quando você percebe a jogada deles. – Não se usa um livro desses. Ele serve apenas para ficar exposto.

— Você é cheio de conversinha, mas não ligo para sua resposta. – Pelo menos não para essa. – Preciso saber quando o comprou.

— Umas duas semanas atrás. É minha aquisição mais recente.

— Sim, você já disse isso. O seu revendedor disse onde ele ou ela o adquiriu?

O Patrão sorriu e assentiu.

— Uma história muito louca. Um bandidinho qualquer entrou na loja e o largou lá. Disse que o encontrou num dos becos do centro da cidade. Recusou-se a receber dinheiro por ele. Disse, e não sei se isso é verdade, mas disse que o livro o levou até a loja. Dá pra imaginar?

— Quanto você pagou por ele?

O Patrão estufou o peito uma vez mais, como costumava fazer ao contar às pessoas o quanto pagou por suas tranqueiras. Porque gostava de fazer tais relatos.

— Bateu os seis dígitos.

— Bem, é melhor estar preparado para solicitar um reembolso junto à seguradora.

— Por quê?

Balz estendeu a mão para o Livro.

— Porque ele vem comigo...

Pouco antes que suas mãos fizessem contato com o tomo antigo, as luzes tremularam.

E tudo escureceu.

CAPÍTULO 42

MAE RECOBROU A CONSCIÊNCIA porque caiu no chão – e o impacto súbito doeu. Mas também por conseguir respirar novamente.

A pressão esmagadora sobre o peito sumira. Desaparecera.

E quando começou a tossir e engasgar, rolou de costas e afastou os cabelos do rosto com mãos frouxas e descoordenadas. Encarando o teto branco, ficou confusa sobre onde estava, mas logo o cérebro começou a formar um contexto no barco de sua consciência, as imagens, os sons e os cheiros da memória recente pareciam um peixe fora d'água, se contorcendo e batendo no chão.

A morena...

Com uma descarga de adrenalina, Mae se sentou e levou a mão à cabeça. Embora tudo girasse ao redor, conseguiu ir voltando a si, percebeu as araras de roupas, assim como as bolsas e os sapatos... e a parte da cozinha. A cama.

Estava sozinha.

A mulher morena – ou quem quer que ela fosse – não estava em parte alguma ali.

As pernas de Mae estavam moles quando se levantou, e precisou apoiar uma mão na parede para continuar na vertical. Olhando ao redor, antecipou que a malvada saltaria de trás da divisória junto à área do banheiro... ou retomaria sua forma bem diante dela.

Quando nada disso aconteceu, Mae parou de pensar sobre manobras imediatas de autodefesa e armas possíveis – e começou a se preocupar com sobrevivência e como diabos fugiria de onde quer que estava.

Com brusquidão, foi até a porta do outro lado do – o que era aquilo, exatamente? Um apartamento num depósito convertido? Tinha que ser subterrâneo, já que não tinha janelas, e tentou perceber cheiros para ter pistas, mas quer fosse todo aquele perfume, quer seu nariz estivesse quebrado, não sentia cheiro de nada a não ser daqueles produtos de balcão da Macy's.

A única saída que conseguia ver era de aço sólido. Com barras de reforço.

A porta não cedeu quando puxou a maçaneta, mas isso era lá alguma surpresa? E não conseguiria se desmaterializar. Não fazia a mínima ideia de onde estava e do que havia do outro lado de qualquer daquelas paredes e da porta. Além do mais, com o nível de dor que sentia? Jamais conseguiria se concentrar o bastante para...

O celular!

Mae enfiou a mão no bolso – o celular. Ainda estava com seu aparelho! Puxou o telefone com mãos trêmulas.

Sem serviço.

– Droga!

Mas, pelo menos, eram três da manhã. Fazia horas que tinha saído de casa. Decerto, Sahvage teria notado sua ausência, né? Devia estar à sua procura? Mesmo tendo ficado inconsciente por um tempo, ainda havia bastante tempo até que o sol nascesse.

Com o aparelho em mãos, andou ao redor na esperança de conseguir captar algum sinal. Quando isso não aconteceu, circundou o perímetro do espaço, procurando alguma opção viável de fuga.

Não havia nada. Não havia um modo factível de sair a não ser pela porta digna de um cofre de banco. Sim, havia dutos de ventilação acima do fogão e na parte do banheiro e dois trocadores de calor nos cantos que lançavam ar quente e seco para dentro. Mas seria suicídio. Desmaterializar-se e tentar trafegar um sistema de ventilação com o qual não estava familiarizada?

Só seria preciso um filtro de aço e viraria queijo suíço.

Por uma fração de segundo, seu cérebro fritou por conta do pânico e o zunido que não levava a parte alguma piorou quando fitou a gaiola de cachorro da qual se libertara.

Mas perder a concentração não a ajudaria.

Procurou lembrar-se de que Sahvage saberia que ela já deveria ter voltado para casa há tempos. Procuraria por ela. Poderia até mesmo encontrar seu carro na lateral da estrada...

Ah, Deus, aquele pobre homem que bateu na traseira de seu carro. Estava morto porque tentou ajudá-la.

Tinha que sair dali...

Um rumor baixo ecoou de algum lugar acima – não, não vinha de cima. Vinha de todos os lados. Aterrorizada, Mae cobriu a cabeça e se abaixou, os machucados reclamaram ante a posição desconfortável quando o que quer que fosse aquilo chegou ao volume máximo, com uma vibração que emanou pelas suas pernas.

E então... sumiu.

Quando Mae se endireitou e abaixou os braços, olhou ao redor.

O metrô, pensou.

Definitivamente estava em algum lugar subterrâneo.

– Não, não, eu vou adorar... – Nate olhou para Elyn e decidiu não terminar tal pensamento em voz alta.

"Vou adorar ir com você a qualquer lugar" parecia um tanto intenso.

– É uma boa ideia dar uma caminhada lá fora – concluiu ao olhar de propósito para o céu estrelado. – Para respirar um pouco.

Os dois tinham passado boa parte da noite arrumando a mobília do quarto. Formaram uma bela equipe, seguindo instruções, usando as ferramentas, descobrindo o que precisava ser arrumado para ter um melhor resultado. O fato de que Elyn não tinha nada para colocar nas gavetas da cômoda, nem para pendurar no armário não lhe passou despercebido.

— Sabe o que poderíamos fazer qualquer dia? – disse ao passar por baixo da grade superior da cerca no jardim lateral. – Existe um lugar em que vamos para fazer compras. Um shopping? É basicamente um monte de lojas debaixo do mesmo teto. As pessoas dizem que eles estão morrendo, mas o de Caldwell continua firme e forte.

Algo que aprendera sobre Elyn era que não estava familiarizada com muitas coisas que para ele eram conhecidas. Pelo visto, não telefonara porque não sabia como os celulares funcionavam. Nate achou que fosse alguma desculpa engraçadinha, mas depois percebeu que ela falava sério. Então, ao fazerem uma pausa lá pela meia-noite para tomarem um lanche, ela não fazia a mínima ideia de como utilizar o micro-ondas e se assustou quando o espremedor de frutas foi ligado. E, ah, a televisão a hipnotizou.

Ao ponto de dar a volta no aparelho para olhar atrás da tela plana, como se não entendesse de onde vinham as imagens.

Quando ela lhe pediu uma pausa da casa agora há pouco, Nate entendeu completamente o motivo...

De repente, Elyn parou e olhou para cima. A lua estava brilhante e faixas de nuvens passavam pela sua face.

— Quando saí do laboratório – ele se ouviu dizer –, tudo era demais, Alto demais. Informações demais. Por uns bons dois meses, precisei me descompressar de vez em quando. Eu me deitava no chão com as luzes bem fracas e ouvia música clássica. Isso me ajudou.

Quando a fêmea se concentrou no céu noturno, Nate estudou seu perfil, e a tristeza em seu rosto era algo que ele entendia. A tristeza da perda era igual nas feições de todos, pouco importando o quanto se é jovem ou velho, macho ou fêmea.

— Quem você perdeu? – perguntou baixinho.

— Não posso...

As palavras dela se perderam, e ele não se surpreendeu quando Elyn não concluiu o pensamento. Ou, mais provavelmente, não conseguiu.

— Não contarei nada a ninguém – prometeu. – Eu juro.

Essa garantia parecia ser a única coisa que Nate podia fazer para ajudá-la com o que quer que estivesse passando por sua mente.

Meneando a cabeça, ela voltou a andar, olhando para baixo, as mãos enfiadas no casaco cinza-claro que lhe deram no Lugar Seguro. Recebera todas as demais peças de roupas que vestia também: jeans, blusa de gola rolê e um suéter adequado ao tempo. E fora daquele manto preto que estivera usando, a fêmea era bem menor do que aparentara ser – e isso só fez Nate se sentir pior em relação ao que tinha sido feito com ela.

Elyn precisava de proteção.

Conforme ela conduzia o caminho ao longo da campina, ele não se surpreendeu que os tivesse levado até a floresta, de volta ao local de impacto do meteoro. E quando saíram do amontoado de árvores, dando de frente com a clareira, Elyn só parou quando chegou à beirada do buraco – e ficou calada e parada por tanto tempo que Nate teve que andar um pouco porque suas pernas estavam ficando com câimbras.

– Tive que deixá-lo – disse ela de repente. – Eu não tive escolha.

O íntimo de Nate se contraiu... e, no entanto, não estava surpreso. Machos abusivos eram o motivo pelo qual o Lugar Seguro e a Casa Luchas existiam. E graças a Deus que ela saíra com vida.

– Você teve que se salvar. – Com os olhos, ele tracejou as feições e o modo como o luar tornara os cabelos brancos em fios de prata. – Graças a Deus, você está em segurança.

Quando Elyn se calou novamente, ele soube que ela revivia seu pesadelo e desejou abraçá-la.

– Tive que salvar a nós dois. – Ela passou a mão pelo rosto. – Ele não ia me deixar, e era perigoso demais que estivesse perto de mim. Sou perigosa.

Nate se retraiu.

– O quê? – Esticou a mão e a tocou no braço. – Você não é. Não permita que ninguém te faça pensar isso.

Depois de um momento, Elyn ergueu os olhos para o jovem macho.

– Você não me conhece, Nate.

A expressão grave em seu rosto o fez hesitar por um instante. Mas logo se livrou dessa impressão.

– Claro que conheço. E o que quer que a pessoa que te abusava tenha dito é mentira. Você nunca mais precisa vê-lo...

– Que me abusava? – Elyn franziu o cenho e depois balançou a cabeça. – Não. Ele era bom comigo. Bom demais. Daria a vida por mim, sua vocação também. Tive que nos separar. Ele merecia muito mais do que a promessa que fizera no leito de morte de meu pai, e era um macho de tanto valor que, a despeito das circunstâncias, nunca separaria os nossos destinos.

Elyn voltou a se concentrar no buraco.

– Ele foi um dos melhores machos que já conheci. Honra e força eram apenas o início de suas muitas virtudes.

– Ah... – Nate abaixou a mão. Recuou um passo. – Pensei que... bem... Talvez devesse ter ficado com ele, então.

– Eu era responsabilidade dele, e ele me protegeu melhor do que qualquer outro teria feito. Mas isso o tornou um alvo e meus inimigos resolveram matá-lo. Queriam a mim, mas sabiam que teriam que se livrar dele primeiro, pois ele teria morrido antes de permitir que qualquer coisa acontecesse comigo. – Fechou os olhos um instante e gemeu. – E, no fim, fui levada mesmo assim...

Algo no modo como a fêmea disse isso fez a mente de Nate viajar a lugares muito ruins.

– Sabe se o macho que perdeu sobreviveu? – perguntou rouco.

Elyn ficou em silêncio por um tempo.

– Houve... uma vasta distância entre nós. Tão grande.

– Quando foi a última vez em que o viu?

– Há séculos.

Nate piscou, confuso.

– Você... Hum... Quer tentar encontrá-lo?

Elyn inspirou fundo.

– Acredito que sim. Mas não quero que ele se fira por minha causa, nunca mais. Mal sobrevivi ao peso disso da primeira vez, certamente não sobreviveria a isso de novo. E, no entanto... Bem, ele é tudo o que eu tenho.

Nate esfregou os cabelos para se certificar de que o coração partido não se revelasse em seu rosto.

— Como posso ajudar? Sabe se ele está aqui em Caldwell?

— Ele está aqui. É por isso que vim para cá.

— Ok, temos vários meios de encontrar alguém. — Pensou em todas as tecnologias que a confundiam. — Existem bancos de dados de busca. Lugares a que podemos, ou melhor, que você pode ir. Quero dizer, não quero te atrapalhar...

— Você não pode me ajudar, Nate.

Ah, está errada nisso, ele pensou. *Estou superanimado em reunir você e o macho a quem ama. Pode contar comigo.*

— Claro que posso.

— Pode ser... perigoso.

Nate franziu o cenho.

— Quem está atrás de você?

— Ele está morto agora.

— Então está preocupada com os parentes dele? — Quando não houve resposta, Nate sentiu um arrepio de alerta lhe percorrer a espinha. — Então os parentes dele estão vivos?

— Ele era de boa linhagem.

— Da *glymera*? — Quando Elyn assentiu, Nate exalou aliviado, apesar de não ter um motivo concreto para isso. — Talvez você não saiba, mas muitos deles estão mortos agora.

— Verdade?

— Por causa dos ataques de alguns anos atrás. — Não se surpreendeu quando ela o fitou sem entender. — Os *redutores* invadiram as casas deles aqui em Caldwell. Muitos foram mortos. Pode me dizer o nome do seu inimigo? Podemos verificar se a linhagem dele foi afetada. Podemos perguntar ao *hellren* da senhora Mary e ele saberá, ou saberá como descobrir.

Quando Elyn uma vez mais contemplou a cratera e não respondeu, Nate deu uma batidinha no ombro dela, e esperou até que os olhos de prata se erguessem para os seus.

— Não tenho medo – garantiu.

A resposta dela foi séria:

— Deveria ter.

Em vez de desconsiderar o aviso, Nate sentiu em seu peito uma certeza que nunca sentira antes, uma convicção tão firme que foi como se o ponto-final que deveriam atingir já tivesse acontecido.

— Não tenho e não terei – respondeu em voz baixa. – Não importa o que aconteça.

— Nate...

— Acha que eu não sobrevivi à dor? Passei por cirurgias sem anestesia. Vírus e bactérias foram forçados em minhas veias. Fui examinado com o único propósito de me degradarem, e eu era muito novo quando tudo isso aconteceu. Não existem sacrifícios que eu não tenha suportado e, se já sobrevivi a isso uma vez, posso aguentar de novo.

Ainda mais por Elyn, apesar de, evidentemente, não existir um futuro para os dois. Ela amava o outro macho, e levando-se em consideração o tipo de herói que o cara era, quem poderia competir com isso?

Depois de um longo momento, Elyn ergueu a mão e a apoiou no rosto de Nate.

— Você é tão corajoso.

Quando o contato de pele contra pele foi percebido, ele ficou congelado ali... E notou, enquanto a fitava nos olhos prateados, que estava como o macho que ela amava: disposto a dar a vida por aquela fêmea.

— Seu *hellren* é um macho muito, muito sortudo – Nate disse rouco.

Elyn pareceu confusa ao franzir a testa e inclinar a cabeça para um lado.

— *Hellren*? Não sou vinculada.

— O macho a quem ama, então.

— Não, não é isso. Eu o amo de fato, mas ele é meu primo de primeiro grau. É minha família, não meu companheiro.

Quando tais palavras mergulharam em sua consciência, a alma de Nate sorriu. Não conseguiria descrever a sensação de nenhum outro modo. Mas se controlou rápido, pois Elyn ainda estava muito séria.

— Então, vamos encontrá-lo – disse. – Juntos.

Quando ela o fitou nos olhos, quis ser ainda mais alto do que era. Maior. Mais forte. Sim, claro, já passara pela transição, mas comparado ao pai, Murhder? Era um franguinho.

— Você tem sido tão bom comigo – ela murmurou. – Tem sido um amigo quando preciso de um, um abrigo quando não tenho nenhum, um poço de compaixão na escuridão em que me vejo presa. Portanto, não posso e não permitirei que nada o coloque em perigo. Essa busca sempre foi minha, e assim deve permanecer.

Encararam-se por muito tempo.

Beije-a, Nate pensou. *Agora, neste momento...*

Acima do ombro de Elyn, uma luzinha minúscula apareceu e começou a se mover. E outra. Mais uma...

A fêmea se virou e observou a pequena galáxia que inexplicavelmente se formara atrás dela.

— Ah, eles voltaram.

Elyn estendeu a palma, e as luzes se aproximaram dela, agrupando-se acima da mão esticada.

— Vaga-lumes – murmurou Nate. – Puxa...

O brilho era tamanho que iluminou o rosto dela, tornando-o resplandecente. Não, foi mais do que isso. Os cabelos e os olhos prateados pareceram atrair a luz dourada e refleti-la, de modo que um halo se formou ao redor de Elyn.

Sem aviso, ela o cravou com um olhar grave.

— Não permitirei que nada nem ninguém te machuque, Nate.

Por mais emocionado que estivesse com aquele sentimento, Nate não teve coragem de estabelecer a realidade. Dentre os dois? Ela dificilmente estava na posição de protetora.

Esse era trabalho seu.

Capítulo 43

Primeiro, Balz sentiu o perfume da morena.

Na escuridão densa da sala de coleção de livros do tríplex, aquelas notas de uvas, o perfume sensual e sombrio da Dior impregnava o ar.

— Devina? — o Patrão disse no vácuo. — O que está fazendo aqui?

As luzes retornaram, e enquanto Balz piscava para lidar com o ataque às retinas, não mudou a posição em que estava, com as mãos e os braços ainda esticados na direção do Livro. Mas virou a cabeça. Entre ele e o Patrão, a morena — Devina, evidentemente — posava como uma garota de capa de revista, vestindo um conjunto formal de saia e blazer e um chapéu que parecia algo que alguém usaria num casamento da realeza.

— Era para você ficar na sede da empresa — ralhou o Patrão. Depois olhou para trás e abaixou a voz. — Pensei que tivéssemos concordado que você nunca viria sem avisar. Idaho é onde você tem que...

— Ah, cale a boca, Herb — estrepitou a morena. — Eu nunca estive em Idaho, seu idiota.

— M-m-mas...

Devina se concentrou em Balz e revirou os olhos.

— Humanos. Fala sério. Eles se ligam em carros de controle remoto e acham que estão mesmo dirigindo. É tão ridículo.

"Herb" marchou para junto dela e a agarrou pelo braço.

— Este não é um jogo que você vai vencer. Quero que saia daqui e, se quiser continuar me vendo, nunca mais vai fazer isso. Estamos de acordo? Minha esposa mora aqui.

A morena olhou para a mão de Herb. E nos dois segundos de silêncio subsequentes, Balz ficou tentado a dizer ao cara que a largasse, mas não havia como salvar o idiota.

– Você está tocando em mim agora? – a morena disse numa voz suave.

Herb se ergueu um pouco nas pontas dos pés para poder fitá-la nos olhos, por conta dos saltos altos.

– Toco em você onde eu bem quiser, e você vai embora *agora*.

Quando Balz se aprumou diante do Livro, teve a sensação de que o garotão Herbie se engasgaria com aquelas palavras.

– Esse tipo de comportamento não lhe favorece – Herb sentiu a necessidade de completar.

Uma sobrancelha perfeitamente delineada de Devina se ergueu acima do olho perfeitamente maquiado.

– Não creio. Bem, espere até ver o final.

O corpo de Herb voou para trás, lançado contra um conjunto de prateleiras-mostruário, como se mãos invisíveis o tivessem levantado e o arremessado para o outro lado do cômodo. Enquanto os livros tombavam e tudo caía no chão, Balz ficou confuso. Não houve barulho. Nenhum maldito som sequer, nem quando as primeiras edições se estatelaram no piso de madeira, nem mesmo quando as prateleiras de acrílico caíram, nem com as batidas nas tábuas lustradas.

Do mesmo modo, enquanto Herb era empurrado contra a parede e sua boca se escancarava para começar a gritar, o horror da agonia aguda não chegou aos seus ouvidos, tampouco o barulho de seus calcanhares batendo no gesso da parede ou do choro enquanto as roupas...

Ah, merda. O pijama que Herb usava estava se rasgando na braguilha.

Mas isso não era, de longe, o pior ali.

Como se alguém tivesse afastado seus braços e puxasse as pernas para fora, do mesmo modo que se faz com um osso da sorte, o Patrão começou a ser rasgado na linha média, a partir das partes íntimas e subindo pela pelve, abdômen...

Todo tipo de órgão interno começou a se derramar para fora e se espatifar no chão como espaguete cozido demais, brilhante, molenga e perturbadoramente rosado e marrom.

– Ah, cara... – murmurou Balz. – Isso vai feder.

O rasgo continuou subindo, escancarando o corpo, fraturando o esterno, separando os pulmões, parando somente na base da garganta. Depois disso, a carcaça despencou no chão.

Herb, o antigo administrador de investimentos, agora administrador de fertilizantes, teve uns dois espasmos... e não se mexeu mais.

Quer dizer, isso não era bem verdade.

O sangue ainda fluía para fora das veias mais importantes e das artérias.

– Sabe... – Balz comentou com secura. – Acho que você não se preocupa muito em ser roubada, estou certo?

Devina limpou as mãos nos quadris, apesar de não ter tocado diretamente no cara.

– Não, eu me viro bem sozinha nas ruas. E, por falar em roubo, está na hora de você e eu pararmos de brincar. Me dê o Livro.

Balz, que se virara durante o interlúdio de puxa-puxa, voltou-se para o antigo volume. O tomo se fechara sozinho, e a luz que o iluminava do teto não se acendera novamente. Ou talvez nem tinha luz acesa e o halo ao redor do Livro apenas tivesse diminuído.

– Entregue-me o que me pertence – Devina exigiu ao estender a mão.

Como se Balz lhe devesse cincão e fosse devolvê-lo com um tapa naquela palma.

– Se não me entregar – ela ameaçou ao se aproximar num andar sensual –, então *aquilo* vai acontecer com você.

Com um gesto ridículo, Devina apontou para a bagunça no chão – como se alguém pudesse não notar o exemplo de suas habilidades de faca Ginsu.

Balz aguçou o olhar. Depois deu um passo proposital para o lado.

– Se quer, pegue. Pegue o Livro e vá embora. Não há nada te detendo.

Ou será que há?, perguntou-se.

O bico no rosto dela foi poético.

– Depois de tudo o que fomos um para o outro... você, decerto, há de querer ajudar uma dama.

– Sem querer ofender, mas você se considera mesmo uma dama depois de ter estripado o pobre coitado?

– Agora ele faz parte da exibição.

– Como uma ilustração da anatomia humana?

– Exato.

Os dois deram risada. Mas logo a diversão acabou de ambos os lados.

– Então, Balthazar, eis o que vai acontecer. – A morena sorriu novamente, mas seus olhos eram lascas de obsidiana, frias, brilhantes e duras. – Você vai pegar o Livro e vai entregá-lo para mim. E depois eu decidirei se vou ou não...

– "Explodir o barco". – Quando ela piscou, confusa, Balz balançou a cabeça. – Ah, qual é, é do filme *Caçadores da Arca Perdida*, Dietrich falando com Katanga. Você lembra, sim, eles estão no deque do navio e...

– Cale a boca! – Ela apontou uma unha esmaltada de vermelho para o Livro. – Entregue-o para mim!

– Não. – Ele ergueu as mãos. – Não vou te dar. E agora?

– Dê o Livro para mim!

Houve uma pausa, e Balz esperou que o demônio o jogasse contra a parede. Ou talvez o castrasse em pleno ar e o obrigasse a comer o próprio saco. Quando nada parecido aconteceu, ele ficou curioso para saber o quanto conseguiria forçar a barra com ela.

– Sabe, se você bater um pé no chão, vai me persuadir. Melhor ainda, que tal sapatear? Eu posso assobiar uma canção...

O rugido que o atingiu no rosto foi como ser açoitado por um furacão de areia, os cabelos foram jogados para trás, a pele se mexeu como se ele estivesse dentro de um túnel de vento e o peito foi pressionado – e mesmo assim o som pareceu estar apenas nos seus ouvidos, e o efeito apenas em seu corpo.

– Eu te possuo – Devina rosnou acima do barulho – e você vai me dar aquilo que eu quero.

Sahvage encontrou o carro de Mae quatro horas depois de iniciar sua busca. Não havia nada no chalé de Tallah, nem na casa dela. Nada que conseguisse farejar em parte alguma.

Era como se ela tivesse desaparecido do planeta.

Ou, ainda mais insustentável, já não estivesse mais nele... porque fora para o Fade embora ela não acreditasse na sua existência.

Bem quando estava prestes a perder a cabeça, enquanto fazia mais uma ronda no subúrbio e fora do chalé, sem Mae na casa, sem Mae no celular e sem Mae...

Luzes azuis. Luzes azuis piscantes.

Ele as vira antes ao viajar das fazendas rurais de volta para a cidade, mas como não sentira o cheiro de Mae nas proximidades da cena, ignorara-as. Além disso, a verdade era que, depois de duas horas procurando por ela, perdera as esperanças de encontrá-la – e começou a se preparar para ser encontrado.

Por uma morena cheia de exigências.

Ou, que a Santa Virgem Escriba não permitisse, com partes do corpo.

Só que, sem nada mais acontecendo, decidiu verificar a cena do acidente. Materializando-se na escuridão junto a um muro, espiou a colisão de frente...

– Mae!

Sahvage gritou o nome ao reconhecer o Civic – e quando os tiras se ergueram do que era um corpo no chão, seu sangue gelou. Sabia que não era Mae, mas, como estava contra o vento e não sentiu o cheiro, rezou para que não fosse Tallah.

– Senhor, a menos que seja testemunha ou possa identificar...

Quando uma policial se aproximou dele, Sahvage não lhe deu chance de continuar a afastá-lo dali. Invadiu a mente dela e pegou os detalhes de que precisava: vítima do sexo masculino, na grama, apunhalado e morto. O carro fora da estrada estava no nome de Christophe Wooden, que morreu em 1982 e morava a uns quinze quilômetros de distância. Um transeunte que tinha uma casa no bairro chamara a polícia.

Nenhuma evidência material – pelo menos não que importasse a Sahvage. Mas aquele definitivamente era o carro de Mae, o nome do registro era apenas um escudo para manter tudo dentro da legalidade nas rodovias humanas.

Portanto, onde diabos ela estava?

Entretanto, enquanto fazia essa pergunta, já sabia a resposta. Podia apostar que, de alguma forma, a morena aparecera ali e sequestrara Mae...

Quando seu telefone tocou, tirou o aparelho do bolso da jaqueta e conferiu a tela. Quando viu quem era, pelo que devia ser a centésima vez, simplesmente perdeu a cabeça.

– Ah, mas que porra... Fala! – explodiu ao atender a ligação. – Dá pra me deixar em paz, cacete?!

– Foi você que ligou para mim, babaca – redarguiu o Reverendo pela ligação. – E, visto o que está procurando, deduzi que atenderia à *porra* do telefone pelo menos uma das *malditas* quatro vezes em que eu te liguei, caralho! Agora me diga, quer ou não encontrar o Livro?

Sahvage olhou para o cara morto e passou a mão pelo topo da cabeça.

– A menos que o tenha no colo, tenho outras prioridades no momento...

– Encontre-me no parque da cidade onde estivemos antes. Em quinze minutos. Se quiser o Livro, é melhor estar lá. Esta é a sua única chance. Depois disso, nunca mais vai ouvir falar de mim nem me encontrará.

Quando a linha ficou muda, Sahvage quase jogou o celular no Honda acidentado de Mae. Mas tinha que ficar com o aparelho, pois ainda tinha esperanças de que, por algum milagre impossível, ela telefonaria.

E estava praguejando quando observou ao redor...

E percebeu que todos os policiais da cena estavam imóveis e o encaravam como se ele estivesse prestes a lhes passar uma lista de tarefas. Ou pelo menos uma pista de quais eram seus nomes.

Foi até o carro de Mae. A porta do motorista estava aberta e Sahvage se inclinou para dentro. Os dois *airbags* tinham explodido, mas as chaves ainda estavam na ignição. Tirando-as, não viu nem o celular, nem a bolsa dela. Podiam muito bem já estar nas mãos dos policiais, mas não se preocupou com a possibilidade de que fossem para a casa dela – e, que Deus não permitisse – encontrassem o corpo do irmão na banheira. Assim como o registro do carro, todas as identificações de Mae estavam em nome de alguma outra pessoa com um endereço diferente daquele em que ela morava de fato. Era um procedimento padrão para vampiros habitando áreas densamente povoadas por humanos.

– Merda – murmurou. – Merda, merda...

– Posso ajudá-lo? – a policial perguntou. – Precisa de alguma coisa?

– Preciso de...

Quando deixou o pensamento vagar, as palavras surgiram como se tivessem sido plantadas em sua cabeça: *poder de barganha.*

Isso mesmo, pensou. Precisava de algo para poder barganhar.

O tipo de coisa que, quando a morena voltasse a aparecer – e ela apareceria –, ele teria e ela iria querer. Algo de que ela precisasse. Para Sahvage conseguir o que queria em troca.

Que era Mae. Em segurança.

– Barganha – disse em voz alta ao olhar para o celular.

Quando se desmaterializou, libertou os tiras do estado neutro, mas só depois de apagar sua presença das memórias recentes deles. Pelo que se lembrariam, ele nunca esteve ali.

Ele, como fantasma, fazia muito mais sentido.

Mas era um fantasma com uma porra de uma missão. Já tinha desapontado uma fêmea em sua vida, *não* repetiria essa merda. Mesmo que isso o matasse.

E Sahvage desejava que isso acontecesse.

CAPÍTULO 44

– É O SEGUINTE – BALZ DISSE A DEVINA. – Não sou um cavalheiro, nem de longe. E, sinto muito lhe informar, mas você não é nenhuma dama. Portanto, tô indo nessa e deixo você aqui para fazer o que bem quiser com esse Livro que tanto deseja.

Enquanto a fúria transformava aquele lindo rosto em algo completamente horrendo, Balz soube que ela não iria embora levando nada dali naquela noite. Não sabia muito bem quais eram as regras, só sabia que o demônio não conseguia tocar no maldito volume.

Não fazia a mínima ideia do motivo, mas pouco importava naquele momento.

– Cuide-se – disse.

– Eu vou te matar.

– Não hoje e não aqui. Seu blefe não funcionou.

Com um leve aceno, fechou os olhos e se desmaterializou – e não perdeu nem um segundo em retornar para a montanha e para a mansão da Irmandade. Podia apostar que a morena ficaria em choque por um ou dois segundos – porque, fala sério, quando foi a última vez que um macho lhe negou algo? E, então, tentaria negociar com o próprio Livro.

Ela perderia naquela mesa de negociações.

Mas tentaria.

E aquele defeito de personalidade de narcisismo arrogante seria o único motivo pelo qual Balz conseguiria entrar no *mhis* vivo. O que aconteceria depois? Não tinha a mais remota ideia, mas desconfiava que ela só conseguia manipulá-lo enquanto ele dormia.

De outro modo, já teria aparecido para ele em pessoa quando estivesse acordado.

Quando retomou sua forma nos degraus da frente da mansão, Balz foi correndo até a porta enorme, mas logo se lembrou dos arranhões em suas costas e parou.

— Porra — murmurou ao olhar para si mesmo.

E ficou pensando no que, exatamente, havia dentro de sua pele.

Recuou um passo... e mais um... e outro ainda... Continuou retrocedendo até chocar as omoplatas na fonte do pátio.

Olhando para o alto, para as paredes de pedra cinza da mansão, para as gárgulas nos cantos do teto, para os declives do telhado, Balz pensou em todos que estavam atrás daqueles vitrais brilhantes — mas manteve as imagens vagas em sua mente. Suspeitava que era melhor manter seus pensamentos os mais indistintos possíveis.

Com uma sensação de pavor, pegou o celular. O primeiro número que chamou não atendeu. O segundo? Nenhuma resposta. O terceiro? Caixa de mensagens.

Quando o coração começou a acelerar, Balz teve um medo doentio de que os eventos tivessem dado uma guinada para pior.

O quarto número foi atendido antes que o primeiro toque tivesse sequer terminado.

— Meu senhor! Como tens passado? Posso auxiliá-lo de alguma maneira...?

— Fritz — disse ele com seriedade. — Abaixe as persianas. Em toda a volta da casa. Abaixe-as agora... Não tenho tempo para explicar.

Qualquer outro mordomo, em qualquer outra mansão, teria tomado um instante para perguntar o motivo. Talvez se agitasse um pouco ou resolveria discutir o assunto com um dos seus verdadeiros patrões.

Mas não Fritz Perlmutter.

— Imediatamente, senhor.

E por "imediatamente", o *doggen* quis dizer "neste exato segundo": em toda a mansão, em cada andar, em cada lado, as persianas começaram a se abaixar.

– O que mais, senhor?

– Onde estão todos? – Balz perguntou. – Ninguém está atendendo ao telefone.

Quando Sahvage se rematerializou no parque, ficou um tanto obscurecido pela neblina que começou a se formar no rio, resultado de um desequilíbrio estranho no clima que, com certeza, não acontecera quando esteve ali no início da noite. Em meio às faixas sinistras de neblina, a fila de árvores na beirada da clareira aparecia e desaparecia e, acima, a lua e as estrelas também eram escondidas e reveladas pelos volteios das nuvens.

Sem nenhum poste de rua, nem lanternas, estava bem escuro, os arranha-céus ao longe só ofereceriam um brilho tênue que não o ajudava a enxergar.

– Você não tem medo.

Ao som da voz do Reverendo, Sahvage se virou.

– Onde está o cara?

O outro macho o encarou em silêncio, como se estivesse fazendo algum tipo de avaliação.

– E nem sacou a arma.

– Se fizer você mexer essa bunda mais depressa, estou mais do que disposto a apontar uma arma pra sua cabeça. Agora me leve até seu cara, porra, ou vou embora.

O Reverendo assentiu com uma leve reverência.

– Como desejar.

E, então, o macho desapareceu.

– Mas que merda – Sahvage murmurou ao olhar ao redor.

Nada além de neblina. Com um palavrão, pegou o celular. Sabe, só para o caso de ter perdido a ligação que vinha esperando de Mae. Nos

3,2 nanossegundos em que estivera fora de área enquanto se deslocava até ali...

Abaixou o celular. Guardou-o. Espalmou a pistola.

Nada havia chegado a seu olfato, mas seus instintos lhe disseram que já não estava mais sozinho. E foi um instinto bem forte.

– Vamos lá, vamos em frente com isso – reclamou para a fila de árvores. – Não vou esperar a noite inteira, porra.

Conforme a neblina se dispersou novamente, uma figura emergiu em meio aos troncos e os galhos desnudos. E, quando reconheceu o macho, o coração de Sahvage perdeu uma batida.

Você perdeu o seu povo, perdeu a sua família.

Tohrment, filho de Hharm, não mudara nada nos últimos séculos: um soldado alto, largo, determinado, com olhar direto e presença tranquila. Agora, havia uma mecha branca na frente dos cabelos negros e o couro que vestia era moderno. Mas as adagas negras estavam cruzadas, com as empunhaduras para baixo, diante do peito, exatamente onde sempre estiveram.

– Quantos estão com você – Sahvage perguntou, rouco, enquanto o Irmão se aproximava.

– Todos eles.

Dito isso, mais figuras se adiantaram... Vishous, que agora tinha cavanhaque. Murhder, que ainda tinha cabelos negros e ruivos. E também havia outros cujos rostos não reconhecia.

E havia outros que esperava ver, mas não viu.

Mas já se passara muito, muito tempo.

As coisas mudavam.

E, com isso, o vento mudou e carregou os cheiros deles até Sahvage – que inspirou fundo e sentiu os olhos marejarem. Disse a si mesmo que era por causa do vento frio em seu rosto. Claro. Era esse o motivo.

E, cacete, devia saber que seria uma armação. Mais do que isso, devia saber que não deveria ter passado por Caldwell depois de ouvir que o Rei estava morando ali e que, finalmente, tinha decidido governar. Perto demais, visto que, onde Wrath estava a Irmandade nunca estaria longe.

Jamais deveria ter botado os pés naquele maldito código postal.

Sahvage pigarreou.

– Então é aqui que vocês vão tentar me matar por ter desgraçado a Irmandade?

– O que aconteceu com você? – Tohr perguntou sem rancor. Que era, afinal, o seu jeito. Sem dúvida, o motivo pelo qual se apresentara na frente. Ainda era o equilibrado. – Pensamos que estivesse morto.

– Quer dizer que encontraram o meu caixão, hein? – Sahvage verificou o celular, embora não tivesse tocado. – Olha só, não tenho tempo para um reencontro e não estou interessado em botar a conversa em dia. Seguimos caminhos separados. – Mas que merda estava dizendo? – Por todo esse tempo e vamos continuar assim, a menos que queiram brigar. Nesse caso, vamos logo. Tenho outro lugar para ir.

Para onde exatamente, não sabia.

– O que aconteceu com você? – Tohr repetiu a pergunta.

– Fiz umas tatuagens. Basicamente isso.

Por uma fração de segundo, voltou à época em que convivera com os machos: o treinamento no Campo de Guerra de Bloodletter; as lutas; sua indução. Fizera parte da Irmandade por algum tempo, mas então seu tio fora assassinado por *redutores*... e Rahvyn ficou sem ninguém.

Depois disso... a campina, os vaga-lumes e as flechas. Guardas sem cabeça. E um aristocrata empalado num poste.

Enquanto todo tipo de imagem passava em sua mente, Sahvage percebeu que mantinha as emoções presas dentro do peito. Em retrospecto, sofrer as perdas nunca fora um hábito seu, não?

Pensou em Mae e no irmão dela.

Depois só pensou em Mae.

– Fui uma escolha errada logo de cara – disse bruscamente. – E lamento se os enganei com meu caixão. Mas essa é a única desculpa que receberão de mim...

– Também não viemos aqui para colocar a conversa em dia. – Os olhos de Tohr fizeram uma varredura nele, de alto a baixo. – E também não precisamos de nenhum pedido de desculpas, tampouco de uma explicação. Precisamos da sua ajuda.

Sahvage deu uma risada seca e bateu uma bota no chão.

— Vocês estão mal se vieram atrás de mim para ajudá-los.

— Exato — Tohr concordou num tom sério.

Capítulo 45

Ainda presa no... covil – ou o que diabos fosse aquilo – da morena, Mae deu outra volta ao redor da área de vestir – mesmo que não fosse fazer diferença alguma. E quando passou pelo que começou a chamar de ala reluzente, ouviu o rugido do metrô uma vez mais.

– Pense, pense, pensepensepense...

Já fizera o que podia junto à porta – absolutamente nada. A coisa era sólida como se tivesse sido soldada aos batentes. E não havia nenhuma janela, nem duto de ventilação viável. E o tempo estava passando.

O que aumentava a possibilidade de a morena estar voltando.

Frustrada, Mae fechou os olhos e deixou a cabeça pender para trás. Se não resolvesse aquilo, não teria como ajudar Rhoger. Tallah ficaria sozinha e assustada. E Sahvage...

Quando seus olhos se abriram, quase continuou andando... Mas bem quando foi dar um passo à frente, uma instalação no teto, sob a qual por acaso estava, foi percebida.

Um *sprinkler*.

Alerta de repente, procurou por outros. Havia seis no total, colocados em intervalos equidistantes ao redor do lugar. E não só eram brilhantes, também tinham luzes vermelhas piscando – portanto faziam parte de um sistema que funcionava.

Mae se virou para cozinha. O fogão Viking tinha oito bocas e também brilhava de tão limpo que estava. Com o coração acelerado, aproximou-se e virou um dos botões. Alguns cliques e...

Fuuuu!

Uma chama azul surgiu, toda solícita. Bem quente. Mais do que pronta para se ocupar com o que quer que se aproximasse dela.

Recuando às cegas até a seção de roupas, considerou suas opções – e decidiu pegar uma das bolsas. Primeiro porque elas aguentariam uma chama e não queimariam com tanta facilidade. Segundo porque poderia usar as alças para aproximar o calor do *sprinkler*. Mas qual delas?

– Você não está montando um *look*, caramba – murmurou.

No meio da exposição, havia uma bolsa quadrada com um tipo de couro exótico, padrões de escamas cinza nas beiradas que ia desbotando para um tom de creme no meio. Quando a pegou, porque era a mais próxima, a tranca da frente reluziu com o brilho de diamantes.

Já no fogão, segurou um dos cantos sobre a chama. O cheiro era de churrasco, mas a queimadura instantânea que imaginara não aconteceu.

Enquanto os segundos completaram um minuto ou mais, Mae olhou para a porta. Bem quando estava começando a ficar desesperada, uma faísca laranja-amarelada se agarrou ao couro. Mae esperou até ter certeza de que a transferência fora completada... e depois começou a andar. Felizmente o *sprinkler* mais próximo não estava distante.

– Vamos... – gemeu ao se esticar nas pontas dos pés e erguer a bolsa o mais alto que conseguia.

Nenhum alarme disparou. Nenhuma chuva começou. Nada de nada.

O lugar devia ter um pé-direito de uns três metros de altura. Será que não estava perto o bastante? Mas, droga, os braços estavam se cansando porque a bolsa era bem pesada. Xingando, abaixou-os... e foi até a mesa para pegar uma cadeira. Subiu na cadeira e, de novo, aproximou a chama do *sprinkler*.

O cheiro de couro queimado ficou mais forte. A fumaça começou a resvalar em sua face. Mae tossiu e teve que desviar o rosto.

Ainda assim nada aconteceu.

Relanceando por cima do ombro, verificou os outros *sprinklers*.

– Mas que droga...

Não precisava consultar um relógio para saber que estava ficando sem tempo. E não tinha outras opções.

A despeito da breve descarga de emoção, Sahvage não deixou Tohrment, filho de Hharm, prosseguir com qualquer que fosse o problema da Irmandade.

– Vocês precisam lidar com seus próprios problemas. – Fez um gesto abarcando todo o grupo de machos fortes parados na neblina e voltou a conferir o celular. Que ainda não tinha tocado, droga! – Vocês têm recursos, e já estão lidando com Ômega e a Sociedade Redutora há séculos. Não precisam de mim...

– Ômega se foi.

Sahvage ergueu o olhar do celular. Devia ter ouvido errado.

– Como é que é?

– Ômega não existe mais. A Sociedade Redutora já era.

Quando se concentrou de verdade no Irmão, pensou que aquelas duas afirmações eram, basicamente, a única coisa que poderia distraí-lo, mesmo que por uma fração de segundo, da sua preocupação com Mae. Apesar de fazer tanto tempo que não pensava na guerra, ouvir que ela terminara e que a espécie estava a salvo foi um choque – e se viu procurando os rostos que reconhecia na Irmandade.

No entanto, não correria para cumprimentá-los. E nenhum deles, tampouco, fazia qualquer menção de querer abraçá-lo. Afinal, já fazia muito, muito tempo.

– Nós vencemos? – disse, porque não conseguia acreditar. Depois balançou a cabeça. – Quero dizer, vocês venceram? Conseguiram?

– Conseguimos. Mas existe um novo mal.

Sahvage checou o celular. Voltou a olhar para a Irmandade.

– Como já disse, terão que cuidar disso...

– Precisamos de você...

– Não sou diferente de...

– É um demônio.

O corpo de Sahvage paralisou por vontade própria.

– Um demônio? Que tipo... de demônio?

– Estamos tentando descobrir. E sabemos que você tem habilidades especiais...

Levantando a palma para o Irmão, Sahvage o impediu de continuar falando.

– É uma fêmea, certo? Uma morena. Ela aparece com sombras...

Um dos Irmãos que ele não reconhecia, de cabelos escuros e mais baixo e mais largo que os demais, deu um passo adiante.

– Isso mesmo. Ela pode ser morena. Mas também pode ter muitas outras formas.

O sotaque era forte, mas não do Antigo País, e sim algum sotaque americano, embora Sahvage não fosse perito nos dialetos no Novo Mundo para poder precisar a origem específica.

– Você a viu? – Sahvage perguntou ao macho.

– Sim.

– Onde? Sabe onde encontrá-la?

Tohrment se inclinou na direção dele e interveio.

– Você a conhece?

Enquanto Sahvage ponderava a melhor maneira de responder a isso, a Irmandade toda se aproximou dele, mas não de maneira agressiva, apesar de todas as armas.

– Não tenho tempo para explicar. – Guardou o celular. – Escutem, eu só preciso saber onde ela está. Acho que ela está com alguém... ela levou alguém. Hoje à noite. Se eu não encontrar esse demônio, acho que alguém a quem prezo muito acabará sendo morto.

– Sei de um lugar em que ela esteve antes – disse o lutador robusto com sotaque. – Posso levá-lo até lá.

– Vamos!

Tohrment se colocou na frente dele.

– Não até termos a sua palavra de honra.

– Tudo bem! Combinado! Vocês a têm. – Sahvage ergueu os braços. – Do que precisarem, estou pouco me importando...

– Você vai nos ajudar depois que nós te ajudarmos. Fará o que só você consegue quando precisarmos que o faça.

Sahvage encarou seu irmão – seu antigo Irmão – nos olhos.

– Você não acredita de verdade em toda essa asneira, acredita? Sobre os avisos no meu caixão? Eu te garanto, não tenho poderes especiais.

– Está mentindo.

– Olha aqui, aquela vagabunda capturou a fêmea que eu am... que eu prezo. Se eu fosse tão poderoso assim, não acha que eu estaria estrangulando a maldita agora?

– Mas lá no Antigo País...

– Você não deveria acreditar em tudo o que ouve.

Tohrment trocou olhares com a Irmandade.

– Então você não dizimou Zxysis? Os guardas dele? Não fez nada disso. Não é um feiticeiro?

Proteger Rahvyn era um reflexo, mas não havia mais motivos para sustentar aquela mentira. Não a via nem tinha notícias dela há dois séculos.

– Não, não sou um feiticeiro. E não fui eu que fiz aquilo.

– Não acredito em você.

Sahvage deu de ombros.

– Estou pouco me fodendo se você acredita em mim ou não. Olha só, eu tenho que ir, preciso encontrar...

– Eu te levo até onde me encontrei com o mal – o Irmão com sotaque disse. – Sem regrinhas.

Sahvage cruzou os braços diante do peito.

– Eu nem te conheço. Por que você faria isso?

– Desconsiderando a questão da donzela em apuros? – O Irmão estreitou os olhos castanho-esverdeados. – Sou um bom irlandês católico, caralho. Portanto, os demônios têm que sumir.

– E tem certeza de que os católicos podem falar assim?

– Sou de Southie, então claro, porra.

– Em troca – Tohr intercedeu –, você vai nos ajudar a encontrar o que estamos procurando. Vai ficar nos devendo uma, e você sempre foi um macho de palavra.

– É você que está falando...

– Quando encontrarmos o Livro, você fica livre.

Sahvage se inclinou na direção de Tohr.

– Desculpe, o que disse mesmo que estava procurando?

Capítulo 46

Vernon Reilly não aguentava mais. Enquanto encarava o outro segurança de plantão, pensou no quanto estava de saco cheio de tudo aquilo.

– Você tem que parar, tá bom? Não aguento mais.

Buddy Halles pareceu surpreso que alguém, qualquer um, se opusesse às suas reclamações.

– Não entendo como você pode ficar do lado dela.

O escritório da segurança era uma caixa com uma única porta, duas cadeiras de rodinhas e uma bancada de monitores e equipamentos – e eles tinham sorte de ter aquele espaço. O edifício pelo qual eram responsáveis era um dos bons e velhos prédios que, na época de sua construção, há um século, tinha sido uma sensação pela quantidade de andares. Hoje, é claro, era uma antiguidade se comparado às torres altas, espelhadas e elegantes que pontuavam o resto do centro da cidade.

Nesse aspecto, assemelhava-se a Vernon. Velha guarda, mas ainda útil.

Pelo menos por mais dois meses, três semanas e quatro dias, no seu caso.

Buddy se sentou na ponta da cadeira e apontou para o distintivo brilhante.

– Sou ocupado. Tenho um emprego, responsabilidades. Ela tem que entender a minha posição. Isso me afeta, cara!

Buddy era um rapaz de 27 anos, nascido e criado em Caldwell, com pelos crescendo onde houvesse folículos, e que parecia pensar, assim como essa geração mais jovem, que tudo girava em torno do que ele sentia.

Vernon vinha tendo que ouvir as aflições do íntimo do garoto por oito horas em cada turno desde que Buddy fora contratado, em outubro.

– E a minha mãe sabe como me sinto.

Quem não sabia?

– Aham.

– Tenho o direito de me sentir seguro na minha própria casa...

– É a casa da sua mãe. E você nem paga aluguel.

– Mas sou alérgico a gatos. Ela sabe que sou alérgico...

Como uma dádiva divina, um dos sensores começou a piscar na bancada. Enquanto Vernon se endireitava para inserir o código de diagnóstico no computador, teve esperanças – pela única vez em sua carreira como segurança – de que houvesse mesmo um incêndio.

– Talvez sua mãe esteja lhe mandando uma mensagem – Vernon observou enquanto esperava a resposta do programa.

– Você quer dizer... Acha que ela fez isso de propósito? Para me tirar de casa...

Quando a leitura de avaliação voltou, Vernon se levantou da cadeira.

– É outro mau funcionamento. Não há registro de calor. Cancelei o alarme, mas vou dar uma olhada mesmo assim.

– Vou com você...

– Não. – Vernon vestiu a jaqueta. – Você fica aqui. Alguém tem que monitorar.

Buddy protestava contra as questões de senioridade enquanto Vernon saía para o corredor. Quando fechou a porta atrás de si, cerrou os olhos e apurou os ouvidos para o clique.

Ah... o paraíso.

Se fizesse tudo direitinho, poderia prolongar a investigação por uma hora ou mais. O escritório de segurança ficava no primeiro andar, bem ao lado do elevador de carga, mas não era tolo. Iria pelas escadas. Bem devagar.

No porão, assobiou uma canção sem nome, a mesma que sempre assobiava quando estava tranquilo. Era uma combinação de "September" do Earth, Wind & Fire com a versão original de "My Girl" de Smokey Robinson. E havia grandes chances de ficar assobiando pelo tempo que levasse a descida. Ao contrário dos andares superiores, o porão não tinha escritórios, apenas depósitos, e, mais precisamente, estava tão tarde que todos os engravatados já tinham ido embora, mesmo aqueles que faziam hora extra durante os finais de semana.

E esse era mais um motivo de ter certeza de que o disparo do alarme se devia a um mau funcionamento. Ali embaixo não havia cafeteiras que seriam esquecidas ligadas. Ninguém fumando um cigarro de modo sorrateiro, batendo as cinzas na lata de lixo do banheiro masculino. Nenhuma luminária inclinada perto demais de uma caixa de memorandos nem equipamentos de informática soltando faíscas... Nenhum dos milhares de casos bizarros de que ouvira falar ou que vira ele mesmo no prédio.

Ser segurança de uma propriedade como aquela por 37 anos? Você aprende todas as diferentes maneiras que os humanos conseguem fazer bobagens. Destravara elevadores que pessoas pararam de propósito depois do expediente para fazer sexo. Resgatara pessoas do telhado, pessoas que já não aguentavam mais suas vidas. Fingira que não ouvira discussões acontecendo nas escadas e intercedera em outras para que ninguém saísse ferido. Tolerara todos, pouco importando suas posições sociais, seus dados, seus CPFs.

O fato de que estava enlouquecendo com Buddy provavelmente era o melhor indicador, além dos 65 anos que completaria no mês seguinte, de que era hora de pendurar o velho uniforme e encontrar um hobby. Nunca teve um hobby. Quem sabe construiria navios em miniatura. Sempre fora bom com peças pequenas, e Deus bem sabia que tinha um talento natural para colocar ordem em bagunças.

Motivo pelo qual sempre apreciara este trabalho...

O cheiro de queimado chamou sua atenção, embora não entendesse as nuances do odor desagradável. Parecia cheiro de... couro queimando?

Vernon acelerou o passo. Assim como o resto do prédio, conhecia o porão como a palma da mão, e se apressou pela área dos depósitos que pelo visto tinha um mau funcionamento.

Pegando o molho de chaves antigas, também deixou o cartão de passe de prontidão. Cada um dos depósitos era alugado por diferentes clientes e, para entrar, tinha que passar seu cartão para deixar registradas a data e a hora por motivos de segurança. E, neste caso, o espaço em particular estava alugado para uma seguradora, portanto devia ter muitas informações sigilosas.

Quando chegou à porta, apoiou a palma e franziu o cenho ao sentir que o aço não estava quente. De todo modo, inseriu a chave na fechadura e, quando ela cedeu, empurrou a porta pesada com o ombro.

De imediato, sentiu o cheiro que lhe chamara a atenção. Definitivamente vinha lá de dentro, mas quando a luz acionada por movimento foi ativada...

– Mas que diabos? – Vernon resmungou.

Entrando no depósito, passou o cartão para silenciar o alarme da porta e...

O lugar estava todo vazio.

As paredes, como esperado, estavam pintadas de cinza-escuro, com o teto e o piso, de preto. Fazia sentido. Toda vez que uma das unidades era alugada, a manutenção passava uma nova camada de tinha brilhante e barata na metragem quadrada; as camadas eram tão grossas agora que os contornos do concreto já estavam totalmente lisos. Mas a pintura era tão nova que não havia marcas de solas, nem de caixas arrastadas, nenhum rastro que normalmente seria deixado quando as coisas eram encaixadas nos cantos.

Portanto, não só não havia nada ali dentro como nunca houvera.

Mas isso não era problema seu. Se uma empresa queria pagar pelo privilégio de não colocar nadinha de nada ali, era um erro idiota deles. Sua preocupação era descobrir por que raios sentia cheiro de queimado se não via nada ali. Sim, tinha certeza de estar no lugar certo. O relatório do alarme o certificou disso.

Talvez estivesse tendo um derrame.

Não, espere. Um dos *sprinklers*, lá no fundo, piscava mais rápido, indicando ser o que havia disparado.

Vernon se aproximou e andou ao redor dele algumas vezes. Mas nada mudou: o alarme de incêndio continuava a piscar, seu nariz continuava a sentir o mesmo cheiro de fumaça e o depósito continuava totalmente vazio...

Muito bem, definitivamente aquilo entraria na sua lista de casos esquisitos.

Voltando para a porta, deu uma última conferida naquilo que já tinha verificado. E saiu...

E congelou. Com todo o sangue lhe fugindo do rosto.

Na ponta do corredor, avançando na formação de flanco que conhecia bem dos seus tempos no Exército, vinham três homens vestidos em couro preto. Bem, um deles estava com calças camufladas. E Vernon não precisava de um detector de metais para saber que os volumes debaixo das jaquetas eram armas.

Todos tinham cabelos escuros, olhos letais e estavam concentrados nele.

Com uma onda de náusea repentina, percebeu que não chegaria à aposentadoria.

Meu Deus... Rhonda. Ela teria que enterrá-lo.

Vernon fechou os olhos. Tinha *spray* de pimenta, mas nenhuma arma. Não tinha meios de se defender...

... abriu a porta da sala de segurança. Junto à bancada, Buddy ergueu o olhar.

– Não demorou muito – disse o garoto. – Foi só um mau funcionamento, então?

Vernon piscou e olhou ao redor. Buddy era o mesmo, ainda barbado e de cabelos compridos, ainda jovem e entediado. Do mesmo modo, a bancada estava onde sempre esteve, assim como os monitores. A cadeira estava exatamente onde a deixara, virada de frente para a porta... No entanto, sentia como se tivesse saído há vinte anos. E, quando foi se sentar junto ao painel de controle, sentiu-se levemente nauseado e uma dor de cabeça se instalara entre as têmporas.

– Tá tudo bem, Vern?

Odiava quando o garoto o chamava por esse apelido. Em geral. Não agora.

– Estou bem. – Depois de cuidar da notificação de alarme, virou a cadeira para Buddy. – Ei, pode me fazer um favor?

Buddy se prontificou, surpreso.

– Sim, claro. Quer um refri?

– Não, quero que você... – Vernon esfregou a testa – repasse as filmagens de segurança.

– Claro, de onde?

– Lá do... – A dor entre as têmporas piorou e Vernon cerrou os dentes – porão. Onde o alarme tocou.

– Viu alguma coisa?

– Não, não vi – disse rouco. – Só quero revisar a filmagem.

– Mas se você não viu nada... Ok, claro, tudo bem. Tanto faz.

Enquanto Buddy trabalhava nos monitores e a filmagem foi acionada, Vernon abriu a gaveta e pegou o frasco de analgésico. Sacudiu dois, depois mais dois, na palma, e engoliu os comprimidos a seco.

Estava tossindo quando a imagem do corredor em questão apareceu na tela à direita de Buddy...

No instante em que focou no corredor do porão, sua cabeça inteira gritou de dor.

– Continue – ele gemeu. – Quero ver a parte em que estou lá embaixo.

À medida que a dor se intensificava, Vernon teve que se esforçar para continuar olhando para a tela...

A imagem se apagou: bem quando ele emergiu da escada, aparecendo na saída de incêndio e no corredor, a imagem ficou preta.

– Mas que merda... – Buddy murmurou ao voltar a gravação.

Buddy podia ser um reclamão codependente da mamãe, mas não era um idiota. Não estava fazendo nada de errado com a tecnologia.

O arquivo, por algum motivo, tinha sido corrompido a ponto de não fornecer nenhuma informação visual.

Onze minutos.

Faltavam onze minutos de filmagem.

– Eu desisto – Vernon disse ao deixar a cabeça pender para trás.

– Isso acontece. E, ei, o alarme não está mais tocando. Quer dizer que o que havia de errado já era.

– Aham.

Ainda assim, havia a necessidade inegável de investigar suas lembranças. Algo acontecera lá no porão. Do momento em que saíra do escritório e decidira ir pelas escadas até...

Vernon parou de pensar nisso quando a agonia retornou. Era uma dor de cabeça estranha, como se tivesse comido três cones cheios de sorvete, um seguido do outro, uma espécie de perfuração bem na frente do crânio.

– Quer pedir ajuda? – Buddy perguntou numa voz que parecia preocupada. – Você não parece muito bem.

– O analgésico logo vai surtir efeito. – Vernon pigarreou. – Conta de novo a história do gato, que tal?

Buddy de pronto retomou seu drama.

– Pois é, então a minha mãe disse que foi presente da tia Rose, mas não acho que tenha sido. Acho que ela precisa de uma desculpa pra me expulsar...

Tão bizarro. Enquanto Vernon se concentrava no drama felino, a dor de cabeça desaparecia por completo – e não podia ser resultado dos comprimidos. Não havia como eles terem agido tão rápido.

Mas ele ia lá discutir com o que estava dando certo?

– Por que você não toma umas injeções contra a alergia? – sugeriu quando houve uma pausa no relato de Buddy.

O garoto pareceu confuso.

– O que... Espera, dá pra fazer isso?

Vernon assentiu e começou a tirar a jaqueta do uniforme.

– Sim. Claro que dá. Você vai lá, eles te aplicam umas injeções e você não tem mais alergia.

— Ai, meu Deus, é exatamente isso o que eu vou fazer! Obrigado, cara.

Com mais uma inclinação da cabeça que no momento não doía, Vernon decidiu relancear para a bancada. Quando as luzes não fizeram os olhos doer, nem trouxeram a dor de volta, ele relaxou. Quem é que sabia o que era? Talvez aquele nervo pinçado no pescoço estivesse se rebelando de novo.

É, só podia ser isso.

Cara, estava pronto para se aposentar, de verdade.

CAPÍTULO 47

DENTRO DO DEPÓSITO CHEIO de roupas de grife, Mae abaixou a bolsa em chamas das proximidades do *sprinkler*. A luz vermelha já não piscava mais.

– Não, não... *não*...

Voltou-se de novo para a porta. O painel reforçado ainda estava fechado e totalmente protegido, mas alguém esteve ali perto. Sentira o cheiro deles. Ouvira suas vozes. Estiveram tão próximos...

E lá estava de novo. Seus instintos se aguçando como se já não estivesse mais sozinha.

Olhou para o *sprinkler*, cheia de esperanças – a luz ainda estava parada.

– Droga!

Ao descer da cadeira, pensou que devia estar enlouquecendo, que seu cérebro estava confuso por conta do desespero e do terror de saber que seu assassino não vai ficar longe para sempre. E quando encarou a porta de novo, a onda de emoção que a assolou não ajudou em nada: sem temer mais por sua vida, concentrando-se em se libertar, ela estava mais do que triste. Estava à beira das lágrimas.

Inspirou fundo...

A princípio, o cheiro não fez sentido. Em seguida, convenceu-se de que o imaginara porque, acima de tudo, foi por isso que rezara.

– Sahvage! – exclamou. – Sahvage, estou aqui!

Através da conexão de sangue estabelecida por ele ter se alimentado dela, Mae o sentia tão claramente quanto se o macho estivesse diante de si. Sahvage estava ali. Dera um jeito de encontrá-la.

Jogando a bolsa no chão, atravessou o espaço, empurrando as araras. Cerrando os punhos, bateu na porta.

– Estou aqui! Estou aqui! Socorro!

Enquanto socava a porta, percebeu um detalhe, a princípio quase inconscientemente – e foi preciso mais alguns berros até entender o que era. De repente, parou de bater no painel de aço, parou de berrar. Acalmando-se, Mae bateu de leve.

E um pouco mais forte.

Bateu de novo.

Não havia som.

Ao fazer contato com a porta, não havia reverberação, nada chegava a seus ouvidos... Nada seria percebido por outra pessoa tampouco.

Tentando não entrar em pânico, bateu na parede de gesso ao lado do batente.

Nada também.

E, apesar de haver fumaça ao redor das araras de roupas, e o odor característico em suas narinas, Mae temia, sem nenhum motivo lógico, que ninguém mais conseguisse senti-lo.

Que Sahvage não pudesse sentir aquele cheiro.

Levou as mãos à boca e se virou para as araras e para os mostruários. Compreendeu que aquilo era uma ilusão. Aquilo tudo... As roupas e os acessórios, a mobília da cozinha, a banheira logo ali... Nada daquilo existia num sentido normal.

O que significava que *ela* não existia num sentido normal.

– Sahvage – sussurrou. – Me ajude...

Como diabos romperia a divisória que separava onde quer que estava de onde estavam todos os outros...

... antes que o demônio retornasse?

Ah, Santa Virgem Escriba, se a morena voltasse, Sahvage também estaria em perigo.

Um pânico absoluto tomou conta de seu cérebro, e Mae ficou andando de um lado a outro. Até lhe ocorrer uma ideia.

Atrapalhada, correu até a parte da cozinha, onde começou a escancarar armários.

Vinagre branco. Graças a Deus. Sal... isso! Limões... limões...
Abriu a geladeira.

– Vamos, vamos, tem que haver...

Nada de limões, mas havia um molho de mel e limão. Checando a embalagem, balançou a cabeça. O terceiro ingrediente era limão. Teria que servir.

– Velas...

Abriu as gavetas. Encontrou velas de aniversário rosa, amarelas e azuis em uma delas.

– Prata de lei. Preciso de...

Na mesa de mostruário, onde as bolsas estavam expostas, conseguiu esse ingrediente ao pegar uma bandejinha lustrosa onde havia uns doze pares de brincos.

– Faca.

Largou a pilha de itens junto à porta. Depois foi até o bloco de madeira cheio de facas Henckels sobre a bancada ao lado do fogão. Pegou a bolsa em chamas ao voltar para perto dos ingredientes.

Sentando-se com as pernas cruzadas em borboleta, tentou se lembrar do que Tallah lhe dissera. As medidas, a quantidade de cada um dos ingredientes. E quanto ao molho de salada à base de limão, quem é que sabia o quanto daquilo usar?

As intenções é que contam.

Ao ouvir a voz de Tallah em sua cabeça, inspecionou o que colocara na bandejinha de prata – como se soubesse o que havia de certo ou errado ali. Na sequência, pegou a embalagem de velas e puxou uma azul. Porque azul era a cor da lealdade, certo?

Que droga estava fazendo? Aquilo não tinha funcionado nem com o Livro.

– Pare! – ordenou-se. – Intenções...

Preparando-se, mordeu o lábio. E cortou a palma, bem em cima da linha da vida. O sangue surgiu rápido, pingando em tudo enquanto ela pegava a vela e a inclinava sobre a bolsa ainda em chamas.

O pavio se acendeu sem demora.

Embora seu coração estivesse acelerado e, no fundo, não acreditasse que aquilo iria funcionar, aproximou a ferida aberta e a vela derretendo acima da bandeja. Em seguida, fechou os olhos e tentou acalmar a mente. Visualizando Sahvage entrando por aquela porta, Mae...

Não. Se aquilo era um plano existencial estranho e diferente, não queria que ambos acabassem presos ali.

Visualizou Sahvage entre os dois planos. Um pé na realidade, outro onde ela estava.

Em total concentração, Mae se lembrou de cada detalhe do lutador. Visualizou o cabelo cortado rente. O lindo rosto rude. Os olhos de obsidiana. Os lábios...

Mas, ao inspirar fundo, não conseguia senti-lo. Mesmo ao visualizá-lo, não conseguiu chegar muito longe: era uma fotografia, não uma escultura. Definitivamente, não era uma pessoa.

Abriu os olhos e olhou ao redor.

– Pense nele, pense nele...

Voltando a se concentrar, tentou se acalmar e se colocar nas lembranças dos dois juntos...

No banheiro. Na casa de Tallah...

De repente, deu certo: estava tão perto de Sahvage que seus lábios quase se encontraram, os olhos se prendiam uns aos outros. Sentia a fragrância dele em seu nariz e o sentia dentro do seu corpo, apesar de não estarem se tocando, o sangue corria acelerado, os sentidos ganharam vida, o precipício que estava prestes a saltar não levaria a uma queda livre, mas a um voo tranquilo.

Com isso em mente, agora o imaginou com um pé do outro lado da porta e um ao seu lado, onde quer que ela estivesse. Ele se esticava, estendendo a mão para ela. E Mae apoiava sua palma na dele. E ele a puxava...

Sahvage. Estou aqui.

Pensou nessas palavras com tanta determinação que começou a tensionar todo o corpo, e ficou repetindo-as até sentir que estava prestes a explodir. Exalando numa grande explosão, com os pulmões ardendo e o coração acelerado, tudo ficou meio cambaleante.

Arfando, Mae abriu os olhos e...

Nada tinha mudado.

Fraquejando, olhou ao redor e sentiu um desespero que ia além até da dor que carregava em relação a Rhoger – e tudo isso porque o que acontecera a ele estava entremeado a uma agonia que agora lhe perfurava o peito.

Também perderia Tallah.

Tudo acabaria. Sua vida como a conhecia, sua vida como desejava que fosse.

E o perderia também.

Lágrimas rolaram pelas faces enquanto olhava para aquela prisão estranha e profana em que estava presa – e o horror de não ter nada mais a fazer a não ser esperar o retorno do demônio.

Que seria tanto um início quanto um fim.

Toda esperança estava perdida.

No meio da tristeza e do arrependimento, o rosto de Sahvage surgiu de novo em sua mente, do momento em que ele aparecera no chalé e ambos lutaram juntos contra a sombra. A imagem dele depois do ataque, quando estavam na cozinha. Ele a ficou provocando, com um sorriso malicioso no rosto e os olhos azuis, quase negros, cintilando.

Em circunstâncias diversas, talvez poderiam ter tido uma vida juntos...

– Eu poderia ter amado aquele macho! – berrou para ninguém.

Com um movimento brusco, deu um tapa na bandeja de prata, e seu conteúdo inútil voou para todos os lados – batendo na porta reforçada de aço e ficando grudado ali. A maldita lealdade da vela azul.

De uma só vez, as luzes tremularam... e se apagaram.

Capítulo 48

Enquanto um segurança mais velho era despachado sem lembranças dos três vampiros que apareceram no porão do edifício, Sahvage enlouquecia percorrendo o que parecia ser um depósito.

Uns 370 metros quadrados de nada, absolutamente vazio.

Só que Mae estava ali.

Contornando os pilares que sustentavam o teto, não conseguia explicar o que estava cheirando, o que estava sentindo. Mas estava *ali*. Quase podia senti-la. Todavia, seus olhos lhe diziam que estava sozinho entre aquelas quatro paredes de concreto sem nada dentro.

– Não entendo – disse entredentes.

Butch, o Irmão que se prontificara ao *tour* guiado, balançou a cabeça.

– Foi assim comigo e com V. também. Estávamos seguindo o demônio pelo GPS... e não conseguimos encontrá-la, apesar de ela estar nesta localização.

– Mae está aqui. – Inspirou fundo e também sentiu cheiro de fumaça. Junto com a fragrância de sua fêmea. – Consigo... Ela está aqui.

Cada vez mais rápido, ficou rondando o espaço. Mas isso lá iria mudar alguma coisa?

– Foda-se tudo isso – disse ao marchar para a porta de aço. – Vou pegar a porra do Livro. E então vou trocar com ela. Ela o quer e fará qualquer coisa para obtê-lo.

A dor de ter aqueles rostos reservados encarando-o era algo que ele nem consideraria.

– Desculpem, Mae está em primeiro lugar.

Tohr meneou a cabeça.

– Resgataremos a sua fêmea. Mas o Livro e aquele demônio não podem ficar juntos. Ele dará poder demais a ela.

– Só para que não haja dúvidas – Sahvage o encarou –, estou pouco me fodendo se a morena implodir metade de Caldwell, e a única coisa que me importa é a Mae.

– Temos outros recursos. Podemos ajudá-lo.

– Eu só preciso da porra do Livro. Depois disso, eu cuido do assunto.

Enquanto Sahvage enfrentava os Irmãos, reconheceu o grito em sua cabeça. Que o levou de volta a todas aquelas noites que passou à procura de Rahvyn. Maldição, como chegara a este ponto? De uma noite ver Mae de relance no meio da multidão naquela luta até este... desespero profundo... de ser incapaz de salvá-la?

Era mesmo um tolo.

– Vou te achar, Mae – disse em voz alta. – Aguente firme, estou chegando...

Quando sua voz ecoou no concreto cinza e preto, soube que estava enlouquecendo. Mas não queria nem saber.

Virou-se e saiu do depósito. Fechando a porta atrás de si e dos Irmãos, olhou para os dois lados do corredor enquanto os outros lutadores continuavam a fitá-los com desconfiança.

Quando se afastou, sentiu como se estivesse arrancando a própria pele. E só conseguiu se obrigar a sair dali prometendo a si mesmo... que, de alguma forma, encontraria sua fêmea.

Não que ela fosse sua.

Puta merda, deveria ter dado ouvidos aos seus instintos e não ter se envolvido...

O barulho ecoou pelo corredor, como se algo metálico tivesse se chocado contra algo... metálico. Sahvage deu meia-volta, franzindo o cenho para o nada.

– O que foi? – Tohr exigiu saber.

– Não ouviram isso?

– Não. Não houve som algum.

Butch balançou a cabeça.

– Não aconteceu nada, meu chapa.

Sahvage os ignorou. Mas quando não ouviu mais nada... porra nenhuma... soube que estava sendo um idiota.

– Caralho...

Virou-se... E foi então que ouviu o choro. Baixinho. Como se viesse de muito longe... Ainda assim, o som era inconfundível.

Concentrado, Sahvage voltou para a porta de aço, embora não esperasse ver nada.

Estava errado.

– Mae! Puta merda! Mae!

Não sabia como, mas o painel de metal sólido se transformara numa tela: enxergava através dele agora e, do lado de lá, Mae estava sentada de pernas cruzadas num piso de mármore branco, com a cabeça apoiada nas mãos e os soluços sendo transportados por qualquer que fosse a distância existencial que os separava.

– Mae! – exclamou ao cair de joelhos.

– O que está fazendo? – perguntou Butch.

– Ela está bem ali! O que há de errado com vocês? Mae!

Sahvage tocou no metal – e ele cedeu, os dedos atravessaram o que não deveria ceder de modo algum.

E, como se o sentisse, Mae ergueu a cabeça e olhou ao redor.

– Estou aqui! – Ele arrancou a jaqueta e estendeu-a para o Irmão mais próximo. – Segure isto.

Tohr olhou para baixo, confuso.

– Do que está falando?

– Vou atrás dela. Vou tirá-la de lá. Mas vou precisar de uma âncora. – Ele nem se importou em entender como tinha tanta certeza disso. – Segure!

Tohr continuou a olhar para Sahvage como se ele tivesse perdido a cabeça – bem-vindo ao clube –, mas o Irmão segurou um punho da jaqueta.

– Não sei onde diabos você acha que vai...

– A sua opinião é irrelevante.

Sahvage preparou o corpo, plantou um pé atrás de si, o outro bem na soleira da porta. Depois esticou o braço para dentro da porta de aço...

A sensação era desagradável, como se estivesse empurrando a mão dentro de lama fria, mas não se importou. Seguiu em frente, inclinando-se cada vez mais para frente, a palma, o punho, o antebraço, penetrando a porta... e saindo do outro lado.

Mae recuou.

E, no mesmo instante, sua expressão mudou. *Sahvage!*

Ou, pelo menos, foi o que ele acreditou que ela tivesse dito. Não conseguia ouvi-la.

– Pegue a minha mão – berrou. – Pegue, eu te puxarei.

Mesmo sem ter certeza de que isso seria possível. Não sabia de nada além do fato de que não iria embora sem ela.

– Vou entrar – disse para ninguém.

Movendo-se com cuidado, passou uma bota para a outra versão de realidade e apoiou parte do seu peso. O mesmo instinto que lhe disse para manter um pé em cada plano de existência, um de cada lado da porta, foi ficando cada vez mais forte, por isso confiou na pegada que tinha na manga da jaqueta ao se inclinar ainda mais.

Penetrar a porta com o tronco lhe provocou tremores, a pele se arrepiou, os músculos se contraíram, os ossos doeram fundo na medula. E quando a cabeça se libertou da resistência, foi atingido por todo tipo de visão e cheiros. Roupas. Algo queimando. Perfume.

Só que não ligou para nada.

Mae estava bem na sua frente. E Sahvage conseguiu, finalmente, sentir o cheiro das lágrimas, sentir sua presença... e ouvi-la com clareza.

Meu Deus, ela estava ferida. O rosto estava todo machucado e...

– Sahvage!

Quando ela se lançou sobre ele, o macho a agarrou, mas não dispensou nem um segundo para inspecionar seus ferimentos.

– Segure firme, minha fêmea. Segure com força.

Olhando por cima da cabeça dela, teve a visão, breve, porém indelével, de araras e mais araras de roupas elegantes. E de mobília moderna, uma cozinha e de uma plataforma com uma cama. Havia toda uma área de estar no meio do depósito, mas o demônio era esperto pra cacete, não era?

— Lá vamos nós — disse Sahvage.

A última coisa que notou, ao começar a recuar, foi a garrafa de vinagre branco junto à porta. E o pote de sal. E uma caixa de velas de aniversário.

E uma bolsa com escamas cinza e branca em chamas.

Não ligou. Tinha Mae nos braços e só isso importava.

Mae já abandonara todas as esperanças, chorando com o rosto enfiado nas mãos, quando ouviu algo do outro lado da porta. E depois viu um braço, um braço musculoso, cheio de veias, que se aproximava dela. Ficou tão surpresa que quase recuou.

Mas logo sentiu o cheiro de Sahvage. Límpido.

Na sequência, ele apareceu, bem diante dela, inclinando-se pela porta.

— Mae!

Quando disse seu nome, ela não pensou duas vezes. Saltou para frente e se jogou sobre ele — e no segundo em que a pegada firme foi percebida, Mae quase despencou de alívio. Nunca agarrou algo com tanta força antes em sua vida.

Sahvage disse algo a respeito de segurá-lo, mas esse era um comando que ela não precisava enquanto o abraçava pela nuca, faltando pouco para envolvê-lo pela cintura com as pernas. Quando começaram a recuar pela porta, o repuxo da força foi terrível, Mae sentiu o corpo se esticar até que os ossos fossem lanças de agonia e os músculos, cordas de dor. Só conseguiu enterrar o rosto no pescoço grosso e tentar respirar.

O tremor veio em seguida, calafrios percorreram seu corpo, fazendo os dentes se chocarem, provocando espasmos em suas pernas. Bem quando achou que se estilhaçaria em pedaços, no momento em que sabia que não aguentaria mais, sentiu uma frouxidão, e a pressão em seu corpo desapareceu...

Mae explodiu para fora do covil, como se tivesse sido lançada por uma mola – e Sahvage foi seu colchão de aterrissagem. Quando bateram contra a parede de um corredor, ela se chocou contra o peito dele, o joelho bateu em algo duro, o nariz registrou todo tipo de cheiro.

– Te peguei – ele disse num torpor. – Você está bem, está livre... Estou aqui.

Mae tremia por inteiro, e a adrenalina cedia lugar a uma moleza tamanha que ela mal conseguia erguer a cabeça.

– Está tudo bem... – Sahvage murmurou ao afagar seus ombros.

Aos poucos, foi recuperando os sentidos. Estavam num corredor... do lado de fora da porta de aço que ainda estava fechada.

Dois machos enormes pairavam sobre eles.

E um demônio retornaria a qualquer segundo.

Em pânico, Mae se afastou do peitoral de Sahvage.

– Precisamos sair daqui. Ela vai voltar. Precisamos... A minha casa. Vamos para lá. O sal a manterá do lado de fora...

– Consegue se desmaterializar?

Com a ajuda de Sahvage, Mae quase conseguiu ficar de pé por conta própria, mas quando começou a pender para o lado, ele lamentou. Assim como ela.

– Se tiver que ir a pé, nós a protegeremos – disse um dos machos, o mais robusto dos dois.

Quando ela o fitou, percebeu o par de adagas negras presas, com os cabos para baixo, junto ao peito dele. Assim como no outro.

A Irmandade da Adaga Negra, pensou maravilhada.

– Eu te pego – Sahvage disse pela centésima vez.

Quando deu por si, ele a pegou nos braços e começou a correr. Com todas as suas forças, Sahvage a carregou pelo corredor como se ela não pesasse nada, e as botas batendo no piso enquanto os dois Irmãos lhes davam cobertura na retaguarda.

Ao chegarem a uma porta pesada com um sinal de saída em vermelho, o Irmão mais parrudo foi para frente e a manteve aberta.

– Por aqui – orientou.

Mae sentia a consciência indo e voltando, assim como aconteceu logo depois do acidente. Nesse ínterim, Sahvage seguiu em frente, correndo, correndo, correndo, como se tivesse energia inesgotável e toda a força no mundo em seu corpo.

No fim, chegaram a alguma instalação de entregas, com baias de carga e todo tipo de carretos com rodinhas, sugerindo que estavam no departamento de processamento de correspondência de algum prédio grande. Os dois soldados de pronto foram para uma das áreas de descarga e ergueram um par de portas verticais, cujos painéis retráteis se enrolaram.

De repente, Mae sentiu o cheiro da noite – impregnado de lixo e combustível. Estavam em algum lugar no centro da cidade.

– Consigo me desmaterializar – disse rouca. Pigarreando, falou mais alto: – Eu consigo.

– Vamos dar uma examinada em você antes.

Sahvage saltou para o asfalto e, quando começou a correr de novo, ela percebeu que se dirigiam a um trailer enorme... onde um homem de jaleco – um humano? – aguardava junto do que parecia ser uma sala operatória.

– Não, não é seguro aqui – Mae disse ao empurrar o ombro de Sahvage. – Tenho que voltar para casa. Ela vai chegar a qualquer instante...

– Mae...

– Não! – Ela se desvencilhou dos braços dele e teve que se sustentar nos faróis traseiros do veículo. – Ela está vindo! – Mae olhou para os machos em pânico. – Vocês não entendem o que ela é...

– Não – o fortão rebateu. – Nós sabemos exatamente o que ela é. Se você tem um lugar seguro para ir, vá agora. Nós a alcançaremos.

Sahvage abriu a boca como se fosse argumentar, mas o Irmão agarrou seu ombro.

– Deixe-a ir para onde ela precisar estar, nós levaremos os cuidados médicos até vocês. Conseguiu tirá-la de lá uma vez, mas a brecha que encontrou? Garanto que aquele demônio vai dar um jeito nisso assim que retornar. Temos segundos agora, vamos tirar proveito deles.

Mae deu uns passos adiante e pôs ambas as mãos no rosto de Sahvage.

– Encontre-me na casa dos meus pais. Diga a eles aonde devem ir.

E, então, apesar de ainda estar tonta, e apesar da dor de cabeça e em todo o corpo, ela apertou os olhos.

Você consegue, disse a si mesma com seriedade. *Mais do que isso, precisa fazer isso.*

Ou sua vida e a vida de Sahvage e dos outros dois machos estariam acabadas.

Capítulo 49

Não conseguia acreditar que Mae pôde se desmaterializar.

Em todos os seus anos de combate no Antigo País, e mesmo durante suas recentes experiências nos clubes de luta, nunca vira tamanha força de vontade. Embora mal conseguisse permanecer de pé, a fêmea mesmo assim conseguira se concentrar e ter a presença de espírito para se desmaterializar de volta para casa.

Não só isso, conseguira entrar na garagem. Parando diante da porta.

Sahvage a seguiu o tempo inteiro, ficando logo atrás dela. De modo que, quando a fêmea despencou, ele se rematerializou bem a tempo de amparála nos braços.

— Estou aqui — murmurou ao pegar no bolso da jaqueta de couro as chaves que tirara da ignição do carro.

Ainda bem que teve a ideia de pegá-las. A tranca de cobre teria sido um problema.

Apressando-se para dentro, deixou a porta destrancada para os Irmãos e seguiu direto para o porão com ela. Não queria os outros machos verificando o resto da casa, encontrando o irmão dela na banheira. Já havia complicações demais para se dispor a esse tipo de perguntas.

— O quarto que estou usando fica logo ali — murmurou Mae.

Felizmente, algumas luzes tinham sido deixadas acesas, de modo que foi fácil entrar no quarto simples de decoração básica. E quando a colocou na cama, Mae emitiu um suspiro cansado...

Lá em cima, passadas pesadas anunciavam a chegada dos Irmãos, e quando Mae fechou os olhos e respirou fundo, os outros lutadores chegaram ao porão.

– Manny deve chegar em dez minutos – anunciou Tohr.

O macho protetor em Sahvage queria dizer a ambos que saíssem do espaço pessoal de Mae, mas refreou esse impulso bem rápido. Aquela era uma situação de quanto mais, melhor, sobretudo quando os "mais" vinham carregados de armas e munição extra.

À medida que o tempo passava, todos ficaram em silêncio enquanto Sahvage se sentava na beirada do colchão e segurava a mão de Mae. Ela estava tão imóvel que, se não tivesse as respirações, teria imaginado que ela se fora...

– Olá? – uma voz chamou do andar de cima.

– Aqui embaixo, doutor – Tohr o chamou.

O humano de jaleco branco desceu depressa, com uma bolsa preta pendurada na lateral do corpo.

– Oi – ele disse, dirigindo-se a Sahvage. – Sou o doutor Manello. Não fomos apresentados.

Quando o cara se aproximou do pé da cama, Sahvage o fitou de cima a baixo. Homem bonito. Ombros largos para um humano. Parecia competente.

Mas Sahvage nem a pau saiu do lado de Mae. E quando o silêncio se alongou, os Irmãos pigarrearam.

– Eu prometo – garantiu o médico – que isto é estritamente médico. Mas preciso examiná-la. Ela de fato sofreu um trauma craniano, entende?

Com uma onda de agressividade tomando conta de seu corpo, Sahvage quis berrar para o cara que Mae estava muito bem, muito obrigado – só que não tinha certeza disso. Motivo pelo qual o cara estava ali. Ela sofrera um acidente de carro, fora sequestrada e quase desapareceu para sempre graças àquela morena maldita. Um exame "estritamente médico" era necessário, ainda mais porque Mae estava recostada nos travesseiros como se talvez precisasse de um carrinho de reanimação, o lindo rosto dolorosamente pálido, o corpo inerte, o peito subindo e descendo com dificuldade.

Só havia um pequeno problema.

Sahvage meio que queria pegar o belo humano de cabelos negros e... estourar a cara dele no vidro de uma janela. E talvez pregá-lo numa parede pelas pernas e pelos braços. E regá-lo com um líquido acelerador para, em seguida, jogar um...

— Fósforo — Sahvage disse em voz alta.

— O que disse? — perguntou o humano.

— Deixa pra lá. E você não vai tirar as roupas dela.

Dita essa jovial declaração, Sahvage espiou o quarto de Mae sem motivo aparente. Havia uma cômoda, uma mesinha de cabeceira e uma cama queen-size com uma colcha simples e alguns travesseiros. A não ser por alguns livros e um rádio-relógio, o lugar era desprovido de bagunça. Funcional. Sem frescuras.

Estéril.

E isso o entristeceu.

— Olha só, eu sou um cara vinculado e muito feliz, meu chapa — Manello explicou. — Por isso sei o que está sentindo agora. Mas como vou examiná-la adequadamente se não puder levantar a blusa dela?

Antes que Sahvage pudesse raciocinar com clareza, a mão da adaga se projetou à frente e agarrou o jaleco do médico na altura do peito. Puxando o humano para bem perto, expôs as presas.

Mas, em vez de gritar, pedir ajuda ou empurrá-lo para trás, o médico só revirou os olhos.

— Caramba, vocês precisam aprender a relaxar. De boa, imbecil. E me poupe o "se tocar nela, eu te mato". Já ouvi essa ameaça umas mil vezes e, em nenhuma delas, seus coleguinhas de dois metros e 150 quilos estourou minha cara no vidro de uma janela.

Sahvage arregalou os olhos.

— Não achava que humanos podiam ler mentes.

— Puxa... Você pensou mesmo no vidro? Sério? — O doutor Manello deu um soco no peito de Sahvage para se soltar. — Pra fora. Agora!

Se gosta mesmo dessa fêmea, vai me deixar fazer o meu trabalho. Já tô de saco cheio dessa ceninha de vinculação...

– Ah, não, não. Você entendeu tudo errado. – Sahvage ergueu as palmas. – Não estou vinculado a ela.

– Então o que estou sentindo é o perfume que você resolveu passar bem no meio de uma crise? – O médico deu um cutucão na lateral do nariz. – Dá uma fungada, seu besta. Só para o caso de ainda não ter percebido.

Dito isso, o humano apoiou as duas palmas no peito de Sahvage e deu um empurrão forte.

Enquanto o vampiro sapateava de volta para o corredor, os Irmãos o acompanharam e a porta do quarto foi fechada.

Depois disso, ele só ficou ali esperando como... Bem, como um besta.

– Sabe... – Tohrment observou ao estacionar num sofá na sala de estar. – Não sei o que me deixa mais surpreso. O seu caixão cheio de farinha, o seu aparecimento repentino, você ter puxado a fêmea pela porta de aço... ou isto.

– O que é "isto"? – Sahvage murmurou ao se virar.

– A vinculação.

– Não me vinculei a ela, pelo amor de Deus.

O fato de ter que se conter fisicamente para não bater uma bota no chão era algo em que Sahvage se recusava a pensar.

Nesse meio-tempo, numa poltrona, o Irmão Butch fazia uma cara de escárnio. E não disse absolutamente nada.

O que tornou tudo pior, claro.

Enquanto os minutos se alongavam em trezentos anos de espera, Sahvage andou para cima e para baixo. Algumas vezes.

E parou.

– Então vocês sabem onde o Livro está?

Butch olhou para Tohrment. Que balançou a cabeça.

– Temos algumas pessoas investigando pistas. – Tohrment cruzou os braços diante das adagas. – Mas não se engane, nós o encontraremos.

Sahvage pensou no feitiço de invocação. E manteve a boca calada.

— Quando descobrirmos sua localização — prosseguiu Tohrment —, precisaremos da sua ajuda para pegá-lo. E, antes que tente nos engambelar alegando não ser nada de especial, você acabou de arrancar aquela fêmea de algum tipo de realidade alternativa através de uma porta de aço. Precisamos de você, feiticeiro. Sem os seus poderes, não conseguiremos alcançar nosso objetivo.

Sahvage estreitou os olhos.

— Responda: o que vão fazer com o Livro quando o conseguirem?

— Nós o guardaremos num lugar muito seguro.

— Irão destruí-lo?

— Ele estará num lugar muito seguro.

Sahvage pensou na morena. E no que a maldita fizera com Mae. Depois praguejou consigo mesmo ao lembrar-se do motivo pelo qual sua Mae queria o Livro. Talvez tudo o que acabara de acontecer a tivesse feito mudar de ideia — embora ainda não soubesse dos detalhes do sequestro. Estava muito claro, porém, que descobriria tudo assim que ela pudesse lhe contar.

Porque agora havia dois itens na sua lista de extermínio.

— Vou ficar aqui com Mae — disse Sahvage. — Descubram onde está o Livro, o Reverendo tem o meu número.

— Então você nos ajudará.

Sahvage encarou os olhos azul-marinho do lutador que um dia fora seu irmão em tudo, a não ser pelo sangue — e mentiu descaradamente.

— Claro que sim.

Quando Erika saiu do elevador principal do Commodore, alguns andares acima de onde atendera ao chamado sobre o casal assassinado e profanado, ficou feliz que, mais uma vez, o prédio estava lidando com falta de funcionários.

Seguindo em frente, não sentiu saudades de sua cama. Do seu apartamento vazio. Das horas de folga planejadas. Estava a todo vapor.

O agente uniformizado junto à porta acenou com a cabeça para a detetive e lhe abriu a porta. Quando passou por ele, Erika retribuiu o cumprimento.

– Eles estão lá na parte dos livros.

O direcionamento foi ótimo – exceto pelo fato de que presumia que ela conhecesse a disposição do interior da casa. Todavia, considerando-se todos os problemas no ar no momento? O mistério da localização do corpo era o mais fácil de ser solucionado. Além do mais, só o que precisou fazer foi seguir as vozes. Baixas. Com um pouco de choro ao fundo para garantir a cena trágica.

De acordo com o Agente Especial Delorean, a esposa encontrara o marido depois que ele fora investigar o disparo do alarme. E o cadáver... se encaixava bem com o que Erika estava acostumada.

Depois de passar por um cômodo repleto de pedaços de rocha, e depois de outro com uns instrumentos antigos e esquisitos, fez uma curva e... tirou uma foto mental: nada além de prateleiras e livros naquele lugar, mas não foi isso o que chamou sua atenção.

Num dos cantos, um corpo bem morto parecia ter sido usado como projétil contra uma seção de prateleiras, um monte de madeira quebrada e de capas de couro bagunçadas e lombadas rachadas ao redor dos restos mortais.

Que estavam num estado muito ruim.

Delorean se afastou dos policiais e se aproximou dela.

– Só pode ser o seu cara. Não há... Condiz com a cena da boate e dos outros lugares, como se alguém tivesse uma maldita varinha de condão e o tivesse rasgado ao meio.

Erika se aproximou e se ajoelhou. Talvez fosse o cansaço... Talvez o fato de que seus nervos andavam no limite... Mas estava com dificuldades para entender os ferimentos da vítima. Parecia que alguém tinha lhe puxado as pernas e rasgado o tronco do meio da virilha até a garganta.

Teve a sensação de estar sendo observada e olhou para trás. Mas não havia ninguém ali...

Erika franziu o cenho e se endireitou. Dentro do pedestal de acrílico com redoma, como se fosse um artefato mágico, um livro se destacava dos demais e chamou sua atenção por nenhum motivo específico: apesar de não conseguir ver a capa nem a lombada em detalhes, e não ter a mínima ideia do quanto era especial ou caro, simplesmente havia algo de...

Bem, de cativante nele.

– Você está bem? – perguntou Delorean.

– A esposa está na outra sala? – ela perguntou ao voltar a se concentrar.

– Sim.

– Vou falar com ela. – Erika acenou para o agente especial. – Só me dê um minuto sozinha com ela.

Sem esperar pela resposta, seguiu os sons das fungadas ao longo de alguns outros cômodos e se viu numa espécie de sala de estar grande o bastante para ser um lobby de hotel. Em meio a um jogo de sofás, junto a uma escada curva, uma mulher com cabelos de fato muito bonitos e rosto inchado vestia um conjunto de camisola com roupão que devia equivaler a um mês do aluguel do seu apartamento.

Quando se aproximou, não teve que pedir ao policial que se levantasse e saísse. Ele olhou na sua direção e murmurou algo para a esposa da vítima antes de pedir licença e sair.

– Olá, sou a detetive Saunders – apresentou-se ao se aproximar. – Sou da divisão de homicídios.

A esposa deu um tapinha no nariz com um lenço de papel e ergueu o olhar.

– Acabei de contar a ele tudo o que sei.

– Tenho certeza de que será muito útil. Tudo bem se eu me sentar ao seu lado?

– Não tenho mais nada a contar. Herb desceu quando o alarme registrou um movimento e não voltou a subir. Esperei vinte minutos e depois... saí do quarto e o encontrei...

Erika se sentou num sofá de veludo branco que fazia parte de um esquema de cores predominantemente neutro – sem dúvida, para destacar as obras de arte nas paredes. Caramba, o lugar mais parecia um museu de arte moderna.

– Por que alguém faria isso? – perguntou a esposa encarando o bolo de papel que segurava. – Por quê?

Quando os olhos injetados se ergueram, Erika sentiu um aperto no coração.

– Eu lamento muito. – Inclinando-se para frente, pousou uma mão no ombro da mulher. – Prometo que vou encontrar o responsável. Eu o trarei para a justiça nem que seja a última coisa que eu faça.

Talvez fosse uma questão de mulher para mulher, talvez fosse a conversa franca na qual Erika demonstrava empatia pela dor que a mulher sentia, mas os olhos da esposa voltaram a marejar.

– Acha que isso tem alguma coisa a ver com os relógios?

– Relógios? – Erika piscou.

– Que foram roubados. – A esposa fungou e tirou mais um lenço da caixa. – Chamamos a polícia assim que meu marido chegou de Idaho e descobriu que tinham sido levados. Ele foi até o cofre do closet e viu que não estavam mais ali. Eles faziam parte de uma coleção. Herb sempre me dizia o quanto eles valiam, mas eu não... me lembro agora. Umas centenas de milhares de dólares.

Erika examinou o teto, registrando mentalmente as câmeras que estavam afixadas no espaço da galeria.

– Vocês têm um sistema de segurança, correto?

– Não há filmagem daquela noite... algo deu errado.

– Então também têm câmeras. – Quando a esposa assentiu, Erika franziu o cenho. – O alarme estava ligado quando o furto aconteceu?

– Eu estava sozinha em casa. Juro que acionei o alarme, mas talvez eu tenha feito algo errado. Talvez tenha desligado as câmeras... Ah, meu Deus, o que fizeram com ele? – Os olhos se ergueram novamente. – Há tanto sangue... e o corpo dele...

Quando a esposa começou a ficar agitada, Erika meneou a cabeça.

– Tente não pensar a respeito.

Que tolice estava dizendo... Mas o que mais poderia falar?

— Não consigo deixar de ver. Toda vez que pisco, eu o vejo no chão... Tanto sangue. Tanto...

Quando as palavras da esposa se perderam no ar, ela ficou encarando o carpete elegante e foi enquanto estudava o perfil da mulher que Erika notou o brilho resplandecente ao redor do pescoço.

Caramba... ela usava um colar de diamantes – não um diamante num colar, mas uma volta inteira de pedras preciosas que cintilavam toda vez que ela respirava. Tantos diamantes.

Dedos com unhas cortadas rentes cobriram as pedras, como se a esposa tivesse notado que Erika olhava para a joia.

— Meu marido me deu este colar de presente de aniversário de casamento no ano passado.

— Ele é... lindíssimo – murmurou Erika.

— Agora eu me sinto bonita quando o uso. – A mulher fechou os olhos. – Ele me mantém aquecida à noite quando meu marido não está. Não estava.

Erika registrava mentalmente tudo o que ouvia, mas ficou se perguntando que tipo de amante ciumento teria forças para rasgar um homem ao meio.

— Não, eu não matei meu marido. – O olhar da esposa disparou para ela. – Eu jamais... Ele podia ter outra, mas eu o amava e...

— Você não é suspeita. – Erika notou as unhas completamente limpas. – E eu não julgo.

Por um momento, as duas só ficaram se olhando. Em seguida, a esposa respirou fundo e baixou os olhos para o lenço novamente.

— Eu me sinto desleal – murmurou –, apesar de ele ser o infiel. Meu Deus, Herb está morto.

Quando a mulher recomeçou a chorar, Delorean apareceu na arcada da galeria de arte, mas Erika fez um sinal negativo com a cabeça. Quando ele assentiu e recuou, ela apreciou sua discrição.

— Só quero voltar ao meu sonho.

— Que sonho? – Erika voltou a se concentrar na esposa.

— Na noite em que os relógios foram roubados... eu tive um sonho incrível. Um homem estava comigo e... Bem, ele me disse para usar o colar e me sentir bela. – A esposa suspirou. – Mas nada daquilo foi real e eu não deveria estar pensando nisso agora, não é mesmo?

– Às vezes a mente se recolhe – disse Erika com suavidade – para onde pode. Às vezes, esses retraimentos nos dão força para enfrentar as coisas. Portanto, se quer se lembrar de um sonho numa noite como esta? Faça isso.

A esposa se virou e inclinou a cabeça. Quando seus olhos focalizaram, foi como se estivesse vendo Erika pela primeira vez.

– A pessoa que fez isso... vai voltar? – perguntou rouca. – E por que não foi atrás de mim no andar de cima?

– Sabe de alguém que queria fazer mal ao seu marido?

– Não. Ele era um homem decente. Nos negócios, pelo menos. Estou correndo perigo aqui?

– Tem algum outro lugar ao qual possa ir?

– Na verdade, não. – A esposa olhou ao redor. – Mas a suíte é um quarto do pânico. Acho que posso acionar a trava e ficar lá dentro.

– O que te fizer se sentir melhor. Mas, se vai ficar, que tal fazermos uma varredura para termos certeza de que não há ninguém escondido em nenhum dos cômodos?

– Eu gostaria muito disso.

Erika olhou para os diamantes. E pensou... sabia como era não se sentir bonita. O que, no seu caso, não era pelo fato de que algum homem não a tratava bem ou a desrespeitava com outras mulheres.

Era pelo fato de não existir um homem há muito, muito tempo.

– Vou te passar o meu número particular – disse. – Quero que me ligue a qualquer hora, por qualquer motivo. A memória é engraçada. Costuma aparecer nos momentos mais estranhos. Se lembrar de algo que possa nos ajudar, ligue para mim.

A esposa concordou.

– Tudo bem, farei isso.

– E continue usando o colar. – Erika se levantou. – Ele fica mesmo perfeito em você.

Capítulo 50

Com um gemido, Mae despertou... e subiu um pouco mais nos travesseiros. Quando se retraiu de dor, o macho cão de guarda junto à sua porta aberta apareceu, pronto para defendê-la de tudo e de todos, mesmo que fossem apenas das dores e dos incômodos que a afligiam.

Ver Sahvage na familiaridade do seu quarto foi uma surpresa, mas o fato de estar na própria cama, em sua casa?

Não tinha certeza de que acreditava nessa realidade.

– Os outros machos foram embora? – perguntou rouca.

– Foram. Uns vinte minutos atrás. – Sahvage pigarreou. – Posso trazer um analgésico ou alguma outra coisa? O médico disse que você podia tomar uma segunda dose caso se sinta desconfortável.

A luz que vinha da sala de estar dava à sua figura imensa a aparência ameaçadora de um assassino. Seu cheiro, por outro lado, era fonte de conforto absoluto.

– Vou ficar bem – garantiu ela. – O médico foi muito gentil comigo.

– Estou feliz que não esteja machucada, quero dizer, seriamente machucada. Está com fome?

– Não sei... – Mae soltou uma risada breve e deu uma conferida em si mesma. Tinha uma vaga lembrança de ter trocado de roupa. Tomara banho? Talvez. Tudo estava tão confuso. – Consegue imaginar... que não sei se estou com fome?

Piscou e viu aquelas araras de roupas de marcas caras. Tentou apagar essas imagens da cabeça esfregando os olhos com os nós dos dedos.

— Liguei para Tallah — informou ele.

Abaixando as mãos, a fêmea exalou fundo de alívio.

— Graças a Deus. Conseguiu falar com ela? Ela não sabe acessar a caixa de mensagens.

— Sim, falei com ela. Só disse que ficaríamos aqui hoje à noite. Nada mais.

— Ela ficou bem com isso?

— Absolutamente.

— Que bom.

Estremecendo, Mae puxou metade da colcha por cima das pernas.

— Não consigo me aquecer.

Após uma pausa, Sahvage disse:

— Posso ajudar com isso. — Quando Mae relanceou para ele, Sahvage ergueu as mãos. — Não estou sugerindo que a gente...

Com os olhos brilhando de lágrimas, ela esticou os braços. Não tinha voz para responder.

Conforme ele entrou no quarto, ela não conseguia acreditar no que estava fazendo — e era a coisa mais natural do mundo também. Nunca tivera um macho em sua cama, em qualquer cama, mas não havia outra resposta a não ser sim.

Antes de se juntar a ela, Sahvage levou as mãos à frente do quadril, e Mae corou e engoliu em seco — ele simplesmente retirava o coldre e o depositava perto da cama.

O colchão inteiro pendeu para o lado quando ele se sentou na beirada, e ela se moveu para garantir que tivesse espaço suficiente. Mas quando Sahvage se esticou, Mae, de repente, não pensava mais em espaço. Pensava em proximidade.

Dele e dela.

Antes que pensasse demais sobre qualquer coisa, enrolou-se nele, e o braço pesado se encaixou debaixo do seu pescoço. Quando ela sibilou, ele ficou imóvel.

— Não, está tudo bem — ela murmurou. — Só tenho um calombo na cabeça.

— Do acidente de carro?

Acomodando-se, disse exausta:

— Não sei. Pode ter sido. Não me lembro de muita coisa.

— Como aconteceu? — ele perguntou junto ao seu ouvido.

— O acidente? — Mae pensou na reportagem que ouvia no rádio. — Eu me distraí e freei. Foi uma colisão traseira... Ah, meu Deus, ela matou aquele pobre homem. O que estava ligando para a emergência por minha causa.

Quando Mae gemeu, Sahvage pegou uma das mãos dela na sua.

— Tente não pensar nisso.

— Eu estava tão assustada — confessou, ao se aprofundar nas lembranças. — Naquele lugar. Ela tinha uma jaula... Eu estava numa jaula.

— Mae... — Agora era ele que parecia estar sofrendo.

A fêmea ergueu a cabeça e encarou os olhos azul-escuros.

— Como sabia onde me encontrar?

— Um dos Irmãos sabia onde a morena ficava.

— Você pediu ajuda?

— Na verdade, foram eles que me encontraram. — Sahvage franziu o cenho, intrigado. — Fomos para lá, o prédio no centro da cidade... Não sei explicar. Eu sentia o seu cheiro naquele lugar, mas não conseguia te ver. Fiquei dando voltas. Jurava que o lugar estava vazio, mas então, de repente, ouvi um barulho metálico. E, quando voltei, a porta tinha se transformado numa janela, em algo que não estava ali antes, hum, não fazia sentido.

Quando ele soltou um palavrão baixinho, Mae passou o braço pelo peito dele — que era tão amplo que ela sentia como se tentasse abraçar um sofá.

— E se eu não tivesse ouvido aquele barulho? — ele murmurou. — Quase borro as calças toda vez que penso nisso.

— Eu te invoquei. — Quando ele arregalou os olhos, ela confirmou. — Usei o mesmo feitiço que fiz para chamar o Livro. Pelo menos com você funcionou.

— Então foi assim... Puta merda.

Os dois ficaram em silêncio por algum tempo. Depois, Sahvage rolou na direção dela.

– Sabe, ela irá embora se você der o que ela quer.

– Desculpe, o que disse... A morena? – Quando ele fez que sim, Mae se sentou. – Como sabe disso?

– Está na natureza daqueles que cobiçam. Eles adquirem. Você viu todas aquelas roupas.

Mae afastou os cabelos do rosto.

– Está dizendo que eu deveria usar o Livro com Rhoger e depois entregá-lo para ela?

– Não, estou dizendo que, para salvar a própria vida, você deveria simplesmente deixar o Livro para ela. – Quando a fêmea não respondeu, Sahvage também se sentou. – Mae, pense no lugar em que esteve. Pense sobre isso a que acabou de sobreviver, e por um golpe de sorte.

Entre um piscar de olhos e o seguinte, ela reviveu a experiência de estar na gaiola. O pânico de estar presa. A sensação de estar sendo pressionada contra a parede pela força invisível daquele demônio.

Ficara tão aterrorizada. Tão descontrolada.

Exatamente como se sentira com a morte dos pais. E com a morte de Rhoger.

– Não foi um golpe de sorte – murmurou. – Eu te chamei até mim. Além disso, não tenho o Livro, tenho?

– Mae...

– Não.

Não percebeu que tinha falado algo até Sahvage perguntar:

– Não o quê?

Quando Mae se lembrou de como era estar presa e morrendo de medo, balançou a cabeça no escuro. Depois disso, virou-se para ele.

– Não vou deixar que ela vença. Ela *nunca* vai conseguir aquele maldito Livro.

No centro da cidade, no porão do antigo edifício, Devina se apressou pelo corredor até seu covil, quase furando o concreto com os saltos altos. Poderia ter se projetado de volta para casa, mas não estava com vontade. Simplesmente não queria, porra.

O fato de estar tão furiosa que era impossível se concentrar era uma realidade que se recusava a admitir. Ela estava bem. Estava bem pra caralho...

O cheiro foi percebido a dez, doze metros do seu destino, mas estava tão perdida em pensamentos que só quando chegou à porta percebeu que algo por perto pegava fogo. Em seguida, ao pisar em casa, havia fumaça no ar. Olhou ao redor e viu que a maldita fêmea vampira tinha sumido...

Devina berrou.

– Não! Não, *nãonãonão*...

Caindo de joelhos, um som de uma rachadura ecoou quando ela bateu no piso polido, mas não se importou com a dor. Com mãos trêmulas, esticou-se e pegou com muito carinho o inocente que fora massacrado.

Sua inestimável Birkin.

Sua Himalaya Niloticus 35 com ferragens de diamante.

Algum lunático queimara o canto da bolsa, arruinando a pele de crocodilo, maculando o delicado padrão de escamas em tons de branco, creme e cinza com o câncer de oxidação de uma chama.

Arruinada. Uma Hermès de 400 mil dólares dignos de todos os esforços e horas de trabalho de um artesão; a bolsa mais cara e mais rara do planeta... *arruinada*.

Torceu um tornozelo ao cair de bunda no chão, mas não ligou.

Amparando a carcaça profanada junto ao peito, Devina olhou para sua coleção com os olhos marejados. A bagunça da jaula de cachorro no canto era como uma censura por suas ações, por isso ela desejou que o objeto sumisse, que o maldito símbolo do seu maldito fracasso desaparecesse.

Que noite.

Tudo dera errado.

E esse era o problema com a sua vida. Quando tudo dá errado, você quer partilhar o pesadelo com alguém que se importa. Alguém que possa conversar sobre o assunto com você, atenuando os problemas, formulando um plano novo, uma nova abordagem.

Uma maneira melhor de te ajudar a atingir o seu objetivo.

Em vez disso, ali estava ela, cercada por belas peças que não lhe ofereceriam nem conselhos, nem apoio verdadeiro.

Fechando os olhos, lembrou a si mesma que sua terapeuta, aquela humana balofa que se vestia mal, havia lhe dito que não havia problemas em se entristecer. Em ficar desapontada. Só precisava entrar em contato com os próprios sentimentos – e saber que não importava a intensidade deles, o quanto pareciam insuportáveis, eles acabariam desvanecendo. As emoções nunca são permanentes.

Só que não, uma delas era.

Embora ódio e raiva, felicidade e gratidão, ciúme, otimismo, paranoia, todas as outras fossem sujeitas a picos e vales... o amor era uma constante.

O amor verdadeiro era imortal.

E quando se é um demônio, quando não existe uma rampa de saída da sua existência, você valoriza coisas que pode manter consigo para sempre no calendário eterno de noites e dias.

O infinito é muito menos divertido do que as pessoas acham que é.

Mergulhada em tristeza, Devina rearranjou as pernas, esticando-as e colocando a Birkin sobre as coxas. Passando os dedos sobre a textura opaca, lembrou-se de tê-la comprado na nave mãe. Rue du Faubourg Saint-Honoré, 24, em Paris. Foi lá que conseguiu sua bolsa predileta e, depois de anos apoiando a marca, e tantas Kellys e Birkins compradas e pagas, finalmente fora convidada a comprar o Santo Graal.

E o fizera da maneira correta. Não no mercado secundário, mas depois de galgar a montanha ao conquistar o convite.

Quatrocentos mil dólares era o que obteria caso resolvesse vendê-la. Mas não custou tanto assim. Quando se é aceito naquele grupo seleto que as adquire legitimamente? Você não paga nem perto do que paga o revendedor premium.

Mas, agora, o símbolo de tudo o que conquistara, de tudo o que era, fora violado.

Devina aguçou o olhar para o local em que estava aquela jaula estragada.

A vingança seria maligna.

Maligna... e violenta.

Capítulo 51

Do lado de fora da mansão da Irmandade, Balz acendeu outro cigarro enrolado à mão por Vishous e se recostou na fonte ainda desligada por conta do inverno. V. fornecia os cigarros de graça, um presente considerável visto que não só era feito com um tabaco turco de primeira qualidade, como também demandava muita destreza motora para enrolá-los. E muito tempo também.

Essa era apenas uma das muitas bênçãos que recaíram sobre sua cabeça de ladrão desde que viera morar ali com os bastardos.

E como retribuíra para as pessoas da casa?

Fechando os olhos, deixou a cabeça pender e suspirou. Levara aquele demônio até eles. Ah, Deus... trouxera o mal bem para o meio deles.

Como foi que aquilo começou? Quando a infiltração se iniciara? Não tinha certeza. Talvez tivesse sido na eletrocussão, embora não tivesse a menor ideia do motivo de isso ter criado uma abertura em sua alma. Sim, morrera... Mas muitas pessoas que ele conhecia cumprimentaram a Dona Morte com um aperto de mãos e não voltaram com um prêmio do inferno.

Tipo, literalmente do Inferno.

À medida que a ansiedade aumentava, fumava mais rápido, exalando por cima do ombro apesar de não haver ninguém ali para ser fumante passivo. Fora tratado com nada além de respeito pela Irmandade e sua comunidade. E até, arriscava-se em dizer, com amor.

No entanto, estava na natureza dos ladrões roubar.

E, pelo visto, era tão bom nesse crime que nem sequer se dava conta de cometê-lo. Porque, era óbvio, roubara a segurança daquelas pessoas maravilhosas dentro daquela grandiosa e antiga mansão e sua vigarice conduziria a uma apropriação indébita ainda pior.

Acabaria matando a todos ali.

E seria tudo culpa sua.

– *Let it go, let it go...*

Com um grito, Balz virou.

– O quê? Merda, Lassiter, mas que porra! Aparecendo de fininho assim. *Ainda mais numa noite como esta*, acrescentou para si mesmo.

Lassiter deu um passo para fora das sombras, os cabelos negros e loiros captando os raios da lua no céu frio acima. Ou talvez fosse apenas o anjo caído que brilhava como uma daquelas luzinhas noturnas.

– Deixa pra lá.

Balz ficou confuso. Os lábios do macho não se mexiam.

Let it go. Deixa pra lá.

– Que porra deu em você? – Balz bateu as cinzas do cigarro. – Não é hora de ficar cantando *Frozen*, tá bem? Não estou no clima...

Nos degraus de pedra, silhuetas apareceram no meio da escuridão, os Irmãos e os outros bastardos retornando de onde quer que estivessem, dando as costas fortes para ele enquanto encaravam o seu lar.

– Já era hora – Balz murmurou.

Seu impulso foi o de dar um peteleco no toco do cigarro, mas lambeu o polegar e apertou a ponta. Quando seguiu na direção dos lutadores, tentou decidir em qual bolso colocar o resto do cigarro, mas resolveu que não queria sujar as calças. Portanto acabou comendo o toco.

Mastigava a ponta – fazendo careta ao sentir o gosto almiscarado e queimado enquanto se perguntava do motivo, já que o cigarro era biodegradável o bastante para chegar ao seu trato digestivo, de não tê-lo simplesmente jogado no chão e deixado a natureza seguir seu curso – quando chegou à Irmandade.

Todos conversavam ao mesmo tempo.

– ... trabalhando com a gente.

– Não acredito que ele esteja mesmo vivo...

– ... onde esteve todos esses anos, caralho?

– Sei onde o Livro está.

Quando Balz pronunciou tais palavras, a guinada nos degraus foi sincronizada – de uma vez só –, tanto que poderia ter sido coreografada: cada um dos lutadores de repente estava olhando para ele, e enquanto engolia o bolo de papel com gosto de tabaco, torcia para que não estivesse piorando a situação.

E não só com o que mandara para o estômago.

Olhou para trás para ter um pouco mais de incentivo de Lassiter... Franziu o cenho. O anjo não estava ali.

Tanto faz.

– Sei onde o Livro está – repetiu para todos eles.

Tohr balançou a cabeça. E desceu os degraus.

– Foi por isso que mandou Fritz abaixar as persianas?

– Sim... e... – Inspirou fundo, tossindo o restante do tabaco que se alojara no esôfago. – Não posso mais morar aqui. Estou infectado com...

À esquerda, Butch se inclinou como se ele não estivesse falando alto o suficiente.

– Está doente? – Tohr perguntou quando o vento soprou do norte.

Merda, e se o que estivesse dizendo não fosse compreendido de novo?

Balz procurou ao redor e ali, no fim da fila...

– Rehv. Consegue ler minha grade emocional, certo? Quero que conte para eles tudo o que você vir. Eu mesmo diria... mas temo que ela não está permitindo.

Quando o Reverendo deu a volta ao redor dos outros, os olhos cor de ametista do *symphato* se aguçaram.

– Quem é ela?

– Apenas conte a eles o que vir.

Depois de um longo momento, aquele vento estranho girou ao redor como se estivesse procurando um caminho entre suas roupas para atingir a pele. Ou talvez fosse isso o que Balz estivesse sentindo enquanto o *symphato* entrava no seu cenário emocional.

– Ele tem... – Rehv procurava as palavras certas. – Há algo errado. A grade tem um mecanismo de trava sobre ela.

Xcor desceu as escadas e ficou diante de Balz.

– O que quer que seja, estamos com você. Daremos um jeito no que está errado.

– Sou perigoso – Balz disse rouco. – Não sei como aconteceu, mas não posso mais ficar aqui.

– Então encontraremos um local seguro. – Xcor segurou os ombros de Balz. – Não desertamos nossa família.

– Isso mesmo – alguém concordou.

– É isso aí, porra.

– Tamo contigo.

Depois disso, todos os corpos que estavam na grandiosa entrada da mansão o rodeavam. E o calor que Balz sentiu se devia a muito mais do que apenas o bloqueio do vento.

Quando o braço pesado de Xcor passou por cima de seus ombros, Balz enxugou o rosto. Não que estivesse lacrimejando. Afinal, era o bastião frio e inflexível de um cara durão. Frio. Inflexível.

– Conte-nos a respeito do Livro – pediu Tohr. – Precisamos saber.

Ele tossiu um pouco para se recompor.

– Eu, ah... Fui fazer um servicinho. O de sempre. Estava passando pelo lugar depois que eu... – *Fiz um servicinho à parte com a esposa.* – Quero dizer, foi aí que o vi. Um livro que chamou minha atenção de maneiras que eu não conseguia, e ainda não consigo, entender. É antigo e fede muito, e parece ter vida própria. Não sabia exatamente o que era quando o vi da primeira vez, mas quando Syphon me contou sobre o que estão procurando, tive que voltar lá e ver se talvez... Não há dúvidas. É o Livro. Sei disso no fundo da minha alma. E tentei pegá-lo hoje à noite, mas ele está protegido pela morena que Butch viu. A mulher que é o novo mal.

O fato de não saber se suas palavras estavam sendo ouvidas como ele queria era aterrorizante.

– Sahvage – Tohr pronunciou. – Precisamos de Sahvage. Qualquer que seja a proteção metafísica acontecendo aqui, ele conseguirá lidar com ela. E concordou em ajudar.

Balz olhou ao redor dos rostos tão francos, tão confiantes. Para um ladrão encontrar esse tipo de amor?

Qualquer outro, que não fosse um cara frio e inflexível, teria caído de joelhos.

– Preciso de um cigarro – Balz murmurou.

A mão enluvada de V. ofereceu um dos enrolados.

– Eu também – disse o Irmão.

Quando acenderam juntos, Balz encarou a fachada da mansão e pensou na morena.

– Sahvage e eu iremos sozinhos. Não quero reforços. Se a situação ficar feia, me perder não terá importância.

– Isso não é verdade – Xcor interveio.

Syn, seu outro primo, e Zypher, seu colega bastardo, também disseram o mesmo em uníssono.

Mas só o que Balz conseguiu fazer foi balançar a cabeça.

– É a verdade. E o que o está protegendo é... Não podemos nos arriscar com aquele demônio. Acreditem em mim. – Deparou-se com todos os olhos, um de cada vez. – Se Sahvage e eu não conseguirmos pegar o Livro e trazê-lo de volta, será impossível obtê-lo.

– Mas como vamos te curar? – Xcor perguntou.

Rehv respondeu antes que Balz pudesse.

– O Livro. Usaremos o Livro para purificá-lo.

– Pensei nisso também – Balz disse ao voltar a olhar para a mansão. – Ou, pelo menos, é o que espero.

CAPÍTULO 52

DEITADO NO ESCURO, SEGURANDO Mae nos braços, Sahvage estava tão calmo quanto ficava antes de uma das lutas ilegais: muito consciente, os olhos se movendo sem parar ao redor dos contornos sombreados do quarto, os ouvidos aguçados para qualquer som, os sentidos em alerta. Enquanto ao seu lado, sua fêmea...

Não. Ela não era sua.

Esta fêmea, ele se corrigiu, estava segura. Por enquanto.

— Sahvage?

— Sim? — Desejou que ela quisesse comer algo assim teria alguma coisa para fazer. — Está com fome? Posso lhe trazer um pouco de comida?

— Sinto que preciso me desculpar. — Ergueu-se do peito dele. — Sinto que... Eu queria parar com isso. Mas não consigo. Espero que entenda, ainda mais porque sabe o que é perder alguém.

Sem pensar, ele afagou uma mecha do cabelo dela. Depois acariciou-lhe o rosto. Quando a respiração dela ficou em suspenso, não gostou do lugar para onde sua mente foi.

— Sim, eu sei.

— Estou tão grata por você estar aqui. Por ainda estar comigo.

— Não vou embora até isto terminar. Pro melhor ou pro pior.

O fantasma de um sorriso se formou no rosto dela.

— Isso é coisa dos humanos.

— O quê?

— Pro melhor ou pro pior. Eles dizem algo assim quando estão se casando. – Desviou os olhos. – De todo modo, estou feliz que esteja aqui.

— Lealdade é basicamente a minha única virtude. – A voz dele ficou séria. – E, mesmo assim, consegui transformá-la num pecado.

Fitaram-se nos olhos. E Mae disse:

— Quando estava presa naquele lugar... eu estava tão brava. Me senti trapaceada. Sempre tentei fazer tudo do jeito certo ao longo da minha vida, mas lá estava eu. Sabia que assim que a morena voltasse, ela iria me matar. E eu deixaria de viver tantas coisas, o que é bem engraçado considerando-se que moro com um macho morto e trabalho em casa.

Sahvage pensou no desperdício que era sua vida.

— Pelo menos você sabe que terá um fim.

— O Fade de novo – ela disse com resignação. – Você precisa mesmo deixar esse assunto de lado.

— Então esse conselho é uma via de mão única com você, certo? Você espera que os outros deixem de lado determinados assuntos, mas você não precisa fazer isso.

— Exato! – Ela se sentou. – Mais ou menos como você se recusando a respeitar limites. Pouco importando quantas vezes lhe digam para largar o osso.

De repente, Mae olhou para a porta como se, em sua mente, estivesse passando por ela. Em seguida, deixou a cabeça pender para trás e começou a resmungar imprecações para o teto.

— Se vai reclamar comigo – observou Sahvage –, pode me deixar participar dessa festa. Me parece no mínimo justo. E, olha só, sempre aceito dicas de como usar adequadamente a palavra "babaca".

Mae olhou feio para ele.

— Na verdade, estou reclamando comigo mesma.

— Por quê?

— Porque não consigo acreditar que fiquei brava com você.

— Ah, qual é... – ele riu alto. – Isso não é novidade nenhuma. Você se irrita comigo desde que me conheceu. O que é bem interessante visto que foi você que me distraiu durante aquela luta...

428 | J. R. WARD

– *Não* mencione o detalhe daquele corte de novo.

– Corte? – Sahvage também se sentou de modo que ficaram no mesmo nível. – Está chamando uma hemorragia arterial de *corte*? Só por curiosidade, o que você considera um ferimento? Total evisceração?

– Você sobreviveu!

– Eu sempre sobrevivo – disse com aspereza.

– Claro, porque você é o fodão.

– Não era isso o que você queria colocar num crachá pra mim?

– Na verdade, "duro na queda" foi a primeira ideia. Mas só porque "palhaço" não estava mais disponível.

Sahvage começou a rir. Não teve como evitar.

– Eu te irrito muito, não irrito?

– Não... – Mae cruzou os braços diante do peito e o encarou. – Nem um pouco.

– Tá bem, acredito em você. – Ergueu as palmas. – De verdade. Mas só estou curioso... Por que ficou tão irritada comigo? Quero dizer, não pode ter sido por causa da minha personalidade cativante.

Quando ela se virou de frente para ele, houve uma pausa – e, de repente, a atmosfera no quarto mudou. E mesmo na semiescuridão, Sahvage conseguia ver que os olhos de Mae baixaram para a sua boca, e, a despeito dos machucados, o cheiro dela mudou. Se intensificou.

– Vá em frente, me conta – murmurou Sahvage. – Você sabe como gosto quando você lista os meus defeitos. Existem tantos no seu cader-ninho de anotações.

Ainda assim, ela não desviou o olhar, mesmo quando ele brincou com ela... foi nessa hora que o sangue dele se espessou.

– Quando eu estava lá naquele lugar, eu fiquei brava... – A voz dela se partiu. – Fiquei brava porque nunca saberia como teria sido.

– O que teria sido?

Houve um longo silêncio. Depois do qual, ela disse:

– Acha que iremos sobreviver a isto?

Ao contrário do assunto anterior, Sahvage não queria que ela se esforçasse para definir o "isto". Não havia motivos para Mae dizer em voz alta que estavam enfrentando a morena, procurando o Livro que era um catálogo de magia maléfica, e tentando ressuscitar um morto.

Sim, claro, afinal o que *poderia* dar errado nisso tudo?

— Posso prometer — disse ele — que farei tudo o que estiver ao meu alcance para que você saia viva desta.

Como se estivessem numa rinha de cachorros bravos.

E não estavam?

— Será que um dia encontraremos o Livro?

— Não sei... — Ele balançou a cabeça. — Mas se o feitiço de invocação deu certo quando me levou até você... Vou apostar que vai acabar trazendo o Livro. Só está demorando um pouco para organizar a troca de passe.

E quando o Livro caísse no colo dela, ele salvaria sua vida ao...

— Fiquei brava porque me senti trapaceada — sussurrou Mae. — Se eu não...

Foi a vez de Sahvage encarar os lábios dela. E, puta que o pariu, havia tantos motivos para não seguirem esse caminho que aparecia agora diante deles, uma vez mais. Porém...

— Diga — murmurou ele.

— Se eu não soubesse como você é...

Numa onda de calor sexual, Sahvage esticou a mão e acariciou o rosto dela de novo, deixando as pontas dos dedos deslizarem pelo maxilar e depois viajarem até a pulsação acelerada na lateral do pescoço.

— Está se referindo a mim como companhia para jantar? — provocou. — Ou estava pensando numa linha mais... atrativa? Como para uma partida de xadrez?

Mae deixou uma gargalhada escapar.

— Sério?

— Ludo? — Ele se inclinou para frente e deu um beijo na bochecha dela. — Já sei que Banco Imobiliário te dá sono.

Mae se inclinou na direção dele, e o macho sentiu uma mão dela em seu ombro — mas não para empurrá-lo. A fêmea se segurou a ele.

— Só quero estar com você. — Quando ele foi dizer algo, ela colocou um dedo sobre seus lábios para silenciá-lo. – Sei que isso não vai mudar nada. E sei que vai embora quando tudo isto acabar. Mas fico pensando... aqui estou eu, determinada a trazer meu irmão de volta, mas que tipo de vida estou levando? Só o que faço é trabalhar e me preocupar. E as duas pessoas que me fizeram jurar nunca fazer sexo antes da vinculação já morreram há quantos anos mesmo? Três? O que, exatamente, estou esperando? A próxima jaula de cachorro que vai chegar para mim... E com o que ficarei brava por ainda não ter feito?

– Preciso que você saiba de uma coisa – ele respondeu numa voz rouca.

Mae abaixou o braço de pronto. E Sahvage o colocou de novo no lugar em que estava.

– Se eu pudesse ser diferente, eu seria. Por você. E, no futuro, se um dia duvidar do quanto é importante, pense em mim. Prometo que estarei em algum lugar do planeta... pensando no quanto você é especial e desejando que tudo fosse diferente.

– Você não está entendendo. – Ela segurou a mão dele. – Você é que vai me esquecer e eu que vou sentir saudades.

Quando Sahvage foi falar, Mae balançou a cabeça.

– Tudo bem, sei que sou esquecível...

– Não diga isso...

– Sou como as milhares de fêmeas civis, passadas da transição, mas ainda não na idade de declínio, vivendo numa casa simples, trabalhando num emprego normal. Preocupo-me com o dia de levar o lixo para fora, e se tenho reciclado o bastante. Fico indecisa para escolher quais legumes comprar no supermercado quando não sei o que quero comer. Ronco deitada de costas, tenho pesadelos se estou cansada demais, e sinto saudades do sol no meu rosto, apesar de já terem se passado décadas desde que podia sair ao meio-dia. – Riu nervosa. – Até mesmo o demônio disse que não sou de se jogar fora, mas que não valho a pena para alguém atravessar a rua...

Sahvage a beijou. Porque quis. Porque odiou que ela estivesse dizendo tais coisas sobre si. Porque ela não entendia.

Mesmo que todas as suposições medíocres sobre estatísticas vitais fossem verdadeiras, Mae ainda assim era inesquecível.

Para ele.

Porque quando a questão é se tornar uma lenda, só é preciso uma pessoa reconhecer o quanto você é épico. Só isso.

Quando a boca de Sahvage gentilmente demandou a sua, Mae soube que o aborrecera com a realidade de suas palavras – só que tinha razão em tudo que dissera.

Todavia, não havia por que discutir. Não enquanto ele estivesse...

Quando a língua dele lambeu a sua, ela o abraçou ao redor dos ombros, pronta para muito mais. No entanto, ele se afastou e as bocas emitiram gemidos suaves ao se distanciarem.

– Mae...

– Ah, por favor! – Ela revirou os olhos. – Poupe-me do discurso de que você tem mais experiência, ainda mais quando o assunto se refere à minha virgind...

– Vou fazer com que seja bom pra você – sussurrou ele. – Eu prometo. Só isso.

Quando voltou a beijá-la, a porta do quarto se fechou sozinha, por imposição dele, não dela. E assim que seus olhos se ajustaram ao escuro, Mae teve a sensação de que sentia o calor do olhar dele, apesar de não conseguir enxergá-lo de fato. Na verdade, tudo estava quente.

E ela achou que sentia saudades do sol? Sahvage o trouxe de volta para ela, mas não o colocou sobre sua cabeça, e sim dentro de suas veias.

Foi Mae quem voltou a se deitar, e ele foi junto, mantendo os lábios unidos. Só que, quando, uma vez mais, só o que ele fez foi beijar, ela se impacientou. Por isso, pegou uma das mãos dele e a levou ao seu seio...

Com um gemido, arqueou-se para ele, e Sahvage fez exatamente o que ela tinha esperanças de que fizesse. Acariciou-a por cima das roupas, resvalando o peito, descendo até o quadril, voltando ao ponto em que ela era tão sensível. Fez essa rota uma vez depois da outra, acalentando-a, afagando-a.

Bem quando Mae se perguntava se teria que tirar as próprias roupas, ele enfiou uma mão por baixo do suéter, debaixo da camisa. E quando fez contato com a pele, ela gemeu de novo. A mão era larga, tão quente e calejada. Uma mão muito máscula.

A única mão masculina a tocá-la dessa maneira.

Devagar, foi subindo e, quando chegou ao sutiã, parou. O polegar foi de um lado a outro algumas vezes... e logo enfiou-se para baixo da simples taça de algodão, empurrando-a para cima.

— Sahvage — ela arquejou.

A pele estava supersensível, e aquele macho sabia muito bem onde esfregar, o que afagar, onde pinçar. Os mamilos enrijeceram, e os bicos tiniam querendo mais e mais, e o corpo inteiro ficou maleável.

— Por favor...

— Por favor o quê? — perguntou na boca da fêmea. — O que você quer?

— Mais.

E foi assim que ela ficou seminua. Com uma leve mudança de posição e um rápido puxão, estava sem a parte de cima.

Foi a vez de Sahvage gemer.

— Você é tão linda.

Mae baixou o olhar para si mesma. O sutiã estava torto, uma taça para cima e a outra para baixo, apertando o seio, deixando o mamilo muito proeminente.

O fecho frontal cedeu sob os dedos dele e, em seguida, a compressão se foi por completo. As pontas rosadas dos seios estavam muito rijas, muito empinadas, e antes que Mae ficasse embaraçada com a nudez, Sahvage começou a beijá-la no pescoço. Na clavícula. No esterno.

Enfiando as mãos nos cabelos dele, a fêmea percebeu que o quadril robolava, as pernas se remexiam, o sexo ansiava por ele.

Quando a capturou com a boca, sugando, lambendo, beijando, o macho mudou de posição, de modo a encaixar-se entre as pernas dela.

AMANTE IMORTAL | 433

Perfeito. Ela usou o corpo dele para se excitar, a pressão, o peso, o tamanho, arfando enquanto esfregava seu centro nos contornos dele.

Foi perfeito.

E se o momento em que de fato estivessem unidos fosse algo parecido com aquilo?

Não se admirava que as pessoas fizessem loucuras por um bom sexo...

De repente, Sahvage levantou a cabeça e lamentou.

– Assim você me mata, Mae...

– Como? O que estou fazendo de errado...

– Está fazendo tudo bem demais.

– Não pare.

E ele não parou.

Quando se afastou dos seios nus, foi para levar as mãos ao cós da calça, e ela se apressou em ajudá-lo, embora ele soubesse muito bem o que fazia. Os puxões enquanto desabotoava os jeans dela e descia o zíper levaram a situação para uma direção muito boa, em seguida, o tecido deslizava pelas pernas, despindo as coxas.

Levou a calcinha junto à medida que descia.

Mae não sentiu timidez. Nenhum medo. Nada de embaraço. Só o que percebia era o cheiro dele. E logo o peso delicioso daquele corpo quando ele voltou a se ajustar sobre ela. E, por fim, uma quentura de antecipação que a fez se sentir em chamas.

– Também quero tocar em você – Mae disse quando voltaram a se beijar.

Pense em uma reação imediata.

Sahvage arrancou a camisa tão depressa que houve até um som de algo sendo rasgado – mas ele não parou para ver o que era. Jogou a peça de lado como se fosse absolutamente descartável e voltou a beijá-la na boca, na garganta, nos seios.

– Estou ardendo...

Ela mal terminou de falar, ele se afastou.

– Desculpe, desculpe...

– Não, não... – murmurou. – Não assim.

Sahvage despencou de alívio. E a voz ficou muito grave e baixa:

– Onde está ardendo, Mae?

Ela ronronou e se esfregou nele.

– Aqui...

– Aqui, onde? – Ele a beijou no ombro. – Não? Que tal aqui? – Beijou-a no tórax. – Não... hum... E aqui?

Ele a beijou no umbigo. Tracejou ao redor dele com a língua.

Mae afastou os joelhos. Mesmo que o lugar para onde ele se dirigia fosse chocante, ela estava desesperada por alguma coisa, qualquer coisa, que atenuasse o calor e o latejar e...

– Ainda não é o lugar certo?

Os olhos de Mae se ajustaram à escuridão, por isso, quando levantou a cabeça, olhou para baixo de seu corpo e encontrou Sahvage encarando-a, os ombros enormes bloqueando o quadrado de luz ao redor da porta, o corpo forte cobrindo o seu.

Como se ela fosse a sua presa.

E por ela, tudo bem. Estava mais do que pronta para ser devorada.

CAPÍTULO 53

MAE PODIA NUNCA TER FEITO sexo antes, mas era Sahvage quem estava despreparado para o que acontecia. Nunca antecipara ser tão afetado por... pela pele dela, por seus cheiros, seu erotismo inocente enquanto ela se esfregava em cada parte do seu corpo que entrava em contato com o sexo gloriosamente lindo, excitado e nu.

Não teve a intenção de conduzir a situação para aquela direção.

Mas lá estavam os dois – com sua boca prestes a...

– Sahvage – gemeu ela.

Jogando a cabeça para trás, nos travesseiros, Mae se arqueou novamente, empinando os seios e ele não podia deixar de tocar os mamilos.

Estendendo a mão, beliscou um e depois roçou o outro entre o polegar e o indicador, roçou, roçou... e roçou.

Em seguida, abaixou a cabeça e resvalou o baixo ventre com os lábios.

– Aqui? Mae... está doendo aqui?

Numa voz rouca, ela disse:

– Mais pra baixo.

Caralho, ele pensou ao descer para o quadril. Resvalando a boca pela curva graciosa da pelve – depois desceu seu corpo completamente para fora da cama. Quando seus joelhos se acomodaram no carpete, ele a puxou para si por trás dos joelhos, com as coxas bem afastadas, o sexo brilhando na luz fraca.

Sahvage lambeu os lábios em antecipação.

– Preciso te saborear – ouviu-se dizer.

Quando Mae gemeu seu nome, ele começou pela parte externa de uma das pernas, só para o caso de ela se arrepender.

Ela não se arrependeu. E disse seu nome de novo... naquela voz rouca, arfante que quase o fez gozar.

Subindo, Sahvage foi beijando ao longo do alto da coxa até a parte interna, seguindo a dobra em que ela se encontrava com o corpo, onde se conectava com o...

Ele teve a intenção de se manter ao largo da pele macia, no limite do lindo sexo, mas a pelve dela mudou de posição sem aviso...

E, de repente, seus lábios estavam nela, e todos os seus planos de ser gentil, de ir devagar, de ir com calma, foram por água abaixo. Sugou – e no instante em que o sabor dela foi registrado, seu cérebro sofreu um curto-circuito.

Quando Mae gritou o nome dele e o agarrou pelos cabelos, Sahvage se descontrolou por completo. Travando as palmas na parte posterior das coxas, ele a abriu ainda mais enquanto lhe dava prazer com a boca e com a língua – lambendo e sugando até saber que ela chegava quase lá.

Com um movimento repentino, Mae se aproximou do rosto dele e...

Bem como fora a intenção de Sahvage, Mae gritou e ficou rígida, a não ser pela respiração entrecortada. Na sequência, sofreu espasmos enquanto ele a lambia para incitá-la a continuar... enquanto tudo o que mais queria era estar dentro dela, sentindo as contrações até ele também chegar ao orgasmo.

Só que não faria isso.

Ela merecia muito mais do que ele para a sua primeira vez, e não a roubaria da alegria e da comunhão que viria quando se entregasse por amor em vez de desespero. Simplesmente não conseguiria fazer isso com aquela fêmea.

A boa notícia? Havia muitas outras coisas que *poderiam* fazer juntos.

Quando Mae por fim relaxou, com os braços largados sobre a colcha, a cabeça também, ela respirava profundamente, os seios subiam e desciam, as costelas se expandiam e se contraíam. Sahvage sorriu e começou a planejar a posição seguinte. Por exemplo, ela de quatro diante dele, e ele se masturbando por cima do sexo dela só para depois poder limpá-la com lambidas...

Ao longe, na sala de estar, o telefone começou a tocar.

Mas até parece que a deixaria, sob quaisquer circunstâncias?

— Sahvage? – ela o chamou num murmúrio.

— Você é incrível – ele murmurou ao afagá-la nas coxas.

— O que... o que vai fazer agora? E... você?

Endireitando-se, ele levou às mãos ao cós da calça de combate. Enquanto as abria, percebeu que seu pau estava tão duro, tão ávido que teve que cerrar os dentes e exercitar um pouco de autocontrole – ou se arriscaria a gozar em cima dela.

Que era o que estava prestes a fazer. Só queria estar nu quando fizesse isso – e ela estava tão relaxada, que decidiu que não a faria ficar de joelhos. Gostava muito daquela cena também, os seios duros e firmes, o abdômen tão liso, o sexo...

— Você está bem? – ele lhe perguntou. Como se a penetração acontecendo em sua mente também estivesse acontecendo na realidade naquele mesmo instante.

— Sim... eu estou... Oh, meu Deus, sim – disse ela ao ver a sua ereção.

Com mãos repentinamente trêmulas, ele se livrou das calças, faltando pouco para dar uma de Magic Mike ao quase arrancá-las das pernas.

E, vejam só, o colchão dela por acaso era da altura perfeita: sua ereção estava nivelada com o centro dela. Mas tinha que ter certeza.

— Você está bem?

— Por Deus, sim... E quero mais.

— Quer? – Ele não teve a intenção de se afagar. Mas foi o que fez. — Porra, Mae...

As mãos dela estavam impacientes, agarrando a colcha, segurando-a nos punhos... uma delas se soltou e bateu no quadril.

Sahvage se esticou e pegou essa mão. Levando-a para o meio das pernas dela, Mae arquejou quando ele a acariciou com seus próprios dedos enquanto mexia no pau.

Quando ela chegou perto do clímax de novo, Sahvage disse:
– Mae... Mae, olha pra mim.

Na semiescuridão, ele interceptou os olhos brilhantes quando ela seguiu seu comando. E depois ergueu a mão com que ela estivera se acariciando até a boca. Sugou seus dedos e ficou imensamente satisfeito quando ela gritou de novo, o nome dele ecoando pelo quarto.

Lambendo toda a essência dela, Sahvage sorriu na escuridão... ao perceber que Mae já era a melhor amante que tivera na vida.

Quando seus olhos se apertaram, Mae não conseguiu forçá-los a se abrir. Mas, só por Deus, queria continuar vendo tudo. Queria assistir a tudo – no entanto, havia um erotismo surpreendente na escuridão. Só sentia a língua de Sahvage, quente e macia, lambendo seus dedos... e depois a boca quente e úmida sugando seu polegar.

Os sons a enlouqueciam.

E o novo clímax se desenrolou dentro dela.

Quando, por fim, ele foi parando, ela abriu os olhos. Seu amante era uma forma enorme acima dela e o cheiro dele inundava seu nariz e ele...

Ele abaixou a sua mão para a colcha. E bem quando estava prestes a perguntar – o que mesmo iria perguntar? – sentiu algo em seu sexo.

Não eram os dedos dele. Não era sua boca.

Era algo rombudo. E muito macio. E tão quente.

Mae voltou a se arquear, e se houvesse uma maneira de afastar ainda mais as coxas, ela o teria feito.

Sahvage se afagou, atiçando a abertura do seu sexo, depois se concentrando na parte de cima de sua fenda. Enquanto outro orgasmo começou no seu íntimo, em seu sangue, ela soube que aquela era a hora... era agora que aquilo aconteceria...

A palma larga travou seu quadril, segurando-o firme. Enquanto continuava suspensa no limite, Mae ouviu sons roucos escaparem de sua própria boca, sem entender o que estava dizendo. Sahvage se esfregava cada vez mais rápido, e o fato de ser o sexo dele sobre o seu, de os dois estarem tão intimamente próximos, significava que tudo estava ampliado.

Bem quando começou a gozar de novo, ouviu um clique. Um clique rápido. Um dos braços dele se movia para frente e para trás – e o outro o sustentava no colchão sobre a palma oposta, pairando acima dela prestes a...

Os primeiros jorros quentes atingiram seu sexo e o calor deles a fez explodir de novo. Quando gozou pela... quantas vezes agora? Não importava. Quando gozou de novo, Sahvage ejaculou em cima dela, cobrindo-lhe o centro, as coxas internas, o baixo ventre.

Na escuridão, Mae o ouvia respirando fundo, uma imprecação escapando pelo que ela sabia serem os dentes cerrados.

Demorou um pouco para o desapontamento chegar.

Por mais sensual que aquilo fosse, por mais certo, por mais atenção e cuidado que ele tivesse lhe dispensado... ela chegou à conclusão de que Sahvage não iria além daquele ponto.

Ele não a possuiria.

Não de verdade.

Nunca... jamais.

CAPÍTULO 54

Às seis da tarde seguinte, Erika estacionou sua viatura sem identificação ao lado da entrada principal do Commodore. Deixando a permissão policial de estacionamento visível no painel, saiu do carro com o laptop e a bolsa.

No átrio do edifício, havia uma guarita do vigia de segurança e um balcão de recepção. Ambas estavam vazias e, de um canto, a detetive conseguia ouvir uma espécie de discussão: dois homens discutindo a respeito de um pacote da FedEx que não estava sendo encontrado.

Ignorando o processo de identificação para entrar, pegou o elevador central dos três disponíveis e, enquanto subia, encarou a si mesma nos painéis espelhados que cobriam o interior. Parecia ter 108 anos: as olheiras abaixo dos olhos estavam escuras, a pele, pálida, e o fato de ter prendido os cabelos ruivo-acastanhados com uma presilha na base da nuca ressaltava cada linha de expressão como se tivessem sido talhadas na pele. E, puxa, o paletó azul-marinho também estava amarrotado.

Talvez o problema fosse a iluminação direta no teto do elevador.

– Aham, claro – resmungou.

Tinha lido em algum lugar que os fabricantes de elevadores tinham realizado um estudo e descoberto que, se as pessoas pudessem se ver refletidas enquanto subiam e desciam, sentiriam que tinham despendido menos tempo ali.

Bem, precisava contradizer tal estudo.

Enjoada do próprio reflexo, ficou olhando para a junção das portas, mas porque aquele era um prédio elegante, cada centímetro dali, a não ser o maldito chão, era espelhado.

– Maravilha.

Ding!

O elevador deu um solavanco ao parar, e as portas duplas se abriram no último andar do edifício. Saindo, olhou à direita e à esquerda, e depois seguiu para o tríplex do "Sr. e Sra. Herbert C. Cambourg".

Que era como estava entalhado na plaquinha metálica acima da campainha.

Afinal, para que colocar o nome da esposa, certo?

Só que tudo agora pertencia a ela, não?

Erika tocou a campainha e recuou um passo para que o olho mágico cumprisse seu dever...

Quando a porta foi aberta, preparou-se para ser recebida por uma criada de uniforme cinza e branco, usando sapatos confortáveis e com um coque prendendo os cabelos. Mas não, a dona da casa se incumbira dessa tarefa.

– Detetive – cumprimentou a senhora Cambourg. – Entre.

Nada de roupão e camisola de seda dessa vez. Calças legging pretas, gola rolê preta e os cabelos longos e castanhos soltos e brilhantes. Aquela era uma mulher que nunca tinha má aparência, independentemente da iluminação. E, caramba, como era alta.

Mas os olhos estavam tão vermelhos e cansados quanto os seus.

– Obrigada. – Erika acenou com a cabeça e entrou. – Sei que é tarde. Agradeço por me receber.

O último andar do tríplex tinha uma entrada tão grande quanto o prédio inteiro de Erika, ou, pelo menos, aparentava ter. E havia tanto mármore, os tons em marrom, creme e preto separados por arabescos dourados – que, merda, provavelmente eram de ouro.

– Gostaria de ir até a sala de estar?

Enquanto a senhora Cambourg aguardava a resposta, como se estivesse acostumada a esperar que os outros dessem suas opiniões para só então acomodar as próprias escolhas. Ou talvez só estivesse absolutamente exausta, e quem poderia condená-la por isso?

– Claro. Seria ótimo.

– É por aqui.

Desde a noite anterior, a senhora Cambourg trancara o andar superior e se fechara no apartamento do pânico da propriedade. Prometera não descer para as salas de exposição no andar de baixo. E, pensando bem, por que haveria de querer ir para lá?

– Por aqui. – A senhora Cambourg indicou o sofá de seda. – Quer beber alguma coisa?

Em vez de "gostaria de beber". Além de não ter uma criada. Aquilo era dinheiro novo – e uma mulher que não estava nem um pouco acostumada a ele. Não que Erika a julgasse. Nunca teve nada e isso nunca a incomodou ou foi o tipo de entrave que a atrapalhasse.

– Não, obrigada, estou bem. – Ambas se sentaram ao mesmo tempo. – Como você está?

Enquanto a senhora Cambourg refletia a respeito, Erika examinou ao redor. Ao contrário da galeria lá embaixo – ou melhor, das salas das coleções –, ali em cima havia bastante cor. Bem, considerando que dourado fosse uma cor. Até mesmo o sofá era preto e dourado. Era como se os anos 1980 tivessem atravessado as últimas três décadas e decidido acampar no presente.

Pela arcada, Erika notou que até mesmo os eletrodomésticos eram dourados.

Os vasos sanitários também? Provavelmente.

– Não consegui dormir.

– Aposto que não. Alguém te incomodou?

– Não, não. E acionei as paredes do pânico. Elas isolam a escada e tudo o mais, inclusive as janelas daqui. Mesmo que alguém tentasse entrar, não teria conseguido... sabe, chegar até mim.

– Tenho novidades. – Erika pigarreou. – Acredito que encontramos os relógios do seu marido.

A senhora Cambourg se sentou mais à frente.

– É mesmo?

Erika assentiu.

– As fotos da seguradora que nos enviou ontem foram muito úteis, e, por acaso, também estivemos em outra cena de crime na noite passada onde acreditamos que eles tenham sido revendidos. Posso lhe mostrar as imagens para que possa identificá-los?

– Sim, claro.

Ligando o laptop, Erika colocou a tela entre elas.

– Reconhece algum destes? Aqui, use o cursor. Isso. Assim mesmo.

Os olhos da senhora Cambourg marejaram quando viu as fotos.

– Sim, são esses. E, sim, essa é a caixa em que ele os guardava. A que ficava dentro do cofre.

Distraída, Erika ficou imaginando se o colar de diamantes ainda estaria debaixo daquela blusa de gola rolê. Podia apostar que sim. Embora não soubesse dizer por que motivo isso seria relevante.

– E nada mais está faltando, correto? – perguntou.

– Não, nada mais foi levado.

Erika assentiu.

– Encontramos uma câmera de segurança na outra cena de crime. A filmagem mostra os relógios do seu marido sendo entregues por um homem, e eu gostaria de ver se consegue reconhecê-lo. Posso passar a filmagem?

A senhora Cambourg passou uma mão pelos cabelos sedosos.

– Claro.

– Um instante. – Erika colocou o laptop no colo e carregou o arquivo. – Assista a isto.

Quando apertou o botão para iniciar a filmagem e virou o monitor para a outra mulher, sentiu os pulmões apertarem. E, embora já tivesse assistido à filmagem uma dúzia de vezes, e fora aquela que reduzira o arquivo, viu-se perdida de novo... quando o homem de preto aparecia na tela.

Ele era alto e, a julgar pelos contornos musculosos, devia se exercitar com frequência e intensidade – ele certamente se movia como se tivesse total controle do corpo. Além dos ombros largos, ele tinha cabelos escuros cortados rentes, mas era sua postura que de fato chamava a sua atenção. Havia uma tranquilidade fria e calculada no rosto atordoantemente atraente. Mesmo quando ele parou e olhou para o cadáver com os miolos estourados na parede de trás do sofá.

Era como se já tivesse visto diversos cadáveres.

Mas, claro, a imagem do falecido fora editada naquela filmagem. A senhora Cambourg já estava chocada o suficiente. Falando nisso...

Erika franziu o cenho ao ver a expressão dela.

– Conhece esse homem?

Demorou um pouco para que a outra mulher respondesse. E quando o fez, foi numa voz baixa e confusa.

– Esse é o homem dos meus sonhos. – Apontou para a tela. – É o homem com quem sonhei.

– Camisa azul... Camisa vermelha.

Nate segurou uma delas diante do peito. Depois a outra. Ambas eram de flanela. Ambas eram xadrez com preto. Ambas...

Não, a vermelha. A vermelha definitivamente era a melhor.

Largando a azul de lado na bancada do banheiro, inclinou-se por cima da pia e cerificou-se de que o corte feito ao se barbear tinha cicatrizado. Parecia bom. Tirou o pedaço de papel higiênico do ponto vermelho.

Ah, droga... A camisa vermelha pareceu uma boa escolha até enfiá-la nos jeans azuis. Agora estava parecendo o cara da propaganda do papel-toalha Browny.

– Droga! – Deu uma espiada no celular. – Camisa nova.

Enquanto tirava a flanela nada lisonjeira, parou um instante para avaliar o peito. Os braços. Os ombros. Eram bons – de acordo com um padrão estético humano. Comparado com alguém como seu pai? Era o garoto magricela da praia que levava areia na cara.

Se Elyn realmente precisasse de mim, será que eu conseguiria mantê-la a salvo?, perguntou para seu reflexo.

— Cacete.

E desejou ter perfume.

De volta ao quarto, atravessou-o e abriu a porta do closet. Suéteres. Mais flanelas. Polos que ficariam boas se fosse maio. Junho. Julho.

A menos que fosse Shuli, claro. E ele não era em tantos níveis.

No fim, acabou escolhendo uma camiseta básica branca novinha e um suéter Mark Rober que passava uma aparência casual. Bem quando vestia esse último pela cabeça, ouviu uma batida à porta.

— Oi?

A porta se abriu quando Nate estava de volta diante do espelho do banheiro, e o pai entrou, vestido para a guerra. Todas as armas de Murhder cobriam seu corpo, as adagas negras estavam embainhadas, com cabos para baixo, diante do peito; um coldre com pistolas ao redor do quadril; uma faca na coxa. Os cabelos ruivos e negros estavam escondidos debaixo de um gorro e sim, ali estava o colete Kevlar.

Nate engoliu em seco.

— O que está acontecendo? O que foi?

— Estou de saída... — Uma pausa. — Olha só, sei que as coisas têm andado... esquisitas entre nós. E eu só não queria sair antes de te dizer que eu te amo. Nate, eu não poderia te amar mais se você fosse do meu sangue. Você é um bom garoto, e vai ser um grande macho e...

— Pai? — Nate disse num fio de voz. — O que está acontecendo? Por que está de colete?

— É só mais uma noite em campo.

Não, não era, mas ficou claro que não haveria nenhuma explicação quanto ao motivo.

Enquanto ele se via tomado por um terror repentino, Murhder continuou falando:

— Não sei exatamente o que aconteceu de errado para você. Quero dizer, por um tempo, você pareceu feliz. Não sei bem o que mudou, mas, o que quer que seja, vamos dar um jeito. Há muitos tipos de recursos à sua disposição, e se o resultado for... Bem, não queremos que você saia de casa, mas nós... Hummm, já disse antes... Nós te amamos como filho, sem nenhuma diferença. E eu não tinha como sair sem te dizer isso. Algumas noites, é melhor dizer tudo o que precisamos porque não sabemos como as coisas vão ser.

A mente de Nate borbulhou com tantas possibilidades assustadoras que ele literalmente ficou mudo.

E, no silêncio, depois de um instante, Murhder assentiu e se virou de costas.

— Espera, pai.

Nate se jogou para fora do banheiro e agarrou o Irmão bem quando Murhder virava de novo.

— Eu também te amo, pai. Eu te amo.

Murhder emitiu um som engasgado, e os braços imensos agarraram Nate.

— Fico muito feliz, filho. Isso faz... faz toda a diferença para mim.

Nate recuou um passo.

— Você vai morrer hoje à noite?

Murhder meneou a cabeça.

— Não se eu tiver algum poder decisório nisso. E não, não posso falar a respeito. Mas você e a sua mãe estão seguros aqui...

— MaseaCasaLuchas? — Nate perguntou de uma vez.

— A Casa... Ah, sim, você deve estar seguro lá também. Mas, sabe, isso me faz pensar. Você quer receber algum tipo de treinamento...

— Sim. — Pensou em Elyn. — Quero aprender a lutar.

Murhder ficou muito, muito imóvel.

— O que foi? – perguntou Nate. – Acha que eu... que eu não consigo?

— Acho que você será muito bom nisso. Eu só não queria essa vida pra você, filho. Mas não vou te impedir. Vou conversar com os Irmãos e vamos providenciar alguma coisa.

— Ok. Obrigado. Mamãe está em casa hoje?

— Ela estará no centro de treinamento. Você vai...

— Vou para a Casa Luchas.

— Tome cuidado lá. Ligue se precisar. Não importa o que esteja acontecendo, eu sempre te atenderei e sempre irei até você.

Depois de um longo momento, Murhder assentiu e saiu do banheiro, seguindo para as escadas acarpetadas que davam para a cozinha.

Algumas noites, é melhor dizer tudo o que precisamos porque não sabemos como as coisas vão ser.

– Eu conheci alguém... – Nate deixou escapar.

Ao ouvir a própria voz, ficou surpreso por ter dito isso em voz alta. Mas queria que o pai soubesse, ainda mais se não tivesse outra chance de dizer isso ao macho.

O pai se virou devagar, e a expressão no rosto dele seria engraçada. Em qualquer outra noite. Sobre qualquer outro assunto.

Ele parecia alguém que acabara de ouvir que a Fada do Dente existia: espanto.

– Conheceu? – perguntou Murhder.

– Sim, e acho que gosto mesmo dela, pai.

CAPÍTULO 55

— NÃO, CEREAL ESTÁ ÓTIMO. De verdade.

Sentada à mesa da cozinha, com a tigela cheia de Cheerios, o leite desnatado passando pelo teste olfativo apesar da validade já ter expirado há um dia, Mae tentava se controlar. E, não, não porque estivesse prestes a irromper em lágrimas nem nada assim.

Estava engasgada com perguntas que não tinha o direito de perguntar. A principal, talvez, por que Sahvage estabelecera aquele limite? Afinal, eram dois adultos consentindo.

Só que, pelo visto, só havia um adulto consentindo ali.

Com Sahvage do outro lado da mesa com uma xícara de café e algumas torradas, ela tentou sorrir de maneira casual, como se não houvesse problema algum ali. O fato de não ter nem ovos nem bacon para lhe oferecer e que, por milagre, houvesse café suficiente para ambos era um testemunho de como as últimas duas semanas tinham sido ruins para ela.

E tudo o que não fizeram na cama foi a maldita cereja em cima do bolo.

Enquanto comiam, não conversaram muito... Portanto, só o que havia na casa, no mundo inteiro, ao que tudo levava a crer, eram as mordidas dele na torrada e as colheradas dela batendo na lateral da tigela. Mas a questão era que Mae não confiava em si mesma para mencionar o climão na sala.

Sim, aquilo não acabaria nada bem. Estava frustrada e com raiva por mil motivos, e ele acabaria sendo atacado por assuntos que não tinham nada a ver com os problemas horizontais dos dois...

Fechou os olhos.

– Você está bem?

Refreando um palavrão, assentiu.

– Sim. Estou.

Ele afastou o prato cheio de migalhas.

– Vou sair para pegar gelo.

Mae ergueu o olhar.

– O quê?

– Para o seu irmão. Você precisa ficar aqui. É o mais seguro e eu tenho um carro que posso usar. – Ele se levantou e a cadeira arrastou no chão. – Não devo demorar.

– Hum, tem um posto de gasolina não muito longe daqui. – Só que ela sentiu uma necessidade territorialista de fazer a compra de gelo. Essa tarefa era sua. – Mas eu posso simplesmente...

– Se envolver em outro acidente? – ele completou ao levar a louça para a pia. – Como na noite passada? Nós dois sabemos como terminou.

Mae franziu o cenho.

– Você fala como se eu tivesse planejado aquilo.

Sahvage apoiou as palmas na bancada e abaixou a cabeça. Enquanto contraía a mandíbula, ela ficou desapontada por ele estar tentando se controlar. Ela queria brigar.

E isso a transformava numa bruxa, não?

– É por causa do Livro de novo? – exigiu saber. – Porque já chega de discordarmos sobre esse assunto.

– Nisso você está certa. – Ele balançou a cabeça. – Não vou mais tentar te convencer de nada. Nunca deveria ter tentado, pra início de conversa.

– Obrigada. – Mae exalou, aliviada. – E lamento ficar na defensiva. Estou aliviada que finalmente entenda os meus motivos.

Sahvage assentiu e depois fitou o espaço estreito entre ambos e a janela fechada. Foi impossível não estudar as feições duras e o corpo forte sem pensar no que tinham feito no escuro. Só que não havia nada de sexual nele naquele instante. Sua mente estava em algum outro lugar, distante apesar de ela conseguir alcançá-lo e tocá-lo.

— Não vou me demorar — ele disse por fim. — Quero dizer, tenho que dirigir pela cidade, mas, é, não deve levar muito tempo.

— Tudo bem. Eu não tenho nenhum compromisso mesmo.

Na verdade, tinha trabalho a fazer para poder pagar por aquele teto sobre sua cabeça. Considerando-se que fosse sobreviver àquilo tudo, precisaria de um lugar para morar.

— E tenho que ligar para Tallah — ouviu-se dizer.

Depois de um momento, Sahvage virou a cabeça e olhou para ela. Algo na maneira como ele se comportava lhe deu a impressão de que...

— Não diga isso — ela sussurrou, sentindo uma pontada de solidão, dolorosa e sombria se instalando no seu coração. — Não diga adeus. Prefiro que... que você não volte a passar pela porta de novo a ter que ouvir essas palavras.

Além do mais, dessa forma, sempre poderia estar prestes a voltar a vê-lo. Um adeus era uma porta fechada. O nada era... nada.

— Não quero um encerramento — disse com voz exausta. — Estou cansada demais para isso.

— Não estou te deixando.

Ah, claro, Mae pensou.

— Eu não o culparia se o fizesse... — Ela deu um sorriso leve, mas não conseguiu sustentar a farsa. — Eu me deixaria se pudesse.

— Eu disse que volto logo. Não vai demorar.

Foi assim que ele deixou as coisas ao partir.

E não olhou para trás ao seguir para a garagem.

Sahvage estava perdido em pensamentos quando a porta se fechou atrás de si, mas teve presença de espírito suficiente para esperar que Mae fosse até lá para trancá-la. Quando ela não o fez, voltou a abri-la com a intenção de lembrá-la de abaixar o mecanismo de cobre.

Do outro lado do corredor curto, ela ainda estava sentada à mesa da cozinha e tinha apoiado a cabeça nas mãos. Não estava chorando.

Só ficou ali como se não tivesse mais forças e precisasse dos cotovelos para sustentar a cabeça acima da tigela de cereal.

Precisou de todo o seu autocontrole para não voltar lá, pegá-la nos braços e lhe dizer que tudo ficaria bem. Mas não gostava de fazer promessas que não poderia cumprir.

Portanto, em vez disso, voltou a fechar a porta e se obrigou a pensar que as criaturas que os preocupavam por poderem entrar na casa já estavam do lado de fora. Mae estava segura.

Por um momento, antes de ir embora, olhou para o lugar em que o carro dela costumava ficar estacionado. Agora só havia manchas de óleo e marcas onde os pneus passaram tantas vezes, e Sahvage imaginou os pais de Mae também estacionando ali no passado. Visualizou quantas vezes a família, incluindo o irmão, tinha entrado e saído pela porta que acabara de usar para deixá-la.

Entendia verdadeiramente os motivos dela em relação a Rhoger. Estivera na mesma situação com Rahvyn. E, droga, se acreditasse em milagres? No destino? Que o Universo era um lugar justo e correto? Poderia acreditar que ele e a prima de primeiro grau ainda se encontrariam e que, se Mae trouxesse o irmão de volta dos mortos, não haveria arrependimentos.

Mas não acreditava mais nessas merdas de justiça existencial.

E, maldição, Mae lhe agradeceria pelo que estava prestes a fazer. Talvez não de imediato, porém mais tarde... quando a natureza continuasse a seguir seu curso sem interferências e ela não estivesse mais sofrendo tanto. Então veria que ele fizera a coisa certa.

Acalmando-se, desmaterializou-se através da persiana entreaberta. Mas não foi para casa pegar a lata velha que era seu carro.

Foi para o centro da cidade.

Só morava em Caldwell há um mês, e não conhecia bem a cidade nem os nomes das ruas. A boa notícia era que o Commodore era o único edifício residencial com mais de vinte andares nas redondezas, e com um letreiro vertical aceso na fachada onde se lia C-O-M-M-O-D-O-R-E.

Não era preciso ser nenhum gênio para encontrar seu telhado.

E, bem como tinham planejado, havia uma figura solitária à sua espera junto ao sistema de ventilação do ar-condicionado.

Quando Sahvage se rematerializou diante do cara, manteve as mãos junto às pistolas, mas não as empunhou. Não havia motivos para não ser civilizado, e, além disso, tivera contato com o Bastardo durante o dia. Enquanto Mae dormia, ele fora ao andar de cima para descobrir quem andava ligando para seu celular.

E vejam só. Aí estava a ligação que estivera esperando.

– Então você é Sahvage, o macho da vez. – O lutador estendeu a mão da adaga. – Balthazar.

Sahvage assentiu e apertou a palma que lhe era oferecida.

– Pronto pra fazer isso?

– Como disse ao telefone, devemos ser rápidos.

Averiguando o entorno, Sahvage teve a sensação de que o prédio estava cercado. *Sombras?*, perguntou-se. Não... sentia os cheiros, mesmo distantes e destilados pelo vento frio, e reconheceu diversos deles.

– A sua retaguarda está em posição – disse ele. – Sei que não está sozinho.

– Conforme combinado, eles estão no perímetro e permanecerão a postos caso a situação se complique. Eu não queria... Bem, como lhe disse, na noite passada ela chegou assim que me aproximei do Livro.

– Só aponte a direção correta, e eu assumo daqui.

O macho aguçou o olhar.

– O combinado não foi esse.

– Mesmo se isso impedir que seja morto?

– Ela quer o Livro, não a nós. Portanto, se eu for morto, terá sido um dano colateral. O mesmo vale para você. Faremos isso do jeito que concordamos ou então não faremos de jeito nenhum.

Sahvage sustentou o olhar direto do macho.

– Combinado.

Quando Balthazar se virou de costas, Sahvage seguiu o macho até a entrada da escada que percorria o meio do prédio. Lá dentro, desceram os degraus de concreto num trote e quando, alguns lances mais embaixo, Balthazar parou diante da porta corta-fogo e pareceu farejar ao redor do batente, Sahvage percebeu um detalhe.

– Você não fez som nenhum – disse baixinho.

O Bastardo relanceou por cima do ombro.

– Hein?

– Quando descemos. Você não emitiu som nenhum.

– Sou um ladrão. – O cara revirou os olhos e empurrou a maçaneta para abrir a porta. – Achou que eu teria uma banda plugada no meu traseiro?

– Seria um cartão de visitas e tanto.

No corredor que cheirava a gente rica, e com uma atmosfera elegante e contemporânea, eles avançaram depressa, e Sahvage tentou copiar o exemplo do senhor Silencioso. Mas como era que o cretino conseguia deixar até seus equipamentos mudos?

Era óbvio para onde estavam indo.

A fita de isolamento da polícia serviu de indicador.

Quando se aproximaram da porta, Balthazar olhou para trás.

– Vestíbulo aberto do outro lado. Vamos torcer para que não haja nenhum equipamento policial no caminho. Vou desarmar o alarme, e daí passamos pelas salas de exibição.

– Estou logo atrás de você.

Balthazar foi na frente, e Sahvage estava um nanossegundo atrás dele. Nenhum equipamento policial, apenas o vestíbulo aberto como descrito, como se o lugar fosse um museu.

– Por aqui – sussurrou Balthazar. – Por este corredor.

As salas eram pequenas e não tinham janelas, e continham coleções de artefatos estranhos. Instrumentos cirúrgicos. Esqueletos de morcego? E então...

Sahvage sentiu todo o ar escapar-lhe dos pulmões quando entraram num recinto cheio de livros expostos – e suas botas ficaram congeladas onde estavam. Ali, do outro lado do piso intricado, depois de uma parte com prateleiras destruídas e destroços de madeira... havia uma redoma transparente.

Que abrigava um objeto que Sahvage não via há duzentos anos.

Quando piscou, estava de volta aos aposentos de Zxysis, com o sangue de sua prima inocente manchando os lençóis e a cera da vela sobre a mesa de cavalete.

Teve a impressão de que o Bastardo falava consigo.

Contudo, uma vez mais, o macho não emitia som algum.

Sahvage aproximou-se do mostruário com as pernas dormentes, e poderia ter jurado que, ao parar diante do tomo antigo, as páginas abertas do livro se remexeram como se o cumprimentassem. E ele não era o único hipnotizado. Balthazar estava bem ao seu lado e encarava o Livro com o mesmo tipo de fascinação.

De fato, estavam tão cativados, ele e o lutador, que... não perceberam que a luz vermelha acima piscou com o detector de movimentos do teto.

CAPÍTULO 56

– É O ALARME.

Enquanto a senhora Cambourg se levantava do sofá com o telefone na mão, Erika já estava cuidando do assunto, não só ficando na vertical como também levando a mão à arma que trazia no coldre.

– Há alguém no segundo andar. – A mulher mostrou a tela do celular. – O que eu...

– Provavelmente é só um dos técnicos da cena de crime.

– Ah. Está bem.

Ou, pelo menos, era o que Erika esperava que fosse, e se fosse? Daria uma bela de uma bronca em quem quer que não tivesse feito o check-in necessário.

– Quero que se tranque e fique aqui – instruiu. – Vou lá embaixo verificar.

– Mas é seguro? – a mulher perguntou ao apertar o aparelho junto ao peito.

– Volto logo. Tenho certeza de que existe uma explicação perfeitamente razoável.

– Ok. – A senhora Cambourg apontou para a arcada. – Você precisa seguir este corredor até o fim para acessar a escada que leva ao andar de baixo. Devo ligar para alguém?

– Eu cuido disso. Não se preocupe. Apenas fique aqui em cima.

Quando Erika passou pelo corredor, ouviu uma série de ruídos suaves em seu rastro. Ao olhar para trás, viu que a área do arco estava sendo fechada com uma placa dourada opaca.

Bom. Isso significava que não precisaria se preocupar com ninguém mais.

Além disso, provavelmente era só um investigador que deixara de anunciar sua entrada como deveria.

A escada era curva, com obras de arte moderna iluminadas nas paredes. Havia um quadro em particular de que ela gostava, mas não perderia tempo admirando as cores da bendita tela.

Não que fosse uma conhecedora de arte.

Mas sabia muito bem como se proteger.

Quando chegou ao fim da escada, no segundo andar do tríplex, sacou a pistola do coldre, mas a manteve ao lado do corpo. A última coisa de que precisava era abater um colega seu. No entanto, tudo andava tão estranho em Caldwell que não arriscaria a própria vida.

Todos aqueles corpos sem coração povoavam sua mente quando contornou uma parede e viu, ao longo de alguns cômodos, dois homens parados diante do mostruário de acrílico na sala de livros. Eles eram... enormes. Estavam vestidos de preto. E pareciam capazes de cuidar de si mesmos em qualquer situação.

É, sem dúvida não eram investigadores.

Viraram-se para ela na mesma hora.

O treinamento de Erika ditava que tinha de avaliá-los, bater uma foto mental de suas feições para usá-las numa futura identificação. E também precisava acionar o protocolo de retaguarda.

Em vez disso, encarou o da esquerda. Ele era... o homem da filmagem no trailer, o ladrão que levara os relógios dali... aquele com quem a senhora Cambourg acreditava ter sonhado. E, caramba, ele era impossivelmente bonito, como se fosse adequado usar essa palavra para algo tão másculo: o rosto era todo de ângulos perfeitos e a linha malar era marcante, os olhos, que se estreitaram e fizeram uma varredura sua, eram astutos e...

– Quase não estou surpresa em vê-lo aqui – ouviu-se dizer. – Você parece passar um bom tempo neste lugar.

Quando Erika falou, ele inclinou a cabeça – de tal maneira que a fez se lembrar de um pastor-alemão, um predador curioso quanto à velocidade que sua presa seria capaz de desenvolver.

– Detetive Saunders. – Erika apontou a arma para ele e pegou as algemas. – Vou pedir que os dois levantem as mãos acima da cabeça e se virem de costas. Estão presos por invasão de domicílio, mas algo me diz que as acusações não vão parar por aí.

Nenhum dos dois se mexeu. E foi então que ela percebeu que também reconhecia o outro.

O clube de luta, pensou com uma descarga de adrenalina. Ele era o homem na filmagem com Ralphie DeMellio.

Ora, ora, se essa não era a definição de pague um, leve dois.

Antes que conseguisse repetir a ordem, o da esquerda, aquele para quem precisava muito mesmo olhar apenas de maneira profissional, disse com suavidade:

– Eu cuido disso.

Erika disse com mais determinação:

– Levante as mãos e...

Quando Balz entrou na mente da humana e a congelou ali onde estava, ele, na verdade, queria que ela continuasse falando. De alguma maneira, ela conseguia transformar palavras simples numa sinfonia para seus ouvidos, e não era só isso o que ela fazia.

O cheiro dela perfurou seu nariz e o atingiu direto no sangue.

Fisicamente, não era tão alta. No máximo 1,70m. E tinha uma aura de praticidade, desde os sapatos sem salto até o rabo de cavalo apertado na base do pescoço, da ausência de maquiagem até o olhar direto, firme. E pense em roupas profissionais. O distintivo no blazer azul-marinho reluzia a cada respiração, e as calças folgadas não davam nenhuma pista de como era seu corpo.

E isso lá importava?

Era... o conjunto dela... que o atingia.

E isso não era nem metade da história.

Quando penetrou em sua mente para poder apagar o momento

presente e fazer alguns remendos, vislumbres de... violência passada e tragédia inenarráveis apareceram. Como se as imagens, as cenas e os sons, pertencentes à memória antiga, estivessem também logo abaixo da superfície para ela.

A detetive enfrentara coisas a que nenhuma mulher, nem homem, deveriam ter sido capazes de sobreviver.

E, mesmo assim, ali estava totalmente destemida diante dele e de Sahvage, dois vampiros muito bem armados e que pesavam quase duzentos quilos a mais que ela. Mas, em retrospecto, considerando-se ao que sobrevivera? Bem poucas coisas a abalariam.

— Que porra está acontecendo aqui?

A impaciência de Sahvage interrompeu o silêncio, e Balz voltou à ação.

— Pode deixar. Eu cuido dela.

— Tem certeza? Pois, daqui onde estou, parece que ela é quem está com você na mão.

Apesar de tudo o que estava em jogo, Balz precisava de mais um momento – e então apagou todas as suas lembranças de ter descido ali e de tê-los encontrado. Depois, inseriu um pensamento de que fora apenas um mau funcionamento do sistema de alarme.

Alarmes davam problemas o tempo todo.

Nada de errado, nada fora do lugar.

Quando a mulher se virou para sair, guardando a pistola e as algemas, ficou claro que ela ficava à vontade com armas e tinha confiança em sua habilidade para usá-las como se devia – e, vejam só, Balz ficou duro dentro das cuecas boxer.

Precisava vê-la novamente.

Tinha que dar um jeito...

O som de uma batida o fez voltar a si.

Sahvage tinha retirado a parte de cima da redoma de vidro e já esticava as mãos para o Livro, os olhos travados, em total concentração, o corpo, tenso...

— Ah, não, você não vai pegar... — Balz disse entredentes ao avançar.

AMANTE IMORTAL | 459

Os dois agarraram o Livro exatamente ao mesmo tempo. E quando o fedor de carne pútrida subiu no ar, ambos começaram a puxar – e Balz sentiu que estava num cabo de guerra pela própria vida. Claro, Sahvage fizera de conta que fazia parte do time, mas, naquele instante, nada a respeito do filho da puta sugeria que ele estava a bordo com o plano original.

Iria levar o exemplar embora.

Mostrando as presas, Balz rosnou.

– Seu filho da puta!

– Isto é maligno. Precisa ser destruído!

– Mas que porra...

– Você não quer isto!

– Preciso dele para salvar minha vida!

Sem explicação, embora ambos estivessem fazendo força para lados opostos, colocando tudo o que tinham no puxão, engajando todos os músculos... o Livro não foi rasgado ao meio. Embora devesse, não houve nenhum rasgo na integridade estrutural, a lombada não rachou, não cedeu em nenhum lugar.

Era como uma viga de aço.

Solte.

De lugar nenhum, como se tivesse ecoado no cômodo – ou talvez dentro do crânio de Balz –, a voz de Lassiter permeou a luta violenta.

Solte.

– Não! – ladrou Balz. – De jeito nenhum!

Recusava-se a viver com o mal dentro de si pelo resto da vida...

Se quiser viver, solte.

Do nada, a imagem da detetive que acabara de sair dali surgiu em seus pensamentos.

Mas era o mal falando consigo ou era... Lassiter de verdade, tentando salvá-lo?

Como diferenciar a realidade das ilusões sedutoras da morena?

– Caralho! – ele gritou.

CAPÍTULO 57

HAVIA ALGUMAS BATALHAS EM que perder não era uma opção. Esta era uma delas.

Enquanto seu corpo se esforçava e o suor brotou no peito e no rosto, Sahvage travou os molares e continuou puxando. Do outro lado das páginas do Livro aberto, o Bastardo fazia o mesmo, cada grama de força do corpo e da mente do macho determinado a também assumir o controle.

A tentação de tentar pegar a arma foi grande. Uma bala na cabeça do lutador e aquela discussão física terminaria de uma vez.

Mas Sahvage não podia se arriscar a ter o Livro arrancado de uma mão sua. Sem saber muitos detalhes sobre o Bastardo, tinha a sensação de que Balthazar era bem capaz de se desmaterializar num segundo. E se o macho fizesse isso?

Sahvage não teria uma segunda chance. Em duzentos anos, nunca cruzara o caminho do maldito Livro. E isso não voltaria a acontecer, e ainda mais com aquele feitiço de invocação à solta?

Estava na cara, dada a sua maldita sorte, que ele encontraria um caminho até Mae...

De repente e sem nenhum aviso, o Bastardo soltou. Apenas abriu as mãos e largou o Livro.

Sem uma força opositora, o puxão de Sahvage foi tão forte que ele se chocou contra a parede, por uma fração de segundo ficando completamente atordoado com o impacto.

Nesse ínterim, do outro lado do mostruário agora vazio, Balthazar baixou o olhar para as mãos como se não entendesse o que tinha feito – como se elas tivessem agido de maneira independente.

Os olhos se ergueram e ele disse com resignação:

– Para onde vai levá-lo?

Por algum motivo, talvez porque Sahvage reconhecesse o desespero entorpecedor no rosto do outro lutador, viu-se respondendo:

– Para onde ninguém poderá voltar a usá-lo.

– Preciso dele. Para extrair o mal de dentro de mim.

– Não há mal algum em você.

– Está errado, e o Livro é a minha única esperança.

Se ao menos Rahvyn estivesse viva, pensou Sahvage. Ela costumava cuidar de problemas assim lá na vila no Antigo País.

– Sinto muito – disse Sahvage. E falou a sério.

Dito isso, desmaterializou-se da sala. Para fora da galeria. Depois passou pelo corredor e pela escada.

Todavia, não subiu. Era ali que a Irmandade estava – ou estivera. Desceu, desaparecendo pelos andares de concreto mais depressa que uma batida de coração. No fundo, abriu a porta corta-fogo já esperando encontrar toda a Irmandade mirando suas armas para si. Não. Apenas um vestíbulo elegante de mármore com dois humanos sentados na parte da recepção e duas mulheres entrando com sacolas de compras.

Quando se apressou pelo piso brilhante, ouviu alguém gritando seu nome.

Do lado de fora, na escuridão diante do prédio, preparou-se para encontrar a Irmandade de novo. Ou a morena. Ou as sombras.

Nada.

Por uma fração de segundo, olhou ao redor e se perguntou que porra tinha acontecido com todas as personagens da história. O palco estava totalmente vazio. Mas ele lá estava em posição de discutir com um resultado que finalmente era favorável para ele?

Sentindo-se como um ladrão de bancos no golpe de sua vida, fechou os olhos e partiu na fresca noite primaveril.

Ao sair do centro da cidade, teve um pensamento bizarro.

Foi quase como se Balthazar o tivesse deixado ir.

Lá em cima, no quarto dos livros, Balz caiu no chão e levou as mãos à cabeça.

– Porra. Porra... *porra*!

Quando ergueu o olhar de novo, não estava sozinho. Lassiter estava bem diante dele, e o anjo caído lentamente se abaixou para que ficassem no mesmo nível.

– Oi.

Balz engoliu com força.

– Não sei o que acabei de fazer.

– Sim, você sabe.

– Como sei se é você de verdade? Não sei mais em quem confiar... e isso me inclui.

– Dê-me a sua mão.

Quando o anjo caído lhe estendeu a palma, Balz teve um pensamento de que, se tocasse o que lhe era oferecido, poderia muito bem ficar preso para sempre numa armadilha...

Foda-se!

Segurou a mão diante de si e se preparou para...

A descarga de energia foi abrupta, ele sentiu calor, como da luz do sol. Aceitação, como a de uma *mahmen* que o ama. Paz para uma alma torturada.

Você fez a coisa certa, Lassiter disse sem mover os lábios.

– Mas era a minha única chance... – Balz não tinha certeza de como sabia disso com tanta nitidez. – Ela vai me comer vivo, de dentro para fora.

Não, existe outro modo.

Só o que Balz conseguiu fazer foi sacudir a cabeça. Mas Lassiter sorriu.

O amor verdadeiro o salvará.

Balz quase gargalhou.

– Não acredito em amor verdadeiro.

Quando foi a última vez que viu o sol?

– Na minha transição.

E, mesmo assim, o sol continuou a existir e a aquecer o planeta e dar sustento à vida mesmo sem o benefício dos seus olhos. Você é menos poderoso do que isso, Balthazar. O amor verdadeiro não necessita do seu reconhecimento para ser uma força neste mundo.

Não importava.

– Eles vão me matar, os Irmãos e os Bastardos. Deixei Sahvage levar o Livro.

Não, não foi isso o que aconteceu. Houve uma luta, e você escorregou e torceu o tornozelo. Quando soltou o Livro, Sahvage foi embora com ele...

– Ai, mas que porra? – Balz soltou a mão do anjo e agarrou a parte de baixo da perna direita, que, do nada, começou a doer como o diabo.

Quando voltou a olhar para cima, Lassiter tinha ido embora, mas a agonia era tanta que ele não se preocupou com essa saída. Com uma careta, rolou de costas e se perguntou que merda tinha acontecido para começar a sentir tanta dor. Parecia até que ele...

Bem, parecia até que ele tinha escorregado e torcido a porra do tornozelo.

Pegando o celular, fez uma chamada e não precisou da promessa de uma estatueta do Oscar para dizer entredentes:

– O filho da puta levou o Livro. Caí de bunda, e não consigo andar nem me desmaterializar... Vocês vão ter que me tirar daqui, e não, não sei para onde o cretino foi.

No mesmo instante, quem quer que estivesse do outro lado começou a gritar e, quando Balz não aguentou mais o barulho, encerrou a ligação e apertou os olhos com força. A única notícia boa, ponderou, era também uma notícia ruim: com o sumiço do Livro, era menos provável que a morena aparecesse ali e brincasse de partir ao meio alguém importante para Balz.

Ou ele mesmo.

Sahvage, o mentiroso filho da puta, tinha um tigre atrás de seu rastro. As chances de que não sobreviveria a outro entardecer eram imensas, e não tinham nada a ver com o que a Irmandade faria ao encontrá-lo. E ele era o único culpado de seu destino.

E, enquanto Balz se preocupava com a própria alma infectada, ouviu a voz do anjo em sua mente.

Amor verdadeiro, Balz pensou. *Que monte de asneira...*

Em meio à dor lancinante que demandava toda a sua atenção, uma imagem atravessou o véu dos pensamentos, cortando o sofrimento.

Era aquela humana, a detetive armada e com algemas, tão formal, tão concentrada... tão cansada, como se estivesse trabalhando numa tarefa difícil por muitas horas seguidas. Muitos anos seguidos.

Mas, com certeza, esse não era o destino dele.

Ou o dela.

Certo?

Capítulo 58

Mae estava sentada à mesa da cozinha, olhando para o nada por sobre sua tigela de Cheerios quase encharcados, quando o celular começou a tocar. Pensando que fosse Tallah verificando se estava tudo bem, pegou o aparelho do bolso – só que ninguém estava chamando.

Quando o toque prosseguiu, levantou-se e seguiu o som até o alto da escada que dava para o porão. Desceu e examinou os arredores, depois seguiu para a sala de estar. Atrás do sofá, havia uma bolsa de lona preta. Era de Sahvage, aquela cheia de armas. Ele devia ter voltado ao chalé para buscá-la para garantir que estivessem bem armados durante o dia. Quando olhou para a bolsa fechada, o aparelho se silenciou, mas quase que de imediato voltou a tocar.

Imprecando, abaixou-se e abriu a bolsa, vasculhando-a em meio a... rifles, como pôde constatar. Debaixo de tantos canos, estava o celular dele.

A tela mostrava um número restrito.

Passou o dedo e atendeu à ligação...

Antes que conseguisse dizer "alô", uma voz masculina rosnou:

– Seu filho da puta trapaceiro. Acabou de assinar sua sentença de morte e nós sabemos onde você está.

– Quem é?

Uma pausa.

– Quem é você?

– Sou uma... – Amiga? Como diabos responder àquela pergunta? – Eu conheço Sahvage. O que ele fez?

– Onde ele está?

– Ele saiu... – *Foi pegar gelo para o meu irmão morto.* – Sinto muito, mas não estou entendendo o que está acontecendo aqui.

E isso abarcava tantas coisas.

– Senhora, vou ter que pedir que se identifique. E precisa saber que temos um rastreador no telefone em que está falando, portanto sabemos qual é a sua localização. Sahvage agora é inimigo da Irmandade da Adaga Negra. Se o acolher de qualquer maneira ou se tentar qualquer truque a favor dele, estará do lado errado da situação, está entendendo?

Mae se endireitou.

– O que ele fez?

– Ele está com algo que nos pertence.

Virando de lado, olhou para seu quarto e se lembrou da discussão que tiveram.

Um arrepio frio percorreu-lhe a espinha, e ela mal conseguiu dizer:

– Ele está com o Livro, não está?

– Como sabe a respeito do Livro?

Filhodamãe.

Desligando o telefone e levando-o consigo, Mae percorreu a escada de dois em dois degraus e foi direto para a garagem – de onde se desmaterializou para fora da casa. Se a Irmandade tinha a localização do telefone, não queria que chegassem nem perto dali. Eles encontrariam Rhoger.

Uns sete quilômetros longe de casa, rematerializou-se atrás de um shopping a céu aberto e jogou o celular num contêiner de lixo nos fundos. Depois voltou a sumir.

Viajando em moléculas dispersas, seguiu o sinal do seu sangue que Sahvage emitia, um tipo de rastreador a que só ela tinha a acesso. E quando se aproximou, foi levada para uma parte antiga de Caldwell, uma bem nos limites das luzes urbanas do centro. Ali, as propriedades eram casas vitorianas de três andares, muitas das quais convertidas em apartamentos ou sendo usadas como dormitórios para os universitários da SUNY Caldwell porque ficavam perto do campus.

A fim de se orientar adequadamente, retomou sua forma no estacionamento de uma casa que fora reformada e transformada em museu. Parada na vaga destinada a cadeirantes, olhou ao redor, tremendo muito, mas não porque estivesse com frio e sem casaco. Fechando os olhos, combateu a distração da raiva e se concentrou em onde Sahvage estava. Quando conseguiu a localização precisa, voltou a desaparecer e reaparecer num jardim malcuidado cercado por tábuas altas meio soltas.

Ao longe, um cachorro latiu. Depois, Mae ouviu uma ambulância.

Avaliando os fundos da casa, encontrou duas portas traseiras. Uma dava para a cozinha, que ela via pelas janelas. A outra ficava na base de uma escada com degraus de concreto.

Foi ali que sentiu Sahvage.

Uma das vantagens de morar numa casa velha, cheia de correntes de ar, construída antes da virada do século anterior e, atualmente, de propriedade de um velho excêntrico e meio louco era... que havia um punhado de instalações antigas e coisas afins. Como encanamento. Equipamentos. Luzes expostas.

Sistemas de aquecimento.

Enquanto passava pelo seu cômodo alugado, Sahvage sentia a intensidade do calor aumentando, e pensou que foi bom ter ido parar no norte do estado de Nova York, e não, digamos... nas Carolinas ou na Flórida. De jeito nenhum que por lá as fornalhas a carvão estariam acesas em plena noite de abril.

Abrindo caminho até a caldeira, verificou a antiga fornalha, barriguda e movida a combustível fóssil que mantinha a casa de múltiplos andares aquecida.

Graças ao fato de ele também ter mais de cem anos, Sahvage estava familiarizado com o funcionamento da máquina. Todavia, parado diante do mamute de ferro, foi como se nunca a tivesse visto antes.

Debaixo do braço, sentia o Livro tremer, como se fosse um animalzinho assustado.

– Desculpe – disse rouco. – Você tem que ir, e sabe disso. Você causa problemas demais.

Quando o tremor aumentou, ele abaixou a vista.

– Ah, qual é! Um pouco de autoconsciência, por favor.

O Livro parou de tremer como se estivesse resignado.

Por que diabos estava esperando?, Sahvage se questionou.

Diante disso, esticou a mão para levantar a trava da portinhola...

– Pare!

A princípio, pensou ter ouvido a voz de Mae, e deduziu que fosse sua consciência falando. Mas, em seguida, um facho vermelho de luz passou bem pelo seu olho direito.

Quando se virou, a mira a laser o atingiu no crânio. E no gatilho daquele cartão de visitas? Mae estava absolutamente estável enquanto empunhava com as duas mãos a pistola que ele lhe dera.

– Que merda está fazendo? – ela perguntou com a voz trêmula.

Sahvage voltou a olhar para a caldeira.

– É assim que tem que ser...

– Quem disse isso? Isso não te diz respeito... Não é da sua maldita conta!

– Estou tentando te salvar!

Mae expôs as presas, o rosto se crispou de raiva, o corpo vibrava de emoção.

– Não preciso da ajuda de um covarde como você.

– *Como é que é?*

– Você se queimou no passado, e sinto muito por isso, mas você tem fugido desde então. Sem raízes, sem ligações. Porque não tem coragem de viver a vida. Só que isso é um problema seu, não meu. E você *não* irá me impedir de seguir o meu próprio caminho.

– Você não me conhece – disse ele com frieza. – Não sabe *nada* a meu respeito.

– Ah, não? Você nem sequer conseguiu fazer amor comigo ontem à noite porque não consegue lidar com nenhuma responsabilidade!

Nem mesmo uma inventada nessa sua cabeça. Você não tem coragem de ser verdadeiro, mas dane-se, não vou deixar os seus defeitos ferrarem com a minha vida. Me dê a porra do Livro.

Sahvage se inclinou para frente.

— Só para que fique bem claro, eu não fiz sexo com você ontem porque sabia que faria isto. — Apontou o dedo para a caldeira. — E sabia que você me odiaria. A última coisa que qualquer fêmea quer na sua primeira vez é alguém a quem despreza, por isso eu me contive por você, *não* por mim.

— Nossa, que tremendo herói que você é.

Erguendo o Livro, ele disse:

— Você não sabe o que está fazendo, Mae. Só estou tentando garantir que você...

— Cansei de falar. Me dê o Livro. Ele é meu!

— Ele não é de ninguém.

— Eu o invoquei. — Mae balançou a cabeça e abaixou a mira para o meio do peito dele. — Ele tem tentado me encontrar, e você está atrapalhando.

Que adequado, Sahvage pensou. Se ela puxasse o gatilho, atiraria bem no seu coração.

— Mae...

— Não! — ela exclamou no calor da sala da caldeira. — Não preciso que me diga merda nenhuma. Você *não* tem o direito de determinar a vida de um estranho, ainda mais considerando a maneira impecável com que levou a sua. Isto não é da sua conta! Nos encontramos por acaso e você já é um arrependimento para mim. Não vou acrescentá-lo à minha lista de tragédias!

Sahvage estreitou os olhos... E disse a si mesmo que ela estava certa. Eram desconhecidos. A proximidade e alguns fatos muito estranhos e aleatórios os uniram. Se ela queria acabar com o irmão e consigo própria? Por que deveria se importar tanto?

Com um palavrão – para si mesmo, dessa vez –, ele jogou o Livro para ela.

Quando Mae foi apanhá-lo, atrapalhou-se com a pistola e puxou o gatilho sem querer, e a bala explodiu do cano e ricocheteou pelo cômodo de pedra numa série de *pings*.

Sahvage se abaixou e protegeu a cabeça, preparando-se para ser atingido em algum lugar...

Um guincho agudo, como o de um porco, marcou o fim do trajeto do projétil de chumbo.

Abaixando os braços, olhou para Mae, que estava agachada. Ela tinha o Livro diante do peito, e se levantou, virando o tomo nas mãos.

À luz empoeirada da lâmpada pendurada, o buraquinho no meio da capa da frente era parecido com o de qualquer ferimento em pele, mas a imperfeição não durou muito. Como se a coisa fosse capaz de se autocurar, como se estivesse viva, a "ferida" feita pela bala foi gradualmente se fechando sozinha.

Mae o encarou, e quando Sahvage sustentou o olhar, a dor no seu peito foi como se o atingido tivesse sido ele.

— Adeus, Mae — ele disse em voz baixa ao dar a volta por ela.

Na porta da sala da caldeira, ele olhou por cima do ombro.

— E estou dizendo isso porque *eu* quero um encerramento. Pode ser uma surpresa para você, mas outras pessoas também fazem escolhas.

Capítulo 59

Balz ainda estava largado no chão da sala dos livros do tríplex quando Xcor entrou. Vinha acompanhado por um grupo de Irmãos, mas não se atentou a quais eram, só viu que nenhum deles parecia feliz.

O líder do Bando de Bastardos, aquele a quem Balz jurara lealdade tanto tempo atrás, ajoelhou-se e pegou sua mão da adaga. Quando a imagem do rosto rude, com lábio leporino e olhos familiares, oscilou, Balz quis se chutar no traseiro. Caramba, a culpa doía.

– Vamos tirá-lo daqui e dar uma olhada nessa sua perna.

Puta merda, sentia-se péssimo, e não só porque o tornozelo pegava fogo.

– Encontraram Sahvage?

– V. está rastreando o celular dele.

– Ok. – Merda. Merda. *Merda...* – Eu sinto muito. Sinto muito mesmo...

– Você fez o que pôde. E não se preocupe, vamos encontrá-lo e pegaremos o Livro. Isto não é nada que vá mudar o nosso resultado. Vamos, deixe-me ajudá-lo.

Balz continuou praguejando enquanto colocava-se de pé, e teve que se apoiar nos ombros de Xcor para claudicar para fora do apartamento. No corredor, precisou descansar enquanto os Irmãos davam cobertura, inspecionando a passagem.

Por favor, não permita que a morena apareça, pensou Balz. Mas logo tratou de interromper esse pensamento. A última coisa de que precisava nessa merda de espetáculo era uma ligação telepática com aquela vadia.

— Manny está esperando lá embaixo – explicou Xcor.

— Podemos usar o elevador? Não consigo me desmaterializar.

— Claro.

E foi acompanhado por um pelotão bem armado até as portas duplas e, quando apertaram as setas que apontavam para baixo, já estava ficando tonto de dor. Quando o elevador chegou, eles se enfiaram no interior espelhado. Bem, três deles. Balz, Xcor e Butch conseguiram entrar. Não havia espaço suficiente para Z. e Phury.

— Nós os encontramos lá embaixo – um deles anunciou.

— Entendido – respondeu Butch.

Quando as portas se fecharam, Balz viu algo se movendo de canto do olho. Virando para trás, viu seu reflexo, a imagem de seu rosto pálido e contraído de dor se refratando para frente e para trás, *ad infinitum*. E o de Xcor. E o de Butch...

Ali. Lá estava de novo, algo se movendo em um dos conjuntos de reflexos, uma sombra, subindo um nível. E outro. E mais um... chegando à realidade.

— O que foi? – perguntou Xcor.

— Está vindo atrás de nós...

As luzes oscilaram. O elevador deu um solavanco ao parar.

Em algum lugar, um alarme disparou.

— Fechem os olhos – ordenou Balz, mesmo sem saber o motivo. – Vocês têm que fechar os olhos ou ela entrará em vocês! Fechem os olhos!

Apertou mais a pegada em seu líder e agarrou as bainhas das adagas frontais de Butch, puxando o Irmão para perto.

— Não olhem, não abram os olhos.

Um som, como o sibilo da língua de uma cobra, chegou até eles, cercando-os, ficando mais alto. E, através das pálpebras, sabia que as luzes piscavam. Em pânico, só conseguiu rezar para que os outros dois machos ficassem de olhos fechados assim como ele estava. Mas não teria como checar isso...

Algo resvalou em seu tornozelo machucado e pareceu cutucar-lhe o pé, como se estivesse procurando, e tivesse identificado, sua fraqueza.

Butch se aproximou mais, como se tentasse se afastar de um toque. Xcor grunhiu.

Mas ninguém disse nada.

Com um chiado, os três intercomunicadores dispararam ao mesmo tempo.

– Alerta! Alerta, repito...

O sibilo ofídico aumentou em volume e bateu no ombro de Balz, como se a entidade, qualquer que fosse, estivesse verificando o barulho.

Balz subiu a mão e silenciou o chamado de emergência. Quando as outras unidades também se calaram, deduziu que os outros irmãos tinham feito o mesmo.

Parecia que todos os lutadores tinham sido atacados. De uma vez. *Caralho.*

Estava tudo bem. Ela estava bem.

Ao se desmaterializar até sua casa com o Livro, Mae estava absolutamente resolvida e se recusava terminantemente a pensar em Sahvage de novo. Retomando sua forma na garagem, foi direto até o corredor de trás, passou pela cozinha e saiu do outro lado.

– Tenho o que precisamos. – Ignorou como sua voz estava embargada. – Vou cuidar de tudo.

Abrindo a porta do banheiro, ficou sem fôlego por um instante. O gelo da noite anterior estava quase todo derretido, nada além de uma piscina fria cercando o corpo do irmão.

– Tudo vai ficar bem.

Tinha a sensação de que estava chorando. Não sabia que motivo mais poderia haver para as suas bochechas estarem úmidas, mas não se importou com isso e essa era a parte boa das obsessões. Elas eram absolutamente esclarecedoras. Nada mais importava, o que tornava todo o resto tão mais fácil. Ainda mais quando as emoções estavam à flor da pele.

Ajoelhando-se ao lado da banheira, colocou o Livro no tapetinho do banheiro e encarou o rosto do irmão. Depois fitou o tomo antigo. A capa era muito feia e, toda vez que inspirava, seu nariz se revoltava. Mas, cavalo dado, dentes, blá-blá-blá...

– Deu certo – disse para a coisa. – Não acreditei no feitiço de invocação, mas aqui estamos nós.

Sentiu uma onda de náusea quando as pontas dos dedos fizeram contato para abri-lo. Em seguida, quando tentou virar a capa, poderia ter jurado que encontrou resistência, como se o exemplar não quisesse a invasão. Mas estava lidando com um objeto inanimado, certo?

Quando uma das suas lágrimas caiu sobre o couro velho, a gota foi absorvida como se consumida. E, então, de repente, o Livro se abriu sozinho, a capa se lançou para trás sem nenhuma ajuda. Quando Mae se sobressaltou de surpresa, as páginas começaram a virar por vontade própria, o pergaminho folheando cada vez mais rápido, até que, de repente, o movimento cessou.

Como se uma página tivesse sido escolhida para ela.

Com o coração acelerado, olhou para baixo. E rezou para que tivesse em casa os ingredientes necessários para a ressuscitação...

Mas que... inferno?

– Ah, não... Não, não, não.

Havia um título no topo da página, e muitas e muitas linhas em tinta preta e marrom abaixo dele... Também havia um desenho, arcaico em sua natureza – como se fosse da Idade Média –, ilustrando um cadáver se erguendo de sua cova.

Portanto estava na seção certa.

Mas não conseguia entender uma palavra sequer. Qualquer que fosse a língua em que aquele feitiço tinha sido escrito... não era nada que já vira antes.

– Merda!

Quando tentou ver se havia alguma tradução que conseguisse ler mais adiante, as páginas se recusaram a virar, o Livro tinha se transformado num bloco duro.

Mae começou a respirar com esforço. Depois pegou o celular. Com mãos trêmulas, discou.

– Alô? – disse uma voz mais velha.

– Tallah, estou com o Livro. EstoucomoLivromasnãoconsigoler...

– Minha querida, acalme-se, por favor. – A voz da anciã parecia preocupada. – Não consigo entendê-la. Você tem que falar mais devagar.

Mae arfava, mas forçou-se a se controlar.

– Estou com o Livro. Estou aqui em casa, com Rhoger. Mas não consigo ler o que está escrito. Pode vir aqui me ajudar?

– O feitiço de invocação funcionou... – disse Tallah, maravilhada. – E claro. Como bem sabe, fui instruída segundo a antiga tradição para as fêmeas, portanto sou fluente em muitas línguas.

– Não tenho carro para ir buscá-la.

Houve uma pausa.

– Minha querida, mas o que houve com o seu...

– Não importa. Consegue se desmaterializar até aqui em casa?

– Sim, sim. Minha querida, estarei aí logo, logo.

– Obrigada. Entre pela garagem, a porta está destrancada e uma das persianas dos fundos está entreaberta. Não há nada onde meu carro deveria estar, então é seguro.

– Não se preocupe. Cuidaremos disso juntas.

Quando encerraram a ligação, Mae suspirou de alívio. Mas se preocupou se Tallah seria capaz de se...

Toc, toc, toc.

Virou a cabeça com tudo. Levantando-se, passou por cima do Livro e sacou a arma – não que se sentisse confiante para usar aquela merda. Quase atirara no próprio coração naquela sala de caldeira com Sahvage...

Ok, ok, não pensaria nisso agora. Nem nunca mais.

Ai, caramba, no que sua vida se tornara?

Toc, toc.

Quem é, pensou ao se inclinar para fora do corredor e olhar para a porta da frente.

E se fosse a Irmandade? Se eles conseguiam rastrear o celular, então sem dúvida sabiam onde Sahvage passara o dia. E se tivessem vindo atrás do...

– Mae? – chamou uma voz abafada pela porta. – Mae, querida, está aí dentro?

– Jesus... Tallah.

Ao avançar pela sala de estar, pensou que era típico da anciã ficar confusa. Escancarando a porta, deparou-se com a fêmea parada na soleira, vestindo uma de suas túnicas, as mãos enrugadas segurando uma bolsinha junto ao peito como se fosse uma pedinte.

– Entre, entre – disse Mae ao puxar a fêmea para dentro. – Você está segura.

Tallah tropeçou na soleira da porta, e Mae amparou o corpo frágil antes que caísse no chão. Assim que a equilibrou, Mae voltou para o banheiro, conversando pelo caminho.

– Estou rezando para que consiga ler isto – disse por cima do ombro.

Virando no corredor que dava para o banheiro, franziu o cenho. Ao lado da banheira, o Livro se fechara de novo.

– Ah, para com isso – resmungou ao se abaixar para pegá-lo de novo.

– Você é tão idiota.

Mae congelou. Em seguida, lentamente se endireitou e se virou.

A morena estava parada entre os batentes da porta, a túnica de Tallah curta demais nas mangas e na barra cobrindo o corpo espetacular dela.

– E permita-me dizer – o demônio olhou para si mesma –, estou *tão* feliz em tirar estes trapos de mim.

Com um gesto elegante da mão, o tecido folgado desapareceu e foi substituído por um macacão preto e justo. Lançando o maravilhoso cabelo castanho e brilhante para trás do ombro, sorriu com aqueles lábios vermelhos.

– Então, que tal retomarmos de onde paramos ontem à noite? – Um dedo de ponta vermelha se levantou. – Só que você me deve 400 mil dólares. Por que, *por que*, teve que arruinar a minha bolsa Himalaya de crocodilo? E aposto que nem foi de propósito. Você

provavelmente nem sabia o que estava queimando, né? É uma vagabunda tão burra.

– Não estou entendendo...

– Claro que não. E eu juro que você faz parte daquele verso do
"Thirty Something". – Quando Mae piscou, confusa, a morena fez
um gesto para demonstrar obviedade. – Jay-Z? Jesus Cristo, você provavelmente escuta música country, e definitivamente não faz compras
na Bergdorf. Muito bem, quer saber que bolsa era aquela? Birkins são
bolsas produzidas pela Hermès. São as bolsas mais cobiçadas no mercado e cada uma delas é produzida à mão por um artesão que leva...

Mae balançou a cabeça.

– Não estou me referindo à bolsa.

O demônio pareceu surpreso que sua palestra tivesse sido
interrompida.

– Sabe, esta poderia ter sido uma oportunidade de aprendizagem
para você. Mas, pensando bem, você não vai continuar viva por muito
tempo mais, entããão... dane-se.

– Como entrou nesta casa?

– Você me convidou, idiota. – Ela sorriu um pouco mais. – E, não,
o fato de que não sabia que não era Tallah não conta. Um convite é
um convite. Você deveria ser mais cuidadosa... E, ah, eu estava no chalé
antes mesmo de o seu namorado dar uma de doido com o sal. Só o que
ele fez foi trancar o galinheiro com o lobo já dentro. Ou algo assim.
Nunca fui muito boa com metáforas de bichos. Foi mal.

– Mas...

– Ah, pelo amor de Deus. Será que vou ter que desenhar? Você invocou o Livro e, assim que fez isso, eu senti o feitiço. Aquele maldito tomo é
meu e um idiota o roubou de mim, mas essa é outra história. Aquele chalé
caindo aos pedaços não estava protegido, por isso entrei direto e Tallah...

– Onde ela está? – Mae exigiu saber. – O que fez com ela...?

– Ah, minha querida, ela se foi. Não tinha forças para me enfrentar.
Foi como arrancar um Band-Aid molhado. Coisa de segundos.

Mae gemeu e cambaleou.

– Ora, por favor. – O demônio revirou os olhos e bateu um salto agulha no chão. – Eu não fui uma colega de quarto *tão ruim* assim. Até cozinhei para você e seu amigo... E você gostou daquele cozido. Pra falar a verdade, estava muito bom mesmo. Fiz de coração, literalmente.

A cabeça de Mae se esforçava para acompanhar, por mais que ela quisesse se entregar às emoções, mas sabia que isso seria uma sentença de morte. Tinha que pensar. *Pense. Pense...*

No silêncio, o demônio olhou de relance para a banheira. E então olhou de novo com tudo.

– Ai, meu Deus... – Virou-se para Mae e gargalhou. – Mas é claro! Eu estava me perguntando como alguém tão certinha que nem você queria o meu Livro, mas eu deveria ter desconfiado que era por algum motivo sentimental e bobo. Quem é ele...?

Quando o demônio foi na direção da banheira, Mae colocou um braço na frente.

– Não faça mal a ele!

O demônio congelou. Olhou para Mae. Olhou de volta para a banheira.

– Puta que o pariu... Seu irmão? Aquele... virgenzinho, o *meu* virgem, aquele que se safou, é o seu irmão?

Mae ficou tonta ao se lembrar de Rhoger passando pela porta e despencando em seus braços. Morrendo... por causa dos ferimentos.

– Você o matou – sussurrou. – Você é a assassina dele.

O demônio sussurrou um punhado de impropérios.

– Caralho, às vezes o destino é mesmo um bandido... E isso explica por que eu te reconheci na jaula em que ele esteve. – Passou a mão pelos cabelos, como que frustrada. – Pois é, mesmo que eu deixasse você usar o meu Livro, porque sou esse tipo legal de garota, agora virou um caso de "só por cima do meu cadáver" que você vai trazer esse ladrãozinho de volta. E considerando que eu sou imortal? Você vai ter que esperar para sempre até eu bater as botas.

No mesmo instante, a postura do demônio mudou.

A conversa-fiada tinha acabado.

— Agora me dê a porra do meu Livro – disse entredentes.

Mae agarrou o tomo, segurando-o com ambos os braços cruzados diante do peito.

— Não. Você não vai tirá-lo de mim.

Os olhos negros cintilaram.

— Me. Dê. O. Meu. Livro.

Mae balançou a cabeça devagar mesmo enquanto começava a tremer.

— Vai ter que arrancá-lo de mim. Vá em frente. Não é você que é tão mais forte do que eu? Tão fodona e poderosa? Venha pegar.

O belo rosto do demônio ficou horrendo de fúria, chegando a distorcer a atmosfera ao redor dela.

— Você não sabe com quem está se metendo.

— Sim... Eu sei.

Mesmo enquanto se perguntava que diabos estava fazendo, Mae desdobrou o braço de baixo e estendeu o Livro para o demônio.

— Pegue.

O rosnado que vibrou de tensão entre elas foi o de um predador, baixo e letal.

— Sua maldita...

— Mae – chamou uma voz grave.

A porta para a garagem se fechou num baque do outro lado da casa.

— Só vim pegar minhas armas – anunciou Sahvage. – E depois vou embora. Não precisa se preocupar.

O demônio se endireitou. E então lançou um sorriso encantador. E sussurrou:

— Parece que ganhei um pequenino poder de barganha de repente, não acha? – Numa voz mais alta, soando assim como a de Mae, o demônio disse: – Estou aqui embaixo. E preciso de você.

Quando o demônio lhe deu uma piscadinha, Mae tentou falar. Tentou avisá-lo. Gritar o mais alto que podia. Mas não parecia capaz de produzir som algum.

Foi como se sua voz tivesse sido roubada.

Naturalmente.

Capítulo 60

Foi pior que um pesadelo.

Enquanto ouvia as botas pesadas de Sahvage descendo até o banheiro, cada vez mais perto, Mae tentava alertá-lo desesperadamente. Mas, então, o macho apareceu à soleira da porta aberta.

Quando ele parou de repente, lágrimas escorreram dos olhos de Mae. *Sinto muito*, disse com os lábios apenas.

– Oi, meu amor – o demônio o cumprimentou. – Que bom que chegou em casa.

Antes que Sahvage pudesse responder, seu corpo foi lançado contra a parede do corredor, sustentado pela mesma pressão de uma mão invisível que atingira Mae naquele covil subterrâneo e ele se esforçava e lutava para respirar.

– Então – o demônio, um tanto quanto sensato, explicou para Mae –, eis como se darão as coisas: você me entrega o Livro e eu o entrego a você. Ah, e antes que comece a me fazer um monte de exigências, sim, eu irei embora. Sem querer ofender, mas esta casa, assim como você, não fazem o meu estilo. Francamente, precisa de um belo incêndio. Temos um acordo? Dê-me o que é meu, e eu lhe darei o que é seu. Nada mais justo.

Na parede, um bom metro acima do chão, os lábios de Sahvage se retraíam das presas em agonia, e as veias do pescoço se evidenciavam em alto-relevo.

– E, P.S. – observou o demônio –, a vida dele é o tema do seu *quiz*. Portanto, veja bem o que vai responder, porque, por mais que eu tenha outras opções com que trabalhar, quando o seu tempo acabar, ele estará morto e cremado. Ou seria morto e enterrado? Acho que é enterrado.

Mae olhou para a banheira. Olhou para Sahvage.

Quando se deparou com os olhos dele, soube o que iria decidir antes mesmo de tomar a decisão de fato.

Ante a origem de tanta destruição, Mae reconheceu o quanto ela própria vinha sendo destrutiva. Em seu desespero, sacrificara tanto; em seu luto, chegara ao precipício... Em sua recusa de aceitar uma tragédia, trouxera tanta desgraça para si mesma. Para outros.

Sahvage não era o covarde. Ela era.

– Fique com o Livro – disse alto e claro. – É todo seu. Eu jamais deveria ter seguido esse caminho, pra começo de conversa.

Quando jogou o tomo pesado, o demônio o apanhou com a expressão de uma criança na noite de Natal, toda a fúria tinha sumido, nada além de deleite. Em seguida, era ela quem segurava o exemplar feio e velho junto aos seios perfeitos.

Por um instante, os olhos negros se fecharam, como que aliviados.

E, logo na sequência, as pálpebras se ergueram.

– Obrigada – ela disse com uma estranha sinceridade. – Você fez a coisa certa. E lamento muito sobre o seu irmão. Mas, francamente, você está muito melhor sem ficar cutucando a morte. É a única coisa com que até eu tomo cuidado.

No corredor, o corpo de Sahvage que se debatia foi aos poucos abaixado para o chão. Na sequência, ele se sacudiu, como se estivesse se livrando de grilhões.

– Mae – ele disse, esticando os braços.

Sem aviso, a cabeça dele girou no alto da coluna com um som horrendo e seu corpo despencou com tudo no chão.

A morena deu uma rebolada e apontou para o ar com o indicador.

– Te peguei!

– *Sahvage!* – Mae berrou a plenos pulmões.

Capítulo 61

Meu Deus do Céu, a noite *só* ficava melhor, Devina pensou ao sair do caminho da vampira com um delicado passo para o lado. Estava de muito mau humor no começo, mas aquela trágica demonstração de emoção? Inacreditável.

Era melhor do que sexo.

Bem, pelo menos melhor do que o sexo mais ou menos que vinha tendo recentemente. *E* ela tinha o Livro.

— Mas fique sabendo que você e eu teremos uma conversinha – murmurou para o objeto. – Livro mau! Você é um Livro muito, muito mau.

No corredor abarrotado, a vampira rolava com gentileza seu garanhão de lado, a cabeça frouxa do macho pendeu, os olhos sem visão encararam o chão, a parede e – ah, agora o teto.

— Você deveria tentar o boca a boca – sugeriu Devina –, mas não acho que vá ajudar.

A fêmea despencou em cima do peito grande e imóvel, e se acabou de chorar. E, por um momento, Devina pensou em fazer um comentário jocoso, só para aliviar a tensão. Porque aquilo ali estava ficando um tantinho intenso.

E foi então que se deu conta.

Ninguém jamais choraria assim por ela. Ninguém se importaria se ela vivesse ou morresse. Ninguém nunca... a amaria dessa maneira.

Bem quando o demônio sentiu a dor apertar-lhe o peito, a fêmea se virou.

Com uma pistola na mão.

Quando um pontinho vermelho oscilou em seus olhos, Devina se retraiu...

A fêmea gritou enfurecida ao puxar o gatilho inúmeras vezes, e o som da pistola disparando competiu em tempo de exposição com os gritos de luto.

E Devina teve que dar créditos à vadia. Ela tinha ótima pontaria.

As balas atravessaram músculos e ossos, explodindo pedaços de azulejos, do piso, até mesmo da banheira em que o cadáver do irmão da fêmea estava, todas as feições perfeitas sendo arruinadas enquanto Devina era lançada para trás...

Clique. Clique. Clique.

Devina abriu o olho que ainda funcionava. A fêmea ainda tinha a pistola mirada para frente e apertava o gatilho compulsivamente, apesar de mais nenhuma bala estar sendo disparada.

Lançando-se para a frente, o demônio agarrou a fêmea pela garganta com uma mão e foi empurrando-a pelo corredor até a pequena e patética cozinha. Enquanto a vampira tropeçava e começava a cair, Devina lhe deu um empurrão – e a mesa com a caixa de cereal e a tigela cheia de leite foi apanhada na confusão, tudo se quebrou, e as cadeiras foram derrubadas.

Devina segurava o Livro na outra mão conforme se aproximou e ergueu a fêmea pelo pescoço e a jogou contra a bancada. Contra os armários. Contra o fogão.

E provando que era uma entidade superior, conseguiu fazer todo esse joguinho de pingue-pongue enquanto ia se refazendo dos ferimentos a bala.

Quando a fêmea despencou no chão, tudo já tinha voltado ao normal.

Devina pegou-a pela garganta uma última vez e jogou o pedaço de carne submisso contra a parede vazia ao lado da porta, que só podia ser da garagem.

Sustentando a fêmea no lugar com um feitiço, Devina ajeitou os cabelos.

484 | J. R. WARD

— Bem. Isso aconteceu. E agora vou acertar o placar. Você arruinou minha bolsa com fogo. Portanto, vou queimar esta merda de casa com você, seu namorado cadavérico e o ladrão do seu irmãozinho morto e encharcado dentro dela. – Relanceou ao redor. E depois bateu um salto no chão em frustração. – Droga! Não tenho marshmallows. Você tem... Ah, deixa pra lá.

Descreveu um pequeno círculo e ficou se perguntando por onde começar.

— Sabe, sempre quis ter meu momento Oprah. E aqui está ele! Você tem uma chama... E você tem uma chama... E você tem uma chama!

Em toda a volta, pequenos estouros amarelos e laranja apareceram em diferentes pontos: no encosto do sofá e no canto do tapete da sala de estar, no armário em cima da geladeira, na arcada do corredor. E outros nos cômodos dos fundos. Lá embaixo no porão também.

— Ufa! – Respirou fundo e se abanou. – Sou só eu ou está quente aqui? A propósito, você ainda me deve uns 200 mil, pelo menos. Nem a pau este buraco chega perto do valor da minha bolsa.

Contra a parede, Mae começava a perder a consciência – pelo menos até a casa começar a pegar fogo ao seu redor. Quando a fumaça e o calor começaram a espessar o ar, e a pele dela se eriçou em alerta por conta das chamas, uma onda de adrenalina fez seu cérebro voltar a funcionar.

Só que não havia mais nada a ser feito. Assim como quando Sahvage foi mantido preso no lugar antes...

Gemendo, Mae apertou os olhos. Ela o matara. Não intencionalmente, mas suas ações criaram a situação que levou ao fim dele.

Tudo aquilo era culpa sua. E ela nunca teve a chance de se desculpar... ou de lhe dizer que o amava. Arruinara a vida dele em sua busca egoísta de ser mais poderosa que a morte.

Erguendo as pálpebras, concentrou-se no demônio. A morena sorria enquanto a fumaça rodopiava ao redor dela, segurando o Livro que dera início àquilo tudo...

Do meio dos vagalhões espirais cinza, uma silhueta emergiu.

Uma silhueta que não fazia sentido algum.

Sahvage?, Mae pensou. Como era possível?

Mas era ele – embora talvez ele não fosse real. Talvez fosse apenas fruto de seu cérebro desesperado e moribundo.

– Bem, meu trabalho aqui está feito – disse o demônio. – E por mais que eu gostaria de ficar para assistir ao churrasco, tenho feitiços a fazer...

Com um grito de guerra que sacudiu a casa, Sahvage – ou a miragem dele – lançou os braços ao redor do demônio. Antes que a morena pudesse reagir, ele expôs as presas e as cravou na lateral do pescoço dela.

Quando Devina gritou, as chamas que ganharam força em toda a casa explodiram, e o inferno se redobrou.

Ainda agarrado ao pescoço, Sahvage arrastou o demônio para onde as chamas estavam mais fortes, onde o incêndio brilhava com mais intensidade. A morena, nesse ínterim, lutou e chutou, arranhando e mordendo quem a prendia.

Bem quando Sahvage desaparecia no fogo, seus olhos se travaram em Mae.

– Eu sinto muito! – ela bradou. – Eu te amo!

E, logo depois, ele desapareceu.

– Não! – Mae berrou. – Sahvage!

Quando começou a chorar, tentou se soltar do feitiço. Mas não havia espaço, não tinha como escapar, e a casa se transformou num forno e cada inspiração queimava seus pulmões.

Iria morrer.

Mesmo se os bombeiros humanos chegassem, já seria tarde demais para ela. Tarde demais. Tarde...

Mae.

Bem quando perdia consciência, ouviu seu nome. Forçando os olhos a se abrirem, ela...

– Rhoger?

O incêndio rugia, e os estalos e estouros e rangidos das vigas e das paredes eram tão ensurdecedores que ela não sabia se sua voz tinha sido ouvida. Só que, assim como a imagem de Sahvage, será que via mesmo o irmão agora? E ele não estava sozinho.

Tallah estava juntinho dele.

Os dois estavam de mãos dadas, e o amarelo e o laranja lançavam uma luz bruxuleante que, de maneira estranha, era celestial. Mesmo em face do calor, eles pareciam impassíveis, as roupas não estavam queimadas, os cabelos não estavam em chamas.

Apenas a fitavam, com expressões serenas e pacíficas.

Tudo ficará bem, disse Rhoger.

Não que quisesse discutir com o fantasma do irmão em seus últimos momentos de vida, mas eles não concordavam na definição daquele termo. Nada estava bem...

A visão dos dois que ela tanto amava foi fragmentada, a miragem quebrada por um macho vestido de preto.

Seu primeiro pensamento foi que o Sahvage de sua fantasia retornara, mas não, não era ele. Aquele, porém, era um lutador.

Um lutador de cavanhaque com um par de adagas embainhadas, com os cabos para baixo, junto ao peito.

– Te peguei – disse ele numa voz poderosa.

– Não, não, eu estou presa...

De repente, o feitiço que a mantinha paralisada desapareceu, e quando Mae caiu para frente, ele a apanhou e virou.

– Sahvage! Sahvage está lá embaixo!

O soldado olhou para o corredor.

– Ninguém pode sobreviver àquilo! Tenho que te salvar!

Ambos tinham que gritar para serem ouvidos, e quando ele começou a correr para sair dali, Mae tentou se soltar. Mesmo sabendo que o macho tinha razão. Nada sobreviveria àquela fornalha, e seu amor estava morto antes mesmo de o incêndio começar.

Nem mesmo um demônio poderia sobreviver ali embaixo. Motivo pelo qual seu corpo não estava mais aprisionado.

– Sahvage... – ela gemeu.

Quando todas as forças a abandonaram, o Irmão entrou na garagem, apertou o botão de abertura da porta com um soco e, no mesmo instante em que ar fresco invadiu o espaço de concreto, Mae viu outros machos perfilados em sua entrada para carros.

Tentou se concentrar em seu delírio repentino.

– Ele pegou o demônio – disse ao Irmão de cavanhaque. – Sahvage voltou à vida de alguma forma e arrastou o demônio para as chamas. Ele me salvou... salvou a todos nós.

Sirenes. Sirenes ruidosas.

Os humanos chegavam.

– Vamos cuidar bem de você – o Irmão lhe disse. – Só fique comigo, combinado?

Olhando para trás, viu a casa dos pais em chamas, labaredas tomando cada janela que havia, a fumaça subindo em espirais pelos buracos formados no telhado.

Completa destruição.

Nada mais restava.

Bem quando era colocada dentro da ambulância que reconheceu de antes, Mae viu as luzes vermelhas piscantes dos primeiros carros de bombeiros.

As portas duplas se fecharam, interrompendo sua visão dos humanos que chegaram para resgatar o que não podia ser salvo.

Quando o motor da ambulância rugiu e se moveu à frente, ela percebeu que havia outro macho sentado ao lado, num banco. Um dos tornozelos estava enfaixado e ele tinha a perna elevada sobre umas cobertas brancas.

E a encarava.

– O que aconteceu? – ele perguntou enquanto o macho de cavanhaque prendia o corpo dela à maca com uma série de faixas.

– Perdi o macho que amava – Mae murmurou apesar de ele não estar se dirigindo a ela. – Eu o perdi antes mesmo de ter a chance de lhe dizer o que sentia.

E essa foi a última coisa da qual se lembrava.

CAPÍTULO 62

Na Casa Luchas, Nate estava no sofá junto a Elyn. Ela segurava o laptop dele aberto no colo e procurava nomes no banco de dados da espécie. Do outro lado, na TV instalada acima da lareira, *Stranger Things*, segunda temporada, estava passando.

Quando Elyn fechou o computador com força, ele olhou na direção dela.

— Nada?

Ela não respondeu. Apenas encarou o chão.

Quando Nate inspirou fundo e sentiu cheiro de chuva, franziu o cenho e se sentou mais ereto.

— Elyn, você está chorando.

Ela levou as mãos ao rosto.

— Desculpe. Eu sinto muito... eu sinto...

— Pelo quê? Conta pra mim. Me fala o que está acontecendo.

Com um tremor, a fêmea pareceu tentar se recompor. E quando olhou para ele, seus olhos prateados reluziram de um modo que o fizeram se recostar.

Eles... brilhavam. Como se fossem arandelas, em vez de simples pupilas.

— Menti para você – disse ela baixinho. – Eu não...

— O quê?

— Eu não pertenço a este lugar.

— A Casa Luchas foi criada para ajudar pessoas exatamente como você...

— Não. Não foi isso o que eu quis dizer.

– Caldwell, então?

– Ao momento presente. Tudo isto foi um erro. Um erro enorme.

Elyn deixou o laptop de lado e se levantou. Andando de um lado a outro, olhou para a cozinha.

– Estamos sozinhos – ele disse num fiapo de voz. – Pode falar com liberdade. Shuli e os outros ainda vão demorar uma meia hora.

– Sinto muito, Nate.

As palavras foram ditas de maneira distraída, como se ela estivesse alheia ao fato de ele ainda estar ali. Como se estivesse alheia ao fato de onde exatamente ela mesma estava.

– Tenho que ir – disse num rompante.

– Pra onde?

– Dar uma caminhada. Não consigo ficar aqui dentro agora, preciso de ar.

– Eu vou com você.

– Não, tenho que ficar sozinha. Não irei longe, eu juro.

Com movimentos bruscos, Elyn enfiou os pés nas botas que a equipe da Casa Luchas lhe dera, e seguiu para a frente da casa. Depois de um instante, Nate ouviu a porta se abrir e se fechar com delicadeza.

– Droga.

O jovem olhou ao redor, e ficou se perguntando se deveria chamar a assistente social. Ela estava para voltar para a casa com Shuli e duas possíveis moradoras. Tinham ido fazer compras para abastecer os armários e a geladeira.

Ansioso e incerto quanto ao que fazer, puxou o laptop. Entrou na função de busca. Disse a si mesmo que estava violando a privacidade dela, mas não conseguiu se conter. Havia algo de errado. Algo... provavelmente esteve errado o tempo todo. Ele só era um tolo, porém, e se preocupava que...

O nome que Elyn procurou apareceu de pronto porque ela não fechara o banco de dados.

Sahvage.

Sahvage era o nome que ela procurava.

De volta ao centro de treinamento da Irmandade, Rehvenge passou pelo escritório e foi para a parte da clínica. Várias pessoas estavam agrupadas do lado de fora de uma das salas de exame, e ninguém dizia muita coisa. Afinal, havia muitos ferimentos, hematomas e vergões marcando os rostos dos Irmãos e dos outros lutadores.

– Caramba, vocês foram massacrados – ele observou.

Registrou as redes emocionais uma a uma, e a tristeza era tamanha que, mesmo sendo *symphato* e tendo tendências sociopatas, foi impossível não ceder ao sofrimento.

Bem, também havia o fato de que aquele era o seu povo. Sua comunidade. Sua... família.

A porta se abriu e Vishous saiu.

– Inalação de fumaça, mas ela vai sobreviver. Está consciente e estamos tentando fazê-la ficar, mas ela insiste que quer voltar para casa.

– Pensei que a casa dela tivesse sido incendiada – disse Rhage ao mexer em movimentos circulares o ombro enfaixado.

– Outra casa. Parece que tem um chalé em algum outro lugar.

– O que aconteceu com Sahvage? – Rehv perguntou.

V. acendeu um cigarro e disse ao exalar:

– Ele salvou o dia... ou melhor, a noite. A fêmea ali dentro disse que o irmão sobreviveu a um ferimento catastrófico no pescoço, atracou-se com o demônio e a arrastou de volta para o inferno. Morreram juntos no incêndio.

– Caralho! – alguém exclamou. – Acho que, no fim das contas, ele não era feiticeiro.

– E o Livro estava com eles – V. concluiu.

– Graças a Deus. – Butch fez o sinal da cruz. – Não temos mais que nos preocupar com nenhum deles.

Rehv indicou a porta da sala de exame.

– Tudo bem se eu falar com ela? Não vou aborrecê-la nem nada assim.

– Por mim, tudo bem. – V. deu mais uma tragada. – Não há nenhum impedimento médico. E, de todo modo, Ehlena está lá dentro.

Rehv empurrou a porta da sala de exame. No instante em que viu sua *shellan*, sentiu o corpo reagir, e sua fêmea sorriu de junto à pia, onde lavava as mãos.

– Mae, este é meu *hellren*.

Da cama, a fêmea coberta de fuligem estava em estado lastimável, a máscara de oxigênio obscurecia boa parte do rosto – mas nenhuma de suas emoções.

Ele as leu com muita facilidade. E foi por isso que quis vê-la.

O sofrimento era tão horrível, tão profundo... que o fez lembrar de si mesmo.

Depois de cumprimentar sua *shellan* com um beijo, olhou para a paciente.

– Lamento ter mentido para você – disse rouco. – Sobre o que sabia.

Na cama, a fêmea assentiu. Deu uma tossidela. Manteve os olhos injetados cravados nele, no entanto não estava brava. Na verdade, ela não sentia nada além de sofrimento.

– Eu só queria que você soubesse disso – ele continuou. – E te dizer que se houver qualquer coisa que eu possa fazer...

Ehlena secou as mãos.

– Ela gostaria de voltar para casa. Talvez você possa levá-la de carro para onde ela quer ir? Há tantos feridos aqui hoje.

A fêmea no leito hospitalar removeu a máscara da frente do rosto.

– O que aconteceu com eles? – perguntou numa voz áspera. – Com os Irmãos?

Rehv respondeu à pergunta:

– As sombras os atacaram. Foi uma batalha épica no centro da cidade, como se o demônio precisasse que eles ficassem lá onde estavam no Commodore. Felizmente, não há mortos. Mas poderia ter havido. Só que, de repente, tudo parou. Os inimigos apenas desapareceram.

– Sahvage – ela disse emocionada. – Quando ele arrastou o demônio para o incêndio. Assim que ela foi morta, seu poder desapareceu. Ele salvou a Irmandade.

Rehv assentiu e olhou para trás, para a porta.

— Bem, isso explica.

— Explica o quê?

— Porque todos os guerreiros da casa estão do lado de fora deste quarto.

— Lamento, mas... Não estou entendendo.

— Você é a fêmea de Sahvage. Portanto eles estão honrando a memória dele ao cuidar de você. — Rehv abaixou a voz. — Você não está tão sozinha quanto acredita estar. Não mais.

Houve um longo momento de silêncio. E, então, Mae disse:

— Você não poderia estar mais errado. Sem ele? Estarei sempre sozinha.

CAPÍTULO 63

DUAS HORAS MAIS TARDE, quando os faróis da Mercedes iluminaram a fachada do chalé de Tallah, Mae sentiu a agonia dentro do peito crescer de novo – e pensou que sua dor era como o incêndio que o demônio ateara na casa, subitamente explodindo com o aumento da intensidade.

Fechou os olhos e se perguntou se conseguiria entrar, quanto mais passar o resto da noite ali dentro.

– Sabe, você pode ficar na minha casa do lago em vez de ficar aqui – o Reverendo sugeriu ao seu lado. – É seguro. Há Escolhidas lá. É um bom lugar para sarar.

Mae se concentrou na porta da frente.

– Não, este é o meu novo lar. É melhor eu me acostumar logo.

No entanto, não queria sair do carro aquecido. Ficou mais um tempo olhando para as janelas escuras, para o mato crescido, para as árvores retorcidas.

– Uma fêmea maravilhosa viveu aqui antes – Mae comentou com tristeza.

E, agora, via o caminho no qual se tornaria o que Tallah tinha sido, uma fêmea anciã que morava dentro daquelas quatro paredes, cambaleando em meio à mobília grande demais, eternamente resolvendo que cuidaria melhor das coisas.

– Obrigada pela carona – disse ao abrir a porta.

Quando ia sair do carro, o Reverendo tocou-lhe o braço.

– Você sempre pode ligar para o centro de treinamento. Há recursos para você lá. Eu lhe dei o número.

– Obrigada – agradeceu, embora soubesse que jamais telefonaria.

– Qualquer coisa de que precisar, basta nos procurar.

Mae assentiu, mas só para que ele parasse de falar. Apreciava, de verdade, o que o macho dizia, mas não conseguia pensar em nada além da dor do presente e nos quatrocentos anos no futuro até que tudo isso acabasse. Todo o sofrimento. Até que ela, enfim, morresse.

Saindo do carro, Mae disse algo para o macho, e ele assentiu como se tivesse feito sentido. Em seguida, andou até a frente do chalé. Abriu a porta e entrou, inspirou fundo e sentiu cheiro de fumaça.

Seria assim por um tempo, foi o que lhe disseram. Suas narinas tinham capturado, e manteriam, o cheiro acre por algumas noites.

Como se isso tivesse alguma importância.

Mae acenou para o Reverendo e fechou a porta. Depois se recostou contra os painéis frios do armário que Sahvage tinha tirado do lugar para protegê-las. Lembranças dele erguendo-o eram afiadas como facas e, no entanto, não as evitava enquanto fatiavam seu coração.

Para tentar desviar sua atenção, fez um inventário de como seu corpo andava. Não muito bem: a pele estava quente, mas, mais do que isso, seu interior estava superaquecido, como se a temperatura corporal tivesse sido permanentemente aumentada pelo incêndio.

Como se ela fosse um rosbife num restaurante, recém-saído do forno.

Quanto será que isso vai durar?, perguntou-se, indiferente.

Encarando os contornos de toda a mobília grande e elegante demais de Tallah, ouviu o silêncio e quis chorar. Mas não lhe restavam mais lágrimas.

Meu Deus, toda vez que piscava, era assaltada por outra imagem do banheiro da casa dos pais, o demônio na sua cara, o irmão debaixo d'água, o pescoço de Sahvage se partindo...

Gemeu e resolveu que nunca mais piscaria. Mesmo que seus olhos se transformassem em bolas de gude em seu crânio.

Endireitando-se, foi até o banheiro e encarou o chuveiro. Conseguia visualizar Sahvage diante dele, o corpo tão magnífico, os olhos cravados nos seus, o cheiro dele impregnado em seu nariz.

Com uma rendição melancólica ante a realidade, ela entrou, fechou a porta atrás de si e abriu a torneira. Tirou as roupas hospitalares que lhe foram dadas, conferiu o próprio corpo. Muitos hematomas. Marcas vermelhas, pele irritada. Arranhões.

Parecia ter saído de uma guerra.

Ficou debaixo da água quente, sibilando quando faixas de dor foram percebidas em vários lugares – o sabonete ardeu, o xampu também. Quando chegou à parte do condicionador, já estava se sentindo um pouco melhor com tudo aquilo.

Não conseguia sentir o familiar perfume do produto que costumava usar. Apenas cheiro de fumaça. Como se o incêndio fosse um perseguidor que não desistia da caça.

Quando ficou limpa – ao menos o mais limpa que pôde –, saiu do box e estremeceu. Vestiu um roupão atoalhado e envolveu os cabelos numa toalha e esfregou a condensação do espelho.

Uma desconhecida a encarava.

E só conseguiu pensar no que deveria ter feito diferente: o que resultou em mais uma lista que não a levaria a lugar algum.

Comida. Deveria checar se havia alguma comida por ali.

Por exemplo, na geladeira que ainda estava encostada na porta dos fundos.

E pensou em Sahvage mais uma vez, ainda sem conseguir entender o que acontecera no incêndio. Como ele passara do pescoço fraturado, morto em seus braços... de volta à vida. Pensando bem, atos heroicos aconteciam com os moribundos e, quando mais importava, ele evidentemente teve a determinação de não desapontá-la.

Balançando a cabeça, abriu a porta e...

Berrou a plenos pulmões.

Capítulo 64

Ok, por mais românticos que reencontros pudessem ser... não foi exatamente aquilo que o macho esperou encontrar.

Mas quando Sahvage tapou os ouvidos com as mãos e se encolheu, ficou imaginando o que, exatamente, poderia ter feito para facilitar aquilo para Mae.

– Desculpa! – disse no meio da barulheira. – Desculpa!

Mae parou de gritar e começou a hiperventilar.

– O que... o que... *o quê*...?

Estava usando um roupão, com uma toalha enrolada nos cabelos e o rosto pálido demais marcado por hematomas e manchas de fuligem que só sairiam depois de várias chuveiradas. E, mesmo assim, era a fêmea mais linda que ele já vira em toda a sua vida. E que veria.

Só que ela parecia prestes a desmaiar.

Sahvage deu um salto à frente e a amparou nos braços quando ela sucumbiu.

– Venha aqui, isso, vamos nos sentar logo ali. – Levou-a até a mesa da cozinha e a sentou numa cadeira, porque não tinha certeza se ela se lembraria de como se sentar sozinha. – Inspire fundo junto comigo. Isso. Assim mesmo...

– Como você está vivo? – perguntou rouca. – De novo?

Enquanto Mae arfava, ele se recostou e esfregou as coxas.

– Eu preciso te contar tudo. E deveria ter feito isso antes... mas eu não sabia como.

— P-p-por f-favor. — Ela se esticou e o tocou no rosto. — É você mesmo? Como isso é possível...

— Não consigo morrer.

Mae ficou confusa. Piscou algumas vezes. Depois levou as mãos às laterais do rosto.

— Meu Deus, você é um feiticeiro...

— Não sou feiticeiro.

— Mas...

— Não sou. Minha prima de primeiro grau, Rahvyn, era quem tinha magia. E, há duzentos anos, eu morri tentando protegê-la durante um ataque à sua vida. Fui atingido por flechas e colocado num caixão. Levou décadas até eu descobrir o que tinha acontecido comigo, para juntar os pedaços, e ainda não sei se entendi tudo direito. Mas o que sei de concreto é que ela me trouxe de volta usando um feitiço do Livro e, depois, ela... desapareceu. É por isso que eu não queria que você trouxesse Rhoger de volta. Mae, a minha existência é terrível. Todos acreditam que querem ser imortais, mas é... um inferno. Você não pertence a lugar algum, a ninguém, porque a única coisa que existe para você é o tempo. É um pesadelo. Amigos, família, amantes, todos vão embora, todos que um dia eu conheci... exceto por um punhado da Irmandade que vi na noite passada... se foram. É um luto infinito.

— Sahvage... como isso é possível? — ela perguntou, maravilhada.

— O Livro. — Ele balançou a cabeça. — Foi um feitiço do Livro. E, Mae, eu só não queria que você fizesse o mesmo com o seu irmão. Ele só teria as mortes dos entes amados, inclusive a sua. Tive que me afastar de todos, porque como seria possível explicar a minha situação? Quem acreditaria em mim? E quanto a destruir o Livro... Foi minha única opção para te salvar. Ou, pelo menos, foi o que pensei na hora. Mas você estava certa e eu sinto muito. Eu não tinha o direito de tirar essa escolha de você, mesmo estando preocupado com as implicações.

Mae esfregou os olhos e fez uma careta quando sentiu dor.

— Então, lá no edifício-garagem... Naquela primeira noite, você sobreviveria de todo modo. Eu não te salvei, salvei?

– Ah, Mae – ele disse numa voz emocionada –, você me salvou, sim. De todas as maneiras que importam, você com certeza me salvou. Meu coração estava morto e, então, você apareceu...

Sem aviso, sua fêmea se lançou sobre ele, envolvendo-o com os braços, pressionando os lábios aos dele.

– Eu te amo – ela disse ao se afastar. – E sou eu que preciso me desculpar. Eu estava tão concentrada em Rhoger que estava destruindo tudo...

– Espere, o que você disse?

– Que estava destruindo tudo com essa ideia fixa de...

Sahvage balançou a cabeça.

– Antes disso.

Uma pausa. E Mae o acariciou nos cabelos.

– Eu te amo. E não me importo com o que vai acontecer depois. Só o que eu sei é que o seu lugar é aqui. Comigo.

Trêmulo, Sahvage fechou os olhos. E se lembrou de ter ficado de pé no gramado do chalezinho, pensando no quanto adoraria poder limpar e organizar o lugar.

Porque era onde Mae morava.

E agora? Era onde ambos morariam.

Devagar, abriu os olhos e encarou o rosto de Mae. Havia tantas coisas que não ele não sabia. Tantos véus obscurecendo o futuro. Tanto ainda para perguntar e conversar a respeito.

Mas uma coisa ele sabia com certeza.

– Eu também te amo – disse simplesmente. – Para sempre.

No segundo andar do chalé, Mae estava deitada nua entre os lençóis frios, com a cabeça apoiada num travesseiro, a respiração profunda e tranquila. No andar de baixo, ouviu passos se movimentando... e logo eles subiram.

O peso na subida era tamanho que os degraus rangeram, mas era um som reconfortante.

Porque ela sabia quem estava vindo para a sua cama.

Na soleira da porta aberta, Sahvage apareceu, o corpo imenso resplandecente, poderoso e também nu. A luminária banhava os recortes e vales dos músculos, e quando ele entrou no quarto, Mae viu a imensa tatuagem com clareza.

Só que agora o dedo apontado trazia uma sensação diferente para ela.

Agora sentia como se fosse a resposta para a pergunta... a quem ele amava.

Mae sorriu ao afastar a colcha, revelando o corpo.

– Ah, Mae – ele suspirou.

– Venha para mim, meu macho.

Sahvage foi até junto dela e quando começou a rolar para o lado, ela balançou a cabeça.

– Quero te sentir em cima de mim – ela sussurrou.

– Serei cuidadoso.

– Sei que sim. Você nunca, jamais vai me ferir.

– Nunca. – Começou a beijá-la. – Meu amor.

O contato dos lábios foi sensual, e Mae teve a sensação de que ele queria ir devagar. Mas ela ardia de desejo... assim como ele.

– Mae...

– Por favor – implorou. – Eu só te quero dentro de mim. Esperei tempo demais. Esperei uma vida inteira.

Ele grunhiu e, em seguida, ela sentiu uma das mãos dele entre suas pernas. Quando resvalou em seu sexo, ela ronronou em antecipação.

Quando Sahvage começou a estimulá-la, e Mae sentiu o prazer aumentar, balançou a cabeça.

– Não, quero estar com você.

– E vai estar.

Bem quando estava no limite, a mão dele desapareceu – e ela sentiu o membro rombudo dele bem onde ela mais queria.

– Eu te amo – Mae sussurrou.

Sahvage abaixou a cabeça para o pescoço dela quando repetiu as palavras que ela jamais cansaria de ouvir. Logo moveu o quadril para frente e houve uma dor ínfima – que foi instantaneamente esquecida quando a miraculosa sensação de plenitude e alargamento a levou ao auge de um orgasmo, provocando lágrimas em seus olhos.

Quando Mae chegou ao clímax, gritou o nome do seu amor, arranhando-o com as unhas, o corpo se arqueando sob o dele.

E Sahvage fez o mesmo, juntando-se a ela no prazer.

Foi tão lindo, tão perfeito, que ela chorou.

De alegria.

CAPÍTULO 65

— CAUSA DESCONHECIDA – disse uma voz masculina.

– Não descobriram como começou?

– Nada. Mas o inspetor dos bombeiros voltou lá para dar outra olhada.

– Tão estranho. As testemunhas disseram que a casa se acendeu de repente, como um fósforo pegando fogo.

Uma série de passos estalando ao redor. O som de uma porta de carro se fechando. Depois outra. E, por fim, um par de veículos passando por cima de escombros e descendo a rua.

Silêncio. Bem, não exatamente. Havia água pingando em toda parte, água escorrendo em todo lugar, como se estivesse chovendo. E depois, das outras casas na proximidade, sons distantes de pessoas tomando banho. TVs ligadas nos noticiários da manhã. Pais gritando escada acima para que os filhos se apressassem, pois estava ficando tarde e o ônibus estava chegando.

O alvorecer chegara ao maldito bairro classe média e a única coisa boa nisso tudo era que, basicamente, ainda estava escuro.

O demônio Devina estava sentada numa pilha de cinzas. Baixando o olhar para si, teve que balançar a cabeça. Mal passava de carne e ossos. Literalmente...

– Ah, cala a boca – disse, brava. – Sei que preciso de uma chuveirada e, de todo modo, isto tudo é culpa sua.

Encarou a pilha de coisas queimadas ao seu redor.

– Sabe, pode bancar o difícil o quanto quiser, mas precisa de mim. Sem mim, você não é nada.

Um chumaço molhado de fuligem bateu em seu seio quando a capa da frente do Livro se abriu. E quando as páginas se viraram raivosas, ela deu importância?

– Vá se foder – disse ao se levantar. – Eu deveria te deixar aqui, sabia? Vão terraplanar tudo isto aqui. Você vai acabar num aterro sanitário, que é muito mais do que merece.

Quando uma seção das páginas se ergueu da lombada, ela arquejou.

– Está me mostrando o dedo do meio? Sério? Que falta de educação!

Tentando abrir caminho em meio aos escombros, ela escorregou e se reequilibrou ao segurar uma viga ainda fumegante. Mas, no fim, passou pelas cinzas de todas as porcarias e pisou no gramado chamuscado. Sacudindo-se, lançou um olhar triste para as carnes malpassadas de sua forma corpórea.

Demoraria um pouco para recuperar as forças. A aparência também.

– Tanto faz. – Começou a se afastar, e logo percebeu o quanto tremia. – Maldição.

Precisava voltar ao seu covil.

E, com isso, abriu uma fenda no tecido da realidade, e seu confortável lar apareceu diante de si, então só o que precisava fazer era dar um passo para estar nele. E foi o que fez.

Um choro suplicante a fez virar a cabeça careca com uma ferida aberta para trás, para os escombros do incêndio. A lamúria se repetiu.

– Não sei por que eu deveria me dar a esse trabalho. Você não me trata com respeito. Está sempre indo embora.

Choramingo.

Revirando os olhos, estava prestes a deixar o Livro para trás quando se lembrou da vampira debruçada sobre o peito do seu macho morto, chorando.

Com uma imprecação, Devina voltou para os estragos do incêndio.

– É melhor pedir desculpas. – Inclinou-se para baixo e encarou com raiva o maldito Livro. – E em agradecimento por eu te levar comigo agora? Você vai me fazer um favorzinho. Está me devendo.

Tirando-o dos escombros, o demônio marchou de volta para o rasgo na realidade.

Estava mais do que na hora de ter seu verdadeiro amor.

E aquele punhado de pergaminho mal-agradecido lhe daria isso. Ou arcaria com as consequências.

EPÍLOGO

– Eu não... Não sei como isso é possível.

Quando Sahvage disse tais palavras, teve a impressão de que estava repetindo-as sem parar. Desde que desligara o celular no chalé e encarara Mae por cima da mesa.

– Eu não sei...

Que bom que sua fêmea estava guiando a lata velha que era seu carro.

Tentando se controlar, passou a mão pelo banco surrado do carro e revisitou os últimos fatos: *celular tocando. Murhder. Ele diz que precisavam conversar.*

E foi exatamente nesse momento que o vagão descarrilou dos trilhos. O que, considerando-se como tinham sido as últimas 24 horas, queria dizer alguma coisa.

– ... como isso é possível. – Olhou para Mae. – Graças a Deus você está aqui. Jamais conseguiria fazer isto sem você. Sabe para onde estamos indo?

Mae olhou de relance para ele com um sorriso.

– Sei. E não fica muito longe.

– Ok. Que bom.

Sahvage engoliu o nó na garganta e tentou se distrair. E, vejam só, pensou em algo que o fez sorrir. Ele e Mae fizeram amor durante todas as horas do dia na cama grande e rangente, descobrindo os corpos um do outro, acariciando-se, ficando perto e, por fim, adormecendo juntos. Foi o melhor dia de toda a sua vida.

Portanto, de certa forma, receber aquele telefonema uns trinta minutos atrás? Era quase um exagero.

Pensando bem, entretanto, fazia um bom tempo que a boa sorte lhe devia a sua vez.

– Aqui estamos nós – disse ela ao pegar uma estrada vicinal.

A pista os levou para aquilo a que ele queria transformar o chalé: uma casa de fazenda com as paredes recentemente pintadas, persianas reformadas, chaminé reta, o conjunto todo no meio de um jardim muito bem cuidado e próspero.

– Que lindo – murmurou Mae ao desligar o motor e olhar para a campina que se estendia num dos lados. – Aposto como fica maravilhoso quando as folhas renascem e o gramado está todo verde.

Sahvage concordou. E depois disse:

– Não consigo sentir as minhas pernas.

Na mesma hora, sua fêmea se concentrou nele.

– Eu te ajudo. Vamos fazer isto juntos.

– Depois de todos estes anos... – Num impulso, ele se aproximou para um beijo breve. – Obrigado.

– Estamos nisso juntos. – Ela o afagou no rosto. – Não importa o que aconteça.

Abriram as portas ao mesmo tempo, e foi então que sentiu o cheiro da Irmandade – e dos outros machos que estiveram presentes na invasão da noite anterior: da garagem, os corpos grandes surgiram, e ele ficou surpreso quando se aproximaram com sorrisos e palavras de acolhimento.

Um a um, eles lhe ofereceram a mão da adaga. Deram tapinhas em suas costas.

Receberam-no bem. Ou se apresentaram, quando necessário.

Mais de um disse algo como "que bom que está de volta". Ou "vamos precisar muito de você". Ou ainda "nos vemos na mansão".

Onde quer que isso fosse.

E então...

– Merda... – sibilou. –Wrath...

No meio de toda a Irmandade e dos lutadores, o grande Rei Cego era inconfundível. Literalmente nada mudara nele – a não ser pelo cachorro ao seu lado. Ele ainda era alto como um carvalho, ainda tinha cabelos negros partidos no bico de viúva, ainda tinha aquele rosto aristocrático e cruel.

– Meu irmão – Wrath murmurou ao se aproximar. – É muito bom vê-lo são e salvo. Você prestou um enorme serviço à raça ontem à noite.

Sahvage engoliu em seco.

Estava de volta? Estava sendo reincorporado?

– Eu... não sei o que dizer.

– Que bom. De todo modo, já tenho idiotas demais cheios de opinião neste grupo. E, sim, se quiser voltar à Irmandade, ficaremos felizes em recebê-lo.

Olhando ao redor, Sahvage viu rostos assentindo. E com Mae na sua retaguarda? Seria possível... para o macho que não podia morrer ter um futuro que já não temia mais?

E então, não ouviu mais nada.

Uma figura diminuta apareceu na porta da garagem.

Todos pararam o que estavam fazendo. O tempo também pareceu parar.

– Mae? – ele chamou, estendendo a mão às cegas. – Mae, preciso de você...

No mesmo instante, sentiu o braço de sua fêmea segurá-lo pela cintura e ela o ajudou a se equilibrar.

– Estou bem aqui, Sahvage. O que foi? Está se sentindo mal ou... oh!

O grupo se afastou quando a pequena fêmea avançou, e Sahvage estava vagamente ciente de que havia um macho atrás dela. Mas ele era jovem. Acabara de passar pela transição.

Nada que poderia machucá-la.

Meu Deus... Ela estava diferente. Já não tinha mais cabelos negros, nem olhos escuros. Agora ela era prateada. Agora... ela brilhava.

– Rahvyn – ouviu-se dizer.

Com o pranto estrangulado, sua prima há tempos desaparecida se lançou pela distância que os separava.

– *Sinto tanto, Sahvage! Sinto deveras!*

Quando ela irrompeu em lágrimas e continuou se expressando no Antigo Idioma, ele a abraçou e a levantou.

Enquanto Mae o sustentava.

Depois de se assegurar de que Rahvyn estava mesmo *viva*, ele a abaixou, e um arrepio de tristeza o trespassou. Os cabelos dela estavam tão diferentes – um cinza tão claro que chegava a ser branco – e sim, seus olhos também estavam prateados agora.

Em sua mente, voltou àquele quarto. Para o sangue. Para a violência.

Tocou-lhe o rosto. Apesar de ainda ser jovem na aparência, ela tinha envelhecido uns cem mil anos – e Sahvage odiou isso.

Quando a conversa floresceu em meio à Irmandade, como se os lutadores tentassem lhes dar um pouco de privacidade, Sahvage pigarreou.

Antes que conseguisse perguntar, Rahvyn disse:

– *Sim, estou viva.*

Sim, isso era verdade, mas ele, dentre todas as pessoas, sabia o quanto esse termo era relativo – e completamente dissociado da respiração e dos batimentos cardíacos.

O sofrimento valeu a pena?, quis lhe perguntar. *O poder que buscaste, valeu a pena?*

Em vez disso, passou para o inglês e disse:

– Onde esteve? Eu procurei por você em todo o Antigo País por dois séculos. Atravessei o globo tentando encontrá-la.

– Eu não estava aqui.

– Sim, eu sei... Quando chegou ao Novo Mundo?

Rahvyn voltou para o Antigo Idioma e falou baixinho para que só ele a ouvisse:

– *Estive no tempo, Primo, e não numa localização. Viajei por muitas noites e muitos dias para encontrar-te aqui, neste momento, neste lugar. Meu amado primo, meu protetor, eu te disse que teu trabalho havia terminado. Eu só tive que te encontrar para te fazer saber que está tudo bem.*

Sahvage piscou e percebeu que os lábios dela não se moviam. Rahvyn, de alguma maneira, inserira os pensamentos em sua mente.

Mas não está tudo bem, ele pensou com um tremor.

– *Tu renasceste* – ele disse emocionado. E pensou nos guardas decapitados. Em Zxysis. Em...

– *Sim* – disse ela. Em voz alta? Talvez. Ele não tinha certeza.

– Gostaria de nos apresentar? – sugeriu Mae. Como se ele e Rahvyn estivessem somente parados ali, sem falar em voz alta por algum tempo.

Voltando a se concentrar, Sahvage puxou sua fêmea na direção da prima. E ficou se perguntando se teria de proteger Mae contra a fêmea que jurara defender. Só que isso era loucura...

Certo?

Tentou decifrar os olhos de Rahvyn e enxergar sua alma, mas nunca fora um feiticeiro. A magia sempre fora dela, e somente dela, para ser comandada.

– Esta é a minha Mae – anunciou Sahvage. – Mae, esta é a minha prima de primeiro grau, Rahvyn. Fazia muitos anos que eu tentava encontrá-la.

Sentiu-se um pouco melhor quando Rahvyn sorriu e fez uma leve mesura, como se uma pequena parte sua ainda fosse tal e qual ele outrora conhecera.

– Saudações – cumprimentou. – É uma honra.

Quando Mae sorriu e elas começaram a conversar, como se fosse um simples primeiro encontro entre as famílias, Sahvage disse a si mesmo para não se preocupar. Precisava se concentrar no milagre, não se preocupar com o que tudo aquilo significava. Ou o que fariam a partir dali.

E, no entanto, por mais feliz que estivesse em reencontrar sua parenta, descobriu-se temeroso da fêmea.

Dane-se! Seus nervos só estavam cansados, e como não estariam? Já tivera muitos "quase lá" com más notícias em sua vida imortal, e agora que finalmente encontrara sua fêmea?

Não se arriscaria mais.

Observando os Irmãos, depois olhando para sua amada, decidiu que... Bem, talvez o Universo não fosse tão injusto quanto imaginara.

Na lateral da garagem, afastado do grupo de lutadores e fêmeas reunido no caminho para carros, Lassiter parecia confuso. E franziu a testa um pouco mais.

Enquanto observava o abraço das duas fêmeas, e Sahvage, o irmão desaparecido, parecia preocupado como se estivesse prestes a despertar de um sonho bom, Lassiter balançou a cabeça e tentou revisar a última semana e meia.

A questão era que o filme continuava com a última edição, sem nenhuma alteração nas cenas, a trilha sonora de conversas e pensamentos íntimos permanecia a mesma, o roteiro evidentemente não estava sujeito a qualquer mudança.

– Que cara de bunda é essa, vareta iluminada – disse uma voz seca.

Maravilha.

Vishous.

Exatamente o irmão que não queria por perto no momento. Por que jogar lenha na fogueira?

– Você está com uma cara de quem quebrou todos os controles remotos da casa. – Ruído de isqueiro acendendo. Depois o cheiro do tabaco turco. – Vamos lá, anjo, você não é assim... Não consigo acreditar que estou entrando nessa sua onda de estranheza.

– Eu não a vi – Lassiter murmurou ao encarar a fêmea de longos cabelos cor de prata e estranhos olhos brilhantes prateados.

– Hein?

– Em todas as visões sobre isto... Eu nunca a vi. – Lassiter se concentrou no irmão. – Não entendo. Eu vi tudo... O demônio, o Livro, Sahvage, Balthazar, Rehvenge... tudo isso. Até esta cena aqui, embora não conseguisse entender por que era aqui e não na mansão. Mas eu nunca *a* vi.

Voltou a fitá-la no meio da multidão de corpos conhecidos, as pessoas bloqueavam seu campo de visão e depois a revelavam ao mudarem de posição. Um jovem macho em particular parecia preocupado com ela, trazendo-lhe um copo de leite de dentro da casa, mas ela parecia suspensa e desconectada no meio de todos eles.

Etérea.

Bela...

Os olhos dela se desviaram como se procurassem algo no que pousar, como se estivesse começando a se sentir oprimida e talvez quisesse escapar...

Olhe para mim, Lassiter pensou para ela. *Quero que você me veja.*

O olhar dela passou reto por ele. E então, retornou.

Quando seus olhares se encontraram, um tremor de reconhecimento, de calor... de propósito trespassou o corpo inteiro de Lassiter.

– Bem – disse V. – Só o que posso dizer é que nunca vi nada que se referisse a mim, não é mesmo?

Lassiter olhou de novo para o Irmão.

– O que disse?

– As minhas visões. Elas só mostram os destinos de outras pessoas, nunca o meu. – O irmão deu de ombros e começou a se afastar. – Portanto, boa sorte com isso, anjo. Ou, será que devo dizer, boa sorte com ela.

Com um olhar de quem sabia muito bem do que estava falando, o Irmão se afastou.

Deixando Lassiter com a sensação esquisita de que a Dádiva de Luz não era um objeto... E de que ele e essa fêmea de cabelos prateados estavam apenas começando um com o outro.

AGRADECIMENTOS

Muito obrigada aos leitores da Irmandade da Adaga Negra! Esta tem sido uma jornada longa, maravilhosa e excitante, mal posso esperar para ver o que vem em seguida neste mundo que todos nós amamos. Também gostaria de agradecer a Meg Ruley, Rebecca Scherer e todos da JRA, Hannah Braaten, Andrew Nguyen, Jennifer Bergstrom e a família inteira da Gallery Books e da Simon & Schuster.

Para o *Team Waud*, eu amo todos vocês. De verdade. E, como sempre, tudo o que faço é com amor e adoração tanto por minha família de origem quando pela adotiva.

E, ah, muito obrigada, Naamah, minha cadela assistente II, que trabalha tanto quanto eu nos meus livros! E também a Archiball!